De weg naar de grens

meulenhoff.nl

Grete Weil

De weg naar de grens

Vertaald door
Kris Lauwerys en Isabelle Schoepen

MEULENHOFF

LITERATUUR VLAANDEREN

De vertalers ontvingen voor deze vertaling een projectbeurs van Literatuur Vlaanderen.

GOETHE INSTITUT

Deze uitgave is mede mogelijk gemaakt door het ondersteuningsprogramma van het Goethe-Institut.

ISBN 978-90-290-9748-2
ISBN 978-94-023-2025-1 (e-book)
ISBN 978-90-528-6574-4 (audio)
NUR 302

Oorspronkelijke titel: *Der Weg zur Grenze*
Omslagontwerp: Pinta Grafische Producties
Omslagbeeld: Toni Schneiders
Zetwerk: Pier Post

Voor het Rilke-citaat op p. 23 maakten de vertalers dankbaar gebruik van Ton Naaijkens' vertaling van het gedicht in: Geert Buelens, *Het lijf in slijk geplant*.

Voor Edgar Weil
Op 17 september 1941 in het concentratiekamp van Mauthausen vermoord.

Vergeef me.
Ik deed
Wat alleen God toekomt:
Aanzag jouw hand voor mijn hand
Jouw hart voor dat van mij.
Klabund

MONIKA

I

In 't vaderland, in 't vaderland, daar zien w'elkander terug, zongen de jongens en meisjes op de tonen van twee mondharmonica's en een luit. Eind februari 1936, een skitrein reed vanuit München naar het Beierse Oberland. De instrumenten waren toevallig samengekomen; een grote jongeman in SA-uniform en met zomersproeten gaf de teksten aan, en bijna iedereen viel in en zong de vermoeidheid van de te korte of dansend doorgebrachte carnavalsnacht uit zijn lijf. Schallend en monter verkondigden de jonge zangers dat ze over Frankrijk zouden zegevieren, dat het morgenrood zou stralen over hun vroege dood en dat hun vandaag Duitsland en morgen de hele wereld zou toebehoren.

Zwijgend en zonder deel te nemen aan de uitgelatenheid van de anderen zaten Monika Merton en Andreas von Cornides tegenover elkaar. Ze hadden niet met elkaar afgesproken voor dit zondagse uitje; pas op het perron, toen Andreas, die zoekend langs de trein heen en weer liep, begon door te krijgen dat hij de vrienden die hem voor een korte bergtocht hadden uitgenodigd niet zou vinden – waarschijnlijk had hij zich in plaats en tijdstip vergist, hij kon die dingen nooit onthouden –, was hij Monika tegen het lijf gelopen, die ook naar iemand op zoek leek, want ze keek de mensen nerveus en jachtiger dan haar gewoonte was aan.

Hij kende haar maar heel oppervlakkig, had haar twee of drie keer ontmoet ten huize van baron Freiberg, een zwaarmoedige en wat zonderlinge mecenas, en de enige reden waarom hij nu opgetogen haar naam riep was dat hij zich alleen gelaten voelde en dat hij de sportactiviteit, waarmee hij alleen uit een vage nieuwsgierigheid had ingestemd, inmiddels vervloekte. Waarom had hij het ook in zijn hoofd gehaald om in de ochtendschemering van een koude winterdag hier op het station rond te hangen, in plaats van uitgeslapen na bad en ontbijt de stille ochtenduren te benutten om te werken?

Monika kromp ineen toen ze haar naam hoorde en wilde met een snelle groet doorlopen, maar Andreas liet haar niet gaan; met een ongewone hardnekkigheid die niet erg bij zijn jongensachtige verlegenheid paste vroeg hij, terwijl hij met haar opliep, of ze net als hij alleen was en of ze geen zin had hem gezelschap te houden. Na een korte aarzeling keek ze hem met een merkwaardig spottende blik uit grijze, tot spleetjes geknepen ogen aan, mompelde, alsof ze een toverformule uitsprak, 'Andreas von Cornides', knikte een paar keer als het ware ter bevestiging en zei ten slotte dat ze wel een deel van de weg samen konden afleggen, waarbij evenwel volledig in het midden bleef of ze zijn gezelschap ook na de treinrit nog wenselijk vond.

Vooralsnog zaten ze in ieder geval tegenover elkaar, hoewel Andreas licht geërgerd moest vaststellen dat er van gezelligheid weinig sprake was. Star, als onder een masker van pijn, keek de vrouw uit het raam, en alleen als ze hem op zeldzame momenten aankeek, gleed een glimlach over haar smalle gezicht, alsof ze zich voor haar zwijgzaamheid wilde verontschuldigen.

Andreas pelde met lange, iele vingers een sinaasappel en schoof de zorgvuldig in partjes verdeelde vrucht naar Monika toe. Verstrooid nam ze twee partjes en stopte die gulzig in haar mond.

Wat heeft ze toch, dacht de jongeman, waarom zwijgt ze tegen me alsof ze niet tot drie kan tellen? En dat terwijl ze er verdraaid slim uitziet, zij het vreselijk verwaand, maar dat komt waarschijnlijk van de verlegenheid. Eigenlijk ziet ze eruit als een Egyptische koningin. Zal ik haar dat zeggen? Misschien is ze er blij om en kijkt ze niet meer zo droevig. Ze is vast een stuk ouder dan ik, zo rond de dertig. Zeven jaar, dat is niet eens zoveel, maar misschien is het ook meer, ze is al grijs aan haar slapen. De kringen onder haar ogen kunnen niet van de leeftijd komen, dat is meer slaapgebrek. En ze heeft niets gedaan om ze te verdoezelen, heeft zich nog geen beetje opgemaakt en ziet er überhaupt wat verwaarloosd uit, haar nagels konden verzorgder zijn, je loopt toch op een zondagochtend niet met zwarte nagelranden rond. En al zeker niet als je zo'n opvallende ring draagt, een antiek zegel, als ik me niet vergis; moeilijk te zien wat er in de donkerrode steen gegraveerd is, een gevleugelde godin of iets dergelijks. Overigens zijn haar wijs- en middelvinger bruin van de nicotine. Dat is lelijk, ze zou toch genoeg smaak moeten hebben om dat zelf te weten.

En toch bevalt ze me, heel erg zelfs, haar ogen bijvoorbeeld zijn prachtig.

Zo ver was Andreas in zijn beschouwingen gekomen, toen Monika hem een sigaret aanbood en daarbij zonder al te veel interesse vroeg: 'Verschijnt er binnenkort nog iets van u?'

Hij schudde het hoofd: 'Er is het een en het ander in wording. Maar het is een slechte tijd. Ik moet mijn proefschrift afwerken. Dat slokt me volledig op.'

Doodsbang dat het gesprek weer zou stokken, overwon hij zijn verlegenheid: 'Hebt u mijn gedichten gelezen?'

'Ja.'

Verder niets. Geen afwijzing en geen goedkeuring. Na de verschijning van een eerste dunne gedichtenbundel van zijn hand had men Andreas verwend en gevleid, was hij het troetelkind van een zeer gecultiveerde kring geworden, hij had enthousiaste volgelingen die zijn talent op hetzelfde niveau plaatsten als Rilke, George of Von Hofmannsthal. Sinds hij in München woonde genoot de jongeman, die was opgegroeid in het compromisloze, harde milieu van een Pruisische officiersfamilie, met volle teugen van de grotere vrijheid, van de warmhartigheid van de zuiderse medemens. Kille onverschilligheid kon hij niet meer verdragen. Hij verlangde ongeduldig naar bevestiging van deze vrouw. Het kon toch niet dat je er zo goed uitzag en behalve dat domme 'ja' niets te zeggen had, zoals een kind op school, een rekruut op het exercitieterrein. Goed, ze kende zijn gedichten – kon je die dan zomaar als iets vanzelfsprekends beschouwen en niet als een gave, die hem tenslotte genoeg tranen en kwellingen en vreugdestormen had gekost? Of bezat ze geen zintuig voor gedichten, was ze onpoëtisch, zoals sommige mensen onmuzikaal zijn of niet in staat om kleur en vorm te zien?

Met gefronste wenkbrauwen dacht hij over dat probleem na. Vreemd toch, dat er mensen bestonden voor wie woorden zich nooit samenvoegden tot een ritme, en vreemder nog, dat ze het ritme van de anderen niet begrepen.

Hij zou verbaasd, ontroerd en ontdaan zijn geweest als hij had geweten dat Monika bij het stampende ritme van de wielen zijn verzen in haar hoofd opzegde. Ze deed dat niet alleen omdat ze van zijn gedichten hield en het afgelopen jaar in zijn woorden, die leven en dood als het grote geheel verheerlijkten, troost had gevonden; ze wilde niet denken, het niet tot haar bewustzijn laten doordringen dat deze rit opnieuw een afscheid was, een definitief afscheid, waarbij ze alles waar ze nog van hield voor altijd van zich af gooide. Ook voelde ze, vanaf het moment dat ze, Andreas' naam mompelend, besloten had zijn gezelschap toe te laten, een wilde triomf over het feit dat dit land Duitsland, vloek en genade, haar nog één keer, een laatste keer, een van zijn besten als kameraad schonk, en terwijl haar blik vermoeid over de uitgestrekte, besneeuwde weilanden gleed, hier en daar een boom, een huis groetend, vertrouwd en bekend, terwijl de zon aan een donkerblauwe, föhn voorspellende hemel opging en de sneeuw op de dennen dooide, besloot Monika dat Andreas, voor hun wegen zouden scheiden, haar verhaal moest kennen, want weten was essentieel, nu meer dan ooit. Ze had hem niet gezocht, maar het was goed dat ze deze laatste weg naar de eenzaamheid niet helemaal alleen hoefde te gaan. Misschien – meer dan een sprankje hoop was het niet – zou Andreas het begrijpen en doorvertellen.

Hij was haast nog een kind, maar reeds tekende zich op zijn magere gezicht met de witte, dunne huid waar de aderen doorschemerden de vergankelijkheid af. Om zijn gewelfde mond en onder zijn donkere, diepliggende ogen lag een wijdvertakt netwerk van rimpels en rimpeltjes; jong en verzoenend lag daarboven de gulden helm van zijn dunne, fijngesponnen haar.

Ik zal je uit je rust rukken, dacht Monika, zodat horen en zien je vergaan.

Je beeldt je in dat je de wereld kent omdat je die met je kunstenaarszenuwen aanvoelt, maar, m'n beste, dat volstaat niet, dat is te weinig, dat is een dodelijke luxe waar ook ik me vroeger graag aan overgaf. Heb je misschien één keer over het onontkoombare lot nagedacht van hen die als slaaf geboren zijn, weet je ook maar iets van de methoden waarmee ze onder de knoet worden gehouden? Word je geplaagd door gedachten aan moord en foltering, is er een kameraad naast je neergeschoten, is in het vibreren van je verzen ooit een ingezeepte strop binnengedrongen die om de hals van de teder door jou bezongen meisjes wordt gelegd?

Denk je, wanneer je over te vroeg gestorvenen schrijft, aan degenen die in de concentratiekampen worden gekweld en vermoord? Heb je ooit van Dachau gehoord? Dat is niet eens zo ver hiervandaan, maar ach, je bent doof voor de pijnkreten, net zo doof als alle anderen. Zeg niet dat je ze hoort. Want als je weet had van dat alles en je het voor lief zou nemen zonder naar de wapens te grijpen, dan, Andreas, zou je menselijkheid, waar je waarschijnlijk net zo trots op bent als iedere kunstenaar, niet veel om het lijf hebben.

Mijn woorden zullen slechte muziek bij jouw verzen zijn. Toch wil ik de verantwoordelijkheid op mij nemen.

Om haar mond lag een harde trek.

Ik zou je kunnen ontzien, je met een bars woord kunnen wegsturen, je zondag vergallen en je behoeden voor het gevaar dat overal op je loert. Maar, Andreas, je moet begrijpen dat mensen die alles kwijt zijn, die in de duistere krochten van de pijn huizen, niet willen behoeden. Niet langer.

Met een luid fluitsignaal stak de trein de weg over, rechts beneden lag grijs en dampend van de kou het meer.

'Hier ben ik thuis,' zei Monika, 'of misschien moet ik zeggen: hier was ik thuis.'

Op Andreas' verbaasde blik vervolgde ze: 'Daar aan de overkant van het meer staat een huis, daar ben ik geboren. Het is nu leeg en verlaten, en ik loop er vandaag in een wijde boog omheen. Maar u ziet het, ik trek nog altijd graag de bergen in, en als kind al was ik er vast van overtuigd dat ze van mij waren en van niemand anders. Die daar is ons doel.'

Ze wees naar een langgerekte, kartelige bergkam, die heel in de verte het dal afsloot.

'Mijn god, waarom meteen zo ver?' vroeg Andreas, die de moed in zijn schoenen voelde zinken.

En hij probeerde het met een grapje: 'De bergen hier in de buurt zijn toch ook heel mooi?'

'Mooi zijn ze zeker,' zei Monika ironisch, 'maar die ene daar is ook nuttig. Over zijn kam loopt de grens, daar achter de bergtoppen begint een ander land.'

II

Meer zei ze niet. Andreas durfde niet te vragen wat ze in dat andere land te zoeken had, dat sinds drie jaar van staatswege niet meer mocht worden betreden. Hij keek nieuwsgierig naar haar grote rugzak, die, omdat hij maar halfvol gepakt was, hem deed vermoeden dat ze wilde terugkeren met smokkelwaar.

Een fraai avontuur is me dat waar ik hier in ben gestapt, zei hij bij zichzelf, terwijl hij voelde hoe het bloed naar zijn hoofd steeg. Tegelijk dacht hij niet zonder weemoed aan Andreas Gryphius en zijn barok krullende verskunst, die het thema was van zijn proefschrift dat hij vandaag zo schandelijk in de steek had gelaten.

Maar hij was jong genoeg om geïntrigeerd te zijn door het geheimzinnige en aarzelde geen moment om Monika op haar verdachte wegen te begeleiden.

Op het eindstation stapten ze uit en bleven net als veel andere reisgenoten op het kleine stationsplein staan, waar de sleden en auto's geparkeerd stonden, om rugzakken, ski's en stokken in orde te brengen.

Monika was snel klaar, ze stond leunend op haar ski's te wachten, als een krijger die voor de veldslag op zijn speer leunt, met een ernstig en geconcentreerd gezicht.

Maar toen Andreas maar onhandig bleef stuntelen, keek ze hem wantrouwig aan en vroeg ze scherp: 'U kunt toch wel skiën?'

'Een beetje. Maar heel erg goed ben ik er niet in.'

'Luister, Andreas, ik denk dat het verstandiger is dat u hier blijft.'

Haar stem klonk opeens zacht en bezorgd.

Hij schudde slechts zijn hoofd.

'Jawel,' zei ze haast smekend, 'ga naar de oefenpistes ginds en laat uw dag niet verpesten door mijn geforceerde marsen.'

'Bent u liever alleen?'

'Dat nu ook weer niet.'

'Kom dan. We moeten ons haasten, anders rijdt de postbus zonder ons weg.'

Ze liep hoogrood aan.

'Laat die maar rijden. Die mogen wij toch niet nemen.'

'Wilt u lopen? De hele weg?'

Nu moest ze lachen om zijn ontzetting.

'Zo erg is het ook weer niet. Na drie uur kunnen we klimmen.'

Misschien heeft ze geen geld, dacht Andreas. Zal ik haar wat voorschieten? Het is toch compleet mesjogge om vóór een bergtocht drie uur lang door het dal te lopen. Bovendien is het maar zeer de vraag of we vanavond terug zijn. Nog een werkdag meer kwijtspelen zou echt heel vervelend zijn.

Maar hij durfde geen bezwaren meer te opperen, uit angst definitief weggestuurd te worden. En dus zei hij met een klein stemmetje: 'Als het echt moet, red ik die drie uur wel.'

'Goed dan,' zei Monika tevreden. 'Als u er genoeg van hebt, kunt u nog altijd rechtsomkeert maken. Maar kom nu, anders wordt het echt te laat.'

Ze liepen de stationsstraat af, de sneeuw begon al te smelten, op de rijweg lag alleen nog sneeuwdrab. De lucht was glashelder, en de bergen, die hier zo vaak iets iets weg hebben van lieflijke heuvels, leken dichtbij, steil en dreigend.

'Het ruikt naar sneeuw,' zei Monika, als een hond in de lucht snuffelend.

Op de hellingen ter linkerzijde stonden landhuizen, voornamelijk nogal ouderwetse villa's in vooroorlogse stijl. Rechts liepen de tuinen af naar het meer; langs de oever had zich een beetje ijs gevormd, het water zag er vuil en levenloos uit, maar er groeide hier veel riet, dat geel en warm in de zon glansde. Wilde eenden landden in een lage vlucht op het water.

Opeens hing over de straat een spandoek, waarop stond: 'Joden betreden het dorp op eigen gevaar.'

Andreas sloeg er geen acht op, het liet hem koud, hij was die opdringerige spandoeken gewend en vond ze in een landschap net zo brutaal en lelijk als de reclameborden die tot de aankoop van naaimachines of tot een verblijf in het Grand Hotel aanspoorden.

Maar tot zijn verbazing zag hij hoe Monika, die onderweg bijna opgewekt en ook veel spraakzamer was geworden, verstomde en naar de grond staarde. Voelde ze zich gekrenkt door de slogan? Eigenlijk moest iedereen die hier thuis was zich er toch aan storen; niemand laat immers zijn huis graag volplakken met misplaatste boodschappen van onbekende lui.

Om haar een plezier te doen zei hij: 'Wat een dwaasheid ook. Alsof er ook maar iemand is die een stap kan zetten zonder eigen gevaar.'

Ze knikte zonder te reageren, en hij voegde er lachend aan toe: 'Bovendien is dat dreigement compleet overbodig. Hier te lande zijn er waarschijnlijk amper nog Joden. Die zijn toch allemaal allang gevlucht.'

Als om zijn woorden te logenstraffen, werd Monika net op dat moment aangesproken door een dikke, lelijke vrouw, onmiskenbaar een Jodin, die ondanks haar behoorlijk gevorderde leeftijd bij haar loden mantelpak een frivool groen hoedje droeg.

Andreas liep gegeneerd verder, ging een eind verderop tegen een hek leunen en plantte zijn ski's in de sneeuw. Hij liet zijn schouders, die dat gewicht niet gewend waren, naar voren hangen en speelde, zijn vingers losjes ontspannend, met zijn slanke handen.

Twee aantrekkelijke meisjes in donkere broeken en kleurrijke sweaters liepen langs, ze keken lonkend naar de jongeman. Een van de twee riep hem iets plagerigs toe, afkeuring van zijn dadeloze rondhangen, maar in werkelijkheid uitnodiging en strelend gevlei. Andreas wuifde hun toe, ietwat afwezig en prinselijk, en vervolgens keek hij toe hoe ze traag, van nature gracieus maar ook onhandig gehinderd door hun zware schoenen, in een innige omarming voortslenterden.

Hij had veel zin om ze te volgen, tussen hen beiden in te gaan lopen en ieder een arm te geven, de blonde met haar opgestoken vlechten en de guitige bruine met de zachte krullen. Ze waren leeftijdsgenoten, met hen zou hij geen al te lange bergtochten en geen al te hachelijke avonturen hoeven te vrezen. Een kort skitochtje, omhoog naar die witte, spitse kapel daar, een korte afdaling over vlakke, boomloze hellingen, dat was precies wat hij zich voor deze zondag had voorgesteld.

Zijn blik volgde de meisjes net zo lang tot Monika in zijn gezichtsveld verscheen. Hij zag haar profiel en dat van de vrouw met wie ze praatte, en plotseling, als door de bliksem getroffen, verbijsterd en tegelijk overspoeld door een gloeiende, razende schaamte over zijn eigen blindheid, viel hem op hoezeer de twee vrouwen op elkaar leken, de oude en de jonge, de belachelijk opgedirkte en de haast mannelijk streng geklede – alleen waren de gelaatstrekken van de onbekende verruwd en door een hoop vetkussentjes vertrokken. Hij zag Monika als voor het eerst, haar hoofd, haar gezicht met de krachtige neus en het hoge, smalle voorhoofd dat geen Egyptisch, maar een Joods voorhoofd was, en hij voelde in zijn schriele blondheid de hele verantwoordelijkheid voor de woorden op het spandoek, voor al de ongehoorde dingen die deze mensen werden aangedaan als een steen op zijn hart vallen.

Toen kwam Monika op hem afgelopen, met gefronste wenkbrauwen, ze wilde aarzelend iets zeggen, maar nog voor ze een woord kon uitbrengen begon hij ontdaan, verward en onsamenhangend te stamelen, verklaring, verontschuldiging, bereidwilligheid – ze leek er eerst nauwelijks wat van te snappen, maar zette toen haar ski's op de grond en keek hem vijandig aan.

'O, het is nu pas tot u doorgedrongen dat ik een Joodse ben. En u vreest dat er genoeg Kulturkammers en dat soort instellingen zijn die met belangstelling vaststellen in wat voor een bedenkelijk gezelschap Andreas von Cornides zijn zondagen doorbrengt. Natuurlijk wilt u zich zo snel mogelijk uit deze netelige en zelfs gevaarlijke situatie bevrijden.'

Hij stak afwerend zijn handen uit.

Nee, zei hij, het tegendeel was waar; maar hij had er geen weet van gehad en er ook niet naar gevraagd, het was hem immers volkomen om het even welk geloof iemand aanhing – nu goed, ook tot welk ras iemand behoorde, voegde hij er met tegenzin aan toe, toen hij haar afkeurende, spottende beweging zag. Het enige wat telde was tenslotte het menselijke en in haar specifieke geval ook het vrouwelijke, en die twee apprecieerde hij zeer, hoewel ze elkaar nog maar pas kenden, ze mocht hem niet verkeerd begrijpen en daar niet met zo'n boos en hard gezicht staan, alsof hij de aanstichter van al die gruwelen was. Hij verafschuwde het allemaal en kon er helemaal niets aan doen, ze moest toch weten dat hij in zijn eigen wereld leefde en niets, maar dan ook niets van politiek moest hebben.

Ze luisterde met grote ernst.

Daar viel van alles tegen in te brengen, reageerde ze. Bijvoorbeeld dat ze vond dat je politiek net zomin uit de weg kon gaan als eten en drinken, omdat je hele leven, het leven tout court ervan afhing. Hij mocht zich wat dat betreft op haar ervaring verlaten, ze kon daar een paar droevige, zelfs dodelijke verhalen over vertellen. Maar ze had geen moment gedacht dat hij niet wist wat en wie ze was. Toch moest ze hem hier ook gelijk terechtwijzen, want aan haar menselijke en ook vrouwelijke kwaliteiten twijfelde ze zelf allerminst en geen partij en geen natie ter wereld konden die betwisten – 'ze kunnen ons doden, Andreas, maar niet breken' –, maar ze zag nu wel in dat hij zich onwetend in gevaar had begeven, terwijl zij had gedacht dat hij dat nobel en uit vrije wil had gedaan. Bovendien had ze zijn verondersteIde moed ook nog eens misbruikt, want ze werd gezocht door de Gestapo – 'de Geheime Staatspolizei, Andreas!' – in verband met politieke misdrijven, misschien landverraad, heel precies kon je dat niet weten, en ze had zijn onschuldige uiterlijk als een soort schild of vermomming gebruikt om de mensen te doen geloven dat wat ze hier samen ondernamen een skitocht was en niet wat het echt was, namelijk een vlucht.

'En nu maakt u dat u wegkomt!' riep ze kwaad.

Met een onverzettelijke koppigheid in zijn ogen pakte hij zijn ski's en spoorde Monika aan om door te lopen: 'Ik begeleid u tot aan de grens,' zei hij gedecideerd, 'en geen duivel zal me dat beletten.'

'Ach, Andreas, u kent de duivel niet,' zei ze spottend, maar omdat ze de vastberadenheid in zijn woorden voelde, sputterde ze niet langer tegen en liep, zonder hem aan te kijken, met een haast gelukkige glimlach naast de jongeman verder.

III

Hoe dichter ze bij de bergen kwamen, hoe feller de zuidenwind blies. Vanuit het westen kwamen zware sneeuwwolken aandrijven. Al snel hadden Andreas en Monika de grote weg verlaten, waren eerst over besneeuwde veldpaden en later over een brede bosweg steeds verder zuidwaarts gelopen. Ze zeiden niet veel, af en toe een paar woorden die in de grote ruimte wegstierven, terloops, zodat ze elkaars aanwezigheid voelden; maar ze wisten allebei dat hun snelle tempo het eigenlijke gesprek dat in hun binnenste wachtte in de weg stond, en ze merkten tevreden dat ze samen konden zwijgen.

Af en toe wees Monika naar iets wat haar beviel, een buitengewoon breed vertakte boom, opvallende struiken, een haas die met bruine poten en een wit achterwerk over de weg schoot, een paar grote donkere vogels die met roerloze vleugels boven het dal zweefden. Heel zelden kwamen ze mensen tegen, één keer een boswachter en twee of drie boeren, de skiërs leken van de aardbodem verdwenen. In de bomen waaide, ruiste en suisde het, het was een klank die herinnerde aan hoe de Noordzee op het vlakke strand stukslaat. De sneeuw was pappig geworden, lopen was moeizaam, bij elke stap moest je je voet omhoogsleuren, en toen ze een korte pauze inlasten om hun jas in hun rugzak te stoppen, merkte Monika dat Andreas bleekjes was geworden. Zo snel al werd het kind uit het laagland overvallen door vermoeidheid; maar misschien was hij ook bang voor de eenzaamheid en de vele geluiden van de wind. Ze haalde een stuk chocolade tevoorschijn en stopte het in zijn mond. Maar toen zijn tred later steeds zwaarder en trager werd, nam ze met een zacht gebaar, zijn heftige protest negerend, de ski's van hem over. Ze droeg nu de twee paar op haar sterke schouders, terwijl hij met twee stokken in elke hand brommend en foeterend, maar wel zichtbaar opgelucht naast haar voortstapte.

Hij was flink moe, en als hij niet stiekem bang was geweest voor haar kwade gezicht, had hij een pauze – een half uurtje maar – voorgesteld in het laatste dorp waar ze doorheen liepen. Langs de weg stond een uitnodigende herberg, maar waarschijnlijk was het niet raadzaam om daar naar binnen te gaan als je op de vlucht was, en Andreas stelde met een zucht vast dat hij geen idee had hoe je je in zo'n ongewone situatie moest gedragen. Nooit eerder was het echt tot hem doorgedrongen dat hij een voor het oog veilig burgerbestaan leidde, ja, tot groot verdriet van zijn vader was hij niet eens een 'echte jongen' geweest – hij las geen Karl May, wilde geen koetsier worden, het Wilde Westen kon hem net zo weinig boeien als een voetbalwedstrijd. Elke rebellie had zich bij hem op het geestelijke vlak afgespeeld; zijn eerste liefdes heetten Diotima en Klärchen, zijn metgezellen waren Goethe, Byron en Rilke. Opgegroeid zonder moeder had hij als adolescent vaak door zijn Noord-Duitse heimat gezworven; hij hield van de weidse vlakte, van het smalle land onder de ontzagwekkende, wolkenzwangere hemel, van het grijze, immer gebroken licht dat iedere boom en ieder huis plastisch accentueerde, van de zilverachtig trillende lucht boven de groene weilanden, waarover je kunt lopen, tot aan het einde van de wereld, terwijl je je gedachten de vrije loop laat. Daar gaat dan een mens, een tere, bleke jongen in z'n eentje een uitgestrektheid tegemoet die hier begint en nergens ophoudt, rechtop in de westenwinden die zilt de nabijheid van de zee verraden, hij vindt niets om zijn blik op te laten rusten behalve vlakte en hemel, een reusachtige, zich welvende hemel, en zoekt in deze wereld, die amper bestaat, en in zijn luid bonzende hart naar zin en waarde. Geen berg, geen heuvelrug die afbakent, die maat en vorm laat voelen, geen zuiderse glans die tot het aardse verleidt. In deze verlatenheid, in dit teruggeworpen zijn op zichzelf zijn er maar twee houdingen mogelijk. Een harde, nuchtere, praktische als het ware, die in deze quasi-woestenij dan toch op z'n minst de materie vasthoudt en aan zich bindt, en een geëxalteerd mystieke houding, die de dood met het leven, het onzichtbare met het zichtbare gelijkstelt, die het hiernamaals omgeeft met de gevaarlijk-zoete glans waarvan men in het aardse leven verstoken is. Of men verliest geen tijd met kiezen, maar deelt zijn ik op tussen de eisen van het moment en de roes van de gedachten, men wordt een burger, keurig, terughoudend, zoals de kooplieden in de Hanzesteden, onopvallend, beleefd, gedienstig, en men bewaart het reservaat van de nabijheid tot het goddelijke voor privégebruik. Maar als men dan zoals Andreas ook nog een bijzondere gave heeft meegekregen, dan moet men op een dag toch uit zijn al te banale leventje uitbreken en de roep volgen; dan lukt het na een harde, moeizame strijd de militaire vader ervan te overtuigen dat men een kunstenaar is en meer niet. Maar uiteindelijk stemt men er wel mee in om op z'n minst toch de doctorstitel in de germanistiek te behalen, ook al geeft men daar zelf niet om; de studie verleent anderzijds een paar jaar onafhankelijkheid, en in die jaren moet de reputatie worden gevestigd waar men naar streeft en verlangt men zoals ooit een van de voorvaderlijke officieren naar de lauweren van de eerste veldslag.

Andreas brak zich het hoofd niet over de vraag of Monika ervaring had met vluchten en avontuur, met sluipwegen en geheime grensovergangen. Hij had een blind vertrouwen in haar. Ze straalde immers die grote, innerlijke zekerheid uit, die sommige mensen na harde klappen onaantastbaar doet lijken, die diepe, haast verstarde rust die slechts diegenen kennen die van nabij kennis hebben gemaakt met de dood, die niets meer te verliezen hebben en nauwelijks nog hoop koesteren. De jongeman geloofde in het gunstige gesternte van deze vrouw, die hij maar nauwelijks kende. Er zijn mensen wier leven bijzondere, ijzeren wetten volgt en – zij het op onvoorstelbare hoogte – toch nog altijd een betekenis heeft, terwijl bij anderen alles willekeurig en onsamenhangend is, zonder tragiek, maar ook zonder enig geluk. Nooit eerder had hij iemand ontmoet die hem zo de indruk had gegeven verbonden te zijn met het lot. Was ze niet de zus van Antigone, in het lijden zowel als in het mateloze, liefhebbende handelen? En hij volgde haar zonder zich af te vragen of deze weg naar de grens, of Monika's gesternte hemzelf geluk of ongeluk zou brengen.

Het was, terwijl ze nog tussen de huizen door liepen, zachtjes, met grote vlokken gaan sneeuwen; op de onbeschutte weg beukte de wind op hen in, blies koude, natte sneeuw in hun gloeiende gezicht, en Andreas, die zijn jas niet snel genoeg had aangetrokken, had een onaangenaam nat gevoel in zijn nek. Het drong opeens tot hem door dat hij de terugweg alleen moest afleggen, en die gedachte wekte terstond verlammende angst in hem: hoe kon hij zonder Monika vermoeidheid, afdaling, sneeuwstorm, kou, verdwalen doorstaan? Hij was maar een zondagsskiër, die af en toe, op een vertrouwde helling een remboog voor elkaar kreeg, maar die zodra hij de pistes verliet meer op de grond lag dan op zijn benen stond.

Alsof hij hardop had gedacht, gaf ze plotseling het antwoord: 'Nu is het genoeg geweest. U hebt me tot nu toe dapper begeleid, maar hier moet u omkeren, in de herberg een warme soep drinken en op de postbus wachten die u terugbrengt naar het station.'

Hij ging trager lopen en veegde met de rug van zijn hand zijn druipneus af. Het was heerlijk om zich dat voor te stellen: een warme ruimte en een dampende kom soep, sigarettenrook en droge kleren en niet langer dat optillen en neerzetten van zijn voeten, geen ski's meer op zijn schouders, geen nattigheid meer op zijn huid, geen wind meer in zijn longen en de zekerheid vroeg in de avond weer thuis te zijn, in zijn kamer op de bank te liggen, cognac en gebak tot zich te nemen, wat te lezen, tussen slapen en waken terug te denken aan de afgelopen dag, aan Monika – ja, aan Monika –, maar waar moest hij haar dan zoeken, was ze nog aan het vechten tegen de storm, was ze erin geslaagd de grens over te steken, was ze gearresteerd, zat ze in een berghut, lag ze op een bed of wie weet in de sneeuw, opgejaagd, uitgeput, uiteindelijk doodgevroren?

'Mag ik niet mee?' hijgde hij, zich schamend voor zijn besluiteloosheid.

Ze merkte die wel, maar haar verlangen om hem haar verhaal te vertellen was te groot.

'Bij dit weer komt u nooit weer naar beneden, althans niet alleen, maar ook ik kan de bergkam niet over, een beetje sneeuw was goed geweest, maar nu sneeuwt het te hard, je ziet geen hand voor ogen, ik kan het risico niet nemen op een grenspatrouille te stuiten. Ik heb de sleutel van een hut op zak, daar overnacht ik. Alleen ben ik bang dat u als vermist wordt opgegeven als u vanavond niet terug bent, en dan krijg ik die bende pas echt op mijn dak.'

Hij lachte.

'Ik kan een week wegblijven zonder dat iemand ongerust wordt. Ik heb niet de gewoonte om mijn hospita's te beloven wanneer ik terug ben.'

'Niemand maakt zich druk als u morgenochtend niet in uw bed ligt?'

'Ik overnacht vaak bij vrienden.'

'Dan is het goed. U kunt tot morgenvroeg of als het weer zo blijft tot overmorgen bij mij blijven en vertrekken als de weersomstandigheden gunstiger zijn. Ik heb voldoende proviand. Maar ik weet natuurlijk niet of u dat wilt.'

Het was of een hand de verlokkende beelden van luiheid en loslaten wegvaagde, en hij zag alleen nog haar droevige, grijze ogen.

'Natuurlijk wil ik dat.'

Hij liep nu weer sneller, en ze zei geruststellend: 'Over een uurtje zijn we boven. Dan krijgt u thee en sigaretten en kunt u alvast eens goed uitslapen.'

Het uurtje, zoals Monika het verbloemend had genoemd, want ze hadden in werkelijkheid een half uur meer nodig gehad om bij de hut te komen, viel voor Andreas uiteen in lange minuten, in slepende passen, een kwellend gevecht tegen de wind, tegen een boze, ontzaglijke macht, die uit de dennenbomen omlaag ruiste, zich met felle stoten over zijn zachte, door een baret ontoereikend beschermde haar uitstortte, hem pijnigde en van alle wilskracht beroofde.

De ski's, die ellendig lange, onbuigzame latten, zaten nu vastgebonden onder zijn voeten die hij bergopwaarts schoof en volgden de brede sporen op de holle weg. Nadat was gebleken dat hij geen zeehondenvellen bij zich had, kreeg hij die van Monika onder zijn ski's bevestigd; zijzelf redde het zonder, met een beetje was, licht, gelijkmatig, zelfverzekerd; in de weinige adempauzes van de storm, wanneer de vlokken op zijn zere ogen waren gesmolten, zag Andreas haar voor zich, hoorde haar aanmoedigende, verlokkende stem.

Dan beet hij op zijn tanden en dwong zichzelf weer een paar stappen te zetten, en weer.

Langzaam verloor hij het bewustzijn van zijn pijnlijke lijf, voor de situatie waarin hij zich bevond; hij werd licht misselijk, duizelig, de eerste tekenen van een braakneiging, een samentrekken van de maag zoals op een slingerend schip. Hij rook merkwaardig duidelijk de mengeling van knoflook, smeerolie en teer, waar hij ooit op de overtocht van Palermo naar Napels onwel van was geworden. Net als toen had hij dorst, zijn tong plakte tegen zijn gehemelte, en hij snakte naar dat zuiders-zoete drankje, grenadine, met ijskoud sodawater. Hij kreeg het nu net zomin als toen, in de plaats daarvan nam de druk in zijn hoofd en maag toe, hij kon niet meer zeggen of hij van binnenin of van buitenaf van lucht werd beroofd, in ieder geval kreeg hij te weinig in zijn longen of iets verkeerds. Ja, dat was het waarschijnlijk, een vreemde, voor het ademen ongeschikte stof, een moeilijk verteerbaar, wie weet zelfs giftig gas – zo kwam het dat hij zich had vergist met het schip, de olie en de knoflook, en het ruisen kwam niet van storm en golven, maar het was het donderen, dreunen, bulderen, huilen, de vele geluiden van de oorlog, voortgebracht door vliegtuigen, granaten, machinegeweren, en hijzelf, Andreas – o, hoe helder besefte hij dat hij droomde, terwijl hij toch het merkwaardig bittere gevoel had dat dit werkelijkheid was –, lag weggedoken ergens in een modderige loopgraaf, tegen een bevende, uiteengereten aarde, en het was nacht, maar aan de horizon brandde een stad, reusachtige vlammen laaiden op, kleurden de hemel oranje, geel, rood, grijs, tot hij in een zwart, met sterren bezaaid hemelgewelf overging. Andreas hoorde gehijg en gekreun, hij kon niet uitmaken of het van hemzelf kwam of van de kameraad naast hem, of van de volgende of de daaropvolgende, ze waren immers geen aparte mensen meer, maar een aan elkaar geklonken massa, in grijze, smerige uniformen. Maar het was zijn eigen hart dat heftig, snel, pijnlijk tegen zijn ribben beukte, die verder, steeds verder uitzetten om lucht te krijgen. Hij was het nog zelf, Andreas, door zijn moeder op de wereld gezet om een eigen leven te leiden, een eigen dood te vinden. Maar hij had amper nog ruimte voor zichzelf, heel benauwd en helemaal op zichzelf aangewezen worstelde en vocht hij.

Het ademen ging steeds moeizamer. Bestond er geen gas dat je longen openreet zodat je in je eigen bloed verdronk? Waarom, waarom? Was oorlog geen voorgoed achterhaalde zaak van de vaders, die zich twintig jaar geleden op hun beurt door hun vaders naar de loopgraven hadden laten sturen? Was hij voorbestemd om zo te sterven, hier heen te gaan met het geweer in de hand, voor een vrijheid waarvan hij allang wist dat die alleen in de hoogste regionen van de geest te vinden was? Kwam de dood van de slagvelden zijn al generaties geleden beloofde offer halen, dat zich aan zijn lot had willen onttrekken met weke aanstellerij en welluidende verzen? *In 't vaderland, in 't vaderland, daar zien w'elkander terug.* Wanneer had hij dat lied ook alweer gehoord, dat nu flagrant vals klonk, vals ook al in de aanzet ervan, want hier kan geen sprake zijn van goede kameraden of een relatief behaaglijk sterven, waarbij de een de ander de hand wil reiken. Misschien had Monika toch gelijk gehad met haar manende woorden, die zo weinig tot hem waren doorgedrongen: 'Het hele leven, het leven tout court hangt af van politiek.' Het was immers toch de politiek die hem en miljoenen anderen de oorlog, de dood in stuurde? Konden geest en politiek niet van elkaar worden gescheiden? Die vraag was zinloos geworden, nu het niet langer op kennis en inzicht aankwam, maar louter en alleen op doen en volhouden. Wat had men met hem, wat had men met de mens gedaan? 'Heil mij, dat ik gegrepenen zie,' klonken Rilkes oorlogsverzen in Andreas' hoofd. Waar waren ze heen, zij die ooit zo gegrepen, dronken, in vervoering waren? Ze lagen in het slijk naar adem te snakken, ze waren aan elkaar gekoekt en ontnuchterd door bovenmenselijk leed. Ook de dichters klinken als valse getuigen. Niemand heeft het recht om over de massa te spreken, want de massa is niets, terwijl de enkeling alles is. De vrije, zelfbewuste mens. Bestaat waardigheid nog?

Andreas hoorde zichzelf een zachte kreet slaken, daarna gaf hij bittere gal over. Monika nam hem bij de arm.

'Nog een kort eindje over de helling. U hebt zich erg dapper gehouden, in dit rotweer.'

Ze leidde hem nu, hij voelde de zachte druk van haar hand. Maar toen ze het bos uit kwamen, beukte de storm nogmaals met volle kracht op hen in. Het was niet meer uit te maken of de weg vóór hen omhoog of omlaag liep, maar het ging toch wat vlotter dan ervoor, misschien door de geleegde maag of door Monika's stem, die van dichtbij geruststellend tot hem doordrong.

Eindelijk stonden ze stil, van onder zijn knipperende oogleden kon Andreas de omtrekken van een kleine hut ontwaren. Monika deed de deur open en knielde snel om de skibindingen van de uitgeputte jongeman los te maken.

Blij voelde Andreas een ruimte om zich heen, koud en donker weliswaar, maar toch windvrij. Hij bleef verdoofd staan, Monika stak een gaslamp aan. In een hoek stond een fornuis, in een andere een breed bed, in het midden een tafel en stoelen; aan de muren hingen aquarellen en er waren ook verrassend mooie dingen: handgeweven kussens, een kleurrijk gevlochten mand, matjes van bast, in allerlei kleuren beschilderde keramiek en aardige diertjes van klei, zoals ze in Zuid-Italië worden vervaardigd. Geen ongastvrije herdershut dus, zoals Andreas had gevreesd, maar een weldoordacht ingericht weekendhuisje.

Ze ontdeden zich van hun kleren, en Andreas kreeg een witte, groen gebiesde jas die uit een wandkast tevoorschijn werd getoverd, alsook een zwartfluwelen vrouwenbroek en gevoerde, leren pantoffels. Monika trok een zwart-rood gestreepte rok aan; een zwart lijfje met een vierkante halsuitsnijding maakte weer een vrouw van haar en deed haar er zachter en ontspannener uitzien. Ze sloeg het bed open en dwong Andreas, die haar overal gedienstig en onhandig bij wilde helpen, te gaan liggen.

Hij strekte zich uit met een onbeschrijflijk zalig gevoel in zijn afgematte lijf. Reeds indommelend hoorde hij Monika het fornuis aanmaken, vervolgens zakte hij weg in een diepe slaap.

Hij ontwaakte als uit narcose, zonder herinnering aan plaats en tijd; tastend met zijn ogen begon het hem te dagen waar hij zich bevond. De tafel was gedekt, in het fornuis knetterde het vuur, de natte kleren hingen ervoor te drogen, alleen Monika kon hij nergens zien. Pas toen hij omkeek, zag hij haar met opgetrokken benen in de enige comfortabele stoel in de hut zitten, een ouderwetse, met weelderig houtsnijwerk versierde leunstoel, en weer lag die vreselijke, ondoorgrondelijke droefheid op haar gezicht. Dat raakte Andreas des te meer omdat ze zich tijdens zijn slaap had opgemaakt; met haar felrood geschminkte mond en haar bijgetekende wenkbrauwen leek ze zo nog meer dan ervoor op een schilderij, maar nu moest Andreas meer denken aan de schilderingen op Romeinse sarcofagen, aan de jonggestorvenen met de smalle wangen en de grote, donkere ogen, dan aan hoogmoedige Egyptische koninginnen. Ongenaakbaar en toch begeerlijk als een vroeggestorvene zat ze daar, vreemd en toch op een oeroude manier vertrouwd, en terwijl Andreas die ernstige, stille vrouw in zich opnam, flakkerde de vlam in hem op die het vreemde en onbekende begeert dat we ons nooit kunnen toe-eigenen, die verlangen en nieuwsgierigheid is, eeuwig zoeken naar het onbegrijpelijke. Hij had graag uren zo willen doorbrengen, kijkend naar de geliefde en liefdevolle woorden voor haar bedenkend, maar Monika merkte dat hij wakker was en glimlachte naar hem: 'Uitgeslapen?'

Hij knikte en sprong uit het bed. 'Ik heb honger,' zei hij en kreeg tot zijn verbazing te horen dat het al avond was.

Er was brood en worst, hardgekookte eieren, ham, sardines, sinaasappels, appels en gebak, rozijnen, amandelen en hazelnoten, thee en cognac, en de jongeman moest aldoor in zijn arm knijpen om zich ervan te vergewissen dat deze heerlijke, copieuze maaltijd echt was, die hij des te meer apprecieerde omdat hij als het ware zoals in het sprookje tafeltje-dek-je voor hem stond.

Ze kwamen in een vrolijke, kinderlijke kerststemming, staken kaarsen aan en verbrandden een dennentwijg, die Monika buiten was gaan halen.

Buiten rukte de wind aan de voor de ramen getimmerde planken, binnen gingen ze arm in arm van voorwerp naar voorwerp, en pas toen Andreas zijn hand wilde uitsteken naar een in geel linnen gebonden boek, hield Monika hem tegen, maar gaf hem het boek vervolgens zelf en zei kort: 'Hier schrijven de gasten hun naam in.'

Hij legde het op tafel, zij stond achter hem en keek over zijn schouder mee.

Bedachtzaam bladerde Andreas door het boek, vond soms beroemde namen, velen die niet meer in Duitsland, sommigen die dood waren, en ook leken er in het begin veel meer gasten naar de hut te zijn gekomen dan later, en na 1933 bijna niemand meer. Er stond nog maar één aantekening, ook al van bijna twee jaar geleden: 'Monika en Klaus, de waarachtig gelukkigen, die altijd terugkeren.'

Op dat ogenblik legde Monika haar hand over het blad en zei met harde stem: 'Gelogen. Ze komen niet terug. Nooit meer.'

Toen hij opveerde, week ze terug, wierp zich op het bed en begroef haar hoofd in het kussen.

Keer op keer zei ze snikkend dat ze een heel jaar niet meer had kunnen huilen, 'en nu houdt het niet meer op'.

Hij knielde neer bij het bed, streelde en kuste haar hand. Langzaamaan kwam ze tot rust en uiteindelijk had ze zich in slaap gehuild als een klein kind.

Pas toen hij zag dat ze rustig ademde, kwam hij zacht overeind, deed de lamp uit en ging met een kaars naar de ruimte ernaast, waar hij zonder zich uit te kleden op een matras in een onrustige slaap viel.

KLAUS

I

1

De volgende dag boette de storm niets aan kracht in, tevreden glimlachend stelde Monika vast dat het geen weer was om een hond door te jagen. Ze stond vroeg op, maakte het fornuis aan en bracht de slaperige Andreas een dampende kom soep op bed.

Later bood ze hem de leunstoel aan en nam zelf op een krukje plaats, niet ver bij hem vandaan. Tijdens het spreken moest ze naar hem opkijken; zijn smalle jongensgezicht stak als een silhouet af, het kaarslicht viel alleen op zijn blonde haar. Tegen deze amper te onderscheiden gestalte begon Monika te praten, en terwijl ze aanvankelijk aarzelend, maar toen steeds sneller haar zinnen vormde, terwijl ze haar verhaal vertelde, de feiten aan elkaar reeg en het wezenlijke toch moest verzwijgen, werd voor haarzelf het schrale geraamte van de woorden gevuld met het leven zoals het was geweest en het voor de man die ervan had gehouden altijd zou blijven.

Terwijl Monika aan haar verhaal begon: 'Het was enkele jaren na de oorlog dat mijn neef Klaus voor het eerst naar München terugkwam...', werd ze weer die moeilijke en verwende zestienjarige, die vol trotse en felle eisen aan het begin van het leven stond en geen andere geloofsovertuiging had dan dat geluk de enige deugd was.

Voor haar geestesoog verschijnt weer de dag dat ze de onbekende neef voor de grote kunstnijverheidstentoonstelling afhaalt, niet overlopend van enthousiasme, want in die overgangstijd tussen kind en meisje zijn leeftijdsgenoten niet interessant; de hongerige ogen zoeken naar de twintigjarigen met hun levenservaring die rijp, sceptisch en met gebiedende superioriteit uit de oorlog zijn teruggekeerd, hoewel er juist rond Klaus, of liever gezegd rond zijn vader, allerlei interessants hangt: die oom, de broer van haar vader, trok voor de oorlog naar Zwitserland, schreef daar een boek tegen de keizer – het was lange tijd niet per se aangenaam om dezelfde naam te dragen – en schoot in 1919, uit walging en ontevredenheid over de slechte vrede, die de zelf in het leven geroepen, zo langverbeide Duitse democratie meteen weer met de ondergang bedreigde, een kogel door zijn hart. Zijn weduwe, tante Beatrix, was in de loop van het jaar al naar München gekomen; terwijl de ouders haar aarzelend en erg terughoudend begroetten, was ze voor de kleine nicht vanaf het eerste ogenblik het voorwerp van diepe bewondering en innigste liefde: nooit eerder had Monika zo'n mooie, trotse, elegante vrouw gezien, die haar zware lot achter een glimlachende gereserveerdheid verborg; niemand droeg zoals zij steeds weer nieuwe, betoverend mooie kleren, niemand wist zich zo op te maken dat de bedoeling zichtbaar maar nooit opdringerig werd. Niemand, man noch vrouw, luisterde zo geconcentreerd naar de adolescente als Beatrix, die met ernstige, grote, ronde ogen en licht geopende lippen Monika's woorden in zich opnam. Bovendien bleek algauw dat ze niet alleen de werken kende van de dichters die het meisje bewonderde, maar dat ze vaak ook de schrijvers persoonlijk kende, wat haar zo mogelijk nog interessanter maakte. Ze leefde bedaard en onverstoorbaar volgens de strenge ideeën die haar overleden echtgenoot haar had bijgebracht, en hoewel ze niet over een scherp, praktisch brein beschikte, bezat ze wel een genereuze menselijkheid, die zich des te voller en vrijer had kunnen ontplooien, omdat Beatrix de vreselijke oorlogsjaren ver van nationalistische karikaturen in Zwitserland had doorgebracht. Waar ze vandaan kwam, wist niemand precies, ze praatte wat slordig, met Oostenrijks accent; ze had kennelijk geen familie of leefde er in onmin mee. De oom had haar als piepjong meisje in een kleine provinciestad, waar hij een lezing moest geven, de rol van Nora zien spelen; haar volmaakte schoonheid, haar charme en haar hulpeloos gebrek aan talent hadden hem tegelijk ontroerd en overweldigd; hij was helemaal weg van haar, trouwde terstond met haar en nam haar als zijn vrouw mee naar München, waar hij zich in een kleine, een eind buiten de stad gelegen woning aan zijn filosofische en politieke studies wijdde.

Dat was de weinig precieze en vertekende informatie waarover Monika beschikte; er stonden haar door liefde en haat getekende beelden uit gesprekken van volwassenen voor de geest, en er borrelden ook herinneringen op aan een donkere jongen, tegenover wie ze zich ongelooflijk superieur had gevoeld, omdat ze het bij hun vechtpartijen steeds had klaargespeeld hem tegen de grond te werken en te verslaan.

En toen kwam een jaar geleden Beatrix als een godin uit de hemel neergedaald en maakte ze met haar bevallige werkelijkheid een einde aan alle praatjes. Ze had met een kus afscheid genomen van Monika, een tedere, moederlijke omhelzing, waarbij het meisje in een wolk van geur en zaligheid verzonk, en had glimlachend beloofd ook de volgende zomer op bezoek te komen.

Nu heeft ze haar zestienjarige zoon vooruitgestuurd – zelf komt ze pas over een paar dagen, en Monika staat voor het huis in de Prinzregentenstraße, waar haar neef alleen in een pension verblijft, ze draagt een wit-rood gestreepte zijden jurk en een grote, dartel wippende Florentijnse hoed; ze vindt dat de linden bedwelmend geuren en bedenkt met lichte droefheid dat de onbekende jongen de moeite die ze aan haar toilet heeft besteed niet waard zal zijn; bovendien is het redelijk zinloos om een elegante indruk op hem te willen maken, omdat ze vergeleken met Beatrix toch deerniswekkend lelijk is, ze had beter haar opwachting gemaakt in haar blauwe Wandervogel-jurk en zonder hoed op haar hoofd.

Ze kijkt de straat op en neer, het asfalt is heet van de gloeiende zon, de grasvelden in de Englischer Garten zijn nog niet gemaaid en staan hoog en weelderig, in het volle groen lichten de witte pluizen van de uitgebloeide paardenbloemen op. Zijn er andere steden waar het landschap zo direct binnendringt, kun je elders op de wereld deze versmelting vinden van noord en zuid in de lucht, de geur van gletsjers en van zoete bloesems, die zweem van Middellandse Zee, die blauwe lucht met zachte witte schaapjeswolken, die gebruinde mensen die zich kleden volgens hun smaak van dat moment, elegant en modieus, in dirndl, loden rok en lederhose, zoals op een tweede, naar de straat verplaatst carnaval, dat de bewoners aangenaam licht en verlost van standsverschillen doet lijken?

Monika loopt heen en weer, ontevreden over zichzelf, maar tevreden en gelukkig met haar omgeving. Ze kent veel mensen die langslopen, knikt glimlachend naar de manke bloemenverkoper met zijn mand vol viooltjes, begroet aardig een paar oudere heren, collega-artsen van haar vader die haar wat verstrooid en verbaasd bedanken; de ene met de witte, volle baard draait zich echter om en zwaait terug, hij heeft nu pas de gelijkenis tussen het kind en haar vader, dokter Merton, opgemerkt. Ze wisselt een paar woorden met een grote, slanke dame tegen wie ze tante zegt; het is een vriendin van haar moeder, gravin Konstanze Khefermüller, die hartelijk vaststelt hoe mooi en lieftallig Monika eruitziet. Het zelfbewustzijn van het meisje is een beetje opgekrikt, maar zakt meteen weer in elkaar. Waarom heeft Ernst Rosenberg, de jonge socialistische advocaat, zo hoogmoedig en afwijzend geknikt, alsof hij haar wilde laten voelen dat ze in zijn ogen niets is, een kleine onvolwassen gans? En dat terwijl hij in haar dromen vaak haar metgezel is, want ze vindt hem even slim als dapper, en ze houdt ervan om naar zijn bleke intellectuelengezicht met de mooie, bijziende ogen achter de scherpe bril te kijken.

Het is inmiddels wel steeds later geworden; stipt zijn is voor Monika zo vanzelfsprekend dat ze fronsend en ongeduldig nog eens wil aanbellen, wanneer de deur opengaat en een jongen op de drempel staat, groot, slank, in een lange grijze broek en een blauw jasje; het donkere, smalle hoofd boven het witte, open overhemd was dat van een Arabische jongen met mooi gewelfde lippen en een fijne, sterk gekromde neus, met bruine dierenogen en een reeds mannelijk voorhoofd, waar zwarte, hier en daar koperachtig glanzende lokken over hangen. Zijn huid is zo bruin dat je nauwelijks gelooft dat hij een Europeaan is, en nog voor hij op Monika toestapt en haar met de van zijn moeder geërfde en overgenomen voorkomendheid begroet, voor hij haar glimlachend zijn mooiste bezit, zijn stralend witte, sterke gebit toont, heeft ze geconstateerd dat ze hem erg graag, zelfs bijzonder graag mag, en hoewel hij er jonger en onrijper uitziet dan ze had gedacht – het bruine vel van zijn slanke hals is nog jongensachtig teer –, moet ze hem toch beschouwen als een broer.

Als een broer lijkt hij zich ook te voelen, want zonder te aarzelen, met een teder gebaar van toenadering haakt hij bij haar in en brengt haar met zijn nog wat broze jongensstem de allerhartelijkste groeten van Beatrix over. Hij noemt zijn moeder bij haar voornaam, en Monika schrikt haast van de nauwelijks bedwongen hartstocht waarmee hij die uitspreekt. Beatrix is alles voor hem: moeder, speelgenote, troosteres en kompas, hij leeft en voelt in haar atmosfeer; wat haar schikt, aanvaardt hij ook, wat zij verwerpt, kent ook in zijn ogen geen genade, en haar verheven schoonheid is voor hem de maat van alle dingen. Het duurt niet lang voordat het meisje, dat veel sterker is in het uitvragen dan hij, te weten komt dat hij vanwege Beatrix ook lijdt. Tot het zelfvernietigende toe wordt hij gekweld door het besef van haar sterfelijkheid; 's nachts ligt hij urenlang met bonzend hart aan zijn moeder te denken, die in de kamer naast hem slaapt; soms grijpt de angst hem zo naar de keel, vraagt hij zich zo panisch af of ze nu, op dit eigenste moment, nog ademt, dat hij onbedaarlijk huilend naar haar toe loopt en pas gaandeweg tot rust komt wanneer ze haar tere, slaapdronken gezicht naar hem toe draait en hij met hartstochtelijke kussen haar levende warmte voelt.

Gemakkelijk is dat alles niet uit hem los te peuteren, hij is nog erg gesloten en van een onbuigzame onbevlektheid; maar Monika is een goede en scherpe toehoorster – meer omdat hij wetenswaardigheden over de aanbeden vrouw vertelt dan uit interesse voor zijn persoon; tegelijk stelt ze tevreden vast hoeveel blikken van volwassen vrouwen hem in het Tentoonstellingspark volgen.

Arm in arm lopen ze door de hallen, nieuwsgierig rondkijkend, keuvelend, en daarbij valt beiden op, en ze constateren het lachend, dat ze vaak hetzelfde mooi vinden, dat ze precies op hetzelfde moment ergens hetzelfde over zeggen. Natuurlijk, ze zijn neef en nicht en zijn, hoewel ze in heel verschillende omstandigheden zijn opgegroeid, toch beiden zuiderse mensen, maar dit gelijktijdige zien, dat op die dag een aanvang neemt, dat door gewenning en verbondenheid steeds sterker wordt en hen ook in moeilijke tijden nooit verlaat, vindt zijn oorsprong in duisterder diepten dan bloedverwantschap en genegenheid, is magie en betovering, een trouwe bron van eeuwig opwellend geluk, of ze nu door landschappen of door musea lopen, of ze in een heldere maannacht op de Grote Markt in Brussel aangegrepen zijn door een onbekende pracht, of ze, trouw aan hun eigenlijke landschap, door de zompige weilanden rond de tempels van Paestum dwalen en de glanzende nekken van de zware, witte ossen liefkozen, of ze, iedereen om zich heen vergetend, wijntjes drinken op een terrasje aan de Moezel, of ze wellustig en verlangend naar de schoonheid van onbekende lichamen door de doolhof van de havenwijk van Marseille struinen en in donkere, louche kroegen met rare vogels kennismaken; of ze, bezeten als ze zijn door theater en film, het lichte gebaar, de glimlach of de droefheid op het gezicht van een acteur bewonderen; of het een boom, een rots, een dier is dat hun aandacht trekt – hun blikken vangen, begeren en beminnen hetzelfde voorwerp op precies hetzelfde moment en laten hen telkens opnieuw via de ander zichzelf en de wereld beleven.

Dat alles beseffen ze amper op deze eerste dag; ze mogen elkaar en vinden het een leuk toeval dat ze elkaar hebben ontmoet.

Het langst houden ze zich bij de boekenstalletjes op; ze zijn allebei boekenwurmen, maar terwijl Monika alles leest wat ze in haar handen krijgt, klassieken en detectiveromans, historische en kunsthistorische artikelen evenzeer als sentimentele kitsch, kent Klaus alleen werken die met smaak en zekere hand uitgekozen zijn: een paar dingen van Goethe, veel romantische sprookjes, Shakespeare, Byron en een verbazingwekkend aantal moderne auteurs. Hartstochtelijk en eerbiedig klinkt het woord expressionisme uit zijn mond; hij legt zijn verbaasde vriendin uit wat daaronder begrepen moet worden en hoe gelukkig ze zich moeten prijzen in het tijdperk van zo'n grote, sterke en nieuwe beweging te leven. Ze weet er zo goed als niets van; hij laat haar dingen zien en legt haar aan de hand van de boekomslagen of de inrichting van een zaal uit hoe daar telkens dezelfde wil in voelbaar is – de krachtigst mogelijke uitdrukking vinden zonder zich daarbij ook maar enigszins iets van de realiteit aan te trekken. Hij trekt haar mee naar de toneeldecors: ja, sper je ogen maar wijd open en kijk hoe gebald en spaarzaam ze in Berlijn en Frankfurt toneelspelen. Hier de *Spiegelmensch* van Franz Werfel, daar de *Seeschlacht* van Reinhard Goering, niet meer dan de binnenkant van een gevechtstoren op een kruiser, een grijze, gewelfde ruimte. Monika begrijpt niet alles wat hij vertelt, maar ze voelt het vuur van de jongen aan haar zijde en wil om hem een plezier te doen deze vreemde kunst niet verwerpen.

Toch is ze ook blij weer buiten te zijn, waar ze weer twee kinderen worden; ze beginnen zot en teder met elkaar te dollen, geven elkaar koosnaampjes, bedenken beroepen voor de mensen die langslopen en belanden ten slotte in het pretpark bij de grote achtbaan.

Monika is bang voor die razendsnelle karretjes, maar als Klaus fleemt: ‘Kom, doe niet zo flauw, met z’n tweeën is het zoveel leuker’, overwint ze haar angst en stapt ze met hem in. Ze zitten dicht tegen elkaar aan, net als de vele stelletjes voor en achter hen, de jongen legt mannelijk beschermend zijn arm om haar schouder. Het begint zacht en vrolijk, traag en door een onzichtbare kracht getrokken rolt het gevaarte omhoog, boven versnelt het wat en gaat een beetje schuin liggen in de bocht, Monika’s hart klopt vol bange verwachting, maar op dat ogenblik ziet ze aan de horizon de hele bergketen van de Alpen, zilverachtig glanzend, een wijde, lonkende, beloftevolle boog, en ze is zo overweldigd en aangegrepen door dit onverwachtse uitzicht dat ze het wil uitschreeuwen van geluk. Het beeld straalt zoveel kracht uit, ze voelt zich zo overmoedig en sterk dat ze de wereld omver wil werpen, al weet ze ook hoe jong ze is, hoe ongerept, niet meer dan een schaal waar de schoonheid in wordt uitgegoten. Nee, meer dan schoonheid, het is het onbevattelijke, het is haar God, die in die kartelige, vlammende pracht tot haar spreekt.

Maar voor ze dat alles echt beseft, wordt ze in een gapende afgrond geslingerd, een angstwekkende macht lijkt haar binnenste samen te persen. Het karretje schiet omlaag, nee, het valt in een onmetelijke diepte, knarsend en krakend, alsof hout en botten versplinteren. Maar de dollemansrit gaat niet alleen omlaag, met eenzelfde kracht schiet het voertuig weer omhoog, op den duur is ze alle gevoel voor richting kwijt; het is een werveling van pijnlijke, angstaanjagende maar tegelijk ook opzwepende, zalige beweging. Heel even, wanneer ze even wat langzamer gaan, voelt Monika dat ze tegen Klaus aanleunt, beschermend ligt zijn arm om haar schouder. Hoe heerlijk en rustgevend is deze menselijke nabijheid, ze drukt zich dicht tegen hem aan, want daar begint de heksensabbat alweer.

Alle gedachten, maar ook alle gevoelens zijn uit hart en hersenen gedrukt, maar wanneer het eindelijk voorbij is en ze met slappe, knikkende knieën weer op vaste bodem staan, is het Monika die het snelst haar evenwicht hervindt. Ze strijkt haar kortgeknipte haar van haar voorhoofd en zet de grote hoed die aan een lint over haar arm hing weer op haar hoofd. Klaus staat bleek, met zijn ogen dicht tegen een houten pijler geleund, zijn gezicht is olijfgroen en hij ziet er in dit afgematte moment allerminst aantrekkelijk uit, en toch zou Monika nu niets liever doen dan hem in haar armen nemen en hem strelen zodat hij weer tot zichzelf komt; maar omdat ze dat niet durft, gaat ze heel zacht en voorzichtig met haar hand door zijn klamme, dichte haar.

'Het was heel leuk, Klaus,' zegt ze half teder, half spottend, en trekt hem mee, bij de houten kolos vandaan, die alweer trilt onder de startende motoren.

Ze gaan wandelen door het park, eten 's avonds in een restaurantje – Klaus heeft Zwitserse franken, kan daarmee half München opkopen en is vastbesloten vandaag als een volwassene te leven.

Hij heeft twee kaartjes voor *Romeo en Julia* gekocht, dat in het Tentoonstellingstheater wordt opgevoerd; weldra zitten de twee kinderen samen naar de zoetste, innigste woorden van liefde te luisteren die ooit zijn uitgesproken. Monika is al wat ouder dan het lieftallige meisje uit de familie Capulet, maar ondanks alle verlangen en ongeduldigheid die ze voelt moet ze toegeven dat Julia beduidend handiger, sluwer en toegewijder is dan zijzelf. Ze schrijft dat toe aan het feit dat er voor haar nog geen Romeo is opgedaagd en dat er wellicht ook nooit een zal komen, zij bezit nu eenmaal niet dat brede register van gratie, moed, intelligentie en kuise opoffering van het Veronese kind.

En toch betrekt ze alle lieve woorden die daar op het podium weerklinken op zichzelf, en voelt ze Shakespeares tekst aan als heel zuiver en los van de nogal weelderige, niet bijster jonge actrice die de verzen onbezield opdreunt. Bij Romeo is het omgekeerd, die springt in de stijve voorstelling volledig uit de band; hij is een vurige jongeling, twintig jaar, met een volle, sonore stem die weet te vleien, te dreigen en te huilen. Een dikke, bruine haarlok valt over zijn voorhoofd, grote, zwarte ogen die met schmink omschaduwd en benadrukt zijn gloeien in zijn magere gezicht.

'Zie je, dat is nog eens theater, die Peter Kleist kan er wat van,' zegt Klaus tijdens de pauze tegen Monika, 'dat is een naam om te onthouden.'

Na die ietwat wijsneuzige opmerking praat hij verder over de acteur, met zachte, enthousiaste stem schetst hij zijn manier van bewegen, zijn gang en gestalte, hij giet datgene wat Monika heeft gezien en duister heeft beleefd in heldere woorden en maakt het zo voor haar duizendmaal bekoorlijker. Wat een tovenaar is die jongeman, wat een theatrale kracht gaat uit van die zachte jongensstem, die wat ze gezien hebben zo verstandig weet te interpreteren, die in welgevormde zinnen zo'n hartstochtelijke overgave aan het leven verraadt. Monika's liefde ontkiemt, maar ze weet zelf niet of haar hart uitgaat naar Peter Kleist of naar Romeo, ze is onrustig en opgewonden, gevangen in onbestemde wensen. Is het de levende acteur, is het de eeuwige, onvergankelijke figuur van de Veronees die ze begeert, die haar niet loslaat? Ze heeft het gevoel dat ze behekst is, alsof ze een drankje in haar lijf heeft dat iedere man in haar ogen begerenswaardig maakt. Iedere man, maar zeker geen jongeman, dat niet, dat is onmogelijk, dat komt geen moment in haar op; pas jaren later weet ze dat ze tijdens die theaterpauze niet van Shakespeares jongeling en ook niet van diens knappe vertolker, maar louter en alleen van Klaus hield; dat ze op dat moment voor hem is gevallen, met vuur en passie, voor eeuwig en altijd.

Het doek gaat opnieuw op; het lot speelt steeds duisterder en wreder met de geliefden, ademloos, verstijfd van medelijden zien de twee kinderen hoe het vreselijke onheil zich voltrekt. Monika moet op haar tong bijten om geen waarschuwingen uit te roepen, waarom begrijpt Romeo nou niet dat Julia leeft; maar ze weet dat het vergeefs is, wat zich hier afspeelt is immers niet louter een aaneenrijging van vergissingen en misverstanden;

deze overdaad aan gevoelens kan en mag niet in vervulling gaan, zo'n onuitsprekelijke begeerte mag niet gestild worden, deze liefde die geen maat kent, die vermetel verenigen wil wat eeuwig gescheiden moet blijven, is ten dode opgeschreven.

Klaus en Monika hebben tranen in de ogen als het licht weer aangaat, maar ze kijken elkaar aan en glimlachen.

Op weg naar huis ontkent het meisje wat ze zo-even duidelijk heeft gevoeld; met harde woorden valt ze de schrijver aan die met wel veel ongelukkige toevalligheden heeft gewerkt. Waarom vindt Julia geen andere manier om uit de stad weg te komen, waarom merkt de dwaze Romeo niet dat ze nog ademt, waarom lukt het de twee huizen niet eerder om de strijdbijl te begraven?

Vergeefs probeert Klaus haar uit te leggen wat ze toch niet wil horen, dat ook het gelukkigste leven dicht bij de dood staat. Daartegen verzet ze zich uit alle macht, het is gewoon onhandigheid als je niet met geluk weet om te gaan, pechvogels zijn er tenslotte genoeg, maar zij, Monika, gelooft in haar gelukkige gesternte. Zonder er erg in te hebben is ze van de tragedie overgesprongen naar haar eigen leven, en nu geeft Klaus zich gewonnen en zegt hij een beetje aarzelend dat hij misschien zelf wel een grote ongeluksvogel is; hij haat school en heeft geen flauw benul van wat hij daarna moet doen; een specifiek talent heeft hij niet en arbeidsethos evenmin, en toch koestert hij een diepe afkeer van jonge nietsnutten; aan alles wat andere jongens leuk vinden, skiën, wandelen, dingen samen doen, heeft hij een hekel; ja, aan de Middellandse Zee liggen, in gedachten verzonken naar het water staren en met de ronde keien spelen is mooi, maar dat is natuurlijk geen toereikende activiteit en al zeker geen waarmee je geld kunt verdienen.

Ja, Klaus piekert over geld verdienen, iets waar Monika nog nooit een gedachte aan heeft gewijd. Ze kent geen zorgen en is er vast van overtuigd dat uit een bepaalde hoek, uit een onbekende maar zekere bron altijd wel het nodige zal komen, en dat ze er, als het niet van buitenaf komt, wel zelf voor zal zorgen. Hoe? Dat weet ze niet, maar er zijn zoveel mogelijkheden, ze liggen voor het grijpen, al ziet Klaus dat helemaal anders.

Ze kan dokter worden en haar vader helpen, ze kan honden gaan kweken, actrice worden, maar het liefst zou ze natuurlijk boeken schrijven, verhalen verzinnen, verhalen doorgeven, uit de wereld mensen en lotgevallen putten, dat is zinvol en aanlokkelijk, meer dan wat dan ook. En als dat allemaal op niets uitloopt, dan werkt ze toch gewoon als typiste of verkoopt ze boeken of naait ze kleren of verzorgt ze zuigelingen. Weet Klaus dan niet dat wát je doet compleet om het even is; het komt erop aan hóe je het doet, met welke intensiteit.

Ze snakt naar belevenissen, ze is nog een onbeschreven blad. In haar ogen is de enige zonde: verzuim. Als de goede sprookjesfee nu een wens van haar zou willen vervullen, dan zou ze avonturen en gekke streken kiezen; ze zou beslissen, zonder na te denken, rekenend op haar geluk.

Klaus is bedachtzamer, aarzelt meer, hij weet niet wat hij wil en wordt verteerd door twijfel aan zichzelf.

'Zie je dan niet hoe goed wij het hebben,' praat ze op hem in, 'de oorlog is eens en voor altijd voorbij, we kunnen een nieuwe, een betere wereld opbouwen.'

Zelfs daar is hij niet zo zeker van, de dood van zijn vader heeft hem sceptisch gemaakt. Maar misschien heeft het meisje gelijk.

Ze staan op een brug over de Isar, leunen tegen de stenen borstwering en kijken naar het snelstromende water dat in het maanlicht schittert. Een krachtige zuidenwind waait vanuit de bergen de vlakte in, strijkt koel en verfrissend langs hun gezicht.

Monika zegt zacht: 'Ik wil vannacht buiten zijn en je mijn bergen laten zien, dit soort momenten verkwanselen we altijd in de stad.'

En hij moet lachen om dit meisje dat geen maat kent, dat nooit tevreden is met wat ze heeft. En sussend buigt hij zich naar haar toe en kust haar op de wang.

Ze kijkt hem ernstig en droevig aan: waarom is hij niet ouder, waarom wordt ze door een zestienjarige gekust, waarom staat er nu geen man naast haar, die haar gebiedend in zijn armen neemt?

Ze aait zacht over zijn hoofd, zoals je een hond liefkoost, ze droomt van haar toekomst en weet niet dat haar lot beslist is.

2

'Overgrootvader David Merton, lakenkoopman uit Fürth, en zijn vrouw Jettchen, geboren Meyrowitz,' zei Monika met haar hand op Klaus' schouder.

Ze waren pas een uur eerder in het landhuis aangekomen, waar haar ouders al een paar weken geleden naartoe verhuisd waren, terwijl Monika voor haar laatste schooldagen in de stad was gebleven. Ze hadden hun komst niet aangekondigd en troffen niemand aan behalve een kamermeisje, dat in allerijl een kamer klaarmaakte voor de jonge gast.

Ze gingen van het ene schilderij naar het andere. Op een vlakke, flatteuze manier geportretteerd, glanzend van het vernis, omlijst door bruin notenhout keken ze naar hen omlaag: een vriendelijke, mollige vrouw in een donkere jurk en met een wit kanten mutsje op haar zwarte haar en haar reeds grijs geworden echtgenoot die met kille, intelligente blik in de verte staarde. Tussen zijn dunne vingers hield hij zelfverzekerd en tevreden een gouden, rijkelijk versierde tabaksdoos.

Klaus kneep zijn kortzichtige ogen tot spleetjes: 'Dat is dus de stof waaruit wij gemaakt zijn. Niet slecht overigens, die voorouders; maakt een waardige en geslepen indruk, de ouwe. Was vast een uitstekende koopman. En zijn dame een voortreffelijke huisvrouw, zij het ook wat bekrompen en traag van begrip. Hoe komt het dat je hun namen zo goed kent? Ha, je vader interesseert zich ervoor. Nee, die van mij heeft het nooit over ze gehad. Maar die was natuurlijk een soort verloren zoon, met zijn neiging om te denken, te lezen en werk te verrichten dat geen geld opleverde.'

'Maar ook deze hier was een buitenbeentje, hoor. Stamde af van een rabbijnengeslacht. Tot zover we kunnen teruggaan, tot de Dertigjarige Oorlog, waarin alles naar de filistijnen ging en er van de gemeenteregisters niets meer overbleef, waren het allemaal geleerde mannen. Hij is de eerste die uit de pas liep, hij hing zijn ambt van zielenherder aan de wilgen en wilde de wijde wereld in. Anders had hij zich niet zo laten portretteren, met die gouden tabaksdoos in zijn verzorgde hand. Hij trok naar de stad en verkocht stoffen aan de christenen. Waarschijnlijk vond hij het jammer dat niemand toen nog fluweel en zijde droeg, dat zou hem goed hebben gelegen.'

‘Hoe denk je dat hij tegen het geloof aankeek?’

‘Onze vaders waren als kind bij hem, hij leidde een vroom huishouden.’

‘Vroom huishouden, vast wel. Waarschijnlijk ongeveer zo: vroomheid in de keuken en Gods geboden bij het zakendoen. Op zaterdag geen geld aangeraakt en niets ondertekend. Maar echt vroom, van binnenuit, zoals Job, de Heer heeft gegeven, de Heer heeft genomen, geloofd zij de naam des Heren, was deze man met zijn wereldwijze gezicht niet meer. Die heeft zich wat hij eenmaal bezat nooit meer laten afpakken.’

Klaus pakte Monika vast en draaide haar zo dat ze naast elkaar staand elkaar in de spiegel aan de muur tegenover hen konden zien.

‘Grappig, we hebben allebei iets van hem weg. Maar vind je ook niet dat er een hete woestijnwandeling tussen zijn geslacht en het onze lijkt te liggen?’

Ze keken elkaar glimlachend in de ogen. Grijs bij haar, bruin bij hem, bij beiden groot, zwaarmoedig en vol vreemde droefheid.

‘Wie was zijn zoon?’

‘Hij had er veel.’

‘De zoon die ons aangaat.’

‘Een brave burger. Lakenkoopman zoals zijn vader, behalve dan dat hij de handelszaak naar München overbracht. Leefde als een weldoener, ingetogen, saai, en stierf op zijn zesendertigste aan cholera.’

‘Dat is tenminste een opwindende manier van sterven. Een middeleeuwse dood. De pestilentie heeft men uiteindelijk toch met meer succes kleingekregen dan de oorlog. Ook al geloof jij dat ook die duivel verjaagd is. Ik vind dat zijn stank nog behoorlijk is blijven hangen, misschien is hij zich gewoon snel om het hoekje gaan verstoppen en duikt hij zo weer op. Waarschijnlijk niet tijdens ons leven of tijdens onze jeugd. Ondanks alle dubbelzinnigheid en gevaar zullen wij in ons bed sterven.’

‘Als heel oude mensen.’

‘Daar kun je van op aan.’

Monika knikte tevreden. Ze had het graag dat haar onzinnige beloftes werden gedaan, zoals dat het de volgende dag niet zou regenen of dat een vriendschap waar haar hart vol van is voor eeuwig onveranderd zou blijven.

Klaus begon zijn koffertje uit te pakken. Bedreven en zorgvuldig legde hij zijn overhemden in de kast, spreidde zijn toiletspullen op de wastafel uit en stak leesten in zijn schoenen. Vol verbazing sloeg Monika hem gade. Hij wilde maar enkele weken blijven, maar zij wist van zichzelf dat ze maandenlang in een kamer kon logeren zonder echt op te ruimen. In zijn plaats had ze alleen het linnengoed dat ze nodig had uit haar koffer getrokken en de rest slordig door elkaar onuitgepakt laten zitten. Op zeker ogenblik zou er toch iemand komen om bij haar op te ruimen.

'Ken je nog meer verhalen over onze voorouders?' vroeg hij terwijl hij zijn hoofd naar haar toe draaide.

'Ja hoor,' zei ze glimlachend. 'De droevige geschiedenis van de Blauwe Merton.'

'De Blauwe Merton?'

'Zo werd hij genoemd. Nu zouden we hem waarschijnlijk Blue Boy noemen. Want hij droeg felblauwe kleren, omdat die kleur zo goed bij zijn donkere huid en zijn zwarte haar paste. Hij was de jongste van tien, rijzig, slank en van een prinselijk vreemdsoortige schoonheid. Hij deugde niet als rabbi of koopman, hoewel hij niet dom was, maar hij had geen zitvlees en geen doorzettingsvermogen en, wat de anderen het meest verdacht vonden, ook geen ambitie. Van de buurman leende hij een paard, en hij reed urenlang door de velden en de droevig geurende dennenbossen van zijn Frankische heimat. Als hij verhit van de scherpe galop, met rode wangen en stralende ogen terugkwam, vertelde hij zijn twee qua leeftijd het dichtst bij hem staande zussen verhalen, of liever gezegd: één verhaal, dat hij handig en in ontelbare variaties dagen- en jarenlang kon laten duren. Vaak ging het over prinsen, koningen en keizers, over een schitterende, harde, verfijnde wereld die onmetelijk ver verwijderd was van het huis van de landrabbijn van Eschenweiler. De luie, lome jongen, de schavuit bedacht figuren vol kracht en ridderlijkheid, en hun avonturen waren die van helden en grote liefdes. De zussen vertelden vrienden en bekenden over de tovermacht van de Blauwe Merton om met verhalen een onbekende wereld tot leven te wekken, en op de een of andere manier, misschien door toedoen van handwerkers of bedienden, kwam de mare van de sprookjesverteller de vriendin van de prins ter ore. Waarschijnlijk werd zijn talent overdreven, zoals dat gebeurt wanneer roem over zoveel tongen gaat, maar in ieder geval koesterde ze het verlangen om zichzelf van zijn gave te overtuigen en riep ze hem bij zich. Hij weigerde te verschijnen, misschien had hij weinig zin om als een circusaapje verwonderd te worden aangestaard, mogelijk schroomde hij ook om plotseling zelf zijn droomwereld te betreden. Dat hij niet kwam, vergrootte haar verlangen, en ze stuurde de ene na de andere bode naar hem toe, die allen onverrichter zake terugkeerden. Dus besloot ze hem te gaan opwachten, want ze had van zijn ritten gehoord, die voor een Jood ongewoon en capricieus genoeg waren. Ze ontmoetten elkaar op een bewolkte, vochtige herfstdag op een smal bospad, beiden te paard, zij elegant, verzorgd, koel en blond; hij vurig, donker, met warrige haardos, slank en gloeiend. Hun eerste blik was vijandigheid, hun tweede liefde; ze sloegen geen acht op de lakei die achter de jonkvrouwe aan reed, ze vergaten de peilloze kloof die hun levens scheidde, maar toen ze hem met gebiedende stem, waarin reeds alle nuances van liefde doorklonken, vroeg waarom hij niet was gekomen, boog hij slechts het hoofd, klopte op de hals van zijn paard en zei zacht: “Ik ben er toch.”

Vanaf dat moment kwam hij dagelijks. Hij zat aan haar voeten, hij zat bij haar aan tafel, hij liep met grote stappen voor haar heen en weer en vertelde, vertelde, vertelde. Maar het waren geen verhalen uit haar wereld die hij voor haar bedacht, hij voerde haar weg uit haar vertrouwde bestaan en nam haar mee naar het verleden van zijn eigen volk. Daar stapten de oude figuren, die ze allang kende, uit hun vaste omlijsting en werden mensen van vlees en bloed: Abraham, de grijsaard, die met wapperende baard en rollende ogen bereid was om zijn zoon te offeren omdat God dat beval; Jakob, die met de engel vocht en de kleine Rachel zo innig liefhad dat hij tweemaal zeven jaar lang haar vader diende; Jozef, die knecht, dromenuitlegger en verhalenverteller was en bijna heerser werd; en de koningen, David vooral, die voor de oude, kwade, uitgedroogde Saul zo lieflijk zong, zichzelf op de harp begeleidend, dat de koning zich geen raad meer wist en zijn gezicht in zijn handen verborg om zijn tranen te verbergen. Zo ontvouwde de Blauwe onvermoeibaar de hele wereld in al haar pracht voor zijn geliefde.'

Monika zweeg en genoot ervan dat Klaus ongeduldig vroeg: 'En toen? Dat kan toch niet het einde van het verhaal zijn?'

'Natuurlijk niet. Het duurde niet lang tot de prins merkte dat zijn vriendin zich van hem verwijderde, hij had wel een vermoeden waarom, en ofschoon hij haar niets ten laste kon leggen, verbande hij haar toch uit het land. Merton echter zette hij gevangen, sleepte hem onder een of ander voorwendsel voor het gerecht en liet zijn hoofd afhakken. Er is zelfs een oude kroniek waarin wordt beweerd dat de prins dat eigenhandig deed.'

'Welk voorwendsel?'

Monika haalde ongeduldig haar schouders op. Ze was zo blij geweest dat Klaus geboeid naar haar verhaal had geluisterd zonder te vragen waar ze dat alles vandaan wist, dat ze schrok van zijn zakelijke nieuwsgierigheid. Ze had alles, de Blauwe Merton, de schone jongedame en de gemene prins zelf bedacht; niet vandaag, geruime tijd geleden al, en ze had het verhaal ook al op school ten beste gegeven en er grote verbazing mee gewekt. Alleen de beschrijving van de held veranderde ze zoals het haar uitkwam, en Klaus had kunnen weten dat hij ditmaal, slank en gloeiend, met zijn bruine huid en zwarte haar en bovendien met een blauwe jas aan, model had gestaan.

'Gewoon een of ander voorwendsel,' zei ze misnoegd. 'Daar hoeft zo'n prins toch niet lang naar te zoeken. En een Jood kon in die tijd woeker hebben gedreven of bronnen hebben vergiftigd of de duivel hebben opgeroepen.'

'In die tijd?' vroeg de pietepeuterige Klaus. 'Zeg eens, Monika, wanneer heeft de Blauwe Merton eigenlijk geleefd?'

Hondengeblaf voorkwam dat ze weer iets nieuws moest bedenken.

'Kom, Klaus, kom,' riep ze en ze rende voor hem uit de brede trap af, de tuin in en gooide zich in de wijdopen armen van een man die langzaam op haar af liep. Hij droeg een oude, versleten, linnen jas, zijn stropdas zat scheef, zijn houding was nonchalant en vermoeid, maar zijn goedmoedige, gerimpelde gezicht dat zo op dat van zijn dochter leek, begon te stralen toen hij haar tegen zich aan drukte.

Toen pas leek hij te merken dat er nog iemand was en stak hij zijn hand uit naar zijn neef. Misschien had hij hem graag omhelsd, maar hij vond zo snel geen gebaar om verlegenheid en onwennigheid te overwinnen, en dus zei hij maar, daarbij zijn keel schrapend: ‘Ik zie dat je al goede maatjes bent met Monika.’

Het klonk streng, alsof hij wilde zeggen: ‘Kijk uit, jongen, mocht je van plan zijn om haar van me af te pakken, dan moet je weten dat het met mij kwaad kersen eten is.’

Klaus bloosde en sloeg onder deze gebiedende blik zijn ogen neer.

En dat terwijl Monika’s vader eigenlijk altijd een zekere beschroomdheid over zich had en hij met zijn nonchalante manier van doen en zijn wijze goedigheid zijn reputatie van grote arts relativeerde. Zelfs hier, op eigen grond, maakte hij een bezitloze indruk. Het enige wat hij, zo leek het, als zijn levensopgave beschouwde, was het behoeden van dit kind, dat hem laat, ter vervanging van een jonggestorven dochter, door het lot was gegund. Hij mocht die mooie jongens niet die Monika’s vrienden waren.

Ze stond naast hem en aaide de grote newfoundlander die op zijn achterpoten was gaan staan, alleen als hij probeerde haar gezicht te likken, duwde ze hem zacht van zich af: ‘Maar Moriaan toch, maar Zwartje toch.’

Dat spel duurde tot vanaf het tuinpoortje een stem klonk, en terwijl ze Klaus bij de hand nam en samen met hem de nieuw gearriveerden tegemoet liep, zei ze lachend en teder: ‘Dat is nu mijn moeder.’

Gertrud was een oude, dikke vrouw met grijs kort haar en bewegingen die zo snel waren dat het leek of ze door een klokmechaniek werd aangedreven. Ze wapperde vrolijk en uitbundig met haar zakdoek, alsof ze bang was dat ze door te roepen alleen niet genoeg opgemerkt zou worden, en praatte daarbij haast onafgebroken op de vrouw naast haar in. Die was jong en bijna twee keer zo groot, breekbaar tenger en ging gekleed in een carnavalesk uitziende dirndljurk. Ze had blonde krullen en het onschuldig kinderlijke gezicht van een blauwogige cherubijn met zwaar aangezette lippen. Aan een strik trok ze een kleine zwart-wit gevlekte geit achter zich aan, en het was ook deze geit, zoals kon worden afgeleid uit de weidse gebaren van de kleine vrouw, die het onderwerp van gesprek was.

De moeder kuste eerst Monika en vervolgens Klaus, snel en als vanzelfsprekend, alsof hij amper weg was geweest, en riep toen lachend: 'Ze heeft dat beest gekocht voor een prijs waarvoor ze een hele geitenstal had kunnen krijgen, ja, een hele geitenstal!'

De cherubijn, die aan Klaus werd voorgesteld als juffrouw Von Aue en die door Monika Mary, maar door haar ouders Marieke werd genoemd, vertelde niet zonder zelfspot hoe ze de kleine geit had afgekocht van een boerin die het dier naar de slager aan het brengen was.

'Maar waarom juist deze ene geit?' zei de vader. 'Er worden elke dag overal ter wereld zoveel geiten gedood dat het echt de moeite niet loont er een te redden.'

'Maar deze heeft mijn pad gekruist.'

Het viel niet uit te maken of Mary een mystieke band voelde tussen haarzelf en de geit, maar haar kinderlijke ogen keken koppig, tot ze opeens glimlachte: 'Ik weet wat we met haar moeten doen: Bud moet ze meenemen naar Salzburg. Daar zal ze zich erg goed voelen.'

'Bud zal je de oren wassen, lief kind. Zijn nieuwe auto is toch geen beestenwagen. Hoewel: jullie zijn er gek genoeg voor.'

De moeder vond het hele verhaal kostelijk, waarschijnlijk vond ze überhaupt kostelijk wat ze welgemutst 'jullie gekheid' noemde.

Terwijl ze naar het huis liepen, haakte Monika bij Klaus in en nam hem even apart.

'Ze heet Marieke Platzke,' zei ze, naar Mary wijzend, 'Von Aue is haar nom de guerre. Er is ergens wel een oude oom Von Aue, maar die heeft haar niet geadopteerd. Misschien weet hij niet eens dat ze zich zo noemt en ziet hij op een dag tot zijn verbazing zijn naam in een opdracht in een of ander boek staan. Ze is bevriend met allerlei schrijvers, moet je weten, dat is zelfs haar specialiteit. Haar laatste aanwinst is Bud.'

'Hoe heet die met zijn burgerlijke naam?'

'Echt Bud. Bud Fletcher. Hij is een jonge Amerikaan, een oorlogsinvalide met één been, die zich in Europa heeft teruggetrokken om een roman te schrijven.'

'Waarom moet hij die geit naar Salzburg brengen?'

Monika moest lachen om Klaus' nieuwsgierigheid.

'Daar heeft Guenther, jawel, die van de mysteriespelen, een landgoed. Hij was Mary's vorige vriend.'

Achteloos plukte ze een margriet en begon een voor een de bloemblaadjes eraf te trekken: 'Hij houdt van mij, hij houdt niet van mij, hij houdt van mij, hij houdt niet van mij.'

'Voor wie vraag je dat?'

Ze legde haar vinger op haar lippen. 'Dat mag ik niet zeggen, anders telt het niet.'

Maar voor wie vroeg ze het echt? Voor Peter Kleist, aan wie ze de afgelopen dagen veel had gedacht? Maar dat was zinloos, die kende haar immers niet. Bud Fletcher? Voor hem was ze bang, want hij was zo volwassen en vlot. Er kwamen nog twee, drie anderen in aanmerking, maar eigenlijk wilde ze bij nader inzien niet bemind worden door iemand die ze kende. Door een toekomstprins dan? Misschien. Door het leven? Zeker. Zachtjes, zodat Klaus haar net niet kon verstaan, mompelde ze verder: 'Hij houdt van mij, hij houdt niet van mij, hij houdt van mij, hij houdt niet van mij.'

Ze liet de kaalgeplukte steel met zo'n geschrokken gezicht vallen dat Klaus zei: 'Als hij niet genoeg van je houdt, roep je mij er maar bij. Ik zal hem wel de levieten lezen.'

'O, Klaus!'

Ze drukte zich tegen hem aan en streek met haar mond over zijn mouw. Dat dat haast onder de ogen van haar ouders gebeurde, maakte het alleen maar spannender.

Na de middag verscheen Bud, die mordicus weigerde de geit in zijn auto mee te nemen, en daagde ook een hele reeks andere mensen op van wie niemand precies wist of ze uitgenodigd waren. Merkwaardig genoeg en zonder veel ophef stond uiteindelijk toch voor iedereen onder drie oude linden een theetafel klaar met hoog opgestapelde schotels met kersengebak en boterhammen.

Het gesprek kabbelde rustig voort, men had het over bridge, psychoanalyse en het laatste boek van Stefan Zweig, en ondertussen strooide Monika's moeder aldoor met amusante anekdotes over allerlei mensen.

Op een gegeven ogenblik ging het aan het hoofd van de tafel over politiek, en aangezien de elegante openbaar aanklager, graaf Khefermüller, zijn sonore stem door de tuin liet schallen, luisterde iedereen naar wat hij te zeggen had.

'Wat mij betreft,' zei hij, 'of liever: als het van mij afhing, werden alle communisten tegen de muur gezet.'

'Dat zal niet nodig zijn, m'n waarde.' Dat was mevrouw Gerhardt, een welbespraakte, niet meer zo jonge vrouw van een haast Griekse schoonheid, die de graaf flirtend aankeek. 'Zodra de revolutie in Rusland in elkaar is gezakt, en ik weet uit erg betrouwbare bron, *entre nous* natuurlijk, dat daar grootse dingen op til zijn die ook niet meer lang op zich zullen laten wachten, zal dat gespuis in Duitsland in één klap spoorloos verdwenen zijn.'

'Ach, m'n beste mevrouw, u hebt niet zulke verschrikkelijke dingen meegemaakt als ik en mijn lieve Konstanze.' Khefermüller maakte een hoffelijk gebaar in de richting van zijn slanke, goedgeklede vrouw, die met een spottend glimlachje zijn uitweidingen volgde. 'U moet weten,' – alle disgenoten met uitzondering van Klaus en Bud, die het niet interesseerde, kenden het verhaal – 'dat wij in de vreselijke dagen van de Münchense radenrepubliek door die lui zijn opgepakt, dat ze ons zonder verhoor, ja zelfs zonder aanklacht, in de kelder van een school opsloten, dezelfde school als die waar enkele uren later tien mensen als gijzelaars werden geëxecuteerd.'

'Maar er is u toch niets overkomen, nietwaar?' Mary vroeg dit zonder ironie, met zachte kinderstem en de oogopslag van een cherubijn.

'Nee, beste mejuffrouw, de facto is er ons niets overkomen, maar ik kan met zuiver geweten verklaren dat de intentie daartoe aanwezig was. Wie weet wat er was gebeurd als enkele welmenende lieden,' Khefermüller maakte een lichte hoofdknik naar de gastheer, 'ons daar niet hadden uitgehaald.'

Monika's vader leek die verwijzing naar zijn toenmalige hulp pijnlijk te vinden. Zijn schouders kromden zich nog meer en hij zei: 'Hoewel het een verschrikkelijke tijd was, moeten we toch toegeven dat in de socialistische ideeën veel goeds zit. En ik denk ook dat we er op den duur niet meer omheen zullen kunnen.'

Verlegen stilte. Monika echter was het liefst overeind gesprongen om de oude man te omhelzen, zo blij was ze dat hij blijk gaf van moed en zijn jeugdige hart liet zien.

Mevrouw Gerhardt stak een sigaret op: 'U bent een onverbeterlijke optimist, beste geheimraad,' zei ze, en in haar stem klonk een zekere minachting door.

Monika keek naar Klaus, maar die had zich op het gebak gestort en zei geen woord. Toen merkte ze dat de groene, guitige ogen van de Amerikaan op de jongen waren gericht, niet nieuwsgierig, maar eerder met een kameraadschappelijke wenk, alsof hij wilde zeggen: Laat die maar praten, wij beiden weten wel beter, en de komende jaren behoren ons toe.

Na de thee stapte hij op Klaus en Monika af, legde zijn armen om hun schouders en troonde hen mee naar het achterste, minder onderhouden gedeelte van de tuin, waar garage en kippenhok omgeven werden door weiland.

'Zo,' zei hij, uitgebreid op zijn woorden kauwend, 'de graaf met het schapengezicht zal vast nog een poos beslag leggen op Mary en ik denk dat jullie dit gezelschap net zo vervelend vinden als ik. Afgezien van de Merton-ouders natuurlijk, die zijn charmant als ze alleen zijn, maar van die anderen krijg ik koppijn. Allemaal echte Europeanen, dat wil zeggen: specialisten in alles. Experts in politiek, kerk, liefde, natuur, kunst, filosofie en hogere wiskunde, iedereen begrijpt alles en iedereen vindt zichzelf competent. En bovendien willen ze ook nog eens au sérieux worden genomen.'

'U zou eens kennis moeten maken met mijn moeder,' zei Klaus, die bleek uitsloeg door zijn eigen vrijpostigheid.

'Dat zou ik graag. Ze heeft jou een soort courtoisie bijgebracht die nieuwsgierig maakt naar haar. Voor het overige zijn er hier natuurlijk een heleboel sympathieke mensen. Anders zou ik hier niet betoverd blijven zitten en de weg naar huis niet meer vinden.'

'Is het niet eerder de oorlog die u in Europa houdt?'

'Dat is nog niet zo kwaad bekeken, jongen. Ja, maar misschien op een andere manier dan je denkt. Daar, tijdens het vechten en vooral toen ik mijn been verloor, ben ik op allerlei gedachten gekomen, waar ik me hier beter dan ginds mee bezig kan houden. Maar jullie moeten niet geloven dat deze grond mij dierbaar is geworden omdat ik hem met mijn bloed heb doordrenkt. Tot zoveel romantiek ben ik niet in staat. Ik wilde helemaal geen soldaat worden, maar er zijn zo van die momenten in je leven waar er niet naar je standpunt wordt gevraagd, en dat zijn eigenlijk altijd de belangrijkste. Geboorte en dood bijvoorbeeld. Je kunt daarover geen mening uiten, in de meeste gevallen zou je het een noch het ander willen. En toch moet je het aanvaarden, moet je je glimlach en je kalmte bewaren. Eerst leef je nog gezond en wel als intellectueel, als abstract denker en in de van buitenaf bezien zo aangename hoedanigheid van een Harvard-student, die een goede zwemmer, schermer, ruiter, tennisser en als hardloper zelfs de ster van de universiteit is. Dan komt het moment waarop de onafhankelijke, vrijheidslievende jongeman Bud Fletcher zijn sportkleren voor een stijf uniform verruilt en zich onder het commando van een of andere domme bruut plaatst, voor wie hij in de houding staat. En het gaat, het loopt zelfs gesmeerd, omdat nu eenmaal alles gaat en mogelijk is in het leven, ja, omdat de activiteit "leven" er juist in bestaat dat je probeert om uit elke situatie, ook de verschrikkelijkste, nog iets te halen. Dat is de ware moed, het heldendom zoals het niet in de boeken staat, want daarin streeft het naar roem. Omdat ik geen andere keus had, heb ik me dan ook als een held gedragen toen het echt moest en mijn been op een bloeiende weide in Vlaanderen achterbleef.'

'Deed het erg pijn?' vroeg Monika, die een hete pijngolf voelde.

'De gebeurtenis op de weide? Nee, totaal niet. Dat was verbazing en een indrukwekkende roes van verzwakking. In het lazaret deed het pijn, erg veel pijn zelfs. Dagenlang lag ik te kreunen en te huilen vanwege pijnen in een been dat er niet meer was. Toen de lichamelijke pijn geleidelijk aan afnam, begonnen de kwellingen van de kreupele. Nooit meer hardlopen, nooit meer aan sport doen, nooit meer aantrekkelijk zijn, nooit meer met twee krachtige dijen een vrouw omvatten. Sorry, Monika, je bent daar wat jong voor, maar het kan tenslotte ook geen kwaad. Kun je zo verder leven? Nee, uitgesloten. Wilde fantasieën over hoe het was en hoe het nooit meer zal zijn. Tandenknarsen in de kussens omdat het geluksgevoel terugkomt waarmee het hart tijdens een wedstrijd klopt als je de kracht van je lichaam opvoert, steeds meer opvoert, en je als een afgeschoten pijl de heerlijk in te ademen lucht in schiet. Het is er weer als geluksgevoel, maar tegelijk als pijn, die als een mes in je vlees snijdt. Tja, en dan komt op een dag het moment dat je niet meer weet dat je ooit twee benen hebt gehad, dat dat half-zijn de natuurlijkste toestand ter wereld lijkt. Kunnen jullie je voorstellen dat je vergeet hoe het geweest is, vroeger? Natuurlijk heb je herinneringen, maar die zijn niet scherper dan de herinneringen aan dromen. Zo is het: je hele vroegere gelukkige leven is een droom, een zoete droom, maar vaag en onwerkelijk. Bud Fletcher heeft nooit twee benen gehad. Ik walg niet eens meer van mezelf, het is alsof het helemaal niet anders zijn kan.'

'Maar in godsnaam, vanwaar dat walgen?'

Klaus pakte Buds hand en drukte zijn voorhoofd erop, alsof hij met dat gebaar zijn woorden kracht wilde bijzetten. Het was overigens niet oprecht, en Monika kon aan zijn vertrokken mond heel goed zien dat hij net als zij huiverde bij de gedachte dat Bud in plaats van een been uit vlees en bloed een constructie van hout, leer en ijzer had.

'Nou ja, het is niet iedereen gegeven om niet te walgen van een stomp vol littekens. Er zijn maar weinig heiligen die er behagen in scheppen etterende wonden te kussen. En als we zulke heiligen tegenkomen, zijn we geneigd ze pervers te vinden.'

'Zo mag u niet praten,' zei Klaus fel.

'O ja hoor, dat mag ik wel. Toen ik daar op die weide, waarschijnlijk wat dronken van het bloedverlies en misschien ook van het restje whisky dat nog in mijn veldfles zat, omhoog lag te staren, want naar iets anders kijken ging niet omdat ik te zwak was om mijn hoofd te draaien, zag ik voor het eerst in mijn leven voorbijtrekkende wolken en de lucht. Jullie denken dat ik een grapje maak? Gezien, écht gezien had ik dat schouwspel nooit eerder. Ik wist niet dat lucht zo compact kon zijn en tegelijk zo doorzichtig, maar het heeft geen zin om het met woorden te willen beschrijven. Vloeibaar, zwevend, zijdeachtig, dat zijn er allemaal woorden voor en toch treft geen enkel het echt. Ik zag dus lucht en wolken, witte schaapjeswolken en blauwe lucht. En opeens begreep ik God – maar denk maar niet dat ik me voor die tijd veel met hem had beziggehouden, ik was een vrijdenker, en over de schepping brak ik me zelden het hoofd. Maar opeens wist ik dat Hij er was. En ik denk dat de ruil die ik daar op die weide deed helemaal niet zo kwaad was: ik heb mijn been verloren en God gevonden.

Monika staarde de Amerikaan verbijsterd aan. Op zijn gezicht lag geen spoor van spot, maar wel een opvallende blijmoedigheid.

'Wat voor een god?' vroeg Klaus met een onzekere stem, omdat hij niet wist of je wel zo diep in een mens mocht binnendringen.

'Er is er maar een. De god die de schepper is. Die de wereld heeft gemaakt en de mens. Jou en mij.'

'En de oorlog,' zei Klaus kwaad.

'Nee, de oorlog niet. God kan er niets aan doen dat Zijn schepselen zich idioot gedragen. En die schepselen zouden het zich beter niet zo gemakkelijk maken en Hem alle schuld in de schoenen schuiven. Regeren bij Gods genade, Allerchristelijkste majesteit, alle mogelijke kruistochten, of ze nu voor het heilige graf, de handelsbelangen van het Empire of de klasseloze maatschappij worden gevoerd, het is allemaal blasfemie. Misschien noodzakelijk voor de techniek van het leven, maar niet godgegeven, niet onvermijdelijk. Deze boom is van God, en deze mens, onuitwisbaar, ze kunnen niet uit de schepping vallen, of ze nu door de bliksem of door een zonde worden getroffen.'

'D'r is een theoloog aan u verloren gegaan. Of is het boek dat u schrijft een vastenpreek?'

'Het boek,' zei Bud onverstoorbaar vriendelijk, zij het ook met een zweem van droefheid, 'is het verhaal van een succesvol bankier, een man die niet houdt van het geld dat hij bij hopen verdient, maar wel van de macht. Als het van hem afhing, zou hij met zijn vrouw en zijn twee dochters goedkoop ergens achterin wonen, want hij ziet niet in waarom je veel geld zou uitgeven voor iets wat je ook goedkoop kunt krijgen. Een bed om in te slapen, een tafel om aan te eten, een stoel en een kast, dat volstaat. Hij heeft geen behoeften, behalve deze: geld verdienen, massaal, en daarmee de mensen, die hij veracht, beheersen. Zijn vrouw vraagt, vleit, bokt, vloekt en haat, na lange jaren zit ze in een villa, heeft ze een auto en personeel, maar haar leven is inmiddels voorbij, en haar overwinning schenkt haar geen vreugde, want de vreselijke man leeft nog altijd aan haar zijde, en terwijl ze vroeger om elke mark moest bedelen en drenzen, doet ze dat nu om elke honderd mark, wat op hetzelfde neerkomt. De ene dochter pleegt zelfmoord, de andere verdwijnt als arts naar Rusland, misschien – laten we het hopen – vindt zij haar weg.'

'Dus toch een moralistisch boek, zij het geen vastenpreek.'

'Alle boeken die de moeite waard zijn, zijn moralistisch, meneer de criticus Klaus.'

'Maar uw bankier, is die niet meer een kind van de duivel dan een kind van de schepping?' vroeg Monika schuchter.

'Weet je, ik geloof niet in de duivel, dus ook niet in zijn kinderen. Mijn bankier, die ik overigens graag mag en met wie ik medelijden heb, want hij heeft een arme ziel die hij zelf kwelt, is natuurlijk net zo goed een schepsel van God als zijn vrouw en zijn dochters, alleen beheert hij zijn bezit slecht. In zijn binnenste brandt een hel, want hij kan behalve macht niets beminnen, hoewel ik geloof dat hij sommige nachten snakt naar een mens, een aanraking, een vriendelijk woord, alleen weet hij niet dat alleen hij dat kan bewerkstelligen.'

'Kun je dat dan, als je het wilt?' vroeg Klaus. 'Het is toch een genade.'

'Natuurlijk niet als je het wilt. De wil, het tot elke prijs afdwingen, is de vijand van het goddelijke. Je moet je laten vallen, leven zoals die boom, zonder eis en zonder trots.'

Ze waren inmiddels weer in het voorste gedeelte van de tuin, waar ze Mary aantroffen, die aalbessen aan het plukken was, die ze in een grote kom deed. Op die manier had ze Khefermüller weten af te schudden.

'Heb je die twee kleintjes verleid?' vroeg ze, en gaf haar vriend een kus op zijn zomersproetenneus.

'Zo kun je het ook noemen.'

Hij lachte en zei tegen Klaus en Monika: 'Ziet ze er niet uit als een engel van Fra Angelico? Maar dan een met de humor van een Berlijns straatschoffie en de moedige ziel van een ridder zonder vrees of blaam.'

Bij het zien hoe hij de cherubijn met haar onschuldige ogen en haar ondeugende wipneusje verheerlijkte, voelde Monika jaloezie in zich opstijgen. Ze verlangde ernaar alleen te zijn met Klaus.

Dat lukte pas 's avonds laat. Hand in hand liepen de twee kinderen in het donker over de weilanden in de richting van de bergen. De wind woei vanuit de hoogten zwaar ruisend het dal in en droeg de liefdesgeur van vers gemaaid gras met zich mee.

Twee dagen geleden, op de brug over de Isar, had Monika gewenst dat ze met Klaus in de bergen was, om de uren niet te verdoen, maar nu ze er waren, werd ze er helemaal niet vrolijk van.

'Hoe onvolmaakt is alles toch,' zei ze hartstochtelijk, 'het is hier zo heerlijk, maar het gaat voorbij zonder dat we het goed kunnen vatten. Is het niet verschrikkelijk dat we deze aarde slechts met onze voetzolen aanraken, in plaats van erin te kruipen om haar helemaal te bezitten?'

'Nee,' vond Klaus, 'dat kan ik niet verschrikkelijk vinden.'

'Tevreden zijn, altijd en overal,' riep ze smartelijk en helemaal buiten zichzelf. 'Zeg, Klaus, kun jij je voorstellen dat je er genoegen mee neemt dat je maar één been hebt?'

'Ja, het is misschien zelfs heel mooi. Er is toch altijd iets wat we te weinig hebben. Misschien is het leven wel veel eenvoudiger wanneer het gebrek zo duidelijk zichtbaar wordt en we niet eerst eindeloos moeten zoeken naar wat we nu eigenlijk missen.'

'Maar ik mag mensen niet die verstandig en met weinig tevreden zijn!'

'Er komt misschien ooit een dag dat je iets zult moeten afstaan.'

'Op die dag zou ik sterven.'

'Je mag het lot niet willen chanteren, Monika.'

'Wist je dat ik soms denk dat ik geen lot heb? Om ons heen is het een groot gewemel van merkwaardige levens, we trekken ze aan, ze zuigen zich bij ons vol met burgerlijkheid en rust. Maar wij worden door hen niet aangeraakt. Wij zijn zoiets als een katalysator van lotsbestemmingen, maar hebben er zelf geen.'

'Hé, wat is dat?' zei Klaus, die halt hield om te luisteren, want uit een klein huisje dat zich tegen het donkere bos aftekende klonk de zachte en mooie klank van een viool.

‘Armin Hesse,’ stelde Monika de onzichtbare muzikant voor.

‘Bach,’ zei Klaus aarzelend, ‘gespeeld alsof het Brahms was.’

‘Dus Armin Hesse, namelijk ondraaglijk vals.’

Voor het verlichte raam verscheen de smalle gedaante van de violist. Abrupt viel de muziek stil, en Hesse kwam het balkon op.

‘Wie is daar beneden?’ vroeg een hoge, lispelende stem, en Monika verbaasde zich over de fijngevoeligheid waarmee de man de aanwezigheid van vreemde mensen bespeurd had.

‘Monika Merton. We kwamen toevallig langs en mijn neef Klaus vond dat u mooi speelde.’

‘O, Monika, de Egyptische. Kom toch naar boven.’

Nog voor de kinderen konden antwoorden, was de gedaante van het balkon verdwenen en trippelden lichte, haastige voetstappen de trap af.

‘Zeldzame gasten, kom naar boven, betreed mijn bescheiden tempel.’

Monika aarzelde, ze kon Hesse, die hier sinds een paar weken woonde en zich met zijn opdringerige visites al bij iedereen ongeliefd had gemaakt, niet uitstaan, bovendien voelde ze de tegenzin van haar vriend, maar er was niets tegen te beginnen, onder een onstuitbare woordenvloed werden ze naar binnen geleid; ja, de heer des huizes deinsde er niet voor terug hen bij de hand te pakken en met fysiek geweld, als twee honden aan de lijn, met zich mee te sleuren.

Hij was een haast armoedig uitziende man, halverwege de twintig, met smalle schouders, dun geworden, witblond haar en een Habsburgse lip; rusteloze kleine vogeloogjes blikten door een scherpe bril.

‘Wat ben ik blij, juffrouw Merton, u eindelijk hier te mogen begroeten,’ lispelde hij, ‘na u al zo lang vanuit de verte te hebben bewonderd.’

Hij liep lenig voor hen uit de trap op en opende een deur op de eerste verdieping. Verbaasd bleven Klaus en Monika op de drempel staan. Aan de muren hingen Madonnaportretten, in twee nissen stonden Madonnabeelden; het was een regelrechte museumzaal, en recht tegenover hen hing het pronkstuk van de collectie: matglanzend in zachte kleuren en omlijst door een bloemenkrans, een lieftallige, jonge Maria van Luca della Robbia.

'De kamer van Onze-Lieve-Vrouw,' zei Hesse, voor de kunstwerken heen en weer trippelend.

'Kijk, nee, voel aan deze smalle handen,' lispelde hij in verliefde extase, terwijl hij de vingers streelde van een gotisch Mariabeeld.

'Maar we blijven niet hier, mijn tweede kamer wacht op u; ja, al lang wacht de kamer op de Egyptische als op het mooiste stuk van zijn collectie. De kamer van de vreemde godin.'

Met tegenzin liep Monika door, Klaus' hand vasthoudend. Het eindeloze gepraat, de haastig huppelende figuur, de kleine ogen en de lange neus die onder het spreken licht trok, de kunstvoorwerpen, deze vreemde wereld, dat alles bracht haar aan het duizelen, alsof er een verdovend middel in de lucht hing, maar de ramen stonden open en lieten de frisse nachtlucht binnen.

De 'vreemde godin' moest niet al te letterlijk worden genomen, de verzameling omvatte ook wereldlijke vrouwenhoofden, die qua kwaliteit en verscheidenheid lang niet het niveau haalden van de madonna's.

Monika nam plaats op een stoel die Hesse haar toeschoof – een ding uit de vijftiende eeuw dat vreselijk oncomfortabel was –, naast een gipsafgietsel van het hoofd van Nefertiti, met het ene ingekleurde oog.

'Ziet u dat, mijn jonge vriend,' riep Armin Hesse, terwijl hij heuse slangendansen van enthousiasme uitvoerde, 'ze lijkt op haar alsof het haar zus was, nee, meer, veel meer, ze is haar reïncarnatie, de wedergeboorte van deze wonderlijk-verheven godin-koningin.'

Klaus monsterde Monika, knikte misnoegd en ging op een krukje zitten. Vanaf dat moment deed Hesse of hij lucht was.

Vervolgens huppelde hij naar een kast, pakte er een schetsblok en houtskool uit en begon bedachtzaam Monika te tekenen.

Hij had wel eerst mijn toestemming kunnen vragen, dacht ze, en ze merkte tot haar vreugde hoezeer haar ijdelheid werd gestreeld.

Hesse tekende en praatte, snel, lispelend, puntig. Hij speelde met begrippen en ideeën zoals een jongleur met ballen; oudheid, middeleeuwen, nieuwe tijd, kunstgeschiedenis, filosofie, verzen in alle talen wervelden door elkaar, maar hij deed het met grote vaardigheid en niet zonder charme. De schitterende jongleerballen van zijn gedachten hadden één brandpunt: de vrouw, en het kostte hem weinig moeite om die vrouw gevoelig en subtiel maar toch onmiskenbaar de trekken van Monika te verlenen.

Klaus streelde met zijn schutterige jongenshand over haar knie. Ze verroerde haar been niet, pas toen hij ophield bewoog ze het dichter naar hem toe.

Hesses tekening was lang niet zo slecht, zo bleek, al was het ook niet meteen een meesterwerk. Klaus bekeek haar kritisch en hulde zich in een ijzig zwijgen, en Monika was veel te bedeesd om toe te geven dat ze het mooi vond; het gevolg was dat beiden zwijgend naar het blad keken. Hesse liet zich niet zo gemakkelijk uit het veld slaan; met een ironische glimlach trok hij de tekening naar zich toe en schreef er in een haast onleesbaar handschrift onder: 'Zo zag mijn Nefertiti eruit toen ze voor het eerst bij mij was'. Daarna deed hij het blad weer in zijn schetsmap.

Hij spoorde de kinderen nu zelf aan om te vertrekken, 'anders gaan de lieve ouders zich nog zorgen maken'.

O ja, één ding moest hij nog vermelden, hij had een gedicht geschreven, een vertelling in verzen uit het quattrocento, de meester Luca della Robbia kwam erin voor –

Komt mee door stille donkere stegen
Waar rozenmuren schaduw geven

– dat waren de beginverzen, en hij wilde het aan Monika voorlezen, kon ze hem morgenmiddag opzoeken? Niet om drie uur? Maar wel om vier uur. Goed dan, afgesproken. Hartelijk bedankt en goedenacht.

Misnoegd zwijgend liepen ze naar huis. Plotseling zei Klaus: 'Je gaat hem morgen toch niet echt bezoeken, hè?'

'O jawel hoor, Klaus. Ik mag hem best en je moet toch toegeven dat hij verbazingwekkend veel kan en weet.'

'Hij is een kunstenmaker. Maar dat weet je zelf ook en je wilt het alleen niet geloven omdat hij jou het hof maakt.'

Met een onbehaaglijk gevoel en zonder een hand te geven wensten ze elkaar goedenacht.

Monika ging het balkon op, dat het huis aan drie zijden omgaf. Ze leunde zwaar tegen de houten balustrade en luisterde verrukt naar het geruis van de oude bomen.

Dat is Buds God, dacht ze, maar ze was niet in staat tot geloven en voelde slechts verlangen in haar binnenste.

Waarom vond Klaus geen woorden om te zeggen dat hij haar mocht? Hield hij soms niet van haar? Klaus was een domme kleine jongen.

Kunstenmaker, had hij over Hesse gezegd, en waarschijnlijk had hij gelijk. Wellicht ook iemand die kunstjes uithaalt met de geest en het hart. Maar een mens laat zich maar al te graag door kunststukjes en trucs verleiden als de hand die de voltes slaat vaardig genoeg is om ze te verbergen.

Monika glimlachte. 'Morgen Luca della Robbia,' mompelde ze voor zich uit en liep haar kamer weer in.

3

Monika bonsde met de zware, gietijzeren deurklopper drie keer op de deur; lichte huppelpassen kwamen de trap af. De deur ging open, twee armen grepen naar haar, en ze lag tegen Armin Hesses borst.

'Mijn kleine lieve hartendief,' lispelde de stem in haar oor, 'mijn beminde koningin.'

Ze had haar ogen gesloten en beantwoordde zwijgend zijn liefkozingen.

Hij hielp haar uit haar witte jasje en bekeek haar vanaf een afstandje.

'Maak je geen zorgen, queentje,' zei hij vrolijk, toen hij merkte dat ze onzeker werd door zijn gestaar. 'Kom mee boven theedrinken.'

Hij nam haar mee naar de kleine boerenkamer op de eerste etage, waar een prachtig gedekte theetafel klaarstond.

'Dat vind je toch lekker, hè?' zei hij, terwijl hij met zijn smalle vingers een stukje gebak nam en het in haar mond schoof. 'En dat. En dat.'

'Niet alles in één keer.'

Ze sputterde lachend tegen, maar ze at veel en snel, als een snoepziek, hongerig kind.

‘Een sigaretje?’

Ze knikte. Hij kwam met de aansteker dichterbij, maar in plaats van haar vuur te geven, ging hij op haar stoelleuning zitten en streelde hij haar haren. Toen gleed zijn hand naar beneden, opende twee knopen van haar jurk en glipte behendig tussen onderjurk en bustehouder tot hij een van haar borsten volledig omsloot.

Ze liet het roerloos gebeuren, met licht vertrokken mond, maar dat kon hij niet zien. Over een paar minuten was het voorbij, en ze wist ook dat hij niet meer van haar verlangde.

Afwerend spande ze haar lichaam op, maar de hand kneep harder, zodat de huid rond haar tepel pijn deed. Dat leverde dus niets op. Ze verslapte weer en keek tussen haar halfgesloten oogleden rond.

Wat voor een lelijk schoeisel droeg Armin toch! Zwarte, slecht gevormde, afgedragen laarzen met slordig gebonden, steeds opnieuw aan elkaar geknoopte veters. Op het dof geworden leer lag stof en leem van vele dagen.

Natuurlijk had ze hem kunnen aanbieden zijn laarzen te poetsen. Maar dan zou hij gekrenkt zijn opgesprongen, omdat hij waarschijnlijk niet eens doorhad dat ze slecht en onverzorgd waren. Een paar keer had ze proberen te zeggen: ‘Wil je niet iets anders aantrekken, bruine lage schoenen bijvoorbeeld?’ maar het was telkens bij het voornemen gebleven. Ze wist niet of hij andere schoenen had, of hij wel geld had om nieuwe te kopen.

Maar ze sloeg bleek uit bij de gedachte dat Armin in die laarzen bij haar thuis zou opduiken. Dag na dag drong hij harder aan om haar ouders te mogen bezoeken. ‘Mijn schoonouders,’ zei hij dan, en zij dacht telkens kwaad: rustig aan, zo ver zijn we nog niet.

Zijn laarzen waren bij haar tot een idee-fixe uitgegroeid. Ze had het gevoel dat iedereen ernaar zou staren, en ze stelde zich huiverend de spottende blik voor die haar moeder en Beatrix zouden wisselen. Dat was eigenlijk belachelijk en onrechtvaardig: de twee vrouwen, hoe verschillend ook qua levensopvattingen, hingen niet aan conventies vast en waren moederlijk bezorgd om al wie het moeilijk had.

Maar Monika wilde trots kunnen zijn op Armin. Zijn lelijke gezicht met de hangende lip en de kleine, kwieke vogeloogjes achter de bril vond ze al niet meer afstotelijk. Alles was inmiddels vertrouwd, ze voelde nog slechts warme huid, adem en een kloppend hart.

Zijn hand ging, nog altijd strelend, hoger en kwam weer uit haar decolleté tevoorschijn. Nu kwam het tweede deel van het dagelijkse ritueel. Met zijn handen in haar zij tilde hij Monika van de stoel, en liet zich er zelf op vallen. Zonder haar los te laten, trok hij haar op zijn schoot en trok haar hartstochtelijk tegen zich aan.

'Queentje,' zuchtte hij teder, en de nederige, flemende toon raakte haar zo dat ze haar armen om zijn hals sloeg en met open lippen zijn mond zocht. Dat was meteen ook het einde, en met een lichte tik liet hij haar weer los.

Ze ging voor de grote glazen vitrine staan waarin ze werd weerspiegeld en kamde haar haar. Een schlager fluitend kwam hij naast haar staan.

'Nog niet mooi genoeg, madame?'

Wat is hij bleek naast mij, dacht Monika, we zijn echt van een andere materie gemaakt! Is dat echt allebei menselijke huid?

Hij zocht naar iets in zijn vestzak. Opeens hield hij met zijn ene hand haar ogen dicht en schoof met de andere een ring over haar vinger. Het metaal was koud, zwaar en nieuw voor haar, ze schrok nog voor ze het zag.

Toen mocht ze kijken en liep rood aan van blijdschap. Het was een brede Romeinse zegelring, een gevleugelde godin, delicaat in de donkerrode steen gegraveerd.

'Heb ik de smaak van madame getroffen?'

'Het is prachtig.'

Ze kuste de steen en zijn mond.

'Het is een strenge godin die je nu bij je draagt. Ze is de bode van de dood, maar ze brengt degene die haar bezit geluk en een lang leven.'

Waarschijnlijk was het allemaal geïmproviseerd en ter plekke bedacht. Anderzijds keek hij ernstiger dan gewoonlijk.

'Memento mori! Want degene die gelukkig is en lang leeft, moet zich vertrouwd maken met de dood. Hij zal hem vaak ontmoeten, wee de ziel van degene die niet tegen hem is gewapend!'

‘Ik wil niet oud worden en mensen om mij heen zien sterven. Dat is geen geluk.’

‘Ja, geluk is een twijfelachtig goed, mijn kind. Een mens zou eraan moeten wennen het als een geluk te beschouwen dat hij überhaupt leeft. Een levende hond is beter dan een dode leeuw.’

‘Dat is niet waar,’ zei Monika fel.

‘Ach, queentje, wat weet jij nou van het heerlijke gevoel te kunnen leven? Als je zo jong, zo sterk en gezond bent als jij, leef je van de ene dag in de andere en kun je je niet voorstellen dat het ooit anders zou kunnen worden.’

‘Ik wil vaak dood zijn. Ik hunker er soms naar.’

Hij lachte luidkeels.

‘Dat is hunkeren naar het leven en anders niet. Arm kind, hoeveel veren zul je nog moeten laten, met je mateloze levensdrift.’

Ze glimlachte naar hem, spottend en toch ook half overtuigd.

Door het openstaande raam sprong Hesses Siamese kat elegant naar binnen. Ze was nog jong, vaalbeige, met ronde zwarte vlekken boven de blauwe ogen. Zonder te aarzelen sprong het dier op Monika’s schouder en schurkte zich spinnend tegen haar haren.

Een tijdlang leek Armin het een leuk schouwspel te vinden, maar toen zei hij kwaad: ‘Zet haar neer. Ze krabt en ruit.’

Was hij jaloers? Snel drukte ze een zoen op de zwarte poezensnuit en zette het dier zacht op de grond. Hesse stapte onhandig op de poes af; die blies en zette een hoge rug op om vervolgens in zijn gezicht te springen, twee keer naar zijn neus te klauwen en met een luide schreeuw door het raam te verdwijnen.

Monika kon het niet helpen: ze schoot in de lach.

‘Is het niet de baarlijke duivel? Maar nu smijt ik haar eruit. Ik heb er genoeg van.’

Angstvallig depte hij het bloed van zijn neus.

‘Doet het nog pijn?’

Hij haalde beledigd zijn schouders op en gaf geen antwoord.

‘Speel nog eens een stukje viool,’ zei ze vleiend.

Hij schudde het hoofd.

'Laat me een paar schilderijen zien.'

'Goed dan.' Hij draaide zich als een prima ballerina om en haalde een grote map uit de wandkast.

'Ziehier de meest dwingende, luisterrijke en menselijke der Vlaamse Primitieven: Rogier van der Weyden.'

Ze boog zich over de schilderwerken die hij, voor haar staand, van uitleg voorzag, en zijn woorden ademden de grote magie die haar aan hem bond, die rechtstreeks tot haar hart sprak en ook dan zijn werking niet verloor wanneer haar oor schrok van zijn gelispel en haar oog van zijn huppelende tred, wanneer zijn dubieuze en ondoorzichtige bestaan haar angst aanjoeg. Zodra hij voelde dat ze wat afstand nam, trok hij alle registers van zijn kennis open, paaide haar met de schoonheid van de wereld – '*bellezza*', zei hij, en liet die lettergrepen extatisch over zijn getuite lippen komen –, stelde haar lonkende zaligheden in het verschiet, en haar als de baarlijke duivel steeds weer in verzoeking brengend toonde hij haar het ontzaglijke land van de geest in de verte, dat ze aan zijn zijde zou betreden.

'Als wij eenmaal in de echt verbonden zijn,' zei hij soms – want hij gebruikte zonder scrupules uitdrukkingen als 'in de echt verbinden' en Monika hoorde ze aan zonder in lachen uit te barsten –, 'als wij eenmaal in de echt verbonden zijn, queentje, zullen wij in het paradijs leven. Bij alle grootse dingen die ik tot stand wil brengen, zul jij mijn trouwe, onontbeerlijke helpster zijn.'

Wat die grootse dingen dan wel zouden zijn, vertelde hij er niet bij, zij vroeg er niet naar en protesteerde ook niet als hij het over hun gemeenschappelijke leven had.

Er waren momenten dat ze het mogelijk achtte dat ze Hesses vrouw zou worden, soms wenste ze het zelfs. Ze hoefde niet vandaag en ook niet morgen een besluit te nemen, ze was zestien en had zeeën van tijd. Het was heerlijk en bedwelmend een mens zo helemaal voor zichzelf te hebben en in al zijn woorden te horen dat Monika de heerseres van zijn hart was, de langverbeide, haast onverhoopte levensgezellin.

Wat maakte het uit dat hij niet aantrekkelijk was, niet beminnelijk in de gebruikelijke zin van het woord? Stond daar niet zijn grote begaafdheid tegenover, deed hij niet denken aan een kunstenmaker die met zijn staf dode dingen tot leven wekt? Hij vertelde nooit over zichzelf, ze wist niets over zijn kindertijd, zelfs niets over zijn huidige leven, en als ze een schuchtere poging waagde ernaar te vragen, onderbrak hij haar: 'Laat het dagelijkse leven toch voor wat het is, queentje. Wat heeft dat met onze liefde te maken?'

Af en toe liet hij zich iets ontvallen waaruit ze kon afleiden dat hij altijd heel arm was geweest, zijn uiterlijk en zijn kleren bevestigden dat.

'Ik was een wonderkind,' zei hij met onrustige ogen, 'maar dat heeft niets opgeleverd.'

Hoe was hij dan aan zijn kunstwerken gekomen, aan zijn beeldhouwwerken en aan de rijke collectie grafische kunst, aan dit huis, dat hij van een zanger huurde die op tournee door Amerika was, waar haalde hij de middelen vandaan om Monika haast te bedelven onder geschenken?

Er was iets mis met Armin Hesse, er schortte iets aan hem. Ze tastte in het duister, tegelijk aangetrokken en afgestoten door deze spookachtige, vale en toch zo extatische wereld die hij voor zich had gebouwd en waar hij haar met macht en verlokking in wilde trekken.

Sinds haar eerste bezoek twee weken geleden kwam ze dagelijks, en hoewel niemand haar had verboden met Hesse samen te zijn, hield ze de vriendschap toch angstvallig verborgen. Alleen Klaus was op de hoogte. Ze vertelde hem over lange gesprekken over kunstgeschiedenis en filosofie, over Hesses vioolspel en zijn veelvuldige talenten, maar repte met geen woord over de kussen en de halve verloving, over Armins onmogelijke laarzen en haar kwellende twijfel aan het waarheidsgehalte van zijn woorden, ja zelfs aan de werkelijkheid van dit hele dubieuze leven.

Het was verschrikkelijk, maar Klaus leek haar nu zo ver weg, de mooie jongen, de zo stilletjes verschenen en ontvangen Blue Boy had nu aan belang verloren; maar Monika was verstandig genoeg om het besef dat ze een slechte ruil had gedaan de kop in te drukken.

Ze vocht om de waarheid bij Hesse, maar wist niet meer te onderscheiden tussen goed en kwaad. Droom en werkelijkheid, echt en vals liepen verwarrend in elkaar over.

Soms had hij het over feiten en gebeurtenissen en betrapte ze zich erop dat ze hem gewoonweg niet geloofde, maar telkens als ze bewijzen wilde zien, haalde hij er een boek bij waarin zwart-op-wit stond wat hij had beweerd, zodat ze beschaamd haar wantrouwen weer liet varen.

'Ik heb een onderhoud gehad met doctor Huang-Sing van de Chinese ambassade,' had hij gisteren doodgemoedereerd gezegd. 'Hij spreekt een erg moeilijk dialect.'

'Maar Armin, je verstaat toch geen Chinees?'

'O jawel hoor, juffrouw Wijsneus.'

Ze dacht dat hij loog, maar een uur later rinkelde de telefoon en converseerde hij vlot in een vreemde, klinkerrijke taal.

De ontzetting daarover zat haar nu nog in de leden, en terwijl ze de schilderijen bekeek, vroeg ze zich af of dit nu echt was of dat er duivelse tovenarij in het spel was.

Hij wees naar een slap geworden lichaam van Christus op een graflegging en vroeg gespannen haar antwoord afwachtend: 'Heb je weleens doden gezien?'

Ze antwoordde ontkennend.

'Dan zal ik je er eens een paar laten zien.'

Ze keek hem geschrokken aan, alsof ze bang was dat hij een lijk uit de kast zou halen, die hij opendeed om hoed en stok te nemen.

'We gaan naar het dorp. Daar is een heel acceptabel lijkenhuis.'

'Dat is onze eerste wandeling samen,' merkte ze droevig op.

'Er zijn slechtere bestemmingen denkbaar.'

Met een tamelijk belachelijk hoedje met gemsbaard op zijn hoofd en in zijn hand een dikke knoestige stok die geschikt leek voor lange bergwandelingen en inderdaad onder de lelijke stokplaatjes uit de Alpen zat, liep hij naast haar. Ontstemd duwde ze haar fiets, hopend dat ze niemand zouden tegenkomen.

In een bocht stonden arm in arm, rijzig en elegant, de Khefermüllers voor hen.

Monika zag hoe Konstanze met geamuseerde blik de armzalige verschijning van haar vriend in zich opnam. Heel prinsesachtig stak ze haar hand uit naar het meisje en vroeg met een gebaar naar Hesse: ‘Terug van een bergtocht, m’n beste Monika?’

Monika probeerde Armin voor te stellen, maar ze deed het zo timide en onbeholpen dat zelfs de Khefermüllers gegeneerd hun blik afwendden. Alleen Hesse leek de situatie niet in het minst onaangenaam te vinden en zei met uitdagende stem: ‘Meneer de openbaar aanklager graaf Khefermüller, als ik het goed heb?’

‘Ha, u kent mij,’ zei Khefermüller gevleid, en hij keek vol stille triomf naar zijn vrouw.

‘Persoonlijk heb ik nog niet het genoegen gehad. Maar ik volg steeds met de grootste belangstelling de briljante redevoeringen van meneer de graaf. Jammer genoeg is de retorische kunst in ons huidige rechtswezen zo achteruitgegaan dat het als een oase in de woestijn aanvoelt wanneer een van de scherpzinnigste juristen zijn bewijsvoeringen in zo’n schitterende, ja zelfs podiumrijpe vorm naar voren brengt.’

Hij had heel snel, lispelend en met een devote glimlach gesproken.

Konstanze keek hem kwaad aan, ze was veel te slim om niet te weten dat het spot moest zijn wanneer iemand haar man scherpzinnig noemde. Die slikte ijdel als hij was alles voor zoete koek en begon een uitvoerig gesprek met Armin over de redekunst – het intellectueel stimuleren van de jeugd was een van zijn grondbeginselen –, waarin Hesse hem zodanig met namen, feiten en theorieën overstelpte dat het de graaf duizelde.

‘Hoe zei u dat u heette?’ vroeg hij onzeker, ‘Hesse, nietwaar, Hesse? Ik heb het gevoel dat ik die naam onlangs ben tegengekomen.’

‘Wat niet is kan nog komen. Wie weet krijgen mensen als wij op een dag wel het idee om de staat een hak te zetten, en dan...’

Hij tuitte zijn lippen en floot ‘Wil de graaf een dansje wagen’.

Maar dat was duidelijk een stap te ver.

Khefermüller verruilde zijn ongedwongenheid voor een officiersachtige kranigheid en zei zo scherp en gearticuleerd alsof hij jamben van Schiller declameerde: ‘Als u het erop aan wilt laten komen, jongeman, waarom niet? Mocht de lust u bekruipen om staatsvijandige handelingen te verrichten, zult u ons gewapend aantreffen.’

Monika kon wel huilen. Snel en handig maakte Konstanze een einde aan de scène, maar het meisje wist dat zij op z'n laatst morgen naar haar moeder zou gaan om die met de terloopse vraag te overvallen: Met wat voor een zonderlinge heilige trekt je Monika daar op?

Armin had door het pijnlijke einde van het gesprek zijn humeur niet laten bederven. Minachtend zei hij: 'Die schapenkop begrijpt natuurlijk alles verkeerd. Als je "de staat een hak zetten" zegt, maakt zo'n door de staat bezoldigde schurk er gelijk een staatsgreep van, alsof er geen hogere belangen aan te vallen en te verdedigen zijn!'

Wanneer het over politiek ging, had Hesse steeds een schamper oordeel paraat. De loop van de wereld raakte hem niet, oorlog en vrede bestonden slechts in de marge van zijn bestaan. Zijn leven draaide om schoonheid, hij was een dienaar van de kunst. Telkens weer beklemtoonde hij dat zijn werk een godsdienst was, een heilige handeling in een uitverkoren tempel, waar hij als een van de eerste priesters voorging, en het was een heel bijzonder blijk van liefde dat hij Monika zo naar zijn ijle hoogten optilde.

Vandaag kon ze er geen waardering voor opbrengen. Weg met alle kunst, als die zo ongemanierd en brutaal optrad!

Zodra hij haar weerstand voelde, kroop hij weer in zijn nederige rol: 'Queentje, nee, niet kwaad zijn. Volgende keer geef ik de graaf aardig een pootje, ga ik op m'n achterpoten staan en maak een beleefde buiging. Geloof me, ik kan net zo'n welgemanierde jongeman zijn als je neef Klaus.'

Ze keek hem weifelend aan, zag een vochtige glans in zijn ogen en stak snel, overweldigd door medelijden, haar hand naar hem uit, die hij vastpakte en eerst op zijn voorhoofd en vervolgens op zijn lippen drukte.

Zo ging het altijd: telkens als een heel diep wantrouwen tegenover hem in haar opkwam, werd het overspoeld door medelijden. Was hij geen opgejaagd, uitgeput dier dat alleen in haar armen rust vond?

Dat drukte zwaar op haar schouders. Ze lachte als ze bij hem was, natuurlijk lachte ze, maar het was bijna nooit haar onbevangen kinderlach, het was er een die ze moeizaam uit duistere afgronden opdiepte, en meestal had het evengoed een huilen kunnen zijn. Ze was haast bijgelovig bang voor hem, alsof haar iets kon overkomen als ze hem zou krenken.

Voor geen goud had ze hem gezegd dat ze helemaal geen doden wilde zien. Het was laf van haar, ze klappertandde van de angst, hoe dichter ze het kerkhof naderden hoe ellendiger ze zich voelde. Elke uitvlucht om op haar schreden terug te keren was goed geweest, maar ze kon er geen een bedenken; verslagen sjokte ze naast hem verder. Toch kon ze zich niets afschuwelijkers voorstellen dan tegenover Armin toegeven dat ze bang was.

Als kind had men haar vaak meegenomen naar een museum waar kerstkribben en poppen in klederdracht te bewonderen waren, maar achter een bepaalde hoek waar ze noodgedwongen langs moesten, stond een oude klok, een paardrijdende Dood met zeis en zandloper in de knokige hand. Met gesloten ogen en bonzend hart was Monika telkens weer naar deze plek gekomen om dan plotseling, als op bevel van hogerhand, haar ogen open te sperren en het verschrikkelijke beeld in zich op te nemen. Magere Hein op zijn paard, het menselijke en tegelijk zo onmenselijke gezicht, de lege oogkassen, de witte tanden, de kale schedel en de ledematen als van een pop; dat getransformeerde, verschrikkelijke, verstarde.

Toen ze met Armin Hesse de trappen naar het kerkhof op liep, was die verlammende angst er weer. Meteen rechts stond het lijkenhuis, zelfs het korte en twijfelachtige uitstel van het langs de graven lopen was haar niet meer vergund.

Ze zag Armins glimlachende gezicht in de zon en stond vervolgens al in een koele, halfduistere ruimte waar het naar wierook en rozen geurde. Achter een grote glaswand stond een open doodskist. Opgebaard op witte geborduurde kussens, in het licht van twee lange kaarsen, zondags gekleed, met het zwarte elegante snorretje onder de wasgele neus, lag daar meneer Schlosshammer, de eigenaar van het zwembad, die, zoals het vanochtend in het dalkrantje had geheten, 'veel te vroeg zijn arbeidzame leven voor het eeuwige had verruild'. En ofschoon Monika zo haar twijfels had bij die arbeidzaamheid – het arbeiden had hij aan zijn oudere, lelijke vrouw overgelaten, die behalve het zwembad ook nog een kruidenierszaak openhield –, had ze hem toch aardig gevonden: telkens als ze kwam zwemmen stond hij in het portiek pijp te roken, groette haar met een grapje, deelde de watertemperatuur mee en vertelde de nieuwtjes uit het dorp. Eén keer, afgelopen jaar, toen ze bij koud, regenachtig weer de enige badgast was geweest, had hij zelfs geprobeerd haar te kussen, maar toen ze dat maar weinig bleek te waarderen, had hij het zonder verdere opdringerigheden meteen opgegeven.

Daar lag hij dus, dood. Morsdood, en morgen zou hij begraven worden, met klokgelui, eresaluut van de vrijwillige brandweer en huilende familieleden achter de doodskist. Een paar gloedvolle toespraken, een paar scheppen aarde en veel kransen en dan was het zover, dan konden de wormen zich aan hem tegoed doen.

Haar ogen wenden aan het schemerduister, steeds meer details werden zichtbaar, de echte en de papieren kransen, een kruisbeeld dat men tussen de gevouwen handen van de overledene had gestopt, en op de achtergrond twee zwevende, kleurrijk beschilderde engelen die een zwart, met zilverdraad geborduurd kussen met zware kwasten omhooghielden.

Dat alles deed denken aan de goedkope luister van panopticum en circus en had niets, maar dan ook niets te maken met Monika's paardrijdende Dood, met de apocalyptische gedaante, die baadde in de geheimzinnige sfeer van gruwel en grootsheid.

Ze draaide zich naar Armin toe, alsof ze hem om vergiffenis wilde vragen voor haar dwaze angst voor iets wat niet angstwekkend was, maar zag tot haar ontsteltenis dat hij wat opzij stond, met een hand aan zijn hemdsboord en zijn andere hand om de ijzeren stang geklemd die de bezoekers moest beletten te dicht bij de glazen wand te komen waarachter de doden lagen. Hij keek naar het lijk, zijn gezicht was nat van de tranen, geluidloos en onstuitbaar stroomden ze over zijn wangen. Ontdaan vroeg ze: 'Waarom huil je?'

'Om mijn dood. We huilen immers altijd alleen om wat ons persoonlijk aangaat.'

Meer zei hij niet. Monika durfde de stilte niet te doorbreken. Met gebogen hoofd, verward, verscheurd door duizend gevoelens bleef ze staan. Geen moment twijfelde ze aan de oprechtheid van zijn woorden. Dit donkere pathos raakte haar, meer en dieper dan zijn grootste woordenvloed.

Dicht bij zijn oor fluisterde ze: 'Jij zult niet sterven. Eerst komt er een lang en mooi leven, waarin ik je vrouw ben.'

Hij pakte haar hand, kneep erin en liet die niet meer los.

De woorden waren licht en vlot over haar lippen gekomen, maar ze smaakten bitter, en met een pijn die haar van top tot teen verscheurde wist Monika dat ze niet Hesses vrouw wilde worden.

Toen ze buiten in de zon tussen de met bloemen getooide grafkruisen stonden en hij haar hand met een ijzeren greep omklemd hield, begreep Monika dat ze zich in die donkere opbaarruimte werkelijk en voor het eerst had gebonden. Wat voor een plechtige, onwankelbare getuige was die dode geweest in wiens bijzijn hun verloving was voltrokken, onverbrekelijk en als een belofte voor het leven. Kon ze nu nog ontkomen, kon ze haar hoofd nog uit de strop trekken die Armin, die nu weer opgewekt naast haar liep, om haar hals had gegooid?

Toen ze met de fiets naar huis reed, wilde het droog brandende gevoel in haar ogen niet wijken, kreeg ze maar geen greep op haar vliedende gedachten en bleef de diepe huivering in haar leden zitten. Weer zou ze te laat komen, weer moest ze nieuwe leugens bedenken, moest ze lastige vragen beantwoorden, goedbedoelde aansporingen om stipt te zijn ondergaan en daarbij – en dat was het ergste en het vernederendste – Klaus' blik op zich gericht voelen, die blik waaruit zo'n grote inspanning om haar te begrijpen sprak en tegelijk de droevige onmogelijkheid om haar macabere wegen te volgen.

Onder het rijden schoof ze Armins ring van haar vinger af en deed die in haar zak.

Gelukkig was het avondeten nog niet begonnen, op het grasveld voor het huis zat een klein groepje bijeen. Beatrix lag in een witte jurk en een wijde jas van donkerrode zijde op een ligstoel, haar gezicht beschaduwd door een grote, grof gevlochten strohoed waar de avondzon doorheen viel en ronde lichtvlekken op voorhoofd en neus wierp. Mary, Bud en Klaus zaten op het gras om haar heen, Klaus speelde liefkozend met haar hand, waar hij van tijd tot tijd in beet, zoals een jonge hond in een rubberbal, wat haar telkens een ijl kreetje ontlokte.

Bud kon zijn ogen niet van haar afhouden. Op zijn lelijke zomersproetengezicht lag de gloed van haar schittering, van haar warme, rijpe schoonheid, in welker gunst hij nu al dagen stond en die hij met de terughoudende ridderlijkheid van een schildknaap diende. Ze was niet zoveel ouder dan hij – misschien zeven of acht jaar –, maar was door de aanwezigheid van haar zoon, voor wie hij, haast als voor een leeftijdsgenoot, een goede, kameraadschappelijke vriendschap voelde, geen voorwerp van zijn begeerte; ze was een hemelse liefde voor hem, en met telkens hernieuwde geestdrift verdiepte hij zich in het smalle gezicht, de breed gewelfde mond, waar zo vaak een ernstige glimlach om speelde (ze kon niet opgewekt glimlachen, en dat gebrek alleen al had haar volledig ongeschikt gemaakt als toneelspeelster), de smalle neus met de fijne neusgaten en de ronde, vochtig glanzende ogen, met de dromerige, bijziende blik – godinnenogen, in een onophoudelijk spel afwisselend diep en ondiep.

Natuurlijk was iedereen in huis op de hoogte van deze liefde, de cherubijn accepteerde ze met een gelaten schouderophalen; wat valt eraan te doen, vroeg of laat gebeurt het toch; trouw zijn zolang het gaat en naar de volgende uitkijken als het uit is. Bovendien was ze een veel te groot voorstander van fair play om niet Beatrix' superioriteit in te zien en bewonderend te erkennen. Ze vond haar weliswaar een tikkeltje saai, maar als Bud juist in een periode was waarin hij behoefte had aan ernstige schoonheid en die verkoos boven cherubijnse humor, dan moest hij maar doen wat hij niet laten kon. In het dorpje aan de overkant van het meer was een bekend toneelschrijver gearriveerd om er zijn vakantie door te brengen, en Mary was al een paar keer met hem wezen wandelen (ze ging in goede tijden nooit wandelen) en zou een van de komende dagen een autotocht met hem maken.

Monika voegde zich zo onopvallend mogelijk bij de anderen. Achter Buds rug liet ze Klaus haar ring zien en was opgelucht toen ze zag hoe mooi hij de gevleugelde godin vond.

Graag had ze hem verteld over de wandeling naar het kerkhof, maar met de anderen erbij ging dat niet, en hij week niet van de zijde van zijn moeder, voor wie hij een hoffelijke, altijd klaarstaande page was, met de glans van de verliefdheid en de gloed van de jaloezie in de ogen. Monika speelde sinds de aankomst van Beatrix nog slechts een ondergeschikte rol voor hem. Dat deed een beetje pijn. Soms was het een kwelling, maar het was niet meer dan een flits van een vermoeden dat hier aan een ander iets werd geschonken – en wel met recht en reden, verworven en verdiend in talloze uren van liefhebben – wat ze zelf graag wilde krijgen.

Monika had zich een paar keer al voorgenomen om het met Beatrix over Armin te hebben, maar of het nu kwam doordat ze te zeer in beslag werd genomen door Klaus' aanwezigheid of Buds stille huldebetoon of doordat het meisje zelf niet meer zo openhartig was als vorig jaar: het innige contact was tijdelijk verbroken, en meer nog dan dat alles voelde Monika zich geremd door het gevoel dat Armin uit de toon zou vallen en een vreemde, erg ongewenste indringer in Beatrix' kring zou zijn.

En dus kropte ze alles op tot ze geen lucht meer kreeg en maakte ze zichzelf bovendien wijs dat ze niemand nodig had, zelf alles het beste wist en ze met haar leven precies kon doen waar zij en alleen zij zin in had.

Zij hebben goed lachen, dacht ze verbitterd tijdens het avondeten. Doen of ze van me houden en merken niet wat voor grote en verschrikkelijke dingen in mij omgaan. Van de anderen kun je niets verwachten, maar mijn ouders, die toch zo op mijn welzijn bedacht zijn, die zouden toch een inspanning kunnen doen.

Dat was een verkapt dreigement. Als jullie niet naar me omzien, zullen jullie nog wat beleven. Daarbij wist ze maar al te goed in wat voor een warm nest ze opgroeide, hoezeer deze twee mensen hun uiterste best deden om haar het leven licht en aangenaam te maken. Ze was verwend, niet alleen in de gebruikelijke zin van het 'kind van goeden huize' dat door de ouders als een kroonprinses werd behandeld, maar omdat ze hadden geprobeerd haar vrij te laten opgroeien en toch de wereld aan haar voeten te leggen.

Toen ze zes werd en ze op zondagochtenden nog bij haar vader in bed kroop, had ze al van hem *Hermann und Dorothea*, *Reineke Fuchs*, *Die Jungfrau von Orleans* en *Der Prinz von Homburg* voorgelezen gekregen.

Een paar jaar later nam hij haar mee naar de opera: ze zaten op de eerste rij, vlak achter de dirigent, zodat het kind geen indrukken zou missen omdat er volwassenen voor haar zaten. Zo zagen ze *Der Freischütz, Zar und Zimmermann* en kort daarna *Lohengrin* en *Die Meistersinger von Nürnberg*. Dat was het beste wat de ouder wordende man zijn kleine dochter kon bieden, in die werken laaiden de geestdrift, het ideaal, de fantasie van zijn jeugd weer op, de tijd dat hij als student halve nachten voor de kassa had gestaan om een plaatsje op de galerij te veroveren. Monika merkte dat wel en keek wel uit om hem te zeggen dat ze muziek en tekst opgeblazen en bombastisch vond. Pas toen ze voor het eerst de *Figaro* hoorde, toen Mozarts zoete en lieflijke klanken voor het eerst haar oren streelden en ze ontdekte dat er zóiets bestond op de wereld, deze bekoorlijkheid te midden van de droefenis, dit licht zwierige zweven te midden van de tragiek, deze oneindige spanning tussen pijn en vreugd, moest ze hem wel zeggen dat dit haar zoveel beter beviel. Hij nam het met een stille glimlach op, het was nu eenmaal een andere generatie die hier opgroeide; vooral niet proberen te buigen, maar zacht, behoedzaam getuige zijn van wat er ontstaat.

Natuurlijk hadden de oorlogsjaren een inperking betekend van Monika's verwende leventje; reizen ging niet meer, en het vaak schrikbarend klein geworden inkomen van haar vader dwong tot spaarzaamheid en allerlei rekentrucs. Al werden die zorgen meestal aan haar moeder overgelaten; vader en dochter gingen er als kinderen voor op de loop en zochten tijdens lange wandelingen het mooie, aangename en interessante op. Zo stond er in een plaatsje net buiten de stad een barokke madonna die de moeite van het bekijken waard was en die in de tijd dat ze nog konden reizen aan hun aandacht was ontsnapt; het Schlosspark van Nymphenburg moest Sanssouci en Versailles vervangen; aan de rand van de stad werd een nieuwe wijk gebouwd; de voormalige buskruitfabriek in Dachau – kleine, haast grappige gebouwen in een bosje, onzichtbaar voor vliegtuigpiloten – was opengesteld voor het publiek voordat ze voor andere doeleinden zou worden gebruikt; en niet zo ver bij hun huis vandaan strekte, lonkend en tot steeds nieuwe wandelingen verleidend, de Englischer Garten zich uit, die, naarmate je er dieper in doordrong, steeds lieftalliger werd. Op hun tochten spraken ze over duizend-en-een dingen. 'Ignorabimus', zo kleedde haar vader zijn vroomheid in, die hij ondanks de wetenschap en de negentiende eeuw nooit had afgelegd. Hij citeerde voor Monika de woorden die Shakespeare Caesar in de mond legt, namelijk dat het een groot wonder is dat de mensen bang zijn voor de dood, omdat uiteindelijk iedereen toch moet sterven. Dat was zijn overtuiging en zijn instelling, en met de schuchtere manier van doen die zijn licht gebogen gestalte zoveel noblesse verleende bezigde hij vaak de acteursuitspraak: 'Om tien uur is alles achter de rug.'

Waarom al die drukte, dat geduw en dat getrek, waarom dat streven naar macht? Maar hier kon Monika niet volgen: te belangrijk was het stuk, haar stuk, te gretig had ze ernaar uitgekeken, al de rest zonk daarbij in het niet. Goed, om tien uur is alles achter de rug, maar het is nog lang geen tien uur, het doek is nog maar pas opgegaan, en wat daartussen ligt is haar leven, dat mooi en gelukkig moet zijn.

Maar wat is ze er nu van aan het maken? Hoe ziekelijk en miserabel is de wereld van Armin vergeleken bij die van thuis, hoe krom en lelijk, ondanks kunst en esthetiek? En aan die wereld heeft ze zich overgegeven. Door die wereld heeft ze zich laten vangen.

Ze ziet het glashelder en kan zich toch niet losrukken, betoverd, behekst moet ze telkens weer naar hem toe, naar de huppelende, lispelende, slimme heerser van die wereld, de kunstenmaker, die bewondering, medelijden en tederheid in haar wekt.

Vergeten waren de duistere gedachten, toen ze de volgende dag buiten adem van het snelle fietsen in de stromende regen voor zijn deur stond. Zwaar en luid klonk de gietijzeren deurklopper, toen was het stil.

Dat was nog nooit gebeurd. Aarzelend liep Monika om het huis. In het open keukenraam zat de Siamese kat naarstig haar vacht af te likken, ze hief haar kopje en staarde het meisje met glasheldere blauwe ogen aan. Monika duwde het dier opzij en klom door het raam naar binnen. Ze keek rond in de twee ruimten op de begane grond, nam de trap naar de eerste etage, liep met licht bonzend hart de madonnakamer en de kamer van de vreemde godin door; in de boerenkamer zag ze de theetafel van de dag ervoor, met half leeggedronken kopjes en gebakresten; ze ging, bang geworden nu, de trap op naar de tweede etage en stond voor Armins slaapkamer, waar ze nog nooit een voet had gezet. Ze klopte op de deur, alles bleef stil, ze duwde de deur open. Het rook er tegelijk muf en heel sterk naar bloemen; vijf of zes vazen waren met rozen gevuld, mooi en bevallig opgesteld zoals Hesse dat kon, rond een Christushoofd in ruw houtsnijwerk en twee barokke engelkandelaars, waarvan de kaarsen volledig waren opgebrand.

Dat was het eerste wat Monika zag. Het tweede was het bed waar Armin, gekleed in een donkerblauwe pyjama, op lag, de ogen gesloten, de mond open, geel en star. Mijn god, wat is hij slecht geschoren, dacht Monika, hoewel ze wist dat hij dood was.

Ze liep traag op hem af, alsof iemand anders de stappen in haar plaats zette, ze nam een brief van het nachtkastje die aan haar was gericht en ging met stijve knieën naar een grote leunstoel met zachte kussens, waarin ze diep wegzakte.

Het zou verstandig zijn geweest om het raam te openen, maar zoals iemand die in vrije val naar een balk grijpt om zich vast te houden lag Monika in die stoel, angstvallig haar best doend om niet meer naar het bed te kijken.

Toen ze daar een poos werkeloos had gezeten, las ze de brief, die door het ontzettend slordige, jachtige handschrift moeilijk te ontcijferen was; ze las hem aandachtig, geconcentreerd, als iets wat haar niet aanging.

Hij schreef over een buitengewoon droevige jeugd; over een verbitterde misantroop van een vader, die de aanleg en de wetenschappelijke capaciteiten had om een groot arts te worden, maar die door zijn botheid de patiënten had verjaagd; over een blind geworden, half achterlijke moeder die onrustig door de kleine woning had gedoold; hij schreef over nood en ontbering, over onvoldoende eten (zelfs als er geld was, wat maar al te zelden voorkwam, bekommerde niemand zich om het huishouden), over te weinig slaap, die om de haverklap werd verstoord door verschrikkelijke crises van de blinde vrouw. Daarbovenop kwamen zijn eigen lelijkheid, die werd benadrukt door bij elkaar gebedelde kleren die niet pasten, zijn spraakgebrek en zijn reeds vroeg ontwaakte besef bij iedereen onsympathiek over te komen, wat niet gecompenseerd maar veeleer versterkt werd door zijn merkwaardig veelzijdige talenten die van hem een soort wonderkind maakten. Verachting, afgunst, haat, dat waren de gevoelens die hij bij mensen wekte, zelfs bij degenen die zijn talenten meenden te stimuleren. Daarom trok hij zich in zichzelf terug, bouwde zijn eigen wereld (de uit vervolging, ambitie en eenzaamheid gebrekkig gebouwde Armin-wereld), was mateloos arrogant, op het krankzinnige af begerig naar het goede en het grootse. Uit onachtzaamheid had de jongeman ooit een kostbare gravure verwisseld, die hem voor een expertise was toevertrouwd (hij beoordeelde kunstwerken goedkoper en net zo betrouwbaar als de grote handelaars), met een waardeloze afdruk. Smalend en vol leedvermaak moest hij vaststellen dat de verwisseling onopgemerkt bleef. En zulke cultuurbarbaren bezaten dan kostbaarheden waar ze geen flauw benul van hadden! De tweede keer verwisselde hij een werk opzettelijk, weer merkte niemand er wat van. Verder dus! Hoe gemakkelijk is het niet te bedriegen, te vervalsen, ja zelfs te stelen, als je het maar enigszins handig aanpakt. Je mag het niet altijd, niet meteen bij het begin doen, je moet eerst wat stroop om de mond smeren, vertrouwen wekken. Dat is voor hem moeilijker dan voor anderen, want hij wordt tenslotte bij voorbaat gewantrouwd, wat het spel des te aantrekkelijker maakt. Hij is een bekwaam restaurateur van beeldhouwwerken, lijmt, schildert en herstelt, en prepareert het hout tegen houtworm. Hij houdt niet altijd de originelen achter om vervalsingen in de plaats te geven, sommige figuren zijn moeilijk te kopiëren, menig eigenaar heeft er te veel verstand van. Hij beschikt over een wakker instinct, weet wanneer hij het mag wagen en wanneer niet. De mensen zijn dom, verachtelijk, ze zouden hem in geen honderd jaar hebben betrapt, als sinds enige tijd niet die onstilbare drang naar genot in hem was ontwaakt: wat baten zijn schatten als hij al het andere in het leven moet ontberen? Geen fatsoenlijke woning, geen reizen, geen vrouwen. En dus begint hij te verkopen. Met de opbrengst van een vroeggotische madonna kan hij kleren kopen, een kleine Griekse Nike levert de huur op voor het huis in een oord waar zoveel mensen uit de grote wereld wonen. Met de liefde gaat het minder vlot, die valt niet in te wisselen. 'Tot op een dag jij kwam, mijn onnoemelijk lieve, geliefde Monika, mijn vreemde koningin. Hoe gaarne had ik je alle schatten van de wereld geboden, een armzalig teken van verheven liefde.'

Maar bijna op hetzelfde moment slaat het noodlot toe. Hij biedt een handelaar een kopergravure uit de achttiende eeuw aan, niet eens zo'n bijzonder waardevol of zeldzaam stuk. De man krijgt achterdocht, bestudeert de gravure van naderbij en verklaart zeker te weten dat dit blad een paar maanden geleden bij een collega is gestolen, hij herkent het aan een kleine beschadiging. De altijd voorzichtige Hesse is opeens zo lichtvaardig en overmoedig geworden dat hij de beschadiging, die hij natuurlijk zelf ook heeft opgemerkt, niet heeft weggewerkt. Het verlies heeft de eigenaar veel meer leed berokkend dan enkel op basis van de officiële waarde kan worden bepaald, want de gravure was een geschenk van een erg geliefde, overleden vrouw. Hesse kijkt de handelaar spottend aan. Weet of zegt hij niet dat samen met de gravure ook een waardevolle Romeinse zegelring werd gestolen? Maar wanneer de man hem aanbiedt de gravure terug te geven zonder te zeggen waar hij die vandaan heeft, neemt Hesse hoogmoedig het blad terug en zegt dat hij het zelf aan de rechtmatige bezitter wil overhandigen, dan kunnen ze meteen samen proberen te achterhalen wie de dief was. De ander biedt zijn excuses aan, het was maar een voorstel, hij had er niets kwaads mee bedoeld.

Peinzend gaat Hesse weg: de ander koestert vast en zeker wantrouwen, misschien is hij er wel van overtuigd dat hij de dief is. Wordt er over hem gefluisterd, wordt het al van de daken geschreeuwd? In ieder geval wil hij duidelijkheid. Hij rijdt linea recta naar de bestolene, maar hoe vlug hij ook bij hem is, hij weet zeker dat hij al op de hoogte is. De ontvangst is koeltjes en correct, zonder de minste glimlach van waardering of dank. Geen woord over de dief en al helemaal niet over gezamenlijk speurwerk. Ook hijzelf rept er niet over, hij is onverschillig geworden, bluf en spel verlokken hem niet meer, het enige wat telt is dat hij de middagtrein haalt, want om vijf uur komt Monika op theevisite. Een paar dagen lang zit hij werkeloos thuis te wachten. Misschien gebeurt er niets, misschien trekt de bui ditmaal over. Maar hij gelooft het niet echt. De middag dat hij van het kerkhof terugkeert, staan ze voor zijn deur: twee rechercheurs, twee jonge, redelijk beleefde heren. Er volgt een uitgebreide huiszoeking, ze hebben moeite om uit te maken wat van hem is en wat van de zanger die in Amerika verblijft. De kunstwerken worden zorgvuldig genoteerd, Hesse verschaft bereidwillig informatie en beschrijvingen, maar omdat datgene waar ze vooral naar zoeken, de Romeinse zegelring, onvindbaar is, zien de rechercheurs af van arrestatie. Ze hebben tenslotte geen bewijsmateriaal. Hoelang nog? Hooguit een paar dagen, een paar uren zelfs, de meeste dingen zijn in München ontvreemd en de eigenaars zullen zich snel genoeg en massaal aanmelden. Gevangenis? Nee. Hij heeft genoeg ellende gekend, vechten is zinloos, dit alles doorstaan is zinloos. *Cela ne vaut pas la peine.* Hij heeft genoeg slaappoeder, nu de brief af is, zal hij het bittere drankje drinken.

Monika keek haast vertederd naar haar ring. Bedachtzaam wikkelde ze hem in de brief en stopte die onder haar jurk. Ze was moe en probeerde niet naar het bed te kijken. Vooral niet denken. Hoe mooi is dat hoofd van Christus toch met de doornenkroon, smal en lijdend, met ingevallen wangen, een halfgeopende mond, de ogen dichtgeknepen, een jong boerengezicht, een en al maat en terughoudendheid. En naast hem, biddend en opgewekt, de knielende engelen, in ruisende gewaden, lovend en prijzend, in een overdreven ongedwongen houding.

Monika mompelde bij zichzelf: 'Lieve God, laat het niet waar zijn, lieve God, laat dit slechts een droom zijn. Laat hem leven, lieve God, dan zal ik een goede echtgenote voor hem zijn en zal ik altijd in je geloven en je geboden naleven.'

Maar terwijl ze dat zei, wist Monika dat dit gebed onzin was: Hesse was dood en God gaf er niet om. Net zomin als God gaf om leven of om sterven, om Monika Merton of om Armin Hesse, om de vraag of ze ooit voor iemand een goede echtgenote wilde zijn of dat ze de geboden zou naleven. Het was niet meer dan een poging tot omkoping. Als jij mij dit geeft, krijg je van mij dat. Ze geloofde niet in haar gebed, maar het prevelen luchtte op.

Toen verzonk alles, de werkelijkheid trok zich uit haar bewustzijn terug, zoals altijd op momenten die haar helemaal toebehoorden. Daar zat een vreemd meisje, in een vreemde kamer, bij een vreemd lijk, ze zat daar met droge ogen en een nogal dwaas glimlachje te staren naar de druppels die op het raam parelden en in smalle straaltjes langs de ruit naar beneden liepen.

Het vreemde meisje probeerde over iets na te denken, maar kon zich niet concentreren. Tegelijk had ze het nare gevoel deze situatie al eens eerder te hebben beleefd.

Monika wist dat ze in actie moest komen, maar in de plaats daarvan liet ze zich dieper in de stoel wegzakken. Had ze maar eau de cologne tegen de misselijkheid die ze voelde opkomen! Op de wastafel stond een grote fles, maar tot daar lopen om die te gaan halen was totaal onmogelijk.

Ze probeerde zich Armins gezicht voor te stellen, de hangende lippen, de onder het spreken licht wippende neus, maar het lukte haar niet, net zomin als ze de klank van zijn lispelende stem kon oproepen, die een aanhoudende kwelling voor haar oor was geweest. Was dit dan dood zijn? Dit uitdoven in de andere mensen tot er niets meer overbleef, geen kleur, geen ademtocht, geen klank? Was het daarom dat Armin had gehuild? Maar zelfs het medelijden dat ze altijd voor de levende Armin had gevoeld, bleef stil.

Was Armin dood, net zoals meneer Schlosshammer? Was hij veranderd in een stille pop? Nee, ach, het was erger en huiveringwekkender, ook hier geen grootsheid, maar des te meer vervorming; had dit klein geworden gezicht met de scheef openhangende mond nog iets van een mens?

Monika hief haar hoofd en draaide het traag naar de dode. Met een reusachtige zelfoverwinning keek ze hem aan en hoorde, stil als een ademtocht, zacht en liefdevol, met al zijn deemoedige tederheid: 'Queentje'.

Ze slaakte een kreet van ontzetting, vluchtte de kamer uit, smeet de deur achter zich dicht, rende de trap af, zocht snikkend, verblind door tranen naar de telefoon, vormde het nummer, riep huilend tegen het dienstmeisje aan het toestel: 'Klaus, ik wil Klaus spreken', en toen ze eindelijk zijn gebroken jongensstem hoorde, steunde ze slechts: 'Kom'. Hij vroeg niet waarheen, het was alsof hij alles wist, alsof hij dit afgelopen verschrikkelijke uur bij haar was geweest.

Ze liep heen en weer door de kleine vestibule en bedacht voor het eerst dat ze nu niet hoefde te trouwen met Armin, alleen had die vrijheid alle betekenis verloren.

Ergens in de verte blafte een hond. Ze bleef staan om te luisteren. Misschien kwamen er mensen. Wat moest ze zeggen als ze haar hier aantroffen?

Misschien dachten ze dat ze een moordenares was, of Armins geliefde, of een handlangster. Onder haar kleren verstopt droeg ze zijn laatste brief en een gestolen ring. Maar ze zette die gedachten meteen ongeduldig van zich af. Ook dat was om het even, volledig om het even.

Eindelijk hoorde ze het geknerp van fietsbanden op grind, ze trok de deur open en wierp zich huilend in de armen van de druipnatte Klaus. Hij vroeg niets, heel behoedzaam streelde hij haar haren, wreef zijn gezicht aan haar schouder droog en duwde haar door de eerstvolgende deur. Ze kwamen in de keuken. Hij pakte een pot jam van de tafel en probeerde haar er onhandig maar vol tedere toewijding een lepel van te geven. Eerst weigerde ze te eten, maar zijn pogingen waren zo snoezig en lief dat ze haar lippen opende en opeens merkte: ja, dit was goed, dit klopte, en ze aten zwijgend samen – een lepel voor Klaus, een lepel voor Monika – de hele pot leeg. Pas daarna was ze in staat te praten.

Hij sloeg bleek uit toen ze over de dode daarboven vertelde – besefte ze wel met wat voor last ze hem, die al flauwviel als iemand het over bloed en ziekte had, opzadelde met die rol van beschermer? Maar hij liet zien dat hij de moeilijke situatie de baas kon en dat hij voorzichtig en weldoordacht wist te handelen. Hij voerde twee telefoongesprekken: een met zijn oom, aan wie hij vroeg om te komen, in de dubbele hoedanigheid van dokter en vader; het andere met het gemeentehuis, waarbij hij de beambte bondig en in passende bewoordingen uitlegde dat hij samen met zijn nicht meneer Hesse had willen bezoeken. Toen er niet werd geopend, waren ze door het keukenraam naar binnen gekropen en hadden ze de heer des huizes dood op zijn bed aangetroffen. Ja, het was zelfmoord, vanzelfsprekend, nee, ze hadden natuurlijk niets aangeraakt, ja, hij dacht wel dat het lijk al koud was. Hoe zegt u, een brief? Nee, een brief hadden ze niet gevonden. Ja, een arts, geheimraad Merton, was al onderweg.

Weer bij Monika hield hij haar koude handen vast en praatte zacht op haar in: dat ze tot rust moest komen, dat alles weer goed zou zijn en dat haar eigenlijke leven met deze vriendschap toch niets te maken had.

Ach, Klaus had er geen idee van hoe verstrikt ze was, hoe schuldig en ellendig ze achterbleef.

Toen boog hij zich heel dicht naar haar toe: 'Jij en ik, wij zullen ons telkens weer aan die vlam verbranden, wij hebben te veel levenshonger om ongeschonden te blijven.'

Ze kwam door zijn zachte liefkozingen tot bedaren en toen hij zijn handen van haar losmaakte om de deur te openen voor de beambte, voelde het als lichamelijke pijn. Ze kon hem nog snel toefluisteren waar de slaapkamer lag, vervolgens hoorde ze hem buiten praten, beleefd en voorkomend – 'mijn nicht hoeft toch niet mee naar boven te gaan, nietwaar, ze is zo geschrokken' – en natuurlijk willigden de beambten die wens in, want Klaus bezat de vaardigheid, als hij maar een klein beetje moeite deed, om de mensen naar zijn pijpen te laten dansen.

Even later arriveerde haar vader, ook hij streelde verlegen en onbeholpen haar haren.

'Waarom heb je niets over die vriendschap gezegd, m'n kind, we hadden misschien nog het een en ander in orde kunnen brengen.'

Ze schudde fel het hoofd: 'Dat willen jullie altijd, in orde brengen en bewaren, ook daar waar alles rot is en stinkt.'

Hulpeloos keek hij in haar harde ogen, niet wetend hoe het verder moest, niet voor zichzelf en niet voor haar. Hij had haar zo graag voor iedere pijn behoed, maar hij wist maar al te goed dat het lot zich niet naar zijn wensen plooide. Nu reeds was onheil geschied, nu reeds was het gladde kindervoorhoofd gefronst, overschaduwd door een smart waar hij geen toegang toe had. Was ze maar wat openhartiger geweest tegenover hem! Maar nu zat ze daar, gesloten, boos, zwijgend, en hij wist niet eens of ze kwaad of droevig was. Haast opgelucht richtte hij zich tot zijn neef die er weer aankwam: 'Breng jij Monika naar huis, ik ben hier nog niet klaar.'

Ze duwden hun fiets over de leemachtige veldweg. In het westen hing een heldere strook lucht en het hield langzamerhand op met regenen. Monika knipperde de druppels uit haar ogen.

'Ben jij bang om te sterven?' vroeg ze.

'Ja,' zei Klaus.

'Ben je bang om dood te zijn?'

'Nee.'

'Wat is dat: dood zijn?'

'Dat weet ik toch ook niet, dommie. Een andere vorm, een andere inhoud, een andere goddelijke glans die op ons valt. Ik ben bang voor pijn, maar niet voor het nieuwe. Elke verandering is goed, elk afscheid is een begin.'

'Klaus, het is zo afschuwelijk, over een paar uur leggen ze Armin in het lijkenhuis, aangekleed, achter glas, als een etalagepop.'

'Hou toch op met mij te kwellen. Het is allemaal vreselijk akelig. Zinloze, verstarde vorm. Het heeft niets, maar dan ook niets te maken met de grootsheid van leven en sterven.'

'Je bent bij Bud in de leer gegaan.'

'Misschien,' zei hij ernstig, en ze voelde zijn enthousiasme voor zijn grote vriend.

Verbaasd moest ze vaststellen dat het leven buiten de Armin-wereld verder was gegaan. Er waren vele gesprekken gevoerd, nieuwe banden aangeknoopt.

Toen ze de straat bereikten, stapten ze op de fiets en volgden op een rustig tempo dezelfde weg die zij en Hesse de dag ervoor hadden genomen. Vandaag hoefde ze niet bang te zijn om mensen tegen te komen. Klaus mocht en moest gezien worden, hij paste bij haar, zij bij hem.

Toen ze bij het meer kwamen, brak de zon door het wolkendek. Aarzelend, gekleed in lodenjassen en met opgezette boord gingen de eerste kuurgasten de frisse lucht in.

Ze reden langs het kerkhof, langs het kleine zwembad, waar nu in de plaats van meneer Schlosshammer een ver familielid van hem in het portiek stond, plechtig in zwart kostuum want de begrafenis was nog maar pas achter de rug, maar heel tevreden kijkend omdat de zon de eerste bezoekers naar zijn nieuwe etablissement bracht.

Thuis werden ze bezorgd opgewacht; Monika's moeder keek haar met een angstig vragende blik aan, maar haakte, toen ze geen wanhoop in de ogen van haar dochter zag, bij Klaus in, die nu al een kop groter was dan zij en trok hem allerlei vragen op hem afvurend met zich mee.

Beatrix omhelsde Monika, tot haar blijdschap merkte het meisje dat de ernstig glimlachende godin zich weer helemaal liefdevol voor haar openstelde.

Bud gaf haar dan weer heel on-Amerikaans een handkus. Ze wist niet of hij haar op die manier condoleerde of dat hij haar verzekerde dat hij haar voortaan tot de volwassenen rekende.

II

1

'Tussen Rusland en Amerika zwalkt een schip: D u i t s l a n d !'

De jonge spreker, die die woorden op geëxalteerde en hartstochtelijk dreigende toon had gedeclameerd, stapte uit de lichtkring van de schijnwerper en nam weer plaats in de rij van zijn kameraden. Het doek viel.

Meteen daarna ging het weer op en de in grijze sportkleding gestoken vier jongens en vier meisjes van het toneelgezelschap zongen, begeleid door tamboerijn en slagwerk en met hun geheven rechtervuist de roodfrontgroet makend, samen met de van geestdrift zwetende mannen en vrouwen in het parket, de arbeiders, studenten en lage bedienden, de Internationale.

Monika bewoog haar lippen en neuriede de melodie mee, maar kende de tekst niet. De blonde Hans Hauser naast haar zong het lied schallend en vol overtuiging.

Buiten op straat vroeg hij haar zelfverzekerd: 'En? Wat vond je van onze jongens?'

'Best oké. Maar...'

'Natuurlijk, ik had kunnen denken dat mevrouw Monika een "maar" zou hebben.'

'Ik hoor niet bij jullie,' zei ze droevig.

'Ach wat, iedereen die zijn hart en zijn verstand op de juiste plek heeft hoort bij ons.'

'Nee,' antwoordde ze beslist, 'jullie zijn bezeten door een idee. En daar haak ik af.'

'Op dat punt wil je niet meer volgen. Je bent een beetje laf, Monika, en verdomde burgerlijk.'

Dat was het ergste scheldwoord dat hij kende. En hoewel ze zojuist ongeveer hetzelfde over zichzelf had gedacht, vroeg ze toch geïrriteerd: 'Ha, je vindt dus dat ik burgerlijk ben.'

'Natuurlijk, Monika, je kunt gewoon niets anders zijn. Maar dat je niet uitstijgt boven de ideologie van je klasse, dat je je vastklampt aan de zekerheden van het burgerlijke bestaan, dat had ik niet gedacht.'

'Zekerheid?' vroeg ze spottend. 'Geloof je dan dat er ergens op de wereld nog zekerheid is?'

'Waarschijnlijk niet meer,' antwoordde hij ernstig, 'hoewel jullie dat pas in zijn volledige draagwijdte zullen begrijpen als het luid en duidelijk twaalf uur heeft geslagen. Want waar moeten jullie van leven als jullie niet in die zekerheid zouden geloven? Jullie willen de zekerheid dat jullie kinderen erven, dat jullie niet ziek worden en voortijdig sterven, zekerheid voor jullie gezin, jullie huis, jullie dienstboden en jullie auto. Maar omdat jullie bij je God, waarvan jullie ook zo graag zeker zouden zijn, geen zekerheid meer vinden, verzekeren jullie je op wereldse wijze en met geld. En de verzekeringsmaatschappij, die op haar beurt ook zekerheid moet hebben, herverzekert zich...'

Monika lachte, en hij haakte kameraadschappelijk bij haar in.

'Eigenlijk weet je helemaal niet, Monika, dat je zekerheid wilt, omdat je onzekerheid gewoon niet kent. Vind je dat ik het bij het verkeerde eind heb? Of ken jij soms het gevoel op de eerste dag van de maand geen geld voor de huur te hebben? Heb je ooit voor een baas gesidderd, je hoofd gebogen voor zijn onrechtvaardigheden uit angst dat hij je de laan uitstuurt? Heb je ooit al eens hulpeloos moeten toezien hoe een mens naast jou crepeerde, gewoon omdat hij geen kuur in Zwitserland kon betalen? Heb jij, Monika Merton, ooit van contact met iemand moeten afzien omdat je geen geld had om met hem uit te gaan en geen kamer om hem te ontvangen?'

'Nee,' zei Monika, 'dat ken ik allemaal niet. Maar het kan me elke dag overkomen.'

'Dat geloof je toch zelf niet. Je valt niet een-twee-drie uit de magische kring van de bezittenden. Je bent erin verankerd door afkomst en opleiding. Als je ooit eens door je geld heen bent, heb je nog altijd je relaties met rijkelui.'

'En toch wil je dat ik aan jullie zijde strijd?'

'Ja, want je hebt een uitstekend en bruikbaar verstand. Waarschijnlijk beschik je zelfs over de vaardigheid om andere mensen te leiden.'

'Ik wil niemand leiden. Ik ben allang blij als ik de dingen voor mezelf op een rijtje heb. Een beetje geluk, dat is alles wat ik wil.'

'Wat jij geluk noemt...' zei hij bitter en ontgoocheld.

'Vrijheid noem ik geluk,' zei ze vurig, 'maar geen vrijheid die afhankelijk is van de ene of de andere partij en omwille van de politiek naar de achtergrond wordt geschoven tot de kinderen en kleinkinderen oud zijn. Geluk is persoonlijkheid, ontplooiing van het eigen ik, vergroting van de mogelijkheden die in ons zitten.'

'Klinkt heel goed, je individualisme in luxe-editie met goud op snee. Maar duur, Monika, verdomd duur. En niet iedereen kan het zich veroorloven. De mogelijkheden die in ons zitten leveren geen bal op als we in de stront zitten. Vanmiddag nog was ik in een huis, waar het er precies uitziet zoals miserie in de meest kitscherige film wordt voorgesteld. Twee kamers in een huurkazerne. Smerig, vol luizen en bedwantsen. De vader werkloos, de moeder aan de drank. Acht kinderen. Slapen met hun tweeën en drieën in één bed. Geen gesprekken, geen boeken, geen rust en te weinig lucht, niet de geringste mogelijkheid om even alleen te zijn. Moordend werk en, wat nog erger is, de razende, voortdurende angst om werkloos te worden. De oudste jongen is lid van ons toneelgezelschap, hij zingt en speelt verdraaid goed. Een echt talent. Maar zo onbetrouwbaar dat we nauwelijks wat met hem kunnen aanvangen. Was al acht dagen niet meer op de repetitie verschenen, daarom ben ik wezen kijken. Mijn bezoek was zinloos. Hij is gearresteerd. Voor souteneurschap. Dat wordt gevangenis en daarna de werkinrichting. Zo staat het daar, Monika, met de ontwikkeling van de persoonlijkheid. Daar komt niemand uit weg. Niet zoals het nu is. Proletariër zijn is vandaag de dag nog een onontkoombaar lot, een levenslange verdoemenis.'

'Maar jij hebt jezelf bevrijd.'

'Ik ben de zoon van een smid. Mijn vader heeft een klein huis, een eigen werkplaats, twee werknemers. Hij is zijn eigen baas, geen proleet. Als hij dat was, zou ik niet weten hoe ik me een weg had kunnen banen naar de universiteit. Het was ook zo moeilijk genoeg. Jij, Monika, bent negen jaar naar school gegaan en hebt vervolgens tegenover leraren die jou goed kenden een examen afgelegd over grondig doorgenomen leerstof. Ik heb twee jaar lang, nadat ik doodmoe van de smidse naar huis ben gekomen, nachtenlang gezwoegd, vervolgens op een paar maanden tijd met een kleine studiebeurs het hoogstnoodzakelijke erin gestampt, totdat ik tegenover een commissie van geheimraden mocht bewijzen dat ik begaafd en rijp genoeg was om toegelaten te worden tot het eindexamen. Daarbij heb ik zinloos veel energie verspild, een veelvoud van jou, en was ik zo door het werk in beslag genomen dat ik vergat naar geluk en meer van die belangrijke dingen te vragen.'

'Als ik aan de onderkant van de samenleving was geboren,' zei ze aarzelend, 'zou ik waarschijnlijk geen slechte strijdster zijn geworden. Maar mijn weg loopt niet langs strijd en geweld. Ik wil leven voor de innerlijke vrijheid, voor de integriteit van de geest.'

'Dat is geen weg, Monika, dat is een droom. Word toch wakker. Laat je door de ellende van de mensen ráken tot je van pure haat en verontwaardiging onrechtvaardig bent geworden. Durf je verbeelding te gebruiken.'

'We zijn allemaal laf als het over het leed van anderen gaat.'

'Je zou niet zo praten als je echt traag van hart was. Je hoeft nog maar een kleine, minuscule stap te zetten en je bent al bij ons.'

'Maar die kleine stap leidt van de ene sfeer naar de andere en wordt daardoor reusachtig. Onze middelen zijn verschillend. De hele rijkdom van het leven opgeven voor één idee, dat kan ik niet.'

'Wat is je rijkdom van het leven te midden van uitbuiting, onderdrukking en moord anders dan een zinloos spel? Verspilling van tijd, verspilling van kracht om een paar mooie momenten te hebben.'

'Voor jou, Hans, en voor je kameraden verloopt het leven rechtlijnig. Jullie hebben een messcherpe kijk op de fouten in de ideologieën van de anderen, maar hebben niet de geringste twijfel bij jullie eigen fundamenten. Ik geloof eenvoudigweg niet dat er ideeën zijn die altijd en in alle omstandigheden juist zijn. Daarom wil ik de wereld met licht toegeknepen ogen bekijken, zodat de sterren wat wazig worden, in elkaar overlopen tot één helder punt en ik niet hoef te geloven dat mijn zon de enige bron van warmte is. Bij alle ernst wil ik de ironie niet graag laten varen, die de laatste en verschrikkelijkste dingen verzacht.'

'Er zijn dingen die door geen ironie ter wereld verzacht kunnen worden,' antwoordde hij somber.

Ze waren aangekomen bij het kleine café waar ze stamgast waren.

Zwijgend en peinzend roerde Hans Hauser suiker door zijn koffie, zijn aangenaam grove gezicht met de blauwe ogen was rood van het nadenken, tussen zijn wenkbrauwen was een diepe verticale groef verschenen.

'Is er een man van wie je houdt?' vroeg hij plotseling.

Ze staarde naar het tafelkleed en zocht naar haar woorden.

'Kom nou, dat moet je toch weten! Of moet je je toevlucht nemen tot ironie om mij een antwoord te geven?'

'Ik weet het niet, Hans,' zei ze verward, 'ik weet het echt niet. Toch wel, ik denk wel dat ik van iemand houd.'

'Kennelijk is het geen man die jou al te na staat.'

'Veel te na misschien. Hij is als een broer, een erg beminde broer. Omdat we nooit in dezelfde stad wonen en elkaar hooguit om de zoveel maanden zien, is er geen verveling en geen dood moment, geen ruzie en geen ergernis tussen ons. Als we elkaar zien, hebben we elkaar zo veel belevenissen te vertellen dat de dagen haast te kort zijn.'

'Als ik het goed begrijp, vertellen jullie elkaar bij het weerzien jullie liefdesavonturen?'

'Ook, ja. Waarom niet?'

'En jullie zijn nooit op het idee gekomen om met elkaar in bed te duiken?'

'Ik zei toch al dat we bijna broer en zus zijn. Hij is overigens echt mijn neef.'

'En nu, hier aan deze tafel, heeft Monika ontdekt dat ze van die neef houdt?'

'Misschien.'

'En alle avonturen – ik neem aan dat er wel een paar zijn – beleeft Monika om voor die neef nieuwe gespreksstof te hebben?'

'Dat is mateloos overdreven.'

'Maar ook een beetje waar,' zei hij met een grijns.

Ze had kunnen antwoorden dat het hem allemaal niets aanging, maar zijn ogen rustten zo trouwhartig en vol naïeve belangstelling op haar dat ze het niet over haar hart verkreeg om grof te worden. Bovendien was ze zijn luisterend oor wanneer hij heibel had met Lilo, de blonde arts met haar mooi gekrulde boerenmeisjesmond; de ene biecht was de andere waard.

'Is je neef een Jood? Waarschijnlijk wel.'

'Waarom wil je dat weten, Hans? Sinds wanneer interesseer je je voor het rassenvraagstuk?'

'Het is geen indrukwekkende dialectiek die ik hier beoefen, maar ik bedacht net dat je misschien omwille van iets anders kunt doen wat voor jou zo ondenkbaar is. Daarom vroeg ik of je van iemand houdt, want ik hoop wel dat je je met handen en voeten zou weren voordat je een door jou beminde man voor een nieuwe oorlog ten strijde zou laten trekken.'

'Zolang ik leef en Klaus mij na aan het hart ligt, zal hij niet ten oorlog trekken,' zei Monika ernstig.

'Ik geloof in je oprechte intentie, Monika, maar ik geloof niet dat je het lot zo privé naar je eigen wensen kunt plooien. Jullie zijn Duitsers, dat is erg, jullie zijn Joden, dat is nog erger. Dat is de enige situatie die nog onmogelijker, nog uitzichtlozer is dan die van de proletariërs, want die kunnen op een dag het gewicht van de meerderheid in de schaal werpen, terwijl jullie verdoemd zijn om ten eeuwigen dage een minderheid te vormen. Daarom is jullie enige redding naar ons toe komen. We beoordelen jullie naar je prestatie, niet naar je afkomst.'

'Mijn god, Hans, dat zijn toch dingen die allang geen rol meer spelen. Dat is pure middeleeuwen, waar jij het over hebt.'

'Luister, Monika, ik wil je een verhaal vertellen. Het speelt zich weliswaar aanvankelijk af in Rusland, maar gaat daarna verder in Duitsland, en ik kan het gevoel niet van me afschudden dat het verhaal nog niet uit is.

Dus: ooit leefde in een stadje in het grote tsarenrijk een gelukkig gezin: vader, moeder, een negenjarige zoon, een zevenjarige dochter. We schrijven 1905. Op een dag verschenen er onbekenden in het huis, ze sloten de ouders op in een kamer en begonnen ze uit te vragen. Urenlang dreigden en schreeuwden ze, paaiden ze en deelden wellicht ook klappen uit, maar de twee hielden hun lippen stijf op elkaar. De vader had nooit politieke bijeenkomsten bezocht, had nooit contact gehad met verdachte personen. De ene commissaris moest dorst hebben gekregen, hij ging naar de keuken om een glas water te drinken. Daar zaten de bange kinderen ineengedoken. 'Zeg es, duifjes,' vroeg de onbekende terwijl hij ze snoep toeschoof dat op vuil papier plakte, 'kennen jullie deze oom?' Hij hield een foto voor hun neus. Het meisje zweeg, keek met grote ernstige ogen naar de foto, naar de onbekende man en naar haar broer. Maar de jongen, Fedja, mijn vriend, de held van dit korte verhaal en van dit zware leven, zei opgewekt: "Natuurlijk, dat is ome Grigorij." "Komt hij vaak op bezoek?" "Bijna elke dag." "En dan heeft-ie vast iets bij zich?" "Voor ons niet, maar wel voor papa, grote pakketten." "Is mama er dan bij?" "Nee, die gaat altijd naar de andere kamer." "Is vast een vrolijke boel, als deze oom er is?" "Nee, hoor, er is nooit iemand anders bij. Zelfs als er wordt aangebeld, wordt er niet opengedaan." "Goed, m'n duifje, jij kunt het nog ver schoppen."

De verklaring van de jongen volstond om de vader te arresteren en naar Siberië te sturen. De vader vertrok, aan een andere gevangene geklonken, de moeder volgde met de twee kinderen vrijwillig de colonne. Van dorp naar dorp, dwars door het grote, uitgestrekte Rusland, in de kou, de sneeuw en de regen. Hoelang weet Fedja niet meer. Maar in een bepaald stadje liep een officier door de rijen gevangenen en vroeg wie er een Jood was. Een paar veroordeelden stapten naar voren, ook de vader. Het was de eerste keer dat de jongen dat woord hoorde, hij wist niet wat het betekende. "Alle mannelijke Joden ouder dan zes jaar die vrijwillig de colonne volgen moeten op het hoogste bevel hier blijven." Alle mannelijke Joden. Er was er maar één: Fedja. Hij stond afgezonderd, alleen, klein, bibberend van de kou onder de vele priemende blikken en snapte niet waarom zijn moeder wild en onbeheerst begon te huilen. Onbekenden zeiden: "Laat de jongen bij ons, we zullen goed voor hem zijn." Toen nam zijn moeder zijn zusje bij de hand en volgde de colonne. Dat was het laatste wat Fedja van zijn familie zag en hoorde. Enkele weken lang bleef hij bij de mensen die hem bij zich hadden opgenomen, maar toen was hij het zat om Jood te worden genoemd en stompen te krijgen en hij ging ervandoor. Ik zal de verhalen van zijn kindertijd niet vertellen, Monika, misschien breng ik je ooit met Fedja samen, dan kan hij het zelf doen, hij kan dat beter dan ik. Acht jaar lang was de jongen aan zijn lot overgelaten, hij bedelde, stal, werkte, maar wat hij ook deed, altijd en overal vond hij voldoende stukjes papier en wat houtskool om te tekenen. Door een eindeloze reeks toevalligheden belandde werk van de zeventienjarige bij een Duitse kunsthandelaar in Moskou. Die liet Fedja bij zich komen, kocht kleren voor hem, gaf hem geld en een pas en stuurde hem naar Berlijn. Hij kon amper lezen of schrijven, maar hij was altijd zijn eigen baas geweest en was bezeten door een wilde vrijheidsdrang. Eindeloos traag en moeizaam paste hij zich aan het beschaafde, oververzadigde vooroorlogse Duitsland aan, aan het geregelde leven op de kunstschool en het samenleven met andere mensen. Toen brak de oorlog uit, hij was Rus, dienstplichtig, men stopte hem van de eerste tot de laatste dag in een gevangenenkamp. In 1918 wilde hij niet naar huis, een thuis had hij immers niet, een nansenpaspoort krijgen was onmogelijk, hij had geen relaties, was geen lid van een organisatie, van een groep, was in de ogen van de Witten verdacht als zoon van een revolutionair en in de ogen van de Roden omdat hij zich niet in dienst stelde van de revolutie; dus bleef hij in Duitsland, tekende met kleurkrijt op de straatstenen en schetste in restaurants kleine, snelle portretten, ging elke politieagent uit de weg, wisselde om de zoveel weken van verblijfplaats en leed weer een paar jaar honger. Daarna werd hij voor de tweede keer ontdekt. Sindsdien verloopt zijn leven in iets rustiger banen, hij tekent als een bezetene, want hij is als de dood dat de vrede niet lang duurt, dat alles zich zal herhalen, misschien in een andere volgorde, met nieuwe variaties, uiteindelijk draait het er immers telkens op uit dat een mens de ontwikkeling, de mogelijkheid om te leven wordt ontnomen. Dat is niet de middeleeuwen, Monika, dat is Europa in de twintigste eeuw, dat is een drievoudig vervloekt lot dat mijn vriend Fedja in zich verenigt: revolutionair zijn, Jood zijn en deel uitmaken van een natie.'

Monika glimlachte: 'We maken toch allen deel uit van een natie.'

'Zolang er nationalisme en oorlog is kan het ons allen fataal worden. Maar ik zie al, Monika, dat ook de arme Fedja je niet heeft overtuigd.'

'Geef me tijd om erover na te denken. Morgen komt Klaus. Ik beloof je dat ik met hem niet alleen over liefdesavonturen zal praten.'

Ze betaalde snel voor hen beiden en liet zich door hem naar een taxi begeleiden.

'Bedankt voor de avond, Hans, en de groeten aan Lilo.'

Hij glimlachte haar door de ruit toe. Hij zwaaide en zette een stap achteruit. Ze drukte zich tegen het gladde, harde leer en deed haar ogen dicht. Even later zag ze knipperend de lichtjes van de Kurfürstendamm. Nu was het niet ver meer, ze woonde nog voor de Halenseebrücke.

Zoals vanavond liep het vaak. De anderen namen vergenoegd afscheid van haar en lieten haar gekweld achter. De anderen keerden terug naar een idee, naar een bezigheid, naar een mens. Zij was alleen, kon niet kiezen voor één bepaalde idee, ze vond er veel aanlokkelijk en bovendien waren ze tegenstrijdig met elkaar. Haar studie geschiedenis was nauwelijks een activiteit te noemen, ze was er nonchalant in en ambitieloos, ze bezocht hoorcolleges die buiten haar vakgebied vielen en verzuimde talloze belangrijke uren in haar eigen vak. Uit de meeste werkcolleges bleef ze na twee of drie keer weg, omdat het eindeloze gezwets haar verveelde en ze meer dan eens het gevoel had dat als ze dan iets moest studeren, ze dat veel beter en sneller kon doen door een boek vast te pakken. Anderzijds ging ze bijna nooit naar de bibliotheek omdat ze daar afgeleid en gefascineerd werd door onbekende gezichten en niet geconcentreerd kon lezen.

Haar belevenissen waren niet zo talrijk als Hans Hauser kennelijk aannam. Twee wilde nachten in een berghut boven de Karrersee met een jonge berggids die het lichaam had van een Griekse god, drie maanden in München onder de ogen van haar ouders met een getrouwde, vijftigjarige professor sociologie, die haar had geleerd dat geest en rijpheid niet minder vervulling brengen dan schoonheid.

En dan had ze vanavond in een opwelling verteld dat ze van Klaus hield. Hij was er, sinds meer dan vijf jaar, vriend, broer, intimus, op nooit geëxpliciteerde manier een mens om wie haar leven draaide. Al had ze in de armen van de berggids of in die van de professor geen ogenblik aan hem gedacht.

Ze liet zich onderuitzakken in de taxi. De lichtjes kon ze zo niet meer zien, alleen nog lichtstrepen die langstrokken.

Klaus dus. Groot, slank en aantrekkelijk, vaak onbeholpen als een jonge hond, soms soepel als een roofdier. Gebruinde huid, die naar zon, water en lavendel rook. Een diepe stem, troostend en enthousiast, die hij inzette als een floret, klaar om schijnbewegingen te maken, te steken, te slaan, haast nooit onthullend wat erachter leefde, maar tegenover haar altijd diep en warm, echt en liefdevol. Droevige reeënogen, waar de ironie in flakkerde. Een toegewijd wezen met een hang naar melancholie. Een merkwaardig denken: omstandig, traag, soms loom, en dan plotseling flitsend, met een verrukkelijke gratie.

Anders dan de anderen, droeviger en stralender, ingetogener en inniger. Hield ze van hem? Ze wist het niet. Hij bevond zich voorbij haar begeerte, maar heel haar wezen was vervuld van hem. Bijna nog een jongen. Leven met hem was maar amper mogelijk, leven zonder hem kon ze zich niet voorstellen.

De chauffeur reed de smalle zijstraat in waar ze woonde en zocht naar het huisnummer.

Nu was Hans ook weldra thuis. Ze stelde zich voor hoe fris en schoon Lilo was wanneer ze hem met haar vrolijke, nuchtere hartelijkheid omarmde, met die moederlijke warmte, die nog tijdens het kussen de afgescheurde jasknoop ontdekt.

Haar eigen kamer was leeg en vreemd, als ze pech had liep ze op de gang de hospita tegen het lijf en moest ze haar oeverloze geklets ondergaan.

Nu niet alleen zijn, niet hoeven te denken! Ergens zitten, een paar woorden met iemand wisselen, naar muziek luisteren.

Ze boog zich voorover en zei door het opengeschoven raampje tegen de chauffeur dat hij haar naar de Gedächtniskirche moest terugbrengen. De man maakte zwijgend rechtsomkeert, in de spiegel boven hem kon ze zijn onverschillige ogen zien.

Het liep tegen half twee aan en Monika betwijfelde of ze Wally nog bij 'Pollo' zou aantreffen. Pollo was een lesbiennecafé en Wally een kleine, jongensachtige Münchense die samenwoonde met een straatmadeliefje van wie ze hartstochtelijk hield. Soms rookten Monika en zij een paar sigaretten samen, keuvelden over carnaval, de bergen, het Ungerer-zwembad en het Oktoberfest of over enkele gemeenschappelijke kennissen. Wally streelde ook weleens Monika's hand of drukte in de donkere gang die naar de keuken leidde een kus op haar wang. 'Je bent zo lief,' zei ze dan, 'zo intelligent met je trouwe ogen, heb je dan nog altijd geen vriend?'

Monika legde het korte eindje van de kerk naar Pollo te voet af, koude regen spatte in haar gezicht, ze bedacht dat het in de bergen wel zou sneeuwen. Over acht dagen was het Kerstmis, dan was ze thuis met Klaus. Ze rook de geur van sneeuw en keek ontzettend uit naar het skiën.

Bij Pollo was het berookt, drie of vier stelletjes stonden te dansen, Monika ging alleen op een brede bank zitten en kreeg te horen dat Wally al een uur eerder was vertrokken. 'Misschien komt ze nog terug,' troostte de blonde serveerster haar. Het was om het even. Ze bestelde een glas gin en was blij dat alles zo vlot liep. In werkelijkheid was ze bang voor obers en taxichauffeurs, maar het meest nog voor mensen die zelfverzekerd en heel natuurlijk met onbekenden konden praten, zoals de dikke, zwaar opgemaakte Pollo met haar mannenkapsel en haar smokingjasje.

'Goedenavond, mevrouw,' groette die haar vanop haar hoge barkruk achter de tapkast en liet niet merken dat ze verbaasd was een jonge studente te zien verschijnen.

Eigenlijk zou ze een prima reisgenoot zijn, dacht Monika. Alles welbeschouwd had ze het gezicht van een intellectueel en kon ze net zo goed een arts zijn.

Ze keek naar de mensen die aan het dansen waren. Twee meisjes droegen een pak, ze konden evengoed jongens zijn. De ene had opvallend mooi donkerbruin haar en een lachende, brede, mooi gekrulde mond, bijna tot spleetjes geknepen, spottende ogen, erg brede schouders, erg smalle heupen. Ze reageerde meteen op Monika's blik – maar wie deed dat niet in deze klaarwakkere stad? – met een vrolijke, zelfvoldane grijns.

Monika zoog omstandig de gin op met haar rietje, dat was alvast een bezigheid. Daarna kon ze een sigaret opsteken of haar neus poederen. Vervolgens kon ze alleen nog maar voor zich uitstaren.

Vreselijk verlegen, hulpeloos overgeleverd aan de blikken van de onbekenden vervloekte ze haar besluit hierheen te komen.

Er begon een nieuwe dans, en het meisje met de mooie haren maakte met een glimlach en tot spleetjes toegeknepen ogen een cavalierachtige buiging voor Monika.

Goed dan, laten we maar wat dansen, afgemeten en netjes heen en weer schuifelen op het ritme van deze suffe melodie, waarvan ze de tekst kon meeneuriën, want het was de schlager van het jaar:

Knappe gigolo, arme gigolo
Denk je soms nog aan die tijden
Dat je als huzaar
Kepie op je haar
Onder vrouwenogen kon rijden

Laten wij een traan wegpinken over je sentimentele verhaal, jij aan lagerwal geraakte officier, die ooit zozeer op 's levens hoogten verwijlde dat hij met gouden tressen – kan het eigenlijk nog beter? – voor het raam van zijn geliefde mocht paraderen.

Terwijl Monika dat bedacht, werd ze vastgepakt en zette ze de eerste danspassen. Toen pas zag ze aan de brede, krachtige pols dat haar partner een jongen was, en ze keek zo geschrokken en ontzet in zijn vrolijke gezicht dat hij haar verbaasd vroeg wat er aan de hand was.

'Ik dacht dat u een meisje was,' zei ze, zich onzeker afvragend of ze zich niet opnieuw vergiste.

'Och god, och god,' piepte hij met een hoog stemmetje om er vervolgens met een brede glimlach aan toe te voegen: 'Ik bewijs je graag dat ik een jongen ben.'

Zwijgend dansten ze verder; na afloop kwam hij bij haar aan tafel zitten en bestelde hij een kop koffie.

'Waarom koffie?'

'Meer krediet heb ik niet.'

Ze maakte een afwerende beweging met haar hand.

'Nee, zo ver is het nog niet gekomen, dat ik me door dames laat trakteren.'

Wat hij hier dan deed?

'Op de pof leven. Pollo is de enige fatsoenlijke mens in heel Berlijn. En die meisjes sowieso! Wat zijn dat voor goeie kameraden.'

Zijn beroep?

De guitige ogen glinsterden.

'Nu eens dit, dan weer dat.'

Na een aarzeling vroeg ze door: 'Prostitué, nietwaar?'

'En wat dan nog, baby?'

Hij keek haar uitdagend aan.

Ze kwam niet veel over hem te weten. Zoon van een voormalig officier – dat kon zelfs waar zijn –, op zijn zestiende als loopjongen bij de Lufthansa door een Oostenrijkse diplomaat verleid. Toen hij eenmaal de smaak te pakken had, verdiende hij 'geld als water', totdat de directie lucht kreeg van zijn spilzieke gedrag en hem de laan uitstuurde. Sindsdien was hij werkloos, een paar jaar al.

Op zeker ogenblik liet hij achteloos vallen dat hij een SA'er was.

Ze fronste: 'Ik ben een Joodse.'

'Dat zie ik, baby. What's the matter?'

Hij strooide graag wat Engels rond in zijn korte zinnen.

'SA'er uit overtuiging?'

Hij haalde zijn schouders op: 'Ach, weet je, overtuiging! Zo zit het nou ook weer niet. Kan me geen reet schelen. Maar zonder de dienst zou ik in de goot liggen. Is toch fun.'

Ze had een politieke redevoering paraat, maar nu zweeg ze en staarde in haar glas.

'Niet serieus worden. Go on, baby.'

'Weet je wat er met ons gebeurt als Hitler aan de macht komt?'

'De soep wordt niet zo heet gegeten als ze wordt opgediend. En als-ie echt aan de macht komt, dan hebben jullie voor een keer eens pech. Gebeurt ook niet al te vaak.'

Pollo kwam overeind, dat was het teken dat ze ging sluiten.

'Een glas gin, een kop koffie. Schrijf maar op, Pollo.'

'Laat maar zitten, Tommy.'

Monika wilde protesteren, maar hij fluisterde haar toe: 'Misschien heb ik morgen geld. Dan gaan we samen chic uit.'

Op straat vroeg hij: 'Woon je ver hiervandaan?'

'Halenseebrücke.'

'Dat gaat. We kunnen lopen.'

Hij pakte haar bij de arm, en zij vond naast hem lopend dat het toch goed was niet meer alleen te zijn.

Met gretige stem vertelde hij over de Wintergarten en de Scala, hij kende alle programma's, alle artiesten, alle trucjes.

Ze luisterde met een half oor en vond zijn vrolijke, jonge stem aangenaam, al had ze het net zo oké gevonden als hij een taal had gesproken waar ze geen woord van begreep.

Ze stonden voor haar huisdeur.

'Geef me de sleutel.'

'Nee, dat niet.'

'Wat nou, baby?'

'Een andere keer misschien, vandaag niet.'

'Dat zijn smoesjes.'

Zijn stem klonk opdringerig, ongeduldig.

Mijn god, wat ben ik toch een slechte toneelspeelster, dacht Monika weer heel gekweld. Wat zou ze gelukkig zijn mocht Klaus hier staan in plaats van Tommy. Haar hart werd vervuld met een gloeiend verlangen naar haar vriend en de wens om in zijn armen te liggen.

Ze stak snel haar hand in haar zak en gaf haar sleutels aan de jongeman.

Hij vond meteen de juiste, deed behoedzaam de deur open en liep op kousenvoeten achter haar aan.

‘Mooi woon je hier.’

Hij keek onderzoekend rond.

‘Zo veel boeken.’

Hij pakte het ene na het andere van het nachtkastje en las met onverschillige stem de auteursnamen voor: ‘Spengler, Goethe, Shelley, Agatha Christie, Gervinus, Thomas Mann, Frank Heller. Zit niet veel voor mij bij.’

Hij had het boek van Frank Heller vastgehouden en bladerde erin.

‘Je mag hier toch wel mannenbezoek ontvangen, hè?’ vroeg hij wantrouwig.

‘Ja, natuurlijk,’ zei Monika, die erop rekende dat de kamer die tussen hen en de rest van de woning lag de geluiden zou dempen.

Hij liep door naar de werktafel.

‘Is dat je vriend?’

‘Ja.’

‘Ziet er reuze geleerd uit.’

Monika lachte, maar ze had liever gehad dat hij Klaus’ schoonheid had geprezen.

Ze haalde twee glazen en schonk goldkirsch-brandewijn uit.

‘Cheers, baby.’

‘Cin cin.’

Ze wisten beiden niet meer wat te zeggen, de tijd sleepte zich moeizaam en doodsaai voort.

Hij pakte zijn portefeuille: ‘Die zijn goed, hè?’ zei hij, terwijl hij twee foto’s naar haar toe schoof.

Op de ene stond hij met een SA-pet, op de andere in burger.

Het goedkope, slechte maakwerk, te veel en op de verkeerde plekken geretoucheerd, maakte schrikbarend duidelijk hoe dit mooie gezicht er over een, twee jaar zou uitzien: verveeld, ontgoocheld, vlak en ruw.

Wat hebben ze met jullie gedaan, dacht Monika, die naar de foto’s bleef staren.

Hij trok de foto’s weer naar zich toe en schreef op alle twee traag en onhandig: ‘Als aandenken aan Tommy.’

'O, zijn ze voor mij?'

Hij knikte en keek haar peinzend aan: 'Waarom bezoek jij eigenlijk dat soort kroegen? Je bent toch een dame.'

'Misschien hoor ik daar thuis.'

'Je bent geen lesbienne.'

Hij zei het heel vastberaden. Maar ze wist dat hij stilletjes zou weggaan als ze zou volhouden dat ze de vrouwenliefde toegedaan was; er waren spelregels die hij vast niet brak. Ze snakte ernaar alleen te zijn.

Maar toen ze bleef zwijgen, kwam hij plotseling op haar af, pakte haar bij de schouders, trok haar tegen zich aan en zei terwijl hij haar naar het bed troonde met een veranderde, hese stem: 'Go on, baby. Snel een beetje. Om zes uur moet ik thuis zijn.'

2

Monika zag zichzelf in Klaus als in een spiegel. Zijn gezicht was niet minder mooi dan vroeger, maar het trouwhartige pathos van de jongen had plaatsgemaakt voor verlangen en droefheid.

'Er lukt niets meer,' zei hij bitter, 'er stroomt niets meer. Een paar jaar geleden kon ik nog schrijven, goot ik de wereld in een gedicht, maar nu roert er zich niets meer, geen ritme, geen klank, geen innigheid. Weg. Gewoon weg.'

Ze zaten in zijn kleine Berlijnse pensionkamer, naast elkaar op de rand van het bed.

'Ach, dat komt toch terug.'

'Nee, Monika, het is weg. Definitief en voorgoed.'

Hij zei dat op zo'n vastberaden toon dat ze inzag dat tegenspreken geen zin had.

'Misschien, als het mij nog wordt vergund, kan ik ooit proza schrijven. Maar dat is niet hetzelfde. Hoeveel fantasie hij ook heeft: de schrijver mag op geen enkel moment zijn controlerende verstand uitschakelen. Met eindeloos geduld, luisterend, kijkend, verklarend bouwt hij aan zijn werk, de bijenkorf, weliswaar ontvlamd door de geest, maar toch dienstbaar in ernstige nuchterheid. Dichten, daarentegen, is roes en overgave, is dronken helderheid, is zich uitstorten, uitgewist en opnieuw geboren worden, is Eros.'

Hij ging naar het raam en trok het open, de kille winterlucht drong naar binnen. Half afgewend zei hij zacht: 'Eros is een strenge en afgunstige god. Als je hem verraadt, sluiert hij zijn gezicht voor je.'

Hij legde zijn hoofd tegen de hand die de raamklink nog vasthad. Na een lange stilte kwam hij terug en streelde Monika's haar.

'Er met jou over praten lucht wel een beetje op.'

'En Beatrix?'

'Beatrix heeft er haar vingers nooit aan gebrand. Ze weet van die pijn. Ze begrijpt hem zoals alles wat van mij komt. Maar ze kan er niet in delen.'

'We hebben veel tijd, Klaus. Een wond kan helen.'

Geschrokken hoorde ze hoe banaal die woorden klonken.

'Deze wond heelt niet. Ik wil dat ook niet. Ik zal die god omwille van het lichaam telkens weer verraden.'

Ze keek hem droevig aan, zonder vragen te stellen. Dat was ook niet nodig. Slechts twee uur zware, uitgeputte slaap scheidden haar van de nacht met Tommy.

'En dan is er nog dat andere,' zei Klaus, 'waar ik niet uitkom: de beroepsactiviteit. Alle anderen, waar ik ook kijk, zijn blij met wat ze doen. Ik niet.'

'Maar Klaus toch, wat voor een mateloze overdrijving is me dat: alle anderen. Ik kan je er zo wel tien opsommen die ontevreden zijn over hun beroep.'

'Maar zij kúnnen tenminste iets, ze bouwen zo goed en zo kwaad als het gaat iets op.'

Toen zei ze, met de ironisch-tedere toon die ze in haar stem legde wanneer hij haar zo bestookte: 'Voor zover ik weet is Klaus Merton de jongste doctor die de afgelopen drie jaar aan een Duitse universiteit is gepromoveerd. Hij heeft zich afgesloofd, zich afgejaagd, zich uit de naad gewerkt, waarom weet ik niet, wellicht kwam het door zijn uiterst bedenkelijke ambitie. En nu zoekt die Klaus drie dagen na zijn examen zijn arme vriendin Monika op en doet hij zijn uiterste best om haar het leven moeilijk te maken, omdat hij alweer verder wil razen in plaats van uit te rusten en eens lekker te luiwammesen.'

'Ik hechtte er heus niet aan om de jongste doctor te worden, ik had het niet eens door tot de decaan het in zijn zalvende toespraak vermeldde. Ambitie? Ik denk niet dat er ambitie bij kwam kijken, nee, ik kon het gewoon niet langer aan om geheimraad Walter iedere week vier uur lang onzin te horen uitkramen over zijn stokpaardje, Gottfried Keller, of erger nog over Hofmannsthal, zijn dierbare vriend. Vreselijke nonsens, een droevige mengeling van droge filologie, haarkloverij en een grenzeloze ijdelheid die zichzelf van verrukking opblaast bij het horen van de eigen stem. Wijdbeens gaat hij voor een student staan, strijkt over zijn gladgeschoren kin alsof hij een baardje had, wrijft zijn gemanicuurde handen tegen elkaar en beweert dat Keller wellicht een goede reden had om die passage precies zo en niet anders te schetsen en vraagt vervolgens of de student niet ook die mening is toegedaan. Als die zo vaak mogelijk instemmend knikt, is hij een brave jongen en staat hij in een goed blaadje bij hem. Denk je dat er iets beters uit was gekomen als ik dat spelletje acht semesters lang had meegespeeld in plaats van vijfenhalf? Of dat ik dan beter zou weten wat ik moest beginnen? Wellicht beland ik uiteindelijk in het beroep van de niet-begaafden en de achtergestelden en word ik koopman, iets waar ik allerminst voor deug.'

'Je moet leren wachten. Waarschijnlijk is dit hele tijdperk niks voor jou. Je zult wel een broodwinning vinden, daar maak ik mij geen zorgen om, en je zult daarin ook je mannetje staan. Maar ik wenste dat je in een andere eeuw was geboren, waar je een monnik of een ridder had kunnen zijn.'

'Een monnik, Monika, een monnik,' zei hij fel, 'geen ridder. Een ridder is immers een man van de daad, en dat is nou net mijn probleem. Hoe goed heeft een monnik het niet: hij zit in zijn cel, heeft eindeloos veel tijd om letter na letter te schilderen, hij wordt niet gestoord, althans niet door de buitenwereld. Maar zou dat dan uit te houden zijn?'

Meer in zichzelf pratend vroeg hij haar: 'In het klooster van Sankt-Gallen was er ooit een jonge novice die zich van de toren gooide omdat hij het niet langer aan kon zijn geliefde bergen vanuit de verte, bij wijze van spreken als een blauw waas, te zien. Denk je niet dat het mij net zo zou vergaan?'

'Niet vanwege de bergen.'

'Nee, niet vanwege de bergen.'

Monika maakte een beweging in zijn richting, maar hij week een heel klein beetje terug. Ze stond op en deed met een zucht het raam dicht.

'Ik kan me niet binden,' zei hij hard, 'ook niet aan mensen. Ja, Monika, nu heb ik je aan het huilen gemaakt, dat is het enige waar ik goed in ben.'

Ze was bij het raam blijven staan, met gekruiste armen, en kon het niet helpen dat de tranen over haar gezicht liepen.

Op de naargeestige binnenplaats onder haar waren zangers verschenen, twee jongens en een meisje, misschien werklozen, misschien studenten, dat viel niet uit te maken, ze droegen regenjassen met een riem en een baskenmuts, het uniform van de jeugd. Hun ongeschoolde maar aangenaam klinkende stemmen waren gedempt tot boven hoorbaar:

Knappe gigolo, arme gigolo

Heel droevig brak het lied af:

Men betaalt, en jij moet dansen.

'Zie je niet,' zei Monika, terwijl ze haar tranen probeerde te bedwingen, 'dat jouw zorgen algemeen zijn en in de lucht hangen? De gigolo heeft het nog moeilijker dan jij, want zijn goudgebiesde verleden is veel indrukwekkender dan dat van jou. Maar ook jij moet dansen, m'n beste, je hebt geen keus.'

Hij keek haar met een schuine blik van opzij aan, vervolgens nam hij haar in zijn armen en kuste haar tranen weg.

Dit was het eerste gesprek dat Klaus en Monika in Berlijn voerden, en in de zes dagen dat ze daar samen waren zouden er nog talloze volgen. Ze praatten in Klaus' pension, op Monika's kamer, tijdens hun vele wandelingen door de in kerstlicht badende stad, door de witte Tiergarten en op een dag met weinig zon ook in het park van Sanssouci, ze praatten in cafés en bars vaak tot diep in de nacht – één keer gingen ze na een urenlange omzwerving door de slapende straten om acht uur 's ochtends voor Monika's huis uit elkaar. De gesprekken draaiden altijd om hetzelfde: Klaus klaagde zichzelf aan, en Monika moest hem verdedigen, moest klaarheid scheppen, ordenen, temperen; zij, de mateloze, was gedwongen om voor haar vriend maat, vorm en waarden te vinden en zichzelf weg te cijferen om geen nieuwe, zwaarwegende problemen boven op de oude, zo goed als onoplosbare te stapelen. Dat ging haar verbazingwekkend goed af, en als ze later soms tegen Klaus zei: 'Mijn enige talent is van jou houden', dan school daar meer ernst in dan ze spottend wilde toegeven, en het was in die Berlijnse dagen dat ze die waarheid voor het eerst zag.

Soms probeerde ze het gesprek te brengen op wat Hans Hauser ter sprake had gebracht en wat haar sinds ze Lilo en hem kende bijzonder bezighield; maar in Klaus' gekwelde hart, dat met zichzelf geen raad wist, was er geen ruimte voor de eisen van de wereld.

Toch bracht ze hem met haar twee vrienden samen, en omdat hij zijn innerlijke twijfels goed wist te verbergen en alleen over de uiterlijke problemen sprak, zei Hans Hauser dat het al lang geleden was dat hij zo'n verstandig mens had ontmoet.

'Mens!' riep hij om vier uur 's nachts uit, toen ze na een geanimeerd gesprek nog altijd samenzaten, 'ik zou wel weten wat ik deed als ik in jullie situatie was en niet werd opgejaagd door de zweep van het geld-moeten-verdienen.'

'En, wat zou je dan doen?'

'Niets!' lachte Hans. 'Helemaal niets. Maanden-, zelfs jarenlang niets, of liever: ik zou me natuurlijk toch bezighouden, want alleen maar in de zon liggen zou me op den duur gaan vervelen. Ik zou heel veel lezen en af en toe een wandeling maken of reizen met Lilo, ja, en daarnaast zou ik natuurlijk zo nu en dan voor de partij werken.'

'Vierentwintig uur per dag,' zei Lilo.

'Je overdrijft. Soms zou ik ook moeten slapen.'

Ze lachten om het hardst en merkten niet hoezeer de twee anderen hen om hun innerlijke zekerheid benijdden.

Kon ik maar zijn zoals zij, dacht Monika, met zulke blonde haren en blauwe ogen, zo rechtlijnig, en, nou ja, ook zo arm. Dan zou ik tenminste weten waar ik thuishoorde. Maar nu heb ik een slecht geweten tegenover de burgers, omdat ik verlang naar een revolutie, en een nog slechter geweten tegenover de proletariërs, omdat ik de ultieme consequenties van mijn politieke inzicht niet wil zien. Ja, zo is het: ik ga uit wandelen, terwijl mensen hier ploeteren en daar doodbloeden, en laat me erop voorstaan over een oor te beschikken dat fijn genoeg is om alle tussenklanken op te vangen. Maar door alle finesses en nuances gaat de samenklank verloren.

Waarom houd ik dan niet van een kleine blonde Hans, die ik zo bewonder en benijd? Aan zijn zijde zou ik toch weten waar mijn plaats was? Ach, omdat ik mezelf uiteindelijk goed genoeg ken om die afgunst niet als een verlangen naar het onmogelijke te duiden, naar het onbereikbare, en om niet te weten dat ik in werkelijkheid tegenover zoveel ongebroken kracht en vastberaden eenzijdigheid al snel hulpeloos zou verzuchten: wat werkt dit allemaal op m'n zenuwen!

'Ik zal eens kijken, Merton, of ik je aan een baantje bij een uitgeverij of een krant kan helpen,' beloofde Hans. 'Want het is nogal duidelijk dat nietsdoen je nu niet goed bekomt. Jij moet eerst voor jezelf bewijzen dat je ergens voor deugt.'

Hetzelfde of ongeveer hetzelfde kreeg hij de volgende dag van hun oude vriendin Mary von Aue te horen, toen ze bij haar op theevisite waren.

'Is het wel verstandig wat je wilt, Klaus?' vroeg de cherubijn, die ondanks de vele dwaasheden in haar eigen leven een ongemeen scherp gezond verstand had. 'Zou je niet beter eerst wat op reis gaan in plaats van je meteen opnieuw in het werk te storten?'

Hij antwoordde dat hij gewoon niet goed wist welke bezigheid hem eigenlijk interesseerde, en dat hij gek zou worden van ongeduld als hij het onbestemde ook nog eens moest uitstellen.

'Goed, dan proberen we het. Misschien is er wel een uitgeverij die je als lector of een theater dat je als dramaturg kan gebruiken.'

Mary lag op haar divan en draaide met geoefende hand een nummer op de telefoon, die een attribuut was van haar zoals speer en boog dat van de

Amazonen waren, in een tijd dat de vrouwen de mannen nog met blanke wapens te lijf gingen.

'Hallo, m'n beste,' zei ze met haar hoge kinderstem tegen de een of andere gefortuneerde directeur, 'alleraardigst om nog eens met u te praten. Ja, natuurlijk heb ik een aanbod: jonge germanist, briljant wetenschapper, buitengewoon begaafd...'

Verbazingwekkend genoeg was ze geen snob, hoewel ze hoofdzakelijk met snobs omging, ze bezat gewoon de gave om zich aan de spelregels van het wereldje te houden. Bovendien vond ze het aangenaam en amusant om te maken te hebben met mensen wie bijna altijd alles lukte. Zijzelf was overal graag gezien; als je even geen tijd had voor haar, hoefde je je geen zorgen te maken: ze redde zich wel, en zodra je het wilde was ze er weer, grappig, charmant, discreet, zonder pretentie en tragiek.

In haar leven waren er geen scènes, geen melodramatische eindpunten, wie eenmaal haar vriend was, bleef dat voor altijd. Haar correspondentie was net zo groot als haar telefoonrekening. Waarvan ze leefde, wist niemand precies, zijzelf nog het minst. Af en toe schreef ze een kort verhaal of fotografeerde ze een beroemdheid voor de *Berliner Illustrierte*, soms trad ze ook in kleine bijrollen op. Ze liet zich nooit onderhouden door haar vriend van het moment, maar leende wel als het nodig werd van haar vroegere vrienden. Haar parfums, make-up en lippenstiften waren duur, haar kleren meestal onwaarschijnlijk goedkoop. Ze kookte zo geraffineerd als een Française en mixte cocktails als een Scandinaviër. De eigenschap die haar misschien wel het aantrekkelijkst maakte voor haar schrijversvrienden was dat ze geweldig goed kon luisteren, onverschillig of men haar een filosofisch werk voorlas of haar een liefdesverhaal vertelde (zolang het maar zelf geschreven was). Als ze tijd had, wat zelden voorkwam, las ze gebiologeerd en met van pure spanning gefronst voorhoofd Engelse detectiveromans.

Ze had met Monika en Klaus te doen, omdat ze, hoewel ze het voor een buitenstaander gemakkelijker hadden dan zoveel anderen, helemaal niet tot de categorie behoorden van de mensen wie alles lukte. Te veel sentiment, te veel egoïsme, wat een storende mengeling, oordeelde Mary, en ze wenste de twee, met de genereuze hartelijkheid van een vrouw die in overvloed leeft, een goede liefde.

Het leven van de cherubijn, dat zich afspeelde in de bohème van de bovenste tienduizend, waar prinsen en baronnen, schrijvers, regisseurs, autocoureurs, tennissers en zonen van industriëlen in een vrolijke afwisseling hun dagen sleten met de talloze bekoorlijke meisjes en vrouwen, verschilde zo enorm van het arbeidzame en militante bestaan van Hans en Lilo, dat het zich net zo goed op een andere planeet had kunnen afspelen. Tenminste zo zag Monika het, die de twee kringen, aan de rand waarvan zij balanceerde zonder vastberaden naar het centrum door te stoten, angstvallig uit elkaar hield en daarbij over het hoofd zag dat ze ondanks alle verschillen een en hetzelfde middelpunt hadden: die snel ademende stad Berlijn, zo verslingerd aan tempo en alles wat vitaal was. Ze maakten er deel van uit, Hans, Lilo en de cherubijn, ieder op zijn of haar manier, en hoewel voor de enen het centrum op de Alexanderplatz lag en voor de anderen bij de Gedächtniskirche, spraken ze toch dezelfde taal, tapten ze dezelfde moppen en konden ze, als het nodig werd, ook om hetzelfde tranen vergieten.

Maar Monika en haar vriend stonden daarbuiten, maakten geen deel uit van dit geheel, en dus kon de cherubijn noch Hans Hauser ook maar iets voor Klaus bereiken: niemand kende hem, hij had niets geschreven, er was geen schandaal in zijn omgeving, hij bezat geen partijboekje en evenmin een verleden.

‘Hij is de zoon van die Merton die dat boek tegen de keizer heeft geschreven.’

‘Tegen welke keizer? Tegen Willy? Mijn god, dat is toch ouwe koek. Ja, ja, ik herinner het me. Was behoorlijk begaafd en intelligent, maar eigenlijk een dwaas. Waar hangt hij zoal uit? O, hij heeft zich een kogel door de kop gejaagd? Eigenlijk heel wijs van hem. Een kogel door de kop is altijd goed. En de zoon? Niks aan te doen, jammer. Nee, ook niet om jou een pleziertje te doen. De crisis, weet je wel, de crisis.’

Klaus’ gezichtstrekken werden harder, scherper.

‘Je zou leraar moeten worden,’ zei Monika. ‘Natuurlijk niet in de stad, waar je tussen twee belsignalen je stof opdreunt en niets weet over het eigenlijke leven van de kinderen, maar op een *landschulheim*.'

'Waarom denk je dat?'

Hij bracht zijn hoofd omlaag, zoals een hond die op een spoor is gezet, en ze stelde tot haar grote vreugde vast dat haar voorstel heel erg met zijn eigen wensen overeenkwam. Dus ging ze door en prees ze uitvoerig de voordelen van een leven in gemeenschap met kinderen, dat tegelijk genoeg vrije tijd overliet voor je eigen bezigheden. Had hij niet al van kleins af aan blijk gegeven van een pedagogische gave en van de vaardigheid om het beste in een mens naar boven te halen?

Monika vond het een prachtig plan, probeerde er leven in te blazen, maar nog voor het zover was, dook Hartmann op, die met zijn imposante gestalte alle luchtkastelen omverschopte: allemaal 'larie', 'kletskoek' en totaal niet de moeite waard om au sérieux te nemen.

Op een dag, de voorlaatste van hun verblijf in Berlijn, stond hij groot en breed in Klaus' minuscule kamer; Monika, die net wilde gaan, was bijna tegen zijn vooruitstekende buik aangebotst.

Hij schudde Klaus de hand, gaf hem een klap op zijn schouder en trok aan zijn oor, daarbij met dreunende stem schreeuwend: 'Is het nou al zover gekomen dat de ouwe Friedrich Hartmann achter de jonge Klaus Merton aan moet lopen? Heb 'ns een ommetje gemaakt langs Zürich en ben gisteren net voor m'n vertrek op de Bahnhofstraße de schone mevrouw mama tegengekomen. Moest van haar vernemen dat we doctor zijn geworden, dat we ons in Berlijn bevinden en nog niet goed weten wat we met de toekomst aan moeten. Jij bent me d'r eentje!'

'Mijn nicht, Monika Merton,' zei Klaus zwakjes, en hij stelde de man aan haar voor: 'Dit is doctor Hartmann, een jeugdvriend van mijn vader.'

'*Een* jeugdvriend, jongeman? *De* jeugdvriend, de allerbeste, de intimus van zijn studentenjaren. Hoeveel nachten zijn we niet als jankende katers langs het raam van de filia hospitalis heen en weer geparadeerd, daarbij allerlei onzin uitkramend. In die discipline was de slimme Merton me veruit de baas, dat moet ik wel toegeven, hoewel ik in praktische aangelegenheden dan weer beter mijn mannetje stond. Had het achter de ellebogen, die donjuan, en heeft het hart van de beeldschone mevrouw mama weten te winnen en daarnaast nog zijn schaapjes op het droge kunnen brengen in het neutrale Zwitserland. Met middelen die niet ieders ding zijn, nee, niet iedereen keurt dat goed, zo tegen de rechtmatige soeverein van leer trekken. Oost west, thuis best. Zo heeft de ouwe Hartmann het gedaan en hij is daarbij ook niet slecht gevaren.'

Hij rolde zo met zijn ogen dat bijna niets meer te zien was behalve het bloeddoorlopen wit en zette in de beangstigend nauwe ruimte die hij helemaal vulde een stap in de richting van Monika.

'En dat is de dochter van de geheimraad, nietwaar? Ik ken uw vader, m'n beste juffrouw, heb hem al als student leren kennen en heb later herhaaldelijk het genoegen gekend om hem op bijeenkomsten te horen spreken. Zeer belangwekkend man. Zegt u hem maar dat hij bij gelegenheid de nieuwe joodhoudende vorm van mijn preparaat eens moet proberen. Ik laat morgen staaltjes en folders naar het adres van vriend Klaus hier sturen.'

'Doctor Hartmann is de uitvinder van Doctor Hartmanns Kindervoeding,' zei Klaus om Monika te helpen. Meteen zag ze de baby met de bolle wangen voor zich die vanuit de medische tijdschriften van haar vader en af en toe ook vanaf de reclamezuilen stralend van levensvreugde en gezondheid de wereld in keek.

'Dat weet toch iedereen, iedereen kent mij en mijn middeltje toch, daar hoeft helemaal geen tekening bij gemaakt te worden. Overigens niet alleen uitvinder, juffrouw, maar ook producent, godzijdank, en bezitter van een aanzienlijke fabriek. Weten jullie wat, kinderen, ik krijg het hier benauwd, jullie komen met mij naar moeder de vrouw voor het middageten en brengen daarna een bezoekje aan mijn bedrijfje, dat best de moeite van het bekijken waard is.'

Met opgetrokken wenkbrauwen duldde hij geen tegenspraak, en zonder nog tijd te verliezen stapte hij de trap af, zwaar en wiegend als een golem van wie het gezicht met de vlezige neus, de ronde ogen en de slappe mond niet kan glimlachen.

Terwijl Monika eerst had gedacht dat het aan de benepenheid van Klaus' kamer lag dat ze in Hartmanns aanwezigheid geen lucht kreeg, moest ze al snel inzien dat ook in de grote pronkkamers van zijn ver buiten de stad gelegen villa haar de adem werd afgesneden.

Misschien was het deels ook te wijten aan 'moeder de vrouw', een zwijgzame echtgenote met ziekelijk uitpuilende ogen in een knokig paardengezicht waarboven een lok roodgeverfd haar eindeloos belachelijk op en neer wipte als bij een circuspony, dat Monika zich zo ongelukkig voelde, misschien ook aan Thea, de jongensachtig slanke dochter van wie de blonde lieftalligheid teniet werd gedaan door hoog opgetrokken lippen, een scherp geslepen bril en de barse officierstoon waarmee ze tegen haar ouders, de dienstboden en haar twee windhonden schreeuwde. Overigens bleef zij niet langer aan de huiselijke tafel zitten dan strikt noodzakelijk was om haastig wat eten tot zich te nemen; meteen daarna kwam ze overeind en zei ze op afgemeten toon dat ze nu aan het werk moest. (We zullen haar nog tegenkomen, mensen zoals zij trekken de aandacht in onrustige tijden waarin ze hun heerszucht de vrije loop kunnen laten; maar vooralsnog is ze onbelangrijk, hoewel het gerucht dat ze al lang lid is geworden van de nationaalsocialistische partij op waarheid berust.)

En toch waren het eigenlijk niet de vrouw of de dochter die Monika benauwden, het was de heer des huizes, die onophoudelijk zwetsende kolos, die als een boze tovenaar de eerst tegensputterende en daarna steeds aandachtiger luisterende Klaus in de ban sloeg.

Want ondanks alle onzin die de man uitkraamde, ging – en ook Monika kon dat niet ontkennen – van de golem het soort fascinatie uit die het demonische op nuchtere geesten uitoefent. Hij was een werkverslaafde, akelig, duister, belachelijk, maar van een bovenmenselijk en grandioos formaat.

Hij kon over niets anders praten dan over zijn werk, zijn fabriek, zijn winst, zijn macht, zijn preparaat, zijn arbeiders – dat alles was van hem en bestond louter en alleen om door hem gebruikt te worden. Hoe ongelooflijk was het niet dat de mensheid het zo lang zonder zijn geniaal bedachte krachtmiddeltje had uitgezongen en zich zelfs nog had vermenigvuldigd? De preparaten van de concurrentie waren trouwens rommel, totaal waardeloze troep die als enige functie had dat hij, Hartmann, er met de fantastische ideeën van zijn propaganda over kon triomferen. Want strijd trok hem aan, dat was zijn lust en zijn leven, daar ging hij zich nog eens jong van voelen, zoals in de tijd dat hij samen met zijn vriend Merton de hele nacht feestvierde en onzin uithaalde.

Met hooggeheven hoofd, zijn handen op zijn rug, en met passen die veel te klein waren voor zijn postuur, leidde hij zijn gasten door het 'bedrijf', dat in een lelijk, tamelijk ouderwets gebouw in Charlottenburg was ondergebracht en Monika aanvankelijk diep teleurstelde. Waarschijnlijk had ze uitgestrekte hallen van glas en staal verwacht, overeenkomstig met het beeld van 'de fabriek' dat de film in steeds nieuwe, geraffineerd belichte variaties in ons bewustzijn inprent; wat ze daarentegen aantrof waren schone, met blauw linoleum gevloerde ruimten die in de verpakkingsafdeling, waar naarstig werkende meisjes aan lange tafels zaten, aan een naaiatelier deden denken maar voor het overige gewoon aan een grote apotheek. Ergens op de achtergrond stampte een tabletteermachine, en in het laboratorium glansden kolven en proefbuizen, maar datgene waar het eigenlijk op aankwam waren toch gewoon een paar gedeukte tinnen kuipen waar arbeidsters met lange houten staven in een stroperige, troebele massa roerden.

Hartmann liet een lepel brengen, en Klaus en Monika moesten de flets smakende brij proeven.

'De kindertjes zijn dol op mijn drankje,' riep de uitvinder, Klaus een stomp in zijn maag gevend, 'dat is het gezonde levensinstinct, dat precies weet wat het nodig heeft, hoewel het medicijntje niet naar snoep smaakt.'

Veel indrukwekkender dan hier zag het er in de reclameafdeling uit, waar op hoge stapels de folders met de baby met de bolle wangen lagen en een tekenaar, omgeven door een hele staf van jonge hulpjes, aan nieuwe ontwerpen werkte.

'Goeie reclame is het allerbelangrijkste,' zei Hartmann, en hij liet ter wille van zijn gasten een stilstaande pers in de huisdrukkerij in gang zetten, 'daarvoor moet ik diep in m'n beurs tasten. Heel diep zelfs. Het middeltje zelf is tenslotte het vermelden niet waard. Zo'n flesje kost me misschien tien pfennig. Maar datzelfde flesje vreet zestig pfennig aan reclame op. Krankzinnig, niet? Ik zou nog veel meer kunnen binnenhalen, als die schurken, die afzetters van groothandelaars en apothekers niet zo schandalig veel wilden verdienen. Maar als je de prijzen verhoogt, schreeuwen die schurken moord en brand, alsof dat niet net zo goed in hun eigen voordeel was. Belachelijk gewoon dat ze beweren dat het publiek niet meer wil kopen als het preparaat te duur is! Integendeel: als de mensen niks meer moeten neertellen, gaan ze nog denken dat ze rommel krijgen. Maar ik wil niet meer dat er een verpakking onder de drie mark twintig over de toonbank gaat, want Friedrich, moeder de vrouw en Thea moeten tenslotte ook nog leven.'

Na afloop nam de chef Klaus en Monika mee naar zijn privékantoor, waar hij welgemutst en zonder te vragen of zij daar ook zin in hadden een cognac voor de 'jonge vriend' en een sherry-brandy voor de 'lieve juffrouw' uitschonk. Voor zichzelf goot hij een glas vol met mineraalwater en zei met een scheve grijns: 'De lever, ja de lever.'

Hij dronk op de gezondheid van 'neef en nicht', op die van de 'gewaardeerde geheimraad' en die van de 'wonderschone mama', leunde achterover op zijn krakende stoel en begon aan een lange redevoering, waarin hij met veel krachttermen en sentimentaliteiten de zoon van zijn jeugdvriend en mevrouw mama, die toch zo vroeg weduwe was geworden, een baan aanbood als reclamemaker in de wereldvermaarde firma Doctor Hartmanns Kindervoeding.

Natuurlijk, hij was nog piepjong en hoefde in het begin niet te rekenen op een hoog loon, eerst moest hij leren en nog eens leren, want met de germanistiek, een op zich eerbare maar brodeloze wetenschap, kwam je hier niet ver. Fantasie, dat moest je hebben, verstand en vlijt. 'Vooral vlijt,' herhaalde hij dreigend. Maar in zijn aanbod lag toekomst, enorm veel toekomst.

Klaus luisterde met genegen hoofd en werd van de opwinding wit om zijn neus. Zo was er te elfder ure dan toch nog een strohalm opgedoken waarmee hij zich aan land kon trekken. Niet met die mooie en sterke boom van het landschulheim. Maar wat heeft een mens aan bomen die ergens ver weg groeien als hij tegen de golven vecht en meent te verdrinken omdat hij geen vertrouwen heeft in zijn eigen kracht?

Hartmann verlangde niet dat hij meteen een beslissing nam. 'Goede dingen hebben tijd nodig,' zei hij terwijl hij overeind kwam en ten afscheid een hand uitstak naar zijn beduusde bezoekers.

'Doe het niet,' zei Monika zodra ze weer alleen waren, 'het is alsof men een renpaard voor een ploeg wil spannen.'

'Ik voel me vereerd door je pathetische vergelijking,' antwoordde Klaus nerveus, 'maar als je je zou verwaardigen een blik te werpen op de wereld buiten je prinsessenleven, dan zou je misschien begrijpen dat ik vroeg of laat geld moet verdienen. De andere pogingen waren niet erg hoopgevend.'

Ze werd nooit fel. Maar omdat haar afkeer door angst werd gevoed, deed ze het onhandig en vol sentimentaliteit.

Had ze soms een beter plan?

De school.

Hij vertrok honend zijn mond. (En zij begreep niet dat daarachter pijn schuilging.) Tot nu toe was het hem nog niet opgevallen dat de schooldirecteuren om hem vochten. Ze moest met een concreet voorstel komen aanzetten, pas dan wilde hij de zaak nader bestuderen.

Omdat ze niet op kon tegen zijn kwetsende en woeste spot, die hij om god weet welke duistere redenen als een mes zelfkwellend in zijn eigen vlees boorde, speelde ze zwakjes haar laatste kaart uit: wilde hij echt zijn werkkracht verspillen aan deze onzin hier, in dit belachelijk opgeblazen apparaat dat de prijzen voor een zo goed als waardeloze stof zinloos opdreef?

'Moet ik soms voor dwaze heilige spelen?' vroeg hij kwaad. 'Moet ik als enige tegen de stroom in zwemmen, een profeet die wordt verzwolgen door de golven nog voordat hij zijn mond heeft opengedaan voor een eerste protestkreet?'

'Kun je dit alles met je moraal in overeenstemming brengen?' vroeg ze verwijtend en niet zonder triomf, omdat haar alsnog een woord te binnen was geschoten waartegen hij als rechtschapen mens geen bezwaar kon aantekenen.

'Moraal,' antwoordde hij zacht, 'is iets voor andere sferen, voor die van de geest vooral, maar ook voor die van het hart. Ik denk niet dat het veel zin heeft om moraal samen te brengen met geld verdienen en zakendoen.

Een grienende moordenaar is nog onverdraaglijker dan een brutale. Als er in het economisch leven sprake is van moord, dan is dat niet meer dan schijn, een conventie als het ware om niet met revolvers te schieten en niet met een breekijzer de kluis van de ander open te breken; maar met de oproep tot menselijkheid en liefde heeft dat niets te maken.'

'Weet je waar je naartoe gaat?'

Hij kneep zijn ogen tot spleetjes: 'Misschien naar een vagevuur, waaruit opstanding mogelijk is, maar het kan ook zijn dat ik linea recta naar de hel toe loop, waar boven de toegang staat dat je alle hoop moet laten varen. Vind je dat ik iets beters heb verdiend? Hou op met voor kloek te spelen die haar kuiken wil beschermen.'

Monika boog haar hoofd en zweeg.

Die nacht droomde ze dat ze met Klaus en Hartmann een smal, oud huis binnen ging, dat aan een stilstaand, door olmen omzoomd water lag, een beetje zoals ze dat in Amsterdam had gezien. Het huis had hoge ramen met witte lijsten die in het water werden weerspiegeld maar er zelf blind en dof uitzagen, alsof ze niet van glas waren maar van een ondoordringbare materie die meer nog dan muren het huis van de wereld scheidde. Ze liepen eerst een trap op en daarna een tweede, smallere weer af. Hartmann knipte hoffelijk de lampen aan, in het schijnsel bleek dat de muren en het trappenhuis zwierig barok versierd waren; in nissen stonden feestelijke figuren, grotendeels heiligen, maar ook wereldlijke figuren, soldaten, matrozen, danseressen. Monika liep voorop, de mannen volgden, ze hoorde hun gedempte stem achter zich, maar kon niet verstaan wat ze zeiden. Via een zware, overdadig met metaal beslagen deur betraden ze een kelder, waar het naar specerijen en goedkope bedrukte stoffen rook zoals bij de dorpskruidenier. Tegen de muren stonden hoog opgestapeld kisten en vaten, die een nauwe en steeds nauwer wordende gang vormden, waarin Monika naar adem happend vastgeklemd stond. Plotseling lachte Hartmann luid, vertrok zijn gezicht tot een woedende grimas en voor ze het wist haalde hij een mes uit zijn zak, bracht het omhoog en dreef het door Klaus' schouder in zijn hart. Monika zocht verblind door de tranen en buiten zichzelf van smart tastend langs de kisten een weg naar buiten, maar het was vergeefs.

Op dat moment werd ze bij de hand genomen, stevig en liefdevol; een grote, goede, mannelijke hand omsloot die van haar. Traag liepen ze een brede trap op, van boven kwam mild licht, in de zachte schemering keek ze op naar haar begeleider: hij was groot, groter dan alle mensen die ze tot dan had gezien, had brede schouders en was van een heerlijke schoonheid en rust. Zijn gezicht leek haar volmaakt mooi, van een ondefinieerbare, veranderende kleur, als van binnenuit verlicht, zijn tred was stevig en zwevend tegelijk; toen ze het woord tot hem wilde richten, draaide hij zijn hoofd naar haar toe en legde met een bezwerend gebaar zijn vinger op zijn mond. Hogerop, in het fellere licht zag ze dat hij vleugels had, parelmoerkleurige, zijig glanzende vlerken.

De trap leidde naar een groot terras, dat overging in een zonovergoten landschap. Rotsachtige bergen met witte toppen rezen op tegen de achtergrond van een diep donkerblauwe hemel; dichte loofbossen daalden vanaf de bergkammen af naar een vlakke, zanderige zeekust, waarvoor de bomen in een halve cirkel halt hielden, enkele zilvergrijze, knoestige stammen stonden oerwereldachtig aan het water, dat donkergroen, purper en violet zachtjes op en neer golfde. Op het strand was een groepje naakte jongelingen een oorlogsspel aan het spelen. Ze hadden zich in twee ploegen opgedeeld en stormden onder hoge juichkreten op elkaar af, ze grepen elkaar vast en begonnen te worstelen, ze hijgden, onder hun platte ribben was het kloppen van hun hart te zien, hun bruine, ingeoliede huid glansde bij elke beweging. Een aantal verslagenen lag al uitgeput op de grond, de overwinnaars stonden naast hen, één voet licht en dansend op de borst van de overwonnene. Op dat moment doken meisjes, die zwarte, sterke paarden aan de teugel voerden, op uit het bos. Zodra ze het strand voor zich zagen, sprongen ze op de dieren en reden lachend en roekeloos het water in, geen acht slaand op hun lichte, sluierachtige jurken die als wimpels op de golven achter hen aan dansten. De jongelingen aarzelden nog, maar maakten zich dan plotseling van elkaar los en renden, overwinnaars zowel als overwonnenen, springend en schreeuwend naar de zee. Slechts een van de overwonnenen leek gekwetst te zijn, hij kwam traag overeind, met zijn gezicht in de armholte van zijn pijnlijk geheven arm probeerde hij het terras te bereiken; bij elke stap stroomde er bloed uit een onzichtbare wond, en nog lang voor hij het terras bereikte zakte hij door zijn knieën. Monika, die plotseling Klaus herkende, barstte in snikken uit en wilde op hem toesnellen; op dat moment legde de engel zijn arm om haar schouders en trok haar, met een onuitsprekelijk mededogen dat haar als een golf van geluk doorstroomde, tegen zijn hart.

3

Toen Monika in de allereerste dagen van januari naar Berlijn terugkeerde, braken de onlusten op de universiteit uit. Een docent, die in tweede of derde generatie van Joden afstamde, drukte in zijn college Volkenrecht de mening uit dat het Verdrag van Versailles wat bepaalde paragrafen betreft wellicht verdedigbaar was. Dat werd op luid geschuifel en gefluit onthaald, en het lawaai zwol al snel tot zo'n woest kabaal aan dat hij zijn voordracht moest afbreken en in allerijl de collegezaal moest verlaten. Daarop schopten de Duits-nationale studenten zo brutaal keet in het hele gebouw dat de rector zich genoodzaakt zag te dreigen dat hij de politie erbij zou halen. Er trad een soort wapenstilstand in, mogelijk wilden de onruststokers overleggen of ze de zaak op de spits mochten drijven; twee uur later barstte de storm opnieuw los. Schreeuwend, scheldend en strijdliederen brullend trok de meute door het gebouw en overstemde zo alle docenten die de rust probeerden te herstellen. Joodse studenten werden geslagen, geschopt, op straat gegooid, werden in de gangen achternagezeten als hazen op een drijfjacht. Een kleine, tengere jongen die door een heupkwaal slecht ter been was verstopte zich in de garderobe tussen de jassen; ze trokken hem eruit, sloegen hem tot bloedens toe en sleepten de half-bewusteloze, op wie zich nu alle woede ontlaadde, naar de eerste verdieping om hem vanaf daar op de binnenplaats te gooien. Pas toen kwam een grote, boomsterke student met een socialistisch insigne in zijn knoopsgat tussenbeide: op z'n eentje en zwijgend dreef hij de roedel uiteen en verloste het slachtoffer op het laatste ogenblik uit de ruwe handen. Vol bedaarde autoriteit, met een ernstig gezicht voerde hij zijn snikkende beschermeling weg, zonder dat ook maar een van de belagers nog een kik durfde te geven.

Sindsdien heerste rust, naar buiten toe althans, want ondergronds gistte het verder. Er werden commissies gevormd, er vonden besprekingen plaats, zowel links als rechts hield toespraken, zonder dat dat ook maar iets opleverde, men slaagde er niet eens in om de aanvoerder te pakken te krijgen, waarbij het natuurlijk de vraag was of men wel serieus moeite deed. De enige die dezelfde dag nog voor het toebrengen van lichamelijk letsel werd aangehouden, was een socialistische student die een van de knapen met een klap op zijn hoofd een buil had bezorgd.

Hans Hauser probeerde Monika ertoe over te halen om weg te blijven van de universiteit. Ze antwoordde met een ongeduldig handgebaar. Ze zei dat het niet in haar aard lag om weg te kruipen en zonder iets te zeggen te wijken voor de tegenstanders en hun daarmee ook rechten te verlenen. Maar als hij bang was om zich met haar te vertonen, zou ze het hem niet kwalijk nemen mocht hij de komende tijd uit haar buurt blijven.

Dat had ze niet mogen zeggen, het was een doorn in zijn vlees en het maakte haar in de strijd gestaalde vriend onvoorzichtig. Ostentatief liep hij samen met haar voor de collegezalen op en af, en hij deed er nog een schepje bovenop door zijn arm om haar schouders te leggen. Die nam hij ook niet weg toen twee hakenkruisdragende knapen de hoek om kwamen, een van die patrouilles die brutaal en uitdagend door de gangen marcheerden, alsof ze van officiële zijde de opdracht hadden gekregen het gebouw te beveiligen. Toen hij ze zag, boog Hans zich naar Monika's oor toe en fluisterde: 'Opgelet, dat zijn er twee van hen.'

Wellicht had hij zijn stem toch niet genoeg gedempt, want een van de twee, een kleine, haast schriele jongen met een nietszeggend, glad gezicht, maakte prompt rechtsomkeert en vroeg, terwijl de ander op zijn wenk rustig doorliep, scherp: 'Hoe heb je dat bedoeld?'

'Hé man, wat gaan jou mijn privégesprekken aan,' reageerde Hans grof.

'Dat zal ik je 'ns zeggen. Maar niet in het bijzijn van...' Hij leek geen passend woord te vinden voor Monika en maakte slechts een handbeweging in haar richting zonder haar aan te kijken.

Hans dacht even na, maar was dan toch dom genoeg – want hij wilde Monika per se bewijzen dat een man niet bang is – om haar de collegezaal in te duwen en zich tot de agressor te richten, die hem onbeweeglijk en gespannen stond op te wachten.

Ze bleef vlak bij de deur staan en luisterde met bonzend hart naar wat er buiten gebeurde, erop voorbereid dat daar zo dadelijk het lawaai van een knokpartij zou klinken. Maar alles bleef stil en na een korte poos voegde Hans zich bij haar en troonde haar mee naar hun vaste plaatsen in een van de voorste rijen. Hij was bleek en veegde het zweet van zijn voorhoofd.

'Hij heeft me voor een duel uitgedaagd.'

'Ha, en?'

'Ik heb hem uitgelachen.'

'En daarop heeft hij jou voor lafaard uitgemaakt?'

'Zoiets, ja.'

'En hij heeft het ook over mij gehad? Dat ik een Joodse ben en dat je maar beter niet in mijn gezelschap verkeert? Zo is het gegaan, Hans, hè?'

'Ook zo, Monika,' gaf hij toe, en hij leek er niet meer over te willen zeggen, maar hij glimlachte met een licht vertrokken mond en trok weer wit weg.

'Ben je bang, Hans?' vroeg Monika geschrokken.

'Die kerel is tot alles in staat. Een naam om te onthouden.'

Hij haalde een kaartje uit zijn zak en gaf het aan haar.

'Heinrich Fischer. Behoorlijk banaal.'

'En heel gevaarlijk.'

Daarmee kwam een einde aan hun gesprek, want de docent was binnengekomen, liep met snelle stappen naar de katheder en begon te spreken. Het was een rijzige oude man met mooi wit haar om zijn scherpe, gerimpelde gezicht, waarop die gelukkige mengeling van gratie en waardigheid te lezen stond die alleen ontstaat door sublieme en onvermoeibare geestelijke arbeid. Zijn zwarte, ouderwetse rokkostuum deed denken aan een priestergewaad, zijn tere vingers hanteerden onder het spreken een zilveren vulpotlood, alsof ze de maat sloegen voor een onzichtbaar orkest. Hij hield een vertoog over het tijdperk van de reformatie bij Melanchthon, maar onverhoeds week hij af van zijn anders zo strikt gevolgde opbouw en sprak hij over de humanisten of liever gezegd over het humanisme, en wel, zoals na een paar minuten al tot Monika doordrong, niet zozeer of uitsluitend over de historische beweging die die naam droeg, maar over het humanisme tout court of zelfs over de humaniteit.

Hij benadrukte dat woord met vroom ontzag, alsof hij zijn god aanriep. 'Humaniteit,' zei hij, en zijn door de ouderdom al verzwakte stem trilde van opwinding, 'is datgene wat ons leven waardigheid verleent. Het is onze bescherming tegen de veelvuldige aanvechtingen van het kwaad. Humaniteit verplicht en biedt ons op verlossende wijze de mogelijkheid om in de mens het beeld van God te zien; door haar broederlijke genegenheid maakt ze ons rechtvaardig, want wat is rechtvaardigheid anders dan de medemens – ieder medemens welteverstaan, zonder uitzondering en zonder voorbehoud van kleur, ras en natie – in zijn eigenheid te laten en hem toe te staan die eigenheid te ontwikkelen.'

Monika luisterde met haar hoofd op haar handen steunend: ze hield van dat woord en ook van de betekenis ervan, zoals ze van een toverspreuk, 'Sesam open u' of 'Mutabor' hield, waarvan je toch weet dat je die nooit van je leven nodig zult hebben. Haar zenuwen, door eeuwenlange vervolging haarfijn gestemd, wisten beter dan zijzelf wat voor een zegen het is als de beoefening van humaniteit een tijdlang rust en adempauze, concentratie en een menswaardig bestaan waarborgt. Haar verstand daarentegen was sceptisch, en tien miljoen in naam van de beschaving vermoorde medemensen maakten het onmogelijk erin te geloven.

Om haar heen was het onrustig geworden, amper onderdrukt gelach en kwaad gefluister; Hans Hauser naast haar tekende mannetjes met de Sovjetster op zijn vloeipapier.

Toen hier en daar geschuifel begon te klinken, zweeg de oude man achter de katheder even, waarna hij op kalme toon zei: 'Wellicht is het u, aangezien u zich meer dan voldoende met die dingen bezighoudt, bekend dat ik geen Joods bloed in mijn aderen heb. Verder weet u ongetwijfeld dat mijn vrouw afstamt van een van de oudste adellijke geslachten van dit land en dat ik lid ben van de Deutsche Volkspartei, met welker rechtervleugel ik sympathiseer. Maar juist de wetenschap de heersende klasse te representeren die sedert eeuwen de verantwoordelijkheid voor het lot van het volk draagt, dwingt mij stelling te nemen tegenover de ongehoorde gebeurtenissen die zich hier de voorbije dagen hebben afgespeeld.'

Na deze woorden verstomden het gelach en het geschuifel, maar het was een wrevelig zwijgen waarin naar het vervolg van zijn betoog werd geluisterd.

Hier en daar steeg telkens weer gesis op, maar de stem van de spreker onderdrukte alles onverstoorbaar en dapper.

'Wat een kracht kost dit, en wat een foute ideologie,' schreef Hans Hauser op zijn vloeipapier, dat hij naar Monika toe schoof.

Ze knikte verstrooid en bedacht dat over een jaar of veertig, vijftig Klaus er misschien wel zo zou uitzien als deze knappe oude man. Misschien was dat de reden dat ze haar verlegenheid overwon en aan het eind van het college naar voren liep.

'Bedankt, professor, voor uw goede woorden.'

Hij stak glimlachend zijn hand uit, en aan zijn aarzelende beweging merkte ze tot haar vreugde dat hij nog verlegener was dan zij.

'Het is niet erg eenvoudig om zich tegenwoordig voor de jeugd verstaanbaar te maken,' zei hij met een droevige blik in zijn versluierde vogelogen en ging met licht gebogen hoofd weg.

Pas nu merkte Monika dat ze al die tijd een verkreukeld stuk papier in haar hand had gehad. Ze opende haar vuist en zag dat het Heinrich Fischers visitekaartje was. Verbaasd en in werkelijkheid nog geheel niet bij machte om te begrijpen dat deze mens een vijand was (ze kende hem immers niet, en zo vertrouwd als ze was met kompanen in de liefde, zo onbegrijpelijk waren voor haar door haat gedreven lieden), las ze de naam nog eens en keerde naar haar plaats terug, waar ze Hans niet meer aantrof. Het lag niet in zijn aard om weg te gaan zonder afscheid te nemen, maar misschien had hij haast gehad of, wie weet, had hij het toch raadzaam gevonden om zich niet meer in haar gezelschap te vertonen. Fronsend en met licht onbehagen woog ze het ene tegen het andere af, vergeefs keek ze uit naar zijn blonde hoofd, en ze zag hem pas de volgende dag weer, toen hij enigszins buiten adem en te laat in het werkcollege arriveerde waarin ze een exposé moest houden. Hij gaf haar snel een hand, fluisterde, omdat hij wist dat ze bang was om voor publiek te spreken, 'Veel succes!' en gaf haar een vriendschappelijk duwtje in de richting van de katheder. Nog voor ze begon zag ze in de eerste rij Fischer die haar met harde, onverschillige ogen ononderbroken fixeerde, waarbij een ironisch, amper zichtbaar lachje om zijn lippen speelde.

Monika sprak met een stem die haarzelf vreemd aandeed, alsof ze een brok in de keel had, en was bovendien compleet geremd door het gevoel ontsierd te zijn door de leesbril die ze had opgezet. Het thema was niet van dien aard de opgave eenvoudiger te maken. Ze sprak over de wederdopers van Münster, over die zo bloedige en bitter mislukte poging om een communistische staat op te richten. Natuurlijk was het Hans geweest die haar ertoe had overgehaald dit thema te kiezen; aangezien zijn bekeringspogingen steeds weer op de muur van haar besluiteloosheid waren gestuit, probeerde hij haar via de omweg van de geschiedenis voor zich te winnen, waarbij hij overigens alras moest vaststellen dat ook geschiedenis bij haar niets anders dan respectvolle empathie wekte.

'Wat wil je, Hans,' had ze na het lezen van een paar boeken gezegd, 'is het verschrikkelijke einde van Münster niet juist het bewijs dat jullie een utopie najagen? Altijd zal er wel een bisschop opduiken die zijn privileges en inkomsten te vuur en te zwaard verdedigt. Altijd zal hij zijn belangen namen geven als eer, vaderland, redding van de cultuur. Altijd zal hij beulsknechten vinden die voor geld en mooie woorden hun broeders vermoorden.'

'Tot op een dag ons zwaard scherp genoeg is om z'n kop af te hakken voor hij die van ons heeft.'

'Maar hoeveel bloed zal tot dat moment vloeien en hoeveel nog ná jullie overwinning!'

Daarna had ze zich toch vertrouwd gemaakt met het thema en zo goed en zo kwaad het kon een exposé in elkaar gestoken, zoals dat nu eenmaal gaat: je schrijft het wetenswaardige uit vier, vijf boeken over en geeft er nog een beetje je mening bij. Die bestond – zoals inmiddels bekend – uit diepe scepsis en warme sympathie.

Nu geschiedde het dat ze zich op deze dag, terwijl Fischers ogen kwellend als bloedzuigers aan haar kleefden, de zaak van de mannen van Münster eigen maakte, en omdat ze bang was, deed ze dat met de duistere hartstocht van de vervolgden en opgejaagden.

Maar terwijl ze aanvankelijk nog dacht hem met haar woorden te kunnen provoceren en raken, moest ze al snel huiverend inzien dat hij helemaal niet luisterde, en hoeveel moeite ze ook deed om aanklagend en bezwerend alleen tot hem het woord te richten: het haalde niets uit. Starend met zijn lichte ogen, zonder te knipperen, leerde hij haar gezicht uit het hoofd, als een saaie en lastige opdracht. Wat ze zei interesseerde hem niet, het was niet meer dan een amper waargenomen geruis in zijn oor, en hij liet dat zien met een afgelikte, bazige brutaliteit.

Hij was niet onaantrekkelijk, zelfs niet onaangenaam om naar te kijken met zijn kleine, welgevormde neus en zijn donkerblonde haar in een keurige scheiding. En met zijn tengere gestalte deed hij eerder denken aan een ruiter dan aan een schermer.

Nu hij voor haar zat en alle middelen om hem te overtuigen tekortschoten, moest Monika inzien dat hij een vijand was, ja, de vijand bij uitstek. Hij mocht haar bloed niet en zij zijn geest niet – wat hoger ingeschat moest worden, mocht iemand anders beslissen, eenieder schatte het zijne natuurlijk het hoogst in. Ze spraken verschillende talen, en alleen haar kinderlijke geloof dat er klanken zijn die tot ieder menselijk hart kunnen doordringen had haar ingegeven om zich voor hem verstaanbaar te willen maken. Wat ze zei waren in zijn ogen loze praatjes, en mogelijkerwijs beschouwde hij haar niet eens als een mens.

Was haar vurigheid Joods, was zijn kilte Duits? Een belachelijke gedachte. Sprak ze soms in de taal van de profeten (dat zou helemaal niet zo verachtelijk zijn geweest, maar het was gewoon niet van toepassing) en niet eerder in die van Goethe en Hölderlin; waren haar algemene ontwikkeling en cultuur niet enkel en alleen uit Duitsland voortgesproten, of hadden de bouwmeesters van de gotiek, hadden Dürer en Grünewald, Beethoven, Mozart, Matthias Claudius, Mörike en Rilke soms meer met Heinrich Fischer te maken dan met Monika Merton? En als er dan al over ras moest worden gesproken, dan had deze Hans Hauser hier voor haar een Duits, een Germaans gezicht, een als het ware in hout gesneden boerenkop, met de passie van de protestant en de revolutionair in de diepliggende, blauwe ogen. Fischer met zijn keurige, banale uiterlijk had overal vandaan kunnen komen waar er grote steden zijn.

We zijn altijd en overal op elkaar gestoten, dacht ze, en, dat moet je jullie nageven, jullie hebben altijd gezegevierd. Want als het erop aankwam om jullie macht te vestigen, zijn jullie nergens voor teruggeschrokken, niet voor geweld en moord, niet voor onrechtvaardigheid en laster. Misschien was het een voorvader van Fischer die over de wederdopers van Münster heeft rechtgesproken (rechtspreken, dat kwam neer op veroordelen) en ze naar de folterbank heeft gestuurd. Zijn geestelijke voorvader was het in ieder geval. Wij – niet de Joden, maar Hans Hauser en ik en ook Klaus natuurlijk en onze vrienden en kameraden, die ondanks alle twijfels houden van het toverwoord humaniteit – zijn jullie legitieme vijanden en zullen dat blijven, zodat jullie ons met recht en reden moeten bestrijden.

Toen hoorde Monika zichzelf weer praten, en ze sprak ernstig en indringend zacht haar laatste zin: 'Jan van Leiden echter viel in de handen van zijn vijanden en werd zes maanden lang gefolterd, voordat men hem liet sterven.'

Onder instemmend getrappel verliet ze de katheder.

'Zo, dat is achter de rug,' fluisterde ze opgelucht tegen Hans Hauser. 'Hij heeft niet met zijn voeten geschuifeld.'

Hij wist meteen over wie ze het had.

'Was je daar bang voor, Monika? Tot zulke kinderachtigheden verlaagt Fischer zich niet.'

Hij is nog altijd bang, stelde ze verbaasd vast, en ze nam zich voor om het daar na het college met hem over te hebben.

Maar Hans had net zoveel haast als de dag ervoor, met dat verschil dat hij haar dit keer snel met zich meetrok, zodat ze de boze gedachte dat hij zich niet met haar wilde vertonen moest laten vallen. Maar hij was zenuwachtig, verstrooid en praatte zo onstuitbaar over koetjes en kalfjes dat ze hem niet met vragen durfde te kwellen.

Misschien had hij met Lilo gebekvecht, zei ze om zichzelf te troosten, want het was zoveel gemakkelijker om te geloven dat hij ruzie had gehad met zijn vriendin dan dat Fischer hem schrik aanjoeg. En omdat ze de waarheid niet onder ogen wilde zien, vergat ze alles wat ermee samenhing en verbande tien dagen lang de gedachte dat de magere vijand met de kille ogen haar en de blonde Hans op de hielen zat.

Ze had het druk genoeg met zichzelf. Na lang aarzelen had Klaus het voorstel van Hartmann aangenomen; het kon niet lang meer duren voor hij helemaal naar Berlijn verhuisde. Nu voelde Monika vol bitterheid dat ze terugschrok voor de vervulling van haar hartenwens om met haar vriend in dezelfde stad te leven, omdat ze sinds de avond dat ze met haar liefde nergens anders terecht had gekund dan in Tommy's in liefdeszaken geoefende en helaas zo onverschillige armen, niet langer bereid was om als de zus van Klaus te leven, en wel omdat ze meer verlangde dan haar werd gegeven en ze ongeduldig en wanhopig over zichzelf hem liever helemaal niet meer zag dan genoegen te nemen met wat ze had.

Ja, ze vroeg zich ernstig af of ze niet het veld moest ruimen, of het niet beter was om ervandoor te gaan, naar huis, naar haar ouders, waar het leven in ieder opzicht zoveel eenvoudiger was dan in deze jachtige, mensenetende stad.

Bibberend van de eenzaamheid schurkte ze tegen om het even wie aan, en hoe meer het er waren, hoe beter.

Zo kwam het dat ze enigszins achteloos de kringen vermengde die ze tot nu toe zorgvuldig van elkaar gescheiden had gehouden, en ziedaar: in plaats van het vuur en de zwavel die Monika bij die botsing had gevreesd, steeg vredig de blauwe walm van de gezamenlijk gerookte sigaretten op.

Daar zat Mary dan, met haar lange, dunne vingers met de bloedrood gelakte nagels gevouwen had ze voor hetzelfde geld op een renaissanceschilderij in adoratie aan de voeten van de Heilige Maagd kunnen zitten. Is ze al gelovig nog voor ze de dogma's kent?

Die onderwijst Hans haar, nadat hij eerst zijn verbijstering over de oorlogsbeschildering van de cherubijn heeft weggeslikt en in haar alleen nog de mens ziet, die met grote, aandachtige ogen luistert en zulke zakelijke en slimme vragen stelt dat het niet geheel onmogelijk lijkt haar voor de vurigste aller aardse religies te kunnen winnen.

Monika volgt het met verbazing en is niet minder radeloos en eenzaam dan ervoor, want ze is een en al brandend, onuitputtelijk verlangen om in Klaus' armen te liggen, en woorden zoals samenzwering en revolutie zijn voor haar slechts onbestemde klanken. De cirkels overlappen elkaar en vormen een doorsnede, maar zij doolt net als ervoor richting- en doelloos langs de buitenranden.

'Weet je,' zei Mary toen ze eens met Monika alleen was, 'bijna al mijn vrienden zien de wereld zo: als een eindeloos aantal beelden, mooie, lelijke, geweldige en gemene, samengevoegd tot een onderhoudend bioscoopjournaal. Hoe slimmer ze zijn, hoe scherper de beelden worden, en waarschijnlijk is de wereld ook echt niet meer dan zo'n eindeloze reeks beelden, zodat dat met het journaal niet eens zo'n kwade vergelijking is. Die Hauser ziet maar één beeld, en misschien staat het wel op zijn kop. Want hoe je het ook wendt of keert, het blijft altijd hetzelfde. Dat is een beetje beperkt. Maar juist doordat hij blind is voor al de rest gaat er zo'n ongelooflijke kracht van hem uit. En op momenten waarop de anderen nog lang zullen nadenken over welk beeld ze nu moeten kiezen, zal hij al handelen. En ik denk dat het de komende jaren op handelen zal aankomen, meer dan op verstand en rechtvaardigheid.'

Zo sprak de cherubijn, die de volgende dag van Hans Hauser een grote, kleurrijk geruite winkeltas meekreeg met een hele stapel boeken die allerminst tot het detectivegenre hoorden, maar waarin, gevoed door wetenschappelijke termen, economische begrippen en droge statistieken, de vlam van het oproer laaide.

'Dat goede kind heeft echt een slim koppie en, wat je eerst helemaal niet aan haar ziet, ook een voelend hart,' was Hans' oordeel toen hij ongeveer een week later met Monika van de binnenstad, waar ze een Russische film hadden gekeken, oostwaarts liep om Lilo te zien.

Op die kille, onvriendelijke avond, waarop waterachtige sneeuw die op het natte plaveisel viel terstond smolt, was het ook dat Monika weer aan Fischer werd herinnerd. Want opeens begon Hans, na er lang het zwijgen toe te hebben gedaan, over de vijand te praten: 'We lopen in vijandige stilte, maar toch heel onschuldig langs elkaar heen,' zei hij zwaar ademend. 'Je hoeft je geen zorgen te maken, Monika, nu komt er niks meer. Maar ik moet wel toegeven dat ik een paar nachten slecht heb geslapen – zijn dreigementen lieten namelijk aan duidelijkheid niet te wensen over. Als ik te laf was om een duel aan te gaan, zei hij, zou hij me gewoon neerschieten als een dolle hond.'

'In godsnaam, Hans, waarom heb je me dat niet meteen verteld?'

'Omdat ik het au sérieux nam. En jij had me toch niet kunnen beschermen. Waarom jou dan bezorgd maken?'

'We hadden Fischer bij de politie kunnen aangeven, hem in het oog laten houden.'

'Je denkt niet goed na, Monika. Ze hadden me natuurlijk uitgelachen. En hem in het oog laten houden? Denk je echt dat iemand als Fischer zelf naar de wapens grijpt?'

'Weet je dan helemaal zeker dat er geen gevaar meer dreigt?'

'Ja. Want het zou toch totaal zinloos zijn om zo lang te wachten. Die heren overdrijven meestal wat. Bovendien ben ik op dit moment blijkbaar – jammer genoeg – nog niet belangrijk genoeg opdat ze zich met mij zouden bezighouden.'

Hij bleef onder een lantaarn staan, leunde nonchalant tegen de paal en keek met knipperende ogen omhoog naar de fel oplichtende vlokken.

'Eigenlijk zou ik Fischer moeten bedanken dat hij mij mijn leven heeft geschonken. Want weet je, Monika, ik hou ontzettend veel van het leven,' zei hij enthousiast, trok het meisje naar zich toe en gaf een kus op haar voorhoofd.

'Die was niet voor jou alleen, Monika, die was om te bewijzen dat ik zo blij ben dat er zulke heilbrengende schepselen als jullie op de wereld zijn. Waarvan het beste en stralendste mijn Lilo is. Je bent, lief kind, toch niet boos dat ik dat zeg?'

'En die mooie wereld wil je met geweld en bloed veranderen?'

'Om hem mooier, telkens weer mooier te maken. Leefbaar voor iedereen. En het is de moeite waard om daarvoor nog eens de grote storm te ontketenen.'

‘Was voor degenen die dan sneuvelen het leven niet ook mooi? Heeft hun offer zin?’

‘Zij zijn de brug die van de ene oever naar de andere leidt.’

‘Je hebt ooit eens gezegd, Hans, dat ik bij jullie moet komen om Klaus tegen een nieuwe oorlog te beschermen. Denk je dat het gemakkelijker zou zijn voor mij om hem in de revolutie te zien sneuvelen?’

‘Je moet aan het grote plaatje denken, Monika.’

‘Dat kan ik niet, Hans. Waarom moeten wij de eersten zijn die de kogelregen in lopen?’

‘Omdat iemand moet beginnen. En omdat wij het begrijpen. Noblesse oblige. Wat is je kennis van de wereld, je intelligentie, je liefdevolle hart anders dan bleek intellectualisme als je niet bereid bent tot daden over te gaan?’

Terwijl hij dat zei, liepen twee grote, potige kerels hun tegemoet, met pet en windjekker, wat overduidelijk een verboden of niet voorhanden uniform moest vervangen. De twee waren amper langsgelopen toen ze plotseling, als op bevel bleven staan.

‘Dat is hij,’ hoorde Monika de ene zeggen en ze greep bang Hans vast, die was blijven staan om om te kijken. Maar nog voor hij dat had kunnen doen, vielen er twee schoten.

Monika voelde een harde klap ter hoogte van haar schouder, het deed niet erg pijn, maar meteen daarna voelde ze iets warms en vochtigs langs haar arm omlaag lopen. Met knikkende knieën zocht ze steun tegen een gevel, niet bij machte om haar geruisloos in elkaar gezakte vriend te helpen.

Ze hoorde de harde passen van de daders zich snel verwijderen. Er kwamen mensen toegelopen, handen pakten haar vast en hielpen haar een gang in.

Eén iemand bleek arts te zijn. Hij trok haar jas uit en sneed haar jurk open. Haar bovenarm was opengereten. De dokter drukte verbandgaas op de zwaar bloedende wond. Vervolgens knielde hij bij Hans Hauser neer, die door een paar mannen was binnengedragen en op de grond was neergelegd.

Door een waas zag Monika zijn geopende mond en zijn blonde haar boven zijn bleke voorhoofd.

Na een paar onderzoekende handgrepen stond de arts weer naast haar en pakte haar hand vast.

'Een schot in het hart,' zei hij met een bedremmeld schouderophalen.

Ze legde haar hoofd tegen de borst van de onbekende en stamelde snikkend: 'Ik wil naar huis, ik wil naar huis, naar m'n moeder.'

III

1

Leunend op het ijzeren hekwerk van het smalle balkon kijkt Monika naar de Sacré-Coeur, die als een fata morgana uit de grijze, zachte ochtendnevel oprijst, gestreeld door het eerste licht. Nog even is het wit van de kerk de enige lichtvlek, maar al snel zal het grijs van de straten en huizen, van de kerken en bruggen, deze in ontelbare variaties en nuances aanwezige hoofdkleur van de stad, geleidelijk aan veranderen en de kleuren van de lucht en de zon, van de rivier en de wolken in zich opzuigen en in al hun pracht terugkaatsen. Pastelkleuren, louter gedempt door de ragfijne sluier van de vochtige atmosfeer, die vleiend en betoverend haast permanent over het Île-de-France ligt.

In de Jardin du Luxembourg beginnen de vogels te zingen. Ver beneden, in de schaduw van de smalle straat, rijdt een melkwagen, het hoefgeklapper en het doffe geluid van de tegen elkaar stotende melkbussen is tot boven hoorbaar. Aan de overkant doet een vrouw in nachtjapon de deur van haar woning open. Het is het tijdstip waarop nacht en dag elkaar ontmoeten, het Parijs van de vreemdelingen, de studenten en de bohemiens gaat slapen, het Parijs van de Fransen, de burgers en de arbeiders ontwaakt.

Monika draagt slechts een bontmantel boven haar dunne pyjama, maar koud heeft ze het niet, hoewel de meiochtend kil en vochtig is van de dauw en de mist. Haar ogen, die haast altijd droevig kijken, glimlachen de wereld toe. Omdat ze niemand heeft die ze stralend kan aankijken, richt ze haar blik op de kerk of de lucht. Ze haalt een sigaret en lucifers uit haar jaszak, ze rookt om de honger te verdrijven want ze heeft gisteravond niet gegeten en 's middags ook bijna niets.

Gisterochtend, honderdduizend eeuwigheden geleden dus, in een ander leven, wandelde ze met Beatrix in Lausanne langs de oevers van het meer, met een treinticket naar München in haar tas.

'Gebruik je verstand, Monika,' zegt de godin, die strelend haar hand vasthoudt, 'Klaus is bijna nog een jongen en geen toekomst voor jou. Een liefde tussen jullie beiden kan niet goed aflopen. Hij zal altijd je vriend, je broer blijven, maar maak jezelf wel zo vrij dat een andere man je hart kan veroveren.'

Het meisje kijkt de vrouw met een scheve blik aan. Kan niet goed aflopen? Al maanden predikt iedereen hetzelfde: mocht Klaus haar als vrouw, als vriendin willen, dan had hij allang een besluit genomen. Ze luistert, verbeten, koppig, radeloos soms, want er ligt veel waarheid in wat de anderen zeggen, en toch gelooft ze en hoopt ze en houdt ze met elke ontmoeting meer van Klaus.

Ze ontmoet hem alle paar maanden, in de bergen, in München, in Berlijn, waar hij sinds goed een jaar woont, ingekapseld in een wereld die niet de zijne is, opgeslokt door een beroep waar hij niet van houdt en dat hem toch op verschrikkelijke wijze fascineert en knevelt; de trouwe dienaar van een baas die hij haat en veracht en voor wie hij ondanks alles met list en sluwheid vecht, als betrof het zijn eigen of god weet wat voor een belangwekkende zaak. Zijn takenpakket is allang verruimd; al snel had Hartmann door wat voor een briljant onderhandelaar die jongen is, hoe handig hij zijn gesprekspartner stroop om de mond smeert, een en al oor voor de woorden van de anderen, die zo graag hun geheimste gedachten met hem delen, wanneer hij hen vriendelijk en schrander met de allures van een jonge heer inpalmt, altijd bij de pinken en gereed voor het moment waarop hij zelf moet toeslaan. Momenteel is er helemaal niets te doen (tenzij eindeloze gesprekken voeren met advocaten, die de talrijke processen die Hartmann aldoor aan zijn been heeft, leiden; maar die laat de chef niet aan iemand anders over; hij schept er zelf te veel genoegen in om de verbijsterde advocaten te onderrichten in rechtskwesties die pure rechtsverdraaiingen zijn en om hun luid en duidelijk te bevelen het zo aan te pakken en niet anders, daarvoor betaalt hij ze tenslotte), maar Hartmann is er de man niet naar om een paard op stal te laten en het geen wedstrijd te laten lopen. Een hele tijd al zeurt moeder de vrouw aan zijn hoofd dat hij contacten in het buitenland moet leggen, het is onrustig in Duitsland, en je weet maar nooit of je niet op een dag onder hamer en sikkel of onder het hakenkruis wakker wordt. Ach, allemaal onzin, maar anderzijds, waarom heeft hij die handige knaap daar zitten? En dus stuurt hij Klaus eropuit, naar Zürich en Praag, naar Amsterdam en Londen, naar filialen, fabrikanten en apotheken die het kindervoedingsmiddeltje moeten verkopen of in licentie moeten fabriceren. Hartmann is er vast van overtuigd dat de grootsten en machtigsten om hem vechten – en dat terwijl hij in het buitenland net zo onbekend is als zijn middeltje –, en hij bedelft Klaus onder spot en verwijten, als blijkt dat het zoeken naar geïnteresseerden traag en moeizaam loopt. Als Klaus dan toch iemand vindt, begint de ellende pas echt. Omdat Hartmann eigenlijk helemaal niet wil dat er een contract wordt afgesloten, houdt hij op het laatste moment documenten achter, nadat Klaus de klanten met hangen en wurgen aan het lijntje heeft gehouden, en zegt hij aanmatigend dat de partner maar genoegen moet nemen met zijn goede reputatie, tenslotte kan hij zich toch niet uitkleden en zich in de muil gooien van de concurrentie. Klaus vraagt, smeekt en dreigt, verstuurt telegrammen en expresbrieven, hangt uren aan de telefoon (die uitgaven betaalt Hartmann, die anders op elke pfennig afpingelt, verbazingwekkend bereidwillig), het is allemaal vergeefs, uiteindelijk springt de zaak af, het werk is voor niets geweest, Klaus moet terug naar huis, wanhopig, geergerd, met het steeds knagender gevoel ongeschikt te zijn. Als hij op zo'n moment Monika ziet, is hij weekhartig en heeft hij behoefte aan troost als een klein kind, maar als zij dan het enige redelijke zegt, namelijk: 'Ga weg bij hem, geef er de brui aan', dan vaart hij tegen haar uit en is hij kwaad op haar en op zichzelf. Als hij nu opgeeft, dan is het bewijs geleverd dat hij nergens voor deugt, niet eens voor de ellendige handel. Wat kan ze daartegen inbrengen? Dat de omzet is gestegen sinds hij de reclameafdeling leidt? Die zou ook zonder hem zijn gestegen, dat is geen succes. Hij moet iets tastbaars in de hand hebben, een goed, fatsoenlijk contract; eerder is hij niet tevreden.

Monika moet hulpeloos toezien hoe haar vriend zichzelf kwelt. Telkens weer verschijnt voor haar ogen het pathetische beeld van het renpaard dat voor een boerenkar wordt gespannen. Het erge en ontstellende is dat hij vrijwillig onder dat juk loopt.

Hij heeft in verschillende steden vluchtige avontuurtjes, die zijn brandende dorst niet kunnen lessen. Soms vertelt hij Monika erover, die met gekruiste armen luistert, haar oogleden halfgesloten, zodat hij het vochtige floers niet merkt. Hij ziet het nooit, hij heeft geen idee van haar pijn. Maar van lieverlee wordt hun samenzijn overschaduwd, verwrongen door haar stille, lijdende aanspraken. Ze is geen verleidster, die gave hebben de goden haar geheel ontzegd; wat niet vanzelf aan haar wordt gegeven, kan ze niet nemen.

Soms wil ze weggaan en niet meer terugkomen, soms wil ze sterven, maar vaak bedenkt ze dat zijn zus zijn nog altijd beter is dan ieder ander leven.

Ze studeert verder, eindelijk heeft ze een thema voor haar proefschrift gekregen; het werk vordert moeizaam en traag. Ze verzuimt belangrijke hoor- en werkcolleges voor een reis, een skitocht. Ze voelt van binnenuit noch van buitenaf druk om haar studie te voltooien, het is haar om het even.

Ze is een zomersemester in Heidelberg, een wintersemester in Frankfurt. Maar om de zoveel weken zit ze op de trein naar huis.

Mensen vinden kost haar geen moeite. Een paar mannen (maar het zijn telkens halve knapen) willen met haar trouwen, met twee of drie van hen heeft ze een amourette, maar veel gewicht heeft het allemaal niet. Voor de meesten is ze een goede kameraad.

Haar ouders vinden haar leven maar niets. Haar vader zwijgt met droevige ogen, haar moeder zegt: 'Verspil je jaren niet met Klaus. Je bent te nauw met hem bevriend, daar komt geen liefde meer uit voort.'

Monika glimlacht hoogmoedig. Het is liefde, het is de grote liefde van haar leven, en of die beantwoord wordt of niet verandert daar niets aan. Maar 's nachts huilt ze en bijt ze in haar kussen opdat haar moeder in de kamer ernaast haar gesnik niet hoort.

Ze moet naar Beatrix, naar degene die Klaus het beste kent en het meest van hem houdt. Bud, die nu al jaren in de nabijheid van de aanbeden vrouw leeft – het is onduidelijk of hij getolereerd wordt of dat de liefde wederzijds is, want onveranderlijk, vol overgave gewijd aan haar levensplicht, leidt zij haar godinnenbestaan – die Bud is voor een paar maanden naar Amerika en Beatrix woont hij een vriendin aan het Meer van Genève.

Twee weken lang praten de twee vrouwen over Klaus. Elk woord van hem, elk gebaar is kostbaar voor hen. Voor Monika's ogen verschijnt een knaap die ze tot nu toe niet heeft gekend, een jongetje, zachtaardig, speels en aldoor vrolijk. Dat is het verleden, en dat behoort Beatrix toe. Maar hoe staat het met de toekomst?

Al snel beseft Monika dat ze om Klaus vechten. In hun gesprekken klinkt felheid door, soms ook openlijke afwijzing.

Toch houden ze niet minder van elkaar dan vroeger, de bewondering waarmee het meisje in het godinnengezicht kijkt is zelfs nog vuriger geworden. Het voorwerp van de ruzie zou ontzet zijn of verontwaardigd weglopen, mocht het aanwezig zijn en er getuige van zijn hoe deze twee vrouwen, die hem van alle mensen ter wereld het meest na aan het hart liggen, hier om hem vechten. Zijn hart is niet zo klein dat er maar voor één iemand ruimte is, hij houdt van beiden en van beiden even innig. Zij weten dat en toch kunnen ze het niet laten om elkaar bij wijze van waarschuwing met kleine steken te lijf te gaan.

Nooit verliezen ze het laatste restje zelfbeheersing, en wie hen zo samen ziet, denkt wellicht dat de twee boezemvriendinnen zijn. En toch neemt de spanning tussen hen van dag tot dag toe.

De scherpste woorden vallen in het laatste uur: 'Het kan niet goed aflopen. Klaus is geen toekomst voor jou.'

Wat weet zij daar nou van? Is zij, die anders altijd terughoudend en beschroomd is als het om andermans leven gaat, opeens een valse profete geworden? Bedoelt ze niet veeleer: jij, Monika, bent geen toekomst voor

Klaus? Omdat ze zich net als alle moeders zo'n stralende, goudomrande droom voor haar zoon voorstelt, dat iedere werkelijkheid daarnaast verbleekt. Nooit evenaart de reële vrouw het droombeeld van die prinses uit het land van de moeder.

Maar Monika is nu eindelijk verstandig en doet er het zwijgen toe. Zo brengt ze Beatrix in een mildere stemming en krijgt ze op het allerlaatste moment nog een telegram te zien waarin Klaus aan zijn moeder schrijft dat hij die dag naar Parijs moet.

Monika heeft een rechtstreekse trein naar München. Ze leunt uit het raampje, houdt Beatrix' hand vast en luistert met een half oor naar de vriendelijke, troostende woorden, die de godin nog tegen haar zegt.

Op dat moment ziet ze voor het eerst dat er onder de ronde ogen van de godin rimpels zitten, die niet meer verborgen kunnen worden met zalfjes en poedertjes. Het loopt haar koud over de rug, want Beatrix, die stralende volmaaktheid als oude vrouw, dat is ondenkbaar, dat is erger dan de dood, dat is duivelse hekserij, transformatie, wezensverandering. Hoezeer hadden de Grieken gelijk dat ze in Helena de eeuwig jonge vrouw zagen! Het schone moest vergaan, zoals het uit steen gehouwen beeld, dat ook als het verbrokkelt nog substantie en vorm bewaart en zelfs in het verweerde brokstuk de lijnen van de zuiverste gratie toont. De menselijke schoonheid vervliegt, verschrompelt, verliest gehalte en zin, vernielt de mythe van het goddelijke, is levend sterven!

Gekweld en gefascineerd staart Monika in Beatrix' gezicht. Ze had er, als ze het maar had willen zien, nieuwe trekken in kunnen vinden, meer vergeestelijkte, droevigere dan voordien; in plaats daarvan verwacht ze boos van het lot dat het aantrekkelijke ook aantrekkelijk blijft, ze verlangt van een madonna de onveranderlijke kracht van Pallas Athena.

Nee, werkelijk, die nobele schoonheid is geen zuiver geluk. Ze dwingt tot een gespannener houding, tot een voortdurend op-je-qui-vive-zijn, moet aan duizend dingen denken, zoals de gastvrouw op een groot feest mag ze zich niet laten gaan; waar de anderen feestvieren en zich vermaken, moet zij taken vervullen, met de glimlach en schijnbaar moeiteloos bovendien. De mensen eisen dat van de met schoonheid begiftigden, ook wie van ze houdt vormt daarop geen uitzondering, en willen ook nog eens gewaardeerd worden als ze meelevend hun ogen sluiten voor de tanende luister.

De trein zet zich al in beweging, wanneer Monika zich vooroverbuigt en snel zegt: 'Beatrix, ik zou ook van je houden als je altijd lelijk was geweest.'

Het smalle gezicht kijkt verbaasd op, met één wenkbrauw door deze onverwachte uitspraak licht sceptisch opgetrokken, daarna lacht Beatrix heel ongodinnenachtig en luid, zodat een paar mensen haar verbaasd aankijken. Monika weet niet of het afwijzing of instemming is, ze kan het niet meer vragen, want ze zijn al te ver van elkaar verwijderd en de damp van de locomotief beneemt haar het zicht.

Als de witte mist optrekt, ziet ze een zee van bloesems, de zoete geur waait binnen, samen met roet en rook. Bossen van witte en roze bomen strekken zich vanaf de hoogten tot diep beneden bij het meer uit, dat schittert en glinstert in het zonlicht.

Ondanks haar bedroefdheid is Monika door de aanblik overweldigd, maar het duurt niet lang voor ze zich weer overgeeft aan haar sombere gedachten. De reis is zinloos geweest, nieuwe moeilijkheden hebben zich op de oude gestapeld, ze had beter thuis kunnen blijven.

Zo kan het niet verder. Ze haat Klaus, ze wil hem door elkaar schudden, hem slaan en daarna weglopen. Maar dat is een fantasie-Klaus, een onechte Klaus, van wie het haar om het even is of hij te gronde gaat. Zodra de echte Klaus voor haar opduikt, zodra ze zich ook maar voorstelt dat hij echt op deze wereld rondloopt, dat zijn glimlach, zijn stem, zijn beminde intelligentie bestaan, houdt ze mateloos en uitzinnig van hem, gloeit ze van verrukking en wordt ze verteerd door pijn.

Ze stapt uit in Bern en gaat naar een reisbureau. Ja, ze heeft nog een Frans visum in haar reispas. Ze stuurt een telegram naar huis, schrijft dat ze niet komt. Daarna slentert ze door de stad, want ze heeft nog twee uur de tijd voor het vliegtuig naar Parijs vertrekt.

Ze slentert door de arcaden en staat voor de fonteinen, ze voedert de beren in hun kooi en kijkt vanaf de hoge brug naar de bruisende Aare beneden. Ze heeft nog nooit een voet in deze stad gezet, maar het voelt aan als heimat, net als Innsbruck en Bolzano. Ze kent de geur en de geluiden, de lucht en de hemel. Overal waar er bergen zijn is ze thuis, komt ze tot rust en is ze op de een of andere manier gelukkig.

Tegen de stenen borstwering van de brug leunt een man, zo dicht bij haar dat ze snel wil doorlopen, maar als ze naar hem kijkt, bedenkt ze dat hij haar helemaal niet kan hebben opgemerkt, zo betoverd, zo geconcentreerd kijkt hij naar de snelstromende rivier. Hij is niet groter dan zijzelf, maar wel buitengewoon pezig en krachtig gebouwd; te oordelen naar zijn spijkerschoenen en zijn volgepakte rugzak die hij voor zich op de borstwering heeft gelegd vermoedelijk een bergbeklimmer.

'Mooi weertje vandaag,' zegt hij plotseling zonder zijn hoofd op te tillen, en Monika, die geschrokken is omdat hij haar dus toch heeft gezien, knikt slechts.

'Zou mooi zijn om daarboven rond te wandelen,' en hij wijst naar het Oberland, 'maar eerst moet ik er weer aan wennen mijn benen te gebruiken.'

Ze wil gaan, maar iets aan de man fascineert haar. Zijn stem is niet ongecultiveerd, maar het lijkt alsof hij zijn woorden met moeite bij elkaar moet zoeken.

Nu kijkt hij haar aan, met een ruk, zoals een vogel dat doet, draait hij zijn hoofd, zijn ogen liggen diep en zijn blik is zo wild dat ze hem niet kan doorstaan. Hij kan niet veel ouder zijn dan veertig, zijn houding is elastisch, maar zijn huid is perkamentgeel en gerimpeld als bij een stokoude man.

'Ik kom uit het tuchthuis,' vervolgt hij, 'en ik moet toegeven dat ik was vergeten hoe mooi de wereld is. Verbijsterend mooi.'

Ze zwijgt nog steeds, wat moet ze ook zeggen; medeleven, nieuwsgierigheid, ontzetting en onverschilligheid zouden misplaatst zijn, hoewel ze van dat alles iets voelt. De uitdrukking 'verbijsterend mooi', die zo slecht bij deze man past, doet haar blijven, en nu begint hij te praten, alsof hij slechts had gewacht tot hij een toehoorder zou vinden, daar tien jaar op had gewacht.

'Ik ben een Duitser,' zegt hij, en Monika is niet verbaasd, omdat in welk land ze ook is, het altijd de Duitsers zijn die het contact met haar opzoeken, 'en was voor de oorlog onderwijzer op een lagere school in een kleine stad. Daarnaast schreef ik gedichten, voor kranten en tijdschriften, met groot succes, mag ik wel zeggen. Bovendien was ik een redelijk bekende bergbeklimmer, ik heb een paar toppen in de Dolomieten als eerste beklommen en was een skipionier in ons middelgebergte. In 1914 trok ik op de eerste dag naar het front, enthousiast, gelukkig, trots. Ik lag altijd in het westen, altijd aan het front, raakte twee keer gewond en werd in 1917 tot luitenant bevorderd. We lagen in een klein dorp niet ver van de Belgische grens, de bevolking, voor zover die niet was gevlucht, werd van maand tot maand opstandiger. Om de haverklap moesten er doodvonnissen worden voltrokken. Op een dag, het was in een ongewoon mooie en warme maand oktober, kreeg ik het bevel over een commando dat drie spionnen moest executeren. Niet zo'n aangename taak, maar nu ook weer niet zo verschrikkelijk; als je drie jaar lang min of meer in een hel hebt geleefd, word je hard en onverschillig.

De terdoodveroordeelden waren een man, een vrouw en een adolescent. We haalden ze uit de gevangenis af en liepen met ze naar de plaats van executie, door een kaarsrechte laan van rode beuken. Ze stapten heel gedwee mee, alleen de jongen huilde zacht voor zich uit. Op de plaats van bestemming, een open veld voor een park, liet ik ze voor de muur plaatsnemen. De man begon zich te weren, zodat ik het bevel gaf hem vast te binden; de jongen schreeuwde vreselijk: 'Je ne veux pas mourir, je ne veux pas mourir', almaar door, totdat een soldaat hem een draai om de oren gaf, toen was hij stil. De vrouw stapte rustig op de muur af, ging daar staan en keek mij met een spottende glimlach aan. Ja, ze glimlachte, een vergissing is uitgesloten, tot het einde, want met een felle hoofdbeweging weigerde ze met haar gezicht naar de muur te gaan staan. Kunt u zich dat voorstellen, jongedame, daar staat ze dan, een boerin met een merkwaardig open gezicht en grote grijze ogen, ze weet dat ze over vijf minuten dood zal zijn, en ze glimlacht. Het was niet om uit te houden, die glimlach, die superieure spot waarmee ze me aankeek, ja, de hele tijd alleen mij aankeek, want ook toen de soldaten aanlegden en ik een eind opzij ging staan, liet haar blik me niet los.

Ik gaf het bevel te vuren, ze zakten alle drie in elkaar, de jongen bewoog nog en kreeg het genadeschot.

Vervolgens marcheerden we door de beukenlaan terug. Het was een heel alledaags gebeuren geweest, vlot en zonder incidenten, want over zulke merkwaardige dingen als dat een mens die moet sterven vanwege een oorvijg ophoudt met huilen, braken wij ons toen allang het hoofd niet meer.

Die nacht schoot ik wakker, trillend, nat van het zweet. Ik zag de grijze, spottende, glimlachende ogen voor me, ik deed het licht aan, maar ze gingen niet weg, ze fixeerden me, ze klaagden me aan, ze zeiden dat ik me schuldig had gemaakt aan moord.

Ik vond mezelf een dwaas. Wat had ik tenslotte gedaan?

Ik was een officier en had een bevel uitgevoerd, had "vuur" geroepen om drie mensen te laten executeren die door hun activiteiten misschien wel honderden van mijn kameraden de dood in stuurden. Maar was dat waar? Dat de bevolking spioneerde geloofde niemand echt, of toch niet dat ze daarmee enig succes konden boeken. We vonden het gewoon lastig om in een streek te liggen waar we permanent op onze hoede moesten zijn voor sabotage en ook voor moordaanslagen; af en toe moest er een voorbeeld gesteld worden. Zij die daar het slachtoffer van waren hadden gewoon pech. Het lukte bijna altijd om de een of andere connectie met de vijand te bewijzen, iedereen had immers familieleden in vijandelijk gebied met wie ze natuurlijk in contact probeerden te blijven.

Misschien waren die drie wel echt spionnen, probeerde ik mezelf te sussen. Dan vroegen de spottende ogen me of ik dat had nagetrokken. Een belachelijke gedachte, een officier stapt op zijn meerdere af en vraagt of het bevel dat hij heeft ontvangen wel gefundeerd is.

Ik begon na te denken. Een soldaat die drie jaar lang vecht en plotseling gaat nadenken, dat is dodelijk, dat is alsof er muren instorten en hij eronder begraven wordt voor hij een goed heenkomen kan vinden. Als je aan één detail gaat twijfelen, ga je aan alles twijfelen. Hoe verfoeilijk is dit leven dat je zo lang hebt geleid, als slaaf, onderworpen aan een meester die je niet eens mag haten en die de laagste diensten van je eist. De ergste dienst van allemaal: mensen doden. Met wat voor frasen heeft men ons in die toestand gebracht: als we niet zegevieren, gaat Duitsland ten onder, als we niet zegevieren, breekt er chaos uit! Een land, een heel volk kan niet ten onder gaan, en er is nooit chaos uitgebroken, geen enkele keer in de geschiedenis, behalve tijdens de oorlogen zelf. Het is het individu dat ten onder gaat, dat is werkelijkheid, de ondergang van het vaderland is een hersenschim, bedacht door de machtigen om ervoor te zorgen dat de kudden schapen ze ook volgen. Waar haalt de mens het recht vandaan om andere mensen te doden? Hij mag het nog met zoveel mooie woorden inkleden als hij wil, "moraal", "eer", "vaderland", het is moord, niets dan moord. Het is de daad waarvoor Kaïn werd getekend.

En wat was ik? Een kleine luitenant die een bevel heeft uitgevoerd. Dat is te gemakkelijk, dat is te goedkoop, daarmee kun je je niet aan de verantwoordelijkheid onttrekken. Hoe langer ik erover nadacht, hoe duidelijker het me werd: ik ben schuldig aan moord, aan drievoudige moord.

De volgende dag werd ik ziek naar het lazaret gebracht. Ik beefde onder vreselijke pijnkrampen. Dat ging zo door – natuurlijk waren er onderbrekingen, maar die duurden nooit lang – tot het vrede was.

De glimlachende ogen van de vrouw lieten me niet los. Ze dwongen me om steeds verder door te denken, om steeds meer vragen te stellen. Hoe meer ik piekerde, hoe minder ik van de wereld begreep. Alle mensen op aarde snakten naar vrede en slaagden er niet in die tot stand te brengen, omdat een paar generaals en een paar oorlogsprofiteurs wilden doorgaan met oorlog voeren. Dan is er toch iets fundamenteel niet pluis. Begrijpt u hoe dat mogelijk was?'

Hij komt heel dicht bij Monika staan, die geschrokken terugdeinst. Zijn ogen blikkeren, er staat zweet op zijn voorhoofd.

'Ze had net zulke grijze ogen als u, mevrouw. Maar dan veel spottender en superieurder. Hoelang heb ik zulke ogen niet meer gezien?'

Monika geeft te verstaan dat ze nu weg moet, het is inderdaad hoog tijd. Ze hoopt dat hij blijft staan, maar hij neemt met een nederige glimlach zijn rugzak op zijn schouder en loopt naast haar op. Ondertussen praat hij door, hij struikelt haast over zijn woorden, praat koortsachtig, half waanzinnig: 'Die vragen hebben me bijna gek gemaakt. Waarom krijgen de mensen niet voor elkaar wat iedereen wil? Waarom brengen ze elkaar om? Er is toch genoeg ruimte voor iedereen, en geld, dat is toch niks, derrie, duivelse bedriegerij, en als men gewoon zou zeggen: vanaf vandaag is het niets meer waard, jullie krijgen er geen goederen en geen werk voor, dan was het meteen uit.

Na de oorlog werd ik door een internationale vereniging van bergbeklimmers naar Zwitserland gestuurd om op verhaal te komen. Ik lag een jaar lang halfdood in Montana tot ik een meisje leerde kennen, jong, knap, wild, zoals ik altijd al een vrouw had gewenst, niet preuts en niet verwend. Zij was de eerste die niet lachte wanneer ik zei dat ik een moordenaar was, ze luisterde ernstig, knikte een paar keer en zei dat ik ook niet beter zou worden door daar maar wat te liggen, dat het me buiten in de wijde wereld gemakkelijker zou vallen om die dingen te vergeten, dat ik maar met haar mee hoefde te komen. We trokken samen eropuit, ze was een halve zigeunerin, maar handig en vlot bij ieder praktisch werkje. We werkten nu eens op deze boerderij, dan weer op die, en als het even nodig was bedelden we en pleegden we ook diefstal. Het was een hard maar over 't geheel genomen mooi leven, ik had tevreden kunnen zijn, en toch hield de kwelling aan. Hier waren wij, mijn vriendin en ik, met ons eigen leven, met onze vrijheidsdrang, daar was de wereld met zijn zinloze eisen: pas, visum, verblijfsvergunning, belastingen, een huwelijksakte eventueel en meer van dat soort zaken die met staat en maatschappij te maken hebben, met het meest gehate, het laagste dus wat er is. Dat paste niet bij elkaar, en het zal nooit bij elkaar passen, het leven van het individu en de wereld, dat zijn aartsvijanden, een compromis is uitgesloten. Altijd is de mens de pineut, hij wordt vermoord en uitgeroeid door zijn medemens, zodat alles door kan gaan. Wat zijn hun wetten belachelijk! Wie maakt die eigenlijk? Toch niet God? Huichelaars en farizeeërs maken ze en passen ze toe.

Ik kon daar niet mee uit de voeten, misschien is mijn brein niet gemaakt om dat alles op te nemen. Een mens kan pas gelukkig zijn als hij vrij is, als hij niet wordt gedwongen te werken, als hij door het land trekt, ochtend en avond, zonder doel en zonder plan, als hij slaapt wanneer hij moe is, eet wanneer hij honger heeft en vrijt wanneer hij daar zin in heeft.

We deden wat we wilden. Maar rust vond ik niet, de ogen van de dode vrouw achtervolgden me, ze bevalen me glimlachend en spottend om wraak te nemen voor haar en voor alle anderen die in naam van het volk waren vermoord. De echte schuldigen, daar kon ik niet bij komen, die leefden te hoog en te ver weg, maar overal waar ik onrecht zag, greep ik in. Als een boer hard was voor zijn knechten, als hij ze zomaar wegjaagde, als hij zijn vrouw sloeg of woekerde, staken we zijn boerderij in brand. Mooie branden waren het, heilige branden. Vijfmaal laaide het vuur op, voor ze ons in de kraag vatten. Mijn vriendin stierf in het tuchthuis, ik hield vol, tien jaar lang, maar, zoals gezegd, ik was vergeten dat de wereld zo mooi was. Zonder dat vergeten was ik ten onder gegaan. Langzaam trek je een muur op rond je hart, je leeft en bent toch dood, je staat op, werkt, eet, slaapt en weet niet meer dat er bergen, bossen, steden en vrouwen zijn. Maar je vergeet ook het slechte, de wereld stelt geen eisen meer, de boze machten zijn uitgeschakeld, het enige wat er is, ben je zelf en de onveranderlijke routine. Stelt u zich voor, na minder dan één week zag ik de ogen niet meer.

Sinds ik vrij ben, sinds vanochtend ben ik bang. Daarstraks, toen ik uw grijze ogen zag, mevrouw, dacht ik dat ze teruggekomen waren, die ogen. Ik geloof niet dat ze die tien jaar genoeg vindt, ze komt vast terug, op elke hoek verwacht ik haar gezicht te zien, ik ben bang, want nu zal ze zich niet meer tevredenstellen met branden, nu zal ze van mij eisen dat ik moord. Kijk, mevrouw, dit heb ik vandaag gekocht. Als eerste en enige ding.'

Hij haalt een groot, vast mes met een hertshoornen heft uit zijn zak. Hij hijgt zwaar van het jachtige spreken.

Monika kijkt gebiologeerd naar het mes, haar hart klopt snel, hoewel ze bij zichzelf zegt dat hij haar hier, op deze drukke straat, niets zal aandoen.

'Neemt u het,' zegt hij plotseling en reikt haar het mes.

Als ze aarzelt, drukt hij het haar in de hand. Hij lacht opgelucht en zegt: 'God zegene u.'

Ze staat al bij de taxi die haar naar de luchthaven moet brengen en vraagt zich koortsachtig af of ze de man niet kan helpen (maar hoe kun je een ziel helpen die zich met de wereld geen raad weet?), wanneer de man opeens weer dicht bij haar komt staan, zijn rug kromt zich, hij is nu kleiner dan zij en kijkt met een onderdanige hondenblik naar haar op, maakt een soort reverence, brengt zijn handen smekend bij elkaar en krast met hoge stem: 'Geeft u mij geld, mevrouw, geeft u mij geld!'

Monika is beschaamd, ze kan hem niet aankijken, met bevende handen haalt ze haar portemonnee boven, geeft hem een paar samengevouwen biljetten en fluistert zonder te weten wat ze zegt, helemaal buiten zichzelf: 'Mijn excuses, meer heb ik niet bij me.'

Hij steekt het geld gretig op zak, groet op militaire wijze, met zijn hand aan zijn slaap, en gaat zonder een woord van dank weg. Ze kijkt hem na, hoe hij klein en pezig, de zware rugzak moeiteloos op zijn schouder dragend het plein oversteekt. Dan verliest ze hem uit het oog, hij is opgeslokt door de menigte.

In het vliegtuig zinkt de moed haar in de schoenen. Opeens komt deze reis haar krankzinnig en verwerpelijk voor. Het ligt niet in haar aard om zich voor iemand neer te planten en te eisen: ja of nee. Na de landing wil ze niets liever dan op de luchthaven wachten tot er weer een vlucht is naar München.

Maar dat is alleen al omdat ze amper nog geld op zak heeft onmogelijk.

Ze neemt een taxi en zegt de naam van het hotel op de Rive Gauche waar Klaus verblijft, zo zacht dat de chauffeur haar tot tweemaal toe moet vragen het adres te herhalen.

Bij het uitstappen weet ze nog altijd niet wat ze wil, wat ze zeggen moet.

'Ja, monsieur is al gearriveerd en nog op zijn kamer.'

Ze neemt de lift naar boven, klopt aan en stapt snel naar binnen. Klaus ligt te lezen op zijn bed. Verbaasd kijkt hij op, blijft even roerloos liggen en springt vervolgens met een zachte juichkreet overeind, rent naar de deur, waar ze diep verlegen is blijven staan, en neemt haar in zijn armen, hartstochtelijk en vurig, zoals een man die een langverwachte geliefde ontvangt.

De witte kerk wordt door de eerste zonnestralen gestreeld en begint rozig te glimmen. De mist is opgetrokken, de lucht is zachtblauw en wolkeloos.

Monika stapt wat heen en weer op het balkon, want opeens voelt ze de kou.

Daarna gaat ze de kamer weer binnen, die in een zacht schemerduister ligt, al beginnen ook hier de kleuren reeds te ontwaken. Ze loopt naar het bed en kijkt met tedere blik naar het mooie gezicht, dat ook in de slaap niets van zijn magere welgevormdheid heeft verloren. Het hoofd met het koperglanzende zwarte haar ligt op zijn zijde, zodat de pees in zijn hals gespannen staat, de deken is van zijn ontblote schouder gegleden. Over zijn bruine huid loopt een rilling. Monika trekt de deken behoedzaam weer omhoog. Klaus zucht, schuift zijn hand onder zijn wang en slaapt verder.

Wat is hij nog jong, met zijn gladde, rimpelloze voorhoofd en zijn slanke nek. Geen jongen meer, natuurlijk, alles is krachtig aan hem en mooi geproportioneerd, maar een man is hij ook nog niet. Ontroerend mooi en omfloerst door weemoed, zoals alles wat leeft dat overgang is en de zuivere vorm slechts een vluchtig moment lang kan bewaren. Maar iets nobelers dan het postuur van de jongeling is niet denkbaar, die rustig en gematigd, door de kalme beheersing van het lichaam het goddelijke weet uit te drukken. Van oudsher is het postuur van de jongeling de kostbaarste vorm van het mens-zijn, het meest toegewijd aan het leven, het innigst verbonden met de dood. De jongelingen zijn de morituri, de sedert millennia aan de duisternis opgedragen offers. Daar waar lotsbestemmingen hun beslag krijgen, waar werelden worden gevormd, waar het oude ondergaat en het nieuwe aanbreekt, geven zij hun bloed. Stromen van bloed. Verbeten en trots, aan hun lot overgelaten door de mensen, zelfs door hun moeders, ontvangen ze hun wonden en sterven ze een zware, kwellende dood. Maar op de vraag naar het waarom, de vraag die ze terwijl ze in elkaar zakken kreunend en met hun laatste krachten uitschreeuwen, de vraag die ze samen met het wegstromende bloed uitblazen, heeft de wereld geen antwoord, ofschoon die altijd wel een woord vindt om de daad te loven. (Is sterven een daad? Is het niet eerder een gebeuren dat een mens overkomt, zoals zijn geboorte? Een daad is enkel het zwijgend verdragen van het onvermijdelijke, het niet-verliezen van je eigen wezen, zelfs op het moment dat je je verslagen weet, het stille door-de-knieën-zakken tegenover een tegenstander met wiens wapen je niet kunt en wilt vechten – maar daar zwijgt de wereld over.)

Wat een geluk dat het gruwelijke pas net achter de rug is, hoewel de tekenen allang niet meer wijzen op een duurzame vrede. Toch zal het nog lange jaren, tientallen jaren duren voordat de mensen in een nieuwe oorlog tuimelen. Geen enkele verleider, hoe welbespraakt ook, zal erin slagen dezelfde generatie een tweede keer naar het front te drijven, zo slecht staat het er met de wereld echt nog niet voor. En als het toch zou gebeuren – maar dat is onmogelijk –, moet Klaus gespaard blijven.

Monika buigt zich tot vlak boven de slapende jongeman.

Alle anderen mogen te gronde gaan, zolang deze ene maar behouden blijft, en dat hij verschoond zal blijven, daar zal zij voor zorgen, daar zal zij over waken met heel haar liefde, met heel haar instinct en met heel haar verstand.

Een oeroude angst omsluit haar hart, maar dan keert de grote gelukzaligheid terug, als een warme golf die door haar verstarde lijf spoelt. Ze slaat haar beide armen om hem heen en kust de slaap uit zijn ogen, tot hij, ontwakend, haar naar zich omlaagtrekt.

2

Ten langen leste had Monika haar vriend weten over te halen om aan Hartmann tien dagen verlof te vragen en met haar naar de Middellandse Zeekust te reizen. Nadat ze een nacht in de oude haven van Marseille door avontuur, uitspatting en stank hadden gedoold, stapten ze 's ochtends in een bus en lieten zich over brede heuvelruggen naar een vissershaventje brengen, dat niet ver van Toulon in een door het vasteland liefdevol omarmde baai lag. Ze namen hun intrek in een eenvoudig hotel aan de waterkant, dat beter bleek dan het er op het eerste gezicht uitzag: de uitbater van het pretentieloze etablissement bood zijn gasten een landelijke, maar vindingrijke keuken en zijn kelder vol heerlijke lokale wijnen mocht er wezen.

In de ochtenduren maakten ze lange wandelingen, die hen naar de heuvels boven de wirwar van de militaire haven voerden, of ze liepen landinwaarts door het zacht glooiende landschap, dat met zijn pijnbomen, olijfbomen en vijgenbomen en zijn gedrongen, krachtige wijnstokken aan Toscane deed denken. Daar was er een kleine, ommuurde weide, waar een smal, vanaf de rotsachtige heuvel komend beekje door kabbelde. Een paar wilgen lieten heel noords hun treurende takken in het water hangen, terwijl vlak daarnaast, ernstig en vol pathos, passend bij het zuiden, het silhouet van een ranke cipres zich tegen de lucht aftekende. Sinds Klaus en Monika op die teruggetrokken plek twee kleine hazen vredig blaadjes hadden zien knabbelen naast een oude, uitgediende herdershond die slaperig en behaaglijk in de zon had gelegen, noemden ze deze plek het paradijs.

Elke middag liepen ze arm in arm, met boeken en hun zwemuitrusting langs de kust een heuvel over met pijnbomen, olijfbomen en vijgenbomen, beiden in korte grijze broek en een donkerrode of donkerblauwe blouse, zodat wie ze vanuit de verte zag kon denken dat ze broers waren. De kliffen waren hier niet zo hoog en rood als in de enkele kilometers verder oostwaarts liggende plaatsen met de wereldberoemde namen, maar hier werd het oog dan weer niet gehinderd door hotelpaleizen of behoorlijk zinloze gebouwen uit een allang achterhaald tijdperk. Een paar jaar geleden hadden enkele kunstenaars de streek ontdekt en hoofdzakelijk op deze heuvel hun mooie en eenvoudige huisjes gebouwd. Het waren witte, blauwe en terracottakleurige kubussen met geen andere versiering dan in vlecht- of roostermotief gemetselde stenen of gebogen dakpannen op een vooruitstekende muur. Op de hoogste plek stond naast een ruïne een nieuwe vaalroze toren met een schuin dak, die zich vriendelijker en toch niet minder fraai dan zijn sinistere broers uit de tijd van de Noormannen boven de zee verhief.

De fantasierijke architect ervan had Klaus' droom in steen verwezenlijkt; de toren werd door beide gelieven iedere dag opnieuw veroverd, ingericht, van fraaie spullen voorzien en met dieren en vrienden bevolkt; de toren was de toekomst, en omdat hij zo echt en zo mooi leek, leek ook de toekomst dichtbij en mooi.

Even later bereikten ze hun doel: een smal rotsplateau, dat als uiteinde van een wijde boog steil en ver in zee stak. Daar gingen ze zitten, op het korte, nu al door de zon verdorde gras; witte vlinders en dikke hommels cirkelden om hen heen; in de lucht vermengde de geur van tijm, mirte, pijnboom en wilde rozen zich met de jodiumgeur van natte, met zeewier overdekte stenen. De golven sloegen stuk op de rotsen en verstoven met een helder geluid tot witbruisend schuim. Beneden hen, op een ver vooruitstekende, kale landtong, lag een fort, een paar gladde leemkleurige muren stonden om een licht verhoogd centraal gebouw heen. Met zijn fraaie, overzichtelijke, haast geometrische eenvoud ging het in het landschap op; het zag er niet krijgshaftig uit, het leek veeleer of de kinderen van de zeegod al spelend een vesting van zand hadden gebouwd. Op het plat dak stond dag in, dag uit een soldaat met een geweer over zijn schouder roerloos naar het blauwe watervlak in de verte te staren.

Negen dagen lang hadden ze hier gezonnebaad en vandaag was het de laatste keer. Waren ze niet net aangekomen, uit de bus van Marseille gestapt, een beetje slaperig en met het licht ontgoochelde gevoel dat een reiziger zo makkelijk overvalt bij de eerste aanblik van een plek, vreemd en niet op hun plaats te zijn? Of hadden ze hier jaren doorgebracht, zorgeloze, gelukkige jaren van hun grote liefde? Waren het geen oude bekenden, die praatzieke hotelbaas en de bakker bij wie ze iedere ochtend verse croissants kochten, de jonge ober van Café Étoile aan de haven, en vooral Raymond, de student medicijnen en goede kameraad die zo graag hun gezelschap opzocht? Ze wisten het niet, het een was even waar als het andere. Goed en moederlijk ontvangen door ademend vruchtbare aarde waren ze in een toestand van betovering gekomen die pijn en dood doet vergeten en de onverbiddelijke tijd opheft.

Of het nu uren, dagen of jaren waren, hun verblijf liep ten einde – morgen zouden ze zich ver van de speelplaats van de zeekinderen weer in de strak ingedeelde wereld van werk en volwassenen bevinden en de zwaarte daarvan drukte nu al als een last op hen. De toekomst in de toren leek in het licht daarvan onhaalbaar of toch zo onbereikbaar dat die helemaal verbleekte; maar wanneer ze aan de komende maanden of jaren dachten, werd duidelijk dat ze niet wisten wat ze daarmee moesten aanvangen, dat ze niet eens wisten of ze die tijd, het leven dat daar voor hen lag samen wilden doorbrengen. Klaus had er sinds het weerzien in Parijs in ieder geval met geen woord meer over gerept, en Monika van haar kant keek wel uit om het heikele thema aan te kaarten en tegen haar vriend met zoveel woorden te zeggen dat ze zich wilde binden. Maar Hartmanns massieve gestalte ging als een donkere schaduw over het zonovergoten landschap liggen en tandenknarsend zei Klaus dat hij de machtige, verschrikkelijke baas die hem met de zweep door heel Europa joeg niet meer kon uitstaan. Monika probeerde hem te troosten en zong weer haar oude refrein: 'Ga weg bij hem.'

'Dat kan ik niet,' antwoordde Klaus, 'ik kan het niet voordat ik hem en mezelf heb bewezen dat ik ergens voor deug.'

Voor het eerst sinds ze hier waren mondde een gesprek uit in stilte. Ze klommen over de rotsen omlaag en sprongen vanaf een ronde, gladde steen in het water. Met grote, snelle slagen zwommen ze ver de zee in.

Het was een heerlijk genot om zo naast elkaar, in hetzelfde ritme door de zo goed dragende en zacht wiegende golven van de Middellandse Zee te glijden, een koele en zoete roes, die het bewustzijn niet benevelde, maar er een doorzichtige en mooie helderheid aan gaf, en het viel hun op deze laatste dag nog veel zwaarder dan anders om rechtsomkeert te maken.

Ze waren beiden uitstekende zwemmers met een groot uithoudingsvermogen, maar omdat het vandaag toch wat te veel van het goede was geweest, keerden ze traag en enigszins uitgeput naar de kust terug. Nog voor ze weer aan land waren, zei Klaus, met zijn donkere hoofd schuin op het water, zwaar hijgend: 'Ik kan me nauwelijks voorstellen dat ik het zou uithouden om met iemand samen te leven. Maar zonder jou zijn kan ik nog minder. Dus blijft er wellicht niets anders over dan het te proberen. Wat zeg jij?'

Monika zei helemaal niets, want een diepblauwe golf bruiste over haar heen en sneed haar adem en zicht af. Doordat ze haar mond had geopend om iets te zeggen of te lachen of omdat ze gelukzalig verbaasd was, verslikte ze zich behoorlijk en moest ze eerst hoestend en spugend het bijtend zoute water uit haar longen naar buiten werken, voor ze kon antwoorden.

'Is dit soms een huwelijksaanzoek?' vroeg ze harder dan nodig, omdat haar verstopte oren haar stemvolume niet konden controleren.

Hij knikte, zodat zijn kin onder water verdween.

'Laten we het in godsnaam proberen.'

Ze glimlachte: 'Klaus, hou je van me?'

'Ja,' zei hij, 'ik hou van je. Maar ik ben bang dat je me opeet.'

Als om dat af te strijden wierp ze haar armen in de lucht, maar moest midden in de beweging stoppen omdat ze opnieuw kopje-onder dreigde te gaan.

Daarmee was het gesprek ten einde, en pas een uur later vroeg Monika, geschrokken omdat ze de godin helemaal vergeten was, die zich nu voor altijd verslagen van het strijdtoneel der liefde moest terugtrekken: 'Wat zal Beatrix ervan zeggen?'

'Ze zal er blij om zijn en tegelijk verdrietig, maar ik heb haar er stukje bij beetje op voorbereid. In ieder geval is het jouw taak om te bewijzen dat we de juiste keuze hebben gemaakt.'

Tijdens dat gesprek zaten ze op het terras van Café Étoile hun dagelijkse *capucine* te drinken, een erg lichte koffie met melkschuim.

Aan de waterkant tegenover hen verscheen Raymond, die met zijn handen diep in de zakken van zijn brede, zwartfluwelen broek achteloos langsslenterde. Met zijn blonde haar, zijn nieuwsgierige wipneus en zijn intelligente, begeerlijke mond zag hij eruit als een Engelse *college boy*. Ondanks de zomerse hitte droeg hij een dikke lichtgekleurde coltrui, maar kousen had hij niet aan en zijn lange voeten staken in open sandalen. Hij had een roze bloesemtakje tussen zijn lippen, dat hij in zijn hand nam, toen hij aan een lang gesprek met een visser begon. Hij leek de oude man goede raad te geven, klopte hem joviaal op de schouder en maakte op aanschouwelijke wijze het gebaar van het binnenhalen van de netten.

Op geen enkel moment wierp hij een blik in de richting van Klaus en Monika en hij verborg ook dat hij hier al een flinke poos op en neer was gelopen in afwachting van hun komst. Toen hij zich dan toch naar hen toe draaide, begroette hij hen verbaasd maar bedaard; slechts in zijn heldere, blauwe ogen was zijn vreugde te zien.

'Ha,' zei hij, bij hun tafeltje aangekomen (ze spraken Frans, en omdat Klaus die taal haast perfect beheerste, terwijl Monika slechts redelijk gebrekkige zinnen tot stand bracht, was ze meestal een nogal zwijgzame toehoorster), 'al terug van de zwemexcursie? Hebben jullie nog altijd geen verkoudheid opgelopen?'

Hij vond het barbaars om in mei al te gaan zwemmen en stak zijn spot over de 'Duitse zeden' niet onder stoelen of banken.

'En is het waar dat jullie morgen onze mooie streek al willen verlaten?'

Vol spijt sloeg hij zijn handen in elkaar en voerde met een stortvloed van woorden een komisch, parodistisch-smartelijk toneelstukje op om zijn echte verdriet te verbergen. Ze hadden hem nog niet gevraagd bij hen te komen zitten, maar hij trok met zijn voet een stoel steeds dichterbij.

'Als jullie het goed vinden, drink ik snel iets. Maar natuurlijk niet zo'n babydrankje.' Met een geringschattende blik op de lichte koffie ging hij zitten, nog voor hij een antwoord had gekregen.

Hij bestelde een aperitief en hield zolang hij met de ober praatte amicaal diens mouw vast. Er waren sowieso maar weinig lokale bewoners met wie hij niet op vertrouwelijke voet stond, zonder dat daarom duidelijk werd of hij al lang hier in de streek woonde of niet. Hij praatte niet graag over zichzelf en had slechts één keer laten vallen dat hij zijn vader, een hogere ambtenaar, al meer dan een jaar niet meer had gezien omdat diens conservatieve standpunten hem op de zenuwen werkten. Hier woonde hij in bij een familielid, een oude zieke vrouw, over wie hij praatte als betrof het een klein meisje, dat weliswaar beminnelijk was, maar toch niet au sérieux kon worden genomen.

'Hebben jullie geen zin om met me mee te komen naar huis?' vroeg hij blozend. 'Tante Paulette heeft een goede dag.'

Toen ze hadden ingestemd, praatte hij verder: 'Ze ziet erg af, moet je weten, zo erg dat het eigenlijk niet meer menselijk is. Ze mag geen bezoek ontvangen. Maar voor jullie maken we een uitzondering. Ze wil jullie leren kennen, omdat ik haar heb verteld dat het met de Duitsers niet zo slecht gesteld zou zijn als er meer waren zoals jullie.'

Bij dat compliment vertrok hij zijn gezicht alsof hij kiespijn had.

'De meesten zijn zoals wij, wij zijn echt geen witte raven,' zei Klaus. 'Jullie hoeven gewoon maar de moeite te doen om wat beter te kijken en jullie exclusiviteit te laten varen, die zich voor niets interesseert wat buiten de Franse grenzen ligt. Dan zouden jullie het sympathieke in ons ontdekken, het broederlijke, het Europese.'

'Jullie zouden alleen Europeanen zijn als ons werelddeel Duits zou zijn geworden. We hebben de afgelopen eeuw maar al te vaak kennisgemaakt met de Duitse aard die de wereld heil moest brengen.'

Dat laatste zei hij in een slecht, haperend Duits.

'En vroeger,' riep Klaus ongeduldig uit, 'vroeger zijn jullie bij ons binnengevallen en hebben jullie ons land in naam van de beschaving verwoest.'

'Uit *raison* of wanneer jullie je neus hadden gestoken in dingen die jullie niets aangingen. Maar jullie houden van de oorlog om mystieke redenen.'

'Veralgemeningen, Raymond, overdrijvingen.'

'Elke bepaling van de volksaard, monsieur le docteur, loopt uit op veralgemeningen en overdrijvingen. Maar de meeste Duitsers zijn aan oorlog verslaafd zoals aan roesmiddelen. Tenslotte zijn we in zoverre erfgenamen van de oudheid dat we, ondanks alle rede, altijd bewondering hebben voor een heroïsche daad en al zeker voor ware hartstocht. Maar jullie bereidheid om te sterven is demonisch, wanstaltig, jullie storten je in de dood op het slagveld zonder van het leven te houden.'

'Ach,' zei Klaus spottend, zijn armen spreidend, 'wat jij niet allemaal weet.'

'Wij weten het, want we hebben het aan den lijve ondervonden. Jullie kennen geen medelijden en geen rechtvaardigheid.'

'Dat is wel veel tegelijk.'

Raymond glimlachte ondoorgrondelijk: 'Vind je? Ik geloof niet dat er zo'n groot verschil is tussen medelijden en rechtvaardigheid. Wie het ene heeft, kent ook wat van het andere. Die laat het "jij" naast het "ik" bestaan, aanvaardt de gebreken van de medemensen en maakt geen misbruik van hun leed. Daarvoor is zuiverheid, een heldere geest en gehechtheid aan het leven vereist. Tot liefde zijn jullie in staat, dat moet gezegd, misschien op innigere en dweepziekere wijze dan wij, maar jullie liefde is een duistere zus van de dood.'

'Ik vind niet, Raymond, dat je erg rechtvaardig bent tegenover ons Duitsers.'

'Verwar rechtvaardigheid niet met zwakte. De aanvaller moet met geweld te lijf worden gegaan. Het beste zou natuurlijk zijn dat we jullie de kop indrukken voordat jullie sterk genoeg zijn om in een nieuwe oorlog ons land binnen te vallen.'

Nu kwam Monika tussenbeide en barstte in slecht Frans los: 'Dat is me een fraaie vredelievendheid, een die pleit voor een preventieve oorlog!'

'Zoals ik daarnet heb benadrukt, madame Monika,' zei Raymond voorkomend en bescheiden, 'is oorlog ook toelaatbaar uit raison. Alleen, als het zover komt, hoop ik maar dat wij niet vervallen in de blinde meegaandheid van onze vaders, maar vastberaden de oude limesgrens weer invoeren. Het Zuiden kan er nog mee door, het Westen ook, kortom: alle gebieden waar de Romeinen cultuur hebben geïntroduceerd. Maar het Noorden, inclusief jullie ambitieuze hoofdstad, zou ik aan de Russen geven.'

Klaus wees die politiek af.

'Zijn jullie niet uit het Zuiden, monsieur le docteur, en ook madame? Jullie zien eruit alsof jullie in Marseille geboren zijn.'

'Wij zijn uit het Zuiden, Raymond, uit een streek die inderdaad warmer is dan de koude Alpengrens, waar we ter wereld zijn gekomen. Onze oerheimat is de Middellandse Zee, we zijn niet alleen Duitsers, maar ook Joden.'

De jongeman keek knipperend naar de zon.

'Dat heb ik meteen aangevoeld,' zei hij tevreden, 'dat jullie door geschiedenis en traditie meer met het lot van andere volkeren zijn vervlochten dan die Pruisen van bij jullie. Jullie weten meer over de wereld, hoewel wij allen het jullie niet gemakkelijk hebben gemaakt.'

'En toch zijn wij Duitsers, Raymond, door taal, gewoonten, cultuur, maar vooral door liefde met onze natie verbonden. Wij stammen af van beide wortels en zouden daar dankbaar voor moeten zijn. Ken je het verhaal van de kleine Feirefiz? Wel, hij was de halfbroer van Parsifal, zoon van dezelfde vader en van een zwarte moeder. Tenminste, zo staat het bij Wolfram von Eschenbach, hoe het met de Franse bronnen zit weet ik niet.'

'In ieder geval hebben jullie die van ons gepikt, net als onze gotiek,' mompelde Raymond binnensmonds.

'Overgenomen, m'n beste, niet gepikt. Omgevormd tot iets nieuws, en dat is tenslotte toch de diepste roeping van elke cultuur, de eigenlijke, vruchtbare en levendige vervulling ervan. Maar terug naar mijn kleine halfbloed Feirefiz, die later overigens, alle rassentheorieën ten spijt, een grote en schitterende held werd, zij het natuurlijk niet helemaal zo groot en schitterend als zijn witte broer. Maar dat zou niet hebben gestrookt met de toenmalige kijk op de dingen. Het is nu eenmaal zo dat de zuiveren, de onvermengden beter geschikt zijn als ridder en krijger, als mannen van de daad. Feirefiz dus, de donkerhuidige, kwam gevlekt ter wereld. En omdat iedereen in zijn omgeving van hem hield, kwam niemand op het idee dat dat een gebrek of zelfs maar lelijk was; als zijn zwarte moeder hem echter in haar armen wiegde, gebeurde het dat ze huilend, overspoeld door verlangen naar haar witte echtgenoot, zijn lichte vlekken kuste. Zie je, Raymond, wij zijn zwart *en* wit, Duits *en* Joods, dat is onze zegen; onze vloek echter, lijkt me, is dat we geen moeder hebben die ons anders-zijn heeft liefgehad en gerespecteerd.'

Raymond stak zijn hand over de tafel heen naar Klaus uit. Vervolgens wilde hij met een plotselinge onrust op zijn nerveuze gezicht dat ze opbraken, omdat hij bang was het goede uur van de zieke tante onbenut te laten verstrijken.

Onderweg vertelde hij dat tante Paulette Brion heette en afkomstig was uit de Elzas – niet aantoonbaar verwant met Goethes Friederike Brion, hoewel dat natuurlijk wel goed mogelijk was.

'In ieder geval is ze een Française *pur sang*,' zei hij heftig, alsof hij de enig ware lof uitsprak.

Mademoiselle Brion woonde op de heuvel, in een terracottahuis dat door straat en tuin van de oever gescheiden was, zodat je vanaf de huisdeur het water niet kon zien. Des te verrassender was het uitzicht vanaf het terras op de eerste verdieping.

Tussen de zilverkleurige olijftakken door kon je de zee zien, het zijig gespannen wateroppervlak, dat donkerblauw en licht gerimpeld een verlangen naar verre landen wekt en nieuwsgierigheid naar wat zich achter de lonkende einder verbergt. Beneden in de diepte links lag de haven, kleine boten met bruine en grijze zeilen, en op de kade hingen in lange rijen de visnetten te drogen.

Hier, in een rolstoel, in de beschutting van een rood-wit gestreepte parasol, zat tante Paulette met naïeve, enthousiaste kinderogen naar het vertrouwde, geliefde uitzicht te kijken. Met haar tere, broze slankheid en met de strenge onthechtheid van het door pijn getekende gezicht, waarin de mond desondanks tot een opgewekte glimlach was opgekruld, deed ze denken aan een gotische madonna; grijze, zachte lokken vielen op haar hemelsblauwe jurk en op de witte wollen sjaal die om haar schouders lag.

Raymond pakte haar hand vast, die werkeloos in haar schoot lag en omsloot hem behoedzaam, zonder hem op te tillen; Monika begreep dat Paulette Brion verlamd was en niets kon bewegen behalve haar smalle hoofd, dat als een bloemkelk op de steel van dit arme, fragiele lichaam zat.

Ze begroette haar bezoekers met een stortvloed van blije woorden: dat het zo aardig, zo goed was van hen dat ze haar op haar ziekbed opzochten en dat ze überhaupt alleen maar dankbaar kon zijn voor de vriendschap die ze Raymond betoonden.

Monika, zelf gekweld door verlegenheid, hoorde de jongeman achter haar scherp zijn keel schrapen, draaide zich om en zag dat zijn gezicht bleek en van woede vertrokken was.

De zieke vrouw sloeg geen acht op zijn ontzetting (hoewel ze had moeten weten hoezeer hij het haatte dat er over hem werd gepraat), maar het kon ook goed zijn dat ze veel te opgewonden was om ook maar iets waar te nemen.

Klaus was naast haar op een krukje gaan zitten, en weldra had ze alleen nog maar oog voor hem – God mocht weten hoe hij het met zijn aangenaam diepe stem voor elkaar kreeg dat zelfs dit deerniswekkende menselijke wrak zijn aandacht ervoer als een huldeblijk aan de vrouw.

Tovenaar, dacht Monika, en ze werd zo door tederheid overspoeld dat ze maar amper de impuls kon onderdrukken op hem af te stappen en hem te omhelzen.

Paulette praatte onophoudelijk, ze kon immers slechts al pratend haar hele levenshonger stillen; ze vertelde anekdotes uit haar dagelijkse leven, dat ze uitvergrootte tot de wereld.

Wat ze niet allemaal beleefde hier op haar terras! Elk uur veranderde de zee van gezicht, het was in al die jaren dat ze hier zat niet één dag hetzelfde geweest, en ze beschreef met hartstochtelijke woorden het opkomen, stralen en ondergaan van de zonnegod.

Maar reeds is hij naar verre volken,
Die hem nog eren, van hier heengegaan.

Ja, Paulette Brion citeerde Hölderlin, in het Duits (was ze in Straatsburg naar school gegaan of in Sesenheim, zoals Goethes Friederike?), alleen de h van heengegaan slikte ze in, waardoor het woord nog veel treuriger en smachtender klonk.

'Is het hier niet prachtig?' zei ze dweperig. 'Mijn god, wat is het leven heerlijk!'

Ze zei dat volkomen zonder pose of sentimentaliteit, ze meende het echt.

'Soms hebben mensen medelijden met mij omdat ik ziek ben; dat is toch dwaas, vindt u ook niet?'

Klaus knikte ernstig. Het was inderdaad goed mogelijk dat het weinig zin had om zich zorgen te maken over deze stralende kinderogen. Monika intussen keek steels naar Raymond, die met gekruiste armen tegen de muur geleund stond en zijn ogen met de meisjesachtig lange wimpers neersloeg, alsof hij iets zag wat hem stoorde.

'Eigenlijk maak ik het uitstekend,' vervolgde Paulette, 'veel beter in ieder geval dan de meeste stakkers die de godganse dag gebukt gaan onder werk en narigheden. Ik mag hier zitten, met mijn handen in mijn schoot, en iedereen probeert lief voor mij te zijn. De eerste ochtendbezoeker al, de melkman, zet zijn vriendelijkste gezicht op en maakt met mij een praatje, terwijl hij bij de buren zijn flessen zonder een woord voor de deur neerzet. Gisteren was hij flink dronken, omdat zijn zwager, de schoenmaker van Cassis, hem een vaatje zelfgemaakte wijn had gestuurd. Zo flink Provençaals dronken, zo uitgelaten en vrolijk dat hij ten slotte uit pure overmoed een paar ruiten in zijn eigen huis had ingeslagen. Hij kreeg het natuurlijk aan de stok met zijn vrouw en het kostte hem die nacht behoorlijk wat moeite om het weer goed te maken met haar. Ja, ziet u, dat zijn zo de grote gebeurtenissen bij ons, en iedereen komt ermee naar mij toe en vertelt me over zijn zorgen en zijn genoegens. Vroeger, toen ik nog maar pas hier was, kon ik die bonte stoet nog tekenen: de leraar, de bakker, de kleermaker en soms *monsieur le maire* in hoogsteigen persoon. Ik ben namelijk van huis uit schilderes, moet u weten. Op een dag ging dat niet meer, nu ja, een groot kunstenares is er aan mij niet verloren gegaan. Aanvankelijk viel het me zwaar, dat nietsdoen, maar toen kwamen de kinderen. Het begon met een paar grotere kinderen, die door hun ouders in zondagse kleren naar mij werden gebracht. Verlegen en stil zaten ze hier dan, met hun stijve, in suikerwater gedraaide krullen. Bij het afscheid fluisterde ik ze toe dat ze snel moesten terugkomen, en dat deden ze ook, rood en verhit kwamen ze na school naar hierboven, ongewassen en ongekamd, maar ze merkten meteen dat ze goed met mij konden praten. En dus brachten ze de keer daarop vrienden en vriendinnen mee, kleine broers en zussen ook, en weldra waren ze allemaal vaste bezoekers bij me geworden. Ik moest hun sprookjes en Bijbelse verhalen vertellen, over verre landen en vreemde gebruiken; ze vroegen: Tante Paulette, waarom is de zee blauw en waarom regent het en waar komen de kinderen vandaan en waarom snurkt mijn vader als hij slaapt? Ik kon mijn handen toen nog een klein beetje bewegen, kon een versje voor ze opschrijven of een kleine tekening maken. Maar toen ik alsmaar zwakker werd – vroeger werd de ziekte van jaar tot jaar erger, de laatste tijd van maand tot maand –, mocht ik van de dokter geen kinderen meer ontvangen. Nu lopen ze alleen maar beneden op straat langs, werpen me kushandjes toe en sturen me bloemen, waarvan ze weten dat ik ze mooi vind. Ze gaan ver achter Toulon de bergen in, daar groeit een geneeskrachtig kruid waarvan ze mandenvol voor me plukken, genoeg voor een heel ziekenhuis. Ze weten niet dat geen enkel kruid mij kan redden, alleen de goede God kan dat. En dat heeft hij ook gedaan, in zijn grote goedheid, want toen de kinderen niet meer mochten komen, heeft hij Raymond naar me toe gestuurd.'

'Paulette, schei uit met over die verschrikkelijke oude man met z'n witte baard te praten, schei er eindelijk mee uit!'

Raymond stampte met z'n voet op de grond, hij schreeuwde die woorden beheerst en tegelijk woedend.

De zieke vrouw zweeg geschrokken, haar mond trok en uit haar ogen begonnen tranen te stromen.

Zonder iets te zeggen kwam de jongeman dichterbij en depte met zijn zakdoek haar gezicht droog. Dat was niet zo gemakkelijk, want er wilde maar geen einde komen aan het huilen, dat met hevige snikken diep uit haar borst opsteeg. Om het haar gemakkelijker te maken, ging hij op één knie naast haar zitten, droogde met tedere zorgzaamheid haar tranen en maakte haar neus schoon. Vervolgens drukte hij snel en licht zijn lippen op haar voorhoofd en ging geluidloos weg.

'Mijn god, wat ben ik toch onhandig, wat ben ik toch zó onhandig!' riep Paulette nog luid de neus ophalend, 'ik mag in zijn bijzijn niet over godsdienst praten. Kunt u zich voorstellen dat zo'n lieve jongen niet in de goede God gelooft?'

Die vraag was alleen aan Klaus gericht. Die bloosde en legde zijn hand geruststellend op Paulettes arm: 'Het krenkt hem als u hem en de goede God samen vermeldt, mevrouw Brion. Onze vriend Raymond ziet zichzelf niet als door God gezonden, wellicht deelt hij zijn leven met dat van u gewoon omdat zijn hart hem dat ingeeft.'

Monika bewonderde het gemak waarmee Klaus die naïeve toon wist te treffen. Vol nieuwsgierigheid boog ze zich voorover en vroeg: 'Kent u Raymond dan niet al sinds jaar en dag? Is hij dan niet uw neef?'

'God beware! Nee, ik ken hem nog geen jaar. Het was in september, toen ik naar Parijs ging, naar een arts over wie wonderen werden verteld, die allemaal klonken alsof hij blinden kon doen zien en lammen kon doen lopen. Nu ja, ook wie er zo aan toe is als ik blijft hopen, en ik riskeerde de reis, die in ieder opzicht voor mij een te grote onderneming was. Mijn huismeid bracht me en reisde vervolgens door naar haar oude moeder, die ze al jaren niet meer had gezien. Ik woonde in een klein pension, een behoorlijk vuil en donker onderkomen, maar het was goedkoop, en de mensen daar hadden zich bereid verklaard om voor mij te zorgen. Het bedrag dat ik van verre verwanten ontvang is klein, en eigenlijk was alles, de arts, de verpleger die me elke dag afhaalde en weer terugbracht, veel te duur; ik moest op alles besparen. De maaltijden werden gemeenschappelijk genuttigd, er woonden daar zes of zeven mensen, een oude naaister, een gepensioneerde postbeambte, een zwaar verwaarloosde Russische emigrant die er met de beste wil van de wereld niet in slaagde om ons te doen geloven dat hij een prins was, nog een paar anderen die er ook niet erg voornaam uitzagen, en Raymond. Hij was als een prins onder bedelaars, hoewel hij vast nog minder bezat dan de anderen. Zijn vader, met wie hij kort tevoren had gebroken, gaf hem niets, en met de oom die hem nu van tijd tot tijd geld stuurt, had hij toen nog geen contact opgenomen. Hij leefde van een paar bijlessen en wat schrijfopdrachten die hij nu en dan kreeg. Als hij kwam eten, was hij steevast om door een ringetje te halen. Hij kwam stil en beleefd de eetkamer binnen, groette welgemanierd, tijdens de maaltijd las hij, en zodra die voorbij was stond hij geruisloos op en ging met een lichte hoofdknik weer weg. Tot de dag dat we elkaar leerden kennen, sprak hij geen woord.

Aan tafel zat ik tussen de naaister en de postbeambte, we babbelden over de kleine gebeurtenissen van de dag; de oude vrijster vertelde over de films die ze bijna dagelijks zag; op een keer was ze in plaats van naar de bioscoop naar het Louvre gegaan en daarop kon ze zich maar niet genoeg beroemen. Dat deed een beetje pijn, ze sprak zo oppervlakkig en ijdel over al die schoonheid die ik als kind een paar keer had aanschouwd en waarvan ik soms droomde dat ik er opnieuw naar stond te kijken, wat in werkelijkheid natuurlijk uitgesloten was. Ik moet iets in die trant hebben laten vallen, want opeens keek Raymond op uit zijn boek en vroeg mij waarom dat onmogelijk was. Dat was zo tactloos dat het me erg raakte, en ik antwoordde fel dat hij toch zelf wel kon zien hoe immobiel ik was en dat ik iemand nodig had om me de hoge trappen op te dragen, mij en mijn rolstoel, waarin ik boven aangekomen van zaal naar zaal moest worden geduwd. Hij antwoordde bedaard, alsof het de normaalste zaak ter wereld was, dat hij dat met plezier zou doen. Ik nam het niet au sérieux en antwoordde dat dat wel een fraai stel zou zijn, de voorname, knappe jongeman en zo'n oude, kreupele vogelverschrikker. Maar hij hield voet bij stuk en dus trokken we er de volgende ochtend opuit; hij duwde me in mijn rolstoel de lange weg erheen, droeg me de trappen op – zo zacht en goed als niemand me ooit tevoren had gedragen –, zette me boven neer op een bank, sleurde de zware rolstoel omhoog, het gestaar van de mensen stoorde hem niet, het ongehoorde van de situatie kon hem niets schelen. Ik kan mijn geluk niet beschrijven, ik was in een roes, dacht af en toe: gelukkig kan ik me niet bewegen, want anders zou ik van pure vreugde gaan dansen en springen. Raymond had op de meeste dingen die mij bevielen wat aan te merken, maar na een poos zei hij lachend dat ik daarom niet zo'n ongelukkig gezicht hoefde te trekken, want zoveel wist hij ook weer niet van kunst en bovendien zou hij nu zijn mond houden om mijn dag niet te verpesten.

We herhaalden het uitstapje nog twee keer en toen moest ik aan terugkeren denken. De arts had me niet geholpen, integendeel zelfs, ik was uitgeput van de onderzoeken en verlangde terug naar mijn terras. Kort voor mijn vertrek schreef mijn meid die al jaren voor me zorgde dat ze haar oude moeder niet meer alleen kon laten. Daar zat ik dan. Ik moest op zoek naar een nieuwe huismeid. Raymond, aan wie ik 's middags had gevraagd om een annonce te plaatsen, kwam 's avonds naar me toe om te zeggen dat hij had nagedacht en dat het beter was dat hij zelf meekwam en bij mij bleef tot ik een vervanging voor mijn meid had gevonden. Opnieuw sloeg ik zijn aanbod af, hij deed alsof hij gekrenkt was omdat ik zijn medische vaardigheden in twijfel trok en overtuigde me uiteindelijk.

Dat is nu zeven maanden geleden, we zijn helemaal nooit naar een vervanging op zoek gegaan, natuurlijk komt er dagelijks een schoonmaakster die ook voor me zorgt zolang ze er is; maar de eigenlijke verzorging heeft Raymond op zich genomen, hij geeft me te eten, wast me, verricht de laagste diensten, want u moet weten dat ik voor alles iemand nodig heb, voor alles, en dan zegt die domme jongen dat het niet de lieve God is die hem naar mij toe heeft gestuurd.'

Paulette was steeds opgewondener gaan praten; en omdat ze alle gebaren die haar levendige geest wilde uitvoeren alleen maar in haar gezicht kon leggen, vertrok ze het in dweperige verrukking. Het leek wel of ze grimassen maakte. Toen ze haar verhaal had gedaan, liet ze haar hoofd vermoeid zakken, ze deed haar ogen dicht en leek ook geen druppel bloed meer onder haar bleke huid te hebben. Maar toen ze een zwak gejammer uitstootte, waarbij ze met gestulpte lippen naar lucht of water zocht – wie kon het weten? –, sprong Monika overeind om Raymond te zoeken. Gelukkig botste ze bij de deur op de schoonmaakster en ze stuurde haar naar Paulette toe, zodat Klaus niet langer alleen bij de zieke hoefde te blijven. Zelf liep ze de trap af en ging, omdat ze in de tuin een geluid hoorde, door de achterdeur naar buiten.

Op de drempel verstijfde ze. Raymond was met een kleine, kennelijk nog tamelijk jonge zwarte kat aan het spelen, nee, hij speelde er niet mee, hij kwelde het dier, dat bang schreeuwde en blies, hij trok het bij zijn staart omhoog, gooide het als een bal hoog in de lucht, zwierde het aan zijn achterpoten heen en weer, dat alles met een gezichtsuitdrukking van volmaakte en tevreden ingetogenheid. Af en toe lachte hij gelukzalig.

Zodra hij Monika zacht hoorde roepen, liet hij het dier los, dat als de bliksem de eerste de beste boom in schoot, en draaide hij zich, alsof hij ontwaakte uit een diepe droom, naar haar toe. Toen hij hoorde dat Paulette onwel was, rende hij de trap op, en vlijde samen met de schoonmaakster de onbeweeglijke gestalte neer op een bank. Na een poos nam hij bedroefd het hoofd schuddend Klaus en Monika mee naar buiten: het was dan toch te veel geweest, hij had het kunnen weten en had ook alleen maar ingestemd omdat Paulette zo naar het bezoek had uitgekeken. Maar nu was het uit met dat soort experimenten, zolang hij het voor het zeggen had kwam er geen vreemde meer over de vloer.

‘Het is nog maar een kwestie van weken, mogelijk zelfs maar van dagen, de dokter heeft al een hele tijd geleden de hoop opgegeven.’

‘Hopelijk zijn jullie niet boos op mij,’ vervolgde hij. ‘Daarstraks aan de haven zagen jullie er zo gelukkig en tevreden uit, alsof het vandaag een feestdag was voor jullie, en nu heb ik met deze sombere indrukken misschien een feest bedorven.’

‘Nee, integendeel,’ zei Klaus, ‘we zijn je alleen maar dankbaar voor deze aangrijpende kennismaking. Zulke dapperheid is zo zeldzaam dat het haast een wonder is.’

Ze waren intussen bij de tuinpoort, Raymond stond erop nog een paar vroege rozen voor Monika te snijden. Terwijl hij zich naar de bloemen toe boog, zei hij snel: 'Tante Paulette heeft vast over mij verteld, ze kan het niet laten, en jullie hebben zelf kunnen zien wat voor nare gevolgen het heeft als je het haar verbiedt. Ze ziet in mij meestal een rechtstreekse opvolger van de heilige Franciscus. Dat ben ik niet, allerminst, maar als jullie mij vragen waarom ik hier ben, kan ik alleen maar zeggen: ik weet het niet en ik denk er ook niet over na. Er zijn van die momenten in je leven dat je gewoon in het koude water moet springen, met je hoofd vooruit, dan heeft het hart weer even rust.'

Hij kwam overeind en drukte Monika een kleine bos gele, halfgesloten rozen in de hand.

'Wat jullie vandaag ook vieren: ik wens jullie toe dat al jullie verwachtingen in vervulling gaan,' zei hij waardig en hartelijk, waarna hij in de deuropening verdween.

Het was niet in hen opgekomen om deze dag te vieren, maar nu beviel de gedachte hun, en ze lieten, zodra ze de gelagzaal na de aangenaam uitgebreide en toch lichte maaltijd hadden verlaten, buiten een fles zwartebessenlikeur serveren, en terwijl het laatste licht op het water langzaam doofde en zich steeds verder terugtrok en de witte maansikkel geleidelijk aan begon op te lichten, toostten ze met het stroperige drankje, dat naar aarde en snoepgoed smaakte, op hun toekomst.

Langs hun tafeltje, dat door twee laurierbomen van de straat gescheiden was, flaneerden mensen, plaatselijke bewoners in donkere, zware stoffen en licht en kleurrijk uitgedoste vreemdelingen, maar het donker slokte langzamerhand de kleuren op, het werd stiller en leger, hier en daar klonk in het donker een lach, een vrolijke, heldere kreet, en ergens zong een schorre jonge stem een matrozenlied. Monika had allang haar jas over haar schouders gelegd, tussen hun glazen brandde een windlicht, en de kaars wierp een zwak gelig schijnsel op hun gezicht.

Ze waren gelukkig op dat moment, maar ingetogen en stil, zoals het in hun aard lag.

Klaus hief nog eens het glas: 'Op de liefde,' zei hij, 'die de dood overleeft, op de mystieke, dweperige liefde.'

Monika dronk hem toe: 'Op de rechtvaardigheid, Klaus, en op het medelijden.'

Glimlachend keken ze elkaar in de ogen, want ze hadden de rollen omgewisseld en de toost uitgebracht die de ander het meest na aan het hart lag.

Klaus vond het nog niet genoeg: 'Op de moed.'

Monika omklemde haar glas en liet het op de tafel staan.

'Ik ben niet moedig,' zei ze zacht, 'ik wil niet moedig zijn. Of toch niet zoals jij het bedoelt. Want voor jou is moed niet de dapperheid waarmee een soldaat zich in de kogelregen gooit en ook niet de durf die je nodig hebt om een rotswand te beklimmen.'

'Nee, Monika, daar heb ik hooguit bewonderend respect voor, maar daar hef ik het glas niet op.'

'Wat jij bedoelt is de moed die een verlies, een zinloos zwaar lot kan dragen; moed zoals die waar de madonna met de grijze haren blijk van geeft of ook jouw Bud, die opgewekt op zijn ene been door het leven hinkt. Daar pak je me niet mee. Als ik iets verlies, dan wil ik sterven, maar niet moedig zijn.'

Hij keek haar droevig aan en dronk zijn glas in één teug leeg.

'Iets in die aard heb je mij al eens eerder gezegd, toen je zestien was.'

'Ik ben niet van mening veranderd.'

'Onze vriend Raymond zou grote ogen opzetten als hij je zou horen. Want zijn twee deugden zouden er slecht aan toe zijn zonder de moed die die draagt.'

Ze antwoordde niet. Klaus strekte zijn lange benen uit en stak de pijp aan die hij onlangs had aangeschaft.

'Ja,' zei hij toen, 'iedereen moet doen wat hij voor zichzelf kan verantwoorden. Zelf vind ik moed een goeie en mooie zaak. Maar toch is het misschien ook tijd om me niet alleen met de morele maar ook met de fysieke kant van de zaak bezig te houden, met datgene wat jij durf noemt en op riskante bergwandelingen al vaak hebt bewezen en wat ik vanuit het diepst van mijn hart zo vreemd en verdacht vind dat ik er geen toost op wil uitbrengen. Door Raymonds woorden, waaruit zo'n negatieve en verkeerde mening over de Duitsers sprak, heb ik het plan opgevat om eraan bij te dragen dat dat vertekende beeld niet op een dag rauwe werkelijkheid wordt, en dus heb ik besloten, of toch zo goed als besloten, om mij aan te melden bij een van die militaire eenheden die zich ten doel hebben gesteld het steeds sterker wordende nationaalsocialisme te bestrijden.'

'Je bent gewoon gek, Klaus. Ongeschikter voor de strijd dan jij bestaat niet.'

Hij incasseerde die woorden zonder haar tegen te spreken.

'Maar eigenlijk zou een mens het toch moeten doen,' zei hij na een stilte.

Met die beperking, met die 'eigenlijk', die aangaf hoezeer hij zelf aarzelde en hoe weinig zin hij erin had, had hij zich aan haar overgeleverd.

'Stel het je eens in de praktijk voor,' zei ze fel. 'Je zou op de monteur moeten schieten die je auto repareert, op de loopjongen van de fabriek, op de bewonderde skileraar, op je vroegere medestudenten. Op al die Duitse jongens met wie je dag in, dag uit samen bent en die je qua temperament en levenswijze meer mag dan de jongens van om het even welk ander volk; je zou op ze moeten schieten en ze moeten zien sterven. Jij, die niets wilt weten van bloed, ziekte en dood.'

'Gelukkig genoeg zouden een paar jongens die je daar opsomt wel aan mijn zijde vechten. En de anderen, Monika, die Duitse jongens over wie je het hebt, die zouden niet aarzelen om mij als Jood dood te slaan als ze op een dag aan de macht kwamen.'

'Maar ze komen niet aan de macht, dat zijn toch hersenspinsels.'

'Zelfs als op dit eigenste moment een paar miljoen burgervrouwen hun man zo zouden toespreken, zou dat nog niet veel opleveren. De radicalen zullen zich er nauwelijks door hun meisjes van laten afbrengen om te gaan vechten.'

Ze was pisnijdig dat Klaus uitgerekend op deze avond die duistere geesten opriep, en omdat ze een slecht geweten had, maakte ze zich ook wijs dat ze niet geloofde dat er gevaar dreigde. Men schreef het jaar 1930, het aantal werklozen steeg, met de economie ging het bergafwaarts, maar op politiek vlak had Duitsland mooie successen geboekt, en hoezeer Monika's hele generatie zich er ook op liet voorstaan dat ze de vadsige, zelfvoldane zekerheid van de vaders, die zoals bekend uiteindelijk tot een catastrofe had geleid, had afgeworpen, toch kwam het niet in haar op dat onzekerheid zich ooit in iets anders zou kunnen manifesteren dan in het hebben van wat minder centen en het vaker moeten veranderen van beroep. Een revolutie van links, goed, dat was mogelijk, daar hoopte men tenslotte zelf op, hoewel men niet genoeg elan bezat om ervoor te vechten, maar de krachten die zich ter rechterzijde roerden, ach, daar glimlachte men ironisch om, men wilde niet zien hoe sterk ze waren.

Klaus was verzoeningsgezind en schonk het laatste restje uit.

'Op onze toren,' zei hij, 'daar kun je toch met me op klinken, nietwaar? Op dat wij hier ooit in vrede zullen leven, samen met een hond, een kat en veel bloemen.'

Dat was een goede afsluiter en ze hief dankbaar het glas.

De volgende ochtend verlieten ze de kuststreek en reisden samen naar Lyon; vanaf daar reisde Klaus door naar Parijs, terwijl Monika naar huis, naar haar ouders terugkeerde.

Vier weken later zagen ze elkaar terug op het landhuis van de Mertons en werden ze in de echt verbonden door dezelfde burgemeester die ook al van Monika's geboorte opgave had gedaan in het register van de burgerlijke stand.

IV

1

Redelijk snel al had Monika het gevoel dat hun poging om als echtpaar te leven niet wilde lukken. Maar omdat ze dat niet onder ogen wilde zien, gaf ze het voor zichzelf niet toe, en evenmin tegenover iemand anders.

Ze behoorden tot een generatie die een buitengewoon talent had voor vriendschap, maar die in feite niet begaafd was voor het huwelijk en er ook niet bereid toe was. Ze beschikte namelijk niet over de blijmoedige en gelaten tolerantie, over de onverstoorbare gerechtigheid waarbij geven en nemen in een steeds hernieuwde, zelfgekozen wisselwerking staan. Om gelukkig getrouwd te zijn heb je een rijpheid nodig die de gebondenheid weet om te vormen tot de diepste vrijheid, en een bewuste levenswijze, die van de huwelijksband voor de medemensen een aantrekkelijk kunstwerk maakt, en voor de twee mensen die die band zijn aangegaan een eeuwige bron van leven.

Van dat alles was hier niets te bespeuren. Ze hadden zich gevoegd in een vorm die voor hen geen betekenis had en waar ze vaak de draak mee staken; ze liepen doelloos over platgetreden paden, plaatsten zich in een uit het diepst van hun hart verachte en nooit begrepen traditie, stelden zinloze eisen, lieten halfslachtigheid toe en hadden geen zin om ter wille van hun samenleven wat dan ook op te geven.

Ze begingen de ene vergissing na de andere en wisten niet wat hun overkwam, toen al na een paar maanden de toestand ondraaglijk bleek.

Klaus had voorgesteld om in een pension twee kamers te huren, terwijl Monika absoluut een eigen woning wilde. Als compromis hadden ze een gemeubileerde flat genomen en daarmee een oplossing gevonden die alle nadelen in zich verenigde. Hun nieuwe plek werd geen thuis, want hoeveel eigen spullen ze ook opstapelden in de kamers, nooit voelde de inrichting echt vertrouwd aan, en achter de meubels waarde de schrikaanjagende spookgestalte van de opdringerig geschminkte dame van wie ze het appartement voor een smak geld huurden.

Ze moesten zoveel neertellen dat ze zich geen huismeid konden veroorloven, en hoewel een norse vrouw een paar keer per week het grofste vuil verwijderde, kwamen het koken en de vele huishoudelijke taken toch alleen op Monika's schouders terecht. Ze deed het slecht en onzeker en beslist niet met de kwaadwilligheid die Klaus argwanend veronderstelde; ze had tot haar verdriet gewoon geen ervaring met potten en pannen, met stoffer en blik. Als bezwarende factor kwam daarbovenop haar merkwaardig uitgesproken hang naar wanorde, een slordigheid waar zij alleen haar weg in vond. Klaus, ordelijk van aard en verzot op mooie, verzorgde voorwerpen, was door Beatrix verwend geweest. Bij zijn moeder liep alles op rolletjes, zonder zichtbare inspanning heersten in haar omgeving netheid en elegantie. Natuurlijk was hij niet zodanig verblind dat hij van Monika de deugden van Beatrix eiste; ze had er andere, die hij waardeerde en beminde toen hij zich aan haar bond. Toch werkten haar slordigheid en nonchalance hem op de zenuwen.

Ze was van plan geweest om de draad van haar studie weer op te pakken, maar toen ze voor het eerst sinds de dag dat Hans Hauser naast haar was neergeschoten het gebouw weer betrad, gebeurde het dat ze tussen de zuilen van de ingang de schriele jockeygestalte van Fischer zag, die onverschillig en kil langs haar heen keek en zonder aarzelen, als was het de normaalste zaak van de wereld dat hij zich hier ophield, met strakke, militaire tred naar buiten liep. In de voortuin bleef hij staan, stak een sigaret op, tikte vergenoegd met een onzichtbare karwats tegen zijn laarzen en verdween snel in de drukte op straat. Wat had hij hier te zoeken, terwijl de blonde Hans al lang in zijn donkere graf tot stof was vergaan en in haar herinnering tot een vriendelijke schim was verbleekt, aan wie ze met sympathie terugdacht omdat hij zo vurig voor een betere en rechtvaardigere wereld was opgekomen? Zelf was ze er toen nog goed van afgekomen met dat schot in haar arm, dat waarschijnlijk niet eens voor haar bestemd was geweest, en met het lichtgekleurde litteken dat nog slechts nu en dan trok en pijnlijk was. Niet genoeg, lang niet genoeg, zou Hans Hauser zeggen, als hij zijn eerlijke, integere mening nog zou kunnen geven, want ze had tenslotte uit haar eigen wond net zo weinig conclusies getrokken als vroeger uit zijn enthousiaste overtuiging. En na haar naïeve en kinderachtige poging om Fischer als de moordenaar te ontmaskeren, wat natuurlijk op een complete mislukking moest uitlopen aangezien ze geen enkele samenhang tussen hem en de nooit teruggevonden daders kon aantonen (waarbij ze nog tijdens het verhoor zijn ironische uitspraak had moeten incasseren dat het niet zo verwonderlijk was dat een gewond meisje uit die kringen naast het lijk van haar vriend overstuur raakte en hysterische kletspraat begon uit te slaan), was ze over de sinistere gebeurtenis heen gestapt en tot de orde van de dag overgegaan.

Niet dat ze niet merkte hoe het in de wereld en meer bepaald in dit moeizame en toch zo beminde Duitsland toeging, ze beschikte tenslotte nog over haar vijf zintuigen en haar door de meeste mensen gewaardeerde verstand. Ze doorzag het stuk dat daar op het podium werd gespeeld, maar bleef toch maar in haar comfortabele theaterstoel hangen en volgde zonder protest dat de tragedie werd voltrokken. Ze geloofde immers in alle ernst niet dat ze ooit zelf op het podium zou worden geroepen. Lyrisch kamertoneel, daar had ze talent voor, dat oefende ze elke dag opnieuw, maar de grote wereldtragedie bekeek ze liever vanaf een afstand met de smaak en de blik van de kenner.

En zo was van een moment waarop het lot met twee luide revolverschoten zijn stem had verheven, niets anders overgebleven dan een steeds weer verteld verhaal, dat zich zozeer tot de handeling beperkte dat de achtergronden verdwenen.

Bevend keek Monika de lenige demon na, en met slappe knieën verliet ze het gebouw, waar de geesten ongestoord hun gang gingen.

Met een slecht geweten en ook om een onvergeeflijk verzuim goed te maken, reed ze naar Lilo en zat een uur vol pijnlijke stiltes lang tegenover de blonde vrouw, in wier gezicht een harde trek haar ooit zo mooie en aanlokkelijke boerenmeisjesmond ontsierde.

Waarom maakt ze er geen eind aan? dacht Monika wreed, ze was toch gek op hem, wat moet ze hier nu nog zonder hem? Ze is toch nog maar een helft, een hoopje scherven dat gebrekkig weer aan elkaar is gelijmd, je ziet zo hoe verkeerd en onelastisch de naden zitten. Weduweverbranding is eigenlijk een heel verstandig gebruik. Onbegrijpelijk hoe ze zo verder kan leven.

En terwijl Lilo slepend over een of ander ziek kindje vertelde, zei Monika bij zichzelf het rijmpje uit het sprookje op:

Geen pop, maar zie
't product van fantasie

Toen ze afscheid had genomen van Lilo, wist ze dat ze haar en ook de universiteit nooit meer terug zou zien.

Gekweld door haar inwendige demon gaf ze zich over aan haar twee slechte gewoonten waartegen ze geen verweer had: ze snoepte en liep lukraak van de ene bioscoop naar de andere. Alleen als ze in het donker zat, met haar zakken vol goedkope zoete lekkernijen, kleurrijke snoepjes van suiker en kokosnoot, gekaramelliseerde amandelen en met een plakkerige crème gevulde chocoladebonbons, die ze haast ononderbroken in haar mond stopte, een beetje misselijk en ook gekweld door gewetensbezwaren van sportieve en esthetische aard – want ze werd er dik van –, alleen als ze daar zo zat en zich met de sentimentaliteit van een dienstmeisje in slaap liet sussen door de levens van de filmhelden, kon ze haar eigen ellendige heden vergeten.

Natuurlijk had ze Klaus ondanks alles uitgebreid over de geweldige films kunnen vertellen, maar ze deed het niet, ze zweeg verbeten over haar eigen leven en drong er ongeduldig bij hem op aan om over zijn dag te vertellen. Maar dat wilde hij juist niet, waarom nogmaals de kwelling van de werkuren oproepen, de zinloze en eindeloze besprekingen met Hartmann, het monotone gezwoeg? Monika wilde niets liever dan deelgenoot worden van zijn zorgen, wilde elk woord weten dat hij had gewisseld, op de hoogte zijn van elke onbetekenende zakelijke transactie. Als hij nog genoeg kracht had gehad, zou hij haar misschien hebben gesmeekt: haal mij weg uit de lucht waarin ik stik, schenk mij in ons gemeenschappelijke leven een andere wereld. Wellicht was een deel van zijn schuld dat hij niet in staat was ook maar iets te vragen; Monika van haar kant leek ieder gevoel voor zijn verlangens kwijt te zijn. Ze verloor haar blik, haar scherpzinnige aard en verruilde die voor een andere, die bedroevend slecht bij haar paste. Klunzig, zonder frisheid en zorgzaamheid speelde ze de rol van de kleine burgervrouw, en Klaus zag vol verbazing in dat er iets was gebeurd wat hij nooit had verwacht: ze verveelde hem.

Zwijgend zaten ze tegenover elkaar aan de veel te grote tafel en lazen tijdens het eten de krant, of ze bespraken bedrukt alledaagse problemen, lastige en altijd onaangename geldkwesties, want ook op dat gebied bleek Monika's onbekwaamheid: ze kwam niet rond met het rijkelijk bemeten bedrag uit Klaus' loon en de toelage van haar vader. De ellendige woning was te duur en slorpte meteen al een groot gedeelte van het geld op, en hoewel ze maar een brief naar München hoefde te schrijven om zoveel te krijgen als ze maar wilde, huilde ze bittere tranen over elke ontbrekende mark. Ze huilde veel en onbedaarlijk, gaf Klaus, gaf de hele wereld de schuld, luid en smartelijk als een kind, tot hij er genoeg van had, de kamer uit liep en de deur achter zich dichtsloeg.

Ze droegen een masker tegenover elkaar, de toon die ze aansloegen was artificieel en geaffecteerd. Hun echte taal klonk alleen nog door als ze zich tot de Airedale-terriër richtten, die Klaus op hun huwelijksdag van Monika had gekregen en die hij Streif had gedoopt. Wat Monika in die periode niet wist, was dat Klaus met bonzend hart luisterde naar hoe ze 's avonds voor het slapengaan met de hond praatte, naar haar tedere, echte stem, naar de verstandige, echte Monika-woorden, die ze in de zachte bruine oren fluisterde. Ze hield van het mooie dier alsof het een mens was, haar eigenlijke kameraad in deze moeilijke dagen, en ze gaf haar betoverde prins met de ruige vacht de vele koosnaampjes die ze vroeger aan haar vriend had gegeven.

Af en toe had ze last van astma, een kwaal waar ze het Berlijnse klimaat de schuld van gaf, daarbij vergetend dat ze het vroeger behoorlijk goed had verdragen. Als ze in München uit de trein stapte en het stralende gezicht van haar vader zag, die zijn handen naar haar uitstak en haar van de treeplank tilde om haar sneller in zijn armen te hebben, dan kreeg ze genoeg lucht in haar longen en was alles weer goed. Toch waren het juist die reizen die tot steeds fellere ruzies met Klaus leidden.

Als hij niet in Berlijn kon zijn – en dat gebeurde vaak genoeg, omdat Hartmann hem nog steeds van hot naar her stuurde –, reisde Monika 'naar huis'. Klaus zei dan fronsend dat zijn reis maar een paar dagen duurde, dat ze toch nog maar pas bij haar ouders was geweest en dat hij niet snapte waarom ze haar werk alweer onderbrak; ze moest toch eens aan haar proefschrift denken en mocht ook niet vergeten dat de treinrit geld verslond, geld waarover zij bovendien de hele tijd aan zijn kop zeurde omdat het er niet was. Monika reageerde bars dat de universiteit er niet toe deed en dat ze van haar vader geld kreeg. Hij kon toch niet van haar verlangen dat ze zich hier op haar dooie eentje zat te vervelen, als hij haar inderdaad niet meenam (wat ze eigenlijk van hem eiste, want het was naar 'haar' Parijs en 'haar' Brussel dat hij reisde). Op z'n minst wilde ze die tijd gebruiken om op een plek te zijn waar mensen blij waren om haar aanwezigheid.

Ze moest zich eens inbeelden, probeerde hij haar nog zacht en geduldig te overreden, hoe absurd en krenkend het voor haar zou zijn mocht hij van elke plek waar hij was snel even naar Beatrix in Zürich reizen. Of erger nog, dat zijn moeder, die thuis niets zou missen (Bud zou wel meekomen, die kon immers overal schrijven), hem om de haverklap zou komen opzoeken, wat hem trouwens echt zou plezieren. Maar, zei hij, Beatrix wist zich in te houden, ze was beheerst en had geleerd om op elegante wijze zelfs van begerenswaardige dingen af te zien.

Monika was al aan het huilen, Klaus trilde al van ongeduld, van het ene kwetsende woord kwam het andere, de ruzie barstte los, duurde uren of zelfs dagen en eindigde in een soort verzoening, waarbij Monika beloofde om in de toekomst soberder te worden, wat haar echter niet belette om deze ene keer de reis toch nog te maken.

Er waren in die duistere maanden een paar dagen dat ze erin slaagden om elkaar te tonen dat ze van elkaar hielden. Dan maakten ze een wandeling onder de herfstachtig oplichtende bomen van Sanssouci, gevolgd door een goed en rustig gesprek op het terras van het kasteel, vlak bij het graf van Biche, de hond van Frederik II (wat goed dat Streif op dat moment levend aan hun voeten lag); ze brachten een zondagochtend door in het museum, bij de echte Nefertiti en haar verwanten; ze zagen een revue, die zo vrolijk, geestig en zwierig was dat Klaus tijdens de aansluitende kroegentocht bezield dezelfde flitsende en verleidelijk lichte toon tegenover Monika vond – telkens voelden ze dan hoe dun de muur was die hen scheidde, en toch begonnen ze telkens weer mopperend en zwijgend aan de volgende dag.

Het ergst en gevaarlijkst waren de uitnodigingen bij de Hartmanns, waar Monika meestal zwijgend en apathisch bij zat, zij het dat ze van onbehagen afwisselend rood aanliep of bleek uitsloeg; niemand die haar zo zag kon op het idee komen dat ze een telg was van een gastvrije en open familie; ze maakte een landelijk-provinciale indruk en men voelde zich verplicht om nu en dan minzaam het woord tot haar te richten, wat haar hoogmoed alleen maar aanwakkerde en haar zwijgzaamheid verergerde. Bij haar eerste bezoek had ze een kostbare kristallen schaal gebroken en bovendien de kersencompote op het witte, damasten tafelkleed gemorst; sindsdien noemde Thea, die toen – o toeval – net Dostojevski aan het lezen was, haar alleen nog 'de idiote'. Omdat dat werd rondverteld in de fabriek, kwam het Monika ter ore, wat haar afkeer niet verminderde; bovendien beging ze nu haast bij elke uitnodiging een onhandigheid. Ze gooide het zoutvaatje of een glas om of liet het gebak op de grond vallen, zodat Klaus, die het allemaal half gekweld, half meewarig moest aanzien, zuchtend zei dat het misschien beter was dat ze daar niets meer zou eten en zou doen of ze misselijk was. Zijn kritiek zette Monika er op haar beurt toe aan om juist veel naar binnen te schrokken, zodat mevrouw Hartmann Thea met tamelijk wanhopige blik aanspoorde om toch ook nog een extra portie te nemen.

Monika had het liefst van schaamte door de grond willen zakken, zozeer was ze vervuld van afkeer en wanhoop. Ze trok haar schouders naar voren, liet haar hoofd hangen en zweeg. Wellicht was het daarom dat Hartmann, als enige aan tafel, het woord tot haar richtte, onhandig, onbehouwen maar niet onvriendelijk. Wat een absurditeit! De gehate vijand werd haar bondgenoot en behandelde haar rechtvaardiger dan Klaus. Hij gaf haar nu en dan met zijn grote, verbazend welgevormde hand een klopje op de arm en keek haar met ronde, wit uitpuilende, loensende ogen aan.

Het was misschien tijdens het vijfde of zesde gevreesde dinertje, op een mooie septemberavond, dat Thea op de toon van een examinator vroeg: ‘U kent toch Von Aue, niet?’

‘Mary is mijn vriendin,’ zei Monika zo hoogmoedig dat het net zo goed over de koningin van Engeland had kunnen gaan.

‘Is het waar dat ze op communistische vergaderingen spreekt?’

‘Ja,’ zei Monika beslist.

‘Dat is niet niks voor ons Marieke. Die liaison met Gregor Santen bekomt haar kennelijk uitstekend.’

Thea wendde zich van Monika af en zei tegen Klaus: ‘U geeft zich er toch wel rekenschap van dat omgaan met deze mensen ontoelaatbaar is?’

‘Maar Thea toch,’ sprak mevrouw Hartmann bedeesd en vermanend, ‘je kunt mensen toch niet voorschrijven met wie ze mogen omgaan?’

‘Ik schrijf niets voor, ik wilde er alleen maar wijzen op wat wenselijk is als men tot de betere kringen wenst te worden gerekend. De Mertons zijn tenslotte geen Berlijners en kunnen het uit zichzelf niet weten.’

Alleen maar omwille van Klaus slingerde Monika haar wijnglas niet naar

Thea's hoofd. Maar ze kneep zo lang in de kelk met de lange steel tot ze de afgebroken voet tussen haar bloedende vingers hield. Verward, met tranen in de ogen keek ze om zich heen.

'Trek het u niet aan, jongedame, dat is helemaal niet erg, u hoeft niet te huilen,' probeerde Hartmann haar stuntelig te troosten. Thea echter was opgestaan om hechtpleister te halen en verzorgde er met de gewichtige gezichtsuitdrukking van een opererende arts Monika's vingers mee. Daarbij zei ze opgewekt en met een boosaardige grijns: 'Het zijn oude bekenden van me, baron Von Santen ontmoette ik in de kring van zijn kameraden, waar hij, de samenzweerder, de veemrechter en een van de eerste nationaalsocialisten in het leger, gloeide van haat tegenover de communisten, die zijn kasteel in Oost-Pruisen hadden verwoest. Dat was nog voor hij voor een bomaanslag de gevangenis in moest en zich in de cel door een medegevangene tot de ideologie van de vijand liet bekeren. Echt een opmerkelijk stel, de weggelopen officier en Marieke Platzke, die ooit met mij naar school ging, klein, mager, verlegen, tot ze zich in het vuur van de grote wereld begaf en daar als een feniks uit de as geschminkt, geverfd en opgedirkt als Mary von Aue uit herrees. Vreemd genoeg denken juist zulke mensen dat ze niet zonder adellijke titel kunnen. Misschien neemt ze nu ze teruggekeerd is naar het volk weer haar oude naam aan. Tenzij ze natuurlijk morgen al Santen voor een andere man en het communisme voor een andere ideologie verruilt, want bij Mary duren dat soort episodes zelden lang.'

'Dit keer zou het weleens anders kunnen zijn,' zei Klaus ironisch, daarbij Thea strak in de ogen kijkend.

'Ha, het is een grote, trouwe liefde? Vroeger was Mary von Aue niet zo conservatief.'

Thea, die gewoonlijk geen enkele vrouw behalve zichzelf het morele recht gunde om van vriend te wisselen, leek deze trouw opeens aanstootgevend te vinden.

Er viel een zware stilte, die Hartmann, die veel gedronken had, brak door met zware tong te vragen: 'Wat zijn dat voor lui, Merton?'

'Vrienden van ons, meneer, en kennelijk bekenden van juffrouw Thea.'

'Communisten, nou? Schurken? Dagdieven?'

Klaus werd wit om de neus.

'Het zijn welopgevoede mensen die in elk gezelschap gezien mogen worden.'

Thea, die zich verkneukelde om wat op til was, zei zacht: 'Papa, het is een gedeserteerde officier die met samen met zijn eer natuurlijk niet ook zijn goede manieren verloren heeft – maar op het beroep en de levenswandel van juffrouw Von Aue wil ik liever niet al te uitvoerig ingaan.'

'En achter mijn rug gaat u met zo iemand om? Bent u niet goed wijs, Merton?'

Toen kon Monika zich niet langer inhouden; overprikkeld, vernederd, aangevallen vond ze deze bars afgevuurde vragen zo ontzettend komisch dat ze luidkeels moest lachen, zij die nooit voorgeschreven had gekregen wat ze moest doen en laten en die geen flauw idee had van de duistere daden waartoe afhankelijkheid een mens kan drijven.

'Er valt hier niks te lachen, jongedame, helemaal niks,' bromde Hartmann afkeurend, en onverhoeds brulde hij, terwijl de aders aan zijn slapen zwollen, tegen Klaus: 'Ik verbied u, ik verbied u gewoon om met dat gespuis om te gaan. Hebt u mij begrepen?'

Klaus was naast Monika komen staan en had sussend zijn hand op haar arm gelegd. Maar telkens opnieuw zwol haar lach aan, en hij moest zijn stem verheffen om erbovenuit te komen. Klaus' lippen trilden van inspanning, toen hij zei: 'Meneer Hartmann, u moet de zaak van alle kanten bekijken. Het is algemeen bekend dat de nationaalsocialisten de communisten beletten groot en machtig te worden; maar u mag niet vergeten dat het omgekeerde net zo goed geldt.'

Hartmann keek Klaus met domme, loensende ogen aan.

'U bedoelt...,' zei hij. 'Aha, ik snap het, u bedoelt dat dat gebroed nog ergens goed voor is, bruikbaar is om de anderen, die net zo radicaal zijn, in bedwang te houden?'

Klaus knikte, en Hartmann bulderlachte: 'Een leperd bent u, Merton, een geslepen schurk, een geniepige knaap, maar helemaal niet zo dom. Nee, helemaal niet zo dom als u eruitziet. Joods kopje – gebruikt alles voor eigen doel. Thea is nu eenmaal blond en ook rechtdoorzee, maar te extreem in haar opvattingen. Zal nog wel water in haar wijn doen. – Maar dat u hebt gelachen, kleine Merton, om de ouwe Friedrich hebt gelachen, dat was niet fraai.'

De golem was tevreden, iedereen deed tenslotte wat hij wilde, en die knaap leek aan alle eventualiteiten te denken. Hartmann werd geplaagd door een aan bijgeloof grenzende angst voor de radicale krachten van rechts en van links, want hij was ervan overtuigd dat ze alleen maar de macht wilden veroveren om hem de zijne uit handen te rukken.

Klaus liet zijn hand van Monika's arm glijden. Hij veegde het zweet van zijn voorhoofd. Zijn ogen waren donker van verdriet.

Op de terugweg verweet hij Monika dat ze hem met haar onbeheerste gelach een spaak in het wiel had gestoken in plaats van hem te helpen. Dat hij Hartmann op zulke momenten, wanneer hij uitzinnig als een stier tekeerging, alleen met rust en gespeelde standvastigheid (want in werkelijkheid bestond die niet) kon intomen, met een of andere uit de lucht gegrepen nonsens, dat was op zich al erg genoeg, maar in twee richtingen de dierentemmer spelen, dat ging zijn krachten te boven.

Beledigd viel ze tegen hem uit. Hij hoefde vooral niet te denken dat ze een wild dier was dat hij moest temmen.

Het zou zo eenvoudig zijn geweest om hem nu haar liefde te laten voelen, die sterker was dan ooit. Waarom moest ze dan verder drammen en zeuren, hem de schuld in de schoenen schuiven, terwijl er geen sprake was van schuld? Waarom liet ze het ene harde woord op het andere volgen, waarom bleef ze doorgaan op de toon van een gekrenkte oude dame die vanwege haar verkoudheid het universum beschuldigt?

Ze kon niet ophouden met jammerend en boos voor zich uit te mopperen, niet op straat, niet in het trappenhuis, niet in de woning, niet toen Klaus smeekte en dreigde.

Met bevende handen schonk hij zonder haar nog aan te kijken voor zichzelf een cognac uit en hoorde haar achter zijn rug kwaad zeggen: 'Je kunt beter niet drinken nu.'

Hij draaide zich om, gooide de inhoud van het glas in haar gezicht en verliet de kamer.

Ze was aan de grond genageld, barstte in tranen uit, smeet zich op de divan en begon luid te huilen.

Grotesk, onwaardig, bijna niet te geloven? Dat wist ze allemaal, ze zag op ieder moment de complete zinloosheid van haar gedrag in en slaagde er toch niet in om haar op drift geraakte gevoelens een halt toe te roepen. Nooit was haar ook maar iets ontzegd, en ze wilde Klaus volledig en voor zich alleen hebben. Omdat ze de pijnlijke scheidsmuren niet verdroeg die zelfs oprezen tussen de mensen die elkaar het meest na waren, zette de demon haar ertoe aan haar wereld aan diggelen te slaan.

Ook op deze ruzie volgde een paar dagen later een soort verzoening, hoewel die niet verder reikte dan dat ze het allernoodzakelijkste tegen elkaar zeiden.

Op een gegeven ogenblik verbrak Monika de bedrukkende stilte: 'Zo kan het niet verder, Klaus.'

Hij kwam om de tafel heen naar haar toe en streelde haar haar: 'Monika, ga een tijdje terug naar je ouders. We houden van elkaar en kwellen elkaar daarbij dood. Over twee of drie jaar kunnen we misschien beter met elkaar overweg of kunnen we beter zonder elkaar.'

Ze schudde haar hoofd en zei eigenzinnig: 'Ik hou te veel van je.'

Hij liet zijn liefkozende hand zakken en ging zonder een woord te zeggen weg.

Monika kropte haar verdriet op, speelde het oude spel verder, maar na een paar dagen hield ze het niet meer uit, ze móest met iemand praten, en omdat ze buiten de cherubijn niemand kende die een luisterend oor had, ging ze naar Mary, die met Von Santen op haar oude mansarde woonde.

Ze koesterde niet veel hoop de cherubijn alleen aan te treffen en het was inderdaad druk in de kleine kamer. Het was een voortdurend komen en gaan van jonge arbeiders, intellectuelen, studentes in Wandervogel-outfit, een stoppelige oude Jood en een witharige vrouw die eruitzag als een verklede generaal; allen verdrongen ze zich hier als in een hoofdkwartier voor de strijd en beletten met hun geschreeuw en gelach, hun grappen en sterke verhalen Mary, die ongeschminkt en bleek, met donkere randen onder haar ogen voor haar typemachine zat, te werken. Af en toe typte ze een paar regels, snel en zonder haar ogen van het manuscript af te wenden, met een brandende sigaret tussen haar lippen. Monika werd door haar met een vrolijk knikje begroet en in een hoek van de brede bank gezet, vanwaar ze een beetje als een buitenstaander de levendige drukte kon observeren. Veel gesprekken gingen over de afgelopen verkiezingen en het schrikbarende succes van de nationaalsocialisten, al kon dat de opperbeste stemming niet drukken.

Zijn ze soms gelukkig met hun politiek, vroeg Monika zich af, en weer voelde ze de afgunst aan haar knagen. Mary en Von Santen zeker, die spelen met volle inzet, en die grote passie is waarschijnlijk slechts een uitdrukking van hun vurige en naïeve liefde voor het leven. Maar de anderen? Deze armzalige en er helemaal niet heldhaftig uitziende mensen? Voor de meesten is politiek waarschijnlijk niets anders dan een weg waarop ze van zichzelf kunnen weglopen. Maar misschien is het op den duur toch leuker dan gewoon naar de bioscoop gaan.

Plotseling zweeg iedereen, want Gregor von Santen was binnengekomen; daar stond hij, middelgroot, mager, met vaal gezicht en in onberispelijke houding, en hij stak zijn hand met verfijnde hoffelijkheid uit naar de armoedig geklede meisjes, alsof ze prinsessen of gravinnen waren met wie hij in zijn jeugd had geflirt. Zijn diepliggende, intelligente ogen glimlachten Mary toe, waarna hij naast haar ging staan en een blonde lok, die onder het schrijven over haar voorhoofd was gevallen, alsof hij orde wilde scheppen maar toch met grote tederheid, achter haar oor terugstak.

'Laat jullie niet storen, kinderen,' zei hij met zijn hese stem, terwijl hij naast Monika op de bank plaatsnam.

'Hoe maakt onze vriend Klaus het?'

Ze antwoordde aarzelend: 'Goed.'

Hij lachte en zei: 'Dat was een domme vraag. Hoe moet een mens zich ook voelen na deze smeerlapperij? Het is wel heel moeilijk geworden om je ogen te sluiten, nu zeven miljoen volwassen Duitsers hun stem vrijwillig aan de komende oorlog en de lijfeigenschap van een nieuwe feodaliteit hebben geschonken.'

Monika, die rood was aangelopen omdat het met Klaus natuurlijk niet slecht ging vanwege de voorbije parlementsverkiezingen, zei onzeker, zich afvragend of ze zich tegenover zo'n verstandige expert wel een mening mocht veroorloven: 'Dat zijn toch misleide stakkers, wie het water tot aan de lippen staat; het is niet voor niks dat ze die mensen alles beloven.'

'Ja,' antwoordde hij somber, 'men kweekt bij hen met succes het heerlijke bewustzijn dat ze tot het meest uitgelezen ras ter wereld behoren en men zorgt ervoor dat de kleinburgers in hun roes niet eens merken dat ze slaven worden. Maar het blijft hoe dan ook een schande, en we dragen allemaal een deel van de schuld aan wat er vanaf nu zal gebeuren.'

Hij nam een sigaret uit een zilveren, met een gegraveerde kroon versierd etui en stak die nerveus tussen zijn lippen.

'U en Mary hebben zo veel tegen deze rampzalige verkiezingsuitslag gedaan, dat u zich echt geen verwijten hoeft te maken.'

'Fout. Onze overtuigingskracht is nog te zwak, anders had het niet kunnen gebeuren dat kiezers van ons naar Hitler zijn overgelopen.'

Hij perste zijn smalle lippen op elkaar en keek haar fel aan.

'Wat moeten wij dan zeggen, Klaus en ik, als u al zo praat?'

'Jullie? Jullie zijn verwende kinderen. Voorlopig volstaat het als jullie weten dat je dat niet altijd kunt blijven.'

Hij glimlachte vriendelijk: 'Ik wil van jullie geen bekeerlingen maken. Jullie zijn zo verzot en verliefd op jullie avontuurtjes en kwaaltjes dat van jullie niet het fanatisme kan worden verwacht dat voor onze zaak noodzakelijk is. Jullie zouden bereid moeten zijn om veel van wat je aangenaam vindt en wat je dierbaar is te verwerpen ter wille van de idee van een betere toekomst. Gelooft u mij, Monika, ik weet hoe moeilijk dat is, het heeft bij mij tenslotte ook lang genoeg geduurd voor ik zo ver was. Maar jullie zouden toch op z'n minst moeten weten waar jullie behoren te staan en welke positie jullie ooit zullen moeten verdedigen. Een mens zonder politiek is als een slaapwandelaar – vroeg of laat valt hij van zijn dak.'

Hij knikte haar bemoedigend toe, kwam overeind en was al snel in een druk gesprek verwikkeld met de oude Jood.

Monika keek hem na en was als zovelen verwonderd over Mary's merkwaardige geliefde. Hij bezat niet de zachte menselijkheid, niet het milde wereldburgerdom van de vele schrijvers, hij was ondoorgrondelijk en niet te vatten, een ridder met neergeklapt vizier. Klapte hij het voor de cherubijn omhoog, mocht de vrouw met wie hij zijn dagen en zijn nachten deelde zien wat hem bewoog? Was het liefde of heerszucht, medelijden of rede? Vroeg Mary daar wel om? Had ze niet in blind vertrouwen, betoverd en week geworden door zijn mannelijkheid haar leven in zijn handen gelegd? Was ze niet de klei in de handen van de pottenbakker? Het materiaal vraagt niet waarvoor hand en verstand van de meester het willen gebruiken. En na alle libertinage, na al die jaren van dromerig geflirt dat ze voor iedereen een goede vriendin was geweest, had Mary haar meester gevonden. Alsof een vrouw ooit wat anders had gezocht, hoe zelfstandig en volwassenen ze zich ook voordeed! Monika heeft geen meester gezocht, Klaus is er ook geen, bij lange na niet, hij staat zelf op een draaischijf en wordt door onzichtbare handen gevormd. Dat wist ze van het begin af aan, ze heeft die rol op zich genomen – zíj was het die hem trachtte te winnen, dat doet ze nog altijd, waarom is ze nu boos op haar eigen lot?

Met een half oor luisterde ze hoe de witharige vrouw die er als een generaal uitzag vertelde over een reis naar de Sovjet-Unie. In haar verhaal was er veel sprake van verraad, sabotage en gluiperige schurken, en tot Monika's verbazing waren het steevast mannen met beroemde bolsjewistische namen.

Ook bij hen lijkt dus niet alles in orde, dacht ze, en ze was opgelucht dat het ook elders niet allemaal was zoals het behoorde te zijn.

Korte tijd later werd er op de deur geklopt, wat hier heel ongebruikelijk was en erop wees dat het een oningewijde was. De generaal onderbrak haar woordenstroom, Mary veerde op van achter haar typemachine en Santen liep snel naar de deur, waar Bud, met een grote ruiker dahlia's in de hand, naar binnen kwam gehinkt.

De vreugde die hij liet blijken bij ieder weerzien met zijn oude vriendin, in wie hij al zo lang geleden een moedige vrouw had herkend, maakte plaats voor een lichte ontstemming toen hij de vele mensen zag, en Monika had het vreemde en onaangename gevoel dat het vooral haar aanwezigheid was die hem deed schrikken.

Ze was zo in de war dat ze amper iets kon uitbrengen: 'Ben je in Berlijn?'

'Sinds gisteren, Monika.'

'En je hebt ons niets gezegd!'

Hij sloeg zijn groene ogen neer en zei zo zacht dat de anderen het niet konden horen: 'Toch wel, Monika, Klaus weet dat ik hier ben, hij heeft me gevraagd om te komen.'

Als er vlak voor haar voeten plots een afgrond had gegaapt, zou Monika niet harder geschrokken zijn. Ze had in haar bitterste momenten al aan Klaus' liefde getwijfeld, maar nooit aan het feit dat hij haar alles, echt alles zei. Dat was zelfs een idee-fixe bij haar geworden, een nimmer falend orakel van hun saamhorigheid, een krankzinnige maatstaf voor wat toch niet te meten valt. Klaus had zich, hoewel vaak met tegenzin, uiteindelijk altijd bereid getoond om haar zelfs de grootste futiliteit te vertellen, omdat hij wist welke eigenaardige plek die bekentenis in haar hart innam. Maar nu had hij zonder iets te zeggen Bud gevraagd om te komen, zijn oudere, verstandige vriend, om hem bij te staan in zijn grote nood. Achter haar rug om reikte hij naar de reddende hand van zijn moeder, en het was zijn slimheid en misschien ook een beetje medelijden om haar pijn geweest die hem hadden ingegeven om niet de godin zelf te laten komen, maar slechts haar gezant, de mens aan wie zij haar geheimste wensen toevertrouwde.

Monika vermande zich tegenover Bud, met wie ze in al die jaren nooit op vertrouwelijke voet was komen te staan. Ze was bang voor vreemde mannen, vooral als ze knappe volwassen vrouwen beminden en van tijd tot tijd in de krant kwamen. Toen hij redelijk snel alweer opstond, liep ze hem kalm en gelaten achterna, maar toen ze voor de spiegel in de kleine vestibule haar hoed opzette, zag ze dat haar gezicht bleek en vreselijk gespannen was.

'Word je niet moe van het lopen?' vroeg ze, waarop hij het hoofd schudde; maar toen pakte hij haar toch bij de arm en leunde er zwaar op.

'Misschien is het goed dat ik je tegen het lijf ben gelopen, Monika. Het verandert ons plan maar ik voel me er beter bij als je het kent.'

'Wat voor een plan?' vroeg ze fronsend.

'Klaus wil morgen of overmorgen naar Beatrix reizen. Hij overwoog om te verdwijnen zonder afscheid te nemen omdat hij beducht is voor je scènes. Ik moest het je vertellen en je naar je ouders brengen.'

Monika slikte deze woorden zwijgend, zoals iemand die zich heeft voorgenomen zijn zelfbeheersing in geen geval te verliezen het doodvonnis slikt, ook al beschouwt hij het als gerechtelijke moord. Maar plotseling vertrok haar gezicht en schreeuwde ze woedend: 'Beatrix, het is Beatrix die hierachter zit.'

'Je bent gek. Beatrix weet niet eens dat ik hier ben. Natuurlijk maakt ze zich zorgen om jullie leven, maar vergeet nooit met hoeveel offervaardigheid ze bereid is Klaus los te laten.'

Monika moest hard lachen.

'Dat is niet waar. Ze laat hem los, ja, zichtbaar voor de wereld en voor jou, zelfs op een manier dat hij het zelf gelooft, maar in werkelijkheid bindt ze hem met duizend banden aan zich. Ze is een mensenetende tovenares, jullie mooie godheid. Waarom moet ze uitgerekend hem hebben? Sinds wanneer is het toegestaan dat een moeder haar zoon aan zich vastketent alsof het haar geliefde was?'

'Zwijg!'

Bud trilde over zijn hele lichaam, hij was lijkbleek.

'Kom tot jezelf. Sla niet al wat aan menselijkheid in jou zit kapot.'

Monika wist dat hij op het punt stond om haar een klap te verkopen. Ze keek hem spottend aan.

'Ik dacht dat je van haar hield? Wil je haar niet voor jou alleen hebben? Klaus moet voor jou toch een sta-in-de-weg zijn? Waarom neem je haar niet met je mee, naar Amerika?'

Ze zag de pijn in zijn groene ogen, en ze genoot ervan.

'Ik zou niets liever willen. Hoe langer ik in Europa ben, hoe meer ik weet dat ik hier niet thuishoor. Een land waarin je niet bent opgegroeid, kan nooit je echte heimat worden. Maar je echte heimat kun je wel verliezen. Ik heb dat tot mijn ontzetting gemerkt toen ik er de laatste keer was. Het is hoog tijd dat ik hier wegkom. Maar Beatrix zal me pas volgen als ze weet dat Klaus gelukkig is. En je weet dat ik niet zonder haar vertrek. Je moet inzien dat ik je bondgenoot ben en niet je vijand.'

'Wat moet ik dan doen?'

'Een tijdlang zonder Klaus leven.'

'Dat kan ik niet.'

'Je moet.'

'Ik kan niet zonder hem leven.'

'Sterf dan,' zei Bud hard en emotieloos. 'Maar als je het mij vraagt is een zelfmoordenaar niets anders dan een bedenkelijke speculant, een restaurantbezoeker die zonder te betalen door de achterdeur verdwijnt. De cavalier betaalt. Maar ik besef dat mijn mening er in dezen niet toe doet.'

'Wat ben je toch een moralist,' zei Monika, daarbij vergetend dat Klaus hem ooit hetzelfde had verweten.

'Nee, Monika, want als ik de kwestie als een moreel probleem zou benaderen, zou ik ook aan jou moeten denken. Maar het enige waar het mij nu om gaat is Klaus wegrukken uit dit verschrikkelijke leven. Dat is een kwestie van gezond verstand en egoïsme. Voor mij is hij een soort leerling, in wie ik mijn mensbeeld kan verwerkelijken. Je moet weten dat het een van de krankzinnige mannelijke oerwensen is om een geestelijke erfgenaam op te voeden en te vormen. Als je het mij vraagt is dat zelfs een veel reëler verlangen dan het verlangen naar een biologische zoon.'

Ze keek hem zwijgend aan. Het was hopeloos om iemand duidelijk te maken hoeveel ze van Klaus hield. Bud sprak met haar alsof ze begiftigd was met gezond verstand. Ze glimlachte ironisch, want ze zag glashelder in dat ze buiten zichzelf was.

Maar nadat hij een uur lang op haar had ingepraat, had hij haar zover dat ze beloofde de volgende dag te vertrekken. Ze wilde hem niet krenken, hij deed zoveel moeite voor haar. Waarschijnlijk zou ze er om die reden ook mee hebben ingestemd om te stoppen met ademen als hij dat had gevraagd. Ze was tot het ene net zomin als tot het andere in staat.

Tot haar verbazing stelde ze vast dat hij haar geloofde. Maar toen ze tijdens het avondeten haast opgewekt babbelend tussen de twee mannen zat – ze had tegenover Klaus nog met geen woord over haar vertrek gerept –, plannen maakte voor de volgende dagen en de theaters opsomde die ze samen met Bud moesten bezoeken, legde die verbijsterd mes en vork neer.

Klaus keek naar zijn bord en zei geen woord.

Monika bleef de volgende dag en ook de dag daarna, ze lag besluiteloos op de bank te niksen, soms ging ze naar Klaus en kuste hem op zijn voorhoofd, wat hij zonder zich te verzetten maar ook zonder enige tederheid liet gebeuren, maar toen Bud haar aan haar belofte herinnerde, schudde ze koppig haar hoofd.

De derde dag kwam hij alleen.

'Klaus is naar Beatrix gereisd. Als je het goed vindt, begeleid ik je naar München,' stelde hij bedeesd voor, onhandig proberend zijn diepe medelijden te verbergen.

Ze stemde in, en de scène die hij had gevreesd bleef hem bespaard. Rustig en bedachtzaam pakte ze haar koffers.

'Wat doen we met Streif, Bud?'

'Klaus heeft gezegd dat jij hem mee moet nemen.'

'Goed.'

Toen Bud de kamer uit was, sloeg ze haar armen om het dier en kuste het bruine borstelige voorhoofd.

'We komen terug, Streif,' fluisterde ze, 'misschien niet naar deze woning waar we niet van houden en die ons geen geluk heeft gebracht, maar dan toch naar onze enige echte heimat: naar het baasje.'

V

1

Zwaarmoedig ging de herfst over in de winter. Af en toe vroor het al 's nachts, dan lag de volgende ochtend rijm op de weilanden, en op de plassen en karrensporen lag een dun ijslaagje dat krakend versplinterde als je er met je laars op trapte.

De rode lijsterbessen hingen nog altijd in dikke trossen aan de bomen en boven in de bergen stak het veelkleurige gebladerte af tegen de grijze rotsen. Vanaf de toppen kon je tot ver in de hoge Alpen zien, en de grote gletsjers glinsterden alsof ze op een steenworp afstand lagen.

Optisch bedrog, veroorzaakt door de droge, 's nachts afgekoelde atmosfeer, wist Monika, terwijl ze zich toch telkens weer graag overgaf aan de illusie midden in het hooggebergte te zijn. Als je de goede, gebaande paden verliet en je door het struikgewas en de kruipdennen of in uitgedroogde beekbeddingen een weg zocht, was het landschap oerwereldachtig verzonken in een fantastische, betoverde toestand, die in andere seizoenen allang door sportieve vakantiegangers verstoord was geweest.

Met zachte vermaningen en onuitgesproken bezorgdheid lieten Monika's ouders haar gaan op haar eenzame tochten – de ervaring had hun geleerd dat ze met angstvallig protest louter het tegendeel bereikten. Schroomvallig gewaagden ze van eenzaam wandelende vrouwen die overvallen waren geweest, maar Monika lachte die gedachte gewoon weg. Ze voelde zich in de bergen meer thuis en veiliger dan in om het even welke grote stad.

Alleen op druilerige dagen verwaardigde ze zich om met haar moeder inkopen te doen in het door de toeristen verlaten dorp dat de jaarmarktelegantie van 'het seizoen' had afgeschud, of ging ze met haar ouders een rustige wandeling maken om er na de thee, als het begon te schemeren, nog eens opuit te trekken en alleen in het gezelschap van Streif over de kaarsrechte, met dennen omzoomde dijkweg langs het riviertje te lopen en in een wijde boog door de weilanden naar huis terug te keren.

Uit de dichte sluier van duisternis en de vlak boven de grond zwevende nevel doken de lichtjes van de huizen op, om een paar stappen verder alweer op te gaan in ondoordringbaar grijs. De boeren die ze onderweg tegenkwam mompelden een korte groet, waarbij ze hun pijp niet uit hun mond namen. Ze waren gehuld in hun scherpe geur van ongewassen huid, zware kleren en bijtende tabak.

In de buurt van het bos lijnde ze Streif aan, anders verdween hij in het struikgewas, bleef hij uren weg en kwam hij pas 's nachts, klam van het zweet, met verwilderde vacht waar dennennaalden en stukjes hout in hingen, met schuim om zijn muil, uitgeput, trots en heel tevreden terug naar huis.

'Ik zou je het plezier graag gunnen,' zei Monika wanneer ze de karabijnhaak in de halsband liet klikken, 'maar, beste vriend, ten eerste ben je niet kieskeurig genoeg en zie je het verschil niet tussen een jonge ree en een oude haas, en vervolgens zou ik het niet willen meemaken dat een boswachter met zijn geweer te dichtbij kwam en bovendien het recht aan zijn zijde had.' De hond keek haar verwijtend aan, bracht zijn neus naar de grond en trok hijgend aan de riem, die hem afhield van de grootste aller gelukzaligheden.

Soms liepen ze langs de oever van het meer, langs het water dat spookachtig grijs met zachte golfjes op het strand sloeg, of sprongen ze van het talud op de vlakke stenen en sneed Monika een twijg van de wilgen af om die voor Streif in het water te gooien. Hij hield niet zo van koud en nat, behoedzaam liep hij het water in tot de golven zijn buik raakten, bleef besluiteloos staan en keerde met een klaaglijke grom naar de waterkant terug. Daar zocht hij zelf een stuk hout, hield het naar zijn baasje op en drukte het met zijn snuit tegen haar hand: 'Een bad kun je mij niet doen nemen, dus laat zien dat je slim bent en gooi dit naar een droge plek, dan bespaar je ons beiden gedoe.'

Met een lachje slingerde ze het stuk hout een eind verder op de weg, waarna de hond er met lange sprongen achteraan ging.

Toen de dagen begonnen te korten, verruilde Monika haar loden rok voor haar skibroek, dat was warm en comfortabel, je kon je handen diep in de zakken steken en nonchalant slenteren, alsof je een jongen was.

Dat was ze bij God niet, een jongen zou zich met zijn liefdesproblemen waarschijnlijk niet zo aanstellen. Verder wist ze maar al te goed dat Klaus daar in den vreemde (want waar hij precies was, wist ze jammer genoeg niet, hij had via tussenpersoon Bud laten weten dat hij voorlopig niet zou schrijven) met minder sombere gedachten dan zijzelf terugdacht aan het mislukte experiment.

Was haar leven echt ten einde, lag haar bestaan in scherven en was het het niet langer waard om voortgezet te worden? Was ze zo slecht in het aanvaarden van een nederlaag of zag ze liever hoogmoedig meteen maar van alles af als ze niet meteen en volledig kreeg wat ze wenste? Sneed het verlangen naar haar geliefde haar adem af, brak het haar hart? Het was van alles een beetje en het balde zich samen tot die grote pijn, die alle gedachten uit haar hoofd perste en alleen die ene, aldoor terugkerende gedachte achterliet, die ze werktuiglijk voor zich uit mompelde zoals het onzevader bij het rozenkransgebed: ik moet doodgaan, ik wil doodgaan, ik kan niet meer leven, ik wil niet meer. Ze leed in hoge mate aan de idee-fixe van zelfmoord, en aan die ziekte kun je, dat is een oude wijsheid, net zo goed sterven als aan de pest of aan tuberculose.

Soms kreeg ze op haar wandelingen het gezelschap van de engel die voor het eerst in een droom aan haar was verschenen. Hij liep mooi, groot en heerlijk rustig naast haar, of liever gezegd: hij zweefde naast haar, want de lichtheid waarmee hij zijn voetzolen op de aarde zette, had met het aardse gaan niets gemeen. Hij was nog steeds niet spraakzaam, maar zei soms toch een zin, die hij haast altijd met een zucht begon of beëindigde, als om aan te geven dat het voor een hemelwezen ook niet zo eenvoudig was om tegen Monika's mateloze wensen opgewassen te zijn.

Overigens was hij te beleefd en te welopgevoed om dat haar in het gezicht te zeggen, en ook gaf hij nu en dan te kennen dat hij van haar hield, niet ruw en aards vanzelfsprekend, maar met een gevoel dat de mensen meestal met het woord 'medelijden' aanduiden.

'Ik hoef geen medelijden,' snauwde Monika.

De engel glimlachte voor zich uit.

'Medelijden is ontstaan toen de mens werd geschapen, het is zijn oereigenste kracht en hij zou er bergen mee kunnen verzetten als hij zich niet telkens weer voor die kracht zou schamen en haar met zwakte zou verwarren.'

'Ik hoef geen medelijden,' zei Monika nogmaals, 'ik wil doodgaan.'

'Doodgaan kan iedereen, doodgaan is dom.'

'Doodgaan is roes, vergeten, gelukzaligheid.'

'Doodgaan is oninteressant, vlak en saai.'

'Leven zonder Klaus is ondraaglijk. Ik zou liever nooit meer iets van hem horen.'

'Leeft hij niet in jou zolang je zijn beeld bemint?'

'Ik wil niet, ik wil niet.'

Op dat moment zuchtte de engel hoorbaar. Dit eeuwige refrein werkte behoorlijk op zijn zenuwen.

'Als je een jongen was, zouden we nu vechten. Dat zou er dan op uitdraaien dat je van mij een flink pak slaag zou krijgen. Zoals altijd overigens als een van jullie het aandurft zich met ons te meten.'

'Kom op dan,' zei Monika branieachtig.

De engel keek verlegen weg.

'Je bent een meisje. Ik zou je met mijn pink kunnen vloeren. Dat zou niet fair zijn. En overigens zou een worstelpartij tussen ons makkelijk op iets anders uitlopen.'

Monika wilde zijn hand pakken, maar hij was weg.

De volgende dag dook hij echter weer op, ze voelde hem naast zich en begon hem ook meteen te bestoken: 'Het zou zo makkelijk zijn. Die berg daarginds heeft een gladde rotswand. Ik hoef me er maar af te gooien en ben van mijn zorgen af.'

'Denk aan de anderen. Je vader zou het weleens niet kunnen overleven.'

'Als ik dood ben,' zei Monika, 'laat me dat volkomen koud.'

De engel wendde zich af, pakte zijn zakdoek en snoot zijn neus.

'Ben je verkouden?' deed Monika alsof ze niet wist dat hij huilde.

'Mijn god,' fluisterde hij, 'wat is me dit toch een moeilijke baan. Ik had aangenamere en spirituelere gesprekken verwacht.'

Ze had maar een paar woorden opgevangen en vroeg snel: 'Bestaat God?'

'Dat weet ik niet.'

'Maar je bent toch een engel.'

Ze was opeens bang dat hij net zo snel zou verdwijnen als de dag ervoor. Aarzelend vervolgde ze: 'Je bent toch zelf bijna het bewijs dat hij bestaat.'

'Verwacht je soms een wonder?' vroeg hij spottend. 'Heb je mij nodig om te weten dat je leeft? Denk je dat wij engelen er zijn om het denkwerk van jullie over te nemen?'

'Ben je vroeger een mens geweest?'

'Geen idee.'

'Wil je het niet graag weten?'

'Nee.'

'Ken je mijn toekomst?'

Hij boog zijn hoofd en zei heel zacht: 'Ik ken de stof waaruit je bent gemaakt.'

'Je gedraagt je als een psychoanalyticus. Je wilt me uithoren, zelf niks zeggen en loopt daar maar wat priesterlijk te orakelen. Je verveelt me. Loop naar de duivel.'

Dat waren duidelijk te sterke woorden. Hij loste op in het niets en kwam ook niet meer terug.

Dat was kort voor Kerstmis op een föhnachtig warme dag; de nacht erop begon het te sneeuwen, in grote, droge vlokken, zoals dat in het gebergte in dit seizoen hoorde; het sneeuwde vijf nachten en vier dagen aan één stuk door, waarna de zon op de glinsterende poedersneeuw scheen en Monika op de ochtend van 24 december met de kleine Opel van haar moeder in de richting van de Oostenrijkse grens reed om zich daar waar een langgerekte bergkam het dal afsluit met haar ski's te gaan uitleven op de boomloze hellingen van een bergweide. Ze moest ongeveer een uur klimmen, door het bos; op de weg was ondanks het vroege tijdstip gelukkig al een spoor getrokken, en terwijl ze haar ski's traag en in een gelijkmatig tempo vooruitschoof vergat ze bijna haar verdriet.

Ik moet binnenkort toch eens op zoek gaan naar een fatsoenlijke bezigheid, dacht ze, waarom niet als skilerares?

Toen ze het bos achter zich had gelaten, ontdekte ze naast de bergweide een nog maar pas gebouwd hutje waarvan de schoorsteen rookte, en ging, omdat ze dorst had, eropaf om een glas water te vragen. Nog voor ze kon aankloppen zwaaide de deur open en kwam er een kind naar buiten, een meisje van een jaar of negen, tien. Het droeg een kort, rood rokje en een blauwe sweater, haar zwarte, gladde haar was in een pagekopje geknipt en omlijstte een smal, bruingebrand gezicht. Monika had het gevoel dat ze nog nooit zo'n bevallig, mooi schepsel had gezien en staarde het meisje aan, dat op haar beurt Monika's blik vrijmoedig en ongegeneerd met een vriendelijke glimlach beantwoordde.

'Komt u op bezoek?' vroeg ze in het dialect van een Beiers boerenmeisje dat ze allerminst kon zijn.

'Maar ik ken jullie helemaal niet.'

'Ik ben Vreni Meyerhof. En u?'

'Monika Merton.'

Na deze kennismaking gaven ze elkaar een hand.

'Woont u beneden in het dal?'

'Aan het meer.'

'Jammer, dat is ver.'

'Maar ik heb een auto.'

'O!'

De donkere ogen straalden van verlangen.

'Als je wilt, mag je weleens meerijden.'

'O!'

Met die klinker drukte het meisje al haar verwondering en verrukking uit. Ze legde haar hoofd een beetje schreef en vroeg: 'Hebt u kinderen?'

'Nee.'

'Ocharme. Het is erg droevig om geen kinderen te hebben. Mijn omoe heeft er achttien.'

Nu was het Monika's beurt om 'o' te zeggen.

'Ik heb een oom die jonger is dan ik. Maar blij wordt-ie daar ook niet van.'

Ze maakte zich groot.

'Mijn omoe heeft een boerderij met veel koeien. Ik ben daar heel graag. Mijn andere omoe is een hertogin. Maar mijn mama is haar enige kind.'

'O!' zei Monika opnieuw.

'Ik zou heel graag kinderen krijgen,' ging Vreni verder. 'Ik denk wel dat het zal lukken. Mijn mama heeft mij tenslotte ook gekregen en ik zal het wel van haar geërfd hebben. Maar als u ons niet wilde bezoeken, waarom bent u dan gekomen?'

'Om een glas water te drinken.'

'O jee. U hebt dorst.'

Ze trok de deur open en riep met schallende stem: 'Gerda, Jo! Kom snel, er is bezoek. Breng iets mee om te drinken.'

Even later kwamen twee jonge vrouwen naar buiten, beiden buitengewoon knap en charmant, hoewel bij de ene de schoonheid en bij de andere een levendige, buitengewoon fijngevoelige intelligentie overheerste. Ze leken op elkaar en ook op het meisje, een gelijkenis die door hun identieke kapsel nog werd benadrukt.

Verbaasd en blij dacht Monika: deze drie zussen zijn als het ware de personificaties van schoonheid, intelligentie en bevalligheid.

'Dit is Jo Meyerhof,' zei het kind naar de knappe wijzend, 'en dat is Gerda Meyerhof. Ons bezoek heet Monika Merton en heeft geen kinderen.'

'Vreni kan het niet laten daar als eerste naar te vragen,' lachte de knappe Jo, terwijl ze Monika een hand gaf.

Gerda, die op een dienblad een karaf met limonade en een glas droeg, nodigde haar uit om op het overdekte terras plaats te nemen.

'Ik kom hier zomaar binnengesneeuwd,' zei Monika verlegen.

'Gelukkig niet meer gesneeuwd,' antwoordde Gerda en schonk het glas vol. 'Sneeuw hebben we genoeg gehad, maar mensen beslist te weinig.'

'Maar misschien moeten jullie wel kerstvoorbereidingen treffen.'

'Bij ons is het pas morgen pakjesavond,' legde Jo uit. 'Als Meyerhof bij ons is.'

Die naam werd met zo'n grote vanzelfsprekendheid genoemd, alsof iedereen verondersteld werd die te kennen, dat Monika vermoedde dat Albert Meyerhof werd bedoeld, een filosofische schrijver die maar een paar boeken had gepubliceerd en zich voorts ver hield van het academische en het mondaine wereldje. Pas kortgeleden had ze een brochure van hem, getiteld *Over de mens*, gelezen, die haar had getroffen door het opvallende vermijden van pakkende formuleringen en de diepe en kalme wijsheid die eruit sprak.

Ze dronk met een paar grote slokken het glas leeg en vroeg: 'Zijn jullie de zussen van Albert Meyerhof?'

Een drievoudig lachsalvo was het antwoord, Jo liepen de tranen uit de ogen en het kind sprong wild in het rond en riep: 'Dat moeten we tegen Meyerhof zeggen. Zal die lachen!'

Monika keek verwonderd van de een naar de ander en snapte niet waarom ze zo vrolijk waren. Toen ze weer enigszins tot bedaren waren gekomen, zei Gerda verontschuldigend: 'U denkt vast dat we niet goed wijs zijn. Maar onze familie zit wat ingewikkeld in elkaar. Om kort te gaan: Jo is Albert Meyerhofs eerste vrouw, ik ben zijn tweede, en Vreni is zijn en Jo's dochter.'

Monika zei voor de derde keer 'O!' en de twee vrouwen, die doorhadden dat daarmee Vreni werd geparodieerd, barstten opnieuw in lachen uit.

'Maar jullie lijken allemaal zo op elkaar,' hield Monika vol.

'Bij Jo en Vreni is dat niet zo'n wonder, en tja, in mijn geval is Meyerhof gewoon zijn type trouw gebleven.'

Monika keek nog altijd verward om zich heen.

'U bent zo jong,' mompelde ze tegen Jo. 'Ik had u niet ouder geschat dan mezelf.'

'Ik was zestien toen deze dame hier ter wereld kwam.'

'Zestien en hertogin.'

Jo riep scherp: 'Vreni, ben je gek geworden?'

'Ik heb nooit gezegd dat je een hertogin was,' verdedigde het kind zich.

'Het is waar dat mijn moeder niet zo lang geleden met een hertog is getrouwd,' zei Jo opgewekt, 'maar ik ben een doodgewoon kind van acteurs en heb zelf al in een paar kleine rollen gespeeld, voor ik Meyerhof leerde kennen. Sindsdien werk ik gelukkig niet meer, want ik ben niet zo vlijtig en slim als Gerda.'

Ze legde teder haar arm om de schouder van de kleinere Gerda en vervolgde: 'Ze is arts, moet u weten, en een erg raadselachtige en telkens weer verbazingwekkende mengeling van bohème en Pruisendom.'

Gerda maakte blozend een afwerend gebaar.

'Oude gewoonten,' zei ze lachend. Überhaupt leek hier een haast ontembare vrolijkheid te heersen.

Op Jo's voorstel om de gast hun nieuwe rijk te laten zien, liepen ze de hut in, die binnen ruimer was dan je van buitenaf kon denken. Onder voortdurend gelach, waarbij de een de andere het woord gaf en ook weer ontnam, kreeg Monika een lange reeks grappige verhalen te horen, hoe ze dit of dat hadden verworven, en vol verbazing en afgunst zag ze met hoeveel gratie deze vrouwen met de ingewikkelde situatie wisten om te gaan.

Jo schonk kersenbrandewijn in en riep: 'Op een goed nabuurschap!'

Nu ja, nabuurschap was jammer genoeg wat overdreven, vond Monika, maar hoewel ze een heel eind weg woonde, hoopte ze toch op een spoedig tegenbezoek.

'Als Meyerhof weer weg is,' zei Jo, die zich met een zucht liet ontvallen dat dat wellicht pas op nieuwjaarsdag het geval zou zijn, want ze konden niet verwachten dat hij met oud en nieuw zijn vrouw alleen thuis zou laten zitten.

Monika leidde uit die woorden af dat Meyerhof hertrouwd was en kon niet nalaten te vragen of deze derde vrouw, die hierboven niet werd verwacht, op haar beurt op de twee andere leek.

'Dat niet,' zei Jo, en ze vertrok haar mond lichtjes, 'maar ze heeft een deugd waarmee vergeleken onze kwaliteiten in Meyerhofs ogen in het niet vallen: ze is namelijk blind.'

'Jo is onrechtvaardig.' Gerda's gezicht bezat de gave om razendsnel van uitgelaten vrolijkheid om te slaan in diepe ernst. 'Meyerhof gelooft nu eenmaal dat uit ieder leven in alle omstandigheden iets moois gepuurd kan worden; waarschijnlijk heeft de blinde dat in twijfel getrokken en is hij met haar getrouwd om de juistheid van zijn these te bewijzen.'

'Maar krenkt het haar dan niet dat hij naar u beiden, met wie ze vermoedelijk niet kan concurreren, toe komt en haar alleen thuis laat?'

'Dat is het hem net,' zei Jo ontstemd, 'Meyerhof denkt dat hij voor iedereen goed kan doen en kwetst daarbij iedereen.'

'Ach Jo,' riep Vreni, die in een grote doos met restjes stof had gewoeld, 'dat zeg je alleen maar omdat je van hem houdt. Hij is van ons allen de beste.'

Gerda knikte: 'Gelijk heeft ze, die Vreni.'

'Morgen komt hij, morgen komt hij.' Vreni danste in de kamer rond. 'En we hebben nog altijd geen boom.'

'Ach ja,' zei Jo bedremmeld, 'we moeten nog een boompje stelen.'

Vreni bracht een bijl en Monika begeleidde Jo op haar rooftocht, terwijl Gerda, die niet kon skiën, met het kind achterbleef.

Een skikampioene was de knappe Jo ook niet echt: op het korte eind tot de rand van het bos kwam ze een paar keer behoorlijk onzacht ten val, en Monika, die de bijl droeg, was al een kleine rechte en mooi in de rondte gegroeide den aan het omhakken, toen Jo haar inhaalde.

'Dit is toch een goeie, hè?'

'Ja hoor, prachtig,' zei Jo, die lui aan Monika's voeten ging zitten. 'Raar toch, we kennen elkaar nog geen uur en toch heb ik het gevoel dat we al jaren bevriend zijn. Dat overkomt me echt niet zo vaak, en al zeker niet nu ik ouder word.'

'Bij mij is het juist omgekeerd,' antwoordde Monika met een dankbare glimlach. 'Ik was een vreselijk gesloten kind en word van jaar tot jaar beter in het contact leggen met mensen, of althans met vrouwen.'

Jo knikte instemmend.

'Ik kan alleen met vrouwen bevriend zijn. Mannen heb ik lief, dat is iets anders.'

Monika keek met welgevallen naar het donkere gezicht, dat dat van een dromerige jongen had kunnen zijn.

'En de mannen hebben u lief.'

'Ja, of dan toch voor even. Ik houd het nooit lang uit bij een man. Meyerhof is de enige uitzondering. Als hij me vraagt om te komen, al is het maar voor een week, dan laat ik alle anderen in de steek. Maar ik ben wel eerlijk genoeg om elke man meteen bij het begin te zeggen dat ik er op gegeven ogenblik vandoor ga. Dat stoort ze niet, waarschijnlijk voelen de meesten zelf wel aan dat ik geen blijver ben. En hoewel ze me bijna altijd dolgraag willen redden, want ze vinden mijn leven een puinhoop, zijn ze ook blij als ik ze verlaat.'

'En bij Meyerhof zou u gebleven zijn?'

'Wie zal het zeggen. Je kunt niet bij hem blijven, hij behoort de vrouwen toe, zoals ik de mannen toebehoor. Hij houdt van ons allen en toch van geen van ons helemaal.'

Monika pakte het boompje en legde het over haar schouder. Langzaam klommen ze terug naar de hut.

'Meyerhof is een boer,' zei Jo. 'Zijn manieren zijn boers, zijn liefde is het ook. En tegelijk heeft hij de meest gedifferentieerde, heldere geest die je je kunt voorstellen. Geloof me, dat is de wonderbaarlijkste, de meest onweerstaanbare combinatie die er bestaat.'

Gerda had in de tussentijd de tafel gedekt en een dienblad vol belegde boterhammen klaargemaakt.

Monika's protest wuifde ze hartelijk weg: 'U moet blijven. Tenminste, als we u niet beletten iets beters te doen, want u was vast van plan om te gaan skiën en niet om bomen te jatten.'

Monika had zich niets beters kunnen wensen dan hier te blijven, en toen de kleine Vreni ook nog eens op haar af kwam, haar omarmde en met een honingzoet stemmetje zei: 'Natuurlijk blijft Monika hier, ze past toch bij ons', ging ze overweldigd door zoveel onverwachte liefde zitten en deed ze geen poging meer om te vertrekken.

Het gesprek ging over boeken, theaterstukken en films, en er was veel wat ze alle drie mooi vonden en veel wat ze alle drie verwierpen. 'We zouden in het theater op hetzelfde moment lachen,' zei Gerda, en Monika vond dat dat geen slechte maatstaf voor saamhorigheid was.

Ze wenste dat Klaus hier was, maar voor het eerst sinds ze niet meer bij hem was, gebeurde dat zonder dat ze al te veel hartzeer had. Hij zou goed passen hier, en ze vroeg zich af wie hij het meest zou mogen, de knappe Jo of de verstandige Gerda. Moeilijk te zeggen, aangezien ze het zelf ook niet wist.

Ze vertelde over hem, enthousiast maar ook op de licht zuchtende, minzaam berispende toon van de bezitter, ze haalde een foto van hem tevoorschijn en liet die rondgaan, maar toch bleef het beeld onvolledig, want wat was Klaus zonder zijn diepe, betoverende stem en zonder zijn glimlach, die oplichtte uit droefheid en duister besef en telkens weer verleidde?

'Die mag ook eens komen,' zei Vreni, terwijl ze een kennersblik wierp op de foto.

Monika zei er niet bij dat tussen haar en Klaus niet alles koek en ei was.

'Dacht ik het niet,' zei Jo tegen Gerda, 'ze is van nature een one-man's-dog en het lot is haar genadig genoeg om haar dat ook echt te laten zijn.'

Monika spitste haar oren. Een one-man's-dog, ja, dat was ze, als dat al ooit had bestaan was het op haar van toepassing. Maar wat doet een hond die door zijn baasje in de steek is gelaten? Hij probeert hem terug te vinden of hij weigert te eten en gaat dood.

Ze stond op. Het was hoog tijd om te gaan, anders zouden ze zich thuis zorgen gaan maken. Ja, natuurlijk, ze kwam graag nog eens terug, een van de komende dagen al, ze hadden haar woord, bij leven en welzijn.

Dat was een manier van zeggen, een alledaagse frase, maar Gerda's grote ronde ogen bleven heel even onderzoekend op haar rusten.

Monika kreeg twee stevige handdrukken, voelde Vreni's warme kindermond op haar wang, hoorde afscheidsgroeten en wuifde terug, schoot schuin de helling af en nam na een scherpe christiania de bosweg die niet al te steil in zachte bochten omlaag leidde.

Thuis trof ze een groot gezelschap aan, wat ze onprettig vond, maar anderzijds was het goed om vanuit de heldere schemering van de winterdag de warme, verlichte kamer te betreden, haar door de buitenlucht en de beweging aangenaam vermoeide lijf in de leunstoel te laten vallen en de heilige maaltijd van de kerstperiode, de middagthee, te nuttigen. Monika kreeg de sterk rokerige, Chinese soort, waarvan ze gelijk drie grote koppen dronk, en daarbij at ze krentenstol en allerlei soorten koekjes, van die zacht smeltende en van die koekjes waar je slechts met sterke tanden een stuk af kon bijten, kaneelsterren en boterharten, vogels van peperkoek en vissen van makroon en een met een oude houten mal gevormde marsepeinen ruiter op een springend, fraai opgetuigd paard.

Haar vader, die nu voorbij de zeventig was en na een niercrisis het jaar ervoor gedwongen was geweest zijn praktijk op te geven en op het land te gaan wonen, stond zijn plaats aan de bridgetafel af aan een van de gasten en ging naar zijn dochter om haar haar te strelen.

'Een mooie tocht gemaakt?' vroeg hij teder, en ze knikte hem zonder iets te zeggen kauwend toe.

Monika was, aanvankelijk zonder zelf het woord te nemen, naar een gesprek aan het luisteren dat in deze hoek van de kamer werd gevoerd en dat dreigde te ontaarden in een felle woordenstrijd die niet minder levendig was dan de veldslag die in de Reichstag over hetzelfde thema woedde. Het ging om de vraag of het goed en wenselijk was het onlangs gevelde doodvonnis voor een massamoordenaar uit te voeren of niet.

Een ver familielid van Monika's moeder, die zonder veel enthousiasme voor een paar dagen was uitgenodigd, een kleine, grijze, onooglijke vrouw met een lelijk kapsel, schaarde zich opgewonden achter de socialisten, die de guillotine wilden afschaffen. Graaf Khefermüller, met een rouwband om zijn arm omdat de elegante Konstanze een paar maanden eerder haar leven met een erg onaristocratische bloedspuwing had beëindigd, pleitte daarentegen voor executie, wat gelet op zijn functie van officier van justitie niet verrassend was.

'Medelijden,' zei hij pathetisch, 'heeft dat ongedierte soms medelijden gehad met zijn slachtoffers? Beste mevrouw (het kostte hem overduidelijk moeite om het grijze besje zo aan te spreken, maar omdat hij haar naam niet goed had verstaan, had zijn hoffelijkheid geen andere keus), u weet misschien dat Bismarck ooit heeft gezegd dat de heren moordenaars dan maar het goede voorbeeld moeten geven. Medelijden is een voor het rechtswezen erg ongeschikt, ja zelfs verderfelijk sentiment. Daar komt nog bovenop dat leken van de meeste dingen uit onze praktijk een verkeerde voorstelling hebben. Een executie verloopt op heel correcte en humane wijze – we leven tenslotte niet meer in de middeleeuwen.'

'Juist omdát we niet meer in de middeleeuwen leven,' krijste het vrouwtje, 'moet er een einde komen aan dat moorden van staatswege. Het gaat hier om de mensenrechten, en de afschaffing van de doodstraf is een eerste stap in de goede richting.'

'Wel integendeel. De hoogste ordenende structuren, ja zelfs de vooruitgang van de mensheid zelf zouden in gevaar komen als het afschrikkende voorbeeld wegviel.'

'De vooruitgang wordt net gehinderd, onnatuurlijk tegengehouden door jullie barbarij, die geen respect toont voor het leven van een mens!'

'Kom nu, het leven van een massamoordenaar!'

'Elk leven is heilig en onaantastbaar. Dat ze hem opsluiten in een gecapitonneerde cel, maar hem naar het schavot sleuren, dat kan niet. Zijn bloed is het bloed van de wereld, het wel en wee van de mensheid hangt op dit moment van zijn leven af. Zolang het moorden van bovenaf doorgaat, kan de mensheid niet voortschrijden. Nietwaar, Monika, zo is het toch?' vroeg de socialistische bloedverwante, die in de jonge vrouw een bondgenote meende te vinden.

‘Zijn jullie er dan echt van overtuigd dat er zoiets bestaat als vooruitgang?’

‘Hoezo, geloof jij daar dan niet in?’ vroeg de kleine vrouw ontzet.

‘Nee,’ antwoordde Monika met een glimlach.

‘Maar juffrouw Monika, maar juffrouw Monika!’ Khefermüller stak zijn sigaret in de lucht. ‘De vooruitgang van de mensheid is toch boven elke twijfel verheven. Het is de *rocher de bronze* waarop ons geestelijke en zedelijke leven is gegrondvest.’

‘En wat als jullie je vergissen? Wat als er nu eens niet zo’n rots was en zowel intellectuele als morele maatstaven aan voortdurende verandering onderhevig zijn?’

In een gesloten front stortten ze zich op haar, alle meningsverschillen leken vergeten, het socialisme sloot een coalitie met de conservatieve ambtenaar om het gedeelde heilige gevoel te verdedigen, het nooit versagende zelfbewustzijn deel uit te maken van een maatschappij die monter en bestendig trede per trede opklimt en gaandeweg de volmaaktheid bereikt.

Maar ook haar vader zei zacht berispend: ‘Je kunt toch niet ontkennen dat de wereld zich ten goede ontwikkelt, dat we aan de primitiviteit zijn ontstegen en de duistere aspecten van de middeleeuwen ver achter ons hebben gelaten.’

O jawel hoor, zei Monika, dat ontkende ze zeer wel. Had men haar generatie niet nog maar pas in die grootse oorlog laten zien hoe ver de mensheid het had geschopt? Vlammenwerpers, gas en vliegtuigbommen vormden natuurlijk een grote vooruitgang tegenover de ballistische machines uit de middeleeuwen. Wat hadden ze trouwens allemaal tegen die tijd, die toch vol hartstochtelijke religieuze spanning en indrukwekkende gezindheid was, een uiterst aantrekkelijke combinatie van deemoed en hoofse arrogantie? Natuurlijk, van individualisme was nog geen sprake toen, maar het individualisme was tenslotte nu ook weer bij zijn eindpunt aangekomen. Het was misschien wel jammer en pijnlijk voor de enkeling, maar men kon toch onmogelijk de ogen sluiten voor het nieuwe dat zich nu aandiende: een collectief gevoel, een collectief leven – de massa’s namen de aarde in bezit. Dat was anders, zij het ook niet per se beter, dan al het voorgaande en zou waarschijnlijk nog wel een paar eeuwtjes de loop der dingen bepalen tot het op zijn beurt zou worden verdrongen door iets nieuws. Ze mochten gewoon niet alles door de roze bril van de verzadigden bekijken, die wonderlijk genoeg alle schrille kleuren opslorpte en alle begeerte, machtswellust en onderdrukking onzichtbaar maakte.

Ze sloegen hun handen boven hun hoofd in elkaar en spraken haar in koor tegen. Maar Monika luisterde al niet meer, want haar moeder was binnengekomen en had een brief van Beatrix in haar hand. In haar grote ronde vrouwenhandschrift, een beetje gereserveerd maar toch ook weer hartelijk, wenste de godin het hele huis een vrolijk kerstfeest en deelde ze mee dat zijzelf van plan was om Kerstmis met Bud en Klaus in Pontresina te vieren.

Zo wist Monika op z'n minst waar de heer gemaal zich zou ophouden en was de uitdrukking 'in den vreemde' dus toepasselijk.

Wat een vreselijk idee om Kerstmis met onbekenden in een groot hotel te vieren, dacht Monika, terwijl ze zich voor de avond bescheiden omkleedde en zichzelf voorhield dat het haar niets kon schelen niet bij hen te zijn.

Pas toen ze ademloos voor de kerstboom stond, met dezelfde gelukzalige opwinding die ze al als zesjarige had gevoeld, was elk verlangen naar een ander oord in haar gedoofd. Nergens kon het op dit ogenblik mooier zijn dan hier, in deze kamer, samen met haar ouders en de feestelijk geklede huismeiden, voor de rijkelijk met glinsterende slingers, engelenhaar en witte ballen versierde den, die tot het plafond reikte en bovenaan in een schitterende zilveren punt uitliep. Gelijkmatig rustig en onbeschrijflijk feestelijk straalde het kaarslicht, al begonnen ze de kaarsjes nu zachtjesaan uit te blazen want ze mochten pas met oudjaar helemaal opbranden.

Haar vader knipte het elektrische licht aan, dat was het signaal om de cadeautjes uit te pakken. Ze werden elk jaar op dezelfde plek uitgestald, en Monika's tafeltje was niet minder gevuld dan toen ze nog poppen kreeg.

Het waren vooral boeken, een aanzienlijk aantal, die op haar lange verlanglijstje hadden gestaan, maar ook andere, die door niemand anders uitgekozen konden zijn dan door Klaus. Hij trok als een wichelroedeloper door boekwinkels en antiquariaten en zijn handen grepen als vanzelf naar bijzondere werken en hebbedingetjes. Het was een groet, inniger en vertrouwder dan een brief dat op dit moment had kunnen zijn. De andere cadeaus, een skipak en skiondergoed, zeep en briefpapier kwamen van haar ouders, maar dat kleurrijke gewatteerde jasje voor binnen in de ietwat gewaagde – maar net niet overdreven – kleuren, kon alleen maar van Beatrix komen. En haast verborgen onder allerlei kleinigheden vond Monika een rode cassette met grammofoonplaten. Het was het *Requiem* van Mozart.

'Van jullie?' vroeg ze aan haar moeder.

'Nee, van Klaus. Hij wist met zijn geschenken kennelijk van geen ophouden.' Dat was een verwijt en ze kon haar moeder het recht om het te uiten redelijkerwijs niet ontzeggen. Kon je je jonge vrouw zomaar ineens wegsturen, haar wekenlang geen woord schrijven, zo zonder geldige reden de verongelijkte spelen en haar vervolgens met Kerstmis met geschenken overladen, alsof het bevestiging, dank en liefde was? 'Hij draait om jullie huwelijk heen zoals een kat om de hete brij,' merkte ze vinnig op en zei daarmee tegen haar dochter niets wat die niet allang zelf wist.

Monika haalde de zwartglanzende, fijn gegroefde platen stuk voor stuk uit hun hoes. Een gekke gedachte, dat dit muziek was en dat zij en alleen zij bepaalde wanneer de verborgen klanken tot leven zouden komen. Net zo goed kon ze de platen ook, nog voor ze één geluid hadden prijsgegeven, een voor een doormidden breken. Zou daarmee het werk vernietigd zijn of zou het niet veeleer dan pas echt, onafhankelijk en losgemaakt van het toeval van het moment, ten eeuwigen dage bestaan? Een gevaarlijke, levensvijandige gedachte. Snel, alsof ze op heterdaad was betrapt, legde ze het album terug en nam het pas weer ter hand toen haar ouders laat die avond naar bed waren gegaan. Ze legde de eerste plaat op het groene fluweel, veegde met een zacht penseel het kleine beetje stof dat erop lag weg en zette de naald op het begin. Toch haalde ze het hendeltje dat het draaimechanisme in gang zette niet over. Ze liet zich zachtjes zakken en lag op haar arm gesteund op de grond, alsof ze luisterde.

Opeens was de engel boven haar, en ze schrok, want tot nu toe was hij alleen maar in de openlucht aan haar verschenen.

'Het zou mooi zijn mocht je de muziek laten spelen,' zei hij. 'Mozart is jullie enige muzikant die me aangenaam in de oren klinkt.'

'Haal het hendeltje over, dan gaat de schijf draaien,' antwoordde Monika lui.

'Dat moet je zelf doen.'

'Als je geen muziek wilt horen, dan laat je het. Ik heb er geen bezwaar tegen om met jou te praten.'

Hij hurkte naast haar neer op de grond, waarbij hij zijn vleugels opende, en Monika liet met een gevoel van grote opluchting haar hoofd tegen het koele, zachte dons leunen.

'Je kent me toch een beetje,' fluisterde ze naar hem omhoog, zoals ook het hele gesprek zo zacht werd gevoerd dat het voor de buitenwereld onhoorbaar was, 'je weet hoe moeilijk ik het mezelf maak. Waarom blijft het bij mij altijd bij goede voornemens?'

'Je bent een mens,' zei hij teder.

'Zou ik beter een heilige zijn?'

'In godsnaam, nee. De heiligen zijn fantastische acteurs en representanten van de geest, ze zijn grote mensen, maar snappen niets van de liefde.'

'Is iemand die liefheeft niet ook een groot mens?'

'Denk je dat jij dat bent?'

'Ja.'

Een pijnscheut voer door haar lichaam en ze drukte zich steviger tegen de vleugels aan, die vaag naar amandelen geurden.

'Wie bemint is geen groot mens, want hij geeft niet om roem en bewondering. Weet je wat er allemaal bij echt beminnen komt kijken?'

'En hoe. Nog nooit hebben twee mensen elkaar zo vervuld, nog nooit heeft een vrouw een man zo bemind.'

'Je weet het niet,' zei de engel droevig.

'Zeg het me dan.'

'Je mag niet eisen.'

'Ik eis niets, helemaal niets, ik wil alleen bij hem zijn.'

'Dat is te veel.'

'Weet je waarom hij me groet met de muziek die we samen hebben beluisterd die avond in Parijs, de eerste avond na onze nacht? Het schemerde, we stonden voor de Notre-Dame, door een openstaand zijportaal liepen we de kathedraal in. Het was er zo goed als donker, alleen in de verte was het flakkerende schijnsel van lange kaarsen te zien. We liepen eropaf, nauw omsloten door het smalle schip dat zich in het donker dreigend boven ons verhief. De demon kon ons niets maken, want we waren met z'n tweeën. We bereikten het altaar en ons verbond werd gezegend, het orgel begon te spelen en in die muziek lag alle droefheid maar ook alle zoete vreugde van de wereld. Hij boog zich naar mij toe en zei: het *Requiem*. Toen lag zijn mond op mijn lippen en we wisten niet of we lachten of huilden.'

'Is het orgel verstomd, speelt het niet meer?'

'Soms heb ik het gevoel dat ik het nog kan horen.'

'Als je het niet overschreeuwt met je verlangens.'

'Waarom heeft hij me deze groet gestuurd?'

'Omdat hij van je houdt.'

'En toch wil hij niet dat ik bij hem ben.'

'Wacht.'

'Ik kan niet wachten. Ik wil niet wachten.'

Monika wierp zich snikkend op de grond, met haar handen voor haar mond.

'Laat hem los, dan komt hij misschien terug.'

'Ik kan onmogelijk met dat "misschien" leven, ik moet zékerheid hebben.'

De engel zweeg.

'Beloof het mij. Geef mij de zekerheid dat ik hem terugwin.'

De engel zweeg.

Opeens barstte Monika uit: 'Besef je wel wat hij me aandoet, wat de wereld me aandoet? Ik hou het niet meer uit. Weten dat hij leeft zonder bij hem te zijn.'

'Zou je liever hebben dat hij niet leefde?' vroeg de engel toonloos.

Ze ging op haar knieën zitten.

'Ben je een engel of ben je de duivel?'

De gedaante kwam overeind en torende boven haar uit, met wijd gespreide vleugels.

'Wie weet?'

Even was het stil in de kamer. Toen nam de engel weer het woord: 'Het is jullie niet gegeven te onderscheiden waar boven is en waar onder.'

Monika legde haar handen op haar voorhoofd en bleef in die houding geknield zitten, zwijgend, als in een gebed.

'Ben je vergeten,' hoorde ze in haar oor fluisteren, 'waar je me voor het eerst hebt gezien?'

'In een droom.'

'Dat is de wereld.'

'Ik ben bang,' zei Monika, 'ik ben bang voor mezelf.'

De engel stak boven haar uit, groot en zwijgend. Toen legde hij zijn hand op haar schouder.

'Nu wil ik met je vechten.'

Ze schudde haar hoofd.

'Ik heb geen zin meer.'

Ze kwam langzaam overeind en verjoeg hem met een handbeweging. Op blote voeten sloop ze de trap op naar de badkamer, waar ze uit de huisapotheek een glazen buisje met slaappoedertjes nam. Terwijl ze de tien tabletten met water wegslikte, dacht ze verbaasd hoe makkelijk het was en dat al die aanstellerij niet nodig was.

Jammer, Gerda en Jo zou ze nu niet meer goed leren kennen. Het was zo eenvoudig geweest, daarboven in de hut, zo goed en opgewekt, en heel even had ze geloofd dat daar de reddende wereld was. Misschien kon Jo het jasje van Beatrix dragen, want zelf zou ze er nu niets meer aan hebben.

Dat was de enige gedachte die ze aan het sterven wijdde.

Ze ging op bed liggen, las een bladzijde in een willekeurig boek en deed het licht uit.

Ze probeerde aan Klaus te denken, het lukte niet, zijn beeld vervaagde, werd verdrongen door een zoet, zwaar gevoel, door een kolossale vermoeidheid die haar hele lichaam in zijn greep kreeg. En overmand door slaap zakte haar hoofd weg in haar kussens.

2

Toen Monika, opduikend uit peilloze diepten, haar ogen opendeed, zag ze Klaus' donkere hoofd over een boek gebogen.

Het is dus misgelopen, dacht ze en ze voelde tot haar grote verbazing niets van de beschaamdheid en bespottelijkheid die ze in zo'n geval had verwacht.

Ze bleef een poosje roerloos liggen, zoog het geliefde gezicht in zich op en vroeg toen rustig: 'Wanneer ben je gekomen?'

Hij maakte een verraste beweging en glimlachte haar toe: 'Een paar uur geleden.'

'Heb ik lang geslapen?'

'Drie dagen.'

'Dat kan toch niet.'

'Jawel, Monika, je was er erg aan toe.'

'Ben je boos op me?'

'Niet erg.'

'Blijf je nu bij mij?'

Hij aarzelde even.

'Nee.'

'Maar later dan?'

'Ja, Monika. Ik heb nooit iets anders gewild.'

'Wanneer?'

'Heb geduld. Dring niet aan.'

'Ik dring niet aan. Daar ben ik veel te moe voor.'

'Je moet slapen.'

Hij legde zijn voorhoofd tegen haar gezicht.

Later zei ze, half ontwakend: 'Lees wat voor.'

Meestal kon ze de betekenis niet volgen, maar het was weldadig om zich in de klank van zijn donkere stem te hullen, die zacht en intelligent woorden en verzen aan elkaar reeg. Als hij dacht dat ze in slaap was gevallen en hij stopte met lezen, zei ze ongeduldig: 'Ga door.'

Later hoorde ze dan toch niets meer, en toen ze ontwaakte, was Klaus weg.

Nog voor oudjaar kon ze weer opstaan en schuchtere pogingen ondernemen om opnieuw te leren leven.

'Ik wil niet meer studeren,' zei ze tegen haar ouders. 'Ik zie er de zin niet meer van in en ik ben al het gepraat zat. Als je in de wetenschap niet op eigen houtje iets bijzonders presteert, dan is het of je in een luchtledige ruimte aan een draad bungelt. Ik denk dat ik beter bij een fotograaf in de leer ga, dat is een concreet vak waar ik zin in heb en waarschijnlijk ook vaardig in ben.'

En dus ging ze naar München, naar meester Höllriegel, een nerveuze, windhondslanke vijftiger die vroeger weleens portretten van haar had gemaakt.

'Het spijt me, ik neem geen leerlingen aan. En al zeker geen die nog niets kunnen.'

Na die afwijzing bleef ze gewoon zitten en keek hem vol verwachting aan alsof hij zijn mond nog niet had opengedaan. Hij lachte: 'Je leert de mensen snel kennen in ons beroep. Ik heb u altijd graag gemogen, toen ik u fotografeerde. Maar u bent verlegen, meisje, veel te verlegen. Zonder een flinke portie brutaliteit blijf je een stumper.'

Toen legde hij vaderlijk zijn hand op haar hoofd: 'Ik denk dat we het toch samen moeten proberen. Maar als u er niets van bakt, vliegt u eruit.'

Al snel bleek dat ze er wél iets van bakte en dacht niemand er nog aan haar weg te sturen. Ze werkte van 's ochtends vroeg, met korte pauzes 's middags en 's avonds, tot diep in de nacht, en voor het eerst in haar leven lukte het haar om een activiteit uren, dagen, weken na elkaar vol te houden, zonder die beu te worden. Ze ontdekte een nieuwe eigenschap, die ze half bewonderend, half sceptisch bij anderen had waargenomen en die ze bij zichzelf niet kende: vlijt. Het was niet zonder voorbeeld dat ze dat bereikte; en het was niet de springlevende, molenwiekende en met zijn opgewonden onstuimigheid vaak alles in de war sturende Höllriegel die daarvoor in aanmerking kwam, maar wel Maria Stegen, de grofgebouwde, boomlange assistente, een braaf en begaafd meisje dat nog niet lang geleden als fotografe was afgestudeerd en beter dan de meester wist wat een beginner allemaal niet kon snappen. En dus werd zij Monika's leermeesteres;

met engelengeduld verklaarde en toonde ze telkens weer de vele noodzakelijke handgrepen en liet ze de leerlinge over haar schouder meekijken wanneer ze zelf opnamen maakte of die in de donkere kamer ontwikkelde. Ze was een gepassioneerde werkster, enthousiast en plichtsgetrouw haar bescheiden kunst toegedaan en daarnaast tot over haar oren verliefd op de meester, die haar vader had kunnen zijn, maar die haar affectie af en toe slim met lieve woordjes aanwakkerde, omdat dat zijn zaak ten goede kwam.

Wat voor werk was het eigenlijk, dat bij Monika een doorzettingsvermogen wekte dat ze tijdens haar studie nooit had gevoeld? Ze was er tenslotte zelf niet helemaal van overtuigd dat een academische loopbaan zo'n slecht idee was en dat het haast mechanische gepruts met penseel, retoucheerstift en allerhande vloeistoffen haar zoveel beter lag. Maar geen gedachte, hoe briljant ook, geen historisch aspect, hoe fantastisch ook, had haar zo diep weten te raken als het beeld dat in het rode licht langzaam en mysterieus op het maagdelijk witte papier verscheen en dat onder het bedachtzame wiegen van de ontwikkelschaal diepte en kleur kreeg. Meer dan van de opname zelf – ofschoon het avontuurlijk en opwindend genoeg was om met list en complimentjes bij het model die uitdrukking op het gezicht te toveren die je wilde hebben en ook nog eens met allerlei lampen, zachte spotlights en harde hooglichten accenten en contouren aan te brengen – meer nog dan van het eigenlijke fotograferen hield Monika van het werk in de donkere kamer, die stille en met een licht zurige geur gevulde ruimte die door twee zware, zwarte gordijnen zo zorgvuldig van de buitenwereld was afgesloten. Hier zag je als het ware uit het niets en op heel korte tijd een foto ontstaan – Vreni's bekoorlijke kindergezicht bijvoorbeeld, schalks glimlachend, in het aangenaam grote 18:24-formaat – het was een soort hekserij: er was een werk voltooid, of toch een werkje, je kon het zwart-op-wit in je hand houden en het keurig afgewerkt, geretoucheerd en op een mooi stuk karton geplakt met een gerust hart meegeven.

Het was niet-contemplatief, zuiver werk waar toch wel enig initiatief bij kwam kijken, maar ook smaak en een zekere aangeboren gave van het oog vereist waren.

Kunst, zoals de fotografie zich soms grootsprakerig noemde, was het eerder niet, en ze eiste van haar dienaren ook niet de gespannen en hypergevoelige zenuwen van de kunstenaar die ook maar de geringste trilling van het universum registreren.

Voor Monika was het voldoende, ze kon uitrusten en op adem komen. Urenlang zat ze geduldig over een foto gebogen en zette met het tussen haar lippen bevochtigde penseel zorgvuldig puntje naast puntje tot alle onzuiverheden weg waren.

Ondertussen babbelde ze met Maria Stegen, die over haar thuis vertelde, een drogisterij in een kleine Midden-Duitse stad waar acht kinderen waren opgegroeid. Het was een benauwde, vreemde wereld met ingeroeste vooroordelen, niet interessant in de gebruikelijke zin van het woord, maar een wereld waar onrustbarende dingen onder de oppervlakte borrelden en waar in een rare soort romantiek ontevredenheid, haat en fanatisme voor een zaak rondwaarden waarin men het wondermiddel zag voor alle moeilijkheden en kwalen. Vijf broers waren al vele jaren lid van de SA en knokten er regelmatig met verbeten trots voor hun Führer op los. Maria kon voor hun optreden geen sympathie opbrengen maar keurde het ook niet af, ze was nu eenmaal niet in politiek geïnteresseerd, en als Monika het onderwerp ter sprake bracht, zei ze afwerend: ‘Dat gaat allemaal mijn petje te boven. Dat moeten we aan de mannen overlaten. Het moet weer beter gaan met Duitsland en met welke middelen dat wordt bereikt maakt niet zoveel uit.’

Op een keer moest ze een hele poos naar haar woorden zoeken voor ze rood aanlopend haar vraag stelde: ‘Is het waar, Monika, dat alle Joden overal ter wereld lid zijn van een geheim genootschap dat zich tot doel heeft gesteld de christenen te onderwerpen en te knechten?’

Monika was zo verbluft dat ze niet kon lachen. ‘Wie heeft u die onzin wijsgemaakt, Maria?’

‘Mijn broers zeggen dat. Ik heb altijd gezegd dat ik ze niet geloof, maar weet u, het had ook zomaar waar kunnen zijn.’

Zelfs als je je verschool achter eenvoudige activiteiten zoals retoucheren, was er geen ontkomen aan de politiek. Licht duizelend nam Monika op zulke dagen afscheid van Maria Stegen, die de duistere bijgelovigheid van haar ouderlijk huis niet kon afleggen, en toog ze naar haar vrienden, bij wie het altijd licht en opgewekt, vanzelfsprekend en vriendschappelijk toeging, betrad ze opgelucht en gelukkig de Meyerhof-wereld, die haar liefdevol en helemaal als een van hen had opgenomen.

Gerda woonde niet ver van het atelier bij de Englischer Garten, en Jo en Vreni leefden met haar samen als ze in München waren. De knappe Jo verdween regelmatig voor dagen en weken en liet haar kind dan bij haar vriendin achter. 'Het is alsof de duivel ermee gemoeid is,' zei ze lachend, 'jullie liggen me nader aan het hart, maar als zo'n manspersoon me zelfs maar met zijn pink een teken geeft, loop ik telkens weer als betoverd achter hem aan en laat ik jullie in de steek.'

Gerda vond het allemaal best, ze kon tot haar groot verdriet geen kinderen krijgen en nam Vreni graag als surrogaat aan. 'Wat je niet hebt, moet je gewoon zelf bezorgen,' vond ze, zoals ze ook in elke relatie een virtuoze levenskunstenares was; iemand die altijd tijd had voor de anderen en intussen bergen werk verzette. Ze bekommerde zich om het huishouden en haar praktijk, gaf vrienden goede raad en tegelijk ook liefde, en op een dag vernam Monika tot haar grote verbazing dat Gerda een hartstochtelijke en erg actieve socialiste was.

'Waarom ik je dat nooit heb gezegd, Monika? Eigenlijk gewoon omdat het er nooit van is gekomen. We hebben een verschillend beroep en ik hou me met het socialisme bezig in alle vraagstukken die te maken hebben met mijn beroep. Dat gaat mij aan, daarover kan ik meepraten, voor de rest luister ik zonder iets te zeggen en in geen geval doorkruis ik het land om zieltjes te winnen.'

Soms zat ze 's avonds onder de lamp en had ze diepe kringen onder haar ronde, intelligente ogen, maar als je dan je medeleven uitdrukte, zei ze lachend: 'Wat hebben jullie nou, ik maak het prima.'

Hoewel Monika op den duur bijna dagelijks langskwam, ontmoette ze Meyerhof nooit, en dat terwijl hij vaak bij de twee vrouwen en zijn kleine dochter te gast was. Hij wilde niet door vreemden gestoord worden, en wanneer hij werd verwacht moest iedereen het veld ruimen. Licht geërgerd dacht Monika: hou hem maar, jullie voortreffelijke man en vader, ik hoef hem niet te leren kennen, ik ben niet nieuwsgierig naar die teerbeminde naar wiens pijpen jullie allemaal dansen.

Dat ze niet nieuwsgierig was naar de heer en meester van deze wereld waar ze zo van hield, maakte ze zichzelf wijs, want ze dacht vaak over hem na en al lang voor ze hem leerde kennen was hij voor haar tot een soort fictieve metgezel uitgegroeid.

Het was vroeg in de zomer, toen ze op een middag bij het open raam zat te retoucheren; ze was alleen, Höllriegel en Maria waren weg voor een buitenopname. Kort voor sluitingstijd kwam er nog een klant en Monika probeerde vergeefs de rijzige, breedgebouwde man die zwaar en massief en toch met niet te overtreffen beleefdheid op de drempel stond, duidelijk te maken dat hij een andere keer moest terugkomen.

'De twee fotografen zijn afwezig en ik ben slechts een leerlinge.'

'Ach wat,' zei hij vriendelijk en met de zelfverzekerdheid van een man die altijd zijn zin krijgt, 'ik heb niet veel tijd. U krijgt vast iets voor mekaar. Vooruit maar.'

Hij duwde haar zacht opzij en opende de deur, waarop in gele olieverf 'Atelier' geschilderd stond.

Ze capituleerde.

'Wat u wilt. Maar veel fraais zal het niet opleveren.'

'Zo fraai dus als met mijn hoofd mogelijk is,' zei hij, terwijl hij het zich geamuseerd gemakkelijk maakte op de klaarstaande stoel.

Monika knipte lampen aan en weer uit, ze bekeek het object van links en van rechts, vroeg hem zijn hoofd op te tillen en weer te laten zakken, zijn ogen dicht te doen, een punt op de muur te fixeren, zijn voorhoofd met zijn hand te bedekken, een sigaret op te steken en die meteen daarop weer uit te drukken, en de man deed dat alles bereidwillig en zonder de tevreden uitdrukking op zijn haast mooie, gegroefde en imposante gezicht te verliezen. Het lag niet in Monika's aard om nerveus om de mensen heen te springen en ze met een woordenvloed tureluurs te maken zoals meester Höllriegel dat deed, maar ze had toch al voldoende vakkennis om te weten dat je er niet zomaar op los mocht kieken, maar eerst flink wat hocus pocus moest maken. Ach, wist ze maar waaruit die bestond! Ze voelde wel aan hoe vreselijk lachwekkend haar bedrijvigheid was; de klant moest de hulpeloze onzekerheid wel opmerken waarmee ze te werk ging, maar hij had iets van de onverschillige gelatenheid van een dier, zoals hij daar zat en zijn witharige hoofd op haar commando naar links en naar rechts draaide. Hij poseerde hoegenaamd niet, en ze schrok haast van het uitblijven van die toch zo universeel menselijke houding.

Toen ze eindelijk ertoe was overgegaan de opname te maken, kwam hij opgelucht overeind: 'Klaar.'

Nee, helemaal niet. Dit was één opname en ze moest er op z'n minst zes maken.

'Drie. Laten we het op drie houden.'

Goed, daar kon ze zich in vinden, want ze had inmiddels begrepen dat zijn hoofd onveranderlijk, als uit steen gehouwen was en dat het absoluut geen zin had om deze man ernstig of opgewekt te willen fotograferen, omdat hij alleen maar de twee tegelijk kon zijn.

Glimlachen kon hij wel als een kleine jongen.

'Ik denk,' zei hij plotseling, 'dat u het was die mijn dochtertje zo fraai hebt gefotografeerd, en ik had eigenlijk meteen naar u moeten vragen. Ik herinner me dat Gerda me dat heeft opgedragen.'

Monika liet het cassettedeksel dat ze vasthad vallen, en hij raapte het met een voor zijn gewicht verbazingwekkende behendigheid op.

'Meyerhof,' zei hij daarbij met een soort buiging. 'Jo wil namelijk voor haar verjaardag een foto van mij en daarom heeft Gerda mij hierheen gestuurd. U kent ze wellicht allebei?'

Wist hij niet hoe goed ze bevriend waren, hoe innig Monika van de kleine Vreni hield? Waarschijnlijk had hij haar naam nog zo goed als nooit gehoord, want discretie was een deugd die alle Meyerhofs hoog in het vaandel droegen.

Zoals altijd wanneer je onverwacht iemand leert kennen over wie je al veel hebt gehoord en van wie je je een verkeerd beeld hebt gemaakt, nam Monika met spijt in het hart afscheid van de fantasiefiguur die jonger, elastischer en waarschijnlijk ook geestiger was.

Maar op z'n minst liet hij nu zijn lome rust varen en knoopte hij een gesprek aan. Het was niet meteen wereldschokkend wat hij zei – hij vroeg naar haar opleiding als fotografe en maakte een paar lovende opmerkingen over het plezier dat geslaagde foto's meestal bij mensen wekken. Heb ik je eindelijk op je stokpaardje, mensen en psychologie, dacht ze vergenoegd, en ze ging door. En omdat ze meer dan van fotograferen verstand had van gesprekken voeren – en dat was zonder enige twijfel een legitieme kunst – slaagde ze er ook in om hem bij zich te houden. Ja, hij leek opeens niet meer zo gehaast en na een tijdje vroeg hij of ze geen zin had om samen met hem een eindje te wandelen, het was prachtig weer, het park was vlakbij en in een kamer kon je toch niet praten. Dat kon wel, het was zes uur en dus sluitingstijd. Ze haalde haar handtas en trok haar jasje aan. Een hoed had ze niet, hij moest ook zo maar met haar genoegen nemen.

Ze liepen 'rond het meer', zoals deze weg algemeen werd genoemd, hoewel het eigenlijk niet meer dan een kleine vijver was, waarop 's zomers stelletjes in kleurige boten roeiden en waar 's winters de jeugd uit de hele stad zich op schaatsen kwam uitleven.

Meyerhof liep naast Monika, met grote plompe stappen, trots en tegelijk voorzichtig, als een boer die over zijn akker gaat. Voor zijn handbewegingen had hij ruimte nodig. Om de haverklap wees hij naar bijzondere dingen die zijn snelle blik had ontdekt, merkwaardig afgescheurde stukken boomschors, tere blaadjes, een vogelnest of kevers of sprinkhanen die in het nog lage gras hun gang gingen; hij zag alles wat zij, die haar blik graag op het landschap als geheel richtte, meestal niet had opgemerkt.

Ze luisterde zonder zelf veel te zeggen, maar wellicht wist hij ook zo wel hoe weldoend en rustgevend het was om hem te volgen.

Ze liepen de tuin van de kleine uitspanning binnen en namen aan een tafel vlak bij het water plaats. Nadat er rijkelijk gebak en melk was geserveerd, verorberde Meyerhof alles verbazingwekkend snel. Het is een boer, dacht Monika, Jo zei het al op de eerste dag, en in een salon moet je allerlei hebbelijkheden van hem door de vingers zien. Maar hij heeft de kracht van een reus die de aarde draagt.

Hij had een sigaret opgestoken en leunde met halfgesloten ogen zwijgend achterover op zijn rieten stoel, alsof hij wilde aangeven dat het nu haar beurt was om te praten.

Monika had sinds haar ongelukkige avontuur bodemloos gezwegen, en ook in de brieven die ze nu weer met Klaus wisselde schreef ze over niets anders dan over het verloop van de dag en mengde er omzichtig en goed gedoseerd af en toe wat liefde doorheen. Maar je daalt niet ongestraft naar de moeders af en keert uit hun donkere omarming naar het licht terug; de klank van hun gefluister blijft in je oren hangen, je begrijpt de taal van de wereld beter en scherper en wordt toch door het verlangen geplaagd je ervan af te wenden. En als je met dat alles een tijdje hebt rondgelopen, dan zoek je de mens, de broer die het begrijpen kan.

Ze begon te vertellen, aanvankelijk aarzelend en verlegen, maar omdat hij haar niet onderbrak, ging het alras sneller, ze sprak bijna twee uur lang zonder pauzeren, en al die tijd keek haar niet één keer aan. Het was alsof hij zijn ogen had uitgeschakeld en nog slechts een en al oor was. De asbak voor hem vulde zich met sigarettenpeuken. Het begon al te schemeren toen ze zweeg.

Hij maakte een gebaar naar de ober en stak zijn zware handen in een geborduurd tabakszakje dat als geldbeurs dienstdeed. Vervolgens liepen ze door de frisse, seringzoete avondlucht terug naar het stadscentrum.

'U bent een goede vertelster, mevrouw Monika,' zei hij na een lange poos, 'met een scherpe zin voor zelfkritiek. Maar ik meen wel dat u soms, op momenten dat het onnodig is, te streng bent voor uzelf en dat u zich aan de andere kant laksheid veroorlooft waar u dat beter niet zou doen. Laat mij nadenken voor ik verder met u praat. En probeer weer met uw voeten op de grond terecht te komen, waar u nog altijd behoorlijk ver boven zweeft als u het mij vraagt.'

Op een kruispunt bleef hij staan.

'Ik denk dat onze wegen hier scheiden.'

Toen hij zag hoe ontzet ze hem aankeek, glimlachte hij: 'Ik wil nog even alleen zijn, voor ik bij Gerda aankom. Een mens moet in zijn leven welgekozen pauzes inlassen. Vindt u het goed dat ik u overmorgen voor uw atelier opwacht?'

'Mag ik wel uw tijd in beslag nemen? Ik heb u met mijn bekentenissen overvallen zonder u te vragen of het paste.'

'U hebt gelijk, mevrouw Monika, dat u de tijd van iemand anders als een kostbaar goed beschouwt. Maar denkt u vooral niet dat ik urenlang naar een mens ga zitten luisteren als het niet ook voor mezelf iets betekent. Tot overmorgen dus.'

Met zijn reuzenpoot omvatte hij haar hand, drukte die stevig en ging zwaar en bedachtzaam zijns weegs.

Twee dagen later stond hij stipt om zes uur voor het atelier en sloeg zonder er veel woorden aan te besteden de weg van de vorige keer in. Vol ongeduld wachtte Monika op zijn antwoord, alsof daar voor haar god weet wat van afhing; des te ontgoochelder was ze toen hij over niets anders praatte dan over boeken en dieren, over bomen en, als het echt niet anders kon, ook over mensen.

'Geest is goed,' zei hij, 'en lichaam is misschien nog beter. Maar de ziel, mevrouw Monika, de ziel, daar wringt het schoentje, dat is het ergste kwaad, het ondefinieerbare, het vage waar de mensen, omdat ze zich er niets precies bij kunnen voorstellen, zich ongeremd in uitleven.'

Ze lachte. Als ze hem goed begreep, was hij een psycholoog die de psyche loochende.

Nee, de psyche loochenen deed hij niet, hij had haar overwonnen. In het leven moest je zoeken naar een evenwicht tussen het geestelijke en het vitale. De ziel daarentegen was de onruststoker, het egocentrische, omkoopbare dat kennis en instinct alleen maar vertroebelde.

Was hij dan van plan om het voelen van ambtswege te verbieden?

'Nee, kind, absoluut niet. Voel en heb lief zoveel u kunt.' Maar, voegde hij er lachend aan toe, hij had gelukkig nog nooit een van het lichaam losgekoppelde liefde meegemaakt, hoe hemels ze zich ook voordeed. En bovendien speelde de geest ook hier zijn mooie en grote rol.

Nu meende Monika dat het moment gekomen was om eindelijk over zichzelf te spreken, maar hij onderbrak haar meteen na een paar zinnen: 'Dat hebt u me allemaal gisteren al verteld, en wel op erg coherente wijze. U mag het mij niet kwalijk nemen, maar ik vind het vervelend twee keer hetzelfde te horen. De rol die het publiek het meest mag is niet altijd de lievelingsrol van de acteur.'

Ze viel geschrokken en ook geërgerd stil, maar hij stapte handig over haar ontstemming heen. Op het kruispunt waar ze de vorige keer afscheid hadden genomen, bleef hij staan.

'Overmorgen is het zondag. Waarschijnlijk gaat u naar uw ouders. Maandag op hetzelfde tijdstip dan?'

De afspraak groeide uit tot een gewoonte; om zes uur, nooit een minuut later, verscheen zijn brede, massieve gestalte voor het atelier – nu eens kwam hij te voet, dan weer stapte hij uit de tram of uit een taxi, maar telkens laste hij een dag in waarop ze elkaar niet zagen.

Iedere keer, bij goed of slecht weer, maakten ze dezelfde wandeling, de weg 'rond het meer', en toen Monika op een buitengewoon betoverende avond eens voorstelde om dieper het park in te gaan, waar er minder mensen en uitgestrektere weiden waren, antwoordde hij haast wrevelig dat hij geen reden zag om van het gebruikelijke af te wijken; meende ze soms dat onbekende bomen mooier en interessanter waren dan bomen die je vaak zag; daar vergiste ze zich in, want enkel wat je altijd weer ziet is de moeite van het bekijken waard; slechts zo begreep je groei en verandering.

Ze schikte zich zonder tegen te sputteren, hoewel ze er niets aan vond altijd weer hetzelfde te zien en daar zelfs bijna een hekel aan had.

De enige variatie was dat ze de ene keer de uitspanning bezochten en de andere keer niet, afhankelijk van hoeveel tijd ze hadden. Zo waren ze een uurtje samen, soms ook twee, maar namen ze altijd op dezelfde plek afscheid van elkaar.

Het kon niet lang duren voor Höllriegel en Maria Stegen de witharige man opmerkten die telkens op hetzelfde tijdstip voor het huis stond te wachten. De meester kende Meyerhof nog van voor de oorlog, toen ze beiden in een onbezwaard, stralend München in de kringen van de gekke en soms ook begaafde bohème thuis en jong waren geweest. Hij gaf Monika een tikje op haar wang en zei: 'Ik ben blij, mevrouw Merton, dat u ook eens uw pleziertje hebt. Een buitengewoon intelligent man, die Meyerhof, maar dat ligt u waarschijnlijk. 'k Heb eigenlijk nooit begrepen waarom-ie het niet verder heeft geschopt.'

Monika glimlachte en knikte, hoewel ze er ook van overtuigd was dat die oude snuiter van een Höllriegel zich iets anders bij dat pleziertje voorstelde dan zij.

Steeds vaker en steeds dringender vroeg ze zich af wat ze eigenlijk aan die gesprekken had, die zo algemeen, zo vrijblijvend en niets eens zo rijk aan afwisseling waren, wat haar bezielde om op Meyerhof-dagen vanaf de middag alle kwartieren naar de klok te kijken en met zware hoofdpijn ontstemd naar huis te gaan als hij eens een afspraak afzegde omdat hij naar een zieke vriend moest.

Soms legde hij onder het praten even zijn arm om haar schouder, maar eigenlijk gebeurde dat slechts in het vuur van zijn betoog en was het meer een beschermend gebaar dan hofmakerij. Op zulke ogenblikken had ze gewild dat hij haar tegen zich aan trok en was ze vervuld van een zoete en haar knieën week makende nieuwsgierigheid naar de tederheid van die machtige beer. Maar telkens ging het moment voorbij zonder dat hij ook maar iets van haar gemoedsbeweging leek op te merken.

Het was haast grievend hoe zuinig hij was met verhalen over zichzelf; waarschijnlijk had hij zich tot taak gesteld haar weer met beide voeten op de grond te zetten en dacht hij dat met zijn boerenslimheid te bereiken door haar verstand, dat in de tijd van het grote verdriet was ingedommeld, uit zijn doornroosjesslaap te wekken.

Toen ze hem eens ronduit de vraag stelde, glimlachte hij olijk: 'U wilt dus weten of u voor mij een vriendin of een opgave bent, mevrouw Monika? Alsof een vriendin geen opgave is!'

En met een afsluitend, weids handgebaar stapte hij over op een ander onderwerp.

Het duurde maanden voordat hij haar bij hem thuis uitnodigde. Ze ontmoette de blinde Malwine, een slanke, blonde vrouw die vermoedelijk al verwelkt was geweest voor ze echt had gebloeid. Meyerhof bejegende haar met tactvolle ridderlijkheid, die zo demonstratief was dat je zijn onverschilligheid erdoorheen voelde, maar hij stond toe dat ze zolang ze samen waren zijn hand vasthield. Ze kwetterde er dwaas op los en lachte met een hoog vogelstemmetje, meestal geheel zonder aanleiding.

Meer nog dan van de vrouw schrok Monika van de armzalige lelijkheid van het interieur. Slecht geverfde, goedkope en smakeloos kleinburgerlijke meubels stonden verspreid in de kleine woning, die bestond uit de gebruikelijke eetkamer met de lange tafel en de ongemakkelijke houten stoelen en een woonruimte waarin de kanariepiet noch de bronzen replica van de Venus van Milo ontbraken.

Meyerhof leek compleet ongevoelig voor die gruwel; hij ging met Monika in de keuken zitten, droeg een oud, sjofel leren jasje waarin hij eruitzag als een indrukwekkende boer, en maakte met omstandig ceremonieel koffie-extract, dat hij ongezoet, onverdund en gulzig dronk.

Pas bij het weggaan kreeg Monika de vrouw nog eens te zien, ze schoot de kamer uit en drukte op de donkere gang de twee handen van de gaste.

'Komt u snel, snel terug, mevrouw Merton, Meyerhof is altijd gelukkig als hij met u kan praten.'

Op z'n minst leek hij dus tegen dit arme schepsel te vertellen wat zij hem met al haar gewiekste pogingen niet kon ontlokken.

'Je moet hem nemen zoals hij is,' zei Gerda, 'als jij me het niet had gezegd, had ik niet eens geweten dat hij je kent. Hij praat niet over andere mensen, hij zegt niet wat hij zoal doet als hij niet bij ons is; zijn afwezigheid is compleet, maar als hij er is, dan is hij zo geheel en al aanwezig als ik dat bij niemand anders ken.'

Des te verbaasder was Monika, toen hij bij de volgende gelegenheid zelf het initiatief nam en ernstig vroeg: 'Nu bent u net zo nieuwsgierig als iedereen die mij tussen mijn vier muren heeft bezocht en durft u de vraag niet te stellen: waarom ik met Malwine getrouwd ben.'

Ze voelde hoe het bloed naar haar hoofd schoot.

'Het is niet tactloos om dat te denken,' zei hij snel, 'denkt u dat ik niet zelf zie wat voor een merkwaardig stel wij vormen? Dat ik ogen in m'n kop heb en een beetje verstand heb van vrouwelijke schoonheid, heb ik voldoende bewezen met Jo en Gerda. Er zijn veel redenen, mevrouw Monika, heel veel, bewuste en onbewuste waarschijnlijk ook, waar ik niet al te diep over wil nadenken. Maar wat de doorslag heeft gegeven is dat ik er langzaamaan aan gewend was geraakt getrouwd te zijn, en Malwine is een fatsoenlijk en goed mens, bovendien veel snuggerder als we alleen zijn dan in het bijzijn van vreemden, die haar ergeren en bij wie ze zich minderwaardig voelt. Dat heb ik haar niet kunnen afleren. Ik ben aan haar gehecht, en gewoonte zorgt nu eenmaal voor een grote verbondenheid, zeker als je de veertig gepasseerd bent. Als ik een andere vrouw had, als ik nu met Jo of Gerda was getrouwd, was te vrezen dat ik lui, sloom en al te snel tevreden zou worden, dat ik me zou 'verleggen', zoals de middeleeuwers het uitdrukten. Zo ver is het met mij nog niet, en met Malwine bestaat het gevaar niet dat ik thuis verpieter.'

Hij floot zacht een deuntje.

'Denkt u dat ik zelf niet zie dat het boven in de hut bij Jo mooier is dan bij mij thuis? O, u dacht dat die hut mijn eigendom was? Nee hoor, die heeft Jo van een vriend als afscheidsgeschenk gekregen. Ik bezit niets en wil ook niets hebben wat mij bindt.'

Ze hadden in de kleine uitspanning plaatsgenomen, op hun gebruikelijke plekje. Hij steunde met zijn ellebogen op de tafel: 'Als je zo'n heimat hebt als ik, als je een boer bent, moet je niet ergens anders wortel proberen te schieten. Het is tenslotte mogelijk dat ik ooit terugkeer naar de boerderij, en dan zal niets me mooi en goed genoeg zijn, neemt u dat maar van me aan. Maar zolang ik een nomadenleven leid, van de ene woning naar de andere trek, zolang ik een stadsbewoner ben, kan het me niet schelen hoe het er om mij heen uitziet. Wat ik nodig heb is een beetje zon en als het even kan ook een boom voor mijn raam – meer dan dat zou slecht zijn, want het zou toch niet meer zijn dan een erbarmelijk surrogaat.'

Tegen zijn heldere verstand, zijn rust en zijn bedaardheid kon ze niet op. Als ze het toch probeerde, kneep hij zijn ogen tot spleetjes: 'Ik dacht dat u volwassen was. Het is stilaan wel hoog tijd.'

'Dat is ook maar een vaag begrip, zelfbedrog.'

'Nee, het beschrijft heel precies de toestand waarin je de sentimenten en ressentimenten, de jeugdige schroom hebt afgelegd en bereid bent om het gesprek met anderen aan te gaan.'

‘Gesprek? Allemaal goed en wel, maar met praten alleen kun je de wereld ook niet veranderen.’

O, dacht ze soms dat jeugdige heethoofden dat dan wel voor elkaar kregen? Was het niet veeleer zo dat alles zich uiteindelijk vanzelf in een goede en zinvolle richting ontwikkelde? Ze was in zijn ogen toch wel eerlijk genoeg om niet zoals zovele van haar leeftijdsgenoten het manteltje van de ellende koket om haar schouders te slaan en te flirten met de revolutie, die ze tenslotte helemaal niet wilde. Natuurlijk was de wereld op een punt aanbeland waarop de bezitsverhoudingen en ook de maatschappelijke orde aan de veranderde omstandigheden moesten worden aangepast, daarvoor moest worden gezorgd zonder er een religie van te maken. Socialisme was een kwestie van organisatie en niet van ideologie.

Ja, dat klonk allemaal wel heel redelijk, maar was dat niet te veel voorbehoud en wijze gematigdheid? Was het niet eerder door de vurige moed en de fervente kracht van de Hausers en Santens van deze wereld dat de mensen werden voortgedreven, dat er leven in de brouwerij kwam? Zou Meyerhof bereid zijn geweest op de barricades te vechten of zou hij ook hier niet eerder als man van de geest hebben gehandeld, angstig zijn hand boven zijn werk hebben gehouden en wereldvreemd hebben gesmeekt zijn cirkels niet in de war te brengen?

Hij moest hartelijk lachen om haar bedenkingen dat het in dezen, net als altijd in het leven, aankwam op het juiste moment om een besluit te nemen. Je moest geen held willen zijn volgens een vooraf opgesteld plan, nee, het volstond om op het beslissende moment geen lafaard te zijn. Fanatici moesten er zijn, net als heiligen; maar hij, Meyerhof, en voor zover hij haar kende, ook zij, Monika, konden zich daar maar beter ver van houden. En Klaus was het wat dat betreft hoogstwaarschijnlijk met hem eens.

Ze spitste de oren. Dat was een nieuwe toon, want Klaus kwam tussen hen nooit ter sprake. Sinds die eerste, mislukte poging was ze bang dat ze hem met haar oude verhalen verveelde, en omdat ze het in deze uren, die voor haar zoveel waren gaan betekenen, niet over Klaus had, dacht ze ook minder aan hem. Hoe ongelooflijk het ook was, van lieverlee vervaagde zijn beeld, verdween hij uit haar leven, en ze liet hem los, liet toe dat hij zich op weg begaf naar een grijze verte. Soms wachtte ze, als iemand die door boze dromen wordt geplaagd, op het toverwoord dat haar zou doen ontwaken in een mooi leven. Maar Klaus' oproep bleef uit, en in zijn brieven, die mettertijd uitvoeriger en hartelijker werden, repte hij met geen woord over een weerzien.

'Klaus?' vroeg ze, zijn naam rekkend, verbaasd als ze was dat Meyerhof zijn naam zo opeens liet vallen, 'ja, is goed mogelijk. Niet alleen op dit punt, maar ook op talloze andere zou hij het met u eens zijn.'

'Dat is een groot compliment, en ik weet het te waarderen.'

Ze haalde een brief uit haar zak: 'Spot u niet zo. Want hij praat u inderdaad naar de mond. Luister maar naar wat hij schrijft:

> *Ik hou me tegenwoordig veel met geschiedenis bezig en heb ontdekt dat die net zo bevrijdt van overdreven haat als van overdreven liefde. Als je wat van geschiedenis afweet, zul je nog niet zo snel de aard van een volk met geestige bonmots typeren, iets wat, als je veel van de wereld hebt gezien, even aanlokkelijk is als compleet verkeerd. Toegegeven, kennis van de geschiedenis maakt pessimistisch, wanneer het gaat om hebzucht, fanatisme, honger naar macht en rijkdom en om de domheid waarmee de mensen de ambitieuze rattenvangers achternalopen, maar in een andere, hogere zin keert alles zich toch ten goede. Want hoezeer de duivel zich ook weert: uiteindelijk blijven toch altijd de geest en de vrijheidsliefde de drijvende krachten. Wat trouwens, met permissie, hetzelfde is.*'

Meyerhof knikte: 'Bevalt me zeer, en ik geloof dat uw Klaus een man begint te worden.'

Toen hij een poos later afscheid van haar nam, vroeg hij fijntjes lachend: 'Ik hoop dat u zich er rekenschap van geeft, mevrouw Monika, dat u me daarstraks een liefdesbrief hebt voorgelezen?'

Ze maakte een sceptische handbeweging.

'Toch wel. Vertrouwt u maar op mijn ervaring. Lieve woorden kun je vlotjes uit je pen schudden, maar ze zijn snel vergeten en wegen niet zwaar, maar daar waar wij bereid zijn ons hart uit te storten, daar brandt de vlam.'

Met die woorden liet hij haar staan, verward keek ze hem na. Wat bedoelde hij, wat betekende die merkwaardig versluierde, haast afwezige blik in zijn donkere ogen? Had hij niet zelf maandenlang naast haar lopend zijn hart uitgestort? Brandde de vlam in hem?

Eens te meer ging ze op de loop voor die twijfels door weg te kruipen in haar slim gebouwde vossenhol van werk, en stilzwijgend liet ze de dag verstrijken waarop na één jaar haar leertijd voorbij was. Ook deed ze of ze niets hoorde wanneer meester Höllriegel zo nu en dan liet vallen dat het misschien tijd werd om zelfstandig werk te zoeken. Vooral geen verandering, vooral nergens aankomen, vooral alles laten zoals het is!

In februari vertrok Meyerhof voor een paar weken met Jo en het kind op reis. Moeizaam sleepten de dagen zich voort, dodelijk verveeld zat Monika over de retouches gebogen en slechtgehumeurd legde ze om zes uur de foto weg. In de tweede week ging ze Malwine opzoeken. De blinde vrouw wist zich nauwelijks raad met haar vreugde; wat een verrassing, wat lief van mevrouw Merton om zo ver met de tram te reizen, alleen maar om haar een bezoekje te brengen! Monika luisterde verlegen, ze voelde zich ongemakkelijk en de veel te kleurige, afgedragen jurk van de vrouw wekte haar ergernis tegenover de afwezige vriend.

Wat moest ze hier? Waarom was ze gekomen? Toch niet uit medelijden, en al helemaal niet omdat ze vaak aan Malwine dacht – ze moest gewoon met íemand over Meyerhof praten. Het was niet nodig om het gesprek op hem te brengen, Malwine kende geen ander onderwerp, en terwijl ze met jachtige bewegingen door de kamer rende om gebak en sigaretten te halen, vertelde ze naïef, zoals een klein meisje met een vriendin praat, over haar liefde.

Ja, wie Meyerhof in het leven daarbuiten kende, de schrijver en geleerde, de grote Meyerhof, die kon zich niet voorstellen hoe vrolijk hij met haar leefde, hoewel ze hem niets te bieden had behalve wat tederheid. Want ze snapte niets van zijn werk en ze wilde er ook niets over weten. Er waren genoeg andere dingen waar ze voor moest zorgen. Had Monika er een idee van hoeveel belang hij hechtte aan goed eten? Ze was geen slechte kokkin, hoewel ze niet kon zien, soms zei hij over een gerecht dat het bij zijn moeder niet beter zou smaken, en dat was toch de grootste lof die een man kon geven, nietwaar? Zwetschgenknödel vooral, dat was zijn lievelingsgerecht, en ze moest er in de herfst voor zorgen dat ze voldoende pruimen inmaakte om het hele jaar door te komen. Zo bleef hij goedgehumeurd, en hij kon na een uitgebreide maaltijd opgewekt en uitgelaten zijn als een kind.

'Stelt u zich voor, mevrouw Merton, elke avond zitten we samen en spelen we zesenzestigen met mijn blindenkaarten.'

Meyerhof, de vriend, Gerda's en Jo's levensgezel, die avond na avond aan deze tafel met zijn blinde vrouw een onbenullig kaartspel zit te spelen! Wat een ondraaglijke gedachte!

Monika drukte haar vuisten tegen haar ogen en schaamde zich meteen voor die onbeheerste beweging, die ze zich alleen maar kon veroorloven omdat de vrouw tegenover haar niet kon zien.

Ik hou van hem, dacht ze, en ze bewoog waarschijnlijk ook haar lippen mee, het is krankzinnig want ik hou toch ook van Klaus, ik hou meer van Klaus, maar zonder Meyerhof kan ik niet leven, niet nu, niet op dit moment.

Ze nam haastig afscheid van de blinde, en haar terugkeer naar de stad had iets weg van een vlucht.

De enige mens die haar nu had kunnen helpen, was Meyerhof zelf.

'Het was erg aardig van u, mevrouw Monika, dat u mijn vrouw hebt bezocht,' zei hij bij hun eerstvolgende weerzien.

Lag er spot in zijn toon? Ze keek hem tersluiks aan. Zijn grote, gegroefde gezicht stond vriendelijk als altijd.

Merkte hij dan niet hoe onzeker ze in zijn aanwezigheid was geworden, hoe het bloed naar haar hoofd steeg en ze onzin uitkraamde, niet eens zoveel verstandiger dan de dwaze Malwine? Ze kon niet anders dan het gesprek op gevaarlijk terrein brengen, vroeg of hij het mogelijk achtte om twee mensen tegelijk lief te hebben, en drukte in tamelijk warrige bewoordingen haar twijfel uit aan een zuivere vriendschap tussen man en vrouw.

Hij gaf haar een filosofisch goed onderbouwd antwoord, alsof het om een abstract thema ging, en verder bleef alles bij het oude, ze gingen samen wandelen, hij legde onder het praten af en toe zijn arm om haar schouder en ze wist net zomin als vroeger wat hij van haar vond.

Die toestand duurde ongeveer drie weken – toen kreeg ze het telegram van Klaus.

Ze rende naar de telefoon en belde Meyerhof op, wat ze tot dan toe nog nooit had gedaan.

'Kunt u naar me toe komen?' vroeg ze half snikkend.

'Ik ben over een uur bij u.'

Ze deed zelf open en troonde hem mee naar haar kamer.

'Klaus is in Italië. Hij wil dat ik kom. Ik vertrek nog vannacht.'

De tranen liepen over haar gezicht.

Toen sloot Meyerhof haar met een brommend geluid van tevredenheid in zijn armen, en lachend en huilend lag ze voor het eerst en voor het laatst tegen zijn brede, beschermende borst.

'Dat is goed, dat is goed,' hoorde ze hem fluisteren, waarna hij haar zonder haar los te laten van zich af duwde en haar in de ogen keek: 'Opdat je er niet langer je hoofd over hoeft te breken: we zouden natuurlijk een stel zijn geworden als je hart niet bezet was geweest. Ik weet dat je soms hebt gedacht dat je van me hield, en ik heb je waarschijnlijk altijd erg gemogen. Maar waar een grote liefde is, mag je er geen kleine bovenop planten en moet je je tevredenstellen met vriendschap.'

Hij kuste een paar keer snel na elkaar haar handen en ging daarna, met een schrandere, tevreden boerenglimlach op zijn gezicht, met zware, klossende passen weg.

3

'Het is niks, een lichte keelontsteking met wat koorts die bijna weer weg was toen ik vertrok,' zei Monika tegen Beatrix.

Ze liepen over het gesloten dek van het felverlichte schip heen en weer, waar de onrust van het avondlijke vertrek gonsde, en wisten, zoals dat gaat wanneer je voor lange tijd afscheid neemt, niet wat te zeggen. Velen keken hen na, en Monika wist maar al te goed dat de blikken niet voor haar bestemd waren maar voor de vertrekkende godin, die een grijs geruite, losse mantel droeg en ongeduldig doorstapte met haar lange slanke benen, alsof ze snel een bestemming wilde bereiken.

Een geüniformeerde boy kwam met een telegram aanlopen en riep met zijn heldere kinderstem: 'Mrs. Fletcher, Mrs. Fletcher.'

De naam, die ze pas acht dagen geleden op het kantoor van de burgerlijke stand in Zürich had gekregen, was nog zo nieuw dat Beatrix er niet meteen op reageerde. Daarom wenkte Monika de boy en gaf hem een muntstuk.

'Het is al het derde telegram dat Bud me vandaag stuurt. Het was al moeilijk genoeg om de goede man ertoe te bewegen alvast vooruit te reizen naar Engeland, en nu is hij bang dat ik in Southampton, waar hij op zijn beurt aan boord gaat, om de een of andere mysterieuze reden verdwenen zou zijn,' zei Beatrix met een glimlach, nog voor ze het telegram had gelezen. Toen scheurde ze de enveloppe open en verbleekte: 'Het is van Klaus.'

Ze gaf het aan Monika, maar die was zo geschrokken dat ze nauwelijks kon lezen. Was Klaus zieker geworden? Ze had zijn lichte griep als niets anders opgevat dan als een handige truc van zijn lichaam om zich het pijnlijke afscheid nemen van zijn moeder te besparen, zodat zij in zijn plaats naar Rotterdam had moeten reizen om Beatrix uitgeleide te doen.

Het telegram bestond uit een paar hartelijke woorden, waarmee hij verzekerde dat hij aan haar dacht op dit moment. Toen Monika het teruggaf, glimlachte Beatrix weer en was haar gezicht mooier en serener dan ooit.

Maar Monika wist genoeg. Want je bloed trekt niet uit je gezicht weg bij het vermelden van een geliefde naam, als je niet tomeloos en met zo'n intens verlangen van de genoemde houdt dat je duizendmaal liever zou sterven dan hem te moeten missen. En met een steek in haar hart voelde ze iets van de kwelling die Klaus' moeder kalm en waardig onderging en die niet minder erg was dan de gruwelijke weeën en pijnen bij de geboorte, ja, die in zekere zin nog verschrikkelijker was, want de secondenlange barensschreeuw die het lijdende lichaam met een explosie verlost moet hier in de borst terug worden geperst, en de mond die niets anders zou willen doen dan van pijn verwringen, glimlacht onnozel en slechts met een licht weemoedig trekje. De beschermende schoot heeft het kind aan de wereld overgedragen die steeds begeriger zijn armen ernaar uitsteekt; hij draagt duizend maskers, als school en universiteit, als kameraad en chef, tot, als bekroning van de mensenetende reidans, de levensgezellin opdoemt. De moeder heeft het nakijken, al wat ze kan doen is schoenen aantrekken en met wapperende mantel de wijde wereld in trekken.

Sinds mensenheugenis vechten moeder en vrouw om de zoon, de schoot die wil bewaren en het leven dat vooruit wil, en ze sluiten pas vrede als het kalfje waar al hun gedachten omheen cirkelen verloren is en onbereikbaar ver weg. Dan vallen ze elkaar bedroefd in de armen en gebeurt het soms dat de uitspraak die al eeuwen als formule van de hoogste trouw wordt overgeleverd koppig en in tranen wordt uitgesproken: 'Waar jij gaat, wil ik ook gaan.' Want pas dan hebben de oudere en de jongere vrouw dezelfde gedachten en dromen.

Toch is een wapenstilstand mogelijk als een van de twee het veld ruimt, en vandaag is het aan Monika, de zegevierster in de strijd, om een verzoenende hand uit te steken. En ze overwint zichzelf en vertelt zacht en bedachtzaam, haast als een geschenk, het verhaal van de avond waarop ze, een half jaar geleden, terugkeerde naar Klaus. Iets beters heeft ze niet te bieden, want ze vertelt niet alleen over haar aankomst aan de steile en lieflijke kust, maar ook over het diepe geheim van de metamorfose, over het 'sterf en word', de eeuwig terugkerende gebeurtenis van hun liefde, het ademloze geluk waarmee ze na elk gescheiden zijn, hoe kort of hoe lang ook, thuiskomt bij Klaus. Wat zijn wij, als wij zo innig liefhebben, anders dan een boemerang in de hand van de geliefde? Het doet er niet toe hoe wijd de boog is die de boemerang beschrijft voor hij terugkeert naar zijn beginpunt wanneer hij na een suizende vlucht door de wereld weer in de rechterhand ligt van degene die hem heeft weggezonden en met liefdevolle bereidheid terug heeft verwacht.

Monika neemt Beatrix mee naar het andere schip, naar de harde houten bank op het stoombootje, dat slingerende en stampende gevaarte met de rook en vuur spuwende kleine schoorsteen.

Het kwebbelende volk is grotendeels op het eiland van boord gegaan, alleen de magere priester staat nog tegen de reling geleund bij het laatste lichtschijnsel in zijn brevier te lezen.

Traag daalt de nacht neer, maar in het westen welft zich nog een purperen strook lucht boven de heldere zee. Monika knippert met de ogen tegen het gloeiende schijnsel tot opeens de priester naast haar staat en zacht, met een stem die verliefd is op de klank van het woord de naam van de kustplaats uitspreekt, waar sinds gistermiddag ieders verlangen naar uitgaat.

Ze is dus aangekomen, en daar op het strand, waar lampen en lichtjes de bergflank feestelijk tooien, wacht Klaus. Ze heeft het telegram waarmee hij haar naar zich heeft geroepen bij zich, maar omdat er niet in staat of dit weerzien voor altijd is of slechts voor een korte vakantieweek, voelt ze plotseling niets anders meer dan terughoudendheid en angst. Hoe moet ze standhouden in een verbintenis die al zeventien maanden stilligt? Het is een hersenschim te geloven dat liefde en verlangen iedere scheiding met speels gemak kunnen overwinnen en dat de diepste verbondenheid zonder de dagelijkse scholing van de normaliteit kan.

Het schip stoot met een vreselijk geraas damp uit, het geratel van de machines valt stil, en zacht puffend ligt de boot stil. Monika blijft echter zitten op haar ongemakkelijke plekje, alsof het haar allemaal totaal niet aanging.

'Avanti, avanti,' zegt de priester, en een matroos trekt haar koffer naast haar mee. En dus rest er haar niets anders dan op te staan en achter de schrale gestalte in de soutane de loopplank af te lopen.

Hier is het koel en luchtig, de roeiboot, mat belicht door een olielamp, deint alsof ze op een wip zitten.

Monika zou niets liever willen dan terugkeren naar de stoomboot, ze is een ellendige lafaard, en ze klappertandt van de plankenkoorts. Ze staat in de coulissen met bonzend hart op haar cue te wachten en wil het podium niet op, omdat ze weet dat zo veel, zo verschrikkelijk veel afhangt van de toon van haar eerste zin of dat ze misschien nog voor ze haar mond opendoet, met haar manier van gaan, met een handbeweging het publiek voor zich moet winnen, dat publiek genaamd Klaus, dat zo kritisch is voor wat het voorgeschoteld krijgt maar zich er tegelijkertijd zo graag aan overgeeft, dat zich zo graag door bekoorlijkheid en esprit laat betoveren, maar dat jouwend wegloopt als het met onbeholpen geestdrift wordt verveeld. En dat alles moet ze op een onbekend strand realiseren, zonder vertrouwde scenerie om haar te helpen om de juiste en adequate bewegingen te maken en met als enige rekwisiet een zware koffer en een gisteren inderhaast gekochte hoed die om de haverklap van haar hoofd valt.

Opeens knarst de kiel van de boot op zand. Monika veert overeind en wil uitstappen, maar trekt onder het gelach van de roeiers haar natte voet meteen terug. Een van de mannen trekt zijn schoenen en kousen uit, tilt Monika op en brengt haar aan land. Heel even legt ze haar hoofd tegen zijn schouder, maar dan vliegt de vermaledijde hoed weg om met een zachte plons op de golven terecht te komen. Ze maakt een hulpeloze, spartelende beweging, alsof ze hem, hoewel het al te laat is, nog wil tegenhouden, dan laat haar drager haar zakken, maar niet tot op de grond, hij legt haar – god mag weten hoe hij in het donker de juiste kon vinden – in twee andere armen. En nu hoeft Monika niet meer aan haar optreden en haar cue te denken, niet meer aan alle voorbije ellende en de vreselijke twijfels over haar toekomst – op het moment dat ze omarmd en geliefkoosd en gekust wordt, is alles, alles goed.

'En ze leefden nog lang en gelukkig,' besloot Beatrix Monika's verhaal, en ze aaide ondanks die spot teder met haar rechterhand over de wang van de jonge vrouw.

'De reis kende overigens een behoorlijk grotesk einde, dat weliswaar ook aan een sprookje deed denken, maar dan meer aan dat met de boze heks,' zei Monika lachend, terwijl ze haar opwinding probeerde te onderdrukken. 'Zoals je weet zijn we van daar in het zuiden via de Franse kust naar Duitsland teruggekeerd. Hoewel het een enorme omweg was, hadden we beiden het gevoel dat we een overgang moesten inlassen tussen de buitensporige schoonheid van Zuid-Italië en het Noorden, ja, om de waarheid te zeggen, snakten we in die gloeiende en dodelijk zoete omhelzing van God naar een sneller en levendiger ademend land. Vooral verlangden we tijdens talloze gesprekken naar een kleine weide, die we bij ons eerste verblijf vanwege de diepe rust en vruchtbaarheid ervan het paradijs hadden genoemd.

We zaten wat bedroefd in ons oude café aan de haven omdat tante Paulette dood was, zoals we wel hadden verwacht; van Raymond had niemand nieuws. Op gegeven ogenblik kwamen we in gesprek met enkele Duitse kunstenaars, die schilderden of schreven of vermoedelijk gewoon helemaal niets deden. Onder hen waren ook een paar jonge knappe meisjes, die beweerden actrice te zijn, hoewel ze waarschijnlijk nog nooit op een podium hadden gestaan. Ze deden allemaal heel geheimzinnig over een witte eend, waar ze die avond naartoe wilden. We hadden al snel door dat het een van die etablissementen was waar voor flink wat geld aanstootgevende films werden vertoond, en ofschoon wij dat soort plekken vroeger weleens hadden bezocht, wilden we geen spelbedervers zijn en beloofden we mee te komen, ook al was het natuurlijk een beetje pijnlijk om in een grotere kring van zo goed als onbekenden naar die grove, meestal onhandige maaksels te zitten kijken. Die avond voegden we ons bij het gezelschap en reden er, als haringen in een ton, met de auto van een van de schilders opuit. In het maanlicht herkenden we de bochtige weg, de oude huizen van het dorp en de lichte rotsen. Geen twijfel mogelijk: de weg naar de 'eend' voerde langs het 'paradijs', en Klaus en ik overlegden fluisterend of het niet beter was om gewoon uit te stappen en een uurtje onder de wilgen en cipressen door te brengen in plaats van die rolprent te ondergaan. Opeens stopte de auto voor een nieuw, lelijk bouwsel waar boven de deur in gekrulde, lichtgevende letters 'Le Canard Blanc' te lezen stond. Een gesticulerende, dikke oude vrouw kwam naar buiten gewaggeld om ons met allerlei verrukte kreetjes welkom te heten. Je weet dat ik me ook op onbekende plekken snel kan oriënteren, en terwijl Klaus nog verbaasd om zich heen keek, had ik allang door dat we ons op onze weide bevonden. Wanneer de kwekkende grammofoon verstomde, kon je het lichte gekabbel van het beekje horen. Je moet natuurlijk lachen, Beatrix, en ook wij moesten lachen, wat konden we anders, maar het raakte ons toch meer dan we wilden toegeven dat we ons nu in plaats van in het paradijselijke tuintje, waar hazen met zachte ogen aan grote bladeren knabbelden, in een derderangs etablissement ophielden, bij anemische, kleurrijk geschminkte figuren die getooid met armzalige pailletten op een paar schaarse klanten wachtten.'

Nu moesten ze allebei lachen, maar na een poos zei Beatrix gewrongen, terwijl ze Monika met haar grote ronde ogen smekend aankeek: 'Monika, is het helemaal uitgesloten dat jij Klaus overtuigt om naar Amerika te komen?'

Ach, de moeder kan het niet laten om angstvallig te lonken, en nu al helemaal, nu ze meent een betere wereld te hebben gevonden. Alsof het zo eenvoudig was om een werelddeel voor een ander te verruilen, om Europa te verlaten, waar de geesten en spoken van het verleden wonen, die het leven soms bezwaren maar waar je toch dwangmatig achteraan loopt tot de Dag des Oordeels. Ja, nu is het hoog tijd voor Monika om met het nieuwe plan op de proppen te komen, dat ze zo lang half angstig en half listig verborgen heeft gehouden: want eindelijk, eindelijk is het zover dat Klaus een streep wil zetten onder het hoofdstuk Hartmann; hij is erin geslaagd een gunstig contract met een Londense firma af te sluiten, voortaan kunnen ook de Engelse baby's dankzij het kindervoedingsmiddel dik en rond worden, en Klaus kan met een gerust geweten het juk afwerpen. En tegelijk heeft hij ander werk aangeboden gekregen, en wel van een kant die voor Monika altijd al redding en hulp heeft betekend, van Meyerhof namelijk, die door de dood van zijn moeder erfgenaam is geworden van een grote boerderij, met veel koeien, varkens, kippen en een hele reeks jonge broers en zussen. Hij had het allemaal aan zijn jongere broer kunnen overlaten, maar dat wilde hij niet; een boer doet niet zomaar afstand van datgene wat hem toekomt. Maar omdat hij weinig zin heeft om na zo'n lange tijd de hand aan de ploeg te slaan, heeft hij besloten om de boerderij tot een school om te vormen. Op die manier zijn de jonge broers en zussen onder dak en heeft hij zelf een activiteit die hij prettig vindt. Hij kent massa's mensen, waardoor betalende leerlingen vinden geen probleem vormt, maar daar laat hij het niet bij: hij is pas tevreden als er een mecenas opduikt die een hele hoop kosteloze plaatsen financiert, zodat naast kinderen uit de burgerij ook kinderen van arbeiders en boeren kunnen worden opgenomen. De school is al een paar weken open, maar nu wil Meyerhof Klaus als leraar Duits, Frans en geschiedenis bij zich hebben.

En zo gaat Monika's oude droom alsnog in vervulling, en ze is des te gelukkiger omdat de school thuis in Beieren ligt, aan de voet van een berg die breed en rotsachtig uit de vlakte oprijst.

Ze kan haar vreugde niet verbergen, en alle bedenkingen die Beatrix aanvoert wegen ook niet zwaar. Wordt de godin soms nog altijd door die levensangst geplaagd, die reeds op een koele, wolkeloze ochtend onweer voorspelt? Wel, het kan toch niet dat Monika de wolken niet ziet die de lucht zwart kleuren? Natuurlijk niet, maar die komen van een onweer dat is overgetrokken zonder tot uitbarsting te komen, je ziet hier en daar nog een bliksem, maar die slaan niet meer in, nu niet meer, in deze herfst van 1932 waarin is gebleken dat een groot deel van het Duitse volk in het verkiezingshokje weer luistert naar het gezond verstand en de door Hitler geënsceneerde nachtmerrie stilaan in het niets oplost. Beatrix twijfelt, natuurlijk twijfelt ze als Monika zich ergens op verheugt; Monika hoort met groeiend ongeduld de leer van haar oom aan, die verkondigt dat revoluties altijd van bovenaf worden gemaakt en nooit door het volk. Maar de zware industrie heeft haar Hitler nodig als buffer tegen het communisme.

Dan dringt Beatrix niet langer aan, en Monika paait haar met lieflijke beelden van een spoedig weerzien. Er zal snel genoeg een gelegenheid komen om Klaus te bezoeken en tenslotte ligt Amerika toch niet aan het andere einde van de wereld.

'Nee, Amerika ligt niet aan het andere einde van de wereld,' bevestigt Beatrix, terwijl ze een traan wegpinkt, die ze ondanks haar *grande-dame*-houding niet kon bedwingen.

Vervolgens dwingt ze zichzelf, met trillende lippen maar toch bedaard, over koetjes en kalfjes te praten tot het signaal komt dat de gasten het schip moeten verlaten.

'Deze kus is van hem,' fluistert Monika, terwijl ze met haar lippen Beatrix' mond zoekt, en ze houden hun ogen tegen elkaar zodat hun tranen zich vermengen en als een zilt beekje over hun wangen stromen.

Wanneer het tweede signaal weerklinkt, maken ze zich van elkaar los en loopt Monika tussen de vele anderen naar de uitgang.

Ze staat op de kade, in de stromende regen, in de opeengepakte wachtende menigte en staart naar het felverlichte schip, waar een muziekkapel een sentimenteel afscheidsdeuntje aanheft.

Tevergeefs probeert ze tussen de vele passagiers die zich op het dek verdringen Beatrix te ontwaren, nu eens meent ze haar hier, dan weer daar te zien, en uiteindelijk weet ze niet of de grijze gestalte, die daar energiek met een wit doekje zwaait, wel echt Klaus' moeder is. Het schip maakt zich haast onmerkbaar van het land los, draait bij en vaart rustig, steeds kleiner wordend, de natte, zwarte duisternis tegemoet, die de lichtjes gulzig opslokt. Zo verdwijnt het vaartuig met de lieflijke godin aan boord in het niets, want het koele verstand mag nog zo beweren dat Amerika niet aan het andere eind van de wereld ligt, het hart, dat slechts geholpen is met nabijheid en aanwezigheid, heeft er niets aan.

Monika draait de onaangename haven echter de rug toe en voelt, terwijl ze rillend in haar vochtige kleren naar haar hotel loopt, met stille vreugde een oeroude vertrouwdheid in de grijze, druipnatte straten, en zelfs in de vreemde lelijkheid van Rotterdam ademt voor haar de heimat Europa.

VI

1

Iedere ochtend werd Monika door een triomfantelijk hanengekraai gewekt, en omdat ze een van die mensen was die meteen klaarwakker zijn, sprong ze na een tedere blik op de slapende Klaus snel uit bed en verscheen ze, opgefrist door het ijskoude water, in de stal. Daar maakte ze zich nuttig zonder een speciale taak te hebben, al wist ze inmiddels wel hoe je koeien moet melken en welk voer varkens en kippen moeten krijgen. Streif sjokte achter haar aan en gromde met opgetrokken bovenlip als ze de jonge, bontgevlekte poesjes in haar armen nam, al klonk dat gevaarlijker dan hij het bedoelde; hij liet zelfs, zij het met de haren overeind, het verwerpelijk klein grut uit zijn kom eten, want hij had zijn vlegeljaren nu achter zich en had, hoewel hij vaak wild deed, een verdraagzaam karakter.

Samen met de blonde, zwijgzaam gesloten Meyerhof-kinderen kweet de kleine Vreni zich hier bevallig en met lieftallige opgewektheid van haar taken, schrobde ze snel en behendig de dieren schoon, spreidde ze stro uit op de grond en legde ze haar donkere, teer gemodelleerde pagekopje om de haverklap liefkozend tegen een zachte, snuffelende koeiensnuit.

In de hoek zat Korbinian op een melkkrukje een kom koewarme melk te drinken. Toen hij die had neergezet en smakkend zijn mond had afgelikt, draaide hij vriendelijk voor zich uit mompelend aan de zilveren talers op zijn mooie, met wit, groen en rood borduursel versierde jasje. Hij was de enige broer die op Albert leek, ook de doffe ogen konden geen afbreuk doen aan de schoonheid van zijn hoofd. Monika hurkte soms naast hem neer en deed met zijn en haar hand een kinderlijk handjeklapspelletje, waarbij hij gromde van plezier.

Op zulke ochtenden stak Meyerhof weleens zijn witharige hoofd door de staldeur naar binnen en zei hij, nadat hij de kleine Vreni, die met een indianenkreet op hem af was gestormd, voldoende had geknuffeld: 'Heeft mevrouw Monika zin om mee te komen?'

Dan kwam ze gehoorzaam overeind en liep met hem een eind bergop, over de steenachtige bosweg, naar een spar die, zwaar door weer en wind neergedrukt, als een ineengedoken roofdier met het onderste stuk van zijn stam op de grond lag, om zijn top in een paar gekke capriolen ten hemel te strekken. Hier bleven ze een poos in de verte staren, alvorens de afdaling aan te vangen. De rivier, omzoomd door brede, lichtgekleurde zandbanken, slingerde zich door de vlakte, tot zijn loop in de zilverachtige nevel oploste. Op heldere dagen kon je desondanks de torens van München zien.

Het was zoals in vroeger dagen: Meyerhof sprak met breed uithalende, de ruimte opzoekende handbewegingen en Monika luisterde. Soms had ze, toen ze weer beneden in de school waren, niet één keer haar mond opengedaan, omdat ze hem telkens als ze hem wilde onderbreken nerveus had zien opkijken. Hij wilde dat ze hem 's ochtends begeleidde, wanneer een nieuw idee hem bezighield, en deelde dan hartstochtelijk zijn bekentenissen en twijfels met haar. Overdag mat hij zich met Klaus of een van de andere leraren, kruiste rustig en superieur de degens met hen en stak ze allemaal in zijn zak; in de vroege uren stortte hij zijn gemoed bij Monika uit, alsof hij orde in de chaos brengend hardop met zichzelf praatte.

'U was waarschijnlijk liever bij Korbinian in de warme stal gebleven, niet?' lachte hij en hij legde zijn hand op haar schouder. Soms knikte ze dan ernstig, met name wanneer ze het gevoel had dat haar rust al te zeer door de knetterende vonken van zijn geest werd bedreigd, maar meestal glimlachte ze dankbaar naar hem of streelde ze zacht zijn zware hand.

Gewoonlijk keerden ze van hun wandeling terug tegen het tijdstip dat de lessen begonnen; de kinderen slenterden of haastten zich dan, afhankelijk van hun temperament en hun dagindeling, alleen of in groepjes over het weiland dat het oude boerenhuis waar de slaapkamers waren scheidde van het nieuwe houten schoolgebouw.

Op dat moment waren er ongeveer zestig leerlingen, en Meyerhof wilde in geen geval dat het er meer dan honderd werden. Ze waren nog niet helemaal een geheel geworden, in de meeste gevallen wist je in één oogopslag uit welke sociale laag ze afkomstig waren, je had kunstenaars- en diplomatenkinderen, die er mooi uitzagen ook als ze dat niet waren, en gekleed gingen in een onnavolgbare mengeling van grote verzorgdheid en fervente verwaarlozing, je had onbehouwen arbeidersjongens en verlegen boerenmeisjes, en toch groeiden de kinderen dag na dag meer naar elkaar toe en namen ze allengs de vrije, vanzelfsprekende houding aan die Meyerhof hun wilde meegeven. En wat het beeld nog aan eenheid miste, compenseerde het met vitaliteit.

Meyerhof en Monika waren beiden even verzot op de school, maar als ze zo samen over het weiland liepen en hij merkte hoe ze haar lievelingetjes hartelijker groette dan alle anderen, schudde hij ontevreden en vol ironie zijn hoofd. Toch wilden zij noch Klaus het zich ontzeggen een paar leerlingen met bijzondere vriendschap te bejegenen en beschouwden ze de anderen als aangenaam gezelschap. En wat kon Meyerhof er tenslotte op tegen hebben dat ze Vreni boven alle anderen verkozen, het kind dat hem nader aan het hart lag dan wie ook? Meestal bezweek zelfs zijn strenge gevoel voor rechtvaardigheid immers voor haar stormachtige liefde en liet hij zich net als de anderen om haar vinger winden. De hele school was dol op haar, wat ze zonder enige vorm van ijdelheid registreerde en waarvoor ze dankte door op haar beurt van iedereen te houden, zelfs van de met pukkels bezaaide, stotterende zoon van de leraar en van de roodharige juffrouw Kastert, die onvriendelijk en streng, maar met voortreffelijke nauwgezetheid de boel draaiende hield.

Klaus was een heel bijzondere vriend van Vreni, en Monika kon er maar geen genoeg van krijgen deze twee samen te zien, die in donkere schoonheid met elkaar wedijverden en gemaakt leken van dezelfde materie bestaande uit kracht, tederheid en een vederlichte droefheid. Want zelfs op de meest uitgelaten momenten lagen over het kind en de man de melancholie en de onverstoorbare ernst van de waarlijk levende mens.

Naast Vreni waren de belangrijkste uitverkorenen Uli en Heiner, twee zeventienjarigen die zich tot page van Monika hadden opgeworpen en haar ridderlijke trouw bewezen; Uli, zwartharig en met duistere blik, traag van geest en toch verstandig, met brede, gedrongen schouders, was de juniorenskikampioen uit het Oostenrijkse dorp waar zijn vader een dokterspraktijk had. Hij had een paar riskante klimtochten achter zich, en het bondgenootschap tussen hem en Monika was ontstaan op de dag dat hij haar, kort na haar aankomst, door de breed en indrukwekkend achter de school oprijzende Noordwand met zijn vele kloven had gegidst. Zijn vriend Heiner, witblond en met stralend blauwe, altijd lachende ogen, was een arbeiderskind uit München en na Meyerhof de slimste van de hele school. Aanvankelijk namen de twee jongens Klaus ietwat gereserveerd en overdreven eerbiedig op de koop toe, maar ze begrepen al snel dat het niet mogelijk was om Monika alleen voor henzelf als vriendin te hebben; en dus maakten ze er het beste van en waren ze op beiden tegelijk verliefd, op hun huwelijk als het ware, wat hun dan ook minzaam werd toegestaan.

Dat was tegelijk de officieelste en de meest verborgen gelukzaligheid: de met zoveel leed gesmede band door de anderen bevestigd te zien en in een snelle blik, een vlug gefluisterd woord telkens opnieuw de geldigheid ervan te voelen, die tot in de wortels reikte en sterk genoeg was om de voor iedere liefde zwaarste beproeving te doorstaan: niet alleen voor de ander te leven, maar samen met hem op de mensen af te stappen.

Soms hadden ze dagenlang nauwelijks tijd om even privé te praten. De uren die ze na hun verplichtingen nog over hadden – ook Monika gaf les en leidde bovendien ieder die dat wilde in een grote, goed ingerichte donkere kamer tot fotolaborant op – werden genadeloos door de kinderen in beslag genomen.

En toch genoten ze van deze nieuwe vorm die hun leven had aangenomen, waar ze zich al na een paar weken helemaal in thuis voelden, beter dan in enige andere vorm daarvoor. Maar als het lawaai en de drukte hun echt te veel werden, hingen ze het driehoekige bordje aan hun deur dat alle bezoekers verbood binnen te komen of zelfs maar aan te kloppen. Of ze stapten in hun kleine auto – het was een miniatuurautootje, lichtblauw met witte randen, die in de school de 'blauwe Minna' werd genoemd, of vleiend, om eens mee te mogen rijden, de 'azuren Minette' – en reden langs de bergen, heuvel op en heuvel af, door de mooie dorpen waar het vertrouwd naar mest en koeienstal rook, tot ze onder zich het meer zagen en aan het einde daarvan, rood afstekend voor de groene berg, de spitse kerktoren. Nog altijd moest Monika naar adem happen van geluk als ze naar huis kwam, en telkens als de auto door de smeedijzeren poort reed en ze achter het raam boven het met dakpannen bedekte portaal haar ouders zag staan, zei ze heimelijk bij zichzelf en er goed over wakend dat de gedachte niet op haar gezicht te lezen stond: het liefst bleef ik gewoon hier, met Klaus, voor eeuwig en altijd. Na die diepe hartstochtelijke zucht sprong ze vrolijk uit de auto, en ze dacht ook meestal niet meer terug aan haar wens als ze de terugreis aanvaardden en ze ver uit het raampje hangend riep: 'We komen snel weer terug!'

Ze nam Vreni, Uli en Heiner mee naar haar ouders, en op een keer nam ze ook Malwine mee op stap. Omdat het een zonnige novemberdag was en Jo, voor wier scherpe tong ze beducht hadden moeten zijn, ergens aan de Middellandse Zee rondreisde, nam Monika de blinde mee naar de berghut, waar Gerda bleek en afgemat herstelde van een ongelukkige liefde. De trip werd een compleet succes, en Malwine was helemaal uitzinnig van vreugde over de autorit, over de voor haar doen grote lichamelijke inspanning van de beklimming en de nieuwe omgeving. Met een overgelukkige kinderlach kwetterde ze er maar op los en voelde zich ook niet beledigd wanneer de twee vrouwen haar een antwoord schuldig bleven omdat ze niet hadden geluisterd.

Overigens kon men de arme Malwine alleen dan niet voor vol aanzien als men haar met haar beperkte geest dwong om samen te zijn met volwassenen. Zonder ook maar één valse toon slaagde ze erin in de taal van de tienjarigen te praten en ze bracht de wildste bengels ertoe stil en braaf te luisteren als ze haar verhaaltjes vertelde, die het midden hielden tussen fantastische sprookjes en leerrijke fabels. Dat hielp haar om te verwerken dat Meyerhofs avonden niet meer louter haar toebehoorden en dat ook het geliefde zesenzestigen definitief tot het verleden behoorde. Alleen haar kookkunsten, vooral de beroemde Zwetschgenknödel, verorberde hij nog af en toe dankbaar, naast juffrouw Kasterts gerechten, die zowel uitgebalanceerd als economisch weloverwogen waren.

Zo nam het leven voor iedereen zijn nieuwe, mooie ritme aan, en omdat het altijd alleen daar waar men zich net bevindt in zijn werkelijkheid voelbaar is en al wat veraf ligt nog slechts een vage droom is, verdween de buitenwereld met zijn dreigende en gulzige eisen achter de horizon. Ze bevonden zich op een klein eiland, en omdat ze al te betoverd waren door de schoonheid ervan, namen ze niet de moeite om het helemaal af te lopen en hielden ze het uiteindelijk zelfs voor een groot stuk vasteland. Meyerhof was misschien de enige die in zijn creatie geen Utopia zag. Niet zonder verwijt in zijn stem temperde hij op een lerarenvergadering het enthousiasme van de anderen: 'De kinderen een paar mooie jaren geven, ze een menswaardige jeugd schenken, dat is het hoogste wat kan worden bereikt. Misschien worden het dan later niet helemaal zulke door ambitie gekwelde creaturen als de andere mensen. We zullen met onze inspanningen de wereld niet veranderen, die eeuwig blijft wat hij is geweest, maar, dames en heren, blijft u rustig doen alsof het mogelijk is.'

Het was ook Meyerhof die erop had gestaan dat er een leeskamer werd ingericht, waar kranten en tijdschriften het contact met de buitenwereld in stand hielden. Aanvankelijk brachten Klaus en Monika daar vele uren door, maar rond Kerstmis reeds hadden ze er gewoon geen tijd meer voor en lazen ze hooguit nog de vetgedrukte titels. En daarin leken ze op die miljoenen andere Duitsers in die maanden, die licht bezorgd naar rechts en naar links keken en vervolgens zeiden: 'Dat wordt toch niets.'

Toen het dan amper vier weken later toch iets werd, toen Hitler, om wie men ondanks alle angst ook altijd meewarig had geglimlacht, zijn intrek nam in het paleis van de rijkskanselier en de miljoenen mensen die kort daarvoor nog fout hadden gezeten met hun profetieën en zich verbouwereerd geconfronteerd zagen met een onherroepelijk feit, troostte men zich in Beieren met de gedachte dat Berlijn tenslotte ver weg lag en qua traditie en gebruiken eigenlijk vijandig buitenland was. Het klopte weliswaar dat men zelf ooit, met de voor het zuiden zo kenmerkende nonchalance en de kleingeestige ruwheid, een uitstekende voedingsbodem had gevormd voor de toen nog niet salonfähige beweging, maar hoewel men er toen was ingetrapt, stelde men zich nu halsstarrig teweer tegen wat nieuw en alleen al daarom verdacht was en beweerde men, geheel overtuigd van het eigen succes, dat geen bruine soldaat ooit de Beierse grens zou oversteken.

Dat was althans de houding van de Beierse regering, het volk had hier net zo weinig in de melk te brokkelen als elders, het werd in München en in Berlijn, in elke stad en in elk dorp van het rijk in de loop van de komende maanden door een handvol jongens in uniform tot bravogeroep aangespoord, waarbij het dacht: schaden doet het niet en misschien baat het het vaderland wel. Iedereen die eerlijke bedoelingen heeft moet de kans krijgen om te laten zien wat hij kan.

Het duurde lang voordat de lijn duidelijk zichtbaar werd, en toen het zover was, zei het volk ook innerlijk overtuigd ja en amen, want geen mens speelt het klaar om een zaak die hij zo lang heeft toegejuicht uiteindelijk weer af te zweren. Zo suste het volk zijn geweten en richtte het zijn blik op de grootse zwarte magie van feesten en optochten om het bloed niet te zien dat door de straten stroomde.

Het gedruis waarmee de fakkelzwaaiende horden door de Brandenburger Tor liepen trof de school als een donderslag. Een paar dagen lang waren Klaus en Monika vastbesloten om het hazenpad te kiezen, om zichzelf niet gedachteloos te onderwerpen aan gruwelijke willekeur waartegen, hoe dapper men ook was, maar één remedie bestond: vluchten. Maar ook zij waren Duitsers en hadden evenmin als alle anderen begrepen dat in het wijze vooruitzien en het tijdig opgeven van je positie de grootste, de verantwoordelijkste moed kan liggen. In hun oren klonk het geruststellende cliché van de kapitein die zijn schip niet verlaat (alsof een beetje kapitein niet tijdig klaar is met manoeuvreren om als laatste veilig en ongedeerd in de reddingsboot te kunnen springen!). Ze zeiden tegen elkaar dat ze Meyerhof en de nog maar net aanvaarde taak toch niet al meteen in de steek konden laten, dat een kanselier nog geen dictator was en dat het zelfs niet geheel ondenkbaar was dat een man die zo bezeten was door legaliteit ook weer legaal kon worden afgezet.

Natuurlijk geloofden ze dat nooit echt, maar het was aangenaam het zich voor te stellen en bovendien gemakkelijker dan gewoon toe te geven: we weten maar al te best dat het ontoelaatbaar dom van ons is, maar we willen het leven hier op de school, dat ons zo gelukkig maakt, niet opgeven.

Af en toe praatten ze nog over emigratie als een ernstig te overwegen optie, ze lieten zelfs brochures van scheepvaartmaatschappijen opsturen en stelden zich voor hoe ze zich in de buurt van Beatrix en Bud zouden vestigen, zij het ook weer niet al te dichtbij, in het Californische Santa Barbara, dat zo betoverend mooi was dat Klaus' moeder er in haar brieven maar niet over kon ophouden. Maar omdat de dagen voorbijgingen zonder dat er iets gebeurde, sloot de tovercirkel van de school zich weer voor de buitenwereld.

De donderslag was nog niet luid genoeg geweest om de slapers definitief te wekken, ze begrepen nog niet dat hun leven van nu af aan uitmondde in de grote stroom, dat ze het parket moesten verlaten en het podium op moesten om hun tragische rol te spelen met de waardigheid die hun oude ras bezit wanneer het geestelijk vermogen ontmoet.

Ze hechtten nog steeds belang aan dingen die allang niet meer belangrijk waren: pas gevallen poedersneeuw, een toneelstukje voor Meyerhofs verjaardag en ten slotte ook carnaval, dat ze op zondag met een uitgebreide en erg vrolijke maskerade vierden. Terwijl ze samen, als Apachen verkleed, in een eindeloze wals door de leeggeruimde eetzaal dansten, sprak

Monika opeens de wens uit om voor het bal van carnavalsmaandag naar München te rijden. Het was misschien wel de laatste keer, fleemde ze, toen Klaus tegenwierp dat het toch te veel gedoe was en dat hij liever thuisbleef. Uiteindelijk zwichtte hij en die middag voor hun vertrek paradeerden ze nog even door de school. De twee zwarte pierrots met hun witgepoederde gezicht, dat met de hoekig getekende wenkbrauwen en de bloedrood geschminkte mond een beangstigend en tegelijk erg charmant effect had, werden op vrolijk gejuich onthaald. Zelfs de blinde Malwine slaakte bewonderende kreten, hoewel ze de prachtige verkleedkleren helemaal niet kon zien, en ze ging telkens weer met haar fijngevoelige handen over de zijden pompons en de witte plooikragen van gesteven gaas.

De rondgang bleek later het meest geslaagde deel van de uitstap te zijn, want zodra ze de met veel fantasie en smaak versierde feestzalen betraden, zagen ze dat de opgewektheid die hier heerste gekunsteld was en niet van harte.

De bonte drukte deed tegelijk spookachtig en verveeld aan, er was geen animo om met onbekenden kennis te maken, er was niet eens sprake van de fameuze dans op de vulkaan, die metafoor voor feestvierders die nog snel voor het te laat is het onderste uit de kan willen halen. Klaus en Monika liepen arm in arm door de ruime zalen, dansten met elkaar, dronken heimelijk en gelukkig als een pas gevormd jong stel een fles wijn aan een van de tafeltjes. Telkens weer vonden hun rode lippen elkaar voor een kus die des te gelukzaliger was omdat hij niets te maken had met het vluchtige avontuurtje dat de buitenwereld er wellicht in zag.

Ze konden niet meer zeggen wanneer het geroezemoes precies was begonnen, maar hoe verder de nacht vorderde, hoe meer ze ongelovig, geschrokken of in roes door de onverwachte sensatie hoorden fluisteren dat de Reichstag in brand stond. Aanvankelijk sloegen ze er geen acht op; het was immers maar een gebouw als een ander en niet eens een bijzonder mooi. Maar toen steeds meer aanwezigen beweerden dat de communisten de brandstichters waren en dat ze daarmee het signaal hadden gegeven om toe te slaan, was er een heel precies, scherpomlijnd moment dat ze elkaar aankeken en meteen hun ogen neersloegen, omdat ze nu allebei wisten dat verstoppen en uitvluchten zoeken geen zin meer had, dat de tijd van de grote bitterheid was aangebroken.

Ze hadden het niet in woorden kunnen vatten, alles was onduidelijk en vaag, hoewel merkwaardig genoeg zelfs in deze nacht velen al achter de hand en op gedempte toon zeiden dat de communisten niet méér met de misdaad te maken hadden dan de onschuldig dansende feestvierders hier in de zaal, en dat het allemaal een handig geënsceneerde truc was van de nieuwe machthebbers.

Hun verstand kon de kolossale draagwijdte van wat er gebeurde nauwelijks vatten, maar in de seconde dat hun blikken elkaar kruisten en zich meteen daarna vreesachtig voor elkaar verscholen, wisten ze de waarheid, zo scherp, helder en duidelijk als nooit ervoor en ook als nooit meer daarna. Want toen ze weer opkeken schoven de beelden van het heden zich al voor het inzicht, en ze vroegen zich diep bezorgd af hoe het met hun vrienden ging, vooral met Mary en Santen, die zich in een haast vertwijfelde strijd tot het uiterste hadden ingezet.

Een van Klaus' eigenaardigheden was dat hij een feest niet voor het einde wilde verlaten, en dus zaten ze nog tot in de vroege uurtjes, terwijl het steeds stiller werd om hen heen, op de brede trap die naar de hal leidde te roken en naar de grote aftocht van feestgangers te kijken. Een grote slanke man, wiens al grijs geworden haar onder een renaissance-capuchon uitstak, kwam langzaam de trap af en bleef voor hen staan.

'Kindertjes,' zei hij bescheiden, 'ik zou graag even bij jullie komen zitten en na deze onverkwikkelijke avond van jullie liefde willen genieten. Is het een jonge of een oude liefde?'

'Een oeroude,' antwoordde Klaus. 'Waarschijnlijk veel, veel ouder dan wijzelf.'

'Dat is goed, dat is het beste wat er is. Slechts weinigen begrijpen dat gewoonte de rijkste gave van de goden is. Ik heb overigens even gedacht dat jullie broer en zus waren.'

'Dat zijn we in feite ook,' zei Monika met zachte stem. 'Zie je niet aan ons dat wij afkomstig zijn uit het land waar de broer de zus tot echtgenote nam?'

'Althans bij de koningen,' zei de onbekende glimlachend en met een waarderend knikje. 'Als ik jullie was, zou ik zo snel mogelijk naar dat land terugkeren.'

Omdat hij geen antwoord kreeg, zweeg ook hij. Na een poos zei hij als het ware zonder verband met het voorgaande: 'Mijn vrouw was knap, beminnelijk en slim. Ze overleed voor ze ons kind ter wereld kon brengen, op haar drieëntwintigste, aan de pest die men in 1918 de naam "griep" gaf. Ik was nog te velde en had mijn handen vol aan het doden van mensen die mij niets hadden misdaan, terwijl mijn vrouw, omgeven door louter vreemden, urenlang onder verschrikkelijke stuiptrekkingen en ook wanneer ze bijna geen lucht meer kreeg mijn naam kreunde. Ons huwelijk had vier jaar geduurd, waarvan we nauwelijks twee maanden samen waren geweest.'

Na een stilte, waarin het leek of hij zonder tranen huilde, vervolgde hij: 'We hebben elkaar leren kennen op een Hongaars landgoed, op een verrukkelijk mooie junidag. Een uur nadat we elkaar voor het eerst de hand hadden geschud, reden we samen door de poesta en wisten we dat we man en vrouw zouden worden. Die avond, toen iedereen vol verwondering over ons snelle besluit maar toch vreugdevol onze verloving vierde, kwam het nieuws dat de troonopvolger in Sarajevo was vermoord. Zo is het toen voor mij begonnen.'

Hij hield zijn vlakke hand boven zijn ogen alsof hij in de verte spiedde.

'En zo begint hij vandaag voor jullie, de Tweede Wereldoorlog. Hij zal lang, gruwelijk en bloederig zijn. Men zal jullie niets cadeau doen, jullie kunnen je niet achter het front verschuilen; waar jullie zullen zijn, daar is ook het front. Mogen de goden jullie en jullie liefde beschermen.'

Hij keek Klaus aan: 'Mag ik?'

En met grote ernst kuste hij Monika op beide ogen.

Terwijl hij overeind kwam, zei hij: 'In één opzicht hebben jullie het gemakkelijk. Jullie weten zonder je geweten te hoeven pijnigen welke kant jullie moeten kiezen. Wij arme Ariërs echter zullen de wanhopige roeping in ons voelen om het ware Duitsland te vertegenwoordigen. En daarbij van puur fanatisme niet merken dat we allang in de nesten zitten.'

Alsof hij het koud had gekregen, stak hij zijn handen in zijn brede mouwen en liep zonder nog om te kijken de trap af.

'Een duistere profeet,' zei Monika, en ze had het gevoel dat de onbekende met zijn kussen tranen in haar ogen had gedrukt.

Ze hingen tot het ochtendgloren rond in nachtkroegen om vervolgens, dicht tegen elkaar aan zittend op de ijskoud geworden leren stoelen van de kleine auto, in de krant die versie van de nachtelijke gebeurtenissen te lezen die men voor het Duitse volk geschikt vond.

'Slaap, Monika, dat is het beste wat je kunt doen,' zei Klaus, terwijl hij de motor startte.

Ze deed haar ogen dicht, maar omdat er van slapen geen sprake kon zijn, keek ze met halfgeopende ogen knipperend naar de witte, kale akkers waar de wind overheen floot. Het was een grijze, bewolkte dag, de kou kroop door de spleten naar binnen. Donker en groot rees het gebergte voor hen op, en in een indrukwekkend crescendo viel de vaste keten uiteen in bergen en dalen, tot er uiteindelijk niets anders meer te zien was dan de gekloofde rotswand aan de voet waarvan ze woonden, met zijn graten, beken en de zilversnoeren van het stromende water.

De lessen waren al begonnen, niemand kwam hen begroeten behalve Streif, die in het huis uitzinnig van vreugde begon te janken toen hij de auto hoorde. Even later sjokte Korbinian met zware tred over het erf, maar toen hij de twee zwarte gestalten zag met hun witte gelaat, vertrok hij met een schreeuw zijn gezicht en ging er geschrokken een kruisteken makend vandoor.

Moe slopen ze naar hun kamer; de verkreukte kostuums vonden ze lelijk en misplaatst.

Een dag te vroeg en ongewenst was het Aswoensdag geworden; de dag brak aan met vuur, smeulende gloed en hete as.

De Reichstag lag in puin, de zetel van het parlement en het symbool van een republiek die de bakermat van de werelddemocratie had kunnen worden. Ze was in elkaar gezakt uit gebrek aan liefde, en daar waren niet alleen haar vijanden schuldig aan.

Veertien jaar geleden had de vader van Klaus een kogel door zijn hart gejaagd omdat hij geen vertrouwen had in de toekomst. Deze nacht rechtvaardigde zijn dood.

Deze nacht was pas het begin, maar toch waren er al onherroepelijke dingen in gebeurd. Gregor von Santen had het aan het gelukkige toeval dat hij tijdens die uren niet in Berlijn was te danken dat hij zich kon verschuilen en later het land uit kon vluchten, maar hij had ondanks zijn onverschrokken moed niet kunnen verhinderen dat Mary in handen van de vijand viel.

2

Een paar dagen na de verkiezingen in maart volgde de omwenteling in Beieren. Die verliep niet volgens de voorspelling van de prijzenswaardige regering van de deelstaat: er was geen sprake van Pruisische soldaten die moesten vechten om de grens over te steken, noch van een strijd of een roemrijke veldslag; in de avondschemering verlieten Münchense SA'ers in schoongeborsteld uniform rustig hun woningen en vormden voor de Feldherrnhalle een fakkeloptocht. De heren ministers, die nog altijd angstvallig hun blik noordwaarts richtten, verlieten ijlings hun post en maakten plaats voor de tegenstander die daar plotseling in hun midden stond en branieachtig zijn gebruikelijke strijdliederen zong. Bij de vakbondscentrale vielen er schoten, er rinkelden enkele ruiten en er bleven een paar gewonden achter, en daarmee was de revolutie met een overwinning beëindigd. De volgende dagen begonnen de arrestaties, maar ze werden al met de stille, heimelijke behendigheid uitgevoerd, waarmee elk repressief regime zijn angstaanjagende meesterschap bewijst. Arbeiders werden uit de fabrieken geplukt, communisten en katholieken 's nachts uit hun woning gehaald, en af en toe werd er ook al eens iemand meegenomen die helemaal nergens bij betrokken was, maar zo nauw luisterde het allemaal niet, het belangrijkste was dat er íets gebeurde, en omdat men ervoor had gekozen de SA geen vrij spel te geven op de straten, moest die toch anderszins aan haar trekken komen. Bijvoorbeeld door Joden te mishandelen, al ging dat ook niet verder dan een geweldsuitbarsting hier en daar; over het algemeen hield men zich tegenover deze aartsvijand opvallend in.

'Zie je wel,' zei het volk, 'we hebben het altijd gezegd: het antisemitisme is een handige propagandatruc, waar ze de scherpe kantjes afhalen zodra ze zelf aan de macht zijn.'

Een paar slimmeriken waren natuurlijk van mening dat het slechts uitstel was en dat men eerst grote schoonmaak moest houden onder de gevaarlijkere tegenstanders om zich daarna met plezier te kunnen wijden aan de vernietiging van de minderheid die al millennia overal ter wereld als makkelijke zondebok dienstdoet. En die tot eenieders verbazing en ongenoegen nog altijd bestaat en zich op aanzienlijk niveau handhaaft; met deemoed en vroomheid in de donkere, vreemde ogen en bezeten door een bedenkelijke passie voor al het geestelijke; een feit dat echter bij een gemeenschap van zulke gehaaide kooplieden die alle aardse bezit achternarennen alleen maar verwarring sticht en uiterst argwanend moet stemmen.

Maar, mompelden deze slimmeriken verder, er was nog tijd, nog veel tijd, en men was ook qua methoden nog niet ervaren genoeg om een hele volksgroep naar de andere wereld te helpen. Dat kwam nog wel, en intussen kon men alvast genieten van de aangename kriebel die de kat geniet wanneer ze mal en speels en schijnbaar onverschillig de al gevangen muis een eindje laat lopen, om hem vervolgens trefzeker en elegant de dodelijke klap toe te dienen.

Op de school waren de volwassenen gedeprimeerd en de kinderen opgewonden; er werd vergaderd over hoe een sluiting konden worden voorkomen, de lucht gonsde van slimme en dwaze voorstellen en uiteindelijk verkondigde Meyerhof, die groot en zwijgzaam op zijn leunstoel de vergadering voorzat, dat alles bij het oude moest blijven, dat ze de vijand toch niet ook nog eens moesten tegemoetkomen door voortijdig al veranderingen door te voeren. Enkel Klaus en Monika werden als leraren ontslagen en nog in hetzelfde uur als financieel directeur weer aangesteld, waarbij er, ondanks het nieuwe en plechtig in het bijzijn van de notaris ondertekende contract, niets aan hun takenpakket veranderde.

Vol ongeduld wachtten ze op het nieuws dat Mary uit de gevangenis zou zijn ontslagen.

‘Als ze iemand drie weken zonder reden vasthouden,’ zei Monika tegen Klaus, ‘dan kunnen ze dat net zo goed ook drie jaar doen. Of voor altijd.’

Bij die verschrikkelijke woorden liepen de tranen over haar wangen. Ze huilde om haar vriendin en om al degenen die in de gevangenissen kreunden, maar meer nog om een wereld die met zijn normen van recht en menselijkheid te gronde werd gericht.

Op een dag verscheen Jo. Bleek, knap en met een strijdbare fonkeling in haar ogen eiste ze Meyerhof alleen te spreken. Toen ze uren later zijn kamer uit kwamen, zag de anders zo gelijkmoedige man er oud en afgetakeld uit. Monika ontmoette beiden op de trap en bleef geschrokken staan.

‘Wat is er aan de hand?’

‘Jo is gekomen om Vreni af te halen. Ze trekt met het kind naar het buitenland.’

‘Nu, midden in het schooljaar?’ zei Monika fronsend. ‘Toch niet voor lang?’

‘Ze komt niet meer terug. Het is voor altijd.’

Nu nam Jo zelf het woord: ‘Je denkt toch niet dat ik mijn kind in deze barbarij laat opgroeien?’

‘Maar Jo toch, hier op onze school, bij Meyerhof is het toch geen barbarij?’

‘Zijn jullie nou allemaal blind? Denken jullie echt dat je over een paar maanden nog kunt doen wat je wilt? Denken jullie dat deze dictator zijn kanonnenvoer door Meyerhof laat opvoeden? Jullie zijn stuk voor stuk krankzinnig in jullie eigendunk. Wat hebben jullie eigenlijk nog hier te zoeken, jij en Klaus? Maak toch dat je wegkomt uit dit land dat jullie niet hebben wil!’

Ze balde opgewonden haar vuisten en zag er niet meer uit als een dromerige knaap, maar als een schreeuwende straatjongen. Meyerhof stond er zwijgend bij, zijn machtige hoofd gebogen.

‘Wat vindt Gerda eigenlijk van je plan?’ vroeg Monika opgewonden.

‘Gerda gaat mee, dat spreekt toch vanzelf.’

Nu kon ook Monika geen woord meer uitbrengen. Ze wilde Meyerhofs hand strelen, maar een kwade blik van Jo hield haar daarvan af.

'Denken jullie soms dat het voor mij gemakkelijk is? Zo een-twee-drie weglopen uit een land waar je thuis bent, waarvan je de taal spreekt. Alsof ik de enige van jullie ben die echt weet wat het betekent om in vreemde landen te leven zonder er thuis te horen, zonder rechten, misschien met een beperkte verblijfsvergunning. Maar alles is beter dan hier blijven, en leven kun je tenslotte overal.'

'Voor jou en Gerda,' zei Meyerhof ernstig, 'niet voor mij.'

Nu pas begreep Monika dat Jo hem had willen overhalen om mee te komen.

'Zal ik je dan nooit meer zien!' riep de knappe Jo opeens vol hartstocht, en ze trok zijn hand naar haar lippen. 'Kun je dan zomaar afstand doen van je kind?'

Hij glimlachte vaag over haar donkere hoofd heen: 'Niet zomaar, Jo, nee, niet zomaar. Maar ik zie wel in dat het voor het kind beter is om andere lucht in te ademen. Ik ben een boer die niet weg kan van zijn aardkluit.'

'Weet je wat de prijs is die ze van je zullen verlangen?'

'Ja,' zei hij met vaste stem, 'ze zullen van mij, net zoals van om het even wie, eisen dat ik instem met alles wat ze doen.'

'En daar ben je toe bereid?'

'Ik moet. Je weet dat ik over het algemeen niet van grote woorden houd, maar het is waar wanneer ik zeg: mijn leven hangt ervan af. Wat moet ik in het buitenland beginnen? Handelaar worden? Ober? Of een bedelaar bij een of ander wetenschappelijk comité? Dat kun je toch niet menen. Mijn taal is Duits. Dat is mijn werktuig, mijn verbinding met de mensen. Ik heb geen keus: ofwel jaag ik me een kogel door het hoofd en loochen daarmee alles wat ik ooit gedacht en geloofd heb, ofwel stem ik zwijgend in.'

Dat had hij heel rustig gezegd, maar zijn bruingebrande gezicht was vaalgeel geworden. Vermoeid hief hij zijn hand: 'Ik kan jullie ginds natuurlijk bezoeken. Tenminste zolang we ons paspoort mogen houden.'

'En jullie?' Agressief wendde Jo zich tot haar vriendin: 'Waarom vertrekken jullie eigenlijk niet?'

'Ze zullen op gegeven ogenblik wel vertrekken,' antwoordde Meyerhof in Monika's plaats, 'maar ze mogen niet overhaast te werk gaan. Als jij of

Gerda in een vreemd land leeft, dan representeren jullie voor jezelf Duitsland. De Joden daarentegen moeten verdomd veel kracht opbrengen om zich niet diep in hun binnenste vaderlandsloos te voelen. Voor hen is de zwaarste opgave geen leerling van hun vijanden te worden en niet uiteindelijk zelf te gaan geloven dat ze net zo ontworteld zijn als van hen wordt beweerd.'

Jo knikte.

'Je hebt gelijk. Maar ze mogen niet wachten tot het te laat is.'

Diezelfde dag nog verliet Vreni de school, nadat ze met talloze kussen van iedereen afscheid had genomen, en reed ze samen met haar knappe moeder een vrijheid tegemoet, die op zichzelf twijfelachtig genoeg was en alleen maar aanlokkelijk was omdat ze hier in het gruwelijke tegendeel was omgeslagen.

Klaus en Monika stonden hen met bezwaard gemoed bij de postbus uit te wuiven. Meyerhof vertoonde zich niet en evenmin later die avond.

Na deze eerste verstoring van een vrede die slechts met moeite en als het ware voor de schijn gehandhaafd kon worden, ging er geen week voorbij voor de witblonde Heiner op een ochtend bij het uitdelen van de post in de ontbijtruimte bleek om de neus werd en met trillende lippen een briefkaart liet zien, waarop zijn moeder hem in haar houterige, op verschillende plekken uitgelopen handschrift meedeelde dat zijn vader de nacht ervoor door bruine soldaten was weggevoerd.

'We rijden samen,' zei Klaus. 'Maak je klaar.'

De jongen was helemaal verstard, alleen de briefkaart verfrommelde hij in zijn hand. Toen barstte hij in tranen uit en snikte telkens opnieuw: 'De schoften, de schoften!'

'Kom!' Het was Monika die hem meenam en hem als een klein kind voor de rit klaarmaakte.

In München troffen ze een compleet radeloze vrouw aan met dikke gezwollen ogen. Twee nachten ervoor waren zes geüniformeerde knapen met hun revolver zwaaiend in de woning binnengedrongen, hadden in kasten en laden gewoeld, een paar bruikbare spullen in hun zakken gestoken en vervolgens haar man onder haar ogen over de tafel heen getrokken en hem met een stoelpoot tot bloedens toe afgeranseld. Daarna was hij met nauwelijks kleren aan naar een vrachtwagen gesleept. Sindsdien was er geen spoor meer van hem. Tot de instanties werd ze niet toegelaten of ze werd afgesnauwd, over relaties beschikte ze niet, de directie van de fabriek waar haar man jarenlang als machinist had gewerkt toonde zich onverschillig en betaalde met grote tegenzin het loon voor de aangevatte week uit. Zijn kameraden van de vakbond zaten zelf achter de tralies of waren ondergedoken, anderen paradeerden inmiddels met hakenkruisen door de straten.

Met ernstig gezicht zaten ze aan de tafel in de armoedige eetkamer en wisten zich ook geen raad. Monika doorliep in haar hoofd snel alle mogelijkheden en relaties, maar de enige van de talrijke vrienden van haar ouders op wie ze kon komen was Khefermüller, die als vroegere Stahlhelm-leider waarschijnlijk connecties had met de nieuwe machthebbers. Tegelijk wist ze hoe uitzichtloos het was om de elegante graaf om hulp te vragen voor een doodgewone arbeider die in de sociaaldemocratische partij zijn bescheiden rol had gespeeld.

Dus zat er niets anders op dan het zelf te proberen. Daarbij begeleid worden door Klaus en Heiner wees ze uit grote bezorgdheid om hen af. Als ze iets wilde bereiken, moest ze alleen gaan, zonder zich zorgen te hoeven maken om anderen. Bovendien wist ze dat haar verlegen toon, die ze tegenwoordig af en toe gebruikte om er haar grote zelfverzekerdheid achter te verbergen, bij haar gesprekspartners beleefdheid wekte.

De beambte tot wie ze na veel gevraag op het politiecommissariaat wist door te dringen, droeg het partij-insigne in zijn knoopsgat. Hij had afhangende schouders, een erg vooruitstekende adamsappel en als hij niet net losse woorden brulde, sprak hij zo jachtig dat hij telkens weer zijn zinnen van voren af aan moest beginnen, omdat hij zelf niet meer wijs werd uit de wirwar. Aan de muur hingen ingekleurde portretten van Hitler en Hindenburg, daartussen had men de spreuk van de rijkspresident opgehangen: ‘De kern van eer is trouw.’ Verder was er nog een bordje met het opschrift: ‘De Duitse vrouw rookt niet.’

Nu, van de vrouwen die hier met Monika wachtten zou er waarschijnlijk geen enkele hebben gerookt, ook als het hun niet met zulke belachelijke woorden was verboden. Het waren armzalige verschijningen, bleek, met behuilde gezichten, en ze hadden maar één vraag: 'Waar is mijn man?'

Op die vraag, die God aan Kaïn stelde, snauwde de beambte: 'Naam en adres?' waarna hij in een lange lijst keek.

De gezochte was haast nooit te vinden, slechts een enkele keer heette het dat hij in deze of gene gevangenis zat.

'Ja. U kunt hem eten en kleren brengen als u genoeg voeten hebt – ik bedoel: als u genoeg geld hebt om erheen te reizen, of genoeg voeten – ik bedoel: voeten die sterk genoeg zijn om erheen te lopen.'

Een erg jonge zwangere vrouw had de enige stoel bemachtigd. Maar ze was zo verschrikkelijk nerveus dat ze weer opstond en begon te ijsberen. Op dat moment sprong de beambte vooruit, pakte de stoel bij de leuning en zette hem voor Monika neer, die onnoemelijk eenzaam en vreemd in haar warme, met bont afgezette jas tegen de muur leunde, en zei met een buiging: 'Gaat u zitten, mevrouw.'

Sommige mensen lopen rood aan als ze een oorvijg krijgen, anderen worden wit om de neus. Monika werd eerst wit en dan rood.

'Dank u,' zei ze beheerst, 'ik ben niet moe.'

Ze schoof de stoel weer naar de zwangere vrouw toe, die er met een lichte kreun op ging zitten.

Toen was ze aan de beurt.

'U wenst, mevrouw?'

De man deed zijn uiterste best om traag en duidelijk te praten.

Ze schetste kort de feiten, en hij vroeg, terwijl hij in zijn lijst keek, beleefd: 'Mag ik mij de vraag veroorloven, mevrouw, wat u met deze zaak te maken hebt?'

'Ik werk op de school van de zoon van deze man.'

Een verbaasde blik.

'Zulke elegante leraressen hadden wij niet,' mompelde hij.

Ze boog haar hoofd.

'Is niet te vinden.'

'Valt er dan niets te doen?'

'Nee, er valt niets te doen. Maar de gevangenneming van de verblijfplaats – o, ik bedoel, de verblijfplaats van de gevangene zal in de loop van de komende dagen wel bekendgemaakt worden.'

'Staat u mij toe mijn vraag te herhalen.'

Hij boog zich ver voorover en fluisterde: 'Als ik u was, mevrouw, zou ik m'n vingers niet branden aan deze zaak.'

Ze dacht aan Klaus.

'Maar ik zal een uitzondering maken,' ging hij op gedempte toon verder, 'en zal u de betreffende gevangenis schriftelijk meedelen, zonder er iets van te zeggen tegen mijn oversten.'

Hij trok een stijf en formeel gezicht, alsof hij in de houding stond. Aan zijn op en neer gaande adamsappel was te zien dat hij een paar keer slikte.

Monika bedankte hem en gaf haar eigen naam op, maar met Gerda's adres. Daarmee was het gesprek ten einde, maar hij hield haar met zijn blik tegen.

Gelijk doet hij me zijn levensverhaal, dacht ze vertwijfeld, en daar bracht hij al uit: 'Er was die lijst, toen werd er ook naar mij in een tijd gezocht.'

Op haar vragende blik werd hij rood als een kreeft.

'Ik bedoel, er was een tijd dat ik ook op een lijst werd gezocht. Ik was al in de gevangenis toen ik hier belandde – ik bedoel, ik was al hier geweest, aan deze schrijftafel, toen ik in de gevangenis belandde, vanwege deelname aan de Hitlerputsch in 1923. Voor ambtenaren was dat namelijk verboden, ze zetten de straat op ons – o, ik bedoel, ze zetten ons op straat, lieten ons hongeren, ik bedoel: hongeren, en als we niet in het Duitsland van de ontwakende zege – ik bedoel het zegevierende Duitsland van het ontwaken – nee, ik bedoel de zege van het ontwakende Duitsland hadden geloofd, zouden we niet hebben volhouden. De zenuwen, mevrouw, de zenuwen, ja, ik bedoel, de zenuwen hebben eronder geleden.'

'Dat komt wel weer goed,' zei Monika sussend.

'Stoort ook verder niet, mijn vervulling kan ik nog altijd opgeven – ik bedoel, mijn opgave kan ik nog altijd vervullen. Ze hebben me hier neergezet, in mijn oude kamer en mij de ontvangst toevertrouwd, omdat ze weten dat ik een harde ben. Murwe tranen maken mij niet vrouw – ik bedoel, vrouwentranen maken mij niet murw. Nu moeten de anderen maar verstoten voelen hoe het is – ik bedoel, nu moeten de anderen maar voelen hoe het is om verstoten te zijn.'

Hij is dronken, dacht Monika vol afschuw en medelijden, bedwelmd door het kleine beetje macht dat hij heeft gekregen. En hij denkt dat het een prestatie is om ongelukkige vrouwen nog wat ongelukkiger te maken.

Ze stond op, hij volgde haar voorbeeld: 'Mevrouw,' zei hij, 'ik sta graag weer tot uw dienst.' Hij sloeg zijn hakken tegen elkaar, zonder te beseffen wat voor een gruwelijke betekenis in zijn woorden lag.

Overigens hield hij zijn woord, want Monika kreeg tien dagen later schriftelijk meegedeeld dat Heiners vader naar Dachau was afgevoerd.

'Ik schiet hem neer, die Oostenrijkse prutsschilder, dan is het allemaal voorbij,' zei de jongen, die de laatste tijd bleek en mager was geworden, knarsetandend.

'Je moet dapper zijn, Heiner,' zei Monika. 'Je vader komt wel weer vrij en je mag je moeder niet nog meer verdriet berokkenen door dwaasheden te begaan.'

Dat waren wijze woorden, en ook alles wat ze verder nog zei in het lange gesprek waarin ze de jongen kalmeerde was weldoordacht. Al vroeg ze zich ondertussen wel de hele tijd af of het niet veel beter was om de dingen op hun beloop te laten.

Waarschijnlijk zou de jongen immers zijn doel toch niet bereiken – al wist je maar nooit met deze razend intelligente zeventienjarige die er zo onschuldig uitzag. Haar hart bonsde bij de gedachte dat één schot een einde kon maken aan alle ellende.

Maar ze praatte sussend verder, want het was haar taak om met de superioriteit van de volwassene de kinderlijke fantasie terug te leiden naar de realiteit, het was haar taak om te verhinderen dat Heiner streken zou uithalen waarbij hij zijn eigen leven in gevaar bracht, en ze vervulde haar plicht zo goed dat hij haar op handslag beloofde om al zijn stoutmoedige plannen op te bergen.

In die tijd was Dachau alleen maar de naam van een stadje. Kortgeleden had er in de krant nog iets gestaan over de inrichting van het concentratiekamp 'ter verzekerde bewaring van socialistische onruststokers', maar hoewel men er nog geen concrete voorstellingen of beelden bij had, kreeg men bij het nieuwe begrip toch intuïtief koude rillingen van afschuw. Voorlopig kende men de waarheid nog lang niet, en toen die dan toch begon door te dringen weigerden hart en verstand er geloof aan te hechten, en waar ze niet ontkend kon worden, werd ze snel vergeten, uit het geheugen gewist, want men wilde verder leven, en daarbij hoorde dat men een droom die allang uit was tussen zichzelf en de werkelijkheid schoof.

Een miniem en eigenlijk volstrekt onbeduidend detail achtervolgde Monika tot in haar slaap: ze kende het terrein van het kamp. Jaren geleden, kort na de oorlog, was ze er met haar vader de buskruitfabriek gaan bezichtigen, en nu had ze het gevoel dat alles wat daar gebeurde haar rechtstreeks en persoonlijk aanging.

'Onder mijn hemel,' kreunde ze op een nacht, 'worden mensen doodgemarteld.' En ze zag de kleine, lage huisjes, het dichte dennenbos, de mooie groepjes bomen bij de ingang voor zich, en hoewel dat alles waarschijnlijk allang niet meer bestond, vormde het in haar gekwelde fantasie het decor waarin zich onbeschrijflijke gruwelen afspeelden.

Overdag deed ze haar uiterste best om de spoken te verjagen en als ze zich toch lieten zien, sloeg ze er flink op los.

Dat ging een tijdlang goed, er overkwamen hun persoonlijk tenslotte geen verdere nare dingen, en de aprilgrapachtige farce van de boycot van Joodse winkels volgden ze met grenzeloze verbazing, zelfs met een zekere lachlust.

Maar toen, op een ochtend, verschenen twee SA'ers samen met een beambte in burger op de school om Klaus' en Monika's paspoort op te eisen. Wat baatte het dan dat de man in burger, zodra de geüniformeerden de kamer hadden verlaten, verlegen en angstig stamelde dat hij niets tegen de Israëlieten had, wat baatte het dat alle schoolbewoners stormachtig lucht gaven aan hun verontwaardiging en dat ze de week erop hoorden dat het om een persoonlijk initiatief ging van de pas aangestelde burgemeester waartegen waarschijnlijk met succes een klacht kon worden ingediend – wat baatte dat alles: ze hadden hun zo waardevolle papieren, waar hun vrijheid en misschien zelfs hun leven van afhing, moeten afgeven, en Klaus had bovendien het bevel gekregen om zich dagelijks persoonlijk op het stadhuis te melden. Het was een pesterij die de machtigen als vernedering hadden bedacht, niet wetend dat slechts een tegenstander die op ooghoogte staat de geest kan vernederen. Elke slag die niet het lichaam raakte, was een slag in de lucht. Het zou overigens niet al te lang meer duren tot dat inzicht tot de machthebbers was doorgedrongen.

In ieder geval onderdrukte Klaus nu, in plaats van zich schuldbewust te tonen, dagelijks een lachkramp wanneer hij de deur van het burgemeestersvertrek opentrok en met schetterende stem zijn naam riep, waarop de potige boer telkenmale verbaasd en loensend opkeek en met een zorgvuldig ingestudeerde handbeweging Klaus ongeduldig, alsof hij bij een belangrijke bezigheid werd gestoord, afwimpelde.

Het intermezzo duurde maar een paar seconden, daarna sprong Klaus weer op zijn fiets en reed hij op een kwartiertje naar huis, iets wat hij zelfs met plezier deed omdat de weg door een mooi beukenbos en zacht glooiende weilanden liep.

Monika was eerst in woede uitgebarsten en had tegen Klaus geroepen dat ze dan nu maar zonder paspoort naar Oostenrijk moesten vluchten. Op slag was het gevoel dat ze alleen hier kon leven uitgedoofd; als een opgejaagd dier wilde ze ontsnappen, om het even waarheen, als ze maar wegkwamen, weg uit dit jachtgebied waar het naar bloed rook. Klaus probeerde met omzichtigheid vat op haar te krijgen, argumenteerde dat het een dwaas idee was om zich in reëel gevaar te begeven om aan een ingebeeld gevaar te ontkomen. Wat moesten ze zeggen als ze aan de grens werden opgepakt? Zonder paspoort? Alsof ze voortvluchtige misdadigers waren? Was de kans dan niet groot dat ze werden aangehouden of dat hun misschien nog groter onheil overkwam?

'Zwijg,' zei ze met haar handen op haar oren. 'In godsnaam: zwijg!'

Daarmee was de discussie afgelopen, ze bleven waar ze waren en probeerden hun paspoort terug te krijgen, wat hun in de loop van de zomer ook lukte, het was een soort sport waar ze voorlopig geen al te groot belang aan hechtten. Telkens als Monika tijd had, begeleidde ze Klaus op zijn fietstocht naar de burgemeester, en op de haast onmerkbaar aflopende weg door het bos voerden ze het kunststukje uit om met een arm om elkaars schouder te rijden, wat na heel wat pogingen ook lukte, ondertussen genietend van het heerlijke anemonenkleed dat de donkere mosgrond als een tweede sneeuwlaag bedekte.

Voor het mooie, met taferelen uit de legende van Sint-Joris beschilderde stadhuis bewaakte Monika de twee fietsen, en het was ook hier dat een bleke, stads geklede vrouw op haar af stapte en, nadat ze met een angstige blik had gecontroleerd of er niemand te dichtbij stond, met zachte stem vroeg: 'Bent u niet Monika Merton?'

'Ja.'

'Ik kom van Mary von Aue.'

'O! Is ze vrij?'

'Nee, jammer genoeg niet. Ik heb lang met haar in dezelfde cel gezeten.'

Nu voegde Klaus zich bij de twee vrouwen.

'Dit is mijn man, en dit is...'

'Elisabeth. Mijn echte naam doet niet ter zake.'

'Elisabeth komt van Mary, Klaus.'

'Ik heb zoveel over u gehoord dat ik gelijk dacht: dit moet Monika zijn.'

'We kunnen met de postbus naar de school rijden. Dan kunt u in alle rust uw verhaal doen.'

'Nee. Ik ben blij dat ik u hier tegen het lijf ben gelopen. Hoe sneller ik weg ben, hoe beter. Vrienden verwachten me.'

Ze fluisterde opgewonden: 'Vandaag of morgen steek ik de grens over.'

Er viel een korte stilte, toen vroeg Klaus: 'Hoe gaat het met Mary?'

'Ach, zoals het daarbinnen kan gaan. Niet goed natuurlijk, maar ook niet bijzonder slecht. Je hoopt en wacht, wacht en hoopt. Mij hebben ze uiteindelijk toch vrijgelaten.'

'Dat zal op gegeven ogenblik toch ook met Mary gebeuren.'

'Ze is een moeilijk geval. Ze weten vermoedelijk dat Santen in het buitenland politiek actief is.'

'Is hij soms gek geworden? Waarom wacht hij niet tot ze bij hem is?'

'Waarschijnlijk gelooft hij zelf niet in die mogelijkheid. En daarnaast heeft hij natuurlijk geen keus. Hij is soldaat en moet gehoorzamen.'

'Het is nu misschien een geluk dat ze zijn echtgenote niet is,' zei Monika.

'Dat maakt vermoedelijk niet veel uit. Officieel kunnen ze haar sowieso niets maken.'

'Is er dan geen proces gepland?'

'Een proces waarover? Mary heeft voor een legale partij gewerkt. Er is geen aanklacht tegen haar. Ze hebben haar in preventieve hechtenis genomen.'

'Maar ze kunnen haar toch niet voor eeuwig vasthouden.'

'Kunnen ze dat niet? Natuurlijk kunnen ze dat.'

Elisabeth lachte kort en kreeg meteen een droge hoestbui. Ze drukte haar zakdoek tegen haar mond en had vochtige ogen van de inspanning.

'Luister,' zei ze nahijgend, 'er is alles en nog veel meer gedaan om Mary vrij te krijgen. U weet tenslotte zelf hoeveel vrienden ze heeft. Ergens zit er daar een vijand die alles torpedeert. Nu heeft Mary nog aan iemand anders gedacht die haar misschien kan helpen, hoewel ze weinig hoop koestert. Toch vond ik het belangrijk genoeg om hierheen te reizen. U moet Thea Hartmann opzoeken, meneer Merton. Ze speelt een grote rol in de partij.'

Klaus fronste: 'Ik denk niet dat Thea zelfs maar een vinger zal uitsteken voor Mary. Maar ik zou natuurlijk toch gaan, als ik hier weg kon.'

Nadat ze Elisabeth over de tegenslag met de passen hadden verteld, knikte deze droevig: 'Ik heb het meteen gedacht: die arme Mary heeft geen geluk.'

'Wat staan jullie daar nou,' riep Monika ongeduldig uit. 'Ik kan toch gaan. Zonder paspoort naar Berlijn reizen gaat toch nog en ik hoef me niet dagelijks te melden. Natuurlijk leg ik bij Thea niet zoveel gewicht in de schaal als Klaus, maar op het laatst was onze verstandhouding niet zó slecht.'

'Probeer het dan, Monika Merton. Vertrek liever vandaag dan morgen.'

Ze pakte Monika's handen vast en drukte ze heftig: 'Dan heeft mijn reis toch nog zin gehad.'

'U gaat toch nog niet weg? U hebt nog zo weinig over Mary verteld.'

'Niets is van belang, behalve dat u met Thea Hartmann praat. Als ik de middagtrein nog haal, betekent dat voor mij dat ik een halve dag eerder in vrijheid ben. Maar u kunt zich waarschijnlijk niet eens voorstellen wat dat betekent.'

Monika, die de bleke Elisabeth met haar van de opwinding felrood aangelopen wangen en haar kille Noord-Duitse accent niet erg sympathiek vond, dwong zichzelf om een hartelijke toon aan te slaan: 'In ieder geval wens ik u het allerbeste. En dank u dat u gekomen bent.'

De onbekende glimlachte ijzig: 'O ja, ik moet u nog van Mary zeggen dat ze het wel uithoudt, wat er ook gebeurt. Dat ze in geen geval de hand aan zichzelf slaat, omdat ze daarvoor ook te veel van Santen houdt. Ik bedoel maar, als u op een dag hoort dat Mary zelfmoord heeft gepleegd, dan weet u wat u daarvan moet denken.'

Monika stamelde hulpeloos: 'Wat, denkt u dat dan?'

'Ja, ik denk het. En Mary denkt het ook. Het doet trouwens niet erg pijn, zo'n ingezeepte strop om je hals, en het is allemaal snel voorbij. Alleen dat je het op voorhand weet, is verschrikkelijk.'

'Hebt u dat dan al met eigen ogen gezien?' vroeg Klaus hees van agitatie.

'Met eigen ogen niet. Maar wel gehoord en vermoed wanneer het gebeurde.'

'Was dat vaak?'

'Nee, niet heel vaak. Maar zoals gezegd: Mary is een bijzonder moeilijk geval.'

Haar stem was toonloos en klonk volkomen onverschillig. Ze had nog maar net afscheid genomen en haar rug gedraaid of Monika pakte Klaus bij de arm en barstte in een nerveus lachen uit: 'Heb je dat al 'ns meegemaakt,' riep ze uit, terwijl ze in haar ogen wreef hoewel er niets weg te vegen was, 'hoe die Elisabeth over moord en gruwelen praat, alsof het de meest vanzelfsprekende dingen ter wereld zijn? Die vrouw is echt getikt!'

Er zijn zo van die zinnen die je er zomaar uitgooit; je hoort ze en het lijkt of iemand anders ze heeft gezegd, maar dan blijven ze in je oor hangen en raak je er niet meer vanaf.

Tijdens de treinrit naar Berlijn, op haar hotelkamer en zelfs nog in de taxi die haar naar de Hartmanns bracht, zag Monika de getikte vrouw voor zich, hoe ze in het echt was geweest, maar soms ook in een grijs, zakachtig gewaad, dat aan een gevangenisplunje deed denken. En ze zei met harde, monotone stem: ‘U kunt zich niet voorstellen wat vrijheid betekent, omdat u niet weet wat gevangenschap is. Maar dat ontdekt u nog wel. Iedereen ontdekt het nog wel. Iedereen zal door God verlaten worden.’

Verdomd, dacht Monika, ik moet van dat beeld af, het vertroebelt mijn geest terwijl ik mijn hoofd koel moet houden, ik ben tenslotte niet gekomen om over koetjes en kalfjes te praten, het gaat om een mensenleven, om Mary, mijn cherubijn, de tedere, verwende, vrolijke Mary, die in een kille cel zit te wachten tot er een ingezeepte strop om haar hals wordt gelegd.

Ze had zich telefonisch aangemeld en werd om tien uur ’s ochtends verwacht, maar in plaats van Thea was het Hartmann die haar in de hal tegemoet liep. Hij was in opperbest humeur en kennelijk erg opgetogen dat ze er was.

‘Daar is ze dan,’ riep hij met een donderstem, ‘onze lieve jonge Merton, de vrouw van de trouweloze deserteur. Dus, u wilt Thea spreken – mijn Theus, want een vrouwelijke naam past amper nog voor dit werkpaard dat van ’s ochtends vroeg tot ’s avonds laat haar mannetje staat. Apetrots ben ik op het kind, apetrots, dat zeg ik u. Natuurlijk heeft ze ook vandaag een telefoontje gekregen, ze moest meteen naar haar kantoor, ze gunnen haar geen rust. Maar ze is zo goed om u daar te ontvangen. Ik heb op u gewacht, zodat u met mij kunt meerijden naar de stad. Maar eerst moet u moeder de vrouw begroeten.’

Hij duwde Monika de kamer binnen waar de eeuwig zwijgende circuspony, wier haar nog een onsje roder en belachelijker geworden was, aan de ontbijttafel zat.

‘Kom, mevrouwtje, drinkt u een kop koffie, rookt u een sigaret, we hebben nog wel even. Hoe gaat het met de trouweloze?’

‘Goed,’ antwoordde Monika. ‘Uitstekend.’

‘Weet u, eerst heb ik eronder geleden, ja, echt eronder geleden dat-ie de benen had genomen, hij was tenslotte de zoon van m’n beste vriend, maar nu ben ik er heel blij om, want op den duur zou het toch niet gegaan zijn, ik kan mezelf in mijn nationale modelfabriek geen israëlitische bedienden meer veroorloven, en ook niet als de vader van Thea. Dat zou het kind niet toelaten. Past ook niet samen, natuurlijk, zij, een ministerieel adviseur voor rassenkwesties, en een Jodenbedrijf. Pardon, pardon, mevrouwtje, ik bedoel het niet gemeen.'

'Friedrich toch,' zei de circuspony met wiegende haardos.

'Ach, ze begrijpt me wel, onze Merton, ze is ook niet op d'r achterhoofd gevallen!'

Monika leunde rokend achterover in een diepe stoel. De tijden dat ze hier bang was dat ze een glas zou omstoten waren voorbij. Ze voelde zich rustig, superieur en dacht ironisch terug aan hoe doodsbenauwd Hartmann altijd was geweest voor de nazi's.

'Wat dat betreft heb ik mij erg vergist, mij enorm vergist zelfs,' bulderde hij verder, 'maar dat kan iedereen overkomen, mensen zoals ik hebben het zo druk met zakendoen dat ze niet in de gelegenheid komen om zich politiek te vormen. Alles wat er nu gebeurt in ons vaderland, dat is gewoon fantastisch, fantastisch zeg ik u, mevrouwtje Merton.'

Monika zag een ingezeepte strop voor zich en deed er het zwijgen toe.

'Oké, u ziet dat misschien anders, dat snap ik wel, jullie maken tenslotte niet echt deel uit van de volksgemeenschap.'

Uit zijn enthousiasme voor de volksgemeenschap concludeerde Monika dat die laatste een grootverbruiker was geworden van het kindervoedingsmiddel.

Overigens hoefde ze geen antwoord te verzinnen, hij verwachtte er toch geen.

'Weet u,' zei hij met bewogen stem, 'het is gewoon mooi. Zo heb ik deelgenomen aan een achtdaagse ideologische scholingscursus, we leefden in tenten en kookten ons eigen potje. Fantastisch, echt fantastisch. Eén tentgemeenschap bestaat uit vier mannen die voor elkaar door dik en dun gaan. Bij mij waren een directeur van Siemens, een hoge regeringsambtenaar en mijn chauffeur. Stelt u zich voor, vanaf de eerste dag spraken we elkaar met "jij" aan.'

En nu hield Hartmann echt zijn handen voor zijn ogen en snikte hij van geluk en ontroering over de broederschap met zijn chauffeur, die al jaren een wanhopige strijd voerde voor een loonsverhoging en die zijn baas tot de laatste liter benzine toe afzette om met zijn vier kinderen überhaupt te kunnen overleven.

'Kom, kom, Friedrich,' zei de circuspony opnieuw, en voegde er vermanend aan toe: 'Wind je niet zo op, dat is slecht voor je lever.'

Maar Friedrich wilde zich opwinden, hij was op dreef en liet zich niet afremmen.

'Zo mooi, zo mooi,' zat hij te snikken. 'U hebt er geen idee van wat je daar allemaal leert, de schellen vallen je gewoon van de ogen. Op de universiteit, of toch in mijn tijd, werd dat allemaal verwaarloosd, en dat heeft zich dan ook bitter gewroken voor ons arme volk.'

Pas toen hij al zijn enthousiasme had uitgestort, vond hij dat het hoog tijd was om te vertrekken.

De chauffeur stond in zijn zomeruniform te wachten voor de in de zon glanzende, donkerrode Mercedes.

'Heil Hitler, Friedrich!' groette hij met opgestoken hand, en Hartmann brulde vergenoegd: 'Heil Hitler, Thomas!' voor hij zijn zware lijf in de bestuurdersstoel perste.

Monika moest achterin plaatsnemen, en ze kneep haar ogen dicht, want ze wist nog van vroeger hoe erg haar zenuwen nu op de proef zouden worden gesteld.

Hartmann racete er over het midden van de straat vandoor, voetgangers en fietsers bestonden niet voor hem, hij kende geen verkeersregels en toen een agent zijn arm uitstak ging hij zo hard in de remmen dat Monika zich moest vastklampen om niet naar voren te vliegen. De zwetende chauffeur zat naast zijn baas, klaar om elk ogenblik naar het stuur te grijpen.

'Fantastisch toch, dat verkeer in onze hoofdstad?' lachte Hartmann, toen hij voor de fabriek uitstapte. 'Ja, als je niet zo'n oude ervaren chauffeur bent als ik, dan is het geen lachertje. Zo, Thomas, breng mevrouw Merton naar het ministerie en kom dan terug. Een prettige ochtend nog, Heil Hitler.'

Monika was vooraan naast Thomas komen zitten, en omdat de man zich Klaus waarschijnlijk nog herinnerde, stak hij zijn mening niet onder stoelen of banken.

'Allemaal larie en apekool, natuurlijk. Denkt u dat ik zou meedoen, mevrouw Merton, als ik ergens anders aan de bak kon komen? Maar ik kan het me niet veroorloven de laan uitgestuurd te worden en dus steek ook ik mijn poot omhoog en schreeuw ik Heil Hitler. Godzijdank zijn ze vergeten dat ik vroeger een overtuigde sociaaldemocraat was. Thea weet het natuurlijk en is ook wantrouwig, maar je hoeft maar naar dat mens te lonken of te doen alsof je geil wordt van dat scharminkel en ze is al zo mak als een lammetje. Ik zou twintig jaar met haar alleen op een onbewoond eiland kunnen zitten en ze zou nog niet bang hoeven te zijn voor mij. Is toch niks aan als er niks aan is. Een vriend van Thea zit nu als bedrijfsleider in de fabriek, u hebt er geen idee van hoe die zich loopt aan te stellen. Friedrich heeft amper nog wat in de melk te brokkelen, maar hij heeft niks door, in zijn gezicht doen ze allemaal of hij de lieve God was, maar achter zijn rug maken ze vuile grappen. Wat vindt u ervan, mevrouw Merton, dat ik met hem op onze broederschap heb gedronken? Denkt u dat ik daar blij om ben?'

En de overtuigde sociaaldemocraat Thomas boog opzij en spuugde in een wijde boog door het open raampje, als om te zeggen wat hij van dat alles vond.

'Dat was zo'n theater, mevrouw Merton, daar in dat opleidingskamp. Ik heb gekookt en Paule, dat is de directeur van Siemens, en Emil, dat is die van het ministerie van Binnenlandse Zaken, en m'n Friedrich zaten als jongetjes bij het vuur en beeldden zich in dat ze weer indiaantje konden spelen. En dan de hele dag de hakken tegen elkaar slaan en gedoe en een snelcursus ideologie dat je mond ervan openviel. Toen werd me pas duidelijk van wat voor een edel ras de zoon van mijn moeder is. Prima materiaal, mevrouw Merton, een echte ouwe Germaan. Zo, daar zijn we dan bij het ministerie. Ik hoop voor u dat Thea goedgeluimd is. Doet u alstublieft de groeten aan meneer.'

Hij kneep haar hand haast fijn en stak met een vrolijk grijnsje de fooi op zak. Daarna nam hij met een veelzeggende blik in de richting van de twee op wacht staande SS'ers afscheid door zijn rechterarm in de lucht te steken en met een kraakstem Heil Hitler te zeggen.

Monika werd enigszins opgehouden omdat de portier haar paspoort wilde zien en met haar rijbewijs geen genoegen wilde nemen.

'Zo zou iedereen hier naar binnen kunnen,' zei hij, 'en erg blond ziet u er nou ook weer niet uit.' Maar uiteindelijk belde hij met Thea en mocht Monika door.

In de elegant met zware clubfauteuils ingerichte wachtkamer hingen dezelfde ingekleurde foto's van Hitler en Hindenburg als op het politiecommissariaat van München. Twee goedgeklede heren vertelden elkaar op gedempte toon moppen van op de beurs, een SA'er stond rokend bij het raam.

Toen vloog de deur open en kwam Thea binnen, in een goed gesneden grijs pak, waar ze een mannenvest bij droeg.

Ze liep met grote verende stappen, haar bovenlichaam kaarsrecht, zij het licht naar voren hangend, alsof haar hoofd geen tijd had om op haar benen te wachten. Met een familiaire grap, waar ze zelf het hardst om moest lachen, begroette ze snel de twee heren, draaide zich vervolgens op haar hakken naar de SA'er en schreeuwde onbeheerst: 'Hoe vaak moet ik nog zeggen dat u tijdens het werk niet mag roken!' Pas toen hij de sigaret geschrokken op de grond had laten vallen en met zijn laars had uitgedrukt, stapte ze op Monika af, stak met een triomfantelijke glimlach haar hand naar haar uit, alsof ze wilde zeggen: zie je, ik kan me zelfs dat veroorloven, en zei poeslief: 'Komt u mee?'

Ze nam plaats aan een reusachtige schrijftafel en wees naar een stoel die tegenover haar stond. Het zwarte, gepolijste houten vlak, waarop niets lag behalve een wit schrijfblok en een vulpen, gaapte tussen hen als een afgrond. Ook hier waren de muren met de portretten van Hitler en Hindenburg getooid, maar terwijl de hoekige kop van de generaal eerder bescheiden in een hoek hing, werd de ruimte beheerst door een levensgroot olieverfportret van de Führer.

Thea bood haar gast een sigaret aan en schoof er zelf een in de lange zwarte sigarettenhouder, die al tussen haar lippen zat.

'De Duitse vrouw rookt Abdullah,' zei ze met een scherpe lach. Toen kneep ze haar ogen achter haar brillenglazen tot spleetjes: 'En, waar wringt het schoentje?'

'U kent Mary von Aue, Marie Platzke, Thea?'

'O, gaat het daarom.'

Thea floot een deuntje.

'Ik ken niet alleen Mary, maar ook haar geval. Lastig, lastig.'

'Kunt u niet helpen?'

Monika besefte meteen dat die vraag een blunder was en ze werd ook terechtgewezen: 'U bedoelt: of ik wil helpen?

'Ja.'

Monika onderdrukte haar trots, het ging om de cherubijn.

'Altijd eerst dwaasheden begaan en dan om hulp smeken. Ik heb het niet over u, Monika, u hoeft niet zo ontzet te kijken, maar over mijn erg bijzondere vriendin Mary.'

'Het is ernstig, Thea.'

'Het is zelfs heel ernstig, Monika, heel, heel ernstig.'

Ze blies de rook voor zich uit en keek omhoog. Na een ruime poos pakte ze haar pen en het schrijfblok.

'Marie Platzke,' zei ze, en terwijl ze verder schreef: 'Waarom eigenlijk niet Von Santen?'

Monika vermoedde een valstrik achter die woorden en aarzelde te lang met haar antwoord. Moest ze gewoon de waarheid zeggen, dat belangrijke papieren van Gregor in Oost-Pruisen niet waren gevonden? Gaf ze daarmee niet toe dat er tussen Santen en Mary een connectie was, die misschien beter ontkend kon worden? Was het niet beter om een flutverhaal op te hangen over hoe ze traag maar zeker uit elkaar waren gegroeid en dat ze op het punt hadden gestaan om uit elkaar te gaan?

Monika was niet ad rem, en als ze moest liegen liep ze rood aan als een betrapt kind. Omdat ze bleef zwijgen, maakte Thea een ironische handbeweging en schoof ze de vraag terzijde: 'Het maakt ook niet uit, Monika, ik ben geen zedenrechter. Ik schrijf beter niets over Santen op, dat maakt de zaak misschien eenvoudiger.'

Wilde ze helpen? Er stond niets te lezen op haar gezicht, dat zo onrustwekkend in twee delen uiteenviel, in de knappe bovenste helft, waar alleen de bril afbreuk deed aan de lieftalligheid ervan, en de hautaine, vreselijk banale mond.

Ze ging door met notities maken en scheurde ten slotte het blad zwierig van het blok.

'Eens kijken wat er mogelijk is. Tenslotte hebben we niet voor niets samen op school gezeten en waren we korte tijd bijna bevriend. Kleine meisjes moeten hun handen afhouden van de politiek, dat bekomt hun slecht. Daar heb je sterke zenuwen voor nodig.'

Ze keek geïnteresseerd naar haar zorgvuldig gemanicuurde maar niet gelakte nagels.

'Hopelijk spelen Mary's zenuwen haar geen parten en begaat ze geen onherroepelijke dwaasheden voor we kunnen ingrijpen.'

Weer zag Monika de ingezeepte strop voor zich. Thea daarentegen glimlachte fijntjes met haar brede lippen: 'Maar als ze vrijkomt, moet ze zo snel mogelijk verdwijnen, een tweede keer kan en wil ik mezelf niet blootstellen. Jullie nemen haar dan maar beter meteen mee naar het buitenland.'

'We gaan niet weg.'

'O nee? Dat doen jullie nog wel, Monika, als je ook maar een greintje verstand hebt. Voorlopig is het natuurlijk lastig, want om zo zonder paspoort de grens over te steken moet je behoorlijk sportief en kranig zijn.'

Ze verborg haar spot niet langer: 'Dat ik dat weet, is geen heksenkunstje. Ik heb het dossier met jullie bezwaarschrift toevallig in handen gekregen. Een overhaaste burgemeester, die zijn tijd een of twee jaar vooruit is. Want dan, Monika, garandeer ik dat niemand van jullie nog een reispas heeft. We hebben jullie heel genereus respijt gegeven, maar als jullie zo onvoorstelbaar dom zijn om daar geen gebruik van te maken, kan geen god jullie nog bijstaan. Jullie papiertjes krijgen jullie nog wel terug, al kan er wat tijd over gaan. Ik kan wat dat betreft in het geheim voor goede fee spelen, want officieel kom ik niet op voor Joden. Uit principe niet. Dat wordt in de hoogste kringen niet zo graag gezien. Voor het overige kunnen jullie natuurlijk doen wat jullie willen. Het is een vriendschappelijke goede raad. Ik ben zo'n beetje op de hoogte van de plannen die langzaamaan rijpen. En tjongejonge, die mogen er wezen. Het was leuk u weer eens te zien, Monika. Ligt u maar niet wakker van die Aue, dat varkentje zullen we wel wassen.'

Ze liep om de schrijftafel heen, zo geruisloos als een kat: 'U hoort nog van mij, daar kunt u van op aan.'

'Bedankt, erg bedankt,' zei Monika en ze merkte nu pas dat haar gesprekspartner haar bijna niet aan het woord had laten komen.

Ze stond op de zonovergoten straat en rilde van de kou. Het ergste was dat ze niet eens kon zeggen of ze het pleit had gewonnen of niet. Van achter haar ondoorzichtige schermmasker was Thea haar met behendige degenstoten te lijf gegaan en had ze haar zo vaak geraakt dat Monika niet meer wist of ze zoveel pijn had door de vele blauwe pekken of door een open wond. Klaus had Thea vast beter partij gegeven, hij hanteerde het floret van de onderhandeling niet minder gezwind en slim dan Thea, maar zij, Monika, was traag en ondanks haar intelligentie onwaarschijnlijk dom.

Meisjes en jonge vrouwen liepen langs haar heen. Hoogbenig, smalheupig, met hun blonde krullen en hun brutale jongensneuzen deden velen denken aan de cherubijn zoals die ooit door deze straten was gelopen, steeds gehaast, steeds zonder doel, grappig, charmant en geruisloos, met haar flirtende ogen op de mannen gericht zonder bij een van hen te blijven hangen, vol gracieuze lenigheid, glimlachend, liefde schenkend en toch zonder enige hartstocht. Onschuldige, opgemaakte monden lachten vol levensvreugde. Wisten zij, deze meisjes, dan niets van hun zus daar in die cel, die gevangen werd gehouden omdat ze uiteindelijk toch overmand was geweest door de grote passie voor al wat leeft? Wisten ze niet van de ingezeepte strop die om de smalle hals van mensen als zij werd gelegd? Wisten ze niet van de kreten en vloeken van de gemartelden, van de pijnen die mensen in de kelders van de SA doorstaan, slechts een paar minuten verwijderd van de zonnige straat?

De stad was amper van gezicht veranderd. Wat meer uniformen, hier en daar een rode vlag met het zwarte hakenkruis in de witte cirkel. In de winkels op de Kurfürstendamm lagen begerenswaardige dingen; de zon werd op chroom en glas weerspiegeld en schilderde met bekoorlijke gulheid licht en schaduw op zachte, glanzende stoffen. Er hing een geur van benzine en warm geworden lak, van asfalt en soms, als een bries opkwam, ook van bloesems. De vogels kwinkeleerden erop los in de lichte bomen – het was een dag om je hart aan op te halen.

Monika bleef voor de etalages van de fotografen staan. Reusachtige koppen, gewaagd bijgesneden, scherp en onbarmhartig gemodelleerd. In Parijs en Londen verzachtte men het beeld met een soft focus, hier werd het menselijke gelaat met brutale wreedheid geschetst. En toch was het nog altijd mooi.

Om zich heen kijkend en betoverd door duizend bekoringen raakte Monika van lieverlee in een haast vrolijke stemming. Wat had haar eigenlijk zorgen gebaard en gedeprimeerd? Kon er eigenlijk twijfel bestaan over het feit dat Thea ten gunste van de cherubijn zou interveniëren, waren haar woorden niet veelbelovend geweest? Had ze ooit kunnen denken dat ze zo vriendelijk ontvangen zou worden? Nee, nee, het was allemaal veel beter gelopen dan verwacht, en het was bekend dat ze een kat is die in het spel haar klauwen laat zien en zomaar zonder reden blaast en een hoge rug opzet. Slechts één blik van een man en ze gaat al liggen, zelfs al is het maar de blik van een chauffeur annex brave huisvader. En als in de lucht geblazen rook steeg Thea's waarschuwing op in de heldere lentehemel en loste zich op in tere wolkjes.

Natuurlijk werd Monika niet zo zorgeloos als de smalheupige amazones, die met ontspannen tred langs haar heen liepen en hun knappe gezichtjes presenteerden om de mensen te verblijden. Want voor haar gekwelde ogen bungelde een ingezeepte strop. Maar zolang een mens niet zelf op de folterbank ligt en verblind is door zijn eigen stromende bloed, verscheurd is door de pijn van zijn eigen lijf, zolang het slechts de anderen, de vrienden en broers zijn die onheil overkomt, wil de mens ondanks alle beklemming ook soms lachen en genieten van de blauwe lucht, de zingende vogels en het snelle, pulserende ritme van de grote stad.

Er zijn zoveel heerlijkheden op de wereld: thuiskomen, het weerzien met Klaus, met het platteland, met de kinderen, feestelijk ontvangen worden alsof je niet twee dagen maar een kleine eeuwigheid bent weggeweest. Hier is ze thuis, en Berlijn met zijn naakte, wrede foto's, met zijn knappe meisjes, met Hartmann, Thea en de brave huisvader Thomas zakt weg, en gaandeweg ook, als ze eerlijk is, de kale cel van de cherubijn.

Tot ze een paar weken later een schrijven van het ministerie ontvangen, waarin iemand met een onleesbare handtekening in opdracht van mevrouw Hartmann meedeelt dat de ongehuwde gedetineerde Marie Platzke door ophanging een einde heeft gemaakt aan haar leven.

Die nacht ligt ze krampachtig snikkend in Klaus' armen en voelt ze naast de pijn, die groot en bitter is, ook de enorme weldaad van het getroost worden.

'Dit is niet het werk van Thea, zeg me dat ik niet schuldig ben geworden door mijn blinde vertrouwen en mijn dwaze woorden! Niemand, tenzij misschien de machtigsten zelf, had toch meer kunnen bereiken, hè? Het was van meet af aan een verloren zaak, toch?'

'Ja, Mary wilde zelf dat we Thea opzochten. Je hebt al het mogelijke gedaan, Monika. Zo zit de wereld tegenwoordig in elkaar, we moeten de moed hebben om dat in te zien.'

Ze barst opnieuw in snikken uit, komt in opstand, wil het niet geloven en kreunt: 'Het is zo zinloos, het is zo vreselijk zinloos, Klaus.'

'Ja, dat is het, Monika, volledig zinloos. Maar heeft het leven zelf zin? Behalve dan die enige en opperste zin, namelijk dat je het leeft? Dat omvat echter ook de dood, en, omdat de mens dom en wreed is, vermoedelijk ook af en toe moord. Al de rest, de "noodzakelijke offers", het "zinvolle gebeuren", het "roemrijke heldendom", dat zijn toch niet meer dan holle frasen en uitvluchten van het door verdriet bedrukte hart. Wij hoeven geen trots in de plaats van onze rouw te zetten. Mary's dood heeft niemand gebaat en ons in verdriet gestort. Haar dood zal het einde van de moordenaars met geen seconde bespoedigen. Het is zinloos, Monika, en als je dat niet kunt verdragen, kun je niet leven.'

Zijn stem klinkt hard, maar legt zich als een beschermend pantser om haar wanhopige hart. Ze knikt in het donker, snikt nog één keer hartgrondig en geeft zich vervolgens over aan de hete roes van de omhelzing.

En toch drong zich in de daaropvolgende dagen de vraag opnieuw op of het niet beter was om te vluchten.

Klaus verzette zich nog altijd tegen het idee om zonder paspoort te vertrekken. Ze zouden het wel terugkrijgen en dan konden ze in alle rust naar een ander land reizen en als normale reizigers in een trein stappen.

Natuurlijk konden ze op de lange duur niet blijven. Maar hij en Meyerhof waren het erover eens dat ze niet overhaast te werk mochten gaan. De zaken zouden sowieso snel genoeg hun beslag krijgen.

In het rijk waren de meeste landschulheime al ontbonden, bijna dagelijks werden nieuwe maatregelen uitgevaardigd en ook Meyerhof kon elk moment het bevel krijgen om te sluiten.

Maar toen Klaus en Monika hun paspoort terugkregen, was alles nog bij het oude. Ze staken hun papieren stilzwijgend op zak en keken elkaar daarbij niet aan. Ook de brieven van Beatrix, waarin deze met steeds grotere aandrang vroeg om toch eindelijk te komen, legden ze zonder erover te praten weg.

Als ze niet meer om het thema emigratie heen konden, zeiden ze met een tevreden glimlach dat ze een tijdstip hadden geprikt: de dag dat de school zou worden gesloten, zouden ze de noodzakelijke stappen zetten. Vooral kalm en bedachtzaam blijven, geen enkel uur weggeven van de toestand waarin het zo goed leven was.

Het werd zomer en herfst, het begon te sneeuwen, Kerstmis stond voor de deur en nog altijd was er niets gebeurd.

Misschien waren ze te klein en te onbetekenend, misschien was de school te afgelegen, misschien hadden invloedrijke beschermheren een goed woordje gedaan – ze wisten het niet en het maakte eigenlijk ook niet uit aan wie ze de genade te danken hadden, zolang die er maar was. In feite geloofde niemand nog dat er gevaar dreigde, en met een slim lachje en niet zonder driemaal af te kloppen, fluisterde de een tegen de ander: zo was het en het kon gewoon niet anders zijn. De nieuwe machthebbers hadden het zo druk dat ze Meyerhof en zijn school waren vergeten.

3

Op de laatste dag van het jaar vielen SA'ers in het dorp van Monika's ouders binnen in het landhuis van een oude dame, die pensiongasten ontving en door een ontslagen dienstmeid was aangegeven omdat ze naaktdansen zou organiseren en geregeld naar de Moskouse radio zou luisteren. De beschuldiging was compleet belachelijk; bezadigde en eerbiedwaardige burgers hielden geheel ontredderd hun onschuld staande. Ze hadden zich nog nooit geïnteresseerd voor naaktcultuur of zelfs maar voor dansen van welke soort dan ook; hun avondlijke genoegen bestond uit een partijtje bridge, hoewel ze niet wilden verzwijgen dat ze tijdens hun laatste hapje voor het slapengaan om tien uur soms ook naar de klanken van de Münchense radio luisterden. Met het zwakke toestel konden ze verderaf gelegen stations nauwelijks ontvangen, tot groot verdriet overigens van enkele muziekliefhebbers die zich al een paar keer vergeefs op een uitzending vanuit de Scala hadden verheugd.

De SA-aanvoerder luisterde verveeld, haalde een arrestatiebevel tevoorschijn waarop 'alle bewoners van het huis' stond en nam het hele gezelschap zonder één uitzondering mee.

Niemand snapte goed wat Monika's vader met dat alles te maken had. Als behandelend arts kwam hij al eens bij de oude dame langs en liet hij zich vermoedelijk weleens tot een partijtje verleiden – waarschijnlijk was het dat wat de verklikster had gemeld. De twee SA'ers die door de hoofdgroep naar de villa van de Mertons waren gestuurd lieten ook niets los; zonder veel te zeggen doorzochten ze het huis van boven tot onder, waarbij het een compleet mysterie bleef wat ze hoopten te vinden. Ze haalden alles overhoop en bleken alleen geïnteresseerd in enkele medische boeken met afbeeldingen van naakte mensen en doorgesneden lichaamsdelen, die ze met grote ogen bekeken. Toen ze daar rood aangelopen klaar mee waren, zeiden ze dat Monika's vader hen naar het stadhuis moest volgen, en voegden er goedmoedig aan toe dat hij alleen maar zou worden ondervraagd door hun chef en dat er van arrestatie geen sprake was.

Monika, die nu blij was om wat haar eerst verdriet had berokkend, namelijk dat Klaus voor oudjaar in z'n eentje naar een vriend in Zürich was gereisd, luisterde met somber gezicht naar wat de mannen zeiden. Haar moeder echter, klein, rond, energiek en van een onwankelbare moed, protesteerde luidkeels. Ze had in haar leven vaak genoeg ervaren dat door onvervaardheid zelfs de grootste rabauwen tot rede gebracht kunnen worden, zodat ze er niet van opkeek dat de twee knapen verlegen voor zich uit staarden. Maar toen fluisterde de een de ander een naam toe, waarschijnlijk die van de officier die op het stadhuis zat te wachten, en opeens trokken ze hun schouders weer in de diensthouding en toonden ze zich onverzettelijk. Nu moest de moeder inzien dat ze in tegenstelling tot vroeger niet langer te maken had met mannen, maar met een abstracte en tegelijk vreselijk concrete staatsmacht waarin eenieder sidderde voor de ongenade van degene die net boven hem stond.

Ze maakte zich klaar om haar echtgenoot te begeleiden, want alleen liet ze de sukkelige en ook ietwat hardhorige man in geen geval gaan. En hoewel Monika wel inzag hoe dwaas de onderneming was, besloot ze toch om haar ouders te volgen, al was het maar omdat ze nieuwsgierig was en geen zin had om werkeloos thuis rond te hangen.

Tijdens het aankleden schold haar moeder als een viswijf de SA'ers de huid vol en slingerde ze hun op een paar minuten tijd meer waarheden naar het hoofd dan ze vermoedelijk in hun hele leven te horen hadden gekregen.

'Moordenaars, dieven, rovers, barbaren,' tierde ze, in het geheel niet beseffend in welk gevaar ze zich bevond, en omdat de twee boerenknullen veel te beduusd waren om op de woede-uitbarsting te reageren, verkondigde ze later trots dat het gewoon wat moed vergt om tenminste niet zwijgend en als een dom schaap alles maar te ondergaan.

Toch kon ze aan de feiten niets veranderen, en dus vertrokken ze, liepen ze geflankeerd door de bruinhemden door het dorp waar ze ieder jaar vele maanden leefden en jong en oud kenden, gingen zwijgend door een opgewonden menigte, waaruit voor het eerst geen groet klonk, want niemand waagde het hun zelfs maar toe te knikken; de meesten keken hen vreemd en star aan, en slechts een enkeling sloeg gegeneerd zijn ogen neer.

Voor het stadhuis stond een SA'er voor een aandachtig publiek roversverhalen uit de villa van de oude dame ten beste te geven: 'In d'r blote kont, ik zeg het, in d'r blote kont heb ik dat schaamteloze wijf door de woonkamer zien huppelen,' schreeuwde hij, haast nog een kind, en de toehoorders stootten wellustige kreten van verontwaardiging uit.

De Mertons moesten urenlang samen met de arrestanten in een bureau wachten, wat des te pijnlijker was omdat sommige van de oude dames van tijd tot tijd hysterisch begonnen te gillen. Telkens was het dan Monika's moeder die de angstige dametjes nuchter en met een grijnsje kalmeerde en ze zelfs aan het lachen bracht door ze bemoedigend op de schouder te kloppen en te zeggen dat ze zich niet als bakvissen mochten aanstellen maar juist trots moesten zijn dat men hun nog voldoende elan toedichtte om ontuchtige feestjes te vieren.

Monika's vader zat naast haar op de kachelbank; zwijgzaam, bleek, in een slechte houding, maar met een oneindig nobele glimlach.

Pas tegen de avond zwaaide een deur open; een SA'er stond op de drempel en riep: 'Klaarmaken voor transport!' Toen Monika's moeder op hem toeschoot en zei dat hij hen alleen maar had meegenomen voor verhoor, krabde hij aan zijn hoofd en antwoordde hij dat dat weliswaar klopte, maar dat zijn overste niet meer uit München kon overkomen en dat zij daarom mee moesten.

'Natuurlijk,' antwoordde ze ironisch, 'kunnen we het uw officier niet kwalijk nemen dat hij oudjaar wil vieren.'

De man keek haar onzeker in de ogen, maar brulde toen dat het nu welletjes was geweest en dat zij en haar dochter moesten maken dat ze wegkwamen, tenslotte had niemand hun gevraagd om mee te komen.

Ze was verstandig genoeg om te gehoorzamen, en omdat ze een afkeer had van scènes, nam ze er genoegen mee de aanwezigen, inclusief de SA'er, te verzoeken erover te waken dat haar man geen verkoudheid opliep, gaf die laatste een kus op zijn voorhoofd en stapte, gevolgd door Monika, klein en rond, maar trots als een koningin naar buiten.

Bij het zien van de open vrachtwagen die in de ijzige kou op de gevangenen stond te wachten, greep ze Monika bij de arm en barstte in tranen uit. Vervolgens snoot ze kordaat haar neus en zei dat ze geen tijd hadden om zich door gevoelens te laten overmannen.

Ze waren het erover eens dat ze zo snel mogelijk naar München moesten, en halverwege al hadden ze met hun grote auto het gevangenentransport ingehaald, dat ze op gepaste afstand volgden. Kort voor de stad draaide de vrachtwagen rechtsaf richting gevangenis. Nu wisten ze tenminste waar ze vader Merton vasthielden, dat was een begin, daarmee konden ze verder.

Haar moeder was zo doortastend dat Monika niets anders restte dan de zo goed als zwijgende begeleidster te spelen op hun rondreis langs de hoogleraren en ziekenhuischefs. Dat waren waardige, veelal grijze heren die ontzet hun handen boven hun hoofd in elkaar sloegen – anderen wrongen ze ook ter hoogte van hun buik of wreven ze veelbetekenend tegen elkaar –, want Merton werd door zo goed als iedereen beschouwd als de beste, de meest rechtschapen collega, als een voortreffelijke arts en een oprecht karakter. Ze beloofden ook allemaal deze of gene relatie te contacteren, morgen, overmorgen of zo snel mogelijk, maar eigenlijk stonden ze verbaasd en volledig hulpeloos tegenover het fenomeen dat iemand uit hun rangen, die ze tot nu toe even onkwetsbaar hadden geacht als zichzelf, door een hogere macht zonder aantoonbare reden op een vrachtwagen werd gezet en naar de gevangenis werd afgevoerd. 'Ongelooflijk, vreselijk, afschuwelijk,' zeiden ze hoofdschuddend, en ze trachtten ook Monika's moeder met hun zalvende, minzame goedheid te troosten: 'Sterkte, mevrouw, het komt allemaal wel weer goed, we zullen zo snel als het kan stappen ondernemen. Maar vandaag, nu, op oudejaarsavond, is dat volledig uitgesloten, dat begrijpt u zelf ook wel.'

Monika's moeder wilde helemaal niets begrijpen en toen bleek dat er niets hielp, besloot ze zich, ondanks Monika's zwakke protest, zelf in het hol van de leeuw te begeven en het hoofd van de nationaalsocialistische artsen op te zoeken, die bekendstond als een uitgesproken fanatieke Jodenvreter.

Ze troffen hem thuis aan, te midden van een groot gezelschap dat buitengewoon luidruchtig en vrolijk oud en nieuw aan het vieren was. De rood aangelopen, dikke man die naar alcohol rook en al wat op zijn benen wankelde, zei met een afwimpelend gebaar dat de arrestatie een vergissing moest zijn, want Merton was toch een fatsoenlijke kerel.

'Aha,' zei Monika's moeder, 'u bent dus van mening dat alleen onfatsoenlijke kerels door jullie roversbenden worden gearresteerd?'

Op zijn verbaasde, glazige blik reageerde ze niet, en evenmin op Monika die aan haar mouw trok, ze stak van wal, gooide alles eruit wat ze op het hart had, en dat was niet weinig; ze sprak een half uur lang, onafgebroken, en somde ten overstaan van de zwijgend luisterende man die geen enkele kans kreeg om haar te onderbreken alle gruwel- en schanddaden op die haar de afgelopen maanden ter ore waren gekomen.

‘Zo,’ zei ze toen ze klaar was, ‘nu kunt u me natuurlijk laten arresteren. Maar u bent tenminste op de hoogte. En als u een gentleman bent, waar ik niet aan twijfel, dan laat u mijn dochter eerst naar huis gaan.’

‘Wat wilt u eigenlijk van mij?’ vroeg hij, terwijl hij het zweet van zijn voorhoofd veegde.

‘Dat u opheldert wat u belieft een misverstand te noemen.’

‘Morgen.’

‘Nee, vannacht.’

‘We weten niet eens waar uw man is. Denkt u dat dat zo makkelijk te achterhalen is?’

‘Wij weten het wel, want ik heb hem zelf naar de gevangenis zien brengen.’

‘Dat is uitstekend – voor morgen. Vandaag kan ik niemand meer storen.’

‘Ach kom,’ zei ze en ze spreidde de licht kokette charme tentoon van een jong meisje dat bewonderend dweept met haar eerste dansleraar, ‘het kan voor een man in uw positie toch niet onmogelijk zijn om vannacht nog met een van de bevoegde heren te praten.’

Hij trok gevleid zijn boord recht.

‘Het gaat niet. Echt niet. Maar wacht u een ogenblik. Ik wil toch nog even telefoneren.’

Hij was nog maar net de kamer uit of Monika zei met een sarcastisch lachje: ‘Nu laat hij ons vermoedelijk afhalen.’

‘Hij denkt er nog niet aan, m’n kind,’ antwoordde haar moeder, er vast van overtuigd dat ze het pleit zou winnen, en ze voegde er minachtend aan toe: ‘Hoeveel beter zou de wereld niet zijn als de vrouwen het voor het zeggen hadden!’

Het duurde even voor hij terug was en met een buiging zei: ‘Het is me inderdaad gelukt om de onmiddellijke invrijheidstelling te verkrijgen. U kunt uw man bij de gevangenis afhalen. Wij laten niet van ons beweren dat we onrechtvaardigheden die in het heetst van de strijd waarschijnlijk kunnen voorvallen niet ook meteen weer rechtzetten. In ieder geval hebt u er goed aan gedaan mij op te zoeken, en ik ben blij dat ik collega Merton heb kunnen helpen.'

Monika's vader stond al voor de gevangenispoort, hij glimlachte, kuste de twee vrouwen en zei zacht: 'Ook zulks moet je eens meegemaakt hebben in je leven.' Maar hij was zo hees dat hij amper kon spreken en hoestte zwaar.

Zijn vrouw wikkelde hem in een paar warme dekens en Monika reed zo snel ze kon over de beijzelde wegen naar huis. Het sloeg twaalf uur toen ze de tuin bereikten, rotjes knalden, de klokken van de nabije kerk luidden en andere, minder vertrouwde, klonken zacht vanaf de overkant van het meer. Er schoten ook vuurpijlen door de lucht, kleurrijke wielen en sterren stegen op en kwamen vonkend weer omlaag, en op het einde verscheen zelfs, rood en vurig, een bijna duidelijk leesbaar '1934' tegen de nachtelijke hemel.

Het zou overdreven zijn te beweren dat Monika's vader was vermoord door de nieuwe machthebbers. Het verband was niet zo duidelijk, al was het maar omdat hij tegen alle prognoses van de artsen in niet stierf aan de longontsteking die hij tijdens de rit naar de gevangenis had opgedaan. De koorts trok weer weg, en hij kon elke dag voor een paar uur zijn bed verlaten. Maar gezond werd hij niet meer en waarschijnlijk wilde hij dat ook helemaal niet; mat en zonder eetlust, niet bereid om te lezen of een spel te spelen, al erg ver weg van de wereld die hij zo had liefgehad, zonder veel belangstelling voor het gebeuren om hem heen zat hij dromerig in zijn stoel, en alleen het nieuws dat zijn medegevangenen na een paar weken waren vrijgelaten, ontlokte hem nog enige vreugde.

Soms liet hij zich door Monika, die nu regelmatig, één of twee keer per week langskwam, voorlezen, en alras mocht het niets anders meer zijn dan gedichten van Goethe, met name de 'Elegie van Mariënbad', waar hij zijn hele leven lang van had gehouden maar die, zoals hij zei, nu pas op wonderbaarlijke wijze in alle helderheid tot hem was doorgedrongen.

En Monika las – maar ze moest zich vermannen om niet te huilen – de verzen voor aan de oude man, in wiens ogen ze het 'lieflijkste aller lieflijke wezens' was.

In het voorjaar kon hij nog een paar keer door de tuin wandelen, en daarbij gebeurde het dat hij het opschrift ontdekte dat 's nachts met rode verf op het houten hek was geklad. Traag en hardop las hij: 'Scheer je weg, Jodenzwijn', en toen hij klaar was, las hij het nog eens, alsof hij zijn ogen niet kon geloven.

Hoofdschuddend mompelde hij: 'Vreemd, vreemd.' En zwaar op Monika's arm steunend keerde hij zonder er nog een woord aan te verspillen weer naar het huis terug. Angstvallig vermeed hij het haar in de ogen te kijken, en ook bij het afscheid nemen keek hij niet op.

Zij van haar kant wenste, toen ze zich voor een kus over hem heen boog, plotseling innig dat hij zou sterven. En daarbij zag ze scherper dan ooit tevoren dat zijn ingevallen gezicht door de dood was getekend.

Het einde kwam een paar weken later. Zijn nieren stopten met werken, vergiftigden zijn lichaam en brachten uiteindelijk zijn nog altijd krachtige hart tot stilstand.

Dagenlang lag hij te ijlen en herkende hij niemand meer, maar als je hem ergens mee hielp, zei hij zacht en duidelijk op zijn schuchtere, oneindig beleefde manier: 'Dank je.'

Nu eens lachte hij of zong hij zachtjes voor zich uit, studentenliederen en ook, vals en krassend maar toch nog herkenbaar, een paar maten uit de *Tristan* of *Die Meistersinger*. Dan weer doceerde hij, snel en superieur en compleet getransformeerd: 'U ziet het, mijne heren, hier zit de tumor, precies op de verwachte plek' of stootte hij Latijnse woorden uit, of althans woorden die als Latijn klonken.

Op de vierde dag van zijn ziekte vocht hij voor zijn leven. 'Nee,' hijgde hij fluitend, 'nee, ze mag niet sterven. Zoveel gevonden, zoveel gedacht. Er moet toch een manier zijn om te redden. Moet er toch zijn.'

Zijn vrouw druppelde wat koude thee op de lallende, gloeiend hete lippen.

'Dank je,' fluisterde hij, waarna hij zijn ogen dichtdeed en insluimerde.

Het was de eerste keer dat Monika een mens zag sterven. Natuurlijk was Hans Hauser aan haar zijde neergeschoten, maar wanneer de overgang van blakend gezond naar dood zich zo bliksemsnel voltrekt, valt er niets te zien en niets mee te maken. Hier in deze ziekenkamer ging het anders toe, tegelijk geordender en verschrikkelijker. Dit was een alledaagse, een burgerlijke dood, en de man die hier op zijn doodsbed lag verzette zich er amper tegen, want hij had voldoende gezond verstand om te weten dat hij zijn royale portie geluk op deze aarde had opgebruikt.

Toch kwamen er momenten van pijn en van krampen waarop het uitgemergelde, oude lijf zich kromde en de lippen onder het gelig witte snorretje trilden van ontzetting; waarop de hand, als had die zich losgemaakt van het gekwelde lijf, zijn eigen melodie op de deken klopte, die ondanks de overdadig gesprenkelde eau de cologne en de vele bloemen uur na uur kwalijker ging ruiken. Het was een geur bestaande uit zweet, urine en alle menselijke uitwasemingen die het gevolg waren van het uitvallen van de lichaamsfuncties, die een voor een verlamden, niet gelijktijdig overigens, zodat er eigenlijk al geen sprake meer kon zijn van leven, ook toen het sterke hart nog klopte en de steeds oppervlakkigere ademhaling reutelend en huiveringwekkend om aan te horen werd uitgestoten.

En toch was, hoe naar ook, het moeten toezien hoe iemand heenging minder hartverscheurend dan Monika had gedacht. Je bevond je samen met de heengaande in een tussentoestand van het zijn, in een overgang van het bekende naar het volslagen vreemde, die zich zo geleidelijk voltrok dat je er even weinig van merkte als van het voortbewegen van de wijzers op de klok en die je niettemin met even grote precisie kon aflezen aan de inzakkende gelaatstrekken van de zieke, die de vader nog altijd was, zij het ook niet meer helemaal, want zijn liefde had zijn teerbeminden al verlaten en zijn gedachten bevonden zich hooguit nog in een allang vergane wereld; in de plaats daarvan lag daar een uitgeteerd, gepijnigd lichaam, dat met zijn toegenomen behoefte aan aandacht en zorg de schroom ophief die anders tussen vader en kind heerst.

En dus zat ze vier dagen lang in de ziekenkamer op het onherroepelijke te wachten dat zo zwaar en moeizaam te bereiken leek, wachtte ze, lichtelijk bevangen door de slechte lucht en het verdriet dat ze voelde, en werd ze slaperig en loom, want ze had het gevoel dat het niet netjes was te lezen of iets anders te doen – je kon toch niet ijverig kousen zitten stoppen zoals de verpleegster –, en ze was wellicht ook bang iets te missen wat ze niet meer kon goedmaken als ze haar ogen van de stervende afwendde.

Toen hij op de vierde dag, na dat laatste, helder uitgesproken 'Dank je' was ingedommeld, belde Monika Klaus op. Ze had hem zolang het kon de aanblik van dood en lijden willen besparen, maar nu was het zelfs voor een leek duidelijk dat het einde niet lang meer op zich kon laten wachten.

Tegen de avond aan kwam de dokter, hij nam de hand van Monika's moeder en zei: 'Beste mevrouw, u hoeft nu verder niets te doen behalve sterk zijn.'

Je kon zien dat hij ontzettend ingenomen was met die woorden. Diep ontroerd keek hij naar het bed en haalde adem voor een plechtige zin: 'Hij was...' Mogelijk gaf hij zich er toen rekenschap van dat het voortijdig was om over deze nog ademende mens in de verleden tijd te spreken, en dus knikte hij maar heftig met zijn hoofd en zei hij luid snuivend: 'Een groot man, een groot man.'

Daarna nam hij vlug en enigszins verward afscheid.

Omdat ook de verpleegster na een wenk van Monika's moeder de kamer had verlaten, was de familie nu alleen met de slapende man, wiens schrapende gesnurk steeds zachter werd en met steeds grotere tussenpozen kwam.

Hoe slaagt ze er toch in om zo dapper te zijn, dacht Monika, en ze keek verwonderd naar de kleine vrouw die nu al vier dagen en vier nachten waakte om haar eeuwige geliefde de verschrikkingen van het heengaan te verzachten, zoals ze ook een leven lang de dagelijkse beslommeringen voor hem uit de weg had geruimd. Ze hield zijn bleke, levenloze hand vast, en nu pas was de glimlach waarmee ze hem de hele tijd had geliefkoosd van haar mager geworden gezicht geweken. En dat terwijl haar hart toch moest barsten van de pijn en de angst om door hem verlaten te worden.

Als je bijna dertig bent wanneer je vader of moeder sterven, kun je je de achtergeblevene niet alleen voorstellen. Je ouders, dat is een eenheid, dat is een macht op zich, een macht in je eigen leven die wordt gebroken als een van de twee de aarde verlaat. Degene die achterblijft is een oude man of een oude vrouw die je teder liefhebt en, als het je gegeven is, ook verzorgt, want je bent vol compassie de mening toegedaan dat ze niet meer helemaal zijn opgewassen tegen de narigheden van deze wereld – je zet ze in hun stoel en neemt het huishouden over. De macht is tegelijk met de gestorvene verdwenen en in je voorstelling nog altijd aan zijn persoon gebonden, hij alleen belichaamt nu de kracht aan wie je dat te danken hebt, hij is de pleitbezorger bij Gods troon of de stem van de wind die om de aarde waait, het bestendige en eeuwige waar je ooit zelf in opgenomen zult worden.

Het is een bijzonder moment, het moment waarop die verbinding met het oneindige tot stand komt, die uiterst reëel is en toch als het ware opgaat in de eeuwigheid. Op slag is het ongeduld weg dat de wakenden aan ieder sterfbed doet wensen dat het nu in hemelsnaam eindelijk afgelopen is; de dood is nabij en je hebt alle tijd en gelegenheid om hem te verwachten.

Ze fluisterden af en toe een paar woorden: 'Nu is zijn ademhaling krachtiger', 'nu wordt ze zwakker', en toen zei Monika's moeder heel zacht: 'Ik kan zijn pols niet meer voelen.'

Maar nog altijd kwam zijn adem schoksgewijs van tussen de geopende lippen, en toen Monika na een lange ademtocht meende dat het de laatste was, volgden met grote tussenpozen nog twee haast onmerkbare zuchten. Daarna lag het hoofd met een vertrokken mond, met onherkenbaar ingevallen wangen en huiveringwekkend vreemd, in een merkwaardig verdraaide houding op het kussen. En dat was de dood.

Monika's moeder sloot met wijs- en middelvinger de uitgedoofde ogen en legde samen met haar dochter de dode in een positie die je van een in zijn bed en met alle zegeningen van de beschaving gestorvene kunt verlangen: op de rug, het hoofd een beetje hoger en de handen op de borst gevouwen. Ook bond ze met een grote witte zakdoek de kin van de vader op, die er nu uitzag alsof hij kiespijn had. Pas daarna gooide ze zich luid snikkend in de armen van Klaus en liet ze zich, als een kind aan zijn hals hangend, door hem naar haar eigen bed dragen, dat nu voor altijd alleen haar toebehoorde.

De volgende dag bracht een lijkwagen uit München een doodskist, waar de verpleegster en de lijkenwasster perplex naar staarden. Dit waren toch rijke mensen, die veel geld uitgaven om te leven en te laten leven, en dan legden ze hun overleden gezinshoofd in zo'n sobere houten kist van totaal ordinaire planken.

'Dat is zo de gewoonte bij de Joden,' verklaarde de kokkin gewichtig, maar de lijkenwasster lachte vals en zei met opperste verachting: 'Precies.' En terwijl ze samen met de verpleegster de overledene van het bed in de doodskist tilde, siste ze boosaardig: 'En dan kijken die lui raar op als de mensen ze wantrouwen.'

In zijn lange, witte hemd lag Monika's vader op het laken, de vreemdheid van zijn doodsuur was geweken, hij had zijn oude, goedmoedige gezicht terug, maar het had een definitieve en ongekende grootsheid gekregen. Het was niet alleen haar innig vertrouwde vader, die Monika voor de allerlaatste keer een kus op de ijskoude wang drukte; het was een streng verheven vorst uit het Morgenland die erg dicht bij het geheim van het zijnde was gekomen. Achter dat hoge, smalle voorhoofd was de ontstaansgeschiedenis uitgedacht, de mare van het paradijs en van de onweerstaanbare verlokking om te kunnen onderscheiden tussen goed en kwaad, zelfs ten koste van het leven; deze volle mond had de vurige liefdeswoorden van het Hooglied gezongen, en deze voeten, met de nu omhoogstekende wasgele tenen, waren de lange, kwellende weg door de woestijn gegaan. Dit lichaam had men gefolterd, gekruisigd en verbrand, en het was telkens en telkens weer herrezen om de mooie en zware plicht om te leven te vervullen.

'Het is goed dat hij dood is,' zei Monika, en ze wendde haar betraande gezicht af toen het laken over de gestalte werd gelegd.

Haar moeder reageerde instemmend en zei telkens weer met een diepe zucht 'Hoe goed hij het heeft' wanneer ze over landkaarten gebogen zat om in die kleurige vlekken waar ze nooit wijs uit was geworden een plek in Europa te zoeken waar ze naartoe kon. De ene plek liet haar al net zo koud als de andere, en toen uiteindelijk de keus op Amsterdam viel omdat haar zus daar leefde, haalde ze haar schouders op en zei ze dat een mens die zo oud was als zij niet meer aan emigratie zou moeten denken en dat het tot niets goeds kon leiden. Overigens vermeden ze dat woord zorgvuldig: Monika en zij hadden het altijd alleen maar over een 'reis' en zeiden er steeds 'voorlopig' bij, ofschoon ze wisten dat het voor altijd was.

Het vertrek van de moeder viel midden in de vakantie; Klaus en Monika begeleidden haar tot München en keerden alleen naar het huis terug, waar voorlopig alles bij het oude bleef. Ze kwamen liever de tuin niet uit om de vele zomergasten niet te hoeven ontmoeten die uitgelaten, luidruchtig en zorgeloos, alsof er geen vuiltje aan de lucht was, tijdelijk het dorp hadden ingenomen en vol nieuwsgierigheid op bedevaart trokken naar het niet zo veraf gelegen hotel waar op de ochtend van 30 juni de leider van de SA door zijn Führer en vriend hoogstpersoonlijk was gearresteerd en naar het schavot was gevoerd. Ze kwamen samen voor het fraaie huis, haalden hun fototoestellen tevoorschijn en stelden zich met rode oortjes de pikante situaties voor waarin de officieren met hun geliefden waren aangetroffen.

In die omstandigheden was het beter om thuis te blijven, in het gras te liggen of met Streif te dollen, altijd samen, want geen van beiden wilde de ander ook maar voor één ogenblik missen in deze weken. Het was mooier dan ooit, en soms keken Klaus en Monika elkaar in de ogen en vroegen ze zich, ongelovig over zoveel vervulling en toch helemaal bereid om die als de eeuwige werkelijkheid te aanzien, af hoe dat mogelijk was: vader dood, moeder naar het buitenland gevlucht, hun eigen toekomst onzeker en ernstig bedreigd en zijzelf betoverd in een gelukzalig nu.

Ze praatten over de schaduw, zoals je over de dood praat wanneer het leven op z'n sterkst is en je het door het oproepen van het duistere des te heerlijker en intenser voelt. Ze zagen, in de blijmoedigheid van de zomer, niets anders meer dan het geliefde 'jij'. Voor hun gevoel had de tijd geen begin- en geen eindpunt, ze wisten nauwelijks of het dag was of nacht, ze versliepen de uren dat het licht was en struinden zoals toen ze zestien waren in de ruisende zuiderwind over de nachtelijke weilanden, met dat verschil dat ze nu eindelijk één waren geworden met de wereld en met zichzelf.

Voor ze naar de school terugkeerden, brachten ze nog één nacht door in de hut, waarvan Jo hun bij haar afscheid de sleutel had gegeven, en ze zaten op het kleine houten terras te kijken hoe het levende bos, dat in een wijde boog het glooiende terrein volgde, bij het invallen van de duisternis veranderde in een dichte, zwarte muur.

Toen het aardedonker was geworden, stond Klaus op en ging hij naar de balustrade. Daar bleef hij zwijgend staan; Monika zag niets anders meer van hem dan een donker silhouet en de gloeiende punt van zijn sigaret. Na een tijd vroeg hij in de nachtelijke stilte, geheel zonder pathos, slechts met een zachte, verbaasde droefheid: 'Monika, waarom ben jij sterfelijk?'

Ze kwam overeind en ging bij hem staan, maar ze raakte hem niet aan.

'Ik ben niet sterfelijk,' zei ze heel zacht, 'niet voor jou. Je hoeft niet bang te zijn dat ik je ooit alleen laat.'

En toen ze zag hoe hij zijn hoofd draaide en daaruit afleidde dat hij haar ongelovig aankeek, pakte ze zijn hand vast: 'Ik beloof het je.'

Hij lachte, maar nam vervolgens haar hoofd met zoveel tederheid in zijn handen dat ze begreep dat hij net zo ernstig was als zij. Met die onzinnige belofte, waarvan de vervulling zo weinig in haar macht lag, had ze immers vrijwillig en zonder te luisteren naar de angst van haar eigen hart de gelofte afgelegd om het diepste geluk dat het leven haar kon schenken op te geven: te sterven vóór haar geliefde.

Toen ze de volgende ochtend bij kaarslicht opruimden en hun rugzak pakten, haalde Monika het gastenboek.

'We moeten er iets in schrijven,' zei ze, 'want als Jo op een dag terugkomt, moet ze zien dat wij hier zijn geweest.'

Hij knikte en ging plechtig zitten, alsof hij een gewichtige taak moest verrichten. Zij stond achter hem en las over zijn schouder mee wat hij na even te hebben nagedacht schreef: 'Monika en Klaus. De waarachtig gelukkigen, die altijd terugkeren.'

VII

1

Op een van de eerste dagen sinds haar terugkeer naar de school liep Monika naar de postbus om een paar laatkomers af te halen, daarbij zoals altijd begeleid door Streif. Thuis had hij zich uitzinnig blij getoond over het uitstapje, onderweg legde hij de afstand drie of vier keer af, hij zat over de kort gemaaide, met herfsttijloos begroeide weiden een kraai achterna en hij joeg een grote getijgerde kat op die blazend een boom in vluchtte. Uit pure levensvreugde sprong hij over omheiningen en heggen, en hij was, toen ze de bushalte hadden bereikt, zo uitgeput dat hij zich zwaar hijgend op straat uitstrekte, want ondanks zijn wilde geravot was hij toch niet meer de jongste. Niemand keek naar hem om, Monika werd in beslag genomen door de kinderen die nog terwijl de chauffeur de bagage van het dak van de bus pakte hun vakantieverhalen begonnen te vertellen. Plotseling kwam een lange auto met de zwarte ss-wimpel de hoek om gescheurd, hij remde, slingerde heen en weer, kwam weer onder controle en raasde verder. In het gieren van de remmen was een verschrikkelijke schreeuw hoorbaar, de doodskreet van een mens. Een kind, dacht Monika verlamd van de angst.

'De hond is geraakt!' riep een mannenstem.

'Streif, onze Streif!' jammerden de kinderen.

Monika snelde de straat over en knielde bij Streif neer. Hij had wat bloed aan zijn mond en keek haar met zijn bruine ogen droevig aan. Bijna krachteloos probeerde hij haar gezicht te likken. Ze schoof haar handen onder zijn kop en fluisterde hem alle namen toe die ze hem ooit had gegeven.

Toen gebeurde het wonder. Traag richtte de hond zich op, zakte bij zijn eerste voorzichtige passen wat door zijn poten, maar kon al na een paar meter weer normaal lopen. De kinderen juichten van vreugde en Monika had alle moeite om ze ver genoeg bij hem vandaan te houden zodat ze hem met hun liefde niet platdrukten. Hij liep nog wat moeizaam en hield zijn anders zo buigzame rug stijf. Maar dat kon net zo goed het gevolg zijn van de doorstane schrik, en het was alleen maar omdat de dierenarts op de weg naar huis woonde dat Monika bij hem langsging.

Nadat hij het dier had onderzocht, schoof hij zijn bril op zijn voorhoofd.

'Als het mijn eigen hond was, zou ik hem niet in leven laten.'

'Dat kan toch niet, hij mankeert toch verder niets.'

‘Hij heeft kneuzingen, inwendige bloedingen, ik vrees dat bijna alle organen zijn geraakt. Misschien overleeft hij het, maar het zal geen pretje zijn voor hem, en ook niet voor u.’

Om haar ontzetting te verbergen, zei Monika bars: ‘Ik kan helemaal niet in m’n eentje over zijn lot beslissen. De hond is van mijn man.’

Daarbij bleef het, ze pakte Streif aan zijn lijn mee en boog zich in de halfduistere vestibule over hem heen om hem te strelen. Het was een zachte aanraking, maar hij trok zijn staart tussen zijn poten en jankte.

Ze had aan het gezicht van de dierenarts duidelijk gezien dat hij weinig hoop had, morgen of overmorgen zouden Klaus en zij met Streif terugkomen om hem de zachte dood te laten schenken die de mensen voor hun dieren reserveren. Tot dat moment stond hun de lange kwelling van het afscheid te wachten en de zware beslissing die ze node moesten nemen. Klaus hield van de hond en ging nog steeds, net als toen hij nog een kind was, ziekte en dood uit de weg.

Ze draaide zich om, trok zonder aan te kloppen de deur naar de spreekkamer open en riep: ‘Maakt u hem dood.’

Toen vluchtte ze zonder een antwoord af te wachten met afgewend gezicht het huis uit.

‘Wat is er met Streif, waar heb je hem achtergelaten?’ vroegen de kinderen.

‘De dokter wil hem voorlopig houden,’ zei ze rustig, ‘om te kijken wat hem mankeert.’

Ze beheerste zich tot ze Klaus alleen kon spreken. Toen hij de kamer binnenkwam, liep ze op hem af en sloeg haar armen om zijn hals.

‘Ik heb even geen geluk.’

Ze wist zelf niet wat ze zei en schrok erg van haar woorden, maar ze bleef de zin als het ware dwangmatig herhalen, alsof ze een geheim opbiechtte en ze, nu ze eenmaal bezig was met bekennen, er geen genoeg van kreeg.

Klaus noemde haar een oud bijgelovig kruidenvrouwtje en moest ondanks zijn eigen droefheid lachen. Daarna vond hij zoals altijd de juiste woorden om haar te troosten en tot bedaren te brengen.

De volgende ochtend, toen ze in de stal stro voor de koeien klaarlegde, tikte Korbinian op haar schouder.

'Je man,' zei hij.

'Ja, Korbinian, wat is er?'

'Omgebracht door de Zwarten.'

'Mijn man is in de school. Je kent hem toch, Korbinian, Klaus.'

'Ken ik niet, Klaus. Is niet je man. Je man is dood.'

'Nee, Korbinian, mijn hond is dood. Streif.'

'Streif, ja Streif. Je man.'

Voor het eerst verloor ze haar geduld met hem en snauwde: 'Hou nou je mond, Korbinian, en ga naar je plaats.'

Hij liet zijn hoofd zakken en sjokte gehoorzaam naar zijn krukje.

Van daar riep hij mekkerend: 'Streif en Klaus. Klaus en Streif. Is allemaal hetzelfde.'

Ze legde haar handen op haar oren. Toen ze die wegnam, hoorde ze hem zeggen: 'Wil je man worden, weduwe.'

Ze besloot Meyerhof op te zoeken.

'Ik vind dat het de laatste tijd erger is geworden met Korbinian. Misschien is het vanwege de kinderen beter om hem niet zoveel vrijheid te geven.'

'U bent nerveus, mevrouw Monika.'

Hij keek haar onderzoekend aan: 'Natuurlijk bent u van streek door de dood van uw hond. Dat neemt niemand u kwalijk. Maar als u het nodig vindt, ontzeg ik Korbinian de toegang tot de stal.'

Dat vond ze dan weer droevig voor Korbinian.

'Korbinian mag het vanwege mij niet slechter hebben. Hij is tenslotte mijn vriend.'

'Goed dan,' zei hij tevreden. 'Ik heb sowieso al genoeg aan mijn hoofd gehad vandaag.'

Hij liet haar op zijn vlakke hand een klein voorwerp zien. Het was een zilveren broche met een hakenkruis.

'Vanochtend vroeg komt juffrouw Kastert naar me toe om haar beklag te doen over Uli, die een juweel van haar zou hebben gestolen. Het staat me hoegenaamd niet aan hoe ze daar als een heks, mager en roodharig, hysterisch begint te kijven. Ik zeg haar dat ze niet goed bij haar hoofd is, onze betrouwbaarste leerling een dief? "O jawel hoor, hij heeft de broche gepikt," blèrt ze als een razende. Ik stuur haar weg en laat de jongen komen. "Heb jij juffrouw Kasterts broche gestolen?" "Gestolen niet echt, ik heb hem in bewaring genomen." U kunt wel raden hoe verbaasd ik was, Monika. Eerst wilde hij zijn mond niet opendoen, maar geleidelijk aan begreep ik dat ze hem gisteravond had opgewacht en hem met gevlei en liefkozingen als het ware had overvallen. Een echt Jozefverhaal, met dat verschil dat onze jongeling zijn mantel niet in de hand van deze vrouw van Potifar heeft achtergelaten, maar in het handgemeen een broche van haar jas heeft gerukt. Natuurlijk moet ze nu gaan. Ik kan geen vrouwmensen gebruiken die jacht maken op onze jongens en bovendien het symbool van hun ongewenste overtuiging verborgen onder de revers van hun jas dragen. Maar als ik haar er vandaag uitgooi, staan morgen haar nette vrienden voor de deur. En kan ik niet anders dan haar het juweel nu teruggeven en een van de komende weken een goed excuus vinden om haar volgens het boekje te ontslaan.'

'Is het niet verstandiger om haar nu meteen af te danken?' vroeg Monika aarzelend.

'Nee, zeker niet. En nog los van dit alles is ze echt een goeie kokkin, een vervangster vinden zal niet zo makkelijk zijn.'

Monika keek haar vriend vol compassie aan. Wat moest hij dit alles verafschuwen.

'Goed dan, ik zal braaf zijn en u niet nog meer narigheid bezorgen.'

Maar het viel haar niet gemakkelijk, en haar eigen onrust werd versterkt door een geprikkelde stemming die om onnaspeurbare redenen als het ware in de lucht hing; het zag er niet best uit voor de school en het goede evenwicht was gevaarlijk verstoord.

'Verdomd, dit is toch geen föhn,' vloekte Heiner die zijn blonde hoofd verbaasd in de koele herfstwind hield – vroeger had er op föhndagen steevast een algemene nervositeit geheerst, die men keer op keer na een paar uur wel weer had weten te temperen.

Sinds Meyerhof juffrouw Kastert de broche had teruggegeven met de opmerking dat hij liever had dat in de school geen politieke insignes werden gedragen, liep ze als een kip zonder kop rond, zocht ze ruzie met Jan en alleman en maakte ze een vreselijk kabaal in de keuken.

Het is allemaal de schuld van dat mens, dacht Monika een paar keer, en ze was dan ook stomverbaasd toen Kastert haar op een avond na het eten apart nam.

'Ze komen,' fluisterde ze opgewonden, 'morgen komen ze.'

'Wie komt er, juffrouw Kastert?'

'De mensen van de partij uit München, ze komen de school overnemen.'

'Bent u niet goed snik? Waar hebt u dat vandaan?'

'Ik weet het gewoon,' zei Kastert brutaal. 'Ik heb ook zo m'n vrienden.'

'Waarom zegt u dit tegen mij en niet tegen meneer Meyerhof?'

'Ik dacht gewoon dat het u ook zou interesseren.'

Ze fronste en zei toen opeens kwaad: 'En van mij hebt u niets gehoord. 't Is maar dat u 't weet. Te veel fantasie brengt de mensen hun hoofd op hol.'

Ze draaide zich om en ging snel weg.

Natuurlijk is ze een verklikster, dacht Monika, en ze zei dat even later ook tegen Meyerhof. 'U had haar allang moeten wegsturen, het was laf om dat niet te doen.'

Omdat hij dat verwijt met een vriendelijke glimlach incasseerde, riep ze kwaad uit: 'En bovendien is ze getikt. Maar kennelijk hebt u haast een voorliefde voor gekken.'

In plaats van haar van repliek te dienen pakte hij haar hand en drukte er een kus op. Dat was zo zijn manier om iemand af te wimpelen – Monika liep hoogrood aan en verliet zonder nog iets te zeggen de kamer.

Hij had natuurlijk groot gelijk dat hij zich niet door haar opwinding liet meesleuren, want zich beschermen was toch niet mogelijk, en bovendien was het goed mogelijk dat juffrouw Kastert zich alleen maar interessant wilde voordoen en alles uit haar duim had gezogen.

De volgende ochtend bleek echter dat ze haar informatie uit betrouwbare bron had. Om elf uur stipt reed een elegante auto bij de school voor, waar een man in burger, een SA-officier en een paar soldaten met bruine hemden uit stapten.

Meyerhof ontving hen in het gezelschap van de leraren en de oudere leerlingen.

Zoveel getuigen waren helemaal niet nodig, zei de man in burger, die het woord voerde, maar bezwaar had hij niet tegen hun aanwezigheid, de bespreking zou sowieso maar een paar minuten duren. De school moest dicht, dat sprak natuurlijk vanzelf en was voor de directie allicht geen nieuws. Maar men wilde inschikkelijkheid tonen en twee weken tijd geven tot de ontbinding. Dat moest volstaan, toch?

'Ja,' zei Meyerhof zacht.

Dat was kwestie nummer één. De andere, voor Meyerhof aangenamere kwestie was dat de partij de gebouwen wilde overnemen om er een afdeling van de Hitlerjugend te vestigen.

De man haalde een cheque tevoorschijn. Ook de koop moest meteen gesloten worden. De partij wilde zich royaal tonen en bood een bedrag dat ver boven de eigenlijke waarde van de boerderij lag.

'U vergist zich,' zei Meyerhof terwijl hij het document dat de ander hem liet zien aan de kant schoof. 'Ik verkoop de boerderij niet.'

De beambte lachte alsof hij een goede mop had gehoord.

'Maar meneer Meyerhof, u wilt de partij toch niet dwarsbomen?'

'Men kan mij dwingen mijn school te sluiten, dat weet ik best. Maar de boerderij heb ik van mijn ouders geërfd en ik laat me door niets of niemand wegjagen.'

Nu kwam de officier, een kleine dikke bokser, tussenbeide: 'Daar had u eerder aan moeten denken, voor u met uw cultuurbolsjewistische opvoedingsexperimenten begon. Nu hebt u geen andere keus dan zo snel mogelijk op te donderen.'

'Nee,' zei Meyerhof koppig, 'geen denken aan.'

'Man, denk toch na,' waarschuwde de man in burger.

'U denkt toch niet dat we u zullen ontzien?' vroeg de officier op een toon alsof hij een schooljongetje voor zich had.

Meyerhof kwam in zijn volle omvang overeind. Hij zag eruit als een dier dat op het punt staat om aan te vallen. De aders op zijn slapen zwollen op en hij liep knalrood aan onder zijn witte manen.

'Nu is het genoeg geweest,' brulde hij zo luid dat iedereen terugdeinsde. 'De school gaat dicht en ik blijf met mijn broers en zussen hier.'

Hij nam de cheque, scheurde hem doormidden en gooide hem verfrommeld op de grond.

'Voor het overige kunnen jullie m'n rug op. Jullie en de Führer.'

Hij was verblind door woede en ging niet in dekking en verweerde zich evenmin toen de officier op hem afsprong en hem een uppercut gaf.

Meyerhof wankelde en viel op de grond. Op hetzelfde moment schreeuwde een van de jongens. Klaus en Uli pakten Heiner bij zijn schouders en hielden de wild om zich heen slaande knaap tegen.

Toen Meyerhof moeizaam en zacht kreunend weer overeind kwam, stapten twee SA'ers op hem af en legden hem handboeien aan.

Hij probeerde met zijn mouw het bloed van zijn mond te vegen, maar smeerde het alleen maar uit over zijn gezicht, zodat hij een huiveringwekkende aanblik bood.

Daarna werd hij afgevoerd. Alles ging nu heel snel. De heren bezichtigden het huis, maakten een vluchtige inventaris op, doorsnuffelden Meyerhofs correspondentie en verklaarden die voor in beslag genomen; verder hield de officier een stramme toespraak waarin hij zei dat de jongens die zich voor de nieuwe staat interesseerden hier mochten blijven. Ze mochten zich gerust bij hem aanmelden. Toen niemand een stap naar voren zette, haalde hij slechts zijn schouders op en zei hij dat hij ook niet anders had verwacht met die Joods-bolsjewistische invloed.

Voor hij in de auto stapte waar de anderen met de geboeide Meyerhof al zaten, zei hij nog eens op scherpe toon: 'Begrepen dus? Over twee weken loopt niemand van jullie me hier nog in de weg.'

Hij groette militair en draaide zich op zijn hakken om; de anderen, leraren en leerlingen, konden alleen maar toekijken en in machteloze woede het stof slikken dat de wegscheurende auto opwierp.

Net toen ze radeloos weer naar binnen wilden gaan, verscheen Malwine in tranen in de deuropening. Iedereen schrok van haar verschijning, want niemand had aan haar gedacht, terwijl zij toch het meest direct en het ergst getroffen was. Ze kwam op de tast naar buiten en pakte Klaus, die het dichtst bij haar stond, bij de hand. Zoals altijd wist ze met haar scherpe blindeninstinct meteen wie ze voor zich had.

'Doctor,' snikte ze, 'doctor, u moet mij helpen.'

'Natuurlijk, mevrouw Malwine. We doen er alles aan om Meyerhof weer vrij te krijgen.'

'Maar nee, dat bedoel ik niet, of toch wel, ook dat vanzelfsprekend, maar nu, nu meteen, onmiddellijk – de Russische brief.'

Nu was Malwine ook in normale tijden niet de snuggerste en dus verbaasde het niemand dat ze op deze verschrikkelijke dag wartaal uitsloeg. Een poos lang begreep niemand waar ze het over had, maar toen schoot het Heiner te binnen dat Meyerhof hun onlangs een brief had voorgelezen waarin een vriend uit Moskou hem vertelde over zijn mooie werk in een kindertheater. Het was een onschuldig, alle politiek welbewust vermijdend schrijven, maar soms was de Russische postzegel al voldoende om de ontvanger te verdenken van sympathieën voor de Sovjet-Unie, en de arme Malwine had misschien niet helemaal ongelijk dat ze vanwege die brief sidderde van angst.

'Dat slaat toch nergens op, ze hebben allang alles gezien in Meyerhofs mappen en jullie krijgen hooguit narigheid als jullie de zaken niet op hun beloop laten,' vond de immer verstandige Uli, maar Malwine sprak hem luid jammerend tegen: 'Ze zullen hem vinden en Meyerhof opsluiten. En net nu ik niet kan zien!'

Dat waren zoveel ontroerende ongerijmdheden tegelijk dat Klaus zwichtte, en Monika onderdrukte de angst die even in haar opsteeg. Ze had het er moeilijk mee dat ze Meyerhof zo valselijk van lafheid had beschuldigd. Zonder te protesteren liet ze toe dat Malwine Klaus met zich meetrok, maar toen hij een paar minuten later met de brief terugkwam, zei ze met zachte dwang in haar stem: 'Geef die maar aan mij', want ze wilde niet dat hij met dat gevaarlijke document rondliep en stak het met een slim lachje op zak.

Diezelfde middag nog bleek hoe gegrond Malwines angst was geweest: opnieuw reed een auto met SA-mannen voor, die waarschijnlijk alleen waren gekomen om Meyerhofs bureau grondiger te doorzoeken, want toen ze klaar waren, verzegelden ze zijn kamer en vertrokken ze weer met medeneming van een paar dossiers en documenten. Ditmaal leken het overigens bekenden van juffrouw Kastert te zijn, ze stond lang tegen de auto aan geleund en was in een geanimeerd gesprek verwikkeld.

Niemand hechtte er veel betekenis aan, ze hadden ook geen tijd om veel na te denken, hadden hun handen vol om de opgewonden kinderen rustig te houden en Meyerhof vrij te krijgen. Baron Freiberg in München, de mecenas van de school, was op de hoogte gebracht, en toen die 's avonds laat telefoneerde om te zeggen dat de zaken er lang niet zo slecht voor stonden, maar dat hij zo snel mogelijk een van de leraren moest spreken, was iedereen het erover eens dat Monika die taak op zich moest nemen en de volgende ochtend naar de stad moest rijden.

Ze had weinig zin om Klaus op dit moment achter te laten, maar het beeld van de geslagen reus achtervolgde haar tot in haar dromen; ze kon hem deze dienst niet weigeren.

Klaus liep met haar mee naar het schuurtje waar de auto stond; ze hadden geen van beiden veel geslapen en rilden in de kille ochtendlucht.

'Als het enigszins mogelijk is, kom ik vanavond terug.'

'Blijf maar in München zolang Freiberg je nodig heeft. Rijd voorzichtig en val niet in slaap achter het stuur.'

Hij stak zijn hoofd door het raampje naar binnen en ze kuste hem ietwat verstrooid op het voorhoofd omdat ze aan Meyerhof in zijn cel moest denken.

Toen ze wegreed, riep hij haar nog iets na wat ze niet meer kon verstaan. Ze had de indruk dat het iets was met het woord 'lief' erin.

Dat weet ik zo ook wel, dacht ze vertederd, en ze reed zo snel als de zwakke motor dat toestond.

Freiberg woonde helemaal onder aan de Englischer Garten in een kasteeltje dat omgeven was door een hoge muur. Een ernstig kijkende grijsaard in ouderwets livrei deed open en leidde Monika, nadat ze haar naam had genoemd, die hij van haar lippen leek af te lezen, zwijgend door een grote, haast verwilderde tuin, waar alle zorg naar de reusachtige zonnebloemen was gegaan, die overal waar de machtige bomen ook maar een klein stukje grond hadden vrijgelaten, hun vlammende koppen naar het licht draaiden. Het leek wel een sprookjeskasteel, en die indruk werd nog sterker bij Monika toen de oude man haar naar een bibliotheek bracht die twee verdiepingen hoog plaats bood aan een schier onuitputtelijke hoeveelheid boeken.

De huisbediende, die blijkbaar wel degelijk doofstom was, wees naar een stoel en Monika nam gehoorzaam plaats, hoewel ze liever tussen de boeken had lopen dwalen. Na een poos durfde ze toch op te staan en liep ze naar een kast waar kostbaar gebonden folianten in stonden. Ze stak er aarzelend haar hand naar uit, maar hoorde net op dat moment een lichte tred en draaide zich geschrokken om. Van de trap die van de gaanderij omlaag leidde kwam een grote, slanke man met een gerimpeld gezicht en grijs haar, en terwijl hij op haar af stapte, had ze het vage gevoel dat ze hem al eens eerder had gezien, en wel toen hij net zoals nu een trap was afgekomen.

'We kennen elkaar,' zei hij, terwijl hij haar een hand gaf.

Op dat moment wist ze zeker dat ze het alle twee mis hadden.

'U vergist zich. Ik was er niet toen u in het voorjaar onze school bezocht.'

'Dat weet ik. Maar ik heb u ooit aangeraden om terug te keren naar het land waar de koningen hun zus tot echtgenote namen.'

Ze keek in zijn melancholische ogen en herkende hem.

'Onze duistere profeet.'

'Een mens, m'n kind, is geen profeet, als hij een waarheid uitspreekt, die al realiteit is geworden en waarvoor alleen nog de anderen hun ogen sluiten.'

'Er is geen oorlog gekomen.'

'Jawel, het is een van de verschrikkelijkste oorlogen die ooit gewoed hebben, en op een dag zullen jullie wel schoten horen.'

Hij pakte nog eens haar hand vast.

'Maar ik zie dat u ook daar weer een profetie in zult zien en in plaats van u na de lange autorit iets warms om te drinken aan te bieden, laat ik u te midden van mijn boeken staan en kwel u met duistere woorden.'

Hij bracht haar via de gaanderij naar een kleine, prachtig ingerichte kamer, waar een ontbijttafel gedekt stond.

'Het zal trouwens niet lang meer duren voor we uw raad opvolgen,' zei Monika terwijl ze gele honing op haar brood liet lopen, 'zodra de school gesloten is en Meyerhof weer op vrije voeten, vertrekken we. Hoewel niet meteen naar Egypte, maar naar Amerika.'

'Ik ben blij, erg blij dat te horen. U kunt zich niet voorstellen hoe vaak ik aan u beiden heb gedacht, wanneer ik alleen heen en weer liep tussen mijn zonnebloemen.'

'Zijn die bloemen een aandenken aan uw overleden echtgenote?'

'Ze hebben in Hongarije gebloeid, waar zij thuis was.'

Hij schoof haar een sigaret toe.

'Ik kan niet tegen portretten van haar, daar ben ik te laf voor, maar de bloemen weerspiegelen haar hele stralende aanwezigheid. U vindt allicht dat ik op een kerkhof leef, maar u bent dan ook een normaal, gezond iemand, en ik ben door de dood knock-out geslagen. Het zou natuurlijk duizendmaal beter zijn geweest als ik er destijds een einde aan had gemaakt. Als ik er de kracht maar toe had gehad, m'n kind. Wie nog genoeg wil in zich heeft om te sterven, weet niet wat pijn is. Ja, eerst is het een roes, extase, huiveringwekkend geïntensiveerd leven, maar dat duurt maar even en is nog niet de pijn. De pijn is een gat, is leegte, is volslagen onverschilligheid. Natuurlijk zijn er momenten dat de ambitie losbarst, dat ik denk dat ik nog deze of gene opgave moet vervullen. Maar die momenten zijn zeldzaam en het worden er steeds minder. Wat ik het draaglijkst vind, is zwijgend bij mijn boeken zitten.'

'Is uw huisbediende doofstom?'

'Ja. U hebt er geen idee van wat een weldaad het is om met een stil iemand samen te leven. Als Balthasar zou praten, zou hij wellicht zo dom zijn als zijn neven Jan, Piet en Klaas, maar zo is hij van een ondoorgrondelijke wijsheid. En bovendien heeft zijn gebrek het bijkomende voordeel dat ik mag schreeuwen als ik daar zin in heb zonder voor hem mijn ogen te hoeven neerslaan.'

Freiberg keek verloren uit het raam en leek niet meer van plan om nog iets te zeggen.

'Hoe staat het met Meyerhof?' vroeg Monika voorzichtig.

Hij keerde terstond naar de wereld terug.

'Ja, die goede Meyerhof, die heeft mijn raad ook niet opgevolgd toen ik hem zei dat hij de school vrijwillig moest sluiten. Nu wordt hij ertoe gedwongen en verliest hij ook nog eens zijn boerderij. Want die valt niet meer te redden, ook als we hém nog wel uit de gevangenis krijgen. Ik heb gisteren van een gezaghebbend arts een prachtig doktersattest gekregen, waarop staat dat hij tijdelijk ontoerekeningsvatbaar is en erfelijk belast; zijn zwakzinnige broer komt daarbij uitstekend van pas. Daarmee wil men genoegen nemen, men verleent me ook graag deze gunst om mij bij een volgende gelegenheid een hoge rekening te kunnen presenteren. Het enige wat Meyerhofs vrijlating nog in de weg staat is die verdomde brief.'

Monika boog zich ver voorover: 'Een brief?'

'Dat is de reden waarom ik u heb laten komen, beste Monika. Bij de eerste doorzoeking van Meyerhofs correspondentie had men een Russische brief opgemerkt, die gistermiddag, toen men hem wilde ophalen, verdwenen was. Meyerhof zweert bij hoog en bij laag dat de inhoud apolitiek en compleet privé is, maar men gelooft hem niet. Waarom zou de brief anders verdwenen zijn? Iemand van de school moet hem gepakt hebben. Men heeft mij in bedekte termen laten verstaan dat de dader al bekend is, maar dat is volgens mij niet meer dan bluf. Het zou erg prijzenswaardig zijn van u als u te weten kon komen wie de dader is en waar de brief zich bevindt.'

'Hier,' zei Monika en ze deed haar tasje open.

'Uitstekend. Maar papieren jatten uit een in beslag genomen secretaire, bent u helemaal gek geworden?'

Zelfs tegenover Freiberg wilde ze Klaus in deze zaak niet vernoemen en dus zei ze kort: 'Het was goed bedoeld.'

‘Vast. En buitengewoon dom gedaan. Het had Meyerhof en uzelf de kop kunnen kosten. Maar nu kunnen we tenminste alles weer rechttrekken. Ik geef de brief af, zeg dat een werkster hem op de grond heeft gevonden, waarna het onderzoek allicht zal worden stopgezet. Morgen of overmorgen is onze vriend Meyerhof weer vrij.’

Een betere afloop was inderdaad niet denkbaar, en nadat Monika allerhartelijkst afscheid had genomen van Freiberg, met de belofte samen met Klaus terug te komen, was ze op de terugweg naar huis, voor het eerst sinds de dood van de hond, in een lichte, bijna overmoedige stemming. Ze zong luid voor zich uit, iets wat ze zich alleen kon veroorloven als ze alleen was, want mooi klonk het niet, ook al deed ze het met grote inzet en enthousiasme.

Toen ze voor de school halt hield, kwam juffrouw Kastert het huis uit gerend, pakte haar hand, overstelpte die met kussen en riep huilend: ‘Het is niet mijn schuld, het is niet mijn schuld, ook al wijst iedereen me met de vinger. Bij God, het is niet mijn schuld. Ik moest het toch zeggen en kon niet weten dat ze hem daarom zouden meenemen.’

‘Zeg dan toch wat er aan de hand is!’

Monika trok haar hand uit de omklemming los en sprong uit de auto.

Op dat moment kwam Uli aangelopen. Hij gaf juffrouw Kastert een duw, zodat die opzij wankelde. Hij pakte Monika bij de arm.

‘Ze hebben Klaus gearresteerd.’

‘O,’ zei ze met een droge mond, en ze was verbaasd dat ze niet huilde of flauwviel. ‘Waarom dan?’

‘Juffrouw Kastert moet gezien hebben dat hij de brief uit Meyerhofs secretaire nam. Je weet toch hoe druk ze gistermiddag met de SA’ers stond te smiespelen. Diezelfde lui zijn Klaus komen oppakken.’

Alweer die vervloekte brief! Maar die moest inmiddels toch al op het politiecommissariaat in München liggen, en dus moesten ze Klaus toch onmiddellijk naar huis sturen.

Dat vond Uli ook toen Monika haar relaas had gedaan.

‘Het kan zijn dat ze hem tot morgen houden. Daar moet je je wel op instellen, Monika. Want deze lieden scheppen er zoals bekend plezier in om hun medemensen angst aan te jagen. Maar ten laatste samen met Meyerhof laten ze hem natuurlijk vrij.'

'Ja, dat denk ik ook.'

Ze zei dat luid, alsof ze de zin door haar stemvolume overtuigender kon doen klinken.

De daaropvolgende uren was ze uiterst geconcentreerd, heel wakker en helder van geest, en als het duistere verlangen in haar opkwam om te gaan liggen en tegelijk met haar spieren ook haar gedachten te ontspannen, dan waarschuwde een gezond instinct haar voor dat wegglijden, want zelfs het geringste zich-laten-vallen kon een dodelijke afloop hebben.

Ze telefoneerde naar Freiberg, die eerst leek te schrikken, maar na enig nadenken ook meende dat er eigenlijk geen reden tot bezorgdheid was. Desalniettemin vroeg hij haar om voorlopig niet naar de stad te komen: ze moest hem laten begaan, hij zou het wel geregeld krijgen.

En aangezien er verder niets gedaan kon worden, pakte ze de draad van haar bezigheden weer op, want ze hadden gisteren al besloten om de school tot de laatste dag en zo normaal als maar enigszins mogelijk was open te houden.

Af en toe kreeg ze een angstaanval en zei ze bij zichzelf: Klaus is gevangen en ik leef verder zoals altijd, het is gewoon krankzinnig. Maar zo goed en indringend ze zich Meyerhof en ook Mary in de cel had kunnen voorstellen, zo weinig lukte haar dat nu.

Ik ben helemaal niet hier, in deze donkere kamer die me geen bal kan schelen, dacht ze verbitterd, ik ben bij hem en denk zijn gedachten.

Maar dan moest ze inzien dat haar enige verlangen was om bij Klaus te zijn en ze in werkelijkheid niets wist en niets voelde. Niet waar hij was, niet wat hij dacht, niet hoe het met hem ging.

Op dat moment sloeg ze voor het eerst met haar vuist tegen de muur die haar van haar geliefde scheidde, maar de muur bezweek niet, en haar hand zakte geschrokken en hulpeloos weer neer.

Tijdens het avondeten werd ze naar de telefoon geroepen.

'Goedenavond,' zei Freiberg met een stem die geforceerd luchtig klonk. 'Ik hoop dat uw dag niet al te naar is geweest.'

‘Ach – ik houd het hoofd koel.’

‘Dat is flink van u. Dan zou ik u morgen graag hier hebben.’

‘Is er iets gebeurd?’

‘Mijn eerste aanval is afgeslagen. Maar dat was wellicht te voorzien.’

‘Waarom? Waarom dan?’

‘Dat vertel ik u mondeling. En zoals gezegd, het was een eerste poging. Als ik u een goede raad mag geven: neemt u een slaapmiddel en gaat u vroeg naar bed.’

‘Ja, dank u.’

‘Dapper blijven, m’n kind, morgen bewandelen we een andere weg.’

Het is gewoon allemaal niet waar, dacht ze toen ze naar de eetkamer terugkeerde en vol verwachting naar Klaus’ plek keek. Nu hadden de anderen, waarschijnlijk vooral om Monika niet te grieven met de aanblik van de lege plaats, de stoel weggehaald en waren de buren een beetje dichter bij elkaar gaan zitten zodat Klaus’ afwezigheid helemaal niet opviel; de tafelronde had zich weer gesloten, als water boven een steen die in een vijver is gegooid.

Monika staarde in de richting van waar ze gewend was Klaus te zien. Hij was er niet, maar er was ook geen lege plek, ze zocht iets dat er gewoon niet meer was. Plotsklaps trok het bloed weg uit haar hoofd, en op dat ene ogenblik, waarop ze wankelde en één strompelende stap zette, want langer duurde het niet voor ze zich weer had vermand en rustig naar haar tafel kon teruggaan, in die tijdsspanne, slechts één hartslag lang, stortte ze neer, met haar hoofd voorover de hel in.

Het was immers nu tot haar doorgedrongen dat Klaus weg was, uit haar leven gerukt, door een macht die hem wilde vernietigen om redenen die in het eigen leven niet bestaan en die toch niet ontkend kunnen worden. Men moest God mag weten waar de kracht vandaan halen om in het Medusa-achtig verwrongen gezicht van deze macht te kijken, om tot in de diepste diepten naar haar af te dalen, naar de plek waar het dier dat de buit slechts aanvalt als het honger heeft niet meer is en de mens die, gedreven door de geest de vrucht van de kennis heeft gegeten, nog niet is.

De diepte in met jou, Monika, het grauwe rijk der schimmen in, want schimmen zijn het die de waardigheid die in de broer huist niet eerbiedigen, de diepte in, naar de lemuren die het gat van de smart graven.

Maar ze deed alsof ze haar val niet merkte en liet zich moed inspreken door haar twee pages Uli en Heiner, die tot laat in de nacht bij haar bleven.

'Je mag niet denken,' zei Heiner, 'dat Klaus terneergeslagen was. Hij lachte heel vrolijk en de knapen waren heel tam en welgemanierd tegen hem. Dat ging dan zo: "Alstublieft, doctor" en "Dank u wel, doctor" en "U hebt de brief dus echt niet, tja, dan moeten we u jammer genoeg meenemen..."'

Monika vroeg snel: 'Hebben ze "dan" gezegd, uitdrukkelijk "dan"?'

'Ja,' zei de jongen, die niet snapte waarom ze dat vroeg, hoewel Uli hem een flinke trap tegen zijn schenen gaf, 'uitdrukkelijk "dan".'

'Als hij ze de brief had kunnen geven, hadden ze hem dus niet meegenomen.'

Nu pas zag Heiner in wat zijn woorden hadden aangericht.

'Dat kan toch niemand weten,' zei hij met trillende mond.

'Ja, dat zal wel waar zijn. Misschien hadden ze hem hoe dan ook meegenomen.'

Troosteloos klonk de stem waarmee ze met een immense krachtsinspanning de jongen probeerde te troosten.

'We blijven bij jou,' zei Uli. 'We halen onze matras uit ons bed en slapen op de grond.'

Monika sputterde tegen, ze was volwassen en mocht niet laten blijken hoe bang ze was.

'Als je niet kunt slapen, moet je ons komen halen,' zei Heiner, en Uli voegde er met sombere blik aan toe: 'Ze zal wel kunnen slapen, ze kan haar ogen bijna niet meer openhouden.'

Monika ging met haar kleren aan op bed liggen. Uli had gelijk: ze was doodop, en toch kon ze de gedachte maar niet verjagen dat zij met haar voorzichtigheid, met haar moederkloekangst Klaus de gevangenis in had geduwd.

Terwijl ze daar met haar zere hoofd lag te piekeren en toch te moe was om een heldere gedachte te vormen, zag ze het smalle godinnengezicht voor zich met de ronde ogen die nu eens diep, dan weer ondiep waren, en de mooi gewelfde mond waar een ernstige glimlach om speelde, alsof ze wilde zeggen dat ze altijd al had geweten dat Monika op een dag schuldig zou worden.

Ja, zei Monika klappertandend, ik ben schuldig. Maar het is de schuld van de liefde, van het leven zelf, de schuld van de aanwezigheid die de afwezige altijd bespaard blijft, de eeuwige schuld die ontstaat wanneer het ik het heilige domein van het jij stormachtig en ontwijdend binnendringt.

De godin liet haar mooie gezicht zakken en uit haar ronde ogen stroomden tranen.

Ik ben je kind verloren, fluisterde Monika, maar, lieve, ik haal het terug, haal het terug, uit de verschrikkelijke afgrond haal ik het terug, voor jou en voor mij.

Voor haar ogen veranderde het lieflijke gelaat van de godin in het oeroude mensenmasker, gegroefd en verscheurd door zorgen en angst; het keek haar medelijdend aan.

Toen brak uit Monika de schreeuw van alle schuldigen los en ze kreunde: 'Had ik maar niet.'

Ze sprak haar woorden de leegte in, ze schreeuwde ze tegen de muur die haar scheidde van Klaus en van de hele wereld. Ze wist intussen dat het pijn zou doen aan haar hand, maar ze was niet laf en sloeg en sloeg en beukte en beukte. Met gebalde, bloedige vuisten sloeg Monika – maar ze bleef alleen.

2

'Men had er al mee ingestemd om hem vrij te laten, toen men heel toevallig in het dossier ontdekte dat het om een Jood ging, en vanaf dat ogenblik hadden we niets meer te willen.'

'O,' zei Monika, terwijl ze Freibergs melancholisch gerimpelde gezicht aanstaarde, 'zo zit het dus.'

'Vanmiddag heb ik een bespreking met een zeer belangrijke man van de partij. Ik hoop dat we bij hem meer bereiken.'

Ze stonden in de bibliotheek, Freiberg leunde met gekruiste armen tegen een boekenrek, in een nonchalante, vermoeide houding, als een heel oude man.

Hij is geen vechter, dacht Monika, ik kan niet alles aan hem overlaten. Tegelijk werd ze overmand door ontroering voor deze onbekende, die haar zaak tot de zijne maakte.

'Hebt u er een idee van hoeveel Klaus voor die dwaze briefdiefstal kan krijgen? Twee, drie maanden gevangenis?'

Freiberg sloeg zijn ogen neer: 'Dat weet toch niemand.'

Monika trok aan haar vingers en antwoordde: 'Dat zeggen jullie altijd om iemand die iets vraagt af te schepen. Er zijn vast mensen die het wel weten.'

'Luister,' zei hij onverwacht hard, 'u mag uw zelfbeheersing nu niet verliezen. Bovendien bent u intelligent genoeg om te begrijpen dat de vreselijke kracht van deze staat juist erin bestaat dat hij onberekenbaar is.'

'Pardon,' mompelde ze. Schuchter voegde ze eraan toe: 'U gelooft dus niet meer dat Klaus samen met Meyerhof vrijkomt?'

'Nee. Want Meyerhof is al vrij.'

Ze maakte een verraste beweging en hij zei vlug: 'Ik weet dat u daar blij om bent, hoewel het pijn doet dat ze niet alle twee vrij zijn.'

Meyerhof zat te wachten in de kleine kamer waar ze de dag ervoor had ontbeten. Hij drukte haar handen op zijn nog altijd gezwollen lippen.

'Ik moet veel groeten van Klaus overbrengen.'

'Hebt u hem dan gezien?'

'Die bewuste politiegevangenis heeft geen binnenplaats, dus laten ze de gevangenen op de gang wandelen wanneer de cellen worden schoongemaakt. U kunt wel raden hoe ik schrok toen ik vanochtend Klaus tegenkwam en hoe ontroerd ik was na zijn relaas over jullie heldendaden, m'n lieve kinderen. Maakt u zich geen zorgen om hem, Monika, hij is in opperbest humeur en draagt het licht, opgewekt en met een zekere humor.'

Meyerhof lag in een grote stoel en dronk gulzig van de sterke koffie die Freiberg voortdurend bijschonk. Zijn gezicht was vaal en gezwollen, en Monika stelde ontzet vast hoezeer deze twee dagen haar vriend van zijn gelijkmoedigheid hadden beroofd. Het was pijnlijk om te horen hoe gejaagd hij sprak en voor het eerst geloofde ze hem niet.

'Het eten is uitstekend,' lachte hij, 'de behandeling meer dan fatsoenlijk, het zijn bijna uitsluitend oude gevangenenbewaarders, die vroeger dronkenlappen en kruimeldieven voor één nachtje moesten bewaken en moeite hebben om te wennen aan het veranderde publiek van professoren, baronnen en zeer welgemanierde arbeiders.'

Waarom is hij dan zo van streek, als het er zo gezellig operetteachtig toegaat, vroeg Monika zich af, en ze stelde de kwellende vraag: 'Zijn er dan geen SA'ers? Geen SS'ers?'

'Toch wel. Maar die zijn in de minderheid en durven in die omgeving niet hardhandig op te treden. Kwelt u zich niet met schrikbeelden, mevrouw Monika, over een paar dagen is Klaus op vrije voeten, geen twijfel mogelijk, zelf gaat hij er ook van uit dat hij nog deze week weer bij u is.'

Freiberg liet met neergeslagen ogen een rijkelijk versierde dolk die als briefopener dienstdeed van zijn ene hand naar zijn andere gaan.

Monika zag overduidelijk dat hij Meyerhofs optimisme niet deelde en ze haatte hem om zijn stilzwijgen. Waarschijnlijk beleefde hij er genoegen aan als anderen ook ongelukkig waren. En in zíjn handen lag Klaus' lot! Dat kon toch niet waar zijn! Allerlei namen schoten haar te binnen, namen van mensen die misschien konden helpen.

Ze noemde er een paar, Freiberg knikte ernstig: 'Probeert u al het mogelijke. Gisteren nog dacht ik dat ik het alleen af kon, vandaag ben ik blij met iedere hulp.'

En dus ging Monika de weg van de bedelaar naar de rijkgevulde tafels, en trok ze om te beginnen naar Khefermüller.

De opvolgster van Konstanze, een knap jong ding dat in een roze satijnen ochtendjas spinde als een poes, ontving haar met grote familiariteit, hoewel ze elkaar bijna nooit hadden gezien.

'Khefi zal u vast en zeker graag helpen. Hij memoriseert net een moeilijk pleidooi, ik mag hem niet storen. Komt u over een uur terug, Monika, of wacht u liever tot na het eten, dan is zijn stemming het beste.'

Ze tilde loom het kleine maltezerhondje op, dat toen Monika binnenkwam als een razende had gekeft, kuste het op de snuit en zei met een diepe zucht: 'Ze hebben uw man dus ook gearresteerd. Mijn god, wat zijn het toch verschrikkelijke tijden.'

Ze staarde net zo droefgeestig voor zich uit als het hondje, maar Monika vermoedde dat ze deze tijden heel draaglijk, waarschijnlijk zelfs erg aangenaam vond. Ze was jong, knap en charmant, ze had een rijke, vooraanstaande man, die vast braaf kwispelde als ze hem met haar zachte, wat zangerige stem 'm'n lieve Khefi' noemde, ze leefde in welstand en luxe en hoefde niet bang te zijn dat iemand haar daaruit zou verdrijven, en aan haar lichte rondingen was te zien dat ze een kind verwachtte.

'Weet u, Monika, die politiek is echt vréselijk. Khefi had het in het begin ook verschrikkelijk moeilijk, men was een en al wantrouwen tegenover hem omdat hij pas zo laat lid is geworden van de partij, men heeft het nu eenmaal niet zo met 'maartse viooltjes'. Hij belandde van de ene zenuwinzinking in de andere, trok van het ene sanatorium naar het andere, vreselijk saai allemaal, en uiteindelijk wilde hij zelfs zijn ontslag indienen. Maar dat was voor mij natuurlijk niet denkbaar, de hele dag thuis opgescheept zitten met een zeurende Khefi die niet weet wat te doen. Want van dat beetje gekras op de viool word ik ook niet per se gelukkig.'

Monika concludeerde uit dat alles dat Khefermüller niet over de invloed beschikte die ze had gehoopt en vroeg dan maar wanhopig of zijn gezondheid er niet op was vooruitgegaan.

'Ja hoor, natuurlijk wel, want de lieve God heeft ons gelukkig meneer Käsemeyer gestuurd. U weet niet wie dat is? Käsemeyer – grappige naam, niet? – was bakker, gemeenteraadslid, sociaaldemocraat en werd ervan beschuldigd geld verduisterd te hebben. Daar leefden die heren van die linkse club tenslotte van. In eerste instantie werd hij bij gebrek aan bewijzen vrijgesproken, die kerel was slim en listig genoeg. Maar van de hoogste instanties kwam de duidelijke wenk dat men er persoonlijk bijzonder veel belang bij had dat Käsemeyer achter de tralies verdween. U begrijpt hoe vreselijk belangrijk de zaak voor ons was, en ik moet zeggen dat ik verbluft was over Khefi's doorzettingsvermogen. Hij is toch ook niet meer de jongste. Wekenlang sliep hij nauwelijks, at hij nauwelijks, de hele tijd zat hij met zijn neus in de dossiers, controleerde hij de boeken, vergeleek en rekende hij, en uiteindelijk had hij dan succes: hij ontdekte een overschrijving van tweeduizend mark uit stadsfondsen naar een wetenschappelijke stichting die Käsemeyer junior een studiebeurs had verleend. Khefi wist in een drie uur durende, echt fenomenale redevoering de schuld van Käsemeyer zo overtuigend aan te tonen, zo mooi en inzichtelijk, dat meneer het gemeenteraadslid voor vijf jaar naar het tuchthuis moest. En wij zijn van de zenuwinzinkingen af, omdat men eindelijk heeft ingezien wat Khefi voor de nieuwe staat kan betekenen.'

Ze lachte en zette de hond met een tikje op de grond.

'Komt u dus om twee uur terug, Monika. En niet treuren, het komt wel goed.'

Je kon aan het poesje zien dat de reden van Monika's bezoek haar opeens weer te binnen was geschoten, nadat ze een hele tijd in beslag was genomen door haar eigen gespin, waarmee ze zich behaaglijk wentelde in de aangename overtuiging dat ze door een hoger en beter lot uitverkoren was. Monika echter begreep met het door de ellende van de bezitlozen gescherpte instinct hoe zinloos en vaag het medelijden was dat de ander voor haar voelde.

Toch moest ze het vreselijke gesprek met Khefermüller ondergaan, want het ging om Klaus en voor hem liep ze over vuurspuwende vulkaanmonden alsof het een geasfalteerde straat was en was ze bereid op de eerste de beste duivel af te stappen, haar hand uit te steken en te vragen: 'Hoe maakt u het?'

De graaf met het schapengezicht, die er, hoewel hij overduidelijk zijn best deed om een jeugdige indruk te maken, in zijn rood gewatteerde kamerjas uitzag als een beverig oud mannetje, was niets anders dan een arme stakker wiens lafheid op zijn gezicht te lezen stond. Het was niet eenvoudig om ter zake te komen, want hij vroeg uitvoerig naar het welbevinden van de lieve mama en begon uitvoerig over Nederland uit te weiden, dat hij betoverend vond en waar hij het jaar ervoor een paar heerlijke weken had mogen doorbrengen op een kasteel bij vrienden, omringd door de onbeschrijflijke pracht van bloeiende tulpenvelden. Monika beet op haar lippen en zei niet dat haar moeder niet op een kasteel en evenmin te midden van bloemen woonde, maar in een bescheiden pensionkamer in Amsterdam, tussen andere emigranten, en dat ze het klimaat nat, kil, afschuwelijk en ischiasbevorderend vond.

Toen ze dan eindelijk het gesprek op Klaus kon brengen, zei hij dat hij het oneindig betreurde – en hij zei dat met zoveel overdaad van gevoel dat Monika even geneigd was om aan zijn woorden geloof te hechten – maar dat hij geen macht en geen relaties had, echtgenoot was en binnenkort vader, en dat ze waarschijnlijk toch niet helemaal correct inschatte hoe gevaarlijk het was om het voor een Jood op te nemen.

Vijftien jaar eerder was er een dag geweest waarop Monika's vader, zonder zich af te vragen of wat hij deed nu bijzonder gevaarlijk was, naar de tot gevangenis omgevormde school was getrokken om bij de opgewonden en ontvlambare revolutionairen de vrijlating te eisen van de als gijzelaars gevangengenomen Khefermüllers. Hij had er niet bij stilgestaan dat hijzelf tenslotte ook niets anders dan een bourgeois was en bijgevolg een vijand. Er moesten vrienden in nood worden geholpen en daarbij kon hij toch niet aan zijn eigen veiligheid denken of, eeuwige uitvlucht van alle lafaards, aan vrouw en kind. Een van de rode soldaten, een oude en dankbare patiënt, was geschrokken overeind geveerd toen hij de geheimraad daar plotseling bescheiden, met afhangende schouders maar met een merkwaardig agressief flikkeren in de anders zo goedmoedige ogen zag verschijnen. En omdat die soldaat, hoewel hij een van de aanvoerders was, niet lang voor de veiligheid van zijn dokter kon instaan, zwichtte hij voor het hardnekkig herhaalde verzoek en stuurde hij het echtpaar Khefermüller meteen samen met hem weg.

Monika wist dat de graaf net als zijzelf aan dat moment dacht, waarin hij zijn moedige redder met tranen in de ogen zijn eeuwige dankbaarheid had beloofd. Maar ze begreep ook dat hij ongaarne aan een schuld werd herinnerd die hij niet wilde inlossen. Misschien had ze meer bij hem bereikt, als hij niet eerst de begrippen 'eeuwig' en 'dankbaarheid' in zijn geweten had moeten vermalen tot er niets meer van overbleef dan een vage bittere nasmaak. Maar om ook die nog kwijt te raken en om in zijn eigen ogen de man van eer te blijven als wie hij in de buitenwereld bekendstond, moest Khefermüller langzaam tot de opvatting komen dat wat Monika van hem vroeg ongehoord was en dat haar bedeesd uitgesproken verzoek een typisch geval van Joodse brutaliteit was. Waarschijnlijk hadden ze die jongeman heel terecht opgesloten, want dit meisje had tenslotte altijd al omgang met verdachte sujetten gehad.

Het was niet moeilijk om die gedachten van zijn gezicht af te lezen; ook werd zijn toon steeds geprikkelder en afwijzender: het uitstekende humeur dat hij had gekregen van het geslaagde pleidooi en het niet minder goede middageten, was als het ware weggeblazen, en Monika vermoedde bij het afscheid nemen dat hij het poesje flink de levieten zou lezen omdat zij dit lastige bezoek überhaupt had binnengelaten.

Freibergs inspanningen hadden evenmin iets opgeleverd, men had hem afgescheept en de raad gegeven om zijn neus niet in Joodse zaken te steken.

'En die raad zal ik zeker niet opvolgen. Morgen is er ook nog een dag.'

'Ja,' zei Monika huiverend, 'morgen en overmorgen, en daarna komen er misschien nog veel.'

Ze liet zich niet gaan, ook niet tijdens de lange nachten die ze in een klein hotelkamertje doorbracht, alleen werd ze soms overweldigd door het sterke verlangen, door de dwang om te knielen en te bidden, om aan knopen of tapijtmotieven een ja of een nee af te tellen, om een waarzegster op te zoeken.

Uiteindelijk gaf ze toe aan dat laatste verlangen en zocht ze een man op die naar eigen zeggen de kunst van het handlezen beheerste en daarmee, als je mocht afgaan op zijn weelderige en met slechte smaak ingerichte woning, geld als water verdiende. Hij zag eruit als een Italiaanse scherminstructeur, met zwarte bolronde ogen en een opgekrulde snor, maar voorspelde in een onvervalst Beiers dat Monika in het buitenland als zakenvrouw grote successen zou kennen. Toen ze ongeduldig reageerde, zei hij aarzelend dat er iets mis was in haar privéleven en dat hij niet kon zien of ze al dan niet getrouwd was. Was ze wel, hielp ze hem verder, waarop hij dromerig zei dat haar man groot, donker en knap was, eruitzag als een Arabier en zich in gevaar bevond. Ze staarde hem ademloos aan en hij besloot: 'Maakt u zich geen zorgen, tegen Kerstmis heeft hij alles achter de rug.'

Dat waren gevaarlijke en uitermate dubbelzinnige woorden, maar Monika, die door de dikdoenerige zelfverzekerdheid van de scherminstructeur in een lichte roes was geraakt, geloofde in de gunstige betekenis ervan en stak hem met vochtige ogen een bankbiljet toe, dat hij met een licht tongklakken in zijn vettige portefeuille liet glijden.

Ze had die zwakke troost broodnodig om überhaupt verder te kunnen, want de situatie werd dag na dag moeilijker en hopelozer. Er waren meer dan drie weken verstreken en ze wist niemand meer die ze om hulp kon vragen. Wat ze ook had geprobeerd, het was vergeefs gebleken; velen stuurden haar al na haar eerste woorden weg, anderen luisterden naar haar verhaal en een paar mensen beloofden ook dat ze hun best zouden doen, maar telkens eindigde het ermee dat ze van hogerop de wenk kregen dat ze zich maar beter niet bekommerden om het lot van Joden. De laatste tijd gebeurde het steeds vaker dat Monika al bij het begin van het gesprek te horen kreeg: 'Weet u, het was natuurlijk buitengewoon onhandig van uw man om nu nog als communist actief te worden'. Hoe feller ze dan verzekerde dat Klaus nooit een communist was geweest, hoe minder ze werd geloofd, want niemand gaf voor zichzelf graag toe dat hij in een staat leefde waar terreur en willekeur heersten. Als iemand achter de tralies was beland, dan was daar vast een goede reden voor. En waar de eerste nog had gezegd: 'Nou ja, hij zal vroeger beslist ook wel communist zijn geweest', heette het bij de tweede en derde al: 'Het is zijn verdiende loon, had-ie maar moeten ophouden met de staat te ondermijnen'. Dat deed dan als gerucht de ronde en Monika kon niemand van het tegendeel overtuigen, want iedereen had zijn informatie uit zeer betrouwbare bron.

Van Klaus had ze geen nieuws; hij zat nog altijd op het politiecommissariaat en ze mocht elke donderdag vers wasgoed voor hem afgeven en zijn vuile was in ontvangst nemen. Op haar kamertje doorzocht ze de stapel dan met begerige handen, maar pas de derde keer zag ze dat in een van de dunne metalen plaatjes die als boordversteviger dienstdoen met een scherp voorwerp letters waren gekrast, en met enige moeite wist ze door haar tranen heen een van die woorden te ontcijferen die, voor de buitenstaander onbegrijpelijk, in de codetaal van twee geliefden tederheid betekenen.

Het was telkens een vreselijke kwelling om het gebouw binnen te gaan waar Klaus gevangenzat, om door slechts twee of drie met ijzer beslagen deuren van hem gescheiden te zijn en niet naar hem toe te mogen.

Eén keer, op de vierde donderdag, weigerden haar voeten dienst, ze verliet de ruimte waar het uitwisselen van het wasgoed plaatsvond en sleepte zich naar een bank waar ze met haar gezicht verborgen in haar handen bleef zitten. Toen ze na een hele poos weer opkeek, zag ze geen vijf passen bij haar vandaan een ss-wachtpost voor een deur staan. Het was een grote, welgebouwde knaap, wiens hongerige ogen alle vrouwen volgden, verliefd als hij was op alles wat een rok droeg en enigszins rechte benen had.

Monika sloeg hem een tijdje gade, hief toen haar hoofd en glimlachte naar hem.

Hij reageerde meteen, lachte en bevochtigde zijn lippen. Ze liet een paar minuten verstrijken, liep vervolgens op hem af en bood hem een sigaret aan.

Hij was in dienst, hij mocht niet roken of attenties in ontvangst nemen.

'Maar op een ander moment toch wel?'

'Ja, op een ander moment wel.'

Goed. Ze wilde iets met hem bespreken. Als hij in burger kon komen, zou het haar plezieren hem op een avondmaal in een Italiaans restaurantje te trakteren.

Deze Brandler, een negentienjarige ss'er, bleek goedmoedig, ijdel en apetrots dat hij een uniform had en daardoor macht kon uitoefenen over anderen. Ook droomde de jonge knaap van een nieuwe winterjas. Aan al die dingen had Monika het te danken dat hij op haar voorstel inging en Klaus in zijn cel opzocht.

De tweede dag al overhandigde hij haar een lange brief, een verstandig en heel bedaard schrijven, en om niet onder te doen voor Klaus dwong ze zich bij het schrijven van haar antwoord tot opgewektheid, tot een optimisme dat ze allang niet meer had en stelde ze eindelijk de grote vraag die ervoor zorgde dat ze al twee nachten geen oog meer dichtdeed: Wil je ontsnappen?

Het was een voorstel van Brandler, hij was er niet helemaal gerust op – dacht ze soms dat ze Klaus voor eeuwig in die aangename gevangenis zouden laten zitten? had hij bars gevraagd toen ze aanvankelijk aarzelde –, en bovendien vond hij dat hij voor de beloofde winterjas wel wat meer moest doen dan een paar brieven naar buiten smokkelen.

Het zou niet helemaal zonder risico zijn, ontsnappen, maar ook weer niet zó gevaarlijk, een goede vriend, zijn 'gabber', hield drie keer per week de wacht in de gevangenis, op een van die dagen kon hij Klaus eruit krijgen. Achteraf zouden ze wel de oude bewakers de schuld geven, uiteindelijk liepen zulke zaken toch altijd op niets uit. Het enige wat Monika moest doen was in haar auto wachten om Klaus naar een veilig onderduikadres te brengen.

Ze besprak de kwestie met Freiberg, de enige die nog altijd probeerde te helpen, en hij verklaarde zich meteen bereid om Klaus onderdak te bieden tot hij de grens over kon.

Het stille kasteeltje met zijn eenzame kasteelheer en de doofstomme huisbediende was een ideaal toevluchtsoord; Monika nam zonder iets te zeggen het gulle aanbod aan.

Ze wist nog altijd niet of Klaus wel akkoord ging, maar toen bracht Brandler een briefje waar niets anders op stond dan 'ja', en dus werd afgesproken dat het plan de volgende avond ten uitvoer zou worden gebracht.

Het is koud, regenachtig en bijna donker, Monika zit in de auto, de motor draait zodat er geen tijd verloren gaat, ze houdt haar blik strak op de kleine zijdeur gericht waar de twee door moeten komen.

Haar hartslag is zwaar, wordt onregelmatig wanneer de deur opengaat en stokt, want er verschijnt maar één iemand. Brandler rent in een paar grote stappen het plein over, stapt in de auto en zegt hees: 'Rijden!'

Monika rijdt, ze weet niet waarheen en ze weet niet hoe, ze vraagt ook niets en hoort de jongen naast haar in zichzelf vloeken.

Verkeerslichten verspringen, agenten strekken een arm uit, ze moet stoppen en doorrijden, remmen, ontkoppelen, schakelen, de richtingaanwijzers en de lichten aanzetten, en opeens is ze de stad uit en rijdt ze over een grote, vochtig glanzende laan waar de bomen ruisend en klagend naar haar omlaag buigen.

'Verdomme,' zegt Brandler, luid zijn keel schrapend voor hij begint te praten. Veel heeft hij niet te vertellen, ze zijn stomweg één of eigenlijk twee dagen te laat gekomen, want gisteren al is Klaus samen met een grote groep gevangenen op transport gezet. Hij, Brandler, wist er ook niets van, en bijna was het op het laatst nog misgelopen voor hem, want hij was zo lang van cel naar cel gelopen dat het een van zijn meerderen was opgevallen en die hem onzacht de les had gespeld.

Monika doet voor het eerst haar mond open en vraagt: 'Waarheen?'

'Dachau.'

Ze schreeuwt het niet uit, ze huilt niet eens, ze zegt geen woord en rijdt en rijdt en rijdt. Vooral niet stoppen met rijden, vooral niet de handen van het stuur halen, vooral niet de blik van de weg losmaken, vooral niet denken, vooral niet weten, vooral niet spreken. Rijden tot het einde der tijden.

Maar wanneer hij zacht en bedrukt zegt dat het laat wordt, maakt ze gehoorzaam rechtsomkeert en brengt ze hem terug naar de stad.

Omdat hij met zichzelf geen raad weet, duwt hij een brandende sigaret tussen haar lippen, ze knikt en glimlacht zelfs om de grenzeloze onbeholpenheid van zijn poging om haar te troosten.

Ze stappen voor haar hotel uit, hij pakt haar hand en zegt dat het hem spijt dat het is misgelopen, maar dat ze misschien later toch nog geluk heeft.

Als hij vervolgens de hakken tegen elkaar slaat en wil gaan, dwingt ze zichzelf weer te glimlachen. Het is toch niet zijn schuld, hij heeft zijn best gedaan en die winterjas heeft hij verdiend.

Hij sputtert voor de vorm een beetje tegen, volgt haar ten slotte en kijkt hoe ze de koffer opent die ze weken geleden uit de school heeft ontvangen.

Na enig woelen vindt ze wat ze zoekt, het is Klaus' beste jas, een mooi, warm kledingstuk van sterke, donkergrijze wol. Ze werpt een blik op de jongen in het zwarte uniform, ja, de jas moet passen, Brandler is net zo groot, net zo slank als Klaus.

Met een verschrikkelijk snikken, dat niets meer gemeen heeft met menselijk huilen, maar met het brullen en kermen van dieren, drukt ze haar gezicht in de grijze stof, hult het in de geplukte wol, waar nog vaag Klaus' geur in hangt, en kreunt en kreunt, terwijl haar lijf kronkelt van ontzetting.

Ze sleurt zich overeind en werpt Brandler het kledingstuk toe, die het opvangt en van verlegenheid niet weet wat hij met zijn lange armen aan moet.

'Ga nu,' zegt ze en voegt er een haastig dankuwel aan toe, maar hij blijft stokstijf en dwaas staan, waardoor ze stampvoet en schreeuwt: 'Ga nou toch man, maak toch eindelijk dat je wegkomt!'

Dat is een toon die hij begrijpt, hij maakt zich snel uit de voeten; ze heeft zich afgewend om hem niet langer te hoeven zien en als ze zich weer omdraait is ze alleen.

Ze gaat naar het raam en trekt het open, vier verdiepingen lager ligt een smalle straat. Springen, denkt ze, terwijl ze zich met beide handen aan het vensterkruis vastklampt. Ze voelt niets anders meer dan angst, angst voor haar eigen pijn. Heel even is Klaus vergeten, ze weet alleen dat ze voor het verschrikkelijke op de vlucht moet.

Maar ze dwingt zichzelf om haar verstand erbij te houden, en met de kracht waarmee water door een geopende sluis breekt, keert de moed in haar terug. Nu is het aan haar om de grote strijd te doorstaan, nu gaat het om leven en dood, nu is haar lot definitief losgemaakt van de burgerlijkheid en overgeleverd aan machtsbeluste harten.

Ze ziet niet dat de middelen zo goed als opgebruikt zijn, ze spiegelt zich nieuwe mogelijkheden voor, er móeten toch mensen zijn die kunnen helpen. Maar smeken om iemand uit de politiegevangenis te bevrijden waar hij een lichte straf uitzit, is niet hetzelfde als het verschrikkelijkste woord in de mond nemen dat er is, dat een even verlammende angst wekt als duistere begrippen uit het verleden zoals inquisitie en heksenproces.

Ze moet eerst en vooral naar Freiberg, die op haar wacht. Hij staat, ongerust geworden omdat ze zo lang wegblijft, bij de poort en ze lopen samen door de donkere tuin, waar het naar gevallen bladeren ruikt. Zwijgend luistert hij naar haar relaas, vindt geen woorden van troost, maar als ze binnen zijn ziet ze dat zijn gezicht witbleek is en oeroud.

Hij laat haar niet meer gaan. Ze probeert te protesteren, werpt tegen dat hij rust en alleen-zijn gewend is, maar hij maakt een ongeduldig gebaar en zegt dat er plaats genoeg is om elkaar uit de weg te gaan.

En dus slaapt ze in de kamer die voor Klaus was klaargemaakt, in een comfortabel, breed bed, op linnen dat fijner en aangenamer is dan elk ander beddengoed dat ze kent. Ze heeft een heet bad genomen en een poedertje geslikt, maar aan slapen valt niet te denken, en opeens weet ze dat deze luxe die haar omgeeft de kwelling erger maakt, zozeer dat het lijkt of die door een doortrapte beul is bedacht die vakkundig berekent hoe de pijn tot het waanzinnige kan worden geïntensiveerd, want hoe zachter haar lichaam ligt, hoe afschuwelijker en buitensporiger haar fantasie werkt; en ofschoon Klaus onbeschrijflijke verschrikkingen doorstaat, toch is zijn ellende door de werkelijkheid begrensd, is ze eindig en kan ze niet de dosis overstijgen die voor een mens is bestemd voor bewusteloosheid en verdoving hem verlossend omarmen. Wat Monika doormaakt wordt niet begrensd door tijd en ruimte; ononderbroken, golf na golf slaat de gruwel over haar heen, in die eerste nacht sterft ze reeds honderden malen.

Er is één ding dat haar razende dromen een halt kan toeroepen: íets, al was het maar het geringste, van haar geliefde weten. Maar haar gevoel zwijgt, het zegt niet ja en niet nee; al het geleuter over 'verbondenheid' en 'weten op afstand' is een verzinsel, en als ze na een korte, onrustige slaap wakker wordt, kan ze zich zelfs de gelijktijdigheid niet meer voorstellen, kan ze het niet vatten dat terwijl zij van de doofstomme grijsaard een uitstekend ontbijt op bed geserveerd krijgt en haar blik over een sprookjesachtige tuin met machtige oude bomen en uitgebloeide zonnebloemen glijdt, Klaus ergens in het natte, kille veen kreunt onder de geselroede.

Des te verbitterder wordt ze wanneer onbekenden haar zeggen dat ze een 'goed gevoel' hebben, dat hun instinct hun vertelt dat Klaus niets zal overkomen. Want dat is de goedkope troost die ze nu overal te horen krijgt: men scheept haar ermee af, men verbergt er de meedogenloosheid van het achterliggende feit mee dat men niet kan of wil helpen, en waarschijnlijk gelóven de meesten ook wat ze zeggen, omdat het onaangenaam en gênant is om werkeloos, als het ware met stille instemming toe te kijken hoe een knappe en intelligente jongeman, iemand uit de eigen kringen, die als enige gebrek heeft dat hij als Jood is geboren, wordt doodgemarteld.

Monika voert de ene bespreking na de andere, keer op keer zonder resultaat, al klampt ze zich telkens weer vast aan het kleinste woord waaruit ze bereidwilligheid meent te kunnen opmaken. Het enige waar ze een beetje hoop uit kan putten is haar poging om Klaus tot Zwitser te laten naturaliseren – als dat plan slaagt, betekent het de vrijheid, dat lijdt geen twijfel. De consul toont begrip, hij ondersteunt haar verzoek, hoewel hij bij de Duitsers geen stappen wil ondernemen zolang hij geen antwoord heeft uit Bern. Daar hebben ze tijd, vreselijk veel tijd, alles gaat zijn bureaucratische, geregelde gangetje, maar dan komt uiteindelijk toch een beslissing, en die is negatief. Er is geen reden om iemand die weliswaar in Zürich is opgegroeid maar nooit ook maar de geringste stap heeft gezet om de Zwitserse nationaliteit te verwerven, nu opeens wel te naturaliseren. Concentratiekamp? Erg betreurenswaardig, maar met die middeleeuwse inrichtingen hebben de heren van de Bondsregering niets te maken; ze onderzoeken het geval en wijzen het af; de aanvrager heeft nauwelijks vermogen, is waarschijnlijk links (want hoe zou hij anders in gevangenschap zijn beland?) en bovendien een Jood, drie redenen die volstaan om een uiterst gereserveerde houding aan te nemen.

Weer niets, weer leegte, nu heeft de duivel Monika helemaal in zijn klauwen. Met open ogen ziet ze de vlammende kraters, ze hoort het donderen van de wereldondergang in de lucht en telkens als ze denkt dat ze aan het eind van haar krachten is, gaapt er weer een nieuwe afgrond voor haar.

Af en toe krijgt ze bezoek van Heiner; de jongen woont sinds de ontbinding van de school bij zijn moeder, is werkloos, hangt somber thuis rond, maar op een dag is hij bleker dan anders en compleet overstuur: gisteren hebben ze vernomen dat zijn vader in Dachau aan een longontsteking is gestorven. Wie anders dan Monika kan zijn pijn begrijpen, maar ze wil niets liever doen dan schreeuwen: 'Hou je mond!' Wanhopig vraagt ze zich af: waarom is hij naar mij toe gekomen, waarom moet ik ook dat nog weten?

In plaats daarvan streelt ze zijn witblonde haren en fluistert: 'Niemand komt ooit terug uit dat vervloekte oord.' Hij springt op en pakt haar bij haar schouders: 'Je bent gek dat je dat zelfs maar denkt. Mijn vader was oud en ziekelijk en heeft het negentien maanden uitgehouden. Klaus is jong en sterk.'

Oud en ziekelijk? Weet hij dan niet waaraan zijn vader gestorven is? Ze staart hem ongelovig aan en glimlacht gelaten en superieur, zoals Freiberg glimlacht en zoals ze dat van hem niet verdragen kan; ze kent die nieuwe mimiek en schrikt ervan, maar ze maakt er steeds weer gebruik van, alsof ze tegen de mensen moest zeggen: Wat weten jullie nou helemaal? Hebben jullie ook maar een vermoeden hoe het leven echt is? Want nu – en dat is het afschuwelijkste – zijn concentratiekamp, foltering en dood voor haar de norm geworden; ze kan, omdat ze zichzelf eens en voor altijd heeft verboden om het uit te schreeuwen, op bedaarde toon over al die dingen praten, net zoals die uitgedoofde, getikte Elisabeth met haar jammerkaststem dat een jaar geleden deed.

Zelfbeheersing is haar lievelingswoord geworden, ze oefent zich erin met een taaie, krampachtige verbetenheid, en ze bewaart die ook op het moment dat de oude Balthasar haar in de bibliotheek een brief overhandigt. Ze legt de enveloppe op haar vlakke hand en zegt duidelijk articulerend zodat hij het goed begrijpt: 'Van mijn man', waarop hij met ernstig gezicht knikt.

Het is een goedkope, groene envelop, en Monika leest alvorens hem te openen het uittreksel uit het kampreglement dat erop gedrukt staat: dat de preventief gedetineerden maar één keer per maand post mogen ontvangen, niet meer dan vijftien regels per bladzijde, dat ze in het kamp kranten ontvangen en in de kantine al het nodige kunnen kopen, reden waarom het verboden is om pakketten te sturen; verder dat het zinloos is om de commandant verzoeken tot vrijlating te sturen.

Klaus' handschrift is helder en vlot zoals altijd, Monika gaat gretig liefkozend met haar vinger over haar naam met het foute adres eronder, want hij waant haar nog in haar hotel. Ze kijkt naar de afzender: de doctorstitel heeft hij weggelaten, in plaats daarvan staat achter zijn naam zijn gevangenennummer, 1418, een goed getal – ze let nu op dat soort dingen en hecht er een buitengewoon groot belang aan.

Ze heeft de gesloten envelop nog altijd in haar hand; ze had de inhoud allang kunnen kennen, maar ze aarzelt, en hoe langer het wachten duurt, hoe meer de brief haar vertrouwen en optimisme influistert.

Eindelijk gaat ze naar de schrijftafel en opent de brief, geheel tegen haar gewoonte zorgvuldig met een mes. Het zijn twee beschreven vellen, op één plek heeft de censor drie regels weggeknipt.

Maar ze leest nog altijd niet. Met grote passen loopt ze door de kamer en speelt met zichzelf het kwellende en zoete spel dat ze al dagen geleden heeft bedacht: dat Klaus daar bij de boeken staat en zij met hem praat.

'Ik heb een brief gekregen,' zegt ze tegen hem, en hij glimlacht vreemd; afwezig en geniepig zoals hij dat nu soms doet: 'Kom op, lees dan toch!'

Ze gaat op de trap zitten en houdt het vel voor haar ogen.

De eerste zin is een zware drieklank uit liefde, verlangen en dood; de tweede laat het thema niet meer los, maar de dood overschaduwt nu al het andere, en nog voor ze de inhoud helemaal begrijpt – want Klaus heeft zich van een erg gezochte taal bediend die behalve zij niemand mag begrijpen –, weet ze dat hij op het moment van het schrijven en in de vele dagen daarvoor aan niets anders heeft gedacht dan aan de bittere noodzaak om haar te schrijven dat hij zal sterven.

Ze verzet zich, smeekt hem: 'Laat mij sterven, voor ik het helemaal heb begrepen, voor de pijn mijn bewustzijn heeft bereikt,' maar hij antwoordt droevig: 'Nee.'

Ze laat haar hoofd in haar handen vallen. Hij vraagt met zachte stem: 'Berust.'

'Nee,' steunt ze, 'lieve Klaus, dat is te veel gevraagd.'

Ze kan met de Klaus voor de boekenkast ruziën, ze kan hem tegenspreken en hem proberen duidelijk te maken dat wat hij verlangt haar krachten te boven gaat; maar dat 'Berust', dat heeft hij helemaal niet uitgesproken, dat staat op het papier dat Monika in haar handen heeft, staat daar als een verschrikkelijke eis voor nu en voor altijd.

Verder volgen nog een vraag om hulp (alsof hij niet wist dat ze dag en nacht aan niets anders denkt, vraagt hij haar om hem te helpen, suggereert talloze wegen, die ze allemaal allang vergeefs heeft bewandeld), een groet aan bekenden (de opgesomde namen zijn weggeknipt, waarschijnlijk omdat men dacht dat het een code betrof) en een plechtige verzekering van kracht en wil om te leven.

Urenlang zit Monika op de treden en staart blind voor zich uit. Ten slotte vermant ze zich. Ze moet twee brieven schrijven en weet niet welke van de twee haar het zwaarst valt: die aan Klaus of die aan Beatrix.

Ze trekt lijnen op een vel papier, rijgt, beklemd door de ongewone indeling, traag en onbeholpen als een schoolkind letter aan letter, zodat haar nerveuze hanenpoten ook voor het primitiefste oog makkelijk leesbaar zijn. Boven op de uiterlijke beperking is er nog die innerlijke: een vijandige derde luistert mee, en anderzijds komt de aanwezigheid van deze gevangenisbewaker haar niet zó ongelegen, want zonder het te beseffen dist ze louter leugens op, en omdat er iemand anders bij is, hoeft ze zich niet te schamen. Ze vertelt over tastbare hoop, over hulpvaardige mensen, over haar vaste overtuiging dat het doel bijna bereikt is. Ze beschrijft haar dagen en nachten met de vlotheid van de geoefende briefschrijfster en laat haar tranen onvermeld. Helemaal op het einde, in de laatste paar regels laat ze zich gaan, stamelt ze deerniswekkende, snikkende woorden van liefde, en wanneer ze de brief nog eens doorleest, merkt ze huiverend dat die wanhopig klinken maar wel de enige ware zijn. Alleen, ze heeft de moed niet om van voren af aan te beginnen, laat alles staan zoals het er staat en plakt snel en met een slecht geweten de enveloppe dicht.

De tweede brief, die aan Beatrix, is nog moeilijker, ze heeft hem telkens weer voor zich uit geschoven, de godin weet nog altijd niets van de afschuwelijke dingen die hier intussen zijn gebeurd. Alsof ze het zo verteerbaarder kan maken, somt Monika op hoeveel wegen ze al heeft bewandeld, hoeveel gesprekken ze heeft gevoerd, maar ze weet dat ze met elk woord de dolk dieper in het hart van de godin stoot. De vrouw die zo onvoorstelbaar ver weg woont móet het allemaal wel onvoldoende vinden, doolt wellicht als een waanzinnige door de straten alsof ze op haar dunne benen het continent kon doorkruisen en over de duizenden en duizenden golven van de zee heen kon stappen, het blaten van het kalfje achterna dat schreeuwt in de handen van de slachters en dat niemand bevrijden kan behalve zij, de koe, die zich in een leeuwin verandert en met tanden en klauwen de moordenaars te lijf gaat.

Zou zij ook met hangende armen toekijken hoe de gruwel zich voltrekt? Niemand daarginds kan ooit begrijpen wat Monika zelf niet begrijpt, dat ze niet naar de wapens grijpt, dat ze niet naar dat helse oord rijdt en Klaus met geweld probeert te bevrijden, dat ze hier zit, als een gehypnotiseerd konijn voor een slang, en niets doet behalve steeds nieuwe en steeds fellere bedelbrieven naar vrienden en bekenden sturen.

Na het mislukte avontuur met Brandler weigert ze nog nieuwe omkopingspogingen te wagen; ze doet alsof ze niet beseft dat er niets meer te verliezen maar misschien nog alles te winnen is.

Op een dag ziet ze op weg naar de binnenstad Hartmann in een taxi langsrijden. Een uur lang loopt ze radeloos rond, maar dan besluit ze om naar hem te gaan vragen in het hotel waar hij meestal zijn intrek neemt. Ook ditmaal logeert hij er, hij is op zijn kamer. De portier vraagt beleefd of hij haar telefonisch mag aankondigen. Ze schrijft liever een paar regels waarin ze hem om een onderhoud van vijf minuten verzoekt. Natuurlijk heeft hij allang van de een of andere collega gehoord wat er is gebeurd, maar ze zegt het hem nog eens en voegt eraan toe: 'Niemand kan meer helpen dan u.'

Terwijl ze ongeduldig, als een opgesloten dier door de lobby ijsbeert, bouwt ze luchtkastelen. Ze moet Hartmann ertoe overhalen om Klaus bij de bevoegde dienst als onontbeerlijke werknemer voor het buitenland op te eisen; zodra er sprake is van deviezen, vraagt niemand nog naar het ras van degene die ze binnenbrengt, want dit land kent nog maar één ware opgave en dat is bewapening.

Monika kan er niet bij waarom ze niet eerder op dit idee is gekomen, dat vrijheid en leven betekent. Hartmann voor haar kar spannen kan niet moeilijk zijn, hij was Klaus altijd genegen, zij het op zijn eigen zonderlinge manier. Ze moet hem eraan herinneren dat Klaus de zoon van zijn 'beste vriend' is en zowel zijn heersersgevoel als zijn medelijden aanspreken, alsof het nog de tijd was dat hij met ver zijwaarts gerolde, bloeddoorlopen ogen Monika probeerde te troosten voor haar talloze onhandigheden. Thea, de gevreesde Thea, is ver weg, en Monika neemt door wat ze moet zeggen en wat ze beter kan verzwijgen. Ze vleit de golem in haar verbeelding om het zo dadelijk in de werkelijkheid des te beter te kunnen.

Een kleine piccolo komt op haar af getrippeld en overhandigt haar een brief.

Die bevat geen aanspreking en bestaat uit drie regels in machineschrift: 'Daar ik met de politieke machinaties van een voormalige en lang geleden ontslagen werknemer niets te maken heb, lijkt een onderhoud mij overbodig.'

Daaronder prijkt zwierig en zelfbewust de handtekening: 'Dr. F. Hartmann.'

Even kan Monika niets meer zien, maar ze valt niet flauw, loopt onder de nieuwsgierige blikken van portier en piccolo kaarsrecht en bleek naar de uitgang, wenkt een taxi en laat zich naar Freiberg brengen.

Ze heeft koorts en laat zich klappertandend op bed vallen; eindelijk spreekt haar lichaam en zegt: ik wil niet meer.

Nu heeft ze iemand die ze kan haten. Ze laat haar verstand niet meer aan het woord, dat weet dat Hartmann geen schuld draagt aan de hele ellende en waarschijnlijk, zelfs al had hij zijn best gedaan, niets zou hebben bereikt. Met haar ogen dicht weet ze dat hij de moordenaar is, en haar gevoel van blinde woede richt zich op zijn zware gestalte. Ze briest, gaat woest tekeer, scheurt het kussen met haar tanden aan flarden en martelt in gedachten de afschuwelijke vijand dood. De volgelinge van Meyerhof, die ook in de grootste nood nog bereid was om wraak als een dwaasheid af te doen, wreekt zich honderdmaal, duizendmaal, en pas na een uur van gruwelijke verschrikkingen zinkt ze weg in een diepe slaap.

De volgende ochtend is haar koorts geweken en is ze weer bij zinnen, alleen merkt ze een nooit eerder gevoelde zwakheid in haar leden. Naar de vlakbij gelegen badkamer gaan is een onmogelijke opgave geworden; ze blijft twee, drie dagen liggen zonder te bewegen, zonder te lezen, en, aangezien Freiberg op reis is en ze het Balthasar heeft verboden om bezoek binnen te laten, ook zonder te spreken.

Ze is wakker en tegelijkertijd eigenlijk bewusteloos, het leven in haar is verstomd, ze heeft nergens nog kracht voor behalve om apathisch en roerloos te liggen.

Tot er plotseling een volstrekt onverwachte helper opduikt die haar uit haar doffe lethargie rukt.

Balthasar kondigt op de kleine lei die hij altijd bij zich heeft 'een jongeman uit Frankrijk' aan, en omdat Monika geen idee heeft wie dat kan zijn, schudt ze ongeduldig het hoofd. Maar als de huisbediende haar te verstaan geeft dat de bezoeker zich niet laat afwimpelen, stemt ze, nu toch nieuwsgierig geworden, ermee in hem te ontvangen.

Het is Raymond, de kameraad van die levendige en mooie kust waar ze in gedachten zo vaak naar terugkeert, de jongeman met de begeerlijke mond en het wipneusje, die er nog altijd uitziet als een Oxford-student. Alleen in zijn tot spleetjes geknepen bijziende ogen ligt een warme en helemaal niet meer jongensachtige blik.

Zijn collega en goeie vriendin Gerda Meyerhof heeft op een dag ontdekt dat hij de Mertons kent, en wanneer steeds meer slecht nieuws uit München Parijs begint te bereiken, komen ze overeen dat hij zo snel mogelijk de trein op moet om zelf te gaan kijken wat er aan de hand is. Hij wil helpen en gelooft met de stralende naïviteit van de niet-opgejaagde in een goede afloop. Gisteren heeft hij alvast met de Franse consul gesproken, er is een strijdplan opgesteld, en als er niets bereikt wordt in München, wordt gewoon het gezantschap in Berlijn ingeschakeld. Hij lacht spottend en zegt dat een meestal vervelende vader, wiens conservatieve ideeën hij sinds het overlijden van tante Paulette weer zwijgend over zich heen laat gaan om zijn studie te kunnen afsluiten, soms toch nog van pas komt: zijn goede reputatie effent veel paden. Als het met goedmoedigheid niet lukt, kan er nog altijd gedreigd worden: buitenland, dat is nog steeds het toverwoord dat sloten laat springen, en voor Frankrijk hebben de nazi's respect, het is de enige grootmacht die ze in staat achten een slagvaardig leger op de been te brengen.

Raymond heeft geen last van de bedenkingen en remmingen, van de vele ja-maars, waar zo onvermoeibare vrienden als Freiberg mee worstelen, hij is zeker van zijn succes, onverschrokken, en uiteindelijk leveren moed en onbevangenheid hier, net als overal ter wereld, succes op. Hij geeft niet op, zet door tot hij de politiecommissaris en de Rijkstadhouder kan spreken. Een jonge Franse arts staat met allerlei aanbevelingsbrieven op zak voor de machtigen en verzekert ze met het onnavolgbare lachje der dwazen dat hij lid is van een groep intellectuelen die sympathiseren met het nieuwe Duitsland. Ze zijn voor toenadering, maar natuurlijk niet op democratisch-liberale basis, want die staat voor niets anders dan zwakheid, alleen een sterke natie kan met een mooie onbevangen beslissing kiezen om de buur tot vriend te maken. Dat soort frasen brengt hij zonder enige aarzeling te berde, in zijn verfijnde Frans of hortend in het Duits, zoals het het best uitkomt.

Pas tegen het eind van het onderhoud laat hij terloops vallen dat een goede vriend van hem in Dachau zit, eigenlijk alleen maar omdat hij een Jood is.

Niet dat hij filosemiet is, allerminst, voegt hij er met een gewiekste knipoog aan toe, maar in Frankrijk is men wat het rassenvraagstuk betreft nou eenmaal niet zo radicaal. Het is ook nogal moeilijk om de kinderen van Israël van de Romanen te onderscheiden. Een mens hoeft maar één keer in Marseille een blik te werpen op de donkere, overigens beeldschone meisjes met hun amandelogen en hun licht gekromde neus.

En hij begint vrolijk te lachen, en de Duitser valt hem bij. Op een Jood meer of minder komt het niet aan, veel belangrijker is het om de Franse jeugd nog een paar jaar lang in de aangename sluimertoestand te houden die ze doof en blind lijkt te maken voor de bewapening en de oorlogsvoorbereidingen. Men verzekert Raymond van verschillende zijden dat Klaus een van de komende dagen wordt vrijgelaten.

Zelfs de eeuwige scepticus Freiberg heeft nu geen reden meer om pessimistisch te zijn, hij drukt Monika's hand en zegt met een melancholische glimlach, waar zoals altijd zijn eigen droefheid in doorschemert: 'Ik denk, m'n kind, dat u het ergste achter de rug hebt.'

Meyerhof daarentegen, die weer zijn intrek heeft genomen in zijn woning in de voorstad en van daaruit dagelijks Monika bezoekt, sluit Raymond in zijn machtige armen en kust hem, als een Franse generaal die een ondergeschikte decoreert, behoedzaam op beide wangen.

Monika kan haar geluk nog niet helemaal bevatten. Tegen de avond aan loopt ze duizelig, bedwelmd door de stad waar de etalages al voor Kerstmis versierd zijn. Ze beleeft het wonder dat ze weer kan zien, zich weer voor dingen kan interesseren, de mensen weer in de ogen kan kijken.

Nog even en Klaus loopt naast haar, nog even en ze dwalen arm in arm door de straten, een jong, vrolijk stel, en de ogen van de mensen zullen hen met welgevallen volgen. Zo was het altijd, en met de trots die een deel van haar liefde is moet ze terugdenken aan de kleine Bulgaar in Parijs, die op een dag het woord tot haar richtte, geen minuut nadat Klaus met een handkus afscheid van haar had genomen, omdat hij de vrouw wilde leren kennen, tegen wie op zo'n tedere en respectvolle wijze 'Tot ziens' werd gezegd.

Une manière tendre et respectueuse. Monika glimlacht.

Boven een barokkerk ziet ze een stuk nachthemel, en opeens blijft ze als aan de grond genageld staan. In de ruimte tussen de twee brede torens ziet ze gestalten bewegen, alsof daar een doek van een openluchtbioscoop gespannen was. Het beeld is onscherp, vijf of zes of tien mannen op een kluitje duwen elkaar nu eens vooruit en dan weer achteruit, volledig geluidloos en toch met de verbeten intensiteit van een strijd op leven en dood.

Langzaam lossen de gestalten zich op om op het hemeldoek plaats te maken voor een reusachtige en scherpe close-up van Klaus' hoofd, op zijn gezicht ligt de bezielde uitdrukking van de liefde, van de roes. Maar boven zijn brede voorhoofd is niet zoals anders het mooie, zwarte haar te zien; zijn schedel is naakt en bloedt uit talloze wonden.

Monika weet dat de gevangenen in de concentratiekampen worden kaalgeschoren; ze weet het maar heeft het verdrongen, vergeten, uitgewist om het hier plotseling en angstaanjagend terug te vinden. Ze wordt slap in haar knieën, ze kan niet gaan, ze staart naar de lucht en moet opeens lachen, hees en blaffend, de passanten kijken haar verbaasd aan, ze is gek geworden en gaat zo meteen schreeuwen. Maar voorlopig ervaart ze nog de schaamte van de beschaving ten aanzien van gevoelsontladingen, en met haar laatste krachten sleept ze zich voort. Haar hoed knelt, ze rukt hem van haar hoofd, de koude wind gaat door haar dichte haar en brengt het door elkaar. Ze verliest haar handschoenen en merkt het niet eens. Omdat ze íets kapot moet maken, draait ze de twee knopen van haar jas en smijt ze die weg.

Een half uur later wordt ze rillend van de kou, met verwarde haardos en door de kou blauwrood verkleurde handen door Balthasar binnengelaten. Freiberg is die middag vertrokken en komt pas de volgende dag terug. Dat is goed, want ze heeft rust nodig en wil slapen.

Omdat ze inmiddels allang aan poedertjes gewend is geraakt, neemt ze de dubbele dosis en kruipt gekromd als een zwaar zieke in bed.

Ze dwingt zichzelf te denken: over een paar dagen is Klaus hier. Maar de vreugde komt niet meer terug.

In de late ochtend wordt ze wakker. Balthasar heeft het ontbijt naast haar bed klaargezet. Slaapdronken richt ze zich op en ziet op het zilveren dienblad naast haar een brief liggen.

Ze pakt hem en spelt moeizaam, alsof ze maar net leert lezen, de woorden die daar in haar eigen handschrift geschreven staan: 'Klaus Merton, nr. 1418, concentratiekamp Dachau.' Met twee dikke blauwe strepen is het adres doorgehaald en van de stempel 'Retour afzender' voorzien. Maar daarboven staat, in het rood in een ongeoefend handschrift: 'Onbekend.'

3

Op een keer kreeg Monika bij meester Höllriegel de ijzeren hefboom van een fotodrukpers tegen haar voorhoofd en dacht ze met een doffe angst: nu is mijn hoofd doormidden. Toen ze vervolgens merkte dat ze niet in elkaar zakte, wankelde ze de hele kamer door naar het raam. Pas daar begon het bloed te stromen en binnen de seconde liep het warm en vochtig over haar hele gezicht.

Nu is het precies zo. Dodelijk geschrokken houdt ze de brief met het onbeholpen geschreven 'Onbekend' in de hand. Nu is het uit met me, denkt ze, en ze trekt de lade van het nachtkastje open, waar allerlei sterke slaapmiddeltjes in liggen. Het is een heel werktuiglijke beweging, zoals wanneer je je arm opheft om een klap af te weren. Ze wapent zich tegen de pijn en zorgt ervoor dat die nog niet tot haar bewustzijn kan doordringen.

Ze wankelt de hele kamer door, het duurt erg lang ditmaal. Monika legt de pillen naast zich en gaat plat op haar rug liggen.

Ik moet beginnen erover na te denken, probeert ze tegen zichzelf te zeggen, maar haar gedachten dwalen af en belanden via allerlei omwegen bij de eigenlijk allang vergeten Armin Hesse, en opnieuw voelt ze de verlammende besluiteloosheid die haar destijds belette om de eau de cologne van de wastafel te gaan halen om er haar misselijkheid mee te verdrijven. Ze weet nog haarscherp hoe de tijd verstreek daar in die dodenkamer en niet zonder verbazing voelt ze wanhoop en angst in zich opstijgen omdat de lispelende kunstenmaker zo merkwaardig star en stijf op zijn bed ligt. Ze hoort weer zijn tedere, flemende 'Queentje' en rent de trap af naar de telefoon, grist de hoorn van de haak en snikt in onnoemelijke ontzetting: 'Klaus, ik wil Klaus spreken.'

Geen beschermend instinct behoedt haar ervoor dat woord te stamelen, amper heeft ze het uitgesproken of ze wordt overweldigd door de gloeiende pijn, er is geen ontwijken meer mogelijk, ze moet zich ongedekt en weerloos aan de verschrikkelijke klappen blootstellen.

Maar wie anders dan haar geliefde, die als geen ander kan troosten, kan ze in haar uiterste, haar laatste nood te hulp roepen? Ze drukt haar hoofd in het kussen en schreeuwt met korte tussenpozen opnieuw en opnieuw die ene klank: 'Klaus! Klaus!'

Niemand hoort haar. Buiten overstemmen de kreunende, kromgewaaide bomen haar kreet, en hier in huis is er alleen maar de dove oude man.

Monika gooit de deken van zich af, rukt het hemd van haar lijf en ligt naakt en bloot ten prooi aan de wereld, die zich op haar heeft gestort, haar heeft geschonden en haar vrouwelijke waardigheid heeft verwoest.

Het onzinnige woord 'onbekend' is bedacht door een boosaardige gek. Mocht op de envelop hebben gestaan dat Klaus ziek was of gewond of zelfs gestorven, dan zou dat misschien nog te vatten zijn geweest. Dat ken je, daar zijn voorbeelden van, je weet dat zoiets mogelijk is. Maar onbekend? Zo-even nog was hij een mens, die een naam of op z'n minst toch een nummer droeg, nu is hij uitgewist, en Kaïn heft zijn schuldige ogen ten hemel en vraagt met gespeelde rust: 'Ben ik de hoeder van mijn broer?' En omdat hij siddert en beeft voor de bliksemschicht en de donderslag, loochent hij onbeschaamd zijn broer met de afschuwelijke woorden: 'Abel? Wie is dat? Die ken ik niet.'

Monika cirkelt rond het zwarte gat van de pijn en verdwijnt nog niet in de donkere afgrond, omdat de roes van het niet-kunnen-vatten haar dronken maakt. Het is slechts de nuchtere mens, die met heldere geest het onheil vat en tegelijk moet inzien dat de rouw van het menselijke hart niet volstaat om het gat te vullen, die zich met het hoofd voorover in de diepte stort.

Freiberg is uitzinnig van woede wanneer hij thuiskomt en kaffert onbeheerst de schijnbaar luisterende Balthasar uit omdat die Monika de brief heeft overhandigd. 'Is dat gastvrijheid?' brult hij alsof zijn stem het dove oor kon bereiken. 'Hebben we haar daarvoor uit het hotel hierheen gehaald?'

Balthasar schudt het hoofd, zijn oude ogen kijken Monika aan, en omdat hij haar gekwelde gezicht begrijpt, legt hij zijn vinger op zijn mond. Met slaande deuren verlaat Freiberg de kamer.

Meyerhof lijkt zijn spraak verloren te hebben; hij zit zwaar, massief, met zijn brede hoofd in zijn hand steunend koffie te slurpen en gooit de ene na de andere sigaret half opgerookt weg.

'Als je het mij vraagt, zijn jullie allemaal niet goed snik,' zegt Raymond. 'Het is natuurlijk een vergissing, een onvergeeflijk wrede slordigheid, die anderzijds in elke administratie kan voorkomen. Deze heren generen zich niet om het te zeggen als er iemand dood is.'

Ondanks al zijn krantenwijsheid heeft hij er geen idee van hoe goed de Duitsers georganiseerd zijn, ook als het gaat om folterkampen en liquidatie van mensen. Het concentratiekamp Dachau beschikt over een kantoor met een zorgvuldig gevoerd registratiesysteem, waarin op een keurige fiche vermeld staat op welke dag Klaus Merton, op de zoveelste in München geboren, per transport is gearriveerd en onder gevangenennummer 1418 is afgeleverd. Het is niet erg waarschijnlijk dat die fiche opeens is verdwenen, veel denkbaarder is dat ze opnieuw tevoorschijn is gehaald en dat er een nieuwe datum op is genoteerd, uiterst precies ditmaal, met vermelding van uur en minuut, waarbij een hand (misschien de hand die het 'onbekend' heeft geschreven) het runenteken van de omgekeerde vork dat de dood symboliseert naast de naam heeft gezet.

Freiberg en Meyerhof laten zich door Raymonds aangename logica overtuigen. De drie winnen inlichtingen in en komen met hetzelfde resultaat naar Monika terug. Op de ministeries en diensten heeft men om hun bezorgdheid geglimlacht. Het is overduidelijk dat er een vergissing is gemaakt. Niemand kan immers redelijkerwijs van een overleden gevangene beweren dat die onbekend is. De vrouw van de gedetineerde, die overigens blij mag zijn dat hij vrijkomt, moet nou niet hysterisch worden.

Monika zwijgt. Ze zegt niet graag tegen haar vrienden: 'Laat me met rust', maar ze voelt zelf aan dat haar stilte luider spreekt dan woorden.

Ze ligt meestal op bed en draait haar hoofd niet meer om naar de bomen te kijken. Soms loopt ze door de tuin, maar alleen als het donker is. Ze hult zich in de duisternis als in een donkere sluier. Haar ogen, die zo intens als die van Klaus van de wereld hebben gehouden, willen niet meer kijken.

De paar uren per dag dat ze op is, brengt ze in de bibliotheek door. Klaus heeft ooit eens met samengeknepen ogen en ernstige mond gezegd: 'God mag de Joden dan wel veel hebben afgenomen, de troost altijd en overal te kunnen lezen is hun gebleven.'

Monika is ook deze troost kwijt. Ze doolt schuw en ontheemd tussen de boekenkasten, slaat hier en daar een boek open en leest een paar regels, maar alles, elk woord, elke gedachte herinnert haar aan Klaus. Dat is net zo ondraaglijk als de aanblik van zijn foto's, die ze altijd bij zich heeft en nooit uit haar tas neemt. Wanhopig en ongeduldig zet ze het boek terug in de kast.

Ze haat zichzelf, ze haat de wereld, ze haat haar leven. Ze vecht met het onbevattelijke, ze wil het niet weten en moet het toch aanvaarden en het verinnerlijken in een vorm die met een menselijke maat meetbaar wordt.

Het doet haar hart barsten van de pijn, ze steunt onder de gesel van de werkelijkheid, het bloed schiet haar naar het hoofd, zo dadelijk knappen haar aders – nu en dan schreeuwt ze het ook uit, als ze weet dat Freiberg niet in huis is –, het levert niets op, het brengt geen verlossing, de gruwel wijkt niet, ze moet het dragen, ja, uitgerekend zij die in haar gelukkige gesternte geloofde, die geluk voor een deugd hield.

Maar wat doet zij er tenslotte toe, ze is een schakel, een minuscule schakel in de eindeloze keten van onderdrukking en moord, van hypocrisie en machtswellust. Miljoenen vrouwen vóór haar hebben om hun liefste geschreeuwd, miljoenen vrouwen zullen het na haar doen.

Er is zoveel liefde in de wereld, en toch dampt de aarde van het bloed, aan flarden gereten lichamen bemesten haar bodem, mannenlijken, door vuur verkoold vlees, verbrijzelde botten, doorboorde harten, door het water gezwollen buiken, door gas opengereten longen, door ratten aangevreten gezichten, ontbonden lichamen, in levenden lijve op prikkeldraadversperring gespietst – dat is het front, waar de slaven naartoe worden gedreven om het laatste, grondigste werk voor hun meesters te verrichten, om voor hen, voor hun rijkdom en hun macht te doden en te sterven.

Wat is tenslotte het verschil tussen het veld van eer en het folterkamp, tussen de roemrijke heldendood van soldaten en het heimelijke liquideren van politieke tegenstanders? Alleen een dwaze lafaard kan er troost uit putten om de naam van de dode, die ergens anoniem onder de grond is gestopt of wiens as in alle windrichtingen is verstrooid, door het dankbare vaderland in marmer gebeiteld te zien.

Men heeft Klaus vermoord, omdat men hem het etiket 'Jood' heeft opgeplakt, maar het had voor hem als Duitser net zo slecht kunnen aflopen in een afgelopen of een komende oorlog.

Maar dan zou hij op z'n minst een wapen in de hand hebben gehad en was het er alleen op aangekomen sneller dan de ander te zijn.

De ander, dat is de man, de geliefde van een andere vrouw, die het etiket 'Fransman', 'Engelsman', 'Rus' draagt.

Klaus zou hebben moeten schieten om niet zelf neergeschoten te worden, zoals de tegenstander zou hebben geschoten om niet zelf te sneuvelen.

Hij zou vóór zijn dood een moordenaar zijn geworden. Waarom? Daar had hij geen antwoord op kunnen geven, net zomin als de man in de loopgraaf aan de overkant.

Misschien is het dan toch beter om zonder wapen te sterven, om louter slachtoffer te zijn?

Nee, beter is het niet, maar het komt wellicht wel op hetzelfde neer, want een wapen dat je in de hand hebt zonder te weten waarom is geen wapen.

Die talloze mannen met het etiket 'Duitser', 'Fransman', 'Engelsman', 'Rus' zijn slachtoffers, net als de Joden.

Miljoenen vrouwen hebben het net als Monika uitgeschreeuwd, miljoenen vrouwen zullen het na haar doen.

Tot op een dag de mannen, de geliefden van de vrouwen, de mensen naar de wapens grijpen en weten waarom ze dat doen, en de moordenaars neerschieten die hen naar de fronten en de concentratiekampen drijven.

Voor Klaus is het te laat. Voor Monika is het te laat. Zij heeft niets anders meer te doen op deze wereld dan tegen de anderen te zeggen: 'Neem dat wapen in je hand, weet waarom je het doet en tref er je moordenaars mee.'

Ook onder de moordenaars zijn er mannen, zijn er geliefden van vrouwen. Doden is een vuile, een onmenselijke zaak, ook als het uit zelfverdediging gebeurt. Maar het moet!

Monika hoeft niet meer bang te zijn om een wereld van schoonheid, van persoonlijke vrijheid – die wereld ligt in puin.

Hoe dichter ze naar de zwarte krater van de pijn toe drijft, hoe meer de angst uit haar wijkt.

Ze zoekt naar een wapen en vindt geen ander dan haar stem. Maar een schreeuwende mensenstem is zo scherp als geslepen staal.

Voorlopig moet ze dat wapen verborgen houden, zoals de onderdrukten overal ter wereld hun revolvers en geweren.

Voorlopig moet ze haar hand voor haar mond houden, zodat het woord er niet voortijdig uit komt. Voorlopig ligt Monika stil en schreeuwt ze soms voor zich uit, woordeloos en wild, als een gepijnigd dier.

Ze moet wachten, eindeloos wachten.

De dagen komen en gaan. De tijd verstrijkt, ze merkt er nauwelijks wat van.

Twee weken nadat de brief is geretourneerd, zit ze in de bibliotheek. Freiberg komt binnen met een briefkaart in zijn hand. Zijn gezicht is krijtwit.

Monika heft haar hoofd. Ze kijkt hem aan, ze begrijpt het. Het enige wat er is gebeurd, is dat iedereen nu weet wat zij allang weet, maar ze balt haar handen tot vuisten en slaat ermee tegen haar hoofd, en terwijl ze zich met een vreselijke snik in de afgrond van de pijn stort, hoort ze boven zich, ver weg, Freibergs toonloze stem zeggen: 'Ja, Monika, hij is dood.'

ANDREAS

1

'Dat is mijn verhaal, Andreas. Ik weet niet hoe Klaus gestorven is, ik ken de plek niet waar ze hem onder de grond hebben gestopt. Ik draag zijn as niet op mijn borst zoals de geus Tijl Uilenspiegel die van zijn vader, maar ze brandt daarom niet minder op mijn hart.

Na zijn dood heb ik gezworen dat ik, zolang het systeem waarin dit kon gebeuren niet is weggevaagd, nooit meer compromissen zou sluiten. Die eed heb ik gebroken. Want wie wil leven, Andreas, moet tot compromissen bereid zijn.

Van allerlei plannen en opdrachten is niets terechtgekomen. Op een keer wilde ik een heel goede kameraad hier over de grens brengen. We moesten rechtsomkeert maken omdat de SA op de bergkam oefeningen hield. Hij keerde naar München terug en werd twee weken later op zijn onderduikadres opgepakt.

Op een andere keer legde ik dezelfde weg af met een jongen die ik niet kon uitstaan, hij was laf, onstandvastig en meer door toeval dan uit overtuiging in de clandestiniteit beland. Die ziel kan ik bij het laatste oordeel van de revolutie voorleggen en zeggen: deze heb ik gered.

Meer heb ik niet. De grote daden komen niet naar diegenen toe die ze verlangen.

Ik ben een paar keer met de auto vlugschriften in het buitenland gaan ophalen. Misschien ben ik de grens iets te vaak overgestoken, misschien heeft iemand uit onze rangen me verraden.

In de nacht van vrijdag op zaterdag hebben ze bij mij een huiszoeking gedaan en materiaal in beslag genomen. Op dat moment zat ik aan het ziekbed van Malwine Meyerhof, die een zware migraine had. Ik ben gered door een toeval, en de persoon die Klaus noodlottig is geworden, speelde daar een gelukkige rol bij. Kameraden konden me tijdig op de hoogte brengen en zo verhinderen dat ik naar huis ging en in de val liep.'

Daarmee besloot Monika, die urenlang had gesproken, haar verhaal, dat een liefdesverhaal en een zeer individueel verhaal was, maar wie erbij stilstaat zal wel inzien dat er geen ander verhaal is, want waarover moet men ook een verhaal vertellen tenzij over het heel bijzondere dat in ieder mens zit. Maar tegelijk was het ook een verhaal waarin de machten van de tijd binnendrongen en hun doorslaggevende rol speelden. En ook daarover is men geneigd te zeggen: er is niets anders. Het leven speelt zich af tussen het verlangen van het hart en de eisen van de dag.

En dus zweeg Monika na het lange praten, ze stak een sigaret op en blies de rook omhoog. Andreas kwam overeind en zei met hese stem: 'Ik wil mee.'

'Waarheen?'

'Maakt niet uit. Naar ergens op de wereld. Weg hiervandaan.'

'Naar ergens op de wereld, Andreas, maar dat is makkelijker gezegd dan gedaan. De wereld bestaat uit landen, de landen zijn omgeven door grenzen, grenzen kunnen gebruikt worden om ongewenste buitenlanders over te zetten. Men is in deze wereld niet erg verdraagzaam tegenover politieke vluchtelingen. Ik weet zelf niet waar ik heen moet. Eerst naar Nederland, naar mijn moeder. Misschien bezoek ik Gerda in Parijs of Jo in Italië. Waarschijnlijk ga ik ook eens naar Beatrix. Maar daar blijven doe ik niet. Blijven doe ik nergens. Sommigen zijn blij om mijn komst, niemand zit op mij te wachten. Ik hoef naar niemand om te zien, ik ben alleen, ik ben volkomen overbodig. Ik heb veel tijd voor mij liggen, Andreas, en de wereld is groot.'

'Ik wil mee,' zei hij nog eens, terwijl hij op zijn knieën viel voor haar.

'Niemand in de andere landen zou jouw verzen lezen. Een dichter in ballingschap is net zo nutteloos als een kok tijdens een hongersnood.'

Hij hoorde tot zijn vreugde dat ze 'jouw' had gezegd en legde zijn hoofd in haar schoot.

'Neem me mee, Monika.'

'Nee, Andreas. Balling moeten zijn is een beroerd lot, dat je beter niet vrijwillig op je neemt. Balling zijn zonder revolutionair te zijn, is zinloos. Je moet de wereld die je heeft verdreven omver willen werpen.'

'En als ik dat wil?'

'Je wilt het niet. Je kunt het niet willen. Net zomin als ikzelf toen Hans Hauser mijn kameraad was. De wereld heeft jou immers niet verdreven, integendeel, hij gaat heel teder en behoedzaam met je om.'

Hij liet zijn hoofd zakken.

'Mijn situatie, Andreas, de situatie van de Joden in Europa is revolutionair. We weten dat we niet willen verder leven op de oude manier. Of liever gezegd: degenen van ons die niet volledig met blindheid geslagen zijn, weten het.'

Na die woorden viel ze stil en spitste ze haar oren. Vervolgens liep ze op haar tenen snel naar de deur en schoof de grendel ervoor. Ze had buiten stemmen gehoord.

Ze legde haar vinger op haar lippen en sloop naar het slaapkamertje. Naast de matrassen stond een brede kast. De sleutel als opstapje gebruikend klom ze erop en ging boven plat liggen.

Buiten bonsde iemand met zijn vuist op de deur. Andreas veegde zijn haar uit zijn gezicht en deed open.

Voor hem stond een SA'er, een jongen met een rond, banaal gezicht. Hij zei: 'Heil Hitler!'

'Goedendag,' antwoordde Andreas van tussen zijn geërgerd op elkaar geperste lippen.

Opgelucht zag hij dat achter de man een meisje stond. Het was de knappe brunette met de zachte krullen, die de dag ervoor naar hem had geroepen en die hij, zoals hij zich met lichte verbazing herinnerde, lang niet zo onaardig had gevonden.

Zij nam ook nu het woord en vertelde giechelend dat ze verdwaald waren en graag in de hut wilden overnachten.

Andreas haalde zijn schouders op, wat net zo goed een ja als een nee kon betekenen, zette zonder iets te zeggen een stap opzij en liet de twee binnen.

Hij vroeg zich af of Monika het een hele nacht lang boven op de kast kon uithouden. Misschien was het het beste dat ze naar beneden kwam en er doodgewoon bij kwam zitten, want het was toch niet erg waarschijnlijk dat de jongen op zijn liefdestochtje Monika's signalement bij zich had.

Maar wie doet op zulke momenten ooit het beste, en terwijl Andreas nog voor en tegen stond af te wegen, had de brunette de hut al ingepalmd en ook de deur naar het slaapkamertje geopend.

'Kijk wat een leuke matrassen,' kirde ze opgetogen, en ze huppelde er met haar zware laarzen op rond.

Daarmee was de terugweg voor Monika afgesneden, en Andreas slaagde er in de loop van de avond alleen nog maar in om haar heimelijk en met heftig bonzend hart een stuk brood alsook een kussen en een deken toe te stoppen.

Hijzelf moest eten met de ongewenste gasten, en, omdat hij toch niet kon doen of hij stom was, ook af en toe wat zeggen. Maar gesprekken voeren die geen onderwerp hadden en eigenlijk alleen uit geintjes en uitroepen bestonden was nooit zijn grootste kwaliteit geweest, en vanavond al helemaal niet, nu hij overstuur en brandend van verlangen naar gesprekken met Monika de hele tijd moest denken aan haar en aan het gevaar waarin ze zich bevond. En dus stamelde hij meer dan dat hij samenhangend praatte.

De brunette gaf haar vriend een harde por in zijn ribben en hield een geruite zakdoek tegen haar mond om het niet uit te proesten wanneer Andreas met hoge, benepen stem in hoogdravende bewoordingen op alles en nog wat het foute antwoord gaf en zichzelf voortdurend in contradicties verstrikte.

Dus morgen zou hij waarschijnlijk alweer vertrekken? Maar hij had toch nog geen vijf minuten geleden beweerd dat hij hier twee weken alleen wilde doorbrengen om iets af te werken? En hoe zat het nou met die hut? Was die van vrienden van hem? Vrienden die hij meteen weer verloochende, toen de jongen argwanend opmerkte dat hier toch al bijna drie jaar geen hond meer was geweest en dat de vroegere eigenaars voor zover hij wist naar het buitenland waren gevlucht.

Nee, onhandiger kon je het niet aanpakken, en hij besefte dat maar al te goed. En dus was het een opluchting toen de twee eindelijk opstonden, hem met een grijns welterusten zeiden en zich in het slaapkamertje teruggtrokken.

'Die is getikt,' zei de brunette, die zich begon uit te kleden, en de jongen bromde: 'Of hij heeft een slecht geweten.'

In het kaarslicht zag Monika de schouders van het meisje en twee kleine, ronde, stevige borsten, die mooi waren.

'Goh,' zei de jongen genietend, 'wat ben jij een lekker ding.'

Toen werd de kaars uitgeblazen en stortten de twee zich op elkaar.

Monika hield haar handen op haar oren, maar die twee daar beneden waren zo luidruchtig dat het niets uithaalde, ze moest de liefdeskreetjes en het gefriemel, het gestoei en gefluister, het smakken en soppen, het hele gamma van wilde en compleet ongegeneerde geluiden aanhoren; urenlang, om precies te zijn: de hele nacht door, want telkens wanneer de jongen zich afgemat naar de muur draaide en begon te snurken, wierp het onverzadigbare meisje zich met luide, kirrende kreten op hem, krabde en beet en mepte ze hem tot hij van de pijn weer helemaal wakker was en bereid tot nieuwe daden.

Monika, die naar slaap en rust snakte, probeerde het kussen onder haar hoofd te schuiven, maar het viel op de grond.

'Verdomme!' vloekte de jongen. 'D'r is hier iets niet pluis!'

Een lucifer lichtte op, Monika drukte zich bevend tegen de kast aan.

'Blijf toch liggen,' zei het meisje, 'op die kast liggen kussens en een ervan is gevallen. Dat is toch geen hekserij.'

'Maar d'r bewoog iets.'

'Helemaal niet. Ik heb goeie oren.'

De lucifer ging uit en het bleef donker. Van beneden klonken een paar luide smakken. Vervolgens een heldere, wellustige stem:

'Zeg, heb jij al eens mensen gedood?'

'Ja, natuurlijk.'

'Vertel.'

'Laat me met rust.'

'Nee, vertel, schatje, alsjeblieft.'

'Dat is niks voor kleine meisjes.'

'O jawel hoor. Waren het er veel?'

'Weet ik niet. 'k Heb ze niet geteld.'

'Hoe is het?'

'Ach, moeilijk te zeggen. Eerst word je kotsmisselijk. Daarna is het leuk.'

'Schreeuwen ze?'

'Hangt ervan af. Sommigen janken als een hond die je op z'n staart trapt. Maar hou nu je mond.'

'Schiet je of sla je?'

'De ene keer zus, de andere keer zo.'

'Wat gaat het beste?'

'Bij het schieten is alles meteen achter de rug. En slaan wilde ik eerst helemaal niet, dat je dat maar weet. Een mens heeft tenslotte z'n gevoelens. Maar die leren ze je grondig af. Ze hebben me in een cel gegooid en me drie dagen lang niks te vreten gegeven. Toen heb ik zo'n kolossale woede in m'n buik gekregen dat het me echt goeddeed om eindelijk iemand te kunnen afranselen. En wat voor lui zijn het uiteindelijk ook? Misdadigers en Joden. Dat zijn gewoon geen mensen.'

'Ja, klopt. Wanneer moet je terug?'

'Volgende week.'

'Breng 'ns wat voor me mee.'

'Wat zou ik voor je moeten meebrengen?'

'Een zwarte lok van zo'n Jodenbengel.'

'Maar schatje toch, die worden toch kaalgeschoren.'

'Goeie god. Iets anders dan. D'r zal er toch wel één zijn met een mooie ring.'

''k Zal zien wat ik kan doen. Nu wil ik slapen.'

Ze lachte en stortte zich opnieuw op hem.

Monika had liggen luisteren. Ademloos, verstard van ontzetting. Ze had een revolver bij zich. Kameraden hadden haar die bij het afscheid toegestopt.

Daar beneden lag iemand te rollebollen die zich erop beroemde een moordenaar te zijn, Klaus' moordenaar, haar eigen moordenaar. En hij had het leuk gevonden.

Schieten was gemakkelijk. Ze wist van de schiettent op de kermis dat ze een vaste, trefzekere hand had.

Twee schoten, meer niet. Niemand zou het ooit te weten komen, behalve Andreas. Die zou zwijgen als het graf.

Twee schoten en dan was alles goed.

Wat was er dan goed? Zou er licht vallen in het zwarte gat van de pijn? Zou Klaus minder dood zijn? Zou het leven dan draaglijker zijn?

Monika kreunde zacht. Maar de twee daar beneden waren te zeer met zichzelf bezig om haar te horen.

Ze wist wel dat ze niet zou schieten. Maar ze hield de revolver in haar hand.

Fischer, dacht ze, de aartsvijand, als die daar zou liggen, dan moest het gebeuren. Dan zou het zin hebben. Want hij weet wat hij doet. Maar de tallozen, de kleintjes, de Tommy's en Brandlers, die zijn de moeite niet waard. Die zijn verleid, opgehitst, in de cel volgzaam gemaakt. Met hun dood is er niets, maar dan ook niets gewonnen. Als er een verdwijnt, komt er een andere voor in de plaats.

Ze beet op haar lippen, tot bloedens toe, en stopte de revolver weer op zak.

Vervolgens lag ze urenlang roerloos, zacht rillend, want het was koud en haar kleren plakten nat van het zweet aan haar lijf.

De volgende ochtend zaten de ogen van de brunette dicht van de vermoeidheid, haar gezicht was gezwollen en haar heldere stemgeluid was nog slechts een hees gefluister. De jongen echter was fris en monter en pronkte bij het aankleden boers met zijn kracht.

Na een uitgebreid ontbijt maakten ze eindelijk aanstalten om te vertrekken, en ze hadden de deur nog maar amper achter zich dichtgetrokken, of Monika sprong al van de kast en ging naar Andreas.

'Heb je geslapen?' vroeg ze bits.

'Ja,' antwoordde hij beschaamd.

'Dat is goed. O, wat is dat goed.'

Ze lachte opgelucht. Maar onder het lachen stortte haar gezicht in, er verschenen groeven in en het toonde sporen van het ouder worden en van de uitputting.

Ze deed een paar stappen tot bij het bed en liet zich met haar kleren aan op de kussens vallen.

'Ik ben moe, Andreas,' zei ze, troosteloos naar het plafond starend, 'ik ben doodmoe.'

2

Ze had nog die kleine, in een rode steen gegraveerde godin, bekoorlijk en krachtig geproportioneerd, zodat je je haar makkelijk kon voorstellen in haar machtige grootte, als overwinningsbode, die met ruisende vleugels over de zee komt gevlogen en haar brede, welgevormde borst in de wind houdt.

Andreas draaide de ring tussen zijn vingers om en om.

'Ik denk dat Armin Hesse heeft gelogen. Het is een Nike en geen bode van de dood.'

Monika pakte het sieraad terug en keek vol eerbied en bijgeloof naar de vliegende figuur.

'Het is om het even of de kunstenmaker zich heeft vergist of me heeft belogen; hij wist zijn verhaaltje goed te brengen en heeft met zijn toverwoorden een duister lot aan mijn vinger gehekst.'

'Geloof je daarin?'

'Nee. Het was de afschuwelijke tijd, de ellende van onze jaren die Klaus en mijn andere metgezellen van mij hebben weggerukt. En dat ikzelf gespaard ben gebleven...'

Ze wilde de zin niet afmaken.

'Je gesternte,' zei hij zacht.

'Nee, Andreas. Toeval eerst en later onverschilligheid tegenover wat er gebeurde. Er is geen betere bescherming denkbaar dan dood noch duivel te vrezen.'

Ze lag nu, laat 's middags, nog steeds op bed zoals ze zich die ochtend, compleet buiten zichzelf van ontzetting en vermoeidheid, had laten vallen: met haar kleren aan, en met donkere kringen onder haar ogen. Andreas zat bij haar en hield haar hand vast, maar ondanks zijn tedere gebaar lag er een vijandig trekje om zijn fijngevoelige mond dat Monika niet begreep en al geruime tijd met vriendelijke woorden probeerde te verjagen.

De roes van medelijden, die hem meer dan een dag lang in verwarring had gebracht, was vervlogen; ontnuchterd zag hij in hoe kinderachtig dwaas, hoe impulsief en hoe verstoken van rede zijn woorden waren geweest waarmee hij Monika had gesmeekt om hem mee te nemen. Hij wilde, hij moest hier blijven, bij de mensen die zijn taal spraken, die hij met het ritme van zijn verzen kon raken, mensen wier vormeloos onbestemde dromen hij wist om te vormen tot schitterende beelden. Hij moest hier blijven, allemaal goed en wel, dat was makkelijk gezegd, maar kon het eigenlijk nog wel? Kon hij met naïeve blindheid nog leven en dood blijven bezingen, het grote geheel dat aan hem was verschenen tijdens zijn lange wandelingen door het vlakke land? Mocht hij nog de eenzaamheid van de mens prijzen? De eenzaamheid van de mens die in zijn cel zit en op de strop wacht. Kon je verzen scanderen op het klappen van de zwepen? Waar de drukinkt van de staat heerst is de lier gebroken.

Hij haatte Monika omdat ze hem de waarheid had gezegd, omdat ze hem had gewekt uit een droom die zijn leven was geweest.

Met trillende lippen keek hij omlaag naar de vrouw die niets begreep van wat in hem gaande was. Maar omdat zijn kwade gezicht haar kwelde, stond ze moeizaam op en liep ze zonder hem aan te kijken en wankelend van vermoeidheid naar de deur en naar buiten.

De zon scheen en achter het glinsterende sneeuwveld lag in een zachte boog het bos, dat voor Monika nog altijd zacht trillend de in het donker gestelde liefdesvraag waarom ze sterfelijk was in zich droeg.

Ze draaide haar hoofd weg omdat de tranen over haar wangen liepen en Andreas, die naast haar was komen staan, niet hoefde te zien dat ze alweer huilde.

Terwijl ze door het gordijn van tranen heen naar de hut keek, kon ze ondanks haar verdriet niet anders dan vaststellen dat daar vredig naast elkaar de twee paar ski's tegen de muur stonden, nog met de harde korst van bevroren sneeuw erop, precies zoals ze die daar zelf twee dagen geleden bij hun aankomst had neergezet.

Ze fronste: 'Heeft de SA'er de ski's gezien?'

'Ja, natuurlijk,' zei Andreas lichtvaardig. 'Hij heeft ze voor zijn vertrek zelfs nog vastgepakt en vakkundig vastgesteld dat het ene paar van hickoryhout en het andere van essenhout is gemaakt.'

'En dat zeg je me nu pas?'

'Vind je dat dan zo belangrijk? Het is toch niet zo raar dat er bij een hut verschillende paren ski's staan?'

'Nog nat van het gebruik,' spotte ze, 'met bindingen van verschillende grootte, en in de hut zit een man alleen, die op iedere vraag verdacht onhandige antwoorden geeft.'

'Je hebt te veel detectiveverhalen gelezen.'

'En jij bent te argeloos, m'n vriend.'

Hij moest glimlachen om haar scherpe toon, maar zij zei opgejaagd: 'We moeten weg. Zo snel mogelijk. Ze kunnen elk ogenblik hier zijn.'

Hij sloeg echter zijn armen over elkaar en ging met de hem eigen nonchalant-lome beweging tegen de deur leunen.

'Nee,' zei hij, 'Monika, dat kun je niet menen. Je hebt me je verhaal niet verteld om er nu zomaar vandoor te gaan.'

'Natuurlijk niet daarom,' verdedigde ze zich met een zenuwachtig lachje, 'maar zoals het nu gelopen is, heb ik geen andere keus.'

'Monika,' zei hij fel, 'zie je dan niet dat je me met iets hebt opgezadeld, dat te groot voor mij is? Het is je verdomde plicht om me nu niet in de steek te laten!'

Zijn eis was het toppunt van onredelijkheid, dat wist ze wel, maar zijn wens dat ze bij hem zou blijven deed haar rood aanlopen, want ze hunkerde naar menselijke nabijheid. In haar duistere afgrond was ze vergeten dat er mannen waren van wie je kon houden, niet helemaal zo vol tederheid en niet helemaal zo zusterlijk als ooit van de donkere jongen Klaus, maar toch met het zoete verlangen waarmee je de zoete dingen op deze aarde begeert.

En opnieuw meegesleurd door het leven zwichtte ze, in de hoop dat haar kleine zwakte haar niet noodlottig zou worden.

'Goed,' zei ze aarzelend, 'laten we tot morgenochtend blijven. Hoewel het een vreselijke stommiteit is.'

Ze ging in de zon op een stapel hout zitten waar de sneeuw was afgesmolten en keek naar Andreas, hoe hij daar tegen de deurstijl leunde en zijn blonde hoofd schuin hield alsof hij naar iets luisterde. Niet de geringste ironie verzachtte zijn diepe ernst, en in plaats van vreugde te tonen over haar snelle instemming, werden zijn gelaatstrekken steeds somberder. Ze verstarden in stijfkoppigheid en wantrouwen, in verstoktheid en pijn. Opeens zei hij fel: 'Wat moet je ons allemaal haten.'

Ze begreep hem niet en vroeg met een verbaasde glimlach: 'Wie, Andreas, moet ik in 's hemelsnaam haten?'

'Ons. De Duitsers. De moordenaars van Klaus.'

'Ben ik dan geen Duitse?'

Hij bloosde.

'Zo heb ik het niet bedoeld.'

'Denk je,' vroeg ze terwijl ze opstond en bij hem kwam staan, 'dat de slachtoffers geen schuld treft? Wij allemaal, jij en ik en ook Klaus, hebben het zo ver laten komen zonder er echt iets tegen te doen. We hebben met de handen in de schoot toegekeken hoe de demonen zich meester hebben gemaakt van ons land. We hebben niet wakker gelegen om Duitsland. We hebben gedaan alsof we hielden van leven en vrijheid en waren te lui om op te staan uit ons zachte bed.'

'Ik schaam me dat ik een Duitser ben,' zei hij zacht.

Ze wilde graag zijn hand vastpakken, maar ze hield zich in en zei: 'Aan die gruwelen is niet één enkel volk schuldig. Sinds Klaus dood is weet ik dat beter dan ooit. Want geen enkele natie bestaat alleen maar uit booswichten. Maar als moordenaars aan de top staan en premies uitschrijven voor moord, zal in elk volk het gespuis de kop opsteken en verschrikkelijke dingen aanrichten.'

'En wij anderen doen er het zwijgen toe en willen dat alles niet zien.'

'Wat moeten jullie ook doen? Angst sluit jullie ogen, angst zet jullie ertoe aan in te stemmen met de terreur. Angst maakt jullie onmenselijk. Wanneer handelt de mens ooit uit zichzelf? Het is de situatie die hen bepaalt, die hen tot goede en tot kwade daden aanzet. Net als overal ter wereld zijn er in dit land niet veel helden.'

'Ik ben er in ieder geval geen,' zei hij met neergeslagen ogen.

'En wij dan, Andreas? Wij die toch van in het begin de legitieme vijanden van het kwade waren? We kunnen niet eens komen aanzetten met het excuus dat we het niet wisten. We hebben Hans Hauser zien sneuvelen en Mary Aue. Wat hebben we gedaan? Lamlendig gewacht tot we zelf aan de beurt waren. "Waarom moeten wij de eersten zijn die de kogelregen in lopen?" heb ik met Klaus in mijn gedachten aan Hans Hauser gevraagd. Ik heb Klaus altijd in mijn gedachten gehad tot ik van pure angst niet meer helder kon denken. Mag ik van anderen eisen wat ik zelf niet heb gedaan? Hebben zij minder recht om angst te hebben om hun geliefde dan ik? De meesten doen alsof ze blind zijn en begrijpen inderdaad niet waar het om gaat, sommigen vatten het en vragen net als ik: Waarom uitgerekend wij? Dan heb je er nog een paar die weten en zien en de kogelregen in lopen. Als het over Duitsland gaat, mogen zij niet vergeten worden.'

Andreas tastte naar een sigaret en rookte met gulzige trekken.

'Maar wat wil je van mij, Monika?'

Ze schudde het hoofd: 'Kun je willen dat iemand een held is?'

'Mijn voorvaderen wisten hoe ze wapens moesten hanteren. Ik heb alleen het woord.'

'Gebruik het dan.'

Hij haalde zijn schouders op: 'Wat moet de dichter in deze tijden zeggen?'

'Als alle normen teloorgaan, moet hij over de maat waken.'

'Ik niet,' zei hij en hij draaide zijn trillende gezicht naar de muur. 'Ik niet, Monika, want ik verwacht niets meer.'

3

Ze hadden de grens bereikt. Het was vroeg in de ochtend; vale en grauwe hellingen liepen omlaag, een eindeloze leegte in.

Andreas en Monika stonden, met gloeiend gezicht ondanks de kou, zwijgend naast elkaar, niet goed wetend of het moment om afscheid te nemen daar was.

Zacht met haar ski's schuifelend bewoog Monika zich steeds meer zuidwaarts, in de richting waarin ze verder wilde, terwijl Andreas besluiteloos bleef staan en noordwaarts het dal in keek waaruit ze waren gekomen.

'Misschien is het het beste,' zei ze bedrukt, 'dat je voor een paar dagen met me meekomt, tot de lucht hier weer is opgeklaard.'

Dat was niet meer dan een hulpeloze uitvlucht van het hart dat huiverde voor elk nieuw afscheid.

'Dan zou ik waarschijnlijk voor lange tijd, misschien zelfs voor altijd meekomen.'

'Eergisteren wilde je het nog.'

'Dat was een dwaze gril.'

Hij trok een somber, gesloten gezicht en zag er als een zestienjarige uit. Maar Monika was al elders en zag zijn wanhoop niet.

'Dan is het dus tijd om uit elkaar te gaan,' zei ze droog.

Ze trok haar rechter leren want uit en stak haar hand uit naar Andreas: 'Tot ziens. Het ga je goed.'

'Tot ziens, Monika,' zei hij kort zonder er een wens aan toe te voegen.

Ze zette een paar stappen bij hem vandaan, maar kwam toen opeens terug en omhelsde en kuste hem terwijl de tranen over haar wangen liepen.

'Andreas,' snikte ze, 'arme, arme Andreas,' en hij besefte maar al te goed dat die klaaglijke hartenkreet niet alleen voor hem bestemd was, maar voor het hele, geliefde en verloren land Duitsland.

Toen rukte ze zich los, sprong om haar as en skiede diep door de knieën zakkend in een snelle afdaling over het steile, kaarsrechte pad tussen de kruipdennen.

De sneeuw stoof achter haar op als een vaandel. Ze viel, ging over de kop, kwam weer overeind en skiede door tot ze tussen de hoge, donkere dennen verdwenen was.

Andreas keek haar na zolang het ging, draaide daarna zijn ski's en volgde, zonder erbij stil te staan dat de weg naar huis omlaag het dal in leidde, met slepende tred de brede kam die naar het oosten toe een beetje omhoogliep.

Op het hoogste punt aangekomen hield hij zwaar op zijn stokken steunend halt en zag hoe de besneeuwde bergen roze oplichtten in de tere stralen van het licht; nu laaide de lucht, het was een purperen kolken, een wild in elkaar vervloeien van vlammende kleuren tot uit de brandende chaos groot en vurig de zon oprees.

Andreas zag de strenge god, triomfantelijk en mooi, die hem naar zich toe wenkte; want de hemelse machten eisen van hun gunstelingen dat zij, onaangeroerd door menselijke haat en eerzucht, hun stem verheffen om de eeuwige schepping te prijzen.

Andreas volgde de roep, hij bewoog zich naar de zon toe, skiede eropaf, langs de zachte helling omlaag, met halfgesloten ogen en onhandig met zijn stokken zijn evenwicht zoekend.

Zo zag de jonge aanvoerder van de SA-patrouille hem, die in het spoor van de vluchtende vrouw uit het dal omhoog kwam geklommen, en omdat hij geen fanatiekeling was en geen zin had in een onnodige schietpartij, riep hij de klungelig en als beschonken langs de grens skiënde man een scherp 'Halt' toe, voordat hij zijn geweer van zijn schouder nam.

Andreas hoorde het woord, hij hoorde het één keer, twee keer en nog een derde keer. Maar hij ging helemaal op in zijn droom en skiede door.

En de donder die de lucht openreet was voor hem niets anders dan de bevestigende, veelbelovende groet van de god die zich in stralende, onvergankelijke, verheven pracht aan hem vertoonde.

Met de brandende ster voor ogen viel Andreas neer en hij zag die nog steeds toen zijn gezicht in de koude sneeuw wegzakte.

De patrouilleaanvoerder boog zich over hem heen en draaide hem op zijn rug.

Toen moest de jonge soldaat een stap opzij zetten en overgeven, want hij had nog nooit een dode gezien.

NAWOORD

I: In de voetstappen van Grete Weil

Kindertijd en jeugd in München en aan de Tegernsee

Wie zich verdiept in het leven van Grete Weil (1906-1999) belandt om de haverklap aan de Tegernsee en in Rottach-Egern, plekken die Weil na aan het hart lagen en die ze als haar heimat beschouwde, zelfs nog toen tijdens het nationaalsocialistische bewind boven het plaatsnaambord een spandoek hing met het opschrift 'Joden betreden het dorp op eigen gevaar'. In Rottach-Egern kun je nog altijd het geboortehuis van Grete Weil, het huis van haar ouders en ook haar graf vinden.

De latere fotografe en schrijfster komt op 18 juli 1906 ter wereld als Margarete Dispeker, dochter van de Münchense advocaat dr. Siegfried Dispeker en zijn vrouw Isabella Dispeker (geboren Goldschmidt), die toen in het huis van de fotograaf Emil Ganghofer woonden, aan de oever van de Tegernsee.

Nog in het jaar van haar geboorte laat de van afstamming Joodse, liberaal-burgerlijke en erg aan Beieren verknochte familie Dispeker in Egern, in de Fürstenstraße, een landhuis bouwen. De hoofdverblijfplaats van de Dispekers blijft wel München. Daar woont de familie eerst in een woning in de Prinzregentenstraße en vanaf 1912 in de Widenmayerstraße. Gretes vader is een alom gerespecteerde, liberaal gezinde advocaat, die later de titel van Geheimer Justizrat krijgt. Jarenlang is hij vicevoorzitter van de Orde van Advocaten van München en is hij ook actief als juridisch adviseur in het bestuur van de Joodse gemeenschap van München. In de liberale levensstijl van de uit de gegoede burgerij afkomstige familie speelt de Joodse traditie overigens geen grote rol. Zoals veel families van Joodse origine zagen de Dispekers zichzelf als deel van de burgerlijke samenleving.

Talloze kunstenaars, intellectuelen en beroemdheden zijn bij de Dispekers te gast: de Ganghofers, de Hirths, Ludwig Thoma, prinses Pilar van Beieren en wereldsterren zoals de tenor Leo Slezak (1873-1946).

Van 1916 tot 1922 zit Grete op de Sint-Annaschool op het Sint-Annaplein in de oude stad. In 1922 moet ze zonder einddiploma op zak de school verlaten – pas in het schooljaar 1923-1924 wordt de school een gymnasium. Lange tijd is ze gedesillusioneerd omdat ze bij sollicitaties telkens weer wordt afgewezen en niet ziet hoe ze op eigen benen kan staan. Ze solliciteert bij uitgeverijen, theaters en krantenredacties, maar krijgt meestal te horen: 'Waarom wilt u eigenlijk voor geld werken? Uw vader zit er toch warmpjes bij?'

Inflatie en Hitlers poging tot staatsgreep in 1923

In haar autobiografie beschrijft Grete Weil de economische en politieke situatie waarin Duitsland zich na de Eerste Wereldoorlog en begin jaren twintig bevindt. Ze vertelt hoe mensen die, zoals haar vader, een vrij beroep uitoefenen het moeilijk krijgen in de jaren 1922-1923, wanneer het geld dag na dag aan waarde verliest, en in welke woelige wateren haar familie is beland. Pas in 1924, wanneer met de invoering van de Reichsmark de inflatie daalt, verdient haar vader weer normaal. Maar de familie Dispeker voelt ook persoonlijk de gevolgen van de mislukte 'Hitler-putsch' in de Bürgerbräukeller in München op 8 en 9 november 1923, wanneer de NSDAP onder leiding van Adolf Hitler, Erich Ludendorff en enkele anderen probeert de Beierse deelstaatregering omver te werpen. Hitlers doel is de vernietiging van de parlementaire democratie en de oprichting van een nationalistisch, dictatoriaal regime. Grete Weil schrijft dat ze de dag daarna – ze brengt die ochtend door bij vrienden – onverwachts door haar broer Fritz wordt afgehaald. Ze verneemt dat een paar nazi's die ochtend het kantoor van haar vader tegenover Café Luitpold zijn binnengedrongen

Grete Weil rond 1926-1927 (Archiv Monacensia)

om hem te arresteren en dat ze, omdat ze hem daar niet aantroffen, hebben aangekondigd dat ze die middag zouden terugkomen. Fritz is onmiddellijk naar het gerecht gereden om zijn vader uit een gerechtszitting te halen. Die laatste rijdt nu met Grete naar zijn zus Melitta in Untergrainau, waar haar moeder al is. De Dispekers moeten dus München ontvluchten om in Untergrainau het verdere verloop van de gebeurtenissen af te wachten.

Nadat de poging tot staatsgreep is neergeslagen, keren ze naar München terug. Ze beseffen niet hoe groot het gevaar voor Joodse medeburgers de facto al is en welke ontwikkeling zich nu al aftekent.

In 1923-1924 krijgt Grete zin om te studeren. Ze probeert nu als externe leerlinge alsnog haar eindexamen op het Sint-Annagymnasium te halen, maar zakt in 1928 voor de vakken tekenen en Duits opstel. Korte tijd later haalt ze het einddiploma dan in Frankfurt.

Liefde en huwelijk – Grete Dispeker wordt Grete Weil

Grete Dispeker is al enkele jaren erg close met haar neef, de twee jaar jongere Edgar Weil. Zijn ouders bezitten in Frankfurt de chemisch-farmaceutische fabriek Weil en zijn eveneens van Joodse origine. Edgar Weil, die in 1931 promoveert in literatuur en filosofie, twijfelt: moet hij om zijn vader een plezier te doen aan de slag gaan in diens geneesmiddelenfabriek in Frankfurt, of moet hij gehoor geven aan zijn eigen verlangen en in München solliciteren als dramaturg?

In 1931 gaan Grete Dispeker en Edgar Weil – hun vriendschap is inmiddels tot een liefdesrelatie uitgegroeid – voor een half jaar naar de Sorbonne in Parijs. Grete studeert germanistiek met de vage hoop later samen met Edgar een uitgeverij te beginnen. Wanneer de twee naar München terugkeren, krijgt Edgar een positie aangeboden als dramaturg bij de Münchner Kammerspiele. In juli 1932 trouwen Grete Dispeker en Edgar Weil voor de wet op het stadhuis van Rottach-Egern. De zomer brengen ze door in Gretes ouderlijke woning in München, in de herfst nemen ze een kamer in een pension. Edgar, Tweede Dramaturg bij de Münchner Kammerspiele, verdient maar een kleine gage, die bovendien slechts onregelmatig wordt uitbetaald door het theater, dat op de rand van het failliet balanceert. Intussen zit Grete, die nu in München germanistiek studeert met de bedoeling om later in Frankfurt te promoveren, in het Theatermuseum over haar proefschrift gebogen. Ze wil, op basis van veertig jaargangen van het eerste Duitse modeblad, het tussen 1786 en 1827 verschijnende *Journal des Luxus und der Moden*, uitgegeven door baron Justin Bertusch in

Edgar Weil. Foto uit het Münchens Fotoatelier Wasow.
Voor 1935 (Archiv Monacensia)

Weimar, de maatschappelijke ontwikkeling van het tijdperk van de Klassik naar dat van het burgerdom aantonen. Ze zal haar proefschrift nooit voltooien, ook al omdat de nazi's aan de macht komen.

Door de opkomst van het nationaalsocialisme is het eind jaren twintig uit met de symbiose tussen Jodendom en het Beierse heimatgevoel. Op 30 januari 1933 grijpt Hitler naar de macht.

Kort daarna vindt er een razzia plaats in de Münchner Kammerspiele. De nazi's menen er bewijzen te kunnen vinden voor verraderlijk gedachtegoed en samenwerking met de Russen. Omdat Edgar Weil er werkt en men hem ervan verdenkt in het bezit te zijn van opruiende brieven, wordt hij gearresteerd en naar het politiecommissariaat in de Ettstraße gebracht. Grete Weil brengt er twee weken lang dagelijks wanhopige uren door. Ze begint te begrijpen wat fascisme echt betekent, dat veertien dagen ook veertien jaren kunnen worden en dat iemand zomaar zonder aanklacht of verhoor gevangenhouden kan worden.

De familie slaagt er uiteindelijk in om Edgar met een truc vrij te krijgen. Gretes moeder heeft in de krant gelezen dat Hitlers perswoordvoerder Ernst Hanfstaengel heeft gezegd dat bij een revolutie nu eenmaal altijd ook onrechtvaardige dingen gebeuren die uiteraard worden rechtgezet zodra men ervan op de hoogte wordt gesteld. Isabella Dispeker belt naar mevrouw Hanfstaengel en zegt haar dat ze precies van zo'n geval melding wil maken. Edgar wordt inderdaad de volgende dag al vrijgelaten, misschien ook omdat Heinrich Himmler en zijn plaatsvervanger Richard Heydrich, beiden de toenmalige topmannen van de Beierse Politieke Politie, net op dat moment in Berlijn zijn. Voordat Edgar Weil uit de gevangenis wordt ontslagen moet hij eerst een document ondertekenen waarop staat dat hij zich bedreigd heeft gevoeld en zich vrijwillig in preventieve hechtenis heeft begeven, en dat hij dat opnieuw zal doen zodra hij zich weer bedreigd voelt. De komende tijd moet Edgar zich nog dagelijks in de Ettstraße aanmelden. Nu, na Edgars arrestatie, begrijpen Grete en Edgar Weil dat ze Duitsland moeten verlaten.

Gretes ouders geven de woning in München op en trekken zich in Egern terug. In hun landhuis houden ze een pension open, waar ze Joodse kennissen die op vakantie willen, maar niet langer gewenst zijn op het land, in een hotel of in een restaurant, als *paying guests* onderdak bieden.

Geplande emigratie naar Amsterdam

Na een fase van radeloosheid besluiten Edgar en Grete Weil om naar Amsterdam te emigreren. Edgar, die in 1933 de arisering van het farmaciebedrijf van zijn vader moest voltrekken, heeft het plan opgevat om in Amsterdam een filiaal op te bouwen. Terwijl Edgar al begin 1935 naar Amsterdam emigreert, waar hij in een pension in de Beethovenstraat woont, voltooit Grete, die in de Amsterdamse ballingschap als fotografe wil werken, in Duitsland nog een opleiding in de fotografie: 'Ik rijd nog eens terug naar Duitsland om me te bekwamen in de fotografie, ik moet immers geld verdienen. Ik had nooit gedacht dat ik fotografe zou worden, maar het komt me voor dat het een van de weinige beroepen is waarmee je zonder al te veel voorkennis, met een beetje handigheid en open ogen in je levensonderhoud kunt voorzien.'

De Münchense portretfotograaf Eduard (ook Edmund) Wasow (1879-1944) in de Leopoldstraße 36 is bereid haar als leerlinge op te nemen, hoewel op dat moment zo goed als niemand nog Joden wil opleiden. In haar autobiografie vertelt Grete Weil hoeveel gevaar ze liep als Joodse, toen Wasow, eertijds bohemien en links georiënteerd, in 1935 de opdracht kreeg de activiteiten van de nazistische Organisation Todt fotografisch te documenteren, een organisatie waarvan de oprichter sinds 1933 inspecteur-generaal is van de Duitse wegenbouw. Wasow moet de bouw van de eerste Reichsautobahn München-Salzburg op foto vastleggen. Wasow laat zich door Grete in de oude Opel van haar ouders naar de plek van de opnames chaufferen, hoewel ze hem vooraf heeft gezegd dat ze haar arm niet zou uitsteken voor de 'Duitse groet' en evenmin Heil Hitler zou zeggen. Tijdens de opnames van de bouw van de Manfallbrug komt een arbeider langs die Grete vraagt wat ze daar te zoeken heeft. Als ze verklaart dat ze de assistente van de fotograaf is, wil hij weten of ze eigenlijk wel Arisch is, wat ze ontkent. Wasow, voor wie veel op het spel staat, windt zich later ontzettend op en wil weten waarom ze niet heeft gezegd dat ze Arisch is. '"Omdat hij me toch niet zou hebben geloofd," zeg ik rustiger dan ik in werkelijkheid ben.'

Wasow en Grete Weil hebben geluk, niemand doet verdere navraag.

Eind 1935 vlucht Grete Weil, net als haar man eerder al, naar Amsterdam. Ze zal er twaalf jaar blijven en pas in 1947 definitief naar Duitsland terugkeren. In 1937 slaagt ze er in avontuurlijke omstandigheden nog één keer in om van Nederland naar Duitsland te vliegen om in Rottach-Egern afscheid te nemen van haar vader, die op sterven ligt.

Sinds 18 november 1935 is Grete Weil op de 'persoonskaart', die bewaard wordt in het Stadsarchief Amsterdam, als woonachtig te Amsterdam geregistreerd.

Het belang van Nederland als ballingsoord

In de loop van de eerste maanden na Hitlers machtsovername steken naar schatting 15.000 Duitse vluchtelingen – meestal vermomd als toerist of als transitreiziger – de grens met Nederland over. Na de eerste golf van naziterreur keren vooral Joodse emigranten weer naar hun vaderland terug, ook al omdat de verblijfsomstandigheden in het buurland niet optimaal blijken. Ongewenste politieke activiteiten worden evenzeer met uitzetting gesanctioneerd als illegale immigratie of gebrek aan financiële middelen. Slechts wie bepaalde beroepen uitoefent kan een werkvergunning krijgen en door emigranten opgerichte bedrijven zijn onderworpen aan strenge regels. Omdat de staat financieel niet bijspringt, zijn de immigranten aangewezen op privésteun. In de nasleep van de pogromnacht van november 1938 komt het dan tot een massale toestroom van vluchtelingen.

Sinds 1933 al is Nederland, en vooral Amsterdam met zijn grote Joodse gemeenschap, voor Duitse kunstenaars en wetenschappers van Joodse afkomst en ook voor politiek vervolgden van groot belang als ballingsoord. Onder degenen die na 1933 naar Nederland komen bevinden zich grote namen zoals de schilder Max Beckmann, de dirigent Bruno Walter, de theaterregisseur Max Reinhardt en schrijvers zoals Klaus Mann of Joseph Roth. Talrijke verdreven schrijvers, onder wie Lion Feuchtwanger, Vicki Baum, Alfred Döblin en Arnold Zweig, vinden in de twee in Amsterdam gevestigde uitgeverijen Querido en Allert de Lange, die na 1933 hun Duitstalige aanbod uitbreidden, een nieuw onderdak voor hun boeken. Het is ook bij Querido dat Klaus Manns controversiële exiltijdschrift *Die Sammlung* kon verschijnen. In totaal konden tot 1940 zeshonderdvijftig auteurs in Nederland gedrukt worden. Er werd niet gecensureerd, hooguit werden met het oog op de diplomatieke betrekkingen met het machtige buurland sommige politiek gevoelige passages afgezwakt.

Nederland was niet alleen voor cultuurmakers, maar ook voor politieke ballingen van belang. Nederland was een 'centrum van clandestiene samenwerking tussen politieke ballingen en het Duitse binnenlandse verzet, van de communisten, socialisten van allerlei slag tot de Bündische Jugend[1] [...],' vatten Ursula Langkau-Alex en Hans Würzner het belang van Nederland samen.[2]

Aankomst in Amsterdam

Grete Weil vestigt zich in het zuiden van Amsterdam, waar Edgar Weil in een pension in de Beethovenstraat woont. Veel emigranten kenden de Beethovenstraat destijds, omdat er talrijke Joden woonden en het daarom als het centrum van het Duits-Joodse exil werd beschouwd. Hier vond je een Joodse kapper, een Joodse slager en Joodse cafés. De Beethovenstraat werd voor de Tweede Wereldoorlog ook 'Breite Judenstraße' genoemd, en tramlijn 24, die door de straat reed, stond bekend als de 'Berlin Express'. Het was een dure straat, waar nog veel woningen leegstonden en te huur waren voor wie maar geld had. In 1941 was 37 procent van de bewoners van de Beethovenstraat Joods of vluchteling uit Duitsland.

---

1 De nationaal gezinde jeugdbeweging, noot van de vertalers.

2 Langkau-Alex, Ursula / Würzner, Hans: Niederlande. In: Krohn, Claus-Dieter e.a. (red.), *Handbuch der deutschsprachigen Emigration 1933-1945*, Darmstadt, Wissenschaftliche Buchgesellschaft, 1998, pp. 321-333.

Grete Weil in Amsterdam, zelfportret (Archiv Monacensia)

Samen met Edgars schoolvriend Herbert Meyer-Ricard (1908-1988), die eind december 1935 uit Frankfurt naar Amsterdam is gevlucht, maar kort daarop legaal is geëmigreerd, huurt het paar later een klein huis in Amstelveen, waar de huurprijzen lager zijn. Meyer-Ricard, een telg uit een Frankfurtse koopmansfamilie, heeft een opleiding in de gebruiksgrafiek gevolgd en al in Frankfurt voor de fabriek van Edgars vader als graficus gewerkt. Edgar Weil hoopt van hem reclame-ideeën en hulp te krijgen bij de opbouw van zijn kleine farmaceutische bedrijf in Amsterdam, dat halffabricaten uit Duitsland importeert en die in Nederland distribueert. De nationaalsocialisten hadden in 1933 Meyer-Ricards reispas ingetrokken en hem verboden om zijn beroep verder uit te oefenen, omdat hij voor '33 al betrokken was geweest bij een antikapitalistisch en socialistisch geïnspireerde theatergroep op de universiteit van Frankfurt. Voor Meyer-Ricard, die in de naziterminologie een 'halfjood' en een 'mischling' is en er linkse ideeën op nahoudt, is het leven in Duitsland gevaarlijk geworden. Hij komt berooid aan in Amsterdam en wordt aanvankelijk door de Weils financieel ondersteund. Hoewel het samenleven in de Schepenenlaan 4a in Amstelveen niet altijd van een leien dakje loopt en er vaak geruzied wordt, zal jaren later blijken hoe diep Meyer-Ricards vriendschap is en hoe groot zijn dankbaarheid voor de verleende hulp.

Grete Weil, die af en toe een foto-opdracht krijgt, stelt al snel vast dat het voor haar werk als fotografe niet erg voordelig is om buiten Amsterdam te wonen. Wanneer ze verneemt dat Edith Schlesinger, een naar Nederland geëmigreerde Joodse fotografe, haar Amsterdamse fotoatelier wil verkopen omdat ze van plan is om naar Amerika te emigreren, koopt ze het na lange onderhandelingen van haar over.

Fotoatelier en woning in de Beethovenstraat 48 III (1935-1941)

In 1937 keert het trio terug naar Amsterdam. Meyer-Ricard huurt een eigen woning in de binnenstad. Grete en Edgar Weil verhuizen naar de Beethovenstraat 48, derde verdieping. Hier bevindt zich Gretes pas overgekochte fotoatelier *Edith Schlesinger. Moderne Kunstfotos*, waarvan ze niet alleen de naam maar ook de vier werknemers overneemt. Verder bevindt zich naast en boven het atelier ook de woning van het echtpaar Weil.

In deze wijk hebben de Weils enkele kennissen en vrienden, voornamelijk emigranten, onder wie de schilder Max Beckmann, de dirigent Bruno Walter en de schrijver Albert Ehrenstein. In 1937 trekken de autoriteiten in Rottach-Egern het paspoort in van Gretes moeder. In de nacht van 9

Herbert Meyer-Ricard in het huis in Amstelveen,
1936 (Fotoalbum Grete Weil, Archiv Monacensia)

op 10 november 1938 start het naziregime de pogroms tegen de Joodse bevolking. Daarmee begint de systematische verdrijving, onteigening en vernietiging van de Joden in Duitsland. Met de hulp van haar broer, dr. Fritz Dispeker, die inmiddels als advocaat in Londen leeft, slaagt Grete erin haar moeder met een truc naar Amsterdam over te laten komen. Een in vertrouwen genomen huisarts schrijft voor Grete Weil een attest met een dodelijke diagnose. Een andere Nederlandse arts die de werknemers van de Duitse ambassade behandelt zet er zijn stempel op. De list werkt. Isabella Dispeker krijgt haar pas terug en krijgt ook de toestemming om naar haar 'zieke' dochter in Nederland te reizen. Daar vertelt haar dochter haar dat een terugkeer naar de Tegernsee uitgesloten is. In 1939 emigreren ook de ouders van Edgar Weil naar Amsterdam.

De zomer van 1939 is de laatste vredeszomer. Ongerust ziet Grete hoe Hitler overal successen boekt en hoe de militarisering en de bewapening toenemen. Hitlers troepen hebben het Rijnland bezet, de annexatie van Oostenrijk is al voltrokken en Tsjecho-Slowakije heeft het Sudetenland al moeten afstaan. Duitse troepen zijn Tsjecho-Slowakije binnengevallen, het

Protectoraat Bohemen en Moravië is een feit en Duitsland heeft een pact gesloten met Italië. Wanneer Hitler en Stalin in 1939 een niet-aanvalsverdrag sluiten, is het voor Grete Weil een uitgemaakte zaak dat Hitler oorlog wil.

Kort voor het uitbreken van de oorlog keren de Weils in een al verduisterde trein van hun vakantie in Zwitserland via Frankrijk en België naar Nederland terug. Ze zijn nog maar amper terug wanneer Hitlers troepen Polen aanvallen. Een paar dagen later verklaren Engeland en Frankrijk de oorlog aan Duitsland. In de winter 1939-1940 is Grete haast verlamd van de angst en is ze doodsbang om Edgar. Beiden zijn overtuigde pacifisten, maar zien zich nu gedwongen om de oorlog te bepleiten, omdat dat in hun ogen de enige mogelijkheid is om het nationaalsocialisme te overwinnen en de wereld weer leefbaar te maken.

1940: In de val

Wanneer Hitler begin mei 1940 in vijf dagen tijd het neutrale Nederland bezet, klapt de val dicht. Op de radio horen Grete en Edgar dat Engelse en Franse vliegtuigen zich ter verdediging boven het land bevinden, omdat de Duitsers Nederland zijn binnengevallen. Tijdens de vier daaropvolgende oorlogsdagen mogen buitenlanders zich niet meer op straat vertonen. Op 14 mei proberen Edgar en Grete Weil, Edgars ouders en Gretes moeder een taxi te bemachtigen om hen naar de haven van IJmuiden te brengen, van waar ze naar Engeland willen vluchten. Ze vinden er geen. Die middag horen ze op de radio dat Nederland gecapituleerd heeft, Rotterdam door Duitse bombardementen zo goed als volledig in puin is gelegd en dat Amsterdam hetzelfde lot wacht. Dit keer slagen Grete en Edgar Weil er wel in om met een taxi IJmuiden te bereiken. Ze zien dat de Amsterdamse oliehaven in lichterlaaie staat en dat overal in het land branden woeden. Maar de boot, een aardappelschuit, waarmee ze naar Engeland willen ontkomen blijkt een val. Grete en Edgar keren terug naar Amsterdam en verstoppen zich bij Gretes moeder. Die nacht plegen talloze mensen in Nederland zelfmoord.

De volgende dag verbrandt Grete in hun woning in de Beethovenstraat doodsbang alles wat tegen hen kan worden gebruikt: dagboeken, tijdschriften, brieven van Bruno Frank, Klaus Mann en Konrad Heiden die de Weils tijdens hun exiltijd hebben ontvangen. De volgende maanden moeten Edgar en Grete Weil met lede ogen aanzien hoe de in Duitsland allang voltooide uitsluiting van de Joodse bevolking in Amsterdam wordt omgezet. Eind mei 1940 komt Arthur Seyß-Inquart als Rijkscommissaris naar Den Haag en vaardigt de eerste anti-Joodse wetten uit. Als allereerste wordt het rituele slachten verboden, en geen enkele Jood mag nog bij de luchtafweer werken. Ook Edgar Weil moet ermee stoppen. In de herfst duiken in de restaurants en cafés bordjes op: 'Joden niet gewenst.' In januari 1941 worden alle Joden geregistreerd, in de nieuwe persoonsbewijzen krijgen ze het stempel 'J', Joodse winkels moeten als Joods herkenbaar zijn. In de herfst van 1940 wordt de eerste echt ingrijpende wet afgekondigd: alle Nederlandse ambtenaren moeten een Ariërverklaring kunnen voorleggen. Eind februari 1941 worden alle Joodse ambtenaren – meer dan tweeduizend mensen – ontslagen, onder hen de postboden en alle Joodse hogeschooldocenten.

1941: Edgar Weils deportatie naar het concentratiekamp Mauthausen

Wanneer de nazi's in februari 1941 in de oude, dankzij Rembrandt wereldberoemd geworden Joodse wijk onlusten uitlokken, waarbij een Nederlands lid van de Weerbaarheidsafdeling omkomt en een Duitse agent gewond raakt, is dat voor de nationaalsocialisten hét argument om een stap verder te gaan. Vierhonderdvijfentwintig jonge Joodse mannen worden gearresteerd en naar een zogenaamd werkkamp gebracht – in werkelijkheid worden ze naar het concentratiekamp Buchenwald gestuurd. Door die arrestaties breekt een paar dagen later een algemene staking uit, tot grote verbazing van de Duitsers. Hoewel de Februaristaking al na twee dagen wordt neergeslagen, is het voor Grete Weil aangrijpend en geruststellend om te zien dat het 'Hollandse volk' het optreden tegen de Joden afkeurt en het tegen zo'n machtige vijand opneemt.

Op 12 februari 1941 richt Hans Böhmcker (tot 1942 commissaris van het Duitse Rijk voor de stad Amsterdam, onder Rijkscommissaris Arthur Seyß-Inquart) de 'Joodsche Raad voor Amsterdam' op, die tot september 1943 zal bestaan. De Joodse Raad voor Amsterdam, de vertegenwoordiging van de Joodse bevolking van Amsterdam, wordt geleid door Abraham Asscher en David Cohen. Noodgedwongen wordt de Joodse Raad ook samenwerkingspartner en aanspreekpunt voor de eind maart 1941 opgerichte Zentralstelle für jüdische Auswanderung (het Centraal Bureau voor Joodse Emigratie) in Amsterdam. De taak van deze Zentralstelle was in de eerste plaats Nederlandse Joden en naar Nederland gevluchte Joden via emigratie versneld het land te doen verlaten. Alle emigratiemaatregelen worden hier gecoördineerd. Toch worden tot mei 1941 slechts tweehonderd emigratieprocedures doorgevoerd; daarna wordt emigratie voor Nederlandse Joden verboden, enkele uitzonderingen daargelaten. De leden van de Joodse Raad worden gedwongen om mee te werken aan de vervolging en onderdrukking van de Nederlandse Joden en van de buitenlandse Joodse vluchtelingen (vooral uit Duitsland). Hoewel de Raad achteraf verweten werd te hebben gecollaboreerd, probeerden de leden ervan toch (zij het vergeefs) om zoveel mogelijk Joodse landgenoten te vrijwaren van deportatie en van de Holocaust.

De eerste taak die de Raad opgelegd krijgt is om van de Joden te eisen alle mogelijke wapens in te leveren. Ook worden nu alle Joden geregistreerd.

11 juni 1941 is voor de Weils een fatale dag. Het is de dag waarop Edgar Weil op klaarlichte dag in de Beethovenstraat wordt gearresteerd. Een paar dagen later wordt hij via het Nederlandse kamp Schoorl naar Oostenrijk gedeporteerd, naar het concentratiekamp Mauthausen, waar hij in september wordt vermoord. Hoe heeft het zover kunnen komen?

Wanneer Grete Weil en haar man na Pinksteren 1941 van een korte vakantie in Zuid-Holland terugkeren, horen ze dat er een razzia op til is in Amsterdam-Zuid, de wijk waar ze wonen. Naar verluidt is er een explosie geweest in een door Duitsers bezet huis. Ze vertellen een goede kennis over het gerucht van de razzia en ze brengen Edgars spullen weg, om desgevallend te kunnen zeggen dat hij het land heeft verlaten, wat op dat ogenblik nog toegestaan is. Nadat in het voorjaar van 1941 duidelijk werd dat de Zentralstelle für jüdische Auswanderung weldra emigratie zou gaan verbieden, hadden Grete en Edgar Weil samen met Gretes moeder het plan opgevat om naar Cuba te trekken, om daarna door te reizen naar de Verenigde Staten. Terwijl Grete haar visum al heeft – haar broer Fritz heeft het voor haar en haar moeder geregeld in Londen –, moet Edgar zijn visum nog afhalen op de Cubaanse ambassade in Rotterdam.

Wanneer hij op 11 juni 1941 's ochtends naar Rotterdam vertrekt en tegen de avond terugkeert, belt de kennis met wie ze over de ophanden zijnde razzia hebben gesproken Grete op met de mededeling dat mensen met lijsten van huis naar huis gaan en jonge mannen uit hun huis halen. Grete zegt het tegen Edgar, hoewel ze de vrouw in kwestie niet als een al te snugger en verantwoordelijk iemand beschouwt. Edgar besluit het huis te verlaten. Hij heeft twee adressen van 'Arische' Nederlanders bij wie hij te allen tijde kan onderduiken. Even later wordt Grete opgebeld door een andere kennis, die zegt dat ze Edgar beneden op de hoek in de Beethovenstraat heeft gezien, samen met twee vreemd uitziende mannen. Grete beseft dat hij in de armen van de Gestapo is gelopen. Dagen verstrijken. Ondertussen gaat het gerucht dat de Gestapo driehonderd jonge mannen als gijzelaars heeft opgepakt en naar een kamp in Nederland heeft gebracht. Omdat het er precies driehonderd moesten zijn, hebben ze de ontbrekende mannen lukraak van de straat geplukt.

Op 1 juli 1941 is er post uit Oostenrijk. Op een voorgedrukte postkaart deelt Edgar mee dat hij zich in concentratiekamp Mauthausen bevindt, een naam die weldra iedereen de stuipen op het lijf zal jagen. Er volgen nog twee 'intrieste brieven'. Grete hoort van een emigrantenechtpaar dat de gevangenen in Mauthausen in een steengroeve stenen moeten loskappen en die naar het kamp omhoog moeten slepen, waarbij velen omkomen. Ze komt ook te weten dat de in februari 1941 gearresteerde Joden allemaal van Buchenwald naar Mauthausen zijn gebracht en inmiddels dood zijn. Begin oktober ontvangt Grete het bericht dat Edgar overleden is. Op het moment dat zijn dood vaststaat, schrijft ze: 'Ik leef nog, hoewel het meer een vegeteren is.' En: 'Het verzet, de grote opgave.'

Omdat de Zentralstelle für jüdische Auswanderung na het emigratieverbod vooral als taak heeft de Joden in Nederland te registreren, preciseert Wilhelm Harster, de bevelvoerder van de Sicherheitspolizei en de Sicherheitsdienst in Nederland op 28 augustus 1941 de taken van de Zentralstelle. Voortaan wordt die het uitvoerend orgaan voor alle 'Joodse aangelegenheden', inclusief de deportatie naar de vernietigingskampen.

1942: Verzet – Vechten voor het eigen leven

In 1942 gaan ook in Nederland de systematische deportaties van start. In juni 1942 wordt de Jodenster ingevoerd, die in het openbaar altijd verplicht moet worden gedragen. Ook Grete Weil en haar moeder zijn in levensgevaar. Op een dag komen twee Nederlanders in opdracht van de Duitse bezetter de inventaris opmaken van haar atelier, de apparaten, films, platen, alle aanwezige toestellen.

Op 26 juni 1942 eist het hoofd van de Zentralstelle für jüdische Auswanderung van de Joodse Raad hulp bij het organiseren van een 'arbeidsinzet in Duitsland': de Raad moet de transportdocumenten en vermogensverklaringen van de betrokkenen bezorgen. Op de avond van 5 juli verneemt Grete Weil dat de politie bij haar langs is geweest om een oproep voor zo'n arbeidsinzet te overhandigen. Wanneer ze die oproep een paar dagen later in handen heeft, neemt ze een besluit: 'Ik denk er niet aan om me vrijwillig aan hen uit te leveren, ik zal, dat is mijn laatste daad van verzet, voor mijn leven vechten.' Om te overleven, maar ook om haar moeder te redden, gaat ze voor de Joodse Raad werken. Alle medewerkers daarvan krijgen in hun pas een stempel met een grote rode 'J'. Dat betekent dat ze tot nader order vrijgesteld zijn van dwangarbeid in Duitsland. Ook haar moeder krijgt die stempel, omdat ze Grete helpt bij het huishouden.

Grete gaat in de Joodse Raad van Amsterdam aan de slag als fotografe. Korte tijd later wordt ze overgeplaatst naar de Hollandsche Schouwburg aan de Plantage Middenlaan, waar ze voortaan als typiste werkt.

Die overplaatsing heeft ze te danken aan haar vriendin Ilse, een geëmigreerde Berlijnse, secretaresse van de personeelschef van de Joodse Raad. De Hollandsche Schouwburg is de plek waar uit hun woning gehaalde

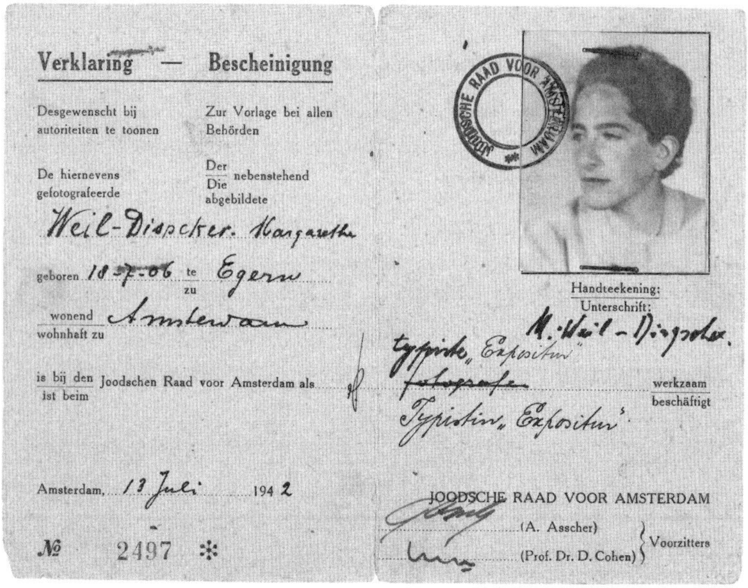

Verklaring — Bescheinigung

Desgewenscht bij autoriteiten te toonen — Zur Vorlage bei allen Behörden

De hiernevens gefotografeerde — Der/Die nebenstehend abgebildete

Weil-Dispecker. Margarethe

geboren 18-7-06 te/zu Egern

wonend/wohnhaft zu Amsterdam

is bij den/ist beim Joodschen Raad voor Amsterdam als

typiste „Expositur"

~~fotografe~~

Typistin „Expositur"

werkzaam/beschäftigt

Handteekening: Unterschrift: M. Weil-Dispeker.

Amsterdam, 13 Juli 1942

№ 2497

JOODSCHE RAAD VOOR AMSTERDAM

(A. Asscher)
(Prof. Dr. D. Cohen) Voorzitters

'Verklaring' voor Margarete Weil-Dispeker, afgeleverd op 13 juli 1942, dat ze als typiste 'expositur' bij de Joodse Raad werkzaam is (Archiv Monacensia)

of op straat opgepakte mensen naartoe worden gebracht. Ze verblijven er enkele uren, soms meerdere dagen of weken. Daarna worden ze naar kamp Westerbork gebracht, vanwaaruit wekelijks een transport naar het oosten vertrekt, naar Auschwitz of Sobibor. Omdat de meesten 's nachts uit hun woning worden gehaald, meldt Grete zich voor de nachtdienst aan, ook al omdat ze op die manier een kleine kans heeft om haar moeder te redden mocht ook zij 's nachts worden gearresteerd.

Zoals Grete Weil in haar autobiografie schrijft, zit ze 's nachts in de Hollandsche Schouwburg voor haar kleine groene Remington-schrijfmachine en typt ze voor de in de Schouwburg afgeleverde Joden brieven aan kennissen en vrienden. Ze verbaast zich erover dat iedereen hetzelfde schrijft, of het nu Nederlandse, Duitse of Poolse Joden zijn, universiteitsprofessoren of groenteverkopers: '[N]aast een vraag naar vergeten spullen, altijd weer de vraag om deze of gene op de hoogte te brengen, van wie men hulp verwacht. Niemand schrijft een woord van liefde of vriendschap, niemand een woord van droefheid. Wat me ook stoort is dat niemand huilt. Waarom? Is uit je woning gehaald worden en naar het gruwelijk ongewisse gestuurd worden geen reden genoeg om te huilen? Zijn ze allemaal zo dapper of afgestompt? Ik heb geen idee. Ze staan in de rij voor mijn schrijftafel met de groene typmachine.'

1943: Onderduiken

Wanneer Grete Weil op een septemberochtend in 1943 van de Schouwburg thuiskomt, treft ze daar vier Nederlanders in burger onder het bevel van een onvriendelijk heerschap aan. Ze hebben dozen bij zich waar ze de volledige uitrusting van Gretes atelier in stoppen en halen alles door op de lijsten die ze bij zich hebben. De leider zegt dat haar atelier op gezag van de Gestapo gesloten is. Kort daarop waarschuwt de BBC opnieuw voor razzia's tegen Joden en jonge Nederlanders die in het kader van de Arbeidsdienst naar Duitsland gestuurd zullen worden.

29 september 1943 is voor Grete Weil opnieuw een beslissende dag. Het is de datum van haar deportatie. Omdat de Duitsers de geheime informatiebron van de inmiddels tot een klein groepje herleide medewerkers van de Joodse Raad ontdekt hebben – 'brave oudere Nederlanders' die hen telkens waarschuwden voor razzia's –, zijn ze dit keer niet op de hoogte van de ophanden zijnde razzia in de Schouwburg. Tijdens het werk krijgen de medewerkers te horen dat iedereen gevangen is. In de vroege ochtenduren slaagt Grete er samen met twee anderen in te ontsnappen via de vroegere podiumingang, de 'koffergang'. Ze loopt naar de Nieuwezijds Voorburgwal en belt als een gek aan bij nummer 365, waar op de eerste verdieping Herbert Meyer-Ricard woont, Edgars oude schoolkameraad met wie ze nog altijd bevriend is. In zijn woning is ook de Duits-Joodse grafisch kunstenares Vera Olga Haymann ondergedoken, zijn latere echtgenote. Meyer-Ricard heeft ook Grete Weil geregeld aangeboden om bij hem onder te duiken.

Er komt een agent langs, Grete loopt snel door, naar het huis waar een vrouw woont die getrouwd is met Gretes Amsterdamse advocaat, die inmiddels gedeporteerd is. Omdat ze weet dat de vrouw bevriend is met een Duitse officier, kijkt ze niet raar op als hij opendoet. Ze kan het nauwelijks bevatten dat uitgerekend een Duitse officier de eerste persoon is die haar

Nieuwezijds Voorburgwal 365. In de woning boven de winkel op de eerste verdieping bevond zich Herbert Meyer-Ricards atelier en woning, waar Grete Weil vanaf herfst 1943 tot voorjaar 1945 ondergedoken leefde (Foto: Ingvild Richardsen, 2021)

na haar vlucht uit de Schouwburg helpt. Grete laat haar moeder weten dat ze zo snel mogelijk haar woning moet verlaten en naar Hedda von Kaulbach, de schoonzus van de schilder Max Beckmann, moet gaan om daar onder te duiken.

Er zijn steeds minder Joden in Amsterdam. Tussen 5 juli 1942 en 29 september 1943 werden bijna alle Joden gedeporteerd, bijna honderdduizend mensen.

Grete Weil leeft voortaan ondergedoken in Meyer-Ricards woning op de Nieuwezijds Voorburgwal. In het parterre bevindt zich een winkel die wordt opengehouden door vrome mensen die devotionalia verkopen. Op de tweede verdieping woont een ambtenaar van de burgerlijke stand samen met zijn vrouw en een ondergedoken Nederlandse Joodse vrouw.

Na zijn aankomst in Amsterdam in 1935 had Meyer-Ricard als reclamegraficus voor het Amsterdamse filiaal van de chemisch-farmaceutische fabriek van de familie Weil gewerkt, evenals voor andere firma's. Toen Nederland in 1940 door de Duitsers werd bezet en hij vanwege zijn Joodse afkomst zijn beroep niet langer mocht uitoefenen (omdat hij geen lid mocht worden van de fascistische Kulturkammer), had hij zijn bedrijfje omgevormd tot een ontwerpbureau en zich gespecialiseerd in grafisch speelgoed en figuurtjes, die hij in Amsterdamse warenhuizen verkocht. Zijn medewerkersstaf bestaat uit Duitsers en Nederlanders, veelal ondergedoken Joden. Als 'legale Duitser' mag hij zich vrij bewegen en is hij ook niet gebonden aan de avondklok. Vera Olga Haymann (1918-1951), die ondergedoken bij hem leeft, is afkomstig uit een welgestelde Hamburgse familie van Joodse origine, die al in 1923 naar Amsterdam was verhuisd. Daar had ze een opleiding tot grafisch kunstenares gevolgd aan de Nieuwe Kunstschool, die tot 1933 werd geleid door de uit Duitsland afkomstige kunstenaars Paul Citroen en Hajo Rose.

Terwijl Herbert en Vera in het atelier slapen, brengt Grete Weil de nachten door in een kamer waar Herberts boekenkasten staan alsook een kleine wastafel met stromend water. Ze slaapt op een matras in een verstopplaats achter de boekenwand: Herbert heeft de ene boekenkast een meter vooruitgeschoven; de twee onderste boekenvakken zijn aan elkaar bevestigd en kunnen met één handgreep weggetrokken en weer teruggeschoven worden. Bij gevaar kan ook Vera zich bij haar verstoppen. Er is licht aan het plafond, er liggen zaklampen klaar, er is een kamerpot en levensmiddelen voor een paar dagen. Bij wijze van test waren enkele bekenden in de bibliotheek rondgeleid, niemand ontdekte de verstopplaats.

De eerste weken stort ze zich op Herberts bibliotheek, waar ook veel boeken van ondergedoken auteurs in staan en leest ze alles wat ze in haar handen krijgt. Maar ze helpt Herbert ook bij het maken van figuurtjes voor zijn speelgoedbedrijf. Hij en Vera vormen diertjes uit klei, die zij beschildert, 'honderd tijgers, honderd olifanten, duizend paardjes', waarmee ze circussen samenstellen om die te verkopen. Maar dat is nog niet alles. Meyer-Ricard heeft ook een marionettentheater. Als Kerstmis 1943 voor de deur staat, heeft Meyer-Ricard enkele gasten uitgenodigd, Grete schrijft in de voorafgaande

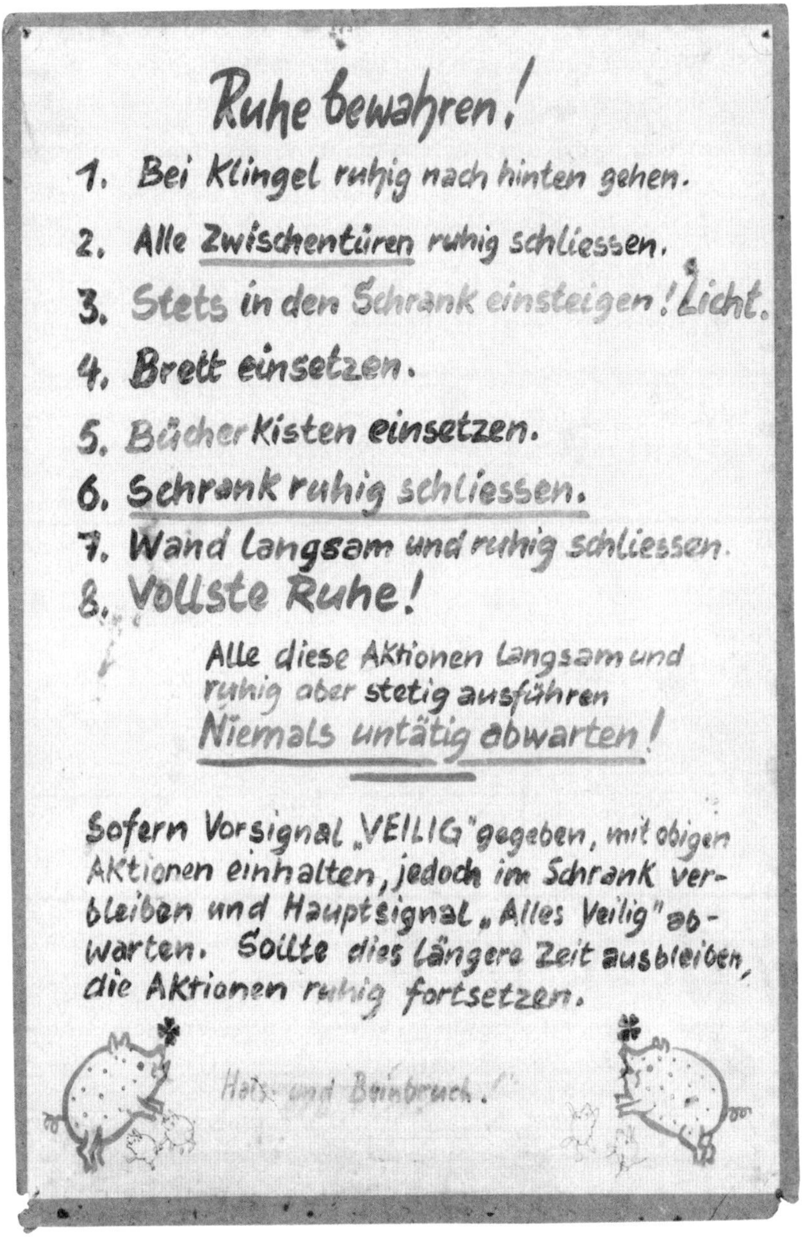

Bordje met aanwijzingen voor de onderduikers in het geval van een overval, z.d. Met kopie), Verzetsmuseum Amsterdam, nalatenschap Herbert Meyer-Ricard, map 1)

nachten een marionettenspel, ze schildert decors en knipt papieren figuurtjes uit die, op stokjes geplakt, heen en weer kunnen worden geschoven.

Weihnachtslegende 1943 (Kerstlegende 1943) is een expressionistisch stuk gericht tegen Hitler en de naziheerschappij. Het bestaat uit ten dele op rijm gestelde dialogen. Het begint met een variatie op de scène met de kribbe: een vrouw brengt in het bijzijn van drie mannen een zoon ter wereld. Alleen speelt de scène zich niet af in een stal, maar op een zolder. De datum is kerstavond 1943.

De vrouw die bevalt is een ondergedoken Joodse die door het Verzet een theater uit wordt gesmokkeld dat de nazi's gebruiken als deportatiekamp – een allusie op de Hollandsche Schouwburg. Opdat de vlucht onontdekt blijft wordt de echtgenoot van de vrouw, die samen met haar gedeporteerd had moeten worden, in het theater achtergelaten. De scènes op de zolder worden afgewisseld met scènes in het theater, waar een absurd cabaret (met Grieks koor) wordt opgevoerd dat op satirische wijze het moorddadige handelen van de nazi's en de fatale situatie van de Joodse gevangenen uitbeeldt. Personages zijn: de vrouw, de man, een boer, een arbeider, de dood, de Führer, ss-officiers, de Sicherheitsdienst, de Deutsche Wache, de Hauptsturmführer, ministers, functionarissen, Duitse frontsoldaten, gesneuvelde Duitse soldaten, dode soldaten uit alle volkeren, twee jongemannen uit de Joodse Raad, gedeporteerde Joden, drie koningen en kinderen. Het stuk eindigt ermee dat de vrouw op de zolder na de geboorte van het kind sterft en haar (Joodse) baby bij een boer wordt verstopt.

Wat tot nu toe niet bekend was: de opvoering van *Weihnachtslegende 1943* op kerstavond van 1943 door de Duits-Nederlandse verzetsgroep Hollandgruppe Freies Deutschland, die mede werd opgericht door Grete Weil, betekent de start van haar marionettentheater 'Gefesseltes Theater' ('Toneel in boeien'). *Weihnachtslegende 1943* is het eerste van in totaal negen theaterstukken uit het repertoire van de verzetsgroep en wordt, als de oorlog eenmaal voorbij is, door de Hollandgruppe Freies Deutschland in Amsterdam samen met nog een ander theaterstuk in de brochure *Das gefesselte Theater* gepubliceerd.

De verzetsgroep Hollandgruppe Freies Deutschland

Het is bekend dat Grete Weil niet alleen voor de Joodse Raad werkte, maar dat ze vanaf 1942 parallel daarmee in verschillende verzetsgroepen actief was en om die reden in Nederland later als verzetsstrijdster werd erkend.

Wat ook tot nu toe onbekend was: Grete Weil was sinds het najaar van 1943 een prominent lid van het Duitse verzet in Amsterdam. Ze was lid van de kiemcel, was medeoprichtster van de Hollandgruppe Freies Deutschland. In deze groep vochten Duitse en Nederlandse socialisten parallel met de Nederlandse verzetsbeweging en verweven met die laatste tegen nationaalsocialisme, fascisme, nationalisme en kapitalisme.[3] De Hollandgruppe Freies Deutschland werd inderdaad in het najaar van 1943 in Herbert Meyer-Ricards woning op de Nieuwzijds Voorburgwal 365 opgericht door Meyer-Ricard, Vera Olga Haymann, Grete Weil en Ulrich Rehorst.[4]

Ze wilden daarmee het democratische en internationale denken verspreiden in Duitse kringen en het Duitse volk informeren over de gruwelen die de nationaalsocialisten tijdens de oorlog in Nederland hadden begaan en nog steeds begingen. Ulrich Rehorst (1905-1945), die voor 1933 lid was van de pacifistische, na Hitlers machtsovername verboden Mazdaznan-sekte, was in 1936 samen met zijn vrouw, die Meyer-Ricard kende, naar Nederland gevlucht, waar hij als zuidvruchten- en wijnimporteur een nieuw bestaan had opgebouwd.

---

3 Grete Weil heeft het ontstaan, de medewerkers, de doelen en de publicaties van de groep beschreven in een manuscript dat zich in haar nalatenschap bevindt: Korrigierte Niederschrift der Gespräche mit Herrn Herbert Meyer-Ricard in Blaricum, 6-9 Mai 1991. Over het Duitse verzet en de Hollandgruppe Freies Deutschland zie: Annabel Junge, Hollandgruppe Freies Deutschland; https://duitsverzet.wordpress.com/duitsverzeten-nederland/hollandgruppefreiesdeutschland/; Delpher: Hollandgruppe Freies Deutschland 15.5.1945. https://www.delpher.nl/nl/kranten/view?coll=ddd&identifier=ddd:010425948:mpeg21:a0001

4 Toen Hitler aan de macht kwam in 1933 werden alle tegenstanders van het regime vervolgd. Bij het begin van de Tweede Wereldoorlog zaten meer dan een kwart miljoen Duitsers gevangen en waren meer dan honderdduizend Duitsers geëmigreerd. Duitse ballingen begonnen overal ter wereld Freies Deutschland-comités op te richten, eerst in Mexico, waarin de schrijvers Anna Seghers en Heinrich Mann actief waren. In de VS was Marlene Dietrich betrokken bij Freies Deutschland.

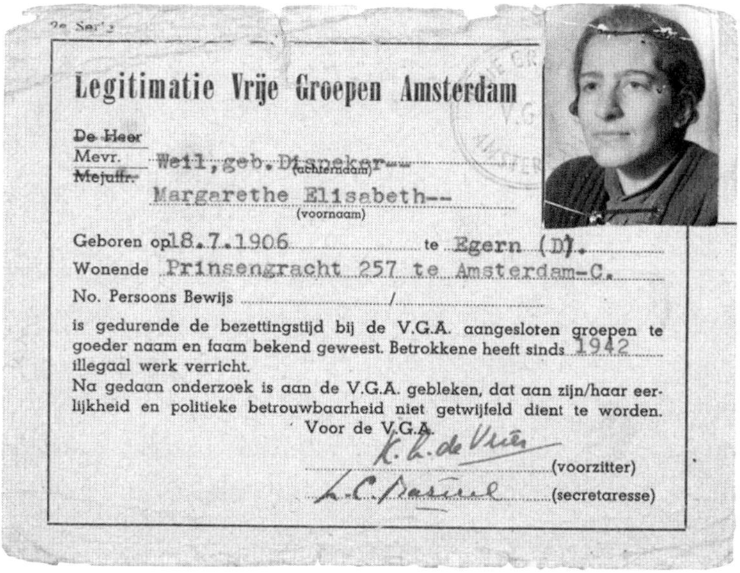

Legitimatie Vrije Groepen Amsterdam

~~De Heer~~
Mevr. Weil, geb. Dispeker-- (achternaam)
~~Mejuffr.~~
Margarethe Elisabeth-- (voornaam)

Geboren op 18.7.1906 te Egern (D).
Wonende Prinsengracht 257 te Amsterdam-C.
No. Persoons Bewijs /

is gedurende de bezettingstijd bij de V.G.A. aangesloten groepen te goeder naam en faam bekend geweest. Betrokkene heeft sinds 1942 illegaal werk verricht.
Na gedaan onderzoek is aan de V.G.A. gebleken, dat aan zijn/haar eerlijkheid en politieke betrouwbaarheid niet getwijfeld dient te worden.

Voor de V.G.A.

(voorzitter)

(secretaresse)

Bevestiging van de Legitimatie Vrije Groepen dat Grete Weil sinds 1942 in het verzet actief was en clandestien werk verrichtte (Archiv Monacensia)

Rehorst had zich op aanraden van vrienden bewust niet onttrokken aan de militaire dienst, en het plan was om via hem onder de Duitse bezetters contactpersonen te winnen. Rehorst, die voor de Hollandgruppe Freies Deutschland ook koerier was en de publicaties ervan met de fiets verspreidde, was van plan om zo snel mogelijk met een omvangrijke wapenvoorraad te deserteren en de buit aan het Nederlandse verzet te overhandigen.[5]

Zoals Grete Weil schrijft, begon het politieke werk van de Hollandgruppe al in 1943, met de publicatie van eerste vlugschriften. Daarvoor hadden ze zich beperkt tot het uitbouwen van een netwerk van vrienden en latere medewerkers van de Hollandgruppe, tot wie ook de in 1934 uit het concentratiekamp Oranienburg gevluchte Fritz Hirsch, sindsdien hoofd van de sportschool in het Joods Werkdorp in de Wieringermeerpolder, alsook

5 In 1944 voerde hij het plan uit en dook samen met andere deserteurs onder, zie: Grete Weil, Korrigierte Niederschrift, p. 4f en Annabel Junge, De Rijksduitser Ulrich Rehorst. Karl Friedrich Ulrich Rehorst (Breslau 21-12-1905 – Utrecht 17-03-1945); https://duitsverzet.wordpress.com/duits-verzet-en-nederland/kortebiografieen/de-rijksduitser-ulrich-rehorst/

Ludwig Degenhardt en de theaterfotograaf Kurt Kahle behoorden.[6] Zij waren allemaal door het Duitse leger opgeroepen en hadden gedeserteerd. Uiteindelijk telde de Hollandgruppe om en nabij de honderdtachtig medewerkers en helpers. Hoewel de Duitse en Nederlandse leden van de Hollandgruppe Freies Deutschland uit verschillende politieke en confessionele hoek kwamen, deelden ze volgens Grete Weil toch een uit hun afkeer van het fascisme geboren socialistische houding. Rond de zestig gedeserteerde soldaten waren via Ulrich Rehorst verbonden aan de groep en tegelijk aan de Nederlandse verzetsbeweging. De overigen waren ongeveer voor de helft Duitse vluchtelingen, voor de helft Nederlanders.[7]

In 1944 en 1945 publiceert de groep verschillende bijdragen en brochures waarin de werkwijze en doelstellingen van de Hollandgruppe worden beschreven. De meeste publicaties verschijnen anoniem of onder pseudoniem en zijn grotendeels van de hand van Grete Weil, Herbert Meyer-Ricard, Olga Vera Haymann en Ulrich Rehorst. Het verveelvoudigen ging in 1944 met een schrijfmachine en carbonpapier; de oplage bedroeg tien tot dertig exemplaren, die vervolgens van hand tot hand gingen en zo onder leden en sympathisanten werden verspreid. Ook contactpersonen in de Wehrmacht kwamen op die manier in het bezit van de publicaties. Vanaf eind 1944 liet de groep het vermenigvuldigen (stencilen) van publicaties over aan de sinds lang in Nederland woonachtige Duitse tussenpersoon Fritz Kief, lid van de Vonk-groep, die de verzetskrant *De Vonk*, later *De Vlam* uitgaf. Door dat stencilen waren hogere oplagen mogelijk, zodat nu honderdvijftig tot tweehonderd exemplaren verspreid werden. Via de contacten van Ulrich Rehorst kwamen daarvan zestig à zeventig exemplaren in de handen van Wehrmacht-leden. De rest werd door Meyer-Ricard en de Nederlander Albert Keijzer onder leden en sympathisanten in

---

6 Zie: Annabel Junge, Theaterfotograaf Kurt Kale. Kurt Kahle (18-10-1897-Aue-1953); https://duits-verzet.wordpress.com/duits-verzet-en-nederland/korte-biografieen/theaterfotograafkurt-kahle/

7 Zie: Grete Weil, Korrigierte Niederschrift, p. 5. Enkele medewerkers kwamen pas na 1945 bij de groep. De lijst van stichters en nauwe medewerkers in de nalatenschap van Meyer-Ricard geeft een idee van de samenstelling van de groep. Zie appendix: Ledenlijst.

Amsterdam verdeeld en door Ulrich Rehorst onder Wehrmacht-leden in Utrecht.

De leden van de Hollandgruppe hadden volgens Grete Weil twee doelstellingen: enerzijds streefden ze naar een spoedig einde van de wereldoorlog, die de Duitsers volgens hen toch verloren hadden, en naar de val van het nationaalsocialistische regime. Anderzijds vonden ze het ook noodzakelijk om Duitsland op een nieuwe, antifascistische leest te schoeien en zochten ze in Nederland steun voor het 'andere' Duitsland. Vanaf 1945 namen ze met eigen ideeën over de maatschappelijke structuur van het naoorlogse Duitsland ook deel aan het debat over de hervorming van het land.

Het marionettentheater 'Gefesseltes Theater'

De Hollandgruppe Freies Deutschland beschikt nog over een ander wapen: een marionettentheater waarvoor stukken worden geschreven waarin de actualiteit en de misdaden van de nazi's aan bod komen.

Een tot nu toe onbekend feit is dat Grete Weil vlak voor de voorstelling een proloog op rijm declameerde, die ze hoogstwaarschijnlijk zelf schreef. Uit de programmaverklaring blijkt dat *Weihnachtslegende 1943* het begin was van een reeks opvoeringen van het marionettentheater genaamd *Gefesseltes Theater*: 'Toch wil ik de naam nog noemen waaronder dit theater wordt opgevoerd! Ik doop je: Toneel in boeien! Breng de onderduikers ondanks de boeien vreugde, wie ooit waarheid, kennis, schoonheid smaakte vindt hier troost en raad! Wanneer de slechte tijden eindelijk voorbij zullen zijn en de laatste boei eindelijk valt, trekt dit poppenspel de wereld in die de bende moordenaars nu schendt!'[8]

Er volgen nog opvoeringen: het repertoire bestaat in totaal uit negen stukken.[9]

De plaats van opvoering van de première, maar ook van alle volgende poppenspelen, was steevast het atelier van Meyer-Ricard op de Nieuwe-

8 De 'Proloog 24 december 1943' bevindt zich in de nalatenschap van Herbert Meyer-Ricard in map 2.

9 Zie appendix.

Das Gefesselte Theater. Het toneel in boeien. Het marionettentoneel van de 'Hollandgruppe' speelt voor onderduikers.
Amsterdam 1945 (Privé-archief Ingvild Richardsen)

zijds Voorburgwal. Hoewel het atelier slechts plaats bood aan ongeveer twaalf mensen, was volgens Grete Weil het aantal toeschouwers veel hoger, omdat het publiek, veelal medewerkers uit het ambachtelijke speelgoedatelier van Meyer-Ricard en vrienden uit de kring van de kort daarna in de openbaarheid tredende Hollandgruppe, telkens over een aantal opeenvolgende opvoeringen werd verdeeld.

Volgens Grete Weil beschouwden de leden van de Hollandgruppe het theater, dat tot aan de bevrijding in mei 1945 als sociale component het clandestiene werk van de Hollandgruppe heeft begeleid, als een middel om intellectueel verzet te bieden, als de uitdrukking van vrijheidsdrang tegenover de Duitse bezetters en de fascistische usurpatoren van Europa, en als de bevestiging van een eigen sociaal-culturele activiteit die losstond van het gelijkgeschakelde geestesleven. De politieke boodschap van de stukken, schrijft Weil, straalde een eigen kracht uit die de antifascistische en socialistische houding van de groep bevestigde.

Na de oorlog publiceert de Hollandgruppe Freies Deutschland de van een programmatisch voorwoord voorziene brochure *Das Gefesselte Theater. Het tooneel in boeien. Het marionettentooneel van de Hollandgruppe speelt voor onderduikers.* Verder zal de Hollandgruppe Grete Weils *Weihnachtslegende 1943* en B. van Ostens (pseudoniem voor Grete Weil of voor haar, Meyer-Ricard en Haymann) antifascistische stuk *Kein Gott – kein Kaiser – kein Tribun* onder een breed publiek verspreiden. Het is Grete Weils eerste literaire publicatie. Zoals ze verder schrijft, had een van de overige stukken van het marionettentheater, *Der Weihnachtsbrief des Gefreiten Adolf Hirnschal an seine Frau Amalia*, een door de BBC in december 1940 in het leven geroepen fictieve persoon, Adolf Hirnschal (een soort Švejk van de Tweede Wereldoorlog) als onderwerp. De bedoeling van de BBC-reeks, die in Duitsland een breed publiek vond en tot mei 1945 liep, was om voor de Duitse luisteraar het diepe wezen van het nationaalsocialisme te ontmaskeren en tegelijk onderhoudend te zijn.

Winter 1944: *De weg naar de grens*

Wanneer de geallieerden in de zomer van 1944 in Normandië landen, keert het tij. Het einde van de Tweede Wereldoorlog is in zicht. Herbert, Grete en Vera praten over waar ze na de oorlog heen kunnen. Grete wil een eigen kamer, een eigen leven, en vraagt zich af waar dat dan zou kunnen zijn: in Nederland, Engeland of Amerika. Dat ze ook naar Duitsland zou kunnen terugkeren, durft ze, zolang de Duitse nederlaag geen feit is, nog niet te denken. Ze wachten, dromen van democratie en een nieuwe wereld. Sinds september 1944 staan de laatste kampen in Nederland leeg, alle gevangenen zijn gedeporteerd.

Maar hoewel medio september de Britse troepen het zuiden van Nederland bereiken, is de oorlog nog niet ten einde. De onderduikers houden zich nog steeds gedeisd. In de winter van 1944 wordt het nog moeilijker om te overleven, de voedingsmiddelen worden nog schaarser. De onderduikers worden door hongerfantasieën geplaagd, beleven een van de koudste winters ooit, hebben nog maar amper stookmateriaal om in de kachel suikerbiet gaar te koken, zowat het enige wat er nog te koop is. Op zolder vinden Grete en Herbert een deur die ze aan stukken zagen voor de kachel. Wanneer er ook geen elektriciteit meer is en de voorraad kaarsen opgebruikt is, wisselt Grete de parelketting van haar moeder in tegen petroleum voor de enige lamp. Door het wegvallen van de elektriciteit kunnen ze niet meer lezen, de radioberichten verstommen. Ze vervelen zich, praten over politiek, ruziën over de rol van Rusland. Bij het aan stukken zagen van de deur bedenkt Grete dat de zoldertrap de enige plek is waar het boven licht genoeg is en waar ze alleen kan zijn om te schrijven. 'Zo zit ik talloze uren op de trap met een schrift op mijn knieën te schrijven. Schrijf een liefdesverhaal, schrijf Edgars en mijn verhaal op, dat ik vervreemd heb en uit de sfeer van het autobiografische heb getild.'

Dat zijn de omstandigheden waarin Grete Weil aan *Der Weg zur Grenze* begint. Maar de roman, die ze in de Hongerwinter schrijft en opdraagt aan de in 1941 in het concentratiekamp Mauthausen vermoorde Edgar Weil, is veel meer dan een 'liefdesverhaal'.

Na een ruzie met Herbert verhuist Grete in het voorjaar van 1945 naar een vriendin aan de Prinsengracht, waar ze de laatste weken van de oorlog en tevens de Bevrijding beleeft. Begin mei leest ze in de krant dat Hitler 'aan het hoofd van zijn troepen' is gesneuveld. Wanneer dan op de ochtend van 5 mei vanaf de nabijgelegen Westerkerk het Nederlandse volkslied weerklinkt, koopt ze bloemen om die naar Herbert en Vera te brengen.

Ze vraagt zich af hoe het verder moet met haar leven. Het wordt haar al snel duidelijk dat ze wil getuigen, dat ze in het Duits en in Duitsland tegen het vergeten aan moet schrijven, omdat het Duits de enige taal is waarin ze dat kan, omdat ze er een omgeving voor nodig heeft waar de mensen Duits spreken.

Ook haar moeder en haar broer hebben de Holocaust overleefd. Maar als staatlozen mogen ze voorlopig niet naar Duitsland terug. Grete probeert eerst de farmaceutische fabriek Weil opnieuw op te bouwen. Tegelijk schrijft ze een verhaal over de deportatie van twee Nederlands-Joodse families, waarin ze haar ervaringen als medewerkster van de Joodse Raad, als ooggetuige van de deportaties van de Joden uit de Hollandsche Schouwburg verwerkt. Dat verhaal, dat ze absoluut in Duitsland wil publiceren, krijgt de titel *Ans Ende der Welt*. Wanneer een literair agent haar meeneemt naar West-Duitsland, waar geen enkele uitgever het verhaal wil publiceren, begint ze aan zichzelf te twijfelen. Tijdens een tweede reis slaagt de agent erin het manuscript bij de Oost-Berlijnse uitgeverij Volk und Welt onder te brengen, waar het wel pas in 1949 verschijnt. Wanneer het verhaal in 1962 ook in West-Duitsland verschijnt, vindt het nauwelijks weerklank, terwijl de Nederlandse vertaling (*Naar het einde van de wereld*, vertaald door Willy Wielek-Berg) uit 1963 op grote belangstelling kan rekenen. Grete Weil heeft nog geen idee van de grote moeilijkheden die ze de komende decennia zal ondervinden: literatuur over dit thema is in West-Duitsland ongewenst.

In de herfst van 1946 maakt ze heimelijk een eerste reis naar Frankfurt, waar ze haar en Edgars jeugdvriend Walter Jokisch ontmoet. Samen rijden ze naar de Tegernsee om te kijken wat er met haar ouderlijke huis in Rottach-Egern is gebeurd. In 1947 wordt Grete Weil in Amsterdam als verzetsstrijdster erkend en krijgt ze ook een Nederlands paspoort.

De schrijfster, die zich vast heeft voorgenomen om tegen het vergeten en het verdringen van de nazimisdaden aan te schrijven, keert nog in datzelfde jaar naar Duitsland terug. Ze vestigt zich eerst in Darmstadt, waar Walter Jokisch, haar latere tweede echtgenoot, als operaregisseur werkt. Na werk als librettoschrijfster (*Boulevard Solitude*, muziek Hans Werner Henze, eerste opvoering: 1952, en *Die Witwe von Ephesus*, muziek Wolfgang Fortner, eerste opvoering: 1952) schrijft ze de tot op heden ongepubliceerde roman *Antigone*. Daarnaast schrijft ze ook theaterrecensies, essays en vertaalt ze Engelstalige auteurs. In 1963 publiceert ze de roman *Tramhalte Beethovenstraat*, die opnieuw over de Jodenvervolging en de deportatie van de Joodse bevolking in Amsterdam gaat. Andere thema's zijn de ervaringen van Duitsers, Joodse Duitsers en Nederlanders tijdens en na de oorlog. Maar ook dit werk wordt in Duitsland geen succes, terwijl de nog hetzelfde jaar verschenen vertaling in het Nederlands (opnieuw van de hand van Willy Wielek-Berg) opnieuw veel aandacht trekt. In 1968 publiceert ze nog de verhalenbundel *Happy, sagte der Onkel*. Toch duurt het nog tot de jaren tachtig voordat er in Duitsland een breedgedragen bereidheid is om met het verleden in het reine te komen.

Na de dood van Walter Jokisch in 1970 keert Grete Weil naar München terug. Ze schrijft nu de autobiografische roman *Meine Schwester Antigone*, waarin ze opnieuw terugkomt op haar tijd in het bezette Amsterdam en de Jodenvervolging aldaar. In deze roman, een vindingrijke herschrijving van Sofokles' Antigone-mythe, verwerkt ze haar oorlogservaringen. En tegelijk is het een kritiek op de Duitse cultuur van de late jaren zeventig en de mislukte poging om het verleden te verwerken. Na enkele afwijzingen van Duitse uitgevers verschijnt de roman uiteindelijk in 1980 bij een Zwitserse uitgeverij. Niet veel later verschijnt hij in Nederlandse vertaling (*Mijn zuster Antigone*, vertaald door Margot Klaarhamer, 1982). Het is pas met deze roman dat de inmiddels 74-jarige Grete Weil in Duitsland doorbreekt: niet alleen als kroniekschrijfster van de bezettingstijd, maar ook als een betrokkene die streeft naar verzoening en als buitengewone auteur. Met haar Antigone-roman krijgt ze in Duitsland eindelijk de langverwachte weerklank als auteur en getuige. Voor *Meine Schwester Antigone* en de latere roman *Brautpreis*, die in 1988 opnieuw in Zwitserland verschijnt en in 1989 in Nederland onder de titel *De bruidsprijs* (vertaald door Ria van Hengel), krijgt ze talloze prijzen (o.a. de Tukan-Preis der Stadt München, de Geschwister-Scholl-Preis, de Bayerischer Verdienstorden, de Carl-Zuckmayer-Medaille des Landes Rheinland-Pfalz). In 1998 verschijnt haar autobiografie *Leb' ich denn, wenn andere leben*, alweer eerst in Zwitserland. In 1999, het jaar van haar overlijden, wordt haar vroege verhaal *Erlebnis einer Reise*, dat ze begin de jaren dertig in München had geschreven, voor het eerst gepubliceerd.

Grete Weil sterft op 14 mei 1999 in Grünwald bij München. Haar urnengraf bevindt zich op de gemeentelijke begraafplaats in Rottach-Egern aan de Tegernsee.

II: Over Grete Weils betekenis als schrijfster en over *De weg naar de grens*

Na haar terugkeer uit de Nederlandse ballingschap publiceerde Grete Weil drie literaire werken: in 1949 in Oost-Berlijn omdat uitgevers in West-Duitsland geen interesse toonden, en in 1962 en 1968 in West-Duitsland. De drie werken konden in Duitsland op weinig belangstelling rekenen. Diep teleurgesteld over dit gebrek aan weerklank duurde het tot 1980 voor Weil in Zwitserland (en niet in Duitsland) haar Antigone-roman publiceerde. Ze was halverwege de zeventig toen de Duitse pers eindelijk over haar werk begon te schrijven, in lovende termen zelfs.

Het aanzienlijke, late succes van Grete Weil in Duitsland in de jaren tachtig en negentig wijst op een radicaal veranderde receptie van de literatuur van Duits-Joodse schrijvers, wat samenhing met het feit dat men in Duitsland om verschillende redenen meer bereid was om zich te buigen over de Holocaust en hoe het zover heeft kunnen komen.

Grete Weils 'terugkeer' naar Duitsland als persoon en als schrijfster was allesbehalve vanzelfsprekend, om preciezer te zijn: het was een uitzondering op de regel. De vervolging door de nazi's had voor haar en voor alle Joden met een Joods-geassimileerde familiecontext in Europa een traumatische identiteitsverandering tot gevolg. Hun regeringen hadden hun niet alleen een problematische 'rasidentiteit' opgelegd. Ze hadden hen ook afgesneden van hun nationale cultuur, waarmee ze zich tot dan toe sterk hadden geïdentificeerd. Voor Weil en andere (groot-)burgerlijke, in hoge mate geacculturеerde Joodse *Bildungsbürger* veranderde de kijk op wat Duitse en wat Joodse identiteit was dramatisch. Tot dan toe hadden zij zich slechts marginaal met hun Joodse religie of afkomst geïdentificeerd. Het feit dat ze in het nationaalsocialistische juridische discours als 'rasjood' bestempeld en als dusdanig vervolgd werden, betekende een diepe barst in hoe ze hun eigen identiteit aanvoelden.

Toen na de oorlog de omvang van de vernietiging van het Europese

Jodendom duidelijk werd, was het Duitse Jodendom als leefbare nationale identiteit politiek en juridisch onmogelijk geworden. De weinige Duitse overlevenden die besloten terug te keren zagen weldra in dat het zo goed als onmogelijk was om de verschillende aspecten van hun identiteit in overeenstemming te brengen. In hun identiteitsbeleving waren er niet langer twee duidelijk en positief gedefinieerde culturele polen (Duits en Joods) die met elkaar versmolten waren; in plaats daarvan was de Holocaust dé bepalende factor van hun identiteit geworden.

Zoals exemplarisch blijkt uit het geval van Grete Weil – net zoals uit dat van de Oostenrijkse Ruth Klüger –, was er ook een andere vorm van 'terugkeer' naar Duitsland. Enkele Duitse Joden keerden heel doelbewust naar Duitsland terug om de Duitsers te betrekken in een publieke dialoog over het naziverleden en over de Duits-Joodse betrekkingen na de oorlog. In Grete Weils werken wordt expliciet een Duits publiek aangesproken en wordt het uitgenodigd of aangespoord om een standpunt in te nemen over de rol van de Holocaust en van de (Duitse) Joden in de hedendaagse Duitse cultuur en in de nationale identiteit. Toch zijn Grete Weil en haar werk ook in een ander opzicht uniek: slechts weinig Duitse Joden van de overlevende generatie schreven literaire werken die zich tot een Duits publiek richtten. Het leeuwendeel van de overlevenden vestigde zich na de oorlog elders, en als ze al schreven, deden ze dat maar zelden in het Duits. Terwijl in de VS vooral oudere overlevenden eind jaren tachtig en in de jaren negentig massaal hun memoires publiceerden, was dat in Duitsland niet het geval. De weinigen die dat wel deden, bezaten zelden de literaire gave van Grete Weil.

Wat haar werk zo opmerkelijk maakt is dat zij, in tegenstelling tot de Joodse naoorlogse schrijvers in Duitsland voor wie de vervolging door de nazi's een nationale gebeurtenis en een familiale erfenis maar geen persoonlijke ervaring was, uit eigen ervaring schreef over uitsluiting, isolatie en vervolging. Dat ze pas na een lange aanlooptijd en ondanks een aanvankelijk ongeïnteresseerd publiek uiteindelijk toch succes kende, lijkt erop te wijzen dat ze in haar literatuur bepaalde strategieën heeft gebruikt die een Duits publiek in staat stelden het verleden te verwerken.

Wat Weils werk verder onderscheidt van andere memoires van Duits-

Joodse Holocaustoverlevenden die in die tijd verschenen, is dat ze ernaar streefde een louter documentair getuigenis te overstijgen, wat mede verklaart waarom ze succesvol was. In tegenstelling tot veel memoires van overlevenden, die probeerden alle zichtbare tekenen van 'stijl' te vermijden om objectiviteit te suggereren, schrijft Grete Weil telkens weer geraffineerd geconstrueerde, half-autobiografische vertellingen, die de herinnering en de grenzen van de taal en van de voorstellingskracht wat de Holocaust betreft expliciet reflecteren, en tegelijk proberen de lezers aan het denken te zetten over het naziverleden en het Duits-Joodse heden.

Grete Weils roman *De weg naar de grens* is uniek in de Duitse literatuur. Alleen al de omstandigheden waarin het werk – haar eerste roman – tot stand is gekomen zijn uniek en herinneren aan de situatie van Anne Frank. In ballingschap, terwijl de Tweede Wereldoorlog nog woedt, geplaagd door hongerfantasieën, door kou en stroomonderbrekingen, schrijft Grete Weil midden in het oude stadscentrum, in het huis waar ze sinds de herfst van 1943 is ondergedoken en in het verzet actief is, in de winter van 1944 op een zoldertrap – omdat ze alleen daar op zichzelf kan zijn en het er licht genoeg is – deze roman, waarin ze niet alleen haar persoonlijke liefdesverhaal vertelt, maar waarin ze ook haar hele leven tot dan toe verwerkt. Dat een in zulke moeilijke omstandigheden geschreven roman in de oorlogschaos niet verloren is gegaan, is haast een wonder.

De opdracht en het citaat waar het boek mee opent doen vermoeden dat ze met deze roman ook aan rouwverwerking doet en om vergiffenis vraagt, dat ze niet alleen het verlies van haar man Edgar Weil verwerkt, maar ook eigen fouten. Onder de opdracht aan haar in het concentratiekamp van Mauthausen vermoorde man citeert ze de dichter Klabund:

Vergeef me.
Ik deed
Wat alleen God toekomt:
Aanzag jouw hand voor mijn hand
Jouw hart voor dat van mij.

Maar naast deze functie die het schrijven van *De weg naar de grens* mogelijk voor Grete Weil had, suggereren structuur en constructie van de roman dat ze hem ook reeds met een bepaald publiek voor ogen heeft geschreven. In de roman maakt de lezer kennis met een argeloze Duitser en intellectueel, Andreas von Cornides, die door zijn ontmoeting met Monika Merton wordt geconfronteerd met de realiteit van de Jodenvervolging door de nazi's, maar die ook een gebrek aan humaniteit, inzicht, engagement laat zien, kortom die niet gepast reageert. De manier waarop Grete Weil haar eerste roman construeert, hoe ze de verhouding van raamvertelling met binnenvertelling ontwerpt, doet denken aan haar latere werk, waarin ze eveneens het verhaal zo construeert dat de lezer bijna niet anders kan dan er persoonlijk mee aan de slag te gaan.

Het hoofdverhaal, tegelijk de raamvertelling, speelt zich af in 1936. Het is het verhaal van de Münchense Monika Merton, een Duits-Joodse dertiger die door de Gestapo wordt gezocht en hoopt clandestien de Duits-Oostenrijkse grens over te steken. Wanneer ze in februari 1936 op het centraal station van München richting de grens vertrekt, ontmoet ze toevallig een kennis, de dichter Andreas von Cornides, een jonge, gecultiveerde, maar volledig apolitieke dichter, die tot dan toe niet echt een idee heeft van de ware bedoelingen, het geweld en de misdaden van het naziregime. Wanneer de twee op de eindbestemming uitstappen en door de stationsstraat van het aan een meer gelegen dorp lopen, waar boven het plaatsnaambord 'Joden betreden het dorp op eigen gevaar' te lezen staat, begrijpt Andreas tijdens Monika's ontmoeting met haar moeder dat Monika een Joodse is. Maar wat dat anno 1936 betekent is hem niet duidelijk. Hoewel Andreas eigenlijk met vrienden een skitocht wilde maken, kiest hij er spontaan voor Monika de bergen in te volgen. Tijdens hun tocht besluit Monika dat Andreas haar verhaal moet kennen. Ze wil hem wakker schudden, omdat het niet meer acceptabel en voor haar niet meer draaglijk is om de politieke realiteit te negeren: 'Ik zal je uit je rust rukken, dacht Monika, zodat horen en zien je vergaan. Je beeldt je in dat je de wereld kent omdat je die met je kunstenaarszenuwen aanvoelt, maar, m'n beste, dat volstaat niet, dat is te weinig, dat is een dodelijke luxe waar ook ik me vroeger graag aan overgaf

[...] Denk je, wanneer je over te vroeg gestorvenen schrijft, aan degenen die in de concentratiekampen worden gekweld en vermoord? Heb je ooit van Dachau gehoord? Dat is niet eens zo ver hiervandaan, maar ach, je bent doof voor de pijnkreten, net zo doof als alle anderen. Zeg niet dat je ze hoort. Want als je weet had van dat alles en je het voor lief zou nemen zonder naar de wapens te grijpen, dan, Andreas, zou je menselijkheid, waar je waarschijnlijk net zo trots op bent als iedere kunstenaar, niet veel om het lijf hebben.'

Na een zware mars brengen Monika en Andreas vanwege de slechte weersomstandigheden twee dagen samen door in een berghut. Zodra het weer beter wordt wil ze van hieruit over de grens naar Oostenrijk vluchten. In deze berghut vertelt Monika Andreas het verhaal van haar liefde en haar huwelijk, het verhaal van twee Joods-Duitse intellectuelen tegen de achtergrond van het zich verscherpende politieke klimaat van de jaren twintig en dertig, vertelt ze hem ook over de vervolging door de nazi's en over hoe haar man in Dachau werd vermoord. Andreas, geschokt door Monika's verhaal, ziet nu pas in hoezeer het naziregime een bedreiging is. Hij besluit om samen met haar te vluchten, wat Monika niet wil. Zodra de weersomstandigheden beter zijn geworden, vlucht ze alleen op haar ski's naar Oostenrijk. Terwijl zij de grens oversteekt, blijft Andreas alleen achter en wordt neergeschoten wanneer hij besluiteloos langs de grens skiet en niet op het 'Halt!' van een SA-grenspatrouille reageert.

Binnen de raamvertelling ontvouwt zich dan het liefdesverhaal van Monika Merton, dat sterk autobiografisch gekleurd is. De dochter uit een uit de gegoede burgerij afkomstige Münchense familie leert op haar zestiende haar neef Klaus Merton kennen. De hechte vriendschap groeit snel uit tot liefde. Begin jaren dertig trouwen ze en verhuizen ze naar Berlijn. Omdat de twee erg jong en onzelfstandig zijn, loopt de eerste poging om samen te leven spaak. Monika keert terug naar het ouderlijke huis aan het Opper-Beierse meer. Na een zelfmoordpoging vanwege de mislukte relatie met Klaus stopt ze definitief met studeren en volgt ze in München een opleiding tot fotografe. Een jaar later zijn beiden wat rijper en komen ze weer samen. Vanaf de herfst van 1932 brengen ze enkele gelukkige maanden door als leerkracht aan een school die een gemeenschappelijke vriend heeft geopend. Wanneer de school in de herfst van 1934 door de SA wordt gesloten, wordt Klaus Merton gearresteerd, kort daarna naar het concentratiekamp Dachau gebracht en vermoord. Monika Merton, die het daaropvolgende jaar voor het verzet actief is, dreigt gearresteerd te worden en besluit te vluchten.

Een leidmotief in de roman is de beschrijving van de afwachtende houding van de meeste Duitsers tegenover de politieke ontwikkeling, het opkomende nationaalsocialisme en antisemitisme, Hitlers machtsgreep en de misdaden van het naziregime. In plaats van te reageren en adequaat te handelen, sluit men de ogen voor de realiteit, neemt men het regime voor lief of steunt men het zelfs: 'Wij allemaal,' schrijft Weil, 'hebben het zo ver laten komen zonder er echt iets tegen te doen. We hebben met de handen in de schoot toegekeken hoe de demonen zich meester hebben gemaakt van ons land. We hebben niet wakker gelegen om Duitsland. We hebben gedaan alsof we hielden van leven en vrijheid en waren te lui om op te staan uit ons zachte bed.' Ook Monika Merton, die lange tijd trouw blijft aan de waarden en het grootburgerlijke milieu van haar ouders, kijkt weg, is niet bezig met de politieke gebeurtenissen, zwijgt en mist de kans om gepast te reageren. Hoewel haar studievriend Hans Hauser eind jaren twintig in haar bijzijn door nationaalsocialisten wordt neergeschoten, houdt Monika vast aan abstracte, vage humanistische waarden en idealen. Daar komt ook geen verandering in wanneer in 1933 in Berlijn een in het verzet actieve familievriendin in haar cel om het leven komt. Ondanks waarschuwingen van vroegere kennissen die in de nationaalsocialistische hiërarchie zijn opgeklommen en op de hoogte zijn van het gevaar dat dreigt voor de Joden, ondanks waarschuwingen van Klaus' moeder die naar Amerika is geëmigreerd en hen aanspoort om haar voorbeeld te volgen, laten Monika en Klaus het juiste moment en verschillende kansen om ook te emigreren voorbijgaan. En waarom gaat Monika niet naar Dachau en probeert ze niet om Klaus vrij te krijgen? Als tegenvoorbeeld wordt de jonge, dappere en daadkrachtige Fransman Raymond opgevoerd. Hij, die de dramatische ontwikkelingen in Duitsland van buitenaf bekijkt, doet wel een poging om Klaus uit het concentratiekamp te bevrijden.

Een andere rode draad is de dood. Voortdurend worden Monika en ook de lezer met de dood geconfronteerd. Vanwege het politieke verleden en de te verwachten toekomst heeft Klaus' vader zelfmoord gepleegd. Ook Monika's vriend Armin Hesse – een slachtoffer van de maatschappelijke omstandigheden in de Weimarrepubliek – pleegt, radeloos geworden door de toestand waarin hij zichzelf heeft gemanoeuvreerd, zelfmoord. Haar vriendin Mary, haar vriend Hans Hauser en haar man Klaus: ze worden een voor een door de nazi's vermoord, en zelfs de dood van haar vader is een indirect gevolg van het antisemitisme van de nationaalsocialisten.

Hoewel de roman een autobiografische inslag heeft, overstijgt Grete Weil het autobiografische, voegt ze verschillende elementen samen, zodat in de romanpersonages de reële personen niet een-op-een herkenbaar zijn en er iets volledig nieuws ontstaat. Weil maakt reële mensen en plekken onherkenbaar, omdat ze juist niet een louter persoonlijk verhaal wil vertellen, maar een dat voor anderen een algemene betekenis krijgt. Grete Weil haalt een reëel herinneringsmozaïek uit elkaar en stelt met de steentjes een totaal ander, fictief tableau vivant samen.

De roman, een tableau vivant van de Weimarrepubliek en het beginnende nationaalsocialisme, begint in het jaar 1936. De binnenvertelling is een flashback naar de tijd van de Weimarrepubliek die vervolgens terugvoert naar het nazitijdperk. Terwijl je bij het begin een beeld krijgt van de beginnende republiek, met bijvoorbeeld de toenmalige vooruitstrevende pedagogische projecten, laat de roman gaandeweg ook de toenmalige conflicten zien en de vanaf 1930 opkomende terreur. Zulke romans zijn er in overvloed. De vraag is dus waarin Grete Weils roman zich van deze andere romans onderscheidt en waarom hij zo belangwekkend is.

De weg naar de grens is een in toenemende mate interessante en schokkende reis door de Weimarrepubliek en het nazitijdperk tot 1936, gezien door de ogen van twee jonge intellectuelen, met eerst subtiele en later duidelijke zelfkritiek. Dat laatste, een soort zelfkritiek van de kritische en niet zo kritische intelligentsia van de Weimarrepubliek, is iets wat je maar zelden terugvindt in andere romans.

Die kritiek op de intellectuelen komt echter ook in een andere context voor: verschillende passages, vooral die over de jonge Andreas von Cornides, gaan over de noodzaak van verzet of van het getuigenis afleggen. Maar de haast absurde dood van Andreas maakt een einde aan die reflectie, een dood die mede het gevolg is van de literaire zelfoverschatting van de jongeman en zijn opgaan in poëtische fantasieën die hem blind maken voor de feitelijke politieke situatie. Ook dat is kritiek op een denkwijze die vastzit in een intellectueel-literair referentiepatroon, dat de confrontatie met de realiteit niet overleeft.

Daarnaast wordt in sommige passages gewezen op de rol van de economie in de vestiging van het fascistische regime in Duitsland: men beschermt de eigen handel tegen het communisme door zich te associëren met de nazi's. In de volgende passage wordt dat heel expliciet geformuleerd: 'Hartmann werd geplaagd door een aan bijgeloof grenzende angst voor de radicale krachten van rechts en van links, want hij was ervan overtuigd dat ze alleen maar de macht wilden veroveren om hem de zijne uit handen te rukken.' Dat is de houding die Hartmann vóór de machtsgreep van de nazi's inneemt: zich distantiëren van de politiek, ook van die van de nazi's, om zijn bedrijf niet in gevaar te brengen. Later merkt hij, tevens onder invloed van zijn in de nazihiërarchie opklimmende dochter, dat de nazi's helemaal niet van plan zijn om het kapitalistische bestel schade toe te brengen, mits het gedijen ervan hun eigen doelstellingen niet dwarsboomt, integendeel zelfs. En dus wisselt hij snel van kamp: 'Wat dat betreft heb ik mij erg vergist, mij enorm vergist zelfs,' bulderde hij verder, 'maar dat kan iedereen overkomen, mensen zoals ik hebben het zo druk met zakendoen dat ze niet in de gelegenheid komen om zich politiek te vormen. Alles wat er nu gebeurt in ons vaderland, dat is gewoon fantastisch, fantastisch zeg ik u, mevrouwtje Merton.'

Maar ook in deze context duikt de kritiek op de intellectuelen weer op: Klaus suggereert Hartmann nog lang voor de nazi's aan de macht komen om beide 'opties' (communisme versus fascisme) tegen elkaar uit te spelen om de firma en meer algemeen de economie een eigen, zelfstandige weg te garanderen.

Wat niet aan bod komt in de roman is de manier waarop de opkomst van de nazi's samenhangt met ideeën en projecten van een deel van de zware industrie. In *De weg naar de grens* wordt dat verband eerder algemeen geformuleerd en meer alsof het nazisme na de staatsgreep als een soort promotor van de economie functioneerde en er geen scheidslijn liep tussen kapitalistische economie en fascisme.

Ook de taal van Grete Weils eerste roman is fascinerend. Haar stijl is beïnvloed door het expressionisme, door expressionistisch proza. In de binnenvertelling tref je om de haverklap een zekere abruptheid in de zinsbouw aan, opvallende combinaties van adjectieven en substantieven enzovoort. Dat is geen voortzetting van het expressionistische proza – dat ging in 1944 ook niet meer zomaar – maar het verraadt wel dat de schrijfster speelt met de technieken ervan. Je krijgt de indruk dat Grete Weil op een soort ontnuchterde wijze de draad van die traditie weer oppakt. Twee elementen wijzen erop dat Weil niet alleen in de jaren twintig, maar ook tijdens haar periode van excessief lezen op haar onderduikadres in Amsterdam toegang had tot expressionistisch proza: aan de ene kant het citaat uit de gedichtencyclus van Klabund dat ze als motto gebruikt en dat de stijl van het expressionisme ademt, anderzijds ook de theaterpassages in het begin van de roman, wanneer Monika Klaus leert kennen en die laatste haar probeert te winnen voor het expressionistische drama en de daarop berustende opvoeringstechnieken.

Last but not least: waarom heeft Grete Weil deze roman de titel *De weg naar de grens* gegeven? 'Grens' is voor vele interpretaties vatbaar.

Je kunt de titel letterlijk nemen en hem als de reële weg naar de grens met Oostenrijk interpreteren, die Monika en Andreas nemen. Maar je kunt hem ook metaforisch opvatten, als stappen die de hoofdpersonages naar hun eigen grenzen zetten of hebben gezet, grenzen die ze tot dan toe niet konden overschrijden, wat overigens ook retrospectief kan gelden: wat heeft Monika in die dubbele grenssituatie gebracht? Op het einde van de roman zoekt ze haar 'eigen' grens op en slaagt ze erin die ook werkelijk over te steken.

De weg naar de grens laat zien hoe onvermijdelijk het is om de politieke realiteit onder ogen te zien, en hoe gevaarlijk het is om te denken dat je er niets mee te maken hebt. Op een gegeven ogenblik stelt Monika vast dat je je net zomin van de politiek kunt onthouden als van eten en drinken, omdat het hele leven, het leven tout court ervan afhangt: 'Een mens zonder politiek is als een slaapwandelaar – vroeg of laat valt hij van zijn dak.'

Ingvild Richardsen

Dankwoord

Dat *De weg naar de grens* in 2022 bij uitgeverij C.H. Beck kon verschijnen is mede te danken aan een aantal mensen.

In de eerste plaats gaat mijn dank uit naar Michaela Schenkirz (Berlijn), die mij als rechthebbende de toestemming gaf om Weils ongepubliceerde roman uit te brengen. Verder dank ik haar voor de hartelijke ontmoetingen en de inspirerende gesprekken in Berlijn. Mijn dank gaat ook uit naar prof. dr. Waldemar Fromm (Arbeitsstelle für Literatur in Bayern/LMU), die mij op verschillende manieren gesteund en geadviseerd heeft. Ook ben ik veel dank verschuldigd aan de schrijver Frank Schmitter, voormalig archivaris van de Monacensia, aan prof. dr. Klaus Wolf (Universiteit Augsburg/Deutsche Literatur und Sprache des Mittelalters und der Frühen Neuzeit mit dem Schwerpunkt Bayern) en dr. Peter Czoik (Literaturportal Bayern).

Ik dank ook in het bijzonder de specialist digitale literatuur, Manfred Musch, voor de moeilijke transcriptie van het typoscript als voorstadium voor de gedrukte versie van het boek en voor de inspirerende gesprekken over het belang van Grete Weils roman voor de Duitse literatuur.

De jurist en kunstenaar dr. Reinjan Mulder (Amsterdam) wil ik bedanken voor zijn hulp bij het contacten leggen met talrijke, voor het project belangrijke instellingen en mensen in Amsterdam. Ook wil ik hem bedanken voor de levendige discussies, de belangrijke tips en voor de gemeenschappelijke zoektocht, in het bijzonder naar Grete Weils onderduikadres op de Nieuwezijds Voorburgwal 365. Verder ben ik veel dank verschuldigd aan het Verzetsmuseum in Amsterdam en aan Filip Bloem, die mij de nalatenschap van Herbert Meyer-Ricard ter beschikking heeft gesteld.

Filip Bloem dank ik ook voor zijn steun, de ontmoetingen in het Verzetsmuseum, voor zijn informatie.

Ook dank ik prof. dr. Peter Romijn (NIOD; Universiteit Amsterdam), Joel C. Cahen, de vroegere directeur van het Joods Historisch Museum – Joods Cultureel Kwartier in Amsterdam, alsook de initiatiefnemer van het Nationaal Holocaustmuseum, en Emile Schrijver, de huidige directeur van het Joods Historisch Museum – Joods Cultureel Kwartier, voor de steun, de ontmoetingen, de tips en de gesprekken in Amsterdam. Winnie Meyer-Ricard, de dochter van Herbert Meyer-Ricard en Vera Olga Haymann, dank ik voor de overvloed aan informatie en het toesturen van relevant materiaal.

Mijn bijzondere dank ten slotte gaat uit naar uitgeverij C.H. Beck, de uitgever Jonathan Beck en de programmadirecteur Martin Hielscher, die de nationale en internationale relevantie van Grete Weils *De weg naar de grens* inzagen. Zijn collega's Agnes Brunner, Tanja Selder en hemzelf dank ik voor de prachtige samenwerking.

Ingvild Richardsen,
München, april 2022

'Das gefesselte Theater'

DAS
GEFESSELTE
THEATER

HET
TOONEEL
IN BOEIEN

Het marionettentooneel
der „Hollandgruppe"
speelt voor onderduikers

Amsterdam 1945

Dit boekje beoogt een document te zijn en wel in twee opzichten. Het wil aantoonen, hoe ondanks vervolging en terreur, het geestelijk verzet tegen de fascistische overweldigers van Europa nooit gedood kon worden. Tevens wil het onze Nederlandsche vrienden voor oogen voeren, hoe Duitsche antifascisten hier te lande gedeeld hebben, niet alleen in marteling en gevaar, maar ook in paraatheid om den fascistischen aanslag op menschelijkheid en gerechtigheid met alle beschikbare middelen af te weren.

Wij spelen voor onderduikers! Dit is weliswaar niet het belangrijkste aandeel, dat onze groep aan het Nederlandsche verzet heeft gehad, maar voor allen, die de sfeer van een antifascistischen tooneelavond onder de bezetting hebben beleefd, voor allen, die naar het vrije woord mochten luisteren, terwijl buiten de laarzen der patrouilles op het plaveisel weerklonken, voor hen blijven deze spelen in de herinnering één van de meest kenmerkende uitingen van den ontembaren wil tot geestelijke vrijheid.

Wij spelen voor onderduikers! Zooals het toeval ze bij elkaar heeft gebracht: onderduikers en illegale werkers, religieuzen en niet-religieuzen, joden en niet-joden, socialisten en niet-socialisten, zij allen vonden zich in kleine groepjes samen, om te luisteren naar het „tooneel in boeien".

Tijdens de ergste jaren der onderdrukking speelden wij theater met de middelen, die ons restten. Middelen, die ons ondanks hun beperkte mogelijkheden de gelegenheid hebben gegeven, het misdadige gebeuren om ons heen aan den kaak te stellen en anderen te helpen volharden in hun verzet.

Als het ware onder het oog van den bezetter, in het Centrum der stad Amsterdam getuigden op deze bijzondere wijze Duitsche antifascisten van hun afschuw van het regime, dat den naam Duitscher dagelijks door het slijk haalde, dat dagelijks zware offers vergde en dat ook dagelijks de spelers en toehoorders van onze spelen onmiddellijk bedreigde. Menige keer werd tijdens een opvoering, de stem van den hardop voordragenden spreker onderbroken door de waarschuwing „Pst! Pas op — SD luistert mee —!"

Waarom wij onder de meest drukkende en ellendige omstandigheden tijd en zin hadden deze poppenspelen in elkaar te zetten? Het voorenstaande geeft reeds antwoord op deze vraag. Er kwam echter nog iets bij. Wij wilden ons door de beroerde omstandigheden niet er onder laten krijgen — onder geen voorwaarde! En evenals het voor de onderduikers onmogelijk was, schouwburgen, bioscopen en concertzalen te bezoeken, zoo bleef ook voor de „boven water" illegaal werkenden het bezoek van elke cultureele manifestatie, die onder toezicht of onder auspiciën van den bezetter plaats vond, vanzelfsprekend taboe! Juist daarom was de behoefte aan ontspanning en opwekking tot den strijd groot en niet te onderdrukken.

Daarom speelden wij voor onderduikers. Wij meenen, dat de stukken, die wij in dit boekje onder de aandacht van een grooter publiek brengen, als een bijzonderheid in het verzetsleven verdienen gekend te worden en dit te meer, omdat het antifascistische Duitschers waren, die getoond hebben, met het Nederlandsche volk mee te voelen, mee te dragen en mee te strijden.

De poppenspelers
der Hollandgruppe „Freies Deutschland".

1. Weihnachtslegende 1943

2. Der Weihnachtsbrief des Gefreiten
Adolf Hirnschal an seine Frau Amalia.

3. Neujahrskabarett 1944.

4. Das Märchen von dem Fischer un sine Fru.

5. Hans im Glück – heute!

6. Frankfurter Erinnerungen.

7. Christian Morgensterns „lebende" Gedichte.

8. Kein Gott – Kein Kaiser – Kein Tribun.

9. Krach im Hock!

Ledenlijst

1943 Gründer, Mitarbeiter und Freunde der Hollandgruppe "Freies Deutschland"

Herbert Meyer Ricard
Ulrich Rehorst
Grete Weil
Vera Olga Haymann

Fritz Hirsch
Lotte Hirsch
Ludwig Degenhardt
Kurt Kahle
Olaf Guth
Herbert Guth
Albert Kanzer
E.Leo Philipsborn
A.den Hertog
Prof.Kurt Baschwitz
Abraham van der Vies
Herbert Fiedler
Alfred Mozer
Jef Last
Paula Lindberg
Prof.L.Salomon
Fritz Kief
Carl Körner
Walter Holldey
Otto Treumann
Jettie Olivier-Treumann
Helga Rehorst-Meyer
Herbert Grimm
Edith Heimann
Hein Kohn
Wim F.Storm
Richard Jokel
Paul Graetz
Ivan Raskolnikow
Leo Klatser
Max Geiger
Hein Wielek
Theun de Vries
Reen Blijstra
Nico Rost
Eddy Hoornik

M.van Willigen
J.C.van Willigen Breedvelt
Maurits Dekker
Hilde Fichinger
Jo Kweksilber
Yge Foppema
Henriette Roland Holst
Annie Romein Verschoor
Cees de Dood
Bas van Deilen
A.C.Bakels
Gerard den BRabander
Albert Helman
Jac van Hattum
Is de Lange
Piet van Leeuwen
Teun Teunissen van Manen
Hedwig Weiss
Ilse Blumenthal
G.de Ridder
Ilse Guth-Vogt
G.Schreiner-Menzel
J.Hofman
G.S.Reuzelaard
Eva Kers
P.Buchman
E.Hoekstra
J.J.Hoekstra
H.Waarnicke
C.Loewenstein
Rosel van Sassen
Mevr.Gerstel
H.Mulder
E.Sonnenfeldt
B.Rupert
Mr.J.Kaan Schröder
Iet Pot
E.J.Bleekman
R.van Wezel
A.van Wezel
j.van Delft
J.Herzfelde-Sondermeijer
W.Tuchler

F.A.Wertheim
F.Goldberg
H.Goldung
T.Boll
Theun den Driel
Cor Dommelshuizen Jr.
J.Bakker
Teun Lasmussen
B. de Wey
Mr. Grünberg
H.Reicher
H.Reicher-Rath
B.W.Schaper
J.Veltman
G.Busselmeyer
Mart Stam
Sonja Heimann
Erich Schönlank
Ilse Bloch
Elisabeth Meter-Plaut
Alice Hess
Carl H.Bergmann
Ottmar Hammerstein
Molly Keizer-Prins
Li Alma-Heynen
Peter Alma
E. de Haas
J.Perel
M.Naumann
M.V.Bakker
Ria Meyer
Benno Premsela
Susanne Schreiber

Lijst van illustraties

Bibliografie

I: Bronnen

Das Gefesselte Theater. Het Tooneel in Boeien. Het marionettentooneel der Hollandgruppe speelt voor onderduikers. Amsterdam 1945. Nalatenschap van Grete Weil, Archiv Monacensia in het Hildebrandhaus

Nalatenschap van Herbert Meyer-Ricard in het Verzetsmuseum, Amsterdam

II: Wetenschappelijke publicaties

Beuys, Barbara: *Leben mit dem Feind. Amsterdam unter deutscher Besatzung. 1940-1945*. München: Hanser Verlag 2012.

Bos, Pascale R.: *German-Jewish Literature in the wake of Holocaust. Grete Weil, Ruth Klüger, and the Politics of Adress* (Studies in European Culture and History). New York: Palgrave Macmillan 2005.

Dittrich, Kathinka/Würzner, Hans (red.): *Die Niederlande und das deutsche Exil, 1933-1940*. Königstein/Ts: Athenäum Verlag 1982.

Exner, Lisbeth: *Land meiner Mörder, Land meiner Sprache. Die Schriftstellerin Grete Weil*. München: A-1-Verlag. München 1998 (monAkzente; 6).

Junge, Annabel: *De Rijksduitser Ulrich Rehorst. Karl Friedrich Ulrich Rehorst (Breslau 21-12-1905 – Utrecht 17-03-1945);* https://duitsverzet.wordpress.com/duits-verzet-en-nederland/korte-biografieen/de-rijksduitser-ulrich-rehorst/

Junge, Annabel: *Theaterfotograaf Kurt Kahle. Kurt Kahle (18-10-1897–Aue-1953)*;

https://duitsverzet.wordpress.com/duits-verzet-en-nederland/korte-biografieen/theaterfotograaf-kurt-kahle/
Junge, Annabel: *Hollandgruppe Freies Deutschland*; https://duitsverzet.wordpress.com/duits-verzet-en-nederland/hollandgruppe-freies-deutschland/
Keller, Hans von: *Amsterdam: de ontstelde ruimte*. Film. Amsterdam; VPRO 1982.
Kolfschooten, Frank van: *De Beethovenstraat. Een biografie*. Amsterdam: De Kring: 2021.
Knoop, Hans: *De Joodsche Raad: het drama van Abraham Asscher en David Cohen*. Amsterdam/Brussel: Elsevier 1983.
Krohn, Claus-Dieter e.a. (red.): *Handbuch der deutschsprachigen Emigration 1933-1945*. Darmstadt: Wissenschaftliche Buchgesellschaft 1998.
Lademacher, Horst: *Grenzüberschreitungen: Mein Weg zur Geschichtswissenschaft. Erinnerungen und Erfahrungen. Im Gespräch mit Burkhard Dietz und Helmut Gabel*, Münster: Waxmann Verlag 2012.
Langkau-Alex, Ursula / Würzner, Hans: Die deutsche sozialdemokratische Emigration in den Niederlanden nach 1933 – Ein Überblick am Beispiel der Stadt Amsterdam. In: Dittrich, Kathinka / Würzner, Hans (red.): *Die Niederlande und das deutsche Exil, 1933-1940*. Athenäum Verlag 1982. Königstein/Ts., p. 91-106.
Langkau-Alex, Ursula / Würzner, Hans: Niederlande: In: Krohn, Claus-Dieter e.a. (red.): *Handbuch der deutschsprachigen Emigration 1933-1945*, p. 321-333. Darmstadt: Wissenschaftliche Buchgesellschaft 1998.
Lühe, Irmela von der: «Osten, das ist das Nichts.» Grete Weils Roman «Tramhalte Beethovenstraat». In: *«Wechsel der Orte». Studien zum Wandel des literarischen Geschichtsbewußtseins*. Uitgegeven door Irmela von der Lühe en Anita Runge, p. 322-333. Göttingen: Wallstein Verlag 1997.
Middelberg, Matthias: *Judenrecht, Judenpolitik und der Jurist Hans Calmeyer in den besetzten Niederlanden 1940-1945*. V&R Unipress, Göttingen 2005 (Osnabrücker Schriften zur Rechtsgeschichte 5), (ook: Osnabrück, Univ., Diss., 2002-2003).
Neuhaus-Koch, Ariane: *Variationen über Grenzerfahrungen. Verfolgung und*

Widerstand in «Der Weg zur Grenze», «Ans Ende der Welt» und «Tramhalte Beethovenstraat».

Schmidinger, Veit J./Schoeller, Wilfried F.: *Transit Amsterdam. Deutsche Künstler im Exil 1933-1945*. München: allitera 2007.

Schönborn, Sybille (red.): *Grete Weil. Ed. Text + Kritik*. München: Richard Boorberg Verlag. 2009.

Stigter, Bianca: *Atlas van een Bezette Stad. Amsterdam 1940-1945*. Amsterdam: Athenaeum-Polak & Van Gennep 2019.

Stoutenbeek, Jan/Vigeveno, Paul: *Jüdisches Amsterdam*. Boedapest: mandelbaum verlag 2007.

Vree, Frank van/Berg, Hetty/Duindam, David: *Site of Deportation, Site of Memory. The Amsterdam Hollandsche Schouwburg and the Holocaust*. Amsterdam: Amsterdam University Press 2013.

Wende, Frank: *Deutsche Literatur im Exil in den Niederlanden. Eine Ausstellung des Deutschen Exilarchivs 1933-1945*, Frankfurt am Main: Die Deutsche Bibliothek, 1993 (= Sonderveröffentlichungen der Deutschen Bibliothek).

Wolffsohn, Michael / Brechenmacher, Thomas: *Deutschland, Jüdisch Heimatland. Die Geschichte der deutschen Juden vom Kaiserreich bis heute*. München: Piper 2008.

Würzner, Hans / Kröhnke, Karl: *Deutsche Literatur im Exil in den Niederlanden, 1933-1940* (Amsterdamer Publikationen Zur Sprache und Literatur; 113). Editions Rodopi. Amsterdam 1994.